Les jeudis muets

Sylvie Hippolyte

Les jeudis muets

Moi, Fina, enfant du divorce

Témoignage

4, avenue de Kerjean, 44420 Piriac-sur-Mer
jeudismuets@gmail.com
http://jeudismuets.forumactif.org

Petit, je t'emmènerai sur la plus haute marche,
tu pourras t'envoler ensuite.

Fina

À ma sœur Annie,
ma jumelle d'épreuve.

Le ver s'est installé dans le fruit,
sans en modifier l'aspect extérieur.

D'aussi loin que je m'en souvienne, je ne crois pas avoir vu mes parents s'aimer, sauf peut-être quelques images gravées quand ils me conduisaient chez des amis parce que le mal des transports me guettait au moindre virage et que, pour cette raison, je ne les accompagnais pas dans leurs excursions, si proches l'un de l'autre que leurs cheveux se mêlaient ; sauf peut-être quand mon père déposait une rose ou un œillet dans le soliflore de la Panhard.

D'aussi loin que je m'en souvienne, je ne crois pas avoir perçu en eux un quelconque rayonnement de joie simple, sauf peut-être quand mon père prenait plaisir à libérer devant la buanderie, les crabes qu'il venait de pêcher, pour s'égayer de ma panique ; sauf peut-être lorsqu'il coursait à bord de sa voiture, en zigzag, les poules vagabondes sur l'asphalte ; sauf peut-être quand ma mère se parait pour sortir avec lui ; sauf peut-être lorsqu'il chantait en duo avec elle « la belle de Cadix a des yeux de velours ». Images pâles et furtives serrées dans l'écrin de ma mémoire.

Le Havre, ville de mes cinq premières années. Lourdement bombardée durant la Seconde Guerre mondiale, détruite en partie, un véritable champ de ruines, reconstruite par l'architecte Auguste Perret, elle procure maints emplois pour se réédifier et reconquérir sa prospérité. Ingénieur fraîchement diplômé, mon père propose ses compétences à la Société des Forges et Chantiers de la Méditerranée, fabuleuse pourvoyeuse de main-d'œuvre dans la construction navale. Il acquiert une bâtisse sinistrée dans le quartier Acacias-Frileuse au numéro 167 de la rue Louis-Blanc, en lisière de la forêt de Montgeon urbanisée avant-guerre par l'implantation au sud des lotissements Sainte-Cécile et Frileuse et l'aménagement d'un parc-promenade, transformée en cité provisoire pour l'hébergement des sans-abri. Il en paie les deux tiers comptant, emprunte le troisième tiers qu'il rembourse en deux ans. Il entreprend les formalités pour obtenir du

Ministère de la reconstruction et de l'urbanisme des indemnités de dommages de guerre. Tandis que, six ans plus tard, il encaisse les indemnités correspondant aux deux tiers du prix d'achat, il déménage femme et enfants à Saint-Aubin-sur-Scie dans un logement de fonction. En effet, il a démissionné de son emploi. Désormais il œuvrera aux établissements de constructions mécaniques de Vendeuvre, l'usine la plus moderne de Dieppe, édifiée au lendemain de la Première Guerre mondiale pour intensifier la production de moteurs. Elle s'ouvre à de nouveaux marchés et embauche à tour de bras.

Je suis née à la mi-temps du siècle, l'année de l'instauration officielle de la fête des mamans, à la saison des frimas, des pull-overs et des déprimes, certes, mais aussi du renouveau, sous le signe du Verseau gouverné par Uranus et Saturne, un signe d'or, d'argent, d'air et d'eau, un augure favorable incontestablement. La maternité *La Roseraie* à Sainte-Adresse accueille mes premiers vagissements et fait de moi une Dionysienne. En 1946 monsieur et madame Albert Dubosc lèguent leur demeure fastueuse au centre d'un parc boisé à la ville de Sainte-Adresse. Conformément au vœu des donateurs, celle-ci l'adapte à la maternité. Le docteur Fenaux assiste les parturientes pour qu'elles enfantent dans des conditions optimales d'hygiène et de confort.

La Roseraie accomplira son cycle de vie : de maternité elle sera convertie en centre de convalescence et de rééducation et en résidence de retraite.

Saint-Denis-Chef-de-Caux précède Sainte-Adresse. Il était jadis un village paisible de pêcheurs, les Dionysiens, avant que la falaise ne s'écroule dessus et qu'il s'effondre dans la Manche en 1370. Les marins d'un bateau en difficulté au large, soulagés d'arriver dans un port de refuge au terme d'une navigation tumultueuse, l'auraient baptisé Sainte-Adresse.

Située en bordure de la mer, au flanc des falaises de craie rayées de silex, elle accroche les clairs-obscurs de l'estuaire de la Seine. Les splendides paysages de lumières contrastées et d'embruns séduisent les artistes avides de pureté et alimentent leur inspiration ainsi que la population d'armateurs et de négociants richissimes, à l'époque où les bains conquièrent la mer. Avec sa renommée récente de station balnéaire, de somptueuses villas s'agrippent à la muraille, Sainte-Adresse s'embourgeoise. La mer et ses teintes mouvantes céruléennes, bleu givré, blanc de zinc, le concert que produisent les flots de toute part, la perpétuelle ondulation de l'eau qui brasille sous la lune, me fascineront tant que je ne m'éloignerai plus du littoral idyllique marqué au sceau de la beauté, de l'absolu. La mer, une partie de moi comme ma respiration. Une vitale communion avec elle.

Mes parents m'entourent de soins attentifs, je baigne dans une atmosphère sécurisante et chaleureuse. Ma mère prend au sérieux son rôle de femme d'ingénieur qui l'élève au-dessus du commun.

Ils ne se précipitent pas pour me purifier dans les fonts baptismaux. Navigueraient-ils déjà à contre-courant ? Ils conviennent de me présenter au baptême au cours de l'été de mes deux ans. Je porte un joli tablier à carreaux églantine et blanc sans manches, le même que celui de ma sœur Annie, le même que celui de ma sœur Chantal. Ils m'ont dotée de deux adolescents pour parrain et marraine, Jean-François, le fils de Marceau, et Christiane, la fille de Vonette. Marceau et Vonette sont frère et sœur de mon père. Ma mère se réjouit que le sacrement du baptême me lave du péché, déroute le diable de moi. En cette radieuse journée de septembre, elle ne se figure pas que les Simon sont le diable, comme il lui plaira de le claironner ensuite par riposte et que je le loge depuis ma naissance. Entre parenthèses, ne le logerait-elle pas, elle aussi, par hasard ? Le lundi 30 mai 1701 le curé de la paroisse de Vinnemerville, en son église Sainte-Suzanne, administre le sacrement du mariage à ses ascendants du huitième degré, Romain Feugueray de Criquetot-le-Mauconduit, couvreur en chaume, et Magdeleine Tallebot. Il a trente-cinq ans, elle vingt-neuf. Leur fils, Pierre, est un ancêtre de ma grand-mère maternelle et leur fille, Suzanne, un ancêtre de mon grand-père paternel. Quelle fâcheuse hérédité, mes aïeux ! Cette alliance, invraisemblable, inédite, nous sera révélée postérieurement à son décès par Patrice Jouan, mon cousin, généalogiste amateur acharné.

La peur vit en moi. Plutôt que de m'ébattre dans le jardin sans palissade ni grillage, un jardin aux mille périls, je me recroqueville instinctivement, remonte les genoux sous le menton, la tête enfouie dans ma jupe. Je préfère la nuit en moi, sans ombre, sans odeur, sans bruit, sans danger. Le mouvement m'effraie, l'immobilité me rassure. Ma mère emmène mes sœurs à l'école, elle se dirige vers le parc de Montgeon menaçant de ses squelettes étranges, une petite main dans chacune des siennes. Un instant de délaissement terrifiant, long comme un jour sans pain où je sursaute au plus léger craquement.

Dès qu'elle reparaît, je feins d'être malade pour qu'elle m'envoie au lit. Le samedi soir, pour la grande toilette, elle transporte le baquet de zinc dans la cuisine convenablement chauffée et la lessive minutieuse commence dans l'ordre chronologique de notre naissance. Avant de macérer et clapoter dans le jus savonneux et tiède de mes sœurs, je patiente dans la buanderie peuplée d'ombres mouvantes mystérieuses, de lueurs diffuses, d'objets aux contours insolites et de toiles d'araignées. Je me blottis contre la porte, les voix familières qui filtrent dessous amoindrissent mon anxiété. Le dimanche mon père écoute à la radio la retransmission des compétitions sportives, ma mère le lui reproche ; il nous fabrique des cerfs-volants qui ne décollent pas ou s'échouent sur les galets. Fermer les paupières pour me dépêtrer de la peur. La peur qui paralyse. La peur de qui ? La peur de quoi ? d'une catastrophe ? d'un raz-de-marée ? d'un séisme ? La peur et l'angoisse qui se conjuguent. La peur viscérale et le froid. L'envie de pleurer.

Je suis une enfant du divorce. De ces divorces où l'un et l'autre surenchérissent… et surenchérissent encore… et renchérissent continuellement..., où leur progéniture sert d'otage à un échec conjugal. Trois filles nées de leur bref hymen, qui évolueront au milieu d'adultes irresponsables, avec un mal à exorciser, une identité à reconstruire, épouses et mères à leur tour.

***

Émile Baray avait déclaré sans ambiguïté qu'il n'est pas nécessaire d'être savant pour aller au cul des vaches, labourer et ensemencer la terre. Ça n'était pas à un vieux briscard qu'on en remontrerait : il avait résisté aux interventions de la Gestapo quand, à plusieurs reprises, escortée par le châtelain-maire d'Auberville-la-Manuel, Henri Roquigny, elle a fait irruption chez lui pour interpeller son fieu réquisitionné par le Service du travail obligatoire pour suppléer au déficit de main-d'œuvre dans l'industrie en Allemagne. Et depuis septembre 1943, il garde sa pétoire sous son matelas, prêt à s'en emparer pour effaroucher les malintentionnés et un gourdin contre le buffet. Tout juste avait-il concédé que la gamine passe le certificat d'études – il est vrai qu'avec son certificat elle sera dispensée de scolarité et besognera pour nous. Admise première du canton à onze ans, avec la mention « bien », il fallait s'en méfier, la surveiller de près, la faire rentrer dans le rang, la ramener dans le droit chemin. À coups de trique s'il le faut.

Mercredi 1er octobre 1930 : rentrée des classes à Vittefleur. Le maître jauge ses grandes, raides, les mains posées sur le pupitre, les chaussures parallèles. Il en présentera huit au certificat d'études. Il les place de chaque côté de l'allée centrale, tablier propre, des résolutions dans les poches, l'appréhension dans les ourlets démesurés. Concernant Marie Durand il hésite : elle manque fréquemment, astreinte à quelque corvée domestique, heureusement que le potager garnit l'assiette de la maisonnée nombreuse. Georgette Cavelier l'obtiendra probablement, Célestine Danger également. Bernadette Capron, mystère ! Il dévisage Marcelle Baray. À l'issue de trois décennies de carrière, il est presque certain qu'elle comblera ses espérances : sa première du canton, la gloire, les félicitations de la directrice et des personnalités, les éloges des habitants d'Auberville et des environs. On le couvrira de lauriers. Ses collègues le jalouseront, ceux qui n'atteindront pas ce chimérique dessein : décrocher un premier du canton. Il mettra dans son jeu le maximum d'atouts, l'incitera à s'instruire, Marcelle lui a confessé qu'elle souhaitait être institutrice. Il parlementera avec son père, en voisin. Pour le convaincre de la faire poursuivre au cours complémentaire à Cany puis à l'École normale, que les filles d'aujourd'hui apprennent un métier, que la sienne est intelligente, qu'elle a des dispositions. Mais rien n'est gagné, même avec le prix cantonal. Car l'Émile est un cabochard et bien malin qui infléchira sa ligne de conduite. Quant aux autres jeunes filles, il défrichera péniblement leur cerveau avant de les relâcher.

Marcelle partira, on ne l'en empêchera pas. Elle peste trop contre la probité irréductible du patriarche pour s'y plier. Elle troquera ses bottes de ferme contre des souliers à talon, ses blouses contre des tailleurs, ses mouchoirs quadrillés, si larges qu'ils emplissent la poche de sa blouse à eux seuls, contre de délicats en coton soyeux bordés de dentelle, avec lesquels elle ne fera pas de nœud, puisqu'elle possédera un bel agenda de poche à tranche dorée, muni d'un fermoir et d'un crayon dessous. Elle jettera ses hardes de fille de ferme aux orties. Elle ne patoisera pas à l'instar de la plupart des gens de la région, elle s'exprimera de manière raffinée, se hissera parmi les intellectuels, fera table rase de ses origines paysannes, les reniera, elle nagera dans l'opulence. Elle utilisera un carnet de chèques. Grâce à elle, l'hérédité de misère ne se perpétuera plus, elle s'assiéra au sommet de la hiérarchie sociale, elle posera les fondements de la richesse de ses descendants.

Son frère, Jean, raisonne de façon identique : fuir l'existence médiocre qui l'attend dans l'agriculture telle que la pratiquent ses parents qui extirpent, à la sueur de leur front, trois sous à la terre âpre et qui logent souvent le diable dans leur bourse. Fuir le sombre horizon. L'Émile avait décidé : « I ch'ra cu-terreux com' mé, sus mes clos, com' cha i a pouin begin d'aller à l'école. » Il s'en balance du cul des vaches et des clos, il ne maniera pas la charrue en bottes de paysan sous la domination du dur-à-cuire, il ne sera pas corvéable à merci, il se chaussera de chevreau étincelant pour courir les boulevards. Il monte à Paris pour trouver une situation et réapparaît au pays, une superbe Parisienne racée à son bras, pour la leur présenter, fier qu'elle vienne de Paris.

— Eun' Parisienne ! I manquait pus qu'cha ! I déchabote !

(Une Parisienne ! Il ne manquait plus que cela ! Il perd la raison !)

Et mon grand-père de renchérir :

— É pouin eun' femme, é deu pas savéi fé grand-chose. Cré nom d'eun' pipe, oyou qu'tu l'as dégotée ?

(Ce n'est pas une femme, elle ne doit pas savoir faire grand-chose. Sacré nom d'une pipe, où l'as-tu dégotée ?)

La Parisienne en question, perchée sur ses talons aiguilles à l'extrémité de ses jambes grêles, les considère de sa hauteur, sa taille de guêpe emprisonnée dans un tailleur à mi-jambe sous un ample manteau de zibeline assorti d'une toque de fourrure analogue, les prunelles écarquillées par la révélation de l'environnement dans lequel évolue son amoureux, pétillantes d'espièglerie.

Qui leur a insufflé une telle détermination à se singulariser, l'un et l'autre anticonformistes, réfractaires à leur génération qui exige complète soumission au père tout-puissant et condamne la rupture des liens du mariage ? S'incliner devant lui ne leur ressemble pas, pas plus que s'incliner tout court, ils n'accordent pas de pouvoir à la fatalité. Toutefois, dans la chaîne de sa vie, ma mère n'aura pas que des maillons forts, parfois si faibles qu'ils lézarderont sa route, elle ne modifiera pas son itinéraire pour autant, elle marchera sur le bas-côté, timidement, solitaire, en ressassant sa cinglante défaite. Bifurquer l'aurait menée où ?

En face de leur ferme, une demeure à colombages abrite un ménage d'apparence humble en dépit de son aisance financière. Les adultes se saluent avec courtoisie, mais sans enthousiasme, juste bonjour, bonsoir, ils n'ont rien de commun, les uns cultivent leur terre, les autres leur esprit. Les enfants, cinq dans la chaumière, deux dans la ferme, jouent ensemble sans se soucier de ces différences culturelles. La gamine du pé Baray, qui affermit sa volonté d'élévation sociale, calque les manières de celle du pé Simon. Au cours de leurs jeux, la sirène croise l'adonis et convoite de l'épouser. C'est lui qui la soustraira à la servitude. Émile et Charlotte s'aperçoivent du manège, ils ne se cachent pas leurs réflexions, ne sont pas las de communiquer.

La dure réalité, la fatigue qui les terrasse au labeur ne les exemptent pas de se lever avec entrain, ils ôtent liquette et camisole, enfilent leurs vêtements à la va-vite dans la demi-obscurité, énumèrent les tâches qui les absorberont et, régénérés par un sommeil pur, dopés par la liste, ils fourniront allégrement jusqu'à la vêprée les efforts coutumiers que requiert le sol pour se bonifier. Ils s'insèrent dans le mouvement en écoutant le dehors s'éveiller, le coq qui asticote leur basse-cour, le berger allemand des Durand qui aboie pour réclamer sa pitance, le camion du laitier. Les incidents qui surviennent à leurs voisins, les faits courants, les plaisants, les insignifiants, les sales quarts d'heure, ne les laissent pas insensibles, ils n'ont pas un caillou à la place du cœur.

— Allons, lèv té la mé, no vlà à quart moins d'chinq heu. On va oco avé eun' rud' jornèye. La Roussette aurait bin son vyaou à matinée. J'vas la r'met' à l'herbe après. D'parécher sous la pleume cha pourrait nous porter malhu.

(Allons, lève-toi la mère, il est cinq heures moins le quart. On va encore avoir une rude journée. La Roussette aurait bien son veau ce matin. Je vais la remettre en pâture après. De paresser sous l'édredon cela pourrait nous porter malheur.)

— Churment, et queuqu' feis qu'i plouve, tu rentras l'foin avant la fin d'arlevai. I'a tumbé biaucoup d'iau. Mais l'a fini par séquer. J'vas tigonner mon fu por qu'i rprenne et pis l'astiquer. Et balier l'poussier. Quand tu r'viendras des vaques t'auras du café. Et la soupe au poriot s'ra récauffée. Les aiguilles accélèrent au cadran, pach'à t'ai, faut pas que j'traîne.

(Sûrement, et quelquefois qu'il pleuve, tu rentreras le foin avant la fin de l'après-midi. Il est tombé beaucoup d'eau. Mais il a fini par sécher. Je vais tisonner mon feu pour qu'il reprenne et puis l'astiquer. Et balayer la poussière. Quand tu reviendras des vaches, tu auras du café. Et la soupe au poireau sera réchauffée. Les aiguilles du cadran accélèrent, pousse-toi, il ne faut pas que je traîne.)

— Eh, t'as vu hier l'gâs Chimon, l'binoclard ? I r'luquerait ben la Marchelle. L'Chimon s'ra pouin d'accord por avé not' donzelle journalièrement à sa table, on n'est que des vaquers aveuc d'la paille dans l'terlots.

(Eh, tu as vu hier le garçon Simon, le binoclard ? Il reluquerait bien la Marcelle. Le Simon ne sera pas d'accord pour avoir notre donzelle journellement à sa table, on n'est que des vachers avec de la paille dans les sabots.)

— Mé, j'trouve qu'il a la mein défouite. É d'avé l'tarin dans les liv's. On n'apprend pin à viv' là dans. I a d'qui teni, l'vieux Chimon et cha politique… L'Jeannot et la Marchelle, cha j'aurais jamais cru !

(Moi, je trouve qu'il a la mine d'un déterré. C'est d'avoir le tarin dans les livres. On n'apprend pas à vivre là-dedans. Il a de qui tenir, le vieux Simon et ses journaux… Le Jeannot et la Marcelle, cela je n'aurais jamais cru !)

— Et mé, donc ! É pin créiabe, cha, insiste Émile.

— V'là ti pas l'pé Moute (le frère d'Émile, Eugène, grelotte du jour de l'An à la Saint-Sylvestre. Par moins dix degrés ou plus trente, il s'emmitoufle dans un gilet en peau de mouton, d'où le sobriquet de pé Moute), qui qui fout d'jà dror ? Por mé, pis qu'i dit amen à tout, i condirait la Louise à l'marchi d'Cany qu'cha m'étonnrait pouin. Elle voulait un capet por guincher cham'di et eun' bouteille d'odeu.

(Ne voilà-t-il pas le père Moute, que fait-il déjà dehors ? Pour moi, puisqu'il dit amen à tout, il conduirait la Louise au marché de Cany que ça ne m'étonnerait pas. Elle voulait un chapeau pour danser samedi et une bouteille de parfum.)

— I z'ont qu'euzaötes à penchai et s'esquintent brin l'tempérament. I sont pus ergentus qu'nô, mache. Hélà ! é d'jà la d'mi, é pas que j'm'ennuie à cracher. J'y vas, y m'faut d'la paille et les vaques vont pouin s'traire par l'opération du Saint-Esprit. L'sent-bon cha nourrit pas. Ben qu'eux, i pignochent, comme les syins qu'ont d'l'aver.

(Ils n'ont qu'eux à penser et ne s'esquintent pas le tempérament. Ils sont plus riches que nous, va. Hélà ! il est déjà la demie, c'est pas que je m'ennuie à bavarder, j'y vais, il me faut de la paille et les vaches ne vont pas se traire par l'opération du Saint-Esprit. Le sent-bon ne nourrit pas. Bien qu'eux, ils pignochent, comme ceux qui ont de l'argent.)

L'Émile a la mémoire courte : tous, dans leurs conversations banales, attestent la serviabilité d'Eugène Baray. Conseiller municipal au mandat renouvelé à plusieurs reprises, il s'évertue à défendre les intérêts de la commune et des administrés. Son alliance avec la Louise n'ayant pas abouti à la procréation, ils recueillent deux gosses délaissés, Maurice et Suzanne, qui ensoleillent leur existence.

— Ann'huy, é pas cha, l'a l'pouel r'tourni, i é pouin dans sen assiette.

(Aujourd'hui, ça ne va pas, il a le poil de travers, il n'est pas dans son assiette.)

Si le ciel s'éclaircit dimanche, elle ira à la « pêque » cueillir des praires, des moules, des tourteaux, des lampottes, vignots et bulots. La pêche la délasse, et avec la rocaille et une salade de pissenlit rehaussée de chibot (tige de l'oignon blanc), un chanteau de pain beurré, tu te repais pour pas cher.

— Fôte de pesson, no maque d'la rocaille, é moins coûtageux.

Le pé Baray voit d'un mauvais œil sa galopine tourner autour du Jeannot Simon élevé en bourgeois. Mademoiselle conteste, arrogante. Avec quel toupet elle les contredit ! Elle refuse d'aider, se fait servir tel un pacha et se prend des airs. Il la soupçonne de raconter des menteries quand elle rentre après le souper !

Effectivement, elle renâcle à panser les vaches, écœurée par les battements de queue infestée de mouches et de gadoue, le toupillon enduit d'excréments sur sa frimousse propre et lisse, ainsi que les giclées de pisse qui la surprennent, bien qu'elle s'en méfie, l'odeur de bouse qui persiste sur elle. Leurs meuglements l'angoissent, elle les assimile au son lugubre de la corne de brume quand elle déchire le silence de la falaise et se propage dans la plaine. Elle répugne à épandre le fumier dans les champs, exècre la fenaison et la moisson où l'on s'éreinte de l'aube au crépuscule, trop dur de projeter la paille piquée sur la fourche dans la charrette, trop dur de se hisser sur le monticule de paille pour en extraire des fourchées, pas assez bombées, pas assez vivement, trop dur de l'engranger. Corvée fastidieuse. Et si la mission est accomplie, si le bifteck est gagné, il faut biner les patates et déterrer les cailloux qui poussent comme du chiendent et se faire houspiller ! Trimer sans profit. Le bagne !

Un jour qu'il rentre pour le dizeu (collation de dix heures), déjà harassé, en nage, ses sabots maculés de boue résonnent plus que d'habitude sur la chaussée. Pas de croisée côté trafic, on se satisfait de l'animation qui émerge du bercail, loin de la curiosité. Pour la rumeur de l'extérieur, il suffit de tendre l'oreille, le monde traîne ses bruits. La mé l'entend terloter (saboter) dans la ruette (ruelle), de son pas rythmé et pesant qui accumule des années de ahans, la faux, la bêche et la pioche sur l'épaule. Le claquement s'amplifie... ralentit... s'atténue, amorti par un tapis de verdure... augmente résolument. Il revient du Quéneau où il possède trois parcelles : un herbage pentu, clos, équipé d'abreuvoirs, où paissent en liberté des bovins avant l'abattage ; une terre de labour ensemencée en blé et en avoine ; une prairie où les vaches laitières broutent l'herbe au printemps et à l'automne. Il a l'air tracassé, plus courbé, fourbu. Il suspend son paletot à la corniche du buffet, s'assoit péniblement au haut bout de la table massive entre celui-ci et le tireu (tiroir à couverts), la place du maît' (maître), immuable, d'où il peut, en pivotant son bassin, attraper la bouteille de calva pour aromatiser son café. Il enfonce sa chique dans un coin de sa casquette graisseuse et délavée par les climats et la sueur, la pousse en arrière accentuant l'aspect bombé de son front dégarni, marque sur l'envers de la miche le signe de croix avec la pointe de son couteau pour conjurer la récolte catastrophique, se tranche un énorme quignon de pain qu'il bourre de pâté et taille méthodiquement des bouchées. Il mâche lentement, ses joues se gonflent tour à tour, il savoure la chance qu'il a de s'alimenter correctement durant cette période de guerre quand des tas de gens se satisfont des raclures, un rite sacré, un merci à son dieu de lui épargner l'indigence. Rassasié de la reconstituante tartine, il mouille son index de salive, enlève une à une les miettes éparpillées sur la toile cirée, il essuie la lame de son couteau sur la miche, le replie et, se calant sur le dossier de la chaise, le cogne brusquement sur le plateau et s'éclaircit la gorge :

— Cré nom de nom ! É qui qu'est l'maît' ichi ? Qui qu'é crai, l'aot', on va quand même pouin la nourri à enfiler des perles ! É pouin pach' qu'al'a l'chertif qu'é va commander, qué maquera s'n'avoine avant d'la coupai. É ti possib' d'êt' parécheu comme cha ! É reste à guetter les môques au plafond, à toupiner, pendant qu'mé j'm'échine à marner, aleu que j'sieu cranqueux et qu'j'é un mal de quin à m'teni sus mes guiboles. É, é s'mouve à'l'vitesse d'eun calimachon. Sapristi ! j'vas pas m'laisser maquer la lanne su l'dos par li.

(Sacré nom de nom ! Qui est le maître ici ? Que croit-elle, l'autre, on ne va quand même pas la nourrir à enfiler des perles ! Ce n'est pas parce qu'elle a le certificat qu'elle va commander, qu'elle mangera son avoine avant de la couper. Est-il possible d'être paresseux comme cela ! Elle reste à guetter les mouches au plafond, à toupiner, pendant que moi, je m'esquinte à marner, alors que je suis rhumatisant et que j'ai un mal de chien à me tenir sur mes jambes. Elle, elle se remue à la vitesse d'un colimaçon. Sapristi ! je ne vais pas me laisser manger la laine sur le dos par elle.)

Puis il s'abandonne à une brève sieste, à califouorquette (à califourchon) sur la chaise dossier devant, la tête dans les bras croisés sur le rebord de celui-ci, la chique dans le revers de la visière, la casquette vissée sur le crâne. Un somme réparateur de muscles.

Charlotte ne rétorque pas. Inutile de palabrer, la loi du travail prime chez ceux qui cultivent un lopin ingrat, qui déplorent plus de récoltes médiocres que d'abondantes, qui amassent trois sous pour l'adversité, une prune pour la soif. Inimaginable de feignanter, de griller les heures à se pavaner sur la voie publique, à l'exception du dimanche toléré. Elle s'accorde avec lui sur ce point : la gamine doit être rentable et payer son écot. Et sans rechigner. Ces disputes présagent des remous. Elle tigonne nerveusement son feu qui n'en fait qu'à sa tête lui aussi, refoule, irrite la gorge, capricieux comme le baromètre. Redoutant la manifestation d'un ange déchu, elle se signe en murmurant des formules pour écarter le danger. Cependant optimiste par nature, elle s'exclame :

— Que d'affé ! que d'affé ! Bah ! J'crai qu'le coup deux heu chra bon.

(Que d'histoire ! que d'histoire ! Bah ! Je crois qu'il fera beau cet après-midi.)

Néanmoins, le ciel n'a jamais été aussi ardoisé, l'air imprégné de moiteur.

Le pé Émile se ronge les sangs. Il vieillit, perclus de rhumatismes. Les seaux pleins à ras bords de lait s'alourdissent et l'astreignent à déployer des efforts physiques sans cesse plus soutenus. Son cheval, de trop tirer la charrue et charroyer tout dans la carriole, s'essouffle, certes, malheureusement son épargne est insuffisante pour le remplacer : « Faut pouin péter plus haut que l'trou d'son cul. » Récemment, la mé a été renversée par un coup de sabot en trayant la Noireuse, elle a valsé là-bas dans la litière, les quatre fers en l'air, ses blouses troussées qu'elle a ramassées en hâte. Son poignet fracturé, douloureux, s'ankylose sous le poids de la fourche, quand elle bat les draps, dépiaute les lapins et plume les poules. La plumaison ne supporte pas le ramollissement du poignet. Plumer la poule refroidie l'endommagerait et gâcherait la marchandise. La besogne, autrefois machinale, aujourd'hui l'épuise.

Et *elle* qui boude à l'ouvrage. Le mécontentement du pé croît. Il y a du rififi à la ferme. Le père et la fille s'affrontent.

Mon Dieu, que décider ? Son amoureux demeure à Angers, étudiant en arts et métiers. Il est actuellement mobilisé par l'armée pour enterrer les cadavres. Elle ne s'est guère aventurée au-delà de Cany-Barville, le chef-lieu de canton. Malgré tout elle est pugnace : elle accédera à ce que son père lui a refusé en lui interdisant de poursuivre ses études, l'élévation sociale. Aiguillonnée par son ambition, elle fausse compagnie aux siens pour le rejoindre. Trop fière pour implorer une quelconque aumône à ses futurs beaux-parents que cette alliance n'enchante pas, tandis qu'il s'instruira, elle fera des ménages, ainsi ils jouiront d'une passable aisance. Le sort en est jeté, file, file étoile filante, plein feu sur elle.

Il a beau maudire le blanc-bec d'instituteur en sabotant dans la cuisine et en tapant du poing sur les meubles : « Les concheillers, é pin les payeux » (Les conseillers ne sont pas les payeurs), il s'incline à contrecœur devant la fatalité.

— Qui qui m'a foutu cha, al'a jamais manqué de rin ichi, un vrai cô en pâte.

(Qui m'a foutu cela, elle n'a jamais manqué de rien ici, un vrai coq en pâte.)

Ils se marient un mardi pluvieux, au grand dam de leurs parents, pour formaliser leur liaison et principalement leur cohabitation. Sans tralala. Sans famille, sans amis, exclusivement leurs témoins, sans corbeille. Le pé Simon n'apprécie pas que cette paysanne, sans bagage intellectuel, lui vole son gamin, mieux vaudrait qu'il se consacre aux révisions ! Ma mère porte un tailleur de toile écrue, veste cintrée et jupe en cloche à longueur du genou, un voile court, le front ceint d'un diadème incrusté de perles et de fleurs en tulle et dentelle, les mains gantées de satin, une trace de parfum au lobe de l'oreille, l'allure princière, resplendissante. Même moche, elle aurait été éblouissante : elle porte tout avec élégance. Mon père est sanglé dans son uniforme de gadzart, ganté de blanc.

Le quatorze août mil neuf cent quarante-cinq, à dix heures, devant nous, ont comparu publiquement en la maison commune : Jean Fernand Simon, étudiant, né à Grenoble le quatorze juin mil neuf cent vingt-trois, vingt-deux ans, domicilié à Auberville-la-Manuel, présentement mobilisé au Centre d'organisation numéro un, service matériel, à Tours, fils de Louis Maurice Simon, directeur d'école retraité et de Blanche Marie Albertine Lemarchand, sans profession, son épouse, domiciliés comme dessus d'une part ; et Marcelle Jeanne Eugénie Baray, sans profession, née à Vittefleur le douze novembre mil neuf cent dix-neuf, vingt-six ans, domiciliée à Auberville-la-Manuel, fille de Émile Joseph Baray, cultivateur et de Charlotte Marie Cavelier, cultivatrice, son épouse, domiciliés comme dessus, d'autre part. Les futurs époux déclarent qu'il n'a pas été fait de contrat de mariage. Jean Fernand Simon et Marcelle Jeanne Eugénie Baray ont déclaré, l'un après l'autre, vouloir se prendre pour époux, après que le futur époux, soldat, eût présenté l'autorisation de son chef de corps, commandant le Centre d'organisation numéro un, service matériel à Tours. Et nous avons prononcé, au nom de la loi, qu'ils sont unis par le mariage. En présence de Roger André François Jouan, ingénieur arts et métiers, domicilié à Asnières, 6, boulevard de la Marne et de Jean Baray, cultivateur, domicilié en notre commune, témoins majeurs qui, lecture faite, ont signé avec les époux et nous, Henri Roquigny, maire d'Auberville-la-Manuel.

Mariés pour l'éternité.

En apposant sa signature sur l'acte juridique, Marcelle Baray engage sa volition d'en finir avec l'agriculture qui n'engendre que misère, échine en capilotade et ongles terreux. Elle signe sa sortie de la catégorie des plébéiens. Elle ne travaillera pas, c'est l'apanage des femmes d'ingénieurs. Elle rencontrera des aristocrates, discutera à l'envi de mode, d'artistes, d'actualités... en savourant une coupe de champagne à la vinification parfaite, à la température adéquate ; elle ira au théâtre, jouera au baccara au casino, elle fréquentera le Tout-Paris, évoluera, à l'aise, dans l'éblouissement des paillettes ; elle voyagera. Elle se parera de robes décolletées imprimées en taffetas de soie pour dîner, en organdi pour danser, chaussera des escarpins de chevreau au motif tressé. Les parfums mythiques de Grasse, capiteux et ensorcelants, prolongeront jusque dans le lit conjugal la fraîcheur de son corps. Dotée d'un extraordinaire talent de séduction qu'elle utilisera avec finesse, d'une vive intelligence qu'elle cultivera sans relâche, elle ne manquera pas d'entregent, on la remarquera.

Elle est particulièrement voluptueuse ce jour-là. Son collier de coquillages et de fleurs chatoie sur son cou dégagé. Des fleurs nacrées identiques ornent ses oreilles. Son miroir de poche ne la trompe pas : son visage enjôleur s'imprègne d'été, de bonheur. Elle rayonne de projets audacieux. Son amoureux se pâme de passion… Dès qu'il gagnera de l'argent, il lui offrira une rivière de diamants.

Et très vite, son ventre s'alourdit.

***

J'ignore les raisons pour lesquelles leur couple a basculé, oublieux de l'échange de leurs consentements à développer leur amour, à l'enrichir, à l'approfondir ; oublieux de leur lien inaltérable et indissoluble. Ils ont prêté serment et se sont parjurés, leur oui dévié en non par trop de malentendus. Toujours est-il qu'ils ont omis de se prémunir contre les aléas et les vices de forme et ont égaré la notice et le bulletin de garantie. Ma grand-mère aurait dissuadé son gendre de convoler avec sa fille eu égard à son fichu caractère.

— Eh bin ! j'vous plains, mon pauv Jeannot. É pouin fachile.

(Eh bien ! je vous plains, mon pauvre Jeannot. Elle n'est pas facile.)

Il proteste et s'offusque de sa mise en garde prémonitoire, aveuglé par son inclination pour elle. Charlotte, qui ponctue couramment ses phrases de dictons, tempère ses propos :

— Comme dit le dicton : *Des femmes et des ch'vas, ien a pouin chan défaut.* Vô, vô avai les pés sus terre, é vô embobinra pouin.

(*Des femmes et des chevaux, il n'y en a pas sans défaut*. Vous, vous avez les pieds sur terre, elle ne vous embobinera pas.)

Ma mère n'aurait pas admis ses trois maternités en moins de trois ans : sa taille épaissie, l'allaitement, les couches, les fièvres...

En 1950, la seconde épouse de mon père était infirmière à *La Roseraie* où je suis née, et, à l'époque où il travaillait à Dieppe en 1955 aux établissements de constructions mécaniques de Vendeuvre, elle y occupait le poste d'infirmière pour le personnel. Troublantes coïncidences !

Il entreprend de sauver son couple : la maternité luxueuse, l'activité professionnelle plus rémunératrice, l'acquisition d'un mobilier cossu pour remplir les nombreuses pièces du pavillon de Saint-Aubin-sur-Scie. Pour qu'elle élargisse son cercle de relations, il lui achète une table de bridge pliante en merisier clair assortie de quatre fauteuils coquelicot qu'elle répartit sous un lustre à pendeloques en cristal. Hélas ! la somptuosité n'allume pas le désir, le désastre progresse, le couple étincelle et il quitte ce logement dans lequel il n'a imprimé que six mois de marques. Il n'a pas joué la carte gagnante.

Le mal s'est infiltré lentement en eux, tel un ver dans le plus généreux des fruits. Il a usurpé la matière, chaque fibre de leur chair, le ver a corrodé leur personnalité. Au début, un regard fuyant, une phrase puérile échouée dans l'indifférence, un bonsoir négligé, une peccadille qui enfle dans des proportions excessives, une escalade de conflits, un lancer d'invectives, un retour tardif, de plus en plus tard, et pour elle, le vide du présent, la gestion du quotidien vaille que vaille, les week-ends sans but, les larmes, l'escapade impossible du fait des fillettes, une maman amère, coincée au foyer, une nature ambitieuse qui n'aura d'autre horizon que sa buanderie, ses casseroles et les poussières. Un rêve avorté, évanoui en fumée, une embellie éphémère, un cuisant revers. La terrible désillusion ronge petit à petit l'équilibre. Puis la résignation s'efface, cède à un flot de violence. Les cloisons tremblent sous les vociférations, les portes claquent, les assiettes voltigent. Voilà pourquoi la peur et l'angoisse me hantent. Victime de leur félonie.

À bout d'argument, elle se précipite à la fenêtre ouverte et hurle aux quatre vents « au feu » pour solliciter le concours des voisins qui s'abstiennent d'intervenir dans leurs scènes de ménage publiques, même dans la mesure où elles dégénèrent en rixe. On l'avait avertie que les gens ne se dérangent pas si l'on crie « au secours », ils accourent si l'on hurle « au feu ». Piètre résultat !

Nous nous isolons d'eux, la gorge nouée : et s'ils se disputaient à cause de nous, pas suffisamment sages à leur gré ? Hier encore j'ai sali mes chaussures et mes chaussettes en sautant involontairement dans une flaque boueuse dans le ciel de la marelle et Maman, très en colère, s'est écriée :

— Combien de fois je t'ai suppliée de ne pas patauger dans l'eau, bon sang de bonsoir ! c'est pas sorcier. Je suis fatiguée de ta désobéissance.

Je m'amuse pourtant avec mille précautions, on dirait que la gadoue se rassemble sous mes semelles et éclabousse mes chaussettes exprès. Je voudrais tant ne pas la fâcher !

Parfois le père tire violemment la porte sur lui. Sitôt qu'il l'entrouvre pour reconquérir ses droits et assumer ses devoirs, un vacarme d'enfer s'abat sur nous. Chantal l'entraîne vers une chaise et elle s'enracine sur ses genoux. Il a pour elle une importance considérable. Tous deux la ménagent. Etant donné sa fragilité, ils lui prodiguent une attention particulière. Moi, je la traite de chouchoute.

Chantal est l'aînée. Elle exprime une révolte désespérée spectaculaire. Il n'est guère de matins où elle ne se dresse pas contre un fardeau pesant qui l'importune. Sa mère impitoyable la remorque jusqu'à l'école, Chantal tantôt à plat ventre sur le bitume, tantôt d'aplomb sur ses jambes, poids et contrepoids. La séance, formidablement orchestrée, se renouvelle, sa mère la traînant d'un côté et elle résistant de l'autre, biceps raidis en action. Dans une lutte phénoménale, elles progressent. Leurs hurlements attirent les curieuses qui apprêtent leurs écoliers. En hochant la tête elles soupirent : « Pauvre petite ! » et se détournent, impuissantes. Elles passent devant le café qui étanche la soif des lève-tôt et la forge dans la même cour qui projette le feu et le fer, étincelles acajou, étincelles fauves, étincelles bleues, où le maréchal forgeron, armé de son tablier de cuir et de son marteau, ferre les sabots d'un cheval sanglé, dans un sinistre martèlement que Chantal, rétive, couvre de ses braillements. Gerbe de battitures incandescentes et de larmes. Relents de grillé. Exhibition poignante. Elle ne manifeste que cette opposition, mais l'intensité de sa rébellion démontre la dimension de ce qu'elle réprouve. Elle entame sa journée de cette façon, butée, un rituel à son farouche désaccord. Ensuite, son tempérament flexible s'accommode des règles instaurées, elle ne discute pas la manière de fonctionner de sa mère. En se rapprochant d'elle, en admettant que celle-ci l'accepte, en lui signifiant la justesse de ses procédés, elle suppute ses chances de capter sa considération, cependant tourmentée par la crainte qu'elle ne lui sût pas gré de vouloir la concorde. Condamnée perpétuellement à réajuster sa stratégie à son endroit. Elle souffre de leur mésentente. Une souffrance qui la déchire intérieurement, informulée. Au nom de son rang d'aînée elle endosse des responsabilités insensées, parallèlement témoin et confidente, punie et « punissante », responsable des cadettes. Ni le mouchardage ni les corrections à nous infliger ne lui sont épargnés. Dans le parc elle se dissimule derrière un tronc d'arbre et sanglote. Elle a relégué ses poupées au placard. Il est vrai qu'elle est grande : deux ans et huit mois de plus que moi. Pour manger elle attache sa serviette en pointe sous le menton à l'égal de nos parents, alors que nous deux, nous la nouons au cou comme un bavoir ; elle pose les coudes sur la nappe, nous, uniquement les poings. La chatte Moussette ronronne sur sa nuque, elle lèche son index tartiné de chocolat, elle adore la mousse. Pour nous, Chantal se range du parti de l'autorité, tenons-nous sur nos gardes.

Annie papillonne d'un adulte à l'autre, babille sans trêve. Elle bombe le torse, esquisse trois pas de danse, tournoie en faisant bouffer sa robe, balaie ses mèches d'un revers de main. Son minois charmant, ses cheveux bouclés, souples, inspirent la sympathie. Élève brillante, primesautière, qui prend la parole avant de lever le doigt, elle porte ombrage à sa sœur aînée qu'elle devance : studieuse et concentrée, elle assimile aisément. Son nom figure au tableau d'honneur sous le préau. Elle aspire à devenir hôtesse de l'air. Notre oncle Jean exploitera ses relations dans ce sens. Nous sommes très unies, nous nous animons dans d'interminables conciliabules aussitôt que notre mère et Chantal disparaissent, nous étouffons nos rires dans nos manches et nos jacasseries sous des mimiques. Elle est, sans contredit, la plus intelligente de nous trois.

Je suis la dernière-née, taquine, espiègle, arsouille, boute-en-train, gaie comme un pinson, ces qualificatifs me correspondent ; celle qui détient la position la plus avantageuse dans la fratrie, celle censée pâtir le moins du divorce, trop jeune pour appréhender la situation qui dépasse le seuil de sa compréhension. La fleur de trèfle, la mauve et la fougère exercent sur moi un pouvoir talismanique. Mon chiffre favorable est le deux, mon jour propice le lundi, ma couleur le blanc. Assurément, ces facteurs bienveillants apporteront leur pierre à ma construction. Mais les salopards de Malin et Destin ont scellé un pacte dans mon dos pour m'en faire voir de toutes les couleurs, toutefois je jure de les gagner de vitesse, de leur barrer le chemin et d'entraver leurs plans.

Ma mère voulait me prénommer Reine, un prénom populaire dans les années 1920. Celui de l'anémone des bois, sylvie, choisi par mon père, n'affiche pas la prétention de Reine, à mon avis. Je le préfère. Ils en cherchaient un joli, moderne, avant-gardiste, un gage de leur amour pour moi dans une tendre divergence de vues. Ils tombent d'accord en m'attribuant pour deuxième et troisième prénoms le leur : Marcelle et Jeanne.

Notamment pour me complimenter, ils me surnomment Fina, un prénom béni, parfumé de leur bonté, que je hume quelquefois, vraiment pas souvent. Il ne faut pas traîner à l'attraper. Pourquoi Fina ? Fina diminutif de Joséphine prénom impérial ou péjoratif, selon… ? Mon père s'est esquivé dans les étoiles, de son vivant je ne me suis pas préoccupée d'en connaître le motif. D'ailleurs, l'aurais-je questionné ? En conséquence des périodes de séparation nos rapports s'envelopperont de réserve, de pudeur, où le regard ne s'appesantit pas longuement sur l'être cher, ou bien à la dérobée, où le ressenti ne se dévoile pas, où les attitudes aimantes de l'un envers l'autre se devinent plus que ne traduisent réellement les sentiments.

Je veux penser qu'il s'agit bel et bien du surnom de l'amour, d'un amour fugitif qui semble pourtant avoir été exclu de notre enfance, puisque je ne me remémore pas la saveur des baisers de ma mère, ni le geste de tendre un cadeau. À quoi bon remuer de vagues réminiscences... Je m'empare de ce surnom comme d'une bénédiction. Mon alacrité leur plaît, ils rient de mes pitreries. Je suis leur garçon manqué.

Un soir, il est rentré plus tard que d'ordinaire. Un sommeil réparateur nous égare dans un univers inaccessible. Elle se morfond en bas en feuilletant machinalement les pages d'un magazine qui consacre ses colonnes à la féminité et traite d'esthétique, de mode, d'évasion. De femme à femme. La lampe du salon éclaire la revue, le reste est pénombre. Inutile de se coucher si tôt, elle ne pourra pas dormir, les médicaments ne lénifient pas son anxiété. La veille, dans un accès de folie, il lui a balancé le saladier et l'assaisonnement à la figure pendant qu'elle lavait la laitue. Ses desseins s'effondrent à l'instar des dominos de sa mère qu'elle assemblait à la verticale et culbutait le premier pour les observer s'écroulant pièce à pièce. À la clarté de la lampe et des événements fâcheux récents, livide, elle mesure l'étendue de leur hostilité. Dépitée, tragique, meurtrie, elle résume sa situation en un bilan d'échec, calamiteux. Elle sort de la compétition, réduite à zéro, n'y a-t-il pas d'échappatoire à la médiocrité ? Plus de réceptions mondaines, plus de salons de thé huppés, plus de soierie ; pour toute distraction, les gosses à torcher. Quelle faillite ! Elle les confierait bien à ses parents pour travailler en ville. Même sans études secondaires ni qualification elle s'en sent capable, active, motivée, dactylo par exemple, mais il revendiquerait le principe de réciprocité avec les siens, retraités, disponibles. Elle ne s'habitue pas à ce pavillon immense qu'elle n'a pas choisi, pas plus que lui d'ailleurs, il était adjoint à son emploi aux établissements de constructions mécaniques de Vendeuvre. De la cave au grenier, quatre niveaux distribuent les pièces hautes de plafond, difficiles à chauffer. Les murs craquent sous le vent coulis, les arbres alentour gémissent, sifflent, la ramure se déforme, se tord, s'emmêle. Un fantôme querelleur, laid et difforme, ne se camouflerait-il pas dans la cheminée, dans les jointures ou, pire, dans le cagibi à balais ?

J'entends ma grand-mère imprégnée des revenants et sortilèges :

— Chouff' la candelle, ma fille, chinon i pourraient se démuchi et nous enquiquiner ichi. Le j'teu d'sorts é dans l'veisinage, i musote la nuit.

(Eteins la lumière, ma fille, sinon, ils pourraient sortir de leur cachette et nous enquiquiner ici. Le jeteur de sorts est dans le voisinage, il musarde la nuit.)

La foudre se serait abattue sur un pommier qui a éclaté en morceaux à quelques pas d'elle dans une atmosphère zébrée d'éclairs et depuis, non seulement l'orage lui inspire de l'effroi, le fracas lui évoque le canon, mais elle croit de plus belle aux esprits malveillants embusqués dans la lueur maudite. Je commence à me méfier de ceux qui se moquent d'elle quand elle fait part de ses réflexions. Je m'enfouis sous les couvertures, roulée en boule, au cas où un monstre hideux, aux yeux torves, au tarin spongieux, entortillé dans un suaire, émergerait des parois ou une miniature gibbeuse, au menton de galoche parsemé de verrues, aux pattes palmées, aux griffes acérées, percerait le plafond.

La propriété se singularise admirablement sous l'appellation de « Val fleuri ». Quel passant le contesterait ? Des seringas et des aubépines embaument les soirées de juin et détendent les muscles. Ces fleurs symbolisent pour moi l'amour naissant, l'amour ardent, l'amour brisé. Pétales fragiles comme le bonheur. Leur parfum est bonheur. Ma mère a dessiné des parterres bordés de rocaille sur laquelle croissent des variétés de plantes saxatiles. Glaïeuls, dahlias, pivoines s'y épanouissent à merveille au centre. Elle ne conçoit pas ces dernières autrement que pourpres. Elle se réfère au *Guide Clause*, un ouvrage qu'elle a recouvert d'un papier journal pour le préserver des salissures. Elle ordonne et enrichit son espace, applique scrupuleusement ce qu'il suggère en source d'économie. Le florilège de coloris la ravit, elle se promène fièrement au milieu de sa création. Une clôture buissonneuse exubérante, disposée en quinconce sur deux rangs d'aucuba et de symphorine dont nous cueillons les baies pour jouer à la dînette, de noisetier, de fusain aux rameaux enchevêtrés, de corète du Japon, de chèvrefeuille, de mahonia aux clochettes jaunes en épis, de lilas, sur laquelle s'enroulent des églantiers et des liserons, forme un rideau coloré dense inextricable en tonnelle qui nous abrite de la rue et masquera nos querelles par la suite. Côté rivière, une vigne vierge s'agrippe à la façade par des vrilles formant ventouses, elle la drape en camaïeu vert ou rouge suivant la saison, encadre les fenêtres et obstrue celle du grenier. Un marronnier plus que centenaire ombrage le parc. Il s'ancre dans le sol par des racines souterraines largement étalées et s'étend sous le ciel, il étire ses branches de sa vigueur tranquille, feuillage pistache, émeraude, flamme ou branches squelettiques. Il assiste à nos chagrins et à nos amusements. J'enlace souvent son tronc, persuadée que l'on ne m'atteindra pas si je danse une ronde autour.

La Scie longe la propriété. Parfois une truite en ride la surface. On accède aux berges par un portillon verrouillé pour notre sécurité. Qu'importe ! nous attachons une boîte vide de lait concentré à l'extrémité d'une ficelle reliée à un bâton pour attirer les poissons vers notre canne à pêche improvisée, qui ne mordent pas, pour capturer des têtards ou simplement prélever de l'eau et nous arroser. Rarement une barque y navigue, aussi nous nous réjouissons lorsque les cantonniers de rivière curent le lit, ils renverront au-delà du grillage les jouets lancés soit par mégarde soit pour faire pleurnicher l'une d'entre nous. Impressionnées par leurs cuissardes, nous n'osons pas nous approcher de la rive grillagée pour les remercier.

Le dimanche, le dîner expédié, toutes les quatre, nous traversons la rue pour nous accouder sur le garde-corps du pont et suivre l'interminable colonne de véhicules, pare-chocs contre pare-chocs, bloquée dans les deux sens de la circulation par le feu d'un côté, par les barrières du passage à niveau de l'autre, un divertissement pour notre mère, accru si elle identifie un automobiliste.

La Scie prend sa source entre Saint-Maclou-de-Folleville et Saint-Victor-l'Abbaye, charrie son affluent le Chasse-Fêtu et se jette dans la Manche à Pourville-sur-Mer. Le Gouffre, dont la source se situe dans notre commune, côtoie les rails de la voie ferrée. Il capte et achemine de l'eau potable jusqu'à Dieppe dans le but d'alimenter la ville. En 1535, sous la direction du fontainier Pierre Toustain, on perce un tunnel entre Saint-Aubin-sur-Scie et Dieppe, non sans embûches, le chantier faramineux ne s'achèvera qu'en 1558. L'aqueduc Toustain ne comblant plus les besoins, l'aqueduc du Gouffre est édifié en 1883, il ravitaille toujours Dieppe en eau saine.

Un tintamarre indescriptible nous arrache subitement au sommeil. Ils se disputent en bas. La porcelaine s'entrechoque dans le buffet, vole en éclats, s'éparpille sur le dallage. Sous une bordée de jurons superflus, puisque dégorgés simultanément par l'un et l'autre, ils doivent s'envoyer tout à la figure, même les portes, tant nous sursautons aux chocs et aux chutes. Ma mémoire n'enregistrera pas leurs conversations explosives, elle contribue ainsi à ne susciter aucun parti pris. Mon impartialité les préservera d'une rupture filiale.

Dans nos pyjamas en pilou identiques, nous bondissons hors de nos lits de bois pour nous tapir dans l'escalier, alarmées par l'effrayant tapage. Quelle menace pèse sur eux ? Nous demeurons immobiles dans l'obscurité, le craquement du chêne nous trahirait : s'ils nous surprennent là, désobéissantes au repos, ils nous fesseront. Nous nous bouchons les tympans, suspendons notre respiration, tant les bruits amplifiés gravissent l'étage et la brutalité nous frôle. Le Malin s'incruste au Val fleuri, vision d'horreur, manteau de peine terriblement lourd, cauchemar. Soudain, une porte claque si rudement au milieu d'une bourrasque d'injures que les murs ébranlés ont longtemps résonné de leur grossièreté inouïe. Le silence s'est rétabli à l'improviste, les naufrageurs de l'amour se sont calmés. La mine hagarde tant l'insupportable fracas nous terrorise, nous regagnons nos lits sur la pointe des pieds. Une portière qui claque, un demi-tour sur les chapeaux de roues, sur le gravier crissant, mon père nous quitte définitivement. Durant quelques secondes, les phares de la voiture allument la chambre à travers les trèfles des volets. Image de lui gravée à jamais dans mon cerveau, profondément, naufrage. Leur colossale erreur d'alliance provoque un raz-de-marée en nous. Son poids nous oppressera éternellement.

Au matin je compris en un éclair que les choses ne fonctionneront plus comme précédemment, que les pétales de seringa se détacheront avec moins de légèreté, que le ciel azuré restera cendreux, que des tableaux se superposeront sur ceux qui m'accablent actuellement, tout aussi comminatoires et terrifiants. Les indices d'une conflagration sont là, ils inscriront la tendresse sur la dernière ligne de leurs préoccupations. Désillusion prématurée. Première fissure. L'âge de raison avance d'un an.

Mes sœurs, en bas, vérifient le contenu de leur cartable, tandis que ma mère prépare le petit déjeuner. En descendant, tout me paraît bizarre, inaccoutumé : la cuisinière éteinte, l'humidité, les gestes distraits, les démarches mécaniques, l'initiative inefficace, une atmosphère hostile, angoissante. Elles chuchotent, se déplacent à pas feutrés comme si elles craignaient que le carrelage ne se fende sous une quelconque vibration. Me parviennent des mots : salaud... crever... casquer... serrure..., des bribes de phrases décousues : pilonner la vermine... linge sale... serrer la ceinture... Elles délibéraient vraisemblablement sur la manière de se réorganiser, l'indigence qui nous assaillira, l'assiette dégarnie par sa faute. Et, doutant de ma faculté de concevoir l'effroyable bouleversement qui se produira, l'une décrète tout à trac :

— Noël, c'est fini.

— De toute façon, le père Noël n'existe pas, renchérit quelqu'un.
— Le père Noël n'existe pas ?
Le père Noël... Je piaffe dès la saint Nicolas. Je dialogue avec lui, je lui livre mes efforts de sagesse, négocie des bons points fictifs contre l'étrenne fabuleuse. Nous possédons énormément de jouets : poupées, dînettes, toupies en métal, berceaux, patins à roulettes... Cette profusion de cadeaux concourt à façonner notre intelligence. L'effervescence ne cesse de s'intensifier : le sapin décoré, illuminé d'une guirlande électrique, les souliers alignés, six minuscules et quatre gigantesques, l'endormissement malaisé, le visage expressif de nos parents, attendris devant notre émerveillement, le joli ruban que nous lisserons de nos doigts. Au préalable, l'impitoyable sentence retentira : « Le père Noël ne descend pas dans les maisons des vilains garnements et des paresseux, il ordonne au père Fouettard de toquer à leur carreau pour les en avertir. » Le père La Pouque, armé de son fouet, n'a pas toqué, mais si j'ai été méchante avec mes sœurs et désobéissante de surcroît, le père Noël nous dédaignera et les pénalisera indirectement. « Noël, c'est fini. » Étourdie, je ne bronche pas. Du sang normand circule dans mes veines. Un Normand est taiseux : « Qué qu't'as à soupirer ? » « Rin. » « Porqué qu't'attelles la Coquette à la carriole ? » « Pace que. » « Pace que quoi ? » « Pace que ça. » Une conclusion implacable s'impose : j'attendrai longtemps les bisous de mes père et mère dans mon lit. Mon bonheur d'enfant est arrivé à son terme.

Nous grandirons péniblement, nos anniversaires se succéderont sans bougies, sans cadeau.

***

L'hiver précoce a endossé son vaste manteau lactescent, coiffé son bonnet, emballé son cou dans un cache-nez. Saint-Aubin-sur-Scie grelotte. Les arbres décharnés et frissonnants se sont enveloppés de givre, parés de bijoux étincelants de cristal et de verre. Les merles et les grives ont la plume frileuse, l'aile gourde. Les paysages impressionnants de neige, splendides, pourraient à la rigueur nous égayer, mais le cœur n'y est pas, dedans il gèle à pierre fendre. On y sent plus le froid que celui qui sévit en Seine-Maritime. Mon haleine répand son halo de tristesse. Triste. Triste à en mourir. Mourir en cet hiver 1956, l'annëye des imbéciles, bredouillerait ma mère-grand ennemie de l'adjectif bissextile, et superstitieuse. On se réorganise sans Lui, sous les couleurs de la déraison. Chacun trimballe des blessures exacerbées, il faudra s'en arranger avant qu'elles ne cicatrisent. Dans l'humiliation l'animosité éclôt, dans l'amère déconvenue le ton se hausse d'un cran, de deux crans, hargneux, vindicatif, l'imagination se débride. Mes géniteurs ne se portent plus garants de l'amour qu'il nous faudra désormais leur quémander à titre de récompense et patienter, il se manifestera à la saint Glinglin. L'amour en suspension dans l'air, impalpable.

— Dis Maman, c'est quoi l'amour ?

— C'est du vent, petite sotte. Ça n'existe pas, c'est une invention des gens.

Amour blessé, gâté, la vie ébréchée. La folie se met en marche, impossible à endiguer. Elle broiera les similitudes, déracinera le germe, nous purgera de cette vermine, détruira l'origine. Brûler l'hérédité, brûler les gènes. Brûler la cendre. Brûler. Sa vocation : pyromane. Elle pulvérisera tout ce qui s'est infiltré en nous de lui, le punira de nous en l'évinçant, lui restituera sa douleur, au centuple. Elle éprouve de la consolation à la perspective de laver l'affront dans sa chaudière bouillonnante, elle ressuscite, échafaude son plan d'anéantissement au cours de ses insomnies chroniques. Puis il se structure dans ses rêves et elle le cisèle aux aurores pour un déroulement infaillible. Les fillettes, formidables appâts à sa vengeance, paieront pour le fiasco en haine imprescriptible. Elles assumeront l'engrenage de sa fureur contre lui, ainsi elle s'innocentera.

— Maman, il reviendra bientôt ?

— Il se fiche complètement de vous. Il est mort.

— Il est mort ?

Mort... mort... mort... répercute l'écho inlassablement à ma conscience.

Il est sûrement parti à cause de nous parce que nous ne le méritions pas. Coupables. Nous sommes coupables. Coupables et victimes. Deux mots reliés par un trait d'union, indissociables, enchaînés. Elle subit la défaite, ses injustices. À sa solde et sous sa coupe. Elle en dépend pour nous fournir le nécessaire. Elle souffre de ses projets contrariés, de sa fierté qui en rabat d'être son obligée à chaque encaissement de la pension alimentaire. Cet état de mal-être jette les bases d'une nouvelle raison d'être, qui valorise sa personnalité dans ce qu'elle a de vulnérable. Elle se lamente et ça lui correspond pleinement. Elle clame sa douleur indélébile, à qui ? sinon à ses filles entraînées dans la débâcle et ses conséquences.

Elles lui serviront d'exutoire. Après tout, elle se sacrifie pour elles. Elles ont commis la faute de surgir du néant, elles sont coupables, elles sont condamnables, elles répareront le cuisant revers au-delà de sa réhabilitation au sein de la société. Elles la dédommageront de son affliction. Pouvoir absolu. Pouvoir tyrannique. La pomme est superbe, le ver s'y installe sans en modifier l'aspect extérieur.

Le futur élucidé, simple comme bonjour, non : comme merci le destin, peut se poursuivre dans l'adversité, chacun dans sa solitude, la mère en permanence frustrée, les filles porte-malheur, porte-haine, porte-parole, porte-détresse, rançonnées par la mère, par le père, par la défense des plaignants, et désireuses d'expier pour ce désordre dont elles sont la cause.

Il a oublié un livre qu'il appelait « Mon Arsène », en fait intitulé *La Rochelle se rendra demain...* de Taylor Caldwell, relégué dans l'une des tables de nuit de notre chambre. Il le parcourait le dimanche pendant que nous nous préparions. Je le manipulais moi aussi, intriguée par l'illustration de la couverture qui contrastait avec celles de ma bibliothèque : un gentilhomme aux cheveux longs châtains à reflets roux, arborant une moustache horizontale à pointes recourbées qui accentue sa virilité, portant un couvre-chef empanaché, une épée et un poignard ôtés de leur fourreau, un scapulaire bleu électrique bordé d'or et brodé de la croix, emporte une femme étique sous sa robe vaporeuse échancrée dans le dos, d'une remarquable beauté, cramponnée à son cou, ses cheveux ravissants d'un blond doré mêlés aux siens. Ils s'éloignent de la ville assiégée en flammes, se dirigent vers le port où un vaisseau est amarré à proximité du rivage.

Pour se débarrasser de moi, ma mère m'envoie à l'étage épousseter les objets. Je tire délicatement la porte aimantée du meuble de chevet, et, agenouillée sur la carpette, un chiffon sur la cuisse, j'ouvre l'auguste volume. Arsène de Richepin, le personnage central est un huguenot convaincu, fougueux, intrépide, téméraire, dont l'histoire, qui se déroule vers 1620, ne m'intéresse pas, inintelligible pour moi. Pas plus que je ne m'intéresse à celle de son frère, Louis, qui le hait, prêtre catholique puritain, au comportement ascétique, secrétaire du Cardinal de Richelieu, ou à celle de son ami le comte Paul de Reyssouze abominablement récompensé de sa bonté à l'égard des paysans qui exploitent le domaine. Des quatre cents pages aux caractères d'imprimerie microscopiques, indéchiffrables dans la pénombre, que je saisis entre le pouce et l'index, avec révérence, je ne m'imbibe que des cinq premières où Arsène, blessé en tentant de se soustraire à ses poursuivants fanatiques, s'introduit dans un logis misérable, accule François Grandjean, le maître des lieux, à lui accorder l'asile, sous la menace d'un pistolet braqué sur Cécile, sa petite-fille.

J'ai corné la page qui me transporte dans un foyer où mon père reconquiert sa place :

Le vieillard se pencha sur elle et la baisa au front, très tendrement.

— Bonne nuit, mon enfant chérie, dit-il avec douceur. Dieu te garde pendant les ténèbres.

Ce livre éveillera ma curiosité, le texte hermétique pénétrera en moi par bribes et j'en dégagerai une signification neuve en fonction des étapes de ma métamorphose.

Il n'est pas de réalité sans rêves... Sans la connaissance, il n'y a ni rêve ni réalité, affirme le vieillard François à son hôte de circonstance.

Les livres m'apporteront la connaissance, celui-ci l'atteste. Il me provoquera ultérieurement une boulimie de lectures éclectiques, une appétence pour découvrir ce qu'ils recèlent.

J'étreins le fétiche, je l'aspire longuement et mon père se substitue à lui, mon accablement de sa défection perd de son acuité. Il plaisante, nous jouons à la barbichette.

— Ma Fina, tu es trop petite pour lire ce livre. Attends de grandir un peu. De grandir comme ça, explique-t-il en me soulevant pour m'appliquer un bisou sonore sur le front.

Ses yeux d'acier pétillent et sa voix flûtée vibre. Nous sommes bien tous les cinq...

Son livre, qui a échappé à la vigilance de la rancunière, représente la totalité de ce qu'il m'a légué. Dans sa colère démoniaque elle a tout nettoyé de lui. Je lui suis reconnaissante d'un pareil oubli, il contient ses empreintes, elles se diffusent sur ma peau. Je m'y raccroche, témoin de sa présence parmi nous, présage de son retour, le pilier sur lequel je m'appuie. Si elle tombait dessus et si elle s'avisait de son influence sur moi elle se livrerait à un autodafé.

Je frotte et cogne un de mes chaussons sur le parquet ciré pour simuler l'affairement, époussette de-ci de-là, je hume pour la énième fois l'inestimable relique, je la serre contre moi, je la caresse de la pulpe des doigts, et la replace au millimètre près, en songeant à l'opportunité de la palper pieusement de nouveau. Je guette ses déplacements, les membres élastiques, prête à bondir. Mon oreille, en alerte, habile à discerner les sons, me renseigne sur ses activités. Constamment sur le qui-vive, on ne me blâme pas à tout propos. Je stimule particulièrement deux sens pour ma survie : l'ouïe et la vue. Mon oreille me renseigne sans questionner ; mes yeux me communiquent ce qui est beau sans m'extérioriser, conformément à la détermination maternelle de nous vider de notre substance.

À force de sensations annihilées, mes terminaisons nerveuses s'enduisent de callosités, mon épiderme refoule les émotions en bloc. Je ne touche pas, on ne me touche pas. La peau ne comporte-t-elle pas une couche de poudre susceptible d'exploser d'une seconde à l'autre ? Être touchée – qui implique toucher – se perpétuera pour moi comme une démonstration dangereuse.

Je sais quantifier le temps sans montre au poignet. Si je feuillette le roman pendant un quart d'heure, exactement un quart d'heure pour qu'elle ne me coince pas, je le range au bout de quinze minutes. Cette évaluation, juste, a été aiguisée pour exploiter au maximum le temps où je me conquiers, c'est-à-dire à distance de mon despote. En combien de temps descendra-t-elle à la gare pour y récupérer Chantal ? Combien de temps piétinera-t-elle dans les courants d'air du quai ? Durant combien de temps marcheront-elles ensemble, sachant qu'elles graviront une côte en bavardant ? La somme de ce temps constitue mon exceptionnelle et fugace liberté. La trêve expirée, en me repliant sur moi-même, je m'en nourris au présent, la certitude de sa répétition m'empêche de sombrer dans le désespoir. Passé, présent et futur se mêlent, un présent à tromper, à s'en arranger dans la fuite.

Mon aptitude à mesurer le temps subsistera, l'impulsion imprimée aux aiguilles des horloges au printemps et à l'automne ne me perturbe pas : à dix minutes près, je suis capable d'indiquer l'heure à mon entourage qui s'amuse à m'en défier. Non, ce n'est pas un creux à l'estomac qui garantit ma précision horaire, c'est ma perception du temps.

***

Ma mère est belle. Elle purifie sa peau avec un linge qu'elle étend sur un arbuste la veille pour qu'il s'humecte de rosée. Les gouttelettes se réveillent sur le feuillage où les araignées ont tissé des guipures perlées, dansent dans la brise, s'ébrouent et chutent sur le linge. Les revues de mode en ont vanté les bienfaits pour désobstruer les pores, nettoyer l'épiderme en profondeur, le tonifier. Elle étale d'innombrables crèmes et masques qui hydratent, regonflent, affermissent et satinent uniment la peau, ensuite elle neutralise les imperfections sous un maquillage soigneux, discret. Se maquiller l'absorbe totalement. Le rituel journalier s'accomplit dans sa chambre pourvue d'un bureau de maquillage, immense, un bureau ministre dont le plateau se relève, bloqué par une chaîne. Que renferme-t-il ? Probablement les artifices de la séduction, les potions magiques qui carminent les lèvres, rosissent les pommettes, avivent les prunelles. Devant un miroir grossissant elle gomme les bavures de la remise en fraîcheur de son teint. Je ne fouille pas dans ce bureau pour qu'elle ne me gronde pas, par manque de robustesse pour soulever le plateau et par indifférence. Elle s'isole vers onze heures. Cet intermède nous réjouit : la prudence s'assouplit, nous nous rapprochons, Annie et moi, pour des messes basses et fous rires incoercibles. Nous pénétrons en sourdine dans des zones inabordables en sa compagnie. La rue, sujet à plaisanterie, nous socialise, elle nous parvient par le carreau de la porte d'entrée, elle nous suggère l'indépendance qui nous fait défaut. Je me défoule, hissée sur une chaise, en distribuant aux passants des grimaces plaquées contre la vitre avant de m'accroupir prestement.

— Annie, ramène-toi, voilà la grosse dondon ! Tu crois qu'elle m'a aperçue ?

— Tu penses, avec la tronche qu'elle tire !

Parfois je repère un roman-photo sur la table de la cuisine, là où s'amoncelle un fatras de documents à sa portée ou en vue d'un hypothétique rangement, je le dévore à loisir, je scrute indéfiniment les cases sépia animées du mouvement et du dialogue des interlocuteurs, de leurs passions, amourettes, drames et comédies – j'assimile plus rapidement le contenu des phylactères que mes leçons – et j'enjolive durablement le récit en jeu de rôle, au-delà de la vision de l'illustré.

S'apprêter lui nécessite une heure environ, invariablement quand notre estomac sonne l'angélus. Quel résultat ! La magie des crèmes a opéré. Elle reflète la perfection : sourcils épilés en forme de boomerang étiré vers la tempe, paupières ombrées qui rehaussent le regard, les cils incurvés, plus longs et plus soyeux sous l'effet du mascara, les cheveux crantés, disciplinés par la laque, deux accroche-cœurs sur le front maintenus par une épingle, que les malintentionnés nomment rouflaquettes en la raillant. Ceux-là mêmes qui prétendent qu'elle ne va à la messe que pour exhiber son galurin et son vison et qui la baptisent « la frimeuse ». Élégamment vêtue, elle associe les étoffes et leurs teintes en fonction de la clarté et de son humeur. Elle confectionne vêtements, rideaux, couvre-lits, nappes, torchons... Elle aurait excellé dans le métier de fripière, ingénieuse à transformer les habits démodés en habits du dernier chic, à les ajuster pour qu'ils soulignent sa taille ronde et cambrée, en harmonie avec les modèles des magazines qu'elle compulse. Le nylon se glisse sur son corps pulpeux, elle en prise la fluidité, la légèreté, à l'affût de nouveaux produits qui valoriseraient son aspect. Les bas s'enroulent sur ses jambes galbées et potelées, les chaussures à talons aiguilles l'allongent de deux ou trois centimètres, élancent sa silhouette, corrigent la petite stature des Baray. Toute abandonnée qu'elle soit, elle n'en soigne pas moins son apparence, distinguée, affirme son statut dans la société par la qualité de son habillement.

Aussitôt que la chaîne se recroqueville en crissant, nous fonçons sur nos sièges et nos passe-temps, la langue instantanément muette, tout en mimiques faciales et gestes imperceptibles des membres, et elle nous apparaît lumineuse, les formes graciles, le cheveu impeccable, la peau lustrée, les traits parfaits, la robe seyante, immaculée et sans faux-plis, pimpante comme un bouton de rose incarnat, une femme-fleur.

Elle concentre son attention sur nous. Je bénéficie des vertus thérapeutiques de la rosée pour obvier à mes taches de rousseur qu'elle juge disgracieuses. Mes baguettes de tambour ont le don de l'agacer. Elle me frictionne le cuir chevelu avec de l'oignon pour les épaissir et me badigeonne les mèches de jaune d'œuf pour qu'elles luisent. Ces remèdes ne changeant ni la racine ni la tige, elle me les natte en couronne sur le crâne.

Il y a des moments pour s'ébattre, salir les défroques déchirées et raccommodées est toléré sans pour autant cabrioler dans les rigoles, et des moments où nous servons de potiche, admirées, la maman félicitée. La moindre tache, la mèche rebelle, le squelette affaissé sont sévèrement réprimandés. Une contorsion de ses muscles faciaux, froncement de l'arcade sourcilière, plissement du front, pincement des lèvres, contraction des mâchoires, nous signifient que nous nous fourvoyons. Ses exigences ne nous perturbent pas, elles relèvent de la bienséance qu'elle s'évertue à nous inculquer. Les parents disposent légitimement de pleins droits sur leur progéniture, à cette dernière il sied d'obéir aveuglément. Nous nous coulons aisément dans le moule.

Elle tient son intérieur à la perfection, raffine sur la décoration et le confort, répartit des bibelots, déploie des tapis persans à motifs floraux, aux laines chatoyantes, accroche des cadres, pour répandre une ambiance chaleureuse qui ne règne nulle part ailleurs. Elle entretient les fleurs qui réchauffent nos hivers normands pluvieux avec la passion des jardiniers.

Comment a-t-elle développé un tel sens esthétique ? Pas à l'exemple de ses parents nés dans le Pé d'Co (Pays de Caux) d'une lignée de Hauts-Normands pure souche, qui galèrent dans la culture, qui ne se reposeront qu'une fois trépassés. Nous sommes dans l'immédiate après-guerre où le statut du chef de famille, chef de la maisonnée, où celui de sa conjointe, mère au foyer, se lézardent sous la revendication d'indépendance de celle-ci. Un vent de liberté souffle à la levée du rationnement. La radio l'instruit à l'élégance de la posture, du verbe, à la distinction. Elle décortique la presse féminine, fait son profit des conseils et des astuces qu'elle dispense, se familiarise avec les convenances, détaille les modèles de couture dans les rubriques « Prêt-à-porter » des magazines, s'enquiert des tendances de la mode en textiles et coloris, friande d'innovation. Elle examine à la loupe les tenues exquises de Coco Chanel. Les parfums excitent son odorat. Elle observe le style de ses semblables. Elle ambitionne de composer la fine fleur de la société.

Femme aux multiples ressources, des armes de poids dont elle usera pour confondre ses opposants, elle manie l'aiguille avec la dextérité des couturières, mesure, raccourcit, rallonge, taille, ourle, pince, fronce, plisse, ajuste, épingle, faufile, élargit, brode. En outre, elle déniche des coupons de tissus à des prix imbattables, harmonise les matières et les couleurs, crée les patrons, introduit dans notre garde-robe sa touche personnelle due aux magazines qu'elle consulte et à son talent. D'interminables essayages nous contraignent à grimper sur la table avec nos chaussures sous lesquelles un *Écho de la Mode* se froisse en craquetant. Plus nous bougeons, plus elle s'énerve, plus l'essayage s'éternise. Un fait exprès : le nez nous démange, une impérieuse envie de nous gratter s'empare de nous. Elle rectifie les erreurs à la craie tailleur, entreprend les retouches, minutieuse, voire perfectionniste. La coupe irréprochable conditionne l'essayage final.

Elle confectionne du neuf dans du vieux, détricote, retricote encore après que nous sommes couchées.

Je déteste mon accoutrement, du déjà vu en laid et ridicule sur mes deux sœurs. Celui de la semaine s'apparente à des chiffons informes, ternis, mal ajustés, soit trop courts soit trop longs. Le bas de mes robes, raccourci puis rallongé pour Chantal, pour Annie ensuite, imite les lignes régulières de mon cahier du cours préparatoire. Ne parlons pas des maudites chaussettes ! Seules des punaises les immobiliseraient sous mes genoux. Les habits du dimanche sont pires par leur originalité, leurs imprimés, leurs formes : je les collectionne en trois exemplaires. La énième retouche vaine pour les adapter à ma taille, ils sont recyclés en diverses utilités : mouchoirs, sacs fourre-tout, chiffons à poussière, serpillières, patins pour parquet ciré... J'enfile alors les loques d'Annie qui finit d'user les nippes de Chantal. En endossant leur cache-misère, déguisée en elles, je me fonds dans leur personnalité, je renonce à la mienne, frigorifiée sous mes tricots distendus. Quelle veine elle a notre aînée de ne se vêtir que de neuf ! Notre mère méprise notre identité, trois choses uniformisées, trois paquets qui lui appartiennent, qu'elle gouverne à son gré pour actionner la machine diabolique à détruire le traître. Elle nous photographie fréquemment – habillées de façon identique – comme si elle pressentait qu'il ne lui restera de nous que ces représentations, hormis ce que sa mémoire consentira à lui restituer au fil des ans.

Ma robe à pompons, smocks et ceinture à rosette ! Qui me l'a offerte ? Flambant neuve, bleu ciel, bouquets pastel, une cotonnade infroissable, agrémentée sur le plastron d'un ruché au point d'épine et de pompons bleus en fil de soie. Je demande à m'en parer dès qu'elle est repassée. Elle enveloppe mon individualité. Hélas ! elle fut transformée en chiffon à poussière, en lavette lavée les trente février, fétide, tordue en affreuse serpillière que je coince entre les ongles pour la manipuler. Robe de princesse. Robe de rêve. Robe éphémère.

Malgré sa prédisposition pince-maille, l'argent manque cruellement. Les allocations familiales garantissent la survie. Mon père forfait à ses obligations, il n'acquitte une pension alimentaire que sous la contrainte d'une saisie-arrêt sur ses rémunérations ou d'un emprisonnement, en représailles contre celle qui rejette le principe d'un divorce. Elle rationalise son budget, lésine sur tout. Elle sélectionne judicieusement les ingrédients qui composent nos repas pour qu'ils nous procurent vigueur et résistance dans un excellent rapport qualité-prix. Nous mangeons des joues et des langues de morue nappées de crème, garnies d'une pomme de terre cuite à la vapeur, saupoudrée d'une touche de persil pour les vitamines, du pâté et des frites le samedi, des carrelets, des merlans ou des maquereaux farcis d'arêtes le vendredi, des bananes. Elle compulse des articles qui traitent de diététique et, selon eux, une banane équivaut à un bifteck. Des bas morceaux de viande sans gras, sans nerf, savamment mijotés, assaisonnés d'épices, d'un bouquet de thym et laurier, des sauces onctueuses, aiguisent nos papilles. Des morceaux de roi. Elle accommode les restes. Nous grimaçons en ingérant l'huile de foie de morue pour grandir sans risque d'infection, sans scoliose et nous assurer une denture esthétique. Un franc économisé est une bouffée de gourmandise pour le lendemain.

Sa mère, qui lit et orthographie approximativement, mais compte parfaitement, lui a appris à ne pas jeter l'argent par les fenêtres.

Super Mémé Charlotte ! Elle a cent bras, infatigable, elle évolue indifféremment des travaux domestiques à ceux de l'exploitation, efficace en toute circonstance, et ne s'octroie pas de répit, la journée jamais achevée, jamais assez remplie : elle remonte l'eau du puits, moissonne jusqu'au lever de la lune, coltine les ballots de paille pour les bêtes en hivernage, épand du foin dans les râteliers, baratte lait en crème et crème en beurre, les poignets rompus, les paumes calleuses, elle courbe le dos sous la pluie, évacue le fumier dans les étables, aide les veaux à naître, déverse le grain dans la basse-cour et glane dans les champs de l'herbe pour les lapins. Dans l'intervalle, elle taquine la braise, ajoute une pelletée de charbon, frotte ses mains au-dessus de la cuisinière quand le gel lui mord les doigts, démarre son fricot, effectue une crème aux œufs ou une teurgoule roborative, retape son lit, apprivoise le soleil au bord des fenêtres qu'elle entrebâille, sur lesquelles elle dissémine des miettes de pain pour ses merlettes et ses mésanges. Mémé rondelette, les seins lourds de ses deux maternités.

Elle trait les vaches qui passent l'hiver à l'étable. Elle les interpelle, les amadoue, effleure leur mufle humide. Ces préliminaires indispensables à sa sécurité terminés, elle s'assoit sur le trépied, le seau calé fermement entre les cuisses et les genoux, une main puis l'autre tirant, pressant et relâchant les trayons à un rythme rapide. Et le lait ruisselle en une mélodie à notes longues, plus fluette à mesure que le niveau de liquide mousseux s'élève dans le récipient. Elle réprime leur nervosité, les flatte en leur tapotant le garrot ou la croupe, en position pour esquiver un sabot impétueux qui la déstabiliserait et renverserait le seau.

Chaque soir elle vend son lait, ses œufs et son beurre bouton d'or qui sue dans des jarres. Elle soulève son tablier et les espèces disparaissent dans *la* poche de sa blouse. Dans la seconde poche, celle de gauche, elle enfouit son mouchoir à carreaux bleu pétrole, imbibé d'eau de Cologne à la lavande, la clé de la laiterie et celle de son armoire dont les gonds gémissent à l'ouverture. Une armoire en chêne achetée sitôt leur mariage pour y enserrer son trousseau, le linge d'Émile, ses économies, la boîte à biscuits en fer-blanc et la bouteille de bordeaux entamées. Magnifique, ornée de moulures et d'un panier de fleurs sur les portes qu'une fêlure horizontale traverse. Les années la meurtrissent de chocs. Pour se disculper des innombrables maladresses dont elle est victime, elle l'enduit de cire d'abeille et la bouchonne.

Ma grand-mère superpose ses vêtements en fonction de sa besogne, ses dessous recèlent sa coquetterie et ce qu'elle a de plus précieux : la clé de son armoire et la recette. Elle revêt une robe de coton couleur hirondelle sous une blouse immaculée recouverte du tablier à carreaux pour les acheteux (acheteurs) de lait, et dessus, pour les heures banales, à l'étroit dedans, une blouse des quatre-saisons délavée, tachée, raccommodée, qui prouve qu'elle n'a pas les deux pieds dans le même sabot. Juste une montre au poignet, elle estime tout bijou superfétatoire dans sa condition de paysanne en blouse : « La parure, la dentelle et la soie, la poudre, é por l'syin qui s'roule les pouces et por l'niant. Por l'bissaquet. Por les criyatures vaniteuses qu'ont l'temps de bagoulâcher. La biauté s'maque pouin en salade. » (Les bijoux, la dentelle et la soie, la poudre, sont pour celui qui se roule les pouces et pour le fainéant. Pour le parvenu. Pour les créatures vaniteuses qui ont le temps de commérer. La beauté ne se mange pas en salade.) Idem pour le miroir, elle n'use pas la glace de son armoire à se mirer dedans.

Je participe quelquefois au commerce du lait, dans l'entrée qui mène au grenier où elle emmagasine les pommes, les haricots à écosser, les pommes de terre, le grain et la paille, un carré frais quelle que soit la température extérieure, vaguement éclairé par une suspension d'albâtre en forme d'assiette. Entre le carré et la cuisine, une barrière en planches stoppe l'élan des animaux, sinon la jument, Coquette, à la robe grise mouchetée, s'insinue pour qu'on lui caresse la nuque et les poules picorent les miettes sous les chaises. Ma grand-mère décroche de la crédence en tôle émaillée la mesure appropriée et verse sans bavure le breuvage tiède de la traite dans le pot à lait de sa cliente. Parallèlement, la langue sacrément affilée, l'expression gourmande, les deux potinières impénitentes émettent des pronostics sur la pluie et le soleil, passent en revue les feux de la contrée, cancanent sur le ka nei crevé, oh ! eun biau marcou, qu'on avé piqué dans la barriai du Tranquille Du'an, bin fé por li depis eun' éternité qui embêtait l'veisinage, au moins oyou qu'i é à c't'heu, ch'ti-là, i port'ra pu malhu ; sur la Rosalie Ledoux qu'était r'prise, qu'l'moutard était churment pin d'chon ma'i pis qu'y avait qu'la cahette qu'avait pouin paché d'chus, eun' drôle de criyature que l'gâs Louis a enco basculée hyir sus l'fein à fâote de jou. Héreusment que s'n'houme é pin mignard, i li foutrai eun' retournai, cha li mettrait du plomb dans la chervelle.

(sur le chat noir crevé, oh ! un beau matou, qu'on avait piqué dans la barrière du Tranquille Durand, bien fait pour lui depuis une éternité qu'il embêtait le voisinage, au moins où il est maintenant, celui-là, il ne portera plus malheur ; sur la Rosalie Ledoux qui était enceinte, que le moutard n'était sûrement pas de son mari puisqu'il n'y avait que la charrette qui n'était pas passée dessus, une drôle de créature que le gars Louis a encore basculée hier sur le foin à la tombée de la nuit. Heureusement que son homme n'est pas jaloux, il lui ficherait une raclée, cela lui mettrait du plomb dans la cervelle.)

— L'Alphonse Ledoux ! i é pus ribâillous qu'é !

(L'Alphonse Ledoux ! il est plus débauché qu'elle !)

— Y a pas moyen d'l'en empêchai, c'te fumelle.

(Il n'y a pas moyen de l'en empêcher, cette femelle.)

— Noum de zo ! é pin rin d'ête comme cha ! Ch'est la rouène eun' drôlesse parèle. La rouène.

(Nom de Dieu ! ce n'est pas rien d'être comme cela ! C'est la ruine une drôlesse pareille. La ruine.)

— La mâtine ! La mâtine ! Et aveuc cha, pus niant' qu'eun' couleuv.

(Et avec cela, plus fainéante qu'une couleuvre.)

Elles s'esclaffent en se tapant les cuisses, pliées en deux, s'indignent de leurs polissonneries, une revanche sur les complications de l'existence. Dès qu'une autre habituée entrouvre la porte, la précédente s'efface en riant sous cape, en se gardant de dévoiler la mesquinerie de ses commérages. Et ma grand-mère récidive avec la suivante, si bien qu'elle est éclairée sur les travers de la plupart de ses concitoyens, l'éclosion des scandales, une vraie gazette !

— L'pé Grattepanche qui d'meur oû hâot-bouot d'la commeune, sus la route de Paluel, qu'é pouin d'cheu nô aötes, qu'a conchervé l'achent parigot, c'qu'i caôse bin ! A rin dû fé des études por êt cultué comm' cha, en connaît eun rayon ! Et ben appris auchi, i défé cha saluette devant les dames.

(Le père Grattepanche qui demeure tout au bout de la commune, sur la route de Paluel, qui n'est pas de chez nous, qui a conservé l'accent parigot, ce qu'il cause bien ! Il a rien dû faire des études pour être cultivé comme cela, il en connaît un rayon ! Et bien appris aussi, il défait sa casquette devant les dames.)

— El'pé qui ?

— Grattepanche, l'n'vo, stilla qu'a la dernié maison, à drète. Veyai-vô ?

(Grattepanche, le nouveau, celui qui a la dernière maison, à droite. Voyez-vous ?)

— Eh chi ! j'vey bin, j'y ai fé connaissance. Et pouin fiai por deux chous et biau gâs. Et cousu d'or, le milord.

(Eh oui ! je vois bien, j'ai fait sa connaissance. Et pas fier pour deux sous et beau garçon. Et cousu d'or, le milord.)

— Et l'Grichu brailleux, ragache comme la teigne qu'agonit l'mond, l'brèque-dent qui postillonne, i a bin d'la jappe, i a qu'à v'ni' s'il ose, « l'cô est fort sus sen fumyi ».

(Et le Grichu vantard, mauvais comme la teigne qui agonit le monde, le brèche-dent qui postillonne, il parle facilement, qu'il vienne s'il ose, « le coq est fort sur son fumier ».)

— I frai mus d'téni sa liche que d'bat d'la goule tout patout.

(Il ferait mieux de tenir sa langue plutôt que de bavarder partout.)

La dernière cliente approvisionnée, elle soulève les pans de son tablier pour retirer de sa poche, coffre-fort improvisé et fiable, une sage précaution, sa clé et son gain, additionne la recette, note des chiffres sur un calepin. Elle l'entasse dans un pochon et la cache méticuleusement sous une pile de draps dans son armoire qui exhale tantôt la lavande, tantôt l'encaustique, et grince d'aise. Elle transvase le lait invendu dans les cannes, à l'exception d'une quarantaine de litres pour son beurre, le laitier les collectera à l'aube, au chant du coq. Elle expédie les corvées : arrose le potager, lave les accessoires de la laiterie, remplit l'écuelle de Mouflette, balaie le sol en terre battue, étend trois torchons sur la corde derrière la cuisinière, déplace les tisons du bout des pincettes, ravaude jusqu'à ce que les étoiles flottent sur le tissu, jette un œil sur la comtoise, « barre » sa porte et vérifie que les orifices sont inaccessibles aux revenants. Elle grimace une fraction de seconde sous l'intensité des douleurs articulaires, et pouffe dans sa chemise de nuit en se coulant dans les draps de lin rapiécés, satisfaite de mettre au fil des traites, du foin dans ses bottes. Son homme ronfle, pelotonné sous l'édredon rouge foncé, pansu, à fabriquer du muscle pour demain.

Elle n'a ralenti la cadence que la retraite sonnée et avec elle du loisir dans sa maisonnette à deux pas de la ferme, celle-ci vendue à mademoiselle Denise Cadinot et à son fils Maurice resté garchon tout seu (célibataire). Elle a ôté sa blouse tachée et son corps potelé s'est épanoui dans celle du dessous, proprette. Un matin, en avalant son café, elle remarqua que son bol de Sarreguemines, craquelé, abritait une rose lie de vin aux feuilles bleu guède. La vaisselle du souper essuyée, elle s'est autorisée à s'asseoir devant sa console en sapin qui supporte le poste de T.S.F. et l'œuf à repriser les chaussettes, elle a tourné le bouton de la radio, croisé les doigts sur son ventre et tricoté ses pouces. La famille Duraton passe à table et ma grand-mère assiste à ses chamailleries aux multiples rebondissements, s'exclame de concert, opine, proteste, s'émeut. Elle ne se dérangerait plus pour nous.

— J'y avais bin dit de pas ram'ner sa fraise. I m'a pas crue, é ti pas cabochard ! Et brin futé por deux sous.

(Je lui avais bien dit de ne pas ramener sa fraise. Il ne m'a pas crue, est-il cabochard ! Et pas futé pour deux sous.)

— I m'fé rigoler li, i crai qu'y a qu'à s'baisser por ramasser les picaillons…, le v'là dans d'biaux draps !

(Il me fait rigoler lui, il croit qu'il n'y a qu'à se baisser pour ramasser les picaillons…, le voilà dans de beaux draps !)

— M'est avis que li, i beu pouin que d'l'iau, ah ! le bandit.

(Il m'est avis que lui, il ne boit pas que de l'eau, ah ! le bandit.)

— Oh ! que mauvaise fei…, que sapré menteux !

(Oh ! quelle mauvaise foi…, quel sacré menteur !)

— I s'crêpe, i s'crêpe, s'toisiau-là, i fésait moins l'malin à l'âot souper.

(Il crâne, il crâne, cet oiseau-là, il faisait moins le malin à l'autre souper.)

— Li, i s'rait coureux d'jupons qu'cha m'étonnerait qu'à min'tyé.

(Lui, il serait coureur de jupons que cela ne m'étonnerait qu'à moitié.)

— Que bavacheux ! I va t'i s'té, on peut pouin en placher eun' !

(Quel bavard ! Va-t-il se taire, on ne peut pas en placer une !)

— Oh ! la rosse... ! oh ! la rosse !

— I la critique rin ! Ma cocotte, tu maques l'peisson, tu laisses les arêtes et la piâo. É cha la critique.

(Il la critique rien ! Ma cocotte, tu manges le poisson, tu laisses les arêtes et la peau. C'est cela la critique.)

La Denise Cadinot prétend que sa sœur Édith a un poste avec des illustrations qu'elle peut venir voir un de ces quatre. Dubitative, Mémé hausse les épaules :

— Qui qu'vô volai qu'j'aille veir. Vot'sœur a pouin l'd'Duraton dans sa bouette, qui qu'cha li donne ?

(Que voulez-vous que j'aille voir. Votre sœur n'a pas le Duraton dans son téléviseur, ça lui sert à quoi ?)

De génération en génération, mes ancêtres maternels se sont implantés à Auberville-la-Manuel. En 1849, Bérénisse, adolescente de seize ans, accouche d'un héritier, Baptiste, sans procréateur identifié. Elle ne s'initie ni à la lecture ni à l'écriture, elle ne signe pas les documents. Pour faire bouillir la marmite, honnête citoyenne, elle s'échine au métier de tisserande, subvient à l'indispensable sans mari, proche de son frère qui a quinze ans de plus qu'elle, tisserand lui aussi. Baptiste, mon bisaïeul, ira quérir sa dulcinée, Virginie Ledoux, à Canouville, à une dizaine de kilomètres de chez lui ; ils se fixeront à Auberville. Ils sont tisserands et impécunieux au pays de sapience, Virginie, sa mère et sa grand-mère illettrées. Aucune besogne ne rebute Baptiste. Dans les divers actes d'état civil, on le qualifie de tisserand, cultivateur, garde champêtre ou crieur public, il roule le tambour pour le glanage et le grappillage.

Que des mâles ! Les cinq gaillards de Baptiste et Virginie : Eugène, Émile, Léopold, Léon et Henri naissent à Auberville-la-Manuel. Émile, envoûté par le minois et les rondeurs avantageuses de Charlotte Cavelier qui habite à trois kilomètres de là, à Saint-Martin-aux-Buneaux, le berceau de ses ancêtres attesté depuis la Révolution, lui promet qu'à sa prochaine permission – il est soldat sur le front au 329e régiment d'infanterie – il la conduira à l'autel. Effectivement le lundi 29 janvier 1917 à huit heures au clocher, en plein carnage, le oui les engage à perpétuité. Sans fortune ni bien, juste leur chemise en grosse toile, ils n'offrent pas d'anneau d'or à leur annulaire. Le notaire ne leur rédige pas de contrat. Le père de Charlotte, Paul Philbert Cavelier, est domestique et sa mère, Marie Eugénie Verdière, tisserande. Elle a été reconnue née d'eux huit mois après sa naissance. Placée très tôt en tant que boniche, elle allège quelque peu leur misère : une bouche de moins à la tablée et de la monnaie d'appoint.

Émile démarre petit, sans un sou vaillant, journalier à Vittefleur et « casseu d'cailloux ». Le souper à peine achevé, il fonce à la carrière muni d'une massette pour casser des cailloux, contribuant à fabriquer nos élégantes bâtisses normandes lignées de briques rugueuses et de silex. Il exerce cette double activité pour se constituer un pécule et acquérir des parcelles à vendre par les Guérout, des Parisiens qui ont établi leur résidence secondaire dans une de leurs pâtures, et sa ferme, sa ferme nourricière qui lui épargnera la famine. Le voici cultivateur-propriétaire, un modeste agriculteur laborieux, pas mieux loti que la plupart, écrasé à la tâche, trempé de sueur, sérieux, économe par prudence, aussi maigre que les harengs saurs dont il déjeune occasionnellement accompagnés d'un quignon de pain beurré, mais partageant sa paille et son avoine, nanti de vingt-cinq hectares labourables, des herbages, un troupeau de vaches, un cheval franc du collier en guise d'ouvrier qui tracte la charrue et la charrette, dont il se plaît à manipuler les guides, des poules et des lapins, et d'une ferme au fond de l'impasse empierrée, en face de la chaumière des Simon. Murs de brique, toit d'ardoise et sol en terre battue, bien qu'elle ait l'aspect d'une longère par la juxtaposition des dépendances, elle ne s'étire que sur trois pièces de plain-pied, la cuisine, leur chambre et une deuxième, sobrement garnies. Il n'y a pas de couloir pour circuler entre elles en enfilade. Les parois sont comblées avec du torchis apparent sur un soubassement en béton irrégulier. Dégourdie en bêtises de toutes sortes, j'extrais les fétus de paille et les écorces de blé. Les meubles sont stabilisés avec des centimes troués.

On entre dans la cour en passant devant la laiterie au nord, un local en maçonnerie épaisse, à température constante, basse. Elle possède une ouverture grillagée sur la voirie, d'où parviennent les échos. Charlotte conserve la clé dans sa poche, elle ôte ses sabots pour franchir le seuil du saint des saints d'une propreté et d'une hygiène irréprochables. Une partie du lait y est transportée, il sera filtré durant la nuit dans des tamis métalliques, puis stocké une journée dans des jattes pour que se dépose la crème qu'elle barattera au petit matin suivant, en grappillant des potins au-delà de l'impasse. Son œil expert l'aiguillera dans les opérations subséquentes, elle avisera en fonction du travail de son beurre. Ni Émile ni Marcelle ni Jean n'ont été initiés au secret de sa fabrication minutieuse. Elle recevra, avec une pointe d'orgueil légitime, les félicitations des ménagères pour la finesse de ses mottes.

Attenant à la laiterie, le cellier où sont remisés les outils aratoires, le charbon et le garde-manger en bois et treillis de fer. Les peaux des lapins y sèchent clouées aux poutres, monnayables auprès du récupérateur contre une vingtaine de francs.

La cuisine est accolée au cellier sans accès intérieur.

Charlotte chouchoute amoureusement sa *Godin* qui lui garantit la chaleur, cuit les repas, maintient le café au chaud et, disposant d'un réservoir et d'un robinet, distribue de l'eau brûlante pour dégraisser la vaisselle, du premier janvier au trente et un décembre. Son café bu, elle la récure pour qu'elle reluise et peste contre les gouttes qui frétillent sur la fonte polie ; à maintes reprises elle s'empare du tisonnier, soulève les ronds précautionneusement et examine l'état de la flamme : sa cuisinière a-t-elle du bois et du charbon en suffisance ? Elle la fait ronfler puis elle manie la clé sur le tuyau pour régler le tirage.

Contiguës à la deuxième chambre, trois étables sont équipées d'un œil-de-bœuf, d'une porte à deux battants, le haut que l'on ouvre pour les aérer et le bas que l'on verrouille pour brider le bétail. La proximité des stabulations évite les refroidissements et les enjambées inutiles pour traire les vaches, nettoyer leur mangeoire et leur litière. Le luxe : on ne patauge pas dans la gadoue en longeant la ferme, pavée de pierres plates sur cinq à six mètres, excepté un demi-ovale jardiné pour que les rosiers grimpent et s'accoudent au bord des fenêtres, arrosés des lavures de vaisselle. Autour de leur tronc des giroflées ravenelles, rouille et ocre, embaument en avril.

Des seaux cabossés traînent de droite et de gauche, ainsi qu'une cuve dans laquelle s'abreuve le cheval. Entre les étables et les cabits à lapins (clapiers), la cour s'ouvre sur les herbages, le pourrissoir est installé au centre. Attention aux semelles qui dérapent, le tas de fumier suintant, la fourche plantée au sommet, répand le purin croupi en une rigole sinueuse répugnante. La niche du chien bricolée sommairement dans un tonneau renforcé d'une tôle ondulée jouxte la lapinière. Mouflette observe, gare aux mollets ! Enchaînée aussitôt que la basse-cour caquette, sa chaîne barre les issues de la ferme et des herbages ; libre de gambader à la tombée du crépuscule, elle flaire les voleurs de poules, traque le renard et chasse les bêtes nuisibles.

Un puits a été creusé dans la cour, en pierre, surmonté d'une poutre de bois qu'un cerclage des extrémités n'a pas empêché de se fendre en divers endroits, abrité par une toiture en fer oxydé. Deux plaques de tôle à charnières closent cet élément vital de leur quotidien, une protection valable contre les salissures et les accidents, la margelle leur arrive aux genoux. La chiterne (citerne) est l'affaire de Mémé. Elle libère le seau accroché à la chaîne grinçante et la poulie réduit brutalement sa vélocité à l'instant où il bute contre le liquide. Ses deux poings actionnent la manivelle pour le hisser, débordant d'une eau claire à ne pas gaspiller. Avant de rabattre les fermetures, elle scrute le trou et soupire en songeant que la vérité se cache dans son vide abyssal. Joli, le puits de Mémé avec ses supports de poulie latéraux en fer forgé ouvragé.

En façade de la cour, un bouquet d'arbres dressés sur un talus bouche la vue sur les vergers. Leur ombre dessine des arabesques sur le sol. Dépasser la frontière végétale nous coûte une fessée.

Jour après jour, les perles de sueur qui ruissellent sur le front d'Émile irriguent et engraissent ses arpents pour les fertiliser. Il les astreint à cracher un sou, y parvient bon an mal an, obstiné. La charrue semble avoir tracé des sillons sur ses joues à la carnation de pain brûlé. Il défripe son mouchoir à carreaux pour s'éponger le visage, il le destine à cet usage, sa virilité patriarcale s'altérerait s'il se mouchait dedans. Pour se moucher il courbe le buste, presse l'index et le majeur sur une narine et propulse un jet de morve de la narine dégagée. Ses ongles notamment renseignent sur son gagne-pain.

Il respecte la tradition chrétienne, le dimanche lui appartient, le suprême dédommagement. Le Seigneur, dans son divin précepte dominical, a prévu une dérogation pour les soins aux vaches. Devant sa toilette en marbre et bois pourvue d'une cuvette, d'un broc, d'un bol et d'une coupelle à savon, d'un porte-peigne, en faïencerie au décor groseille, il se frotte la figure parcheminée avec un angle du débrouilleux à franges (serviette de toilette en nids d'abeilles), teint en gris à la suite de son ablution, les lavandières en blêmiraient, plonge le blaireau dans l'eau du broc pour que les poils déployés s'agglomèrent, l'enduit de savon, l'agite dans le bol pour obtenir une mousse consistante qu'il s'applique sur les joues et le cou, se penche sur nous, la bouche arrondie, et nous propose un bécot de neige. Ensuite, son coupe-choux, par petites pressions, entame la barbe. Après chaque passage de la lame, il la nettoie sur un lambeau de *Courrier cauchois*. Il lisse sa moustache en chapeau de gendarme avec le démelloir (peigne) et se frictionne la peau à l'eau de Cologne Mont St Michel ambrée. Vêtu d'une chemise blanche dont il retrousse les manches, d'un pantalon de coutil charbon à raies souris sur lequel sont boutonnées des bretelles, il prélève une pincée de tabac neuf de son sac, une boulette qu'il maquillonnera (mordillera) à l'infini et, la mine faraude, le pas malhabile dans ses souliers lacés qui entravent son allure, il file au café où se rassemblent les copains pour touiller les dominos ou jouer à la plaque au carrefour spacieux du débit de boissons. Jouer à la plaque consiste à empiler de la menue monnaie sur une espèce de quille à tête plate, à se positionner à dix mètres d'elle et à pointer sa plaque pour faire choir la mitraille plus près de sa quille que de celle de ses adversaires. Émile est adroit, il rafle la mise. Aussi, les joueurs se renfrognent dès que sa silhouette se profile au tournant du chemin : divertissement minable pour eux, il s'emplira les poches de leur ferraille.

Le repas du midi terminé, repu, il ajoute du calva à son café, se verse une rinchette (rincette), trempe un sucre dans sa tasse pour nous. Je ne m'éloigne pas de lui, attentive à ne pas rater la minute délectable pour mes papilles.

— Un canard é eun' bouillie d'chantai, i tue le véo, i fauque la reniflette. Même por les demoiselles, é du chirop. Ov' la bouque.

(Un canard est une soupe de santé, il tue le ver, il fauche la reniflette. Même pour les demoiselles, c'est du sirop. Ouvre la bouche.)

Oh ! le goût de revenez-y !

Pour faciliter la digestion il s'allonge sur son lit, sans ôter ses galots (galoches), indifférent aux courbatures de la patronne qui s'éreinte à frapper ses lessives. Il somnole brièvement, récupère sa chique dans son cache-poux et se dépêche vers le troquet.

C'est dimanche peu de temps chez les Cauchois et si le jour du Seigneur l'incite à la paresse, il ne l'incite pas à la tempérance, tant s'en faut : il s'extirpe à regret de sa récréation pour traire les vaches, passablement éméché, le vin gai, le pas chancelant, le clic-clic de ses souliers ferrés se mêlant au tintement du métal précieux dans sa poche, et lorsque ses petites-filles le croisent fleurant l'ambre, les retours bien lunés il sacrifie un ou deux francs pour elles et balbutie son embarras de ne pouvoir en lâcher davantage, la patronne tient les cordons de la bourse et recueille quatre sous de trois.

— Cha va ti les éfans ? Prenez cha et l'dites pouin à la mé queuqu' feis qu'é pas cotente.

(Comment allez-vous les enfants ? Prenez cela et ne le dites pas à la mère quelquefois qu'elle ne soit pas contente.)

— Oh ! Merci Pépé.

— Vô irez cheu la mé Défresne acter des doudous.

(Vous irez chez la mère Défresne acheter des bonbons.)

Ses sentiments à notre égard à l'unisson de ceux d'Émile, la généreuse mamie se défait de sa mitraille, en nous recommandant de ravaler notre langue. Parfois cela advient simultanément !

Ma mère a donc hérité de ce tempérament économe où un chou é un chou (« un sou est un sou »), où juste le nécessaire est utile, où la frugalité est une religion.

Le cas échéant elle se montre enjouée, la réplique de ma grand-mère. Pendant que la radio diffuse ses émissions favorites, elle s'active à des travaux d'aiguilles. En lavant la vaisselle du déjeuner, elle s'émeut des aventures des Roqueplan, au 42 de la rue Courte. Elle amplifie le son, ralentit l'essuyage, habituellement énergique, pour suivre les péripéties dramatiques ou cocasses de leurs membres : ils pleurent, ils blaguent, ils compatissent. Quinze minutes d'accalmie où elle desserre son impérieux commandement. Je dissimule mal mon intérêt pour ce feuilleton rocambolesque. Le poste, juché sur le buffet, m'hypnotise, l'immobilité me trahit. Exaspérée, elle m'envoie dans le jardin ou épousseter les meubles là-haut. Chez nous, l'allégresse se cantonne en soi et ne se partage pas.

Elle fredonne les chansons d'Yves Montand et de Charles Trenet, elle chante en duo avec Édith Piaf. La dame, tout de noir vêtue, la fascine. Son timbre sonore et clair la fait frissonner d'émoi. Les textes répandent un baume en elle ou lui arrachent les larmes. Elle aussi, son « légionnaire », qui « sentait bon le sable chaud », l'avait laissée à son « destin », elle aussi enviait cette « bell' fille Qui a tout c'qu'il lui faut Et mêm' le superflu ».

Pourquoi raffole-t-elle des chansons d'Édith Piaf ? A-t-elle détecté chez son aînée de quatre ans que le public ovationne, une femme libérée de l'après-guerre qui captive les mondains, quoique née dans le dénuement, un modèle de réussite sociale et de ténacité, puisqu'elle triomphe de ses épreuves ? À l'évidence elle pointe ses fragilités, elle se reconnaît dans sa production artistique qui évoque les chagrins et la gaieté, le dégoût et l'extase, les déprimes, les succès. Des mots porteurs de promesses et d'optimisme comme une aurore qui éclôt sur la rosée pour voir « la vie en rose ».

Des romans-photos nourrissent ses aspirations, elle feuillette inlassablement les pages sépia ou noires, plomb et étain, aménage les textes pour qu'ils cadrent à sa disposition d'esprit, brode sa destinée de fils diaprés, et le vert de l'espérance côtoie la chaleur des orange safranés, le ciel pommelé s'éclaircit, il lui conte fleurette.

Les saisons rythment nos loisirs. Elle en exploite les prémices, nous nous enthousiasmons devant les fleurs nivéales qui tapissent les talus, nous déracinons des perce-neige, des violettes, des coucous, des primevères et du muguet, que nous répartissons dans des coupes de cristal et repiquons une fois défleuris. Le pépiement des oiseaux dans les sous-bois charme le parcours. Marcher ne nous effraie pas, au contraire, nos jambes nous soutiennent sans faille cependant que nous explorons les richesses de la campagne. Quand fructifient les noisetiers, les mûriers, les fraisiers sauvages, les châtaigniers, nous dégustons nos récoltes sans retenue. Nous pique-niquons dans une carrière d'où l'on extrait la craie, sur la route d'Arques-la-Bataille, pour assister au va-et-vient des « ballastières » – nous désignons ainsi les camions qui charrient la craie. Les chauffeurs nous adressent des signes de cordialité.

Elle reprend du poil de la bête, décidée à contrecarrer les caprices du sort et à ne se soumettre qu'à sa volonté propre. Personne ne l'écrasera, personne ne la dominera, c'est elle qui dominera ses interlocuteurs dans une posture de défi. Elle ne rampera pas ni ne courbera l'échine. Dévorer plutôt que être dévoré. Le ver s'installe douillettement dans le fruit.

Rarement des amis nous rendent visite, elle les a évincés depuis qu'une voisine, qu'elle a surnommée La Taupe, aussi rase-mottes que sa taupinière entre notre enclos et la gare, pour assouvir sa curiosité inquisitrice, a collé son museau au grillage mitoyen, soi-disant pour témoigner contre elle. « Tous des hypocrites ! » Toutefois, les commerçants et les parents lui fournissent des occasions d'échanges, de ces échanges superficiels où la météorologie, la rougeole du bambin défraient la conversation.

On pourrait croire que chacun récupère de la vie la quintessence, mais, en ce qui nous concerne, les fondations sont-elles suffisamment solides pour nous y adosser ?

***

Jean Simon demande le divorce. Dans la liste des avoués, un homonyme de la branche maternelle, un atout assurément, lui paraît tout indiqué pour le défendre : Maître Lemarchand. C'est sans compter sur l'impéritie des hommes de loi dans les affaires familiales. Il ne se doute pas qu'ils ne s'impliquent pas totalement dans ce domaine et qu'il se heurtera à leur inertie, sa parole ne pèsera pas lourd dans les plateaux cuivrés de la Roberval de la justice. Sa partenaire, née sous le signe du scorpion, inébranlable, ne veut entendre parler ni de lui ni de divorce. Elle ne digère pas la crasse qu'il lui a faite en abandonnant le domicile conjugal et encore moins ses fallacieuses déclarations, ses faux serments. Il le paiera très cher, nous quatre coalisées contre lui, ses valeurs d'homme et de père travesties. Elle le proclame mort, l'abreuve de malédictions et lui promet l'enfer. D'ailleurs, elle nous interdit de le nommer, son nom est honni. Dorénavant, il sera le Bouc – chez nous, un bouc est un individu qui pue et les mouches adorent –, accessoirement, dans un degré inférieur de dégoût, le Pif, qu'elle ne peut plus piffer ou renifler ; son père, Louis, devient Barbapoux, en référence à sa barbe touffue dans laquelle des cochonneries, bestioles et victuailles, s'accumulent ; sa mère, Albertine, la Doche ou la Vieille Bouc et par la suite, Janine, sa seconde épouse, la Drouille. Je n'attribue pas de sens à ces épithètes qu'il nous faut proférer pour nous attirer ses bonnes grâces. La doche est en patois normand la mauvaise herbe, le rumex, qui prolifère dans les pâturages ; la drouille, de la daube, de la vacherie, de la merde, en définitive un qualificatif sans signification, de la drouille pour les uns n'étant pas fatalement de la drouille pour les autres. Ah ! si elle s'était référée au dictionnaire d'argot, elle l'aurait troqué contre Belledoche, quoique flatteur à tort : belle pulvérise doche. Bref, des noms qui nous écorchent et creusent la plaie aussitôt qu'elle les prononce avec une ardeur voluptueuse ou que nous les articulons mollement contre notre gré. Si nous contrevenons à ces consignes injurieuses, elles nous sont sévèrement reformulées à grand renfort de gifles, réduites, dans cette espèce de détention, sous sa férule, à nous mettre au diapason de ses exigences forcenées. Les gifles en veux-tu en voilà, plus que notre part, pour nous inculquer des principes rébarbatifs sans discernement, pour redresser, pour mater, la violence d'un puissant par sa position qui, pour se libérer, s'appuie sur un faible, la recette commode de celui qui sèche sur le vocabulaire, la gifle supplée le langage défaillant. Sa main qui ne caresse pas, sa main aux ongles acérés qui mutile. Ligne de cœur, de chance, du destin… ses lignes l'ont trahie après qu'elle a cessé d'être unie à son mari, elles se sont égarées dans sa paume, ont tracé des sillons déloyaux. Pour moi, elle n'a pas de mains mais une massue en prolongement du poignet, ou une pince. Je les compare à celles de Mémé : celles de Mémé sont tachetées de points de coccinelle, elle enlace ses doigts pour tricoter ses pouces. Mémé, la mère de ma mère. La main potelée de Mémé se pose sur notre épaule pour nous apaiser, sur notre front pour chasser la fièvre, celle de ma mère se durcit et broie ; les mains de Mémé s'accolent en coupe pour boire à la pompe en l'absence de verre, celles de ma mère s'écartent pour brandir les poings ; l'index de Mémé s'élève pour louanger le Créateur, celui de ma mère se pointe sur moi tel un fusil ; les mains de Mémé applaudissent, celles de ma mère claquent pour nous dompter ; les mains donnantes de Mémé tendent, celles de ma mère arrachent ; les mains rêches de Mémé que les rudes travaux n'épargnent pas sont bouillantes, celles de ma mère glacent mes entrailles. Elles ont beau être satinées et manucurées, elles ressemblent à des battoirs. Des pognes vengeresses.

Moi, quand je serai maman, ennemie de la violence, je mettrai la main de mes petits dans la mienne pour les guider sur la route des apprentissages. Elle ne claquera pas sur leur joue.

Je reçois des gifles spécialement pour étourderie. Elle s'arroge tous les pouvoirs sur nous et dévoile ses turpitudes.

— Il l'a dégotée où, celle-là… Dans le ruisseau ? S'acoquiner avec elle… Il lui a étalé sa science, il a toujours fait de l'esbroufe… Ou alors, elle a les yeux qui se croisent les bras, persifle-t-elle. Que je n'aie pas vent que vous l'encensez. Chantal, tu me les surveilles.

Elle nous enjoint de le haïr en le dépeignant semblable à un monstre, issu d'une lignée maudite, elle assure qu'il dissimule d'incalculables défauts, qu'il était incapable de nous langer, qu'il ne se lave pas, qu'elle lui rabâchait de changer de chemise, sa mise négligée, qu'il a de qui tenir, le schnock de Barbapoux, dépenaillé, sa sacoche en bandoulière, braconne dans les champs pour chaparder des patates ici et là, fouille les poubelles, ramasse les clous, les boulons, les bouts de ficelle, les mégots pour les rouler en cigarettes, et, par-dessus le marché, lors de ses errances, gras de ses rapines, il loche les arbres au passage, que la moitié des Simon, de vile origine, est affectée de tares, que je suis trop petite pour comprendre et que, si je savais ce qu'il nous a fait, mon attitude désagréable envers elle tournerait court. Quoi qu'il en soit, elle le traînera en justice pour qu'il répare et nous immunisera contre ces moins-que-rien méprisables.

— Des monstres, vous m'entendez, des monstres !

Je me souviens néanmoins de sa gentillesse, du son de sa voix mélodieuse quand il nous câlinait en chantonnant *Petit bateau* ou *Frère Jacques*, de Chantal à peine convalescente d'une intervention chirurgicale qu'il berçait sur ses genoux pour alléger sa souffrance, des parties de petits chevaux avec lui. Est-ce que je me trompe ? J'ignorais auparavant ses méchancetés. Je voudrais lui dire que j'en suis navrée, mais un masque de haine recouvre son visage. Si je suis aimable, modérément bruyante pour ne pas l'importuner, elle ne nous abandonnera pas, elle. Je discerne intuitivement le vrai du faux dans ce qu'elle nous relate, je calcule aussi qu'en jouant de vilains tours à mon père, je me concilierai sa faveur. Sans la moindre culpabilité. Je deviens sa complice pour qu'elle m'aime, pour qu'elle ne me menace plus de la maison de correction et parce que je dois obéir ou être corrigée. J'achète ma tranquillité dans une prison aux murs hérissés de tessons de bouteilles, où les ouvertures sont si hautes qu'elles n'incitent pas à s'évader. Ma culpabilité n'apparaîtra, et avec elle la naissance d'une inhibition totale, que lorsque, d'innocence en lucidité hésitante puis stable, je devinerai la machination combinée contre lui.

Il exerce son droit de visite. Il sollicite son avoué de l'autoriser à rendre visite à ses enfants et attend l'acquiescement du confrère adverse. Au reçu de celui-ci, Maître Lemarchand s'empresse de lui rapporter que sa femme lui concède le droit de les prendre pendant la période convenue, de dix-huit heures à dix-huit heures exactement. Visiter un patient, un détenu, ses enfants… Quelle action charitable, noble ! Cet intitulé « exercice du droit de visite » englobe les notions de conscience morale, de contrôle, de superficialité : devoir paternel, fraternel, dévouement ; il n'exécute pas sa visite sans autorisation ni formalité, il se procure un permis et, à l'exemple des permissions durant la guerre, en cas de contretemps il attendra la prochaine ; rendez-vous, carte de visite… il prête son amour et le remporte au terme de sa visite avec son pardessus, son chapeau et ses gants. L'amour, une utopie ? Du pas repéré, jamais attrapé, il s'est transformé en courant d'air. Il vient nous chercher chaque quinzaine, le samedi, et nous ramène le dimanche. Joyeuses relations assidues et spontanées entre un père et ses enfants ! Chantal clame qu'elle ne veut pas y aller, notre mère se justifie auprès de son avoué, Maître Malandain : elle ne peut quand même pas la cravacher ! Annie et moi, aux aguets, réfrénons notre bouillonnement sous un voile de froideur pour qu'elle ne regimbe pas contre son devoir de présentation d'enfant. Plus « l'heure du Bouc » approche, plus je risque un œil sur la pendule, discrètement, j'écoute le roulement des voitures, anxieuse, et allègue toutes sortes de motifs pour circuler d'une baie à l'autre. Elle le fait languir au portail. Je me rends malade de la crainte qu'il s'impatiente. En proie à de redoutables pressentiments, sur des charbons ardents, nous nous implorons mutuellement du regard, Annie et moi, en réprimant nos larmes, l'affliction croissant. Une prière similaire borde nos lèvres : pourvu que... Soudain elle vocifère :

— Allez, du balai ! Évidemment, vous vous ficherez de moi comme d'une guigne pendant qu'il vous en flanquera plein la vue, ingrates que vous êtes ! Tout en lui n'est que hâblerie. Je suppose que vous n'évaluerez pas la différence, trop occupées à vous dévergonder. Oust ! déguerpissez !

Il ne s'est pas découragé.

Rupture instantanée du rythme. Nous sortons sans nous hâter, car elle nous espionne par la fente du rideau, notre précipitation nous desservirait.

Elle nous affuble de hardes.

— Peuh ! Il appréciera si je peux vous habiller avec ce dont il se fend pour nous. S'ils ne sont pas contents, la Vieille Bouc vous achètera des habits, Barbapoux est riche, sa retraite de directeur l'engraisse. Il se resserrera la ceinture.

Le temps de se réorganiser il nous emmène chez ses parents. Je me métamorphose en carpe pendant le trajet, absorbée à recouvrer mon sang-froid dont ces heures éprouvantes m'ont privée, et je ressens comme un affront celles qui vont suivre. Nos grands-parents paternels nous souhaitent la bienvenue négligemment, la bouche crachant des piques entre leurs dents. Ils nous entraînent dans leur chambre, nous nous déshabillons pour enfiler une jupe écossaise dans les tons rouge, un gilet marine et un chemisier blanc. Pareillement les manteaux et bonnets, les combinaisons, les culottes, les chaussettes, les chaussures et les chaussons proviennent de leurs armoires, de pied en cap déshabillées, rhabillées, recoiffées à leur manière. La façon dont ils nous accueillent me déclenche des haut-le-cœur, mais j'entre sans broncher dans la peau d'un personnage à leur image. Ils déplorent la mésalliance de leur fils, se murent dans leur obstination à ne pas nous reconnaître partie de lui, ils ont honte de nous, prêtent à leur belle-fille des défauts qu'elle n'a pas et le plaignent sincèrement :

— Mon Jeannot, tu as une sacrée dose d'endurance, elle t'a encore fait poireauter.

— J'ai l'habitude, on s'endurcit à la longue.

— Si c'est pas malheureux, ces guenilles ! Fagotées comme des sacs ! Elle n'a même pas le courage de recoudre un bouton. Ah ça ! elle se pomponne... Quelle fainéante !

Leurs commentaires et leurs sous-entendus cinglants m'offensent, cependant moins que les calomnies et railleries de ma mère à leur propos.

Je n'appréhende pas chez ces grands-parents gourmés, gonflés d'importance, distants, mes franches racines. Leur vocabulaire alambiqué n'émane pas du cœur mais du dictionnaire, leur discours solennel se fige dans leur supériorité intellectuelle qui altère l'entrain, une marque distinctive de leur milieu social. Ils rient à l'économie. Toutefois, leur ascension est récente, leurs ancêtres ayant appliqué la coutume normande selon laquelle le mâle premier-né est l'unique héritier et les femelles exclues de la succession pour la simple raison qu'elles ne transmettent pas le patronyme. Leur ancêtre François Simon, maître charpentier et papetier dans la vallée du Cailly au nord de Rouen, possédait un moulin à papier et des biens qu'il a légués au privilégié de la coutume, François Simon fils, et mon grand-père est issu du frère de François, Christophe Simon. Mon arrière-grand-père était garçon épicier et journalier marié à une cuisinière et mon trisaïeul, fileur de coton, signait d'une croix.

Mon grand-père Louis, surnommé le Poulot – un terme amical qui n'atténue pas la rigueur de sa physionomie –, débute sa carrière comme instituteur. Né à Cany, le chef-lieu du canton, il s'allie à sa cousine de Sotteville-lès-Rouen, s'installe à Fourmies où naissent ses aînés, Maurice et Marceau, déménage à Grenoble, ville natale de Vonette, Jeannot et Jacques, leur cadet. Après la naissance de celui-ci en 1928, il est affecté à la sous-direction de l'École d'ingénieurs de Châlons-sur-Marne, baptisée ultérieurement École d'Arts et Métiers puis École Nationale Supérieure d'Arts et Métiers. Pour se hisser au grade de directeur, un tremplin prestigieux pour afficher sa distinction, il suit les cours de « Normale Technique » et décroche, vers ses quarante ans, l'équivalence de l'agrégation. Il acquiert une chaumière dans sa région natale, à Auberville-la-Manuel, pour voisiner, durant ses vacances, avec sa mère veuve, Honorine

Alexandrine Ballière et l'assister plus tard. Elle habite à Cany. À Châlons-sur-Marne, en 1931, il enterre sa fille de quatorze ans, Denise, la troisième dans la fratrie. Elle est née à Sotteville-lès-Rouen.

La retraite sonnée en 1942 il se retire à Auberville, il veille sur l'octogénaire. Quelle différence de commodités ! À Châlons-sur-Marne, il était luxueusement logé dans un pavillon équipé d'un chauffage central, d'une salle de billard, à l'inverse, celui d'Auberville est exigu, mal agencé, chauffé par un poêle à charbon. « Il est lamentable en négoce, pas débrouillard pour un sou », regrette Albertine déçue. Il se satisfait de peu, dès lors qu'il se cultive et reste en contact avec sa formation par l'intermédiaire d'une douzaine d'étudiants qu'il épaule gratuitement, afin qu'ils améliorent leurs performances pour se joindre à l'élite de la France.

Il aurait éduqué durement ses enfants. S'ils se classaient honorablement – il les harcelait d'un supplément de cours – il précisait « mes enfants » et quand leur cerveau se ramollissait, il spécifiait à Albertine « tes gosses » en accentuant l'adjectif possessif. Sa progéniture masculine s'insurgeait contre son autorité, lui résistait. À l'exception de Maurice handicapé, hautement conditionnée par son environnement de glace, elle n'a eu qu'une alternative : embrasser la carrière d'ingénieur des arts et métiers. Vonette, plus disciplinée, plus docile, s'accordait avec lui. Elle souscrivait à ses compléments en mathématiques, ils lui garantissaient la parfaite compréhension du programme et son maintien à un niveau confortable au classement. Et en récompense deux baccalauréats lui furent décernés : philosophie et mathématiques.

Mes grands-parents paternels se sont unis entre cousins, si bien que les branches ont fusionné. En remontant la lignée des Simon, on découvre qu'il s'agit d'une pratique courante. Des doubles Simon les ont précédés dans l'arbre généalogique. Par exemple en 1774, Nicolas Simon convole avec Marie Simon. Leur fils, Jean Nicolas Simon, s'unit à Marie Fontaine qui accouchera de Élisée, Marie Ambroise et Émile. Mon grand-père Louis se positionne sur la branche d'Élisée, ma grand-mère Albertine sur celle d'Émile. En effet, mes grands-parents ont eu des arrière-grands-parents communs. Les Simon, enracinés en Seine-Maritime, selon leur usage se mariaient fréquemment entre eux : le fils d'Élisée a épousé sa cousine germaine, la sœur de celle-ci un cousin germain, mon grand-père sa petite-cousine. L'Église prohibait les mariages consanguins jusqu'au sixième degré de parenté. La loi était malaisée à respecter, car nos ancêtres, paysans pour la plupart, étaient trop attachés à leur terroir pour en bouger, ils étaient regroupés par lignages dans des localités peu peuplées favorisant inévitablement ces mariages consanguins. Pour que le droit canonique n'invalide pas le mariage, ils devaient obtenir une dispense de Rome, du Saint-Siège, en cas de degrés de parenté très proches, de l'évêché en cas de parenté plus éloignée.

Ma mère, convaincue que les unions consanguines provoquent infailliblement des catastrophes génétiques, ne tarit pas d'infinies diatribes contre sa belle-famille qui a engendré des générations de fous. Elle saute sur l'occasion de vouer Marcel, le prêtre, aux gémonies et prétend que ses ouailles bannissent son église, qu'il marmotte son bréviaire dans les champs de Manneville-ès-Plains, ensoutané comme un épouvantail, qu'il est préférable, sous cette apparence sordide, qu'il hante les secteurs désertiques et qu'il s'aère pour atténuer son humeur exécrable – Marcel est le frère de Louis. Elle affirme que sa sœur Laure, la laveuse à domicile, est sale comme cochon ; que la suivante, Zaza, Élisabeth de son vrai prénom, est tarée de naissance, une incurable qui a échappé à l'asile parce qu'ils la cachent ; que la Denise du Barbapoux, dont elle se plaît à nous rappeler, sans égard pour notre innocence anatomique, qu'elle a clamsé empoisonnée par son sang qui ne s'évacuait pas en cycle menstruel, qu'ils n'en soupçonnaient pas les conséquences tant ils sont nuls ; que Maurice est plus fou que les fous, un dégénéré, un arriéré, un imbécile heureux louche. En tout état de cause, un ramassis d'individus nuisibles à pourfendre, qui ont forligné au fil des générations et qui ne sont pas en odeur de sainteté à Auberville.

En vérité, Maurice a contracté la poliomyélite et un drame survenant rarement seul, il a été fauché par une voiture. Son handicap final : le bras gauche atrophié, prolongé d'une main bote et une démarche maladroite et saccadée. Étant muni du certificat d'études, il aurait, sans conteste, été capable d'apprendre un métier, stimulé par son père, mais celui-ci le confinait dans le logis pour ne pas entacher son honorable position sociale. Avec un infirme sous son toit sa superbe s'amenuisait. Tandis que les valides combattent sur le front et sont massacrés sous le feu ennemi, Maurice propose de distribuer le courrier et les colis. En quelques coups de pédale ce facteur providentiel d'Auberville rend une multitude de services dans le village, œuvre à sa manière à la défense de la nation. Son moyen de locomotion : la bicyclette, ce qui lui vaut le sobriquet de Pédalin. Les

Aubervillais l'apprécient considérablement, les Baray inclus. Maurice, marginal débonnaire, nous déride. Nous investissons l'escalier de meunier qui mène au grenier par l'extérieur et il anime nos jeux. Son béret se penche sur l'oreille.

Mon grand-père m'intimide. Il tance ses disciples qui n'appliquent pas ses théories. Sitôt qu'ils pénètrent dans la salle je m'éclipse hors de portée. Ils le craignent, car, lui-même un puits de science, il exige d'eux un acharnement intellectuel. Ils lui expriment leur gratitude par des offrandes qu'il exhibe à son entourage.

Un matin de répétitions chez lui, je jonglais à la balle au mur en scandant des formules : sur un pied, sur l'autre... p'tite tapette... grande tapette... Infatigable, adroite, je jongle..., je jongle avec les deux balles, de plus en plus rapidement, p'tit rouleau... grand rouleau... Aïe ! l'une a décrit une trajectoire inattendue, a traversé la salle à manger, rebondi sur les cahiers de ces messieurs. Impassible et sourcilleux, il m'a toisée de ses globes de savant grossis par des lunettes en fer aux verres épais – une myopie de taupe que les Simon se transmettent de génération en génération –, a confisqué la balle qu'il a fourrée dans sa poche en me battant froid.

Sa stature, sa barbe ample, chenue, qui prend naissance sur les tempes et sous les narines et s'éparpille sur sa poitrine, en imposent. Il la peigne lentement, en se contemplant dans la glace. Rassasié d'un petit déjeuner substantiel, invariablement, il vaque aux soins de ses poules et lapins, puis flâne dans sa propriété. Il ne s'extériorise guère, sinon pour se répandre en éloges sur ses élèves ou pour nous rabrouer, nous les pisseuses, les laissées-pour-compte conçues dans des moments d'égarement de l'écervelé, insignifiantes, indignes d'une quelconque considération. Ses veillées austères revêtent un processus routinier : carré dans un vaste fauteuil aux dossier et accoudoirs de chêne, à la paille noircie, accaparant la chaleur du poêle, le chat sur la nuque, son buste disparaît derrière un *paris-normandie* ou un *Courrier cauchois*. Je dors à un emplacement obscur de la salle à manger, indirectement je saisis les chroniques publiées dans son quotidien : ses sourcils en broussaille se froncent à la lecture d'une atrocité ; il effile ou boucle sa barbe pour se concentrer sur une annonce épineuse et, devant un message sympathique, il secoue le journal et se racle la gorge. On ne dérange pas le seigneur des lieux.

Lorsque le lait bout dans la casserole et jaillit sur la salamandre, alors qu'il lui suffit d'allonger le bras pour s'en emparer, il s'écrit sans abaisser le journal :

— Albertine ! Le lait !

Albertine a, elle aussi, un fauteuil paillé. Louis empile dedans la presse qu'il ne consultera plus. Il paraît neuf, déballé récemment : une femme n'a pas à se complaire dans l'oisiveté.

Elle est née à Motteville, à cinq kilomètres de Yerville, le chef-lieu du canton, et n'a que onze ans au décès de sa mère, Marie Victoire Simon, qui exerçait la profession pénible de blanchisseuse. Son père, Ulysse Lemarchand, conducteur aux chemins de fer, se remarie avec Constance Fleury, cuisinière. Sont issus de leur union mon grand-oncle Georges, prénommé Joé, successivement cheminot et métreur, un érudit, le conjoint flegmatique de la tempétueuse et volubile Lucienne – ma tante Lulu – et Rose, cuisinière elle aussi, qui, à trente-six ans, succombe à une vilaine plaie, funeste résultat d'une chute, peu avant l'exploitation de la pénicilline qui l'aurait probablement guérie.

On dit Albertine chaleureuse, je ne l'ai pas constaté, pas plus que mon oncle Jean d'ailleurs : pour lui elle était une pie-grièche.

Ils ne discernent en nous que le mauvais et celui-ci dévaste leur Jeannot. Cataloguées de créatures pernicieuses, nous ne tentons pas de les séduire pour leur arracher un semblant d'estime.

À ces grands-parents, je leur préfère les maternels, empreints de pondération, de doigté et de rectitude, d'humeur égale, qui ne fuient pas le face-à-face, qui détournent délicatement la conversation si elle risque de blesser, qui, malgré leur aisance précaire, débouchent la bouteille de vin de derrière les fagots pour les amis s'invitant à l'improviste.

Néanmoins, le week-end s'achève vite. Notre père nous choie, il ne réprouve pas nos agissements impertinents et odieux, il ne nous condamne pas, ne nous gronde pas. Il les élude sans se départir de son enjouement. Il ne se scandalise pas, ne dénigre pas notre mère, il nous laisse cheminer à notre rythme. Un proche doué de prescience lui a certifié : « Ne t'inquiète pas, tes filles te reviendront quand elles déjoueront le piège dans lequel elles sont tombées. » Il escompte cet instant décisif pour nous quatre, disponible, et préserve juste le lien, momentanément comblé de nous. Pendant que mon cervelet, à l'expiration des séjours, déborde des scènes paradisiaques que j'éternise en claustration, lui dépérit, rongé par une incommensurable peine.

En un éclair nous redescendons sur terre. Un soir qu'il nous reconduit, son droit de visite hélas consommé, exubérantes d'enthousiasme, les lèvres en croissant de lune, ma mère, tel un ouragan, ivre de rage, se rue sur moi pour un aller-retour magistral qui rétablit l'équilibre que j'ai failli perdre. Il y a de quoi : je pars, deux nattes tressées en couronne sur le crâne, je rapplique, les cheveux à la Jeanne d'Arc.

— Qui t'a cisaillé les cheveux ?

— La tante Lulu.

— Quoi, la Prisonnière ? Cette raspouille-là ? Cette vieille toupie s'immiscerait dans nos affaires ? Ses exploits occultes ne l'ont pas dégrisée ? Elle ne vit que par le diable. Elle est bien de la sale race des Simon. Une corruptrice !

Ma tête ne m'appartient pas, la propriété soit de l'un soit de l'autre, en fonction de leurs chamailleries. Ma tante déclarait ridicules mes nattes et malpropres mes baguettes de tambour en désordre, preuve de négligence maternelle.

L'orage se dissipe à regret, les éclaboussures s'effilochent, la fin de semaine gâchée, le début de la suivante morose. Je vais finir par le détester…

Le lundi, enveloppée d'un col cape enfilé à la va-vite sur sa robe en mousseline de soie beige, elle monte dans le car pour Dieppe et fait irruption dans l'étude de son avoué, l'injure à la bouche, rigide.

— Maître, mes filles sont revenues de chez leur père les cheveux coupés, au mépris de leur protestation. Je vous conseille de spécifier les termes du jugement à la partie adverse : c'est moi qui en ai la garde. Je lui in-ter-dis une fois pour toutes de décider quoi que ce soit pour elles.

En dépit de ses remarques acerbes, celui-ci, affable, abonde dans son sens :

— Effectivement, cela outrepasse les droits de monsieur Simon. J'en ferai état devant le tribunal lorsque l'affaire sera réexaminée.

S'il nous ramène plus tard que prévu, Annie et moi nous sommes talochées et lui couvert d'invectives. Si nous manifestons de la gaieté, nous sommes talochées. Si nous racontons que nous avons participé à la fabrication du cidre de Barbapoux, nous sommes talochées. La cueillette des pommes me distrait. Dans une ambiance fantastique, elle rallie mes oncles et tantes, mes cousins dont Christiane ma marraine, Patrice son frère, Jean-François mon parrain, un échalas qui me perche sur ses épaules d'où, les membres étendus, je plane en avion. Les pommes nous servent de flèches, eux de cibles. Les trois lurons battent le pavé, en quête de quelque bêtise à effectuer sans malice, alimentant innocemment les frayeurs de ma grand-mère maternelle superstitieuse : ils s'introduisent dans les fermes pour y chasser la plume au lance-pierre et à l'arc. Un jour de désœuvrement, ayant repéré des nids d'hirondelles dans la grange des Baray, il revint à Jean-François, en raison de sa plus haute stature, de les culbuter pour gaver les oisillons à la seringue. Charlotte découvrit le massacre. Un nid tombé attirant inéluctablement le malheur, furieuse, elle fonça chez les Simon, armée d'un bâton symbolique, pour se plaindre que leur grand malfaisant avait mis bas ses nids. Ils boivent de la bière en cachette ! À croire que le Poulot se fait prier pour étancher les soifs. Autour de la chaumière s'épanouissent des pommiers à fructification abondante, la ramure arque sous le poids des fruits. Nous retirons les pommes au sol, les saines, les véreuses, les pourries ; celles qui sont accrochées aux branches sont gaulées par les adultes, nous les rassemblons ensuite. Les contenants de capacité conséquente, qui englobent les seaux hygiéniques, sont réquisitionnés pour la collecte des fruits et du jus. Triées, les impuretés éliminées, lavées, broyées, elles sont transvasées dans le pressoir pour l'obtention du jus qu'il rangera dans sa cave en bouteilles. Notre médisante jure que son cidre a un goût de pot de chambre et qu'il lâche la courante.

Des taloches qu'elle distribue couramment par paires ou en rafales. Banal.

Enfant de prédilection, idéale, Chantal est exempte de ces sévices. Elle comble les attentes de sa mère en éprouvant le désir sincère de ne plus fréquenter son père qui contrarie tant sa maman. Celle-ci lui a expliqué à demi-mot comment il se comportait avec elle. Il est si méchant à présent qu'elle ne se pendra plus à son cou. Néanmoins elle se désole de son absence. Grimper sur ses genoux et chantonner blottie contre lui, gagner au jeu de l'oie ou aux petits chevaux, elle pensait ces moments enchanteurs infinis. Douloureuse réalité. Elle n'extériorise pas ses émotions, les nie, les refoule ou les déguise, imperméable à nos divertissements. Elle suce son pouce, un bien-être qu'elle s'octroie, semble-t-il. Un substitut rassurant, apaisant, exclusif, inviolable par qui que ce soit.

Elle mérite des faveurs parce qu'elle n'enferme pas en elle de souillure de Simon… ou une dose infime. Elle incarne la référence pour notre mère qui, en observant ses réactions : peine, indifférence, approbation, mesure jusqu'où elle peut pousser ses exigences pour combattre en nous deux les lois de l'hérédité et cracher son venin à l'infidèle. Elle est son indicatrice d'alarme. Notre mère, l'unique responsable de notre discorde, la suborne, lui attribue des privilèges substantiels pour la dompter sans effort ensuite. Elle la manipule comme une marionnette et celle-ci se trémousse pour s'assurer son affection, à défaut de celle de son père. Elle la réprimande rarement, l'initie à l'art du tricot, partage son lit avec elle. En contrepartie, Chantal, obéissante, servile, malléable, épie nos jeux, nos paroles, nos attitudes envers la « clique du Bouc ». Elle montre du zèle à assumer le rôle qui lui est assigné, audacieuse dans ses initiatives punitives contre nous, et « grâce » à elle, nous écopons de deux corrections pour la même soi-disant faute. Leurs cachotteries, assorties d'un jargon opaque et mystérieux, de mimiques, de sourires de connivence, présagent le crime du Pif.

Elle nous accuse de tricherie dans les jeux, se plaint de notre propension à la malignité à son égard. Dans un climat de délation elle verse des larmes de crocodile. Fourbe et menteuse. À l'affût de ce qu'elle pourrait inventer contre nous pour que sa mère la favorise et la chérisse. Prompte à esquiver les torgnoles, je lui fredonne à satiété « Talatal la jaune, la rapporteuse, la pimbêche », « ton disque est rayé, ta fiole est fêlée, ton disque est rayé… » et lui remue sous le museau des toiles d'araignées suspendues à un bâton.

— Maman, Sylvie a piétiné ma carte (cartable).

La riposte fuse :

— Tu as le diable au corps, file au coin !

— Elle me fait des grimaces. Malapprise, ajoute-t-elle à mon endroit.

Ma mère me gratifie d'une raclée, m'empoigne au collet et me propulse dans une encoignure.

— En voilà des manières, que je t'y reprenne !

Marcelle Baray achemine son animosité effrénée à son ex-mari par notre intermédiaire. Elle tire juste les ficelles en mâchonnant ses rancunes, amplifiées à la révélation qu'il l'a remplacée. Ses yeux ont flamboyé de vengeance. Prises en tenaille entre sa malveillance et sa brutalité, et notre sécurité à conserver, tiraillées par la moitié de nous qui aspire à la satisfaire et la seconde moitié qui se souvient de la bonté de notre père, dans l'enchevêtrement de nos analyses contradictoires, nous débagoulons des sottises à notre père. Il ne rectifie pas notre incorrection. Il déploie des trésors d'indulgence. Lors des congés de Noël elle achète un paquet de bonbons emballés individuellement et nous ordonne d'ôter le bonbon et de bourrer l'emballage d'une boulette de papier pour lui offrir cette étrenne. Si j'accepte, m'aimera-t-elle vraiment ? En déduira-t-elle que je l'aime ? Son chagrin diminuera-t-il ? Ah ! surprendre l'appellation magique de « Fina », déceler l'esquisse d'un plaisir dans la minute où je lui relaterai comment il a déballé son paquet. Pardon Papa, son amour m'est capital ; pardon de me plier à ses caprices. Elle nous félicite quand une mission de ce genre s'est concrétisée, confirmée par son informatrice.

— Chantal, alors, chez le Pif ?

— Les deux l'ont relancé pour la pension.

— Et puis ?

— Il a haussé les épaules. Sylvie s'est payée la bobine de la Drouille. Elle lui a balancé des imbécillités. Elle l'a arrosée en secouant une bouteille en plastique, elle tapait sur ses cuisses en scandant « tu es moche… tu es moche… », elle lui a mis une poire blette sous son polochon.

— Parfait ! Elle n'a que ce qu'elle mérite et le Pif pareillement. Ils étaient furieux, je parie !

— Ils maronnaient ensemble, nous on se fendait la pêche, pas vrai Chantal ?

— Elle lui faisait des grimaces et la narguait en sautant à cloche-pied autour de la table : « Tu ne m'attraperas pas, tu ne m'attraperas pas… », qu'elle lui criait.

— J'ai fouillé dans la huche et j'ai récupéré ma culotte qui s'était volatilisée. Tu en trouveras une de plus que sur la liste de la valise. Je lui ai dit qu'il était saligaud de l'avoir camouflée là, il bloquait l'abattant avec son genou pour que je ne le lève pas. La lettre de Maître Lemarchand qui réclamait des trucs au Bouc pour les allocations était aussi dans la huche. J'ai bien fait de la chiper ? Je n'ai pas pu en chiper d'autres, la Drouille ferme tout à clé.

— C'est bien Fina.

— En voiture, on lui a hurlé : « Frère Jacques, frère Jacques, fais pas l'Jacques, sonne les matines, fais pas l'imbécile, ding ding dong, fais pas l'con. » Il était vexé et boudait sur son volant.

— Annie piochait des bonbons, bombardait Sylvie de noix et de noisettes, elle se servait en fruits sans permission.

Ses messages passent bien, ses filles, des appeaux formidables pour le contrer et le poignarder, s'en acquittent correctement. Elle n'y peut rien si elles le détestent tant depuis qu'il s'est comporté en mufle. Heureusement, elle peut compter sur son aînée pour prémunir les cadettes contre son incompétence à les éduquer ! et sans lui tirer les vers du nez.

Nous sommes giflées, mais pas véritablement maltraitées, de ces maltraitances qui terrifient à leur évocation. Les claques s'abattent sans rime ni raison, pour un rire inopportun, un mouvement interprété de travers, une parole prétendue inconvenante, une dispute anodine entre nous. Par exemple elle ne dit pas : « Enlève-toi de mes jambes », elle me frappe pour que je me recule. Je pare les coups en soulevant l'épaule, le coude à l'horizontale, en contractant les muscles pour qu'elle ressente une douleur en les administrant. Elle cogne dans une partie dure, le claquement sec qui en résulte ne la trouble pas. Aussitôt qu'elle gesticule dans ma direction, je me protège par réflexe :

— Tu as une faute à te reprocher ? raille-t-elle.

Ce dispositif de protection subsistera, un bouclier contre les brusqueries à faible distance.

Hélas ! tous les soufflets ne ratent pas leur cible et la marque de sa poigne raidie, aux muscles blanchis, persiste longtemps sur ma joue. La rougeur n'a pas disparu que j'oublie, mon tempérament résiste à ses attaques, les circonstances n'entament ni l'entrain ni la vitalité qui le caractérisent. J'apprivoise sa violence.

Annie n'a cure de ses sempiternelles objurgations : prompte à la répartie, guerrière et frondeuse, elle ose la défier, ne cille pas et s'amuse à l'exciter. Avec quel aplomb elle la contredit ! Elle glousse en ramassant les beignes :

— Même pas mal !

— Tu en reveux une ?

— Oui volontiers merci, ironise-t-elle d'une traite, les doigts en éventail sur les hanches.

Elle n'y va pas de main morte, l'enragée de la frappe ! J'enfouis mes oreilles dans le col de mon gilet, car je témoigne de la sollicitude à Annie. Une sollicitude réciproque. Stoïque, elle ne se démonte pas, elle outrepasse les bornes. Elle tend l'autre joue et sur un ton arrogant :

— Vas-y, celle-là n'en a pas eu.

La gifle sonore atterrie, elle tend la précédente en émettant un clappement de moquerie, bouche béante :

— Pas deux sans trois !

Et ainsi de suite :

— Même pas mal !

J'ai mal pour elle. Je présume qu'elle triomphe quand sa mère qui fulmine, cramoisie et bégayante, abdique avant l'expiration d'un délai que la rebelle se fixe mentalement. Elle a la hardiesse des obstinés.

***

Un optimisme invincible m'anime, je bâtis un rempart inexpugnable pour me défendre de ses agressions et des pressions éprouvantes subies. Ou m'en accommoder. Pour ne pas rompre mon équilibre psychologique. La nature est admirable, qui compense d'instinct les écueils par des facilités, qui convertit la révolte en acceptation tout en n'admettant pas. Très tôt je recours à des astuces pour ne pas pâtir des brimades qu'elle nous inflige et me conformer aux exigences de l'événement. Oh ! je suis loin d'être un ange, la quantité de punitions que j'additionne l'atteste, plus espiègle que turbulente, mais elle nous maintient dans un assujettissement sans concession à ses principes et valeurs, réglemente tous nos actes, plus dans un délire de perfectionnement, voire de persécution que pour justifier du bien-fondé de ses injonctions. Elle me parquait au coin, en pénitence, dans le couloir, sous un portemanteau. Elle accrochait là son tablier à bavette qu'elle revêtait pour cuisiner. Je crachais dans les poches et savourais ma vengeance en sautillant. Ou je lui décochais des pieds de nez vigoureux, mon pouce droit calé sur le nez, doigts écartés au maximum, l'auriculaire appuyé sur le pouce gauche, je brandissais les sept doigts libres à contre sens. La punition s'allégeait et je m'étonnais, tandis qu'elle la levait, de la supporter si allégrement. Mon manège, dans sa naïveté, échoua rapidement : sa poche de tablier et son mouchoir maculés de crachat ; l'ombre agrandie de mon geste drôle et grossier se profilant sur le mur.

Elle modifia l'arsenal des sanctions en proportion de ma taille et de l'affinement de son ambition, de la mise au coin en mise à genoux, paumes sur la nuque et coudes dans l'axe des épaules. Et pas de dos rond, s'il te plaît ! Et on ne s'accroupit pas sur les talons ! Dès que sa savate ne me colle plus, je me triture le nez pour qu'il saigne. Succès spectaculaire. Je jubile silencieusement, le sang s'égoutte sur le carrelage. Parfois, dans un état de semi-inconscience je m'affaisse et m'évanouis. Mes sœurs l'alertent :

— Elle est tombée dans les pommes.

Je doute qu'elle s'en culpabilise et qu'elle se repente de procéder de la sorte, stricte avec elle-même, adoptant des règles sociales traditionnelles, austères, persuadée d'agir dans notre intérêt, irréprochable. La mise à genoux et des tirages de cheveux qui me provoqueront des plaques de pelade, d'où son remède à l'oignon, alterneront au gré de ses exaspérations.

Pour étoffer nos capacités d'argumentation, dans certains cas, les enseignants utiliseront le graphique. J'en tirerai parti hors de l'espace scolaire : sur du papier quadrillé je dessine en un graphique mensuel les gifles qui s'abattent sur mes joues, représentant mon mal-être en une courbe plus éloquente qu'un discours. Au moment de me coucher je note au crayon le nombre de gifles de la journée. Grâce à cet exercice journalier je les endure, un carré de plus me soulage. Le dessin précis, sans enrobage, la croix qui en conclut le rythme, la raideur du trait épais, la lecture claire atténuent ma détresse. Immédiatement déchiffrable, il situe les pics le jeudi et le dimanche, de même qu'après les incursions de mon père. Je ne possède plus ces graphiques, il les a déposés comme pièce à conviction chez le juge des enfants. Une faille dans mon système de défense : ils ne traduisent pas sa cruauté verbale.

J'ai gravé dans ma mémoire indéfectible le jour où je me suis heurtée à sa première violence. La tendresse s'est transformée en dureté, la douceur en brutalité. Le dégrisement fut instantané. Mon menton atteignait juste le plateau de la cuisinière. Nous formions dans la cour de récréation une bande guillerette qui s'ébattait à seule fin de dépenser de l'énergie. Ce matin-là, je remarque au pied d'un tilleul, un attroupement de gamins dont l'un agite une feuille de cahier dans ma direction. Je fonce vers lui, il me la secoue sous les narines :

— Plie-la en deux… Plie encore… Encore… Encore…

— Je ne peux plus.

Et la grappe de polissons goguenards se dispersent en pouffant, en tambourinant contre leurs fesses, en claironnant : « Hou ! hou ! elle ne peut plus-us, elle ne peut plus-us, tralala, tralalère… » Lorsque la ruche bourdonnante se met en rang par deux sous le préau, elle chuchote : « Elle ne peut plus… hou ! », en un murmure imperceptible.

À midi je m'élance dehors :

— Maman ! Maman ! Maman ! m'exclamai-je, hors d'haleine et échevelée, plie le papier… Plie-le encore… encore…

— Je ne peux plus…

— Ah là là ! tu ne peux plus !

— Tiens, insolente ! Et ne t'avise pas de recommencer.

Je reçus un aller-retour assené avec une telle vigueur que des étoiles surgirent, je ne touchai plus terre pendant une dizaine de secondes. Je ne saisissais pas le sens de cette boutade que je répétais innocemment pour l'associer à ma gaieté innée et pour me pénétrer de son humeur sémillante, non pour l'offenser.

Où donc se nichait l'insolence ? Je restai médusée par sa réaction explosive qui induisait que, parfois, il est important de se taire, que la spontanéité est susceptible de se révéler nocive ; qu'outre mentir pour se protéger, il est primordial d'étouffer ses émotions pour sa tranquillité. Je détectais son état d'exaltation, désormais je repérerai ses mobiles pour les déjouer et éviter de lui fournir des occasions de me rudoyer ; je distinguerai les signes précurseurs de sa fièvre pour la séduire. Je compris à mes dépens que je devais préméditer, tricher, déployer des roueries, démasquer les pièges, composer en fonction de mes interlocuteurs, plus encline au mensonge qu'à la franchise. Je me surveille en permanence, je développe l'art de louvoyer, de me faufiler partout sans être aperçue, je suis un caméléon. Insondable. Ma constitution bataillera sans discontinuer aux côtés du personnage qu'il me faudra incarner pour me concilier la bienveillance de mes éducateurs. Un comble : débuter son existence en étant privée de ses bienfaits, renoncer à être soi-même, s'engouffrer dans le mensonge et la dissimulation. Se protéger : verbe pronominal essentiel qui sauve.

Quand je serai maman, je ne frapperai pas mes enfants. Maman caresse, maman câline.

Je nomme le jeudi « le jour muet ». Continuellement traquée, exclue du cercle convivial pour des broutilles, je séjourne dans la cuisine, assise, à lire, à bâiller ou à soupirer après un lendemain plus attrayant. « La lecture d'un beau livre est un dialogue incessant où le livre parle et où notre âme répond », a affirmé André Maurois. Les écrivains m'embarquent dans les tribulations de leurs héros. Je trouve dans la lecture une source inépuisable de satisfactions, une échappée, un leurre qui me cuirasse contre ses excès, indolente à ses récriminations, mes émotions anesthésiées, mon profil lisse. Elle me sert de refuge, de palliatif. Elle me projette dans un univers féérique, j'y puise ma nourriture et mes modèles. La solitude devient mon alliée, j'acquiers l'indépendance d'esprit. Je préserve mon quant-à-soi. Je me forge une vie parallèle, meneuse d'un jeu de rôle – mes parents me choient, ils s'enlacent, mes chevaliers me courtisent. Derrière le paravent dressé entre elle et moi, sous les projecteurs, je déroule ma comédie tragi-comique qui me déclenche rire ou pleurs, je suis tantôt mère, tantôt fillette et tantôt jouvencelle amoureuse selon l'urgence de réparer, de recréer un monde amical. Ma troupe d'acteurs fantastiques, prévenants et tendres, interprète ma production chimérique dans un décor romantique dérivé des ouvrages que je dévore. À travers eux, je suis aimée, j'aime sans réserve, je suis moi. Dans l'expectative, j'entrevois un futur moins sinistre, semé d'aubépines et de seringas, un bonheur en demi-teinte, accessible au milieu des vicissitudes. Ils m'inclinent à y croire. Des énergumènes s'intercalent, abjects, monstrueux, perfides, rondement lynchés par les précédents au tempérament de lutteur. Insensiblement cette deuxième vie dans ma bulle d'air increvable, inventée de toutes pièces, romanesque et généreuse, remplace la réelle qui ne me convient pas. Je l'emporte sur mon oreiller, dans mes couvertures, elle me rend insomniaque. Sous ma carapace, dans le dédoublement de moi-même, le spectacle insipide qui se joue alentour m'indiffère. Mon jardin secret est un havre de fraîcheur imprenable qui estompe ma désillusion et mon désœuvrement. Je n'émerge de mes divagations que par nécessité. Je m'épanouis dangereusement à l'intérieur de moi, qu'importent les détours, l'espoir naît de la fiction, je suis obligée de cultiver l'un et l'autre contre la réalité.

Lever du rideau sur le divertissement : Un mystère plane dans le logement vétuste, un cube sans voilage, sans volets, sans lustre, sans vase. Une chandelle vacille sur la toile cirée. Deux garçonnets dorment en retrait. Une femme frêle tend l'oreille, un infime craquement s'est produit. Son front se plisse, attend-elle quelqu'un ? Éclairée par la réverbération de la lune, elle scrute sur un mur où s'écaille la peinture, une photographie décolorée, flanquée de punaises rouillées. Un fagot qui, lentement se consume dans la cheminée, crée un semblant de confort dans cette masure, une ruine plantée là, à moitié écroulée, isolée.

Elle sanglote, considère avec attendrissement ses chérubins qui n'embrasseront plus leur père englouti par l'océan en essuyant une tempête. Déchaîné, l'océan s'avère vorace. Ses lames anéantissent les marins, mouillent les prunelles de celles qui languissent au port.

L'horloge carillonne minuit. Un des deux garçonnets se hausse sur un coude, explore la surface de la cabane. Elle s'accroupit près de lui : « Dors, mon chéri, repose-toi. » Elle referme sa main sur celle du garçon qui se rendort immédaitement, un bras en équerre sous le traversin, confiant.

Le firmament scintille, il se moque de la misère prématurée d'une humble fleur défraîchie avant d'éclore.

Qui suis-je ? L'un des chérubins ? Leur maman en deuil ? L'océan grondeur ? Notre mère a déclaré mort le père, celui-ci l'est bel et bien.

On m'étiqueta « mauvais sujet » et le bonnet d'âne me fut décerné. Pas d'alternative sur les bancs de l'école : où l'on est classifié dans la catégorie des éléments studieux ou dans celle des paresseux. La cour de récréation forme des clans similaires : une zone pour les mômes des nantis, une zone pour ceux des indigents. Une rangée de tilleuls fait office de démarcation. Moi, je galvaude en compagnie des têtes de linotte, des têtes à claques, des têtes de lard, des fêlés, des morveux qui se mouchent sur leur manche, des fils de poivrots, des filles de souillons. Je m'arrange de la sélection instinctive imposée par la société des gosses, j'appartiens à un groupe, une bande à part, celui de la débine et des têtes à poux. Bijou, caillou, chou, genou, hibou, joujou, pou... Les noms qui se terminent par *ou* prennent un *S* au pluriel, sauf...

— Maîtresse, le biniou de maître Yvon, je l'inscris dans quelle colonne au pluriel ?

— Tu me copieras cinquante fois les exceptions au pluriel pour lundi.

Tais-toi, tais-toi, tais-toi...

C'est l'école du savoir encaisser, l'école du non-dire.

Les maîtres s'impliquent dans la célébration de la Fête-Dieu. Ils nous escortent en rang par deux, une joyeuse récréation sans sifflet. Je défile en queue de procession. Les fidèles endimanchés, aspergés d'eau bénite, se dirigent vers les reposoirs confectionnés par les dames de la paroisse, drapés de tissus, décorés de touffes de lilas, weigelia, giroflées, de lierre et de branchages, de cierges allumés, piqués sur des chandeliers d'autel en bronze, pour s'agenouiller et prier en proclamant leur foi. Ils entonnent des cantiques et, munis d'un panier d'osier, ils parsèment un pêle-mêle de pétales sur le parcours. Je contourne ce tapis naturel pour ne pas le flétrir. Devant, le prêtre, en chape d'or sous un dais brodé, transporté par des sommités ecclésiastiques, élève le Saint-Sacrement, précédé des chantres et enfants de chœur en soutanelle rouge et surplis blanc portant qui la croix, qui l'encensoir, qui un cierge, qui une bannière ou une oriflamme. C'est beau, c'est simple et grandiose, je suis ravie que ce soit si beau. Personne ne sait que je suis ravie.

J'assimile et mémorise laborieusement les connaissances. Je m'enlise, je me noie. Les instituteurs ne se hâtent pas de me secourir, ils s'empressent résolument auprès des élèves qui participent à l'oral et prouvent, par l'extrême mobilité de leur physionomie, que l'enseignant diffuse efficacement sa noble science. Je tente de m'accrocher à une bouée, sans conviction. Je ne suis pas imprégnée de l'utilité de l'instruction. Mon individualité se truque, les complexes l'envahissent, je cache mes opinions, à l'étroit dans mon corps. L'école me transmue en personnalité craintive, passive.

Bien que je n'aie pas fréquenté les classes maternelles qui défrichent et socialisent, mes commencements promettaient bons points et lauriers. Au moyen des bûchettes et du boulier j'ai apprivoisé le calcul et su additionner et soustraire dans les délais impartis. J'ai appris à lire et à écrire sans anicroche. La maîtresse avait tracé l'alphabet sur des fiches en y associant le dessin d'un animal, d'un fruit, d'un légume, ou d'un objet. Elle nous apprenait que p et a = pa, p et i = pi, p et o = po..., nous différencions le c du o, le l du b... L'initiation maîtrisée, nous passions à la vitesse supérieure : des lettres sur des languettes pointues à une extrémité, à assembler sur un large carton en les glissant dans un fil élastique, couture au point arrière. Encartées elles s'alliaient en deux syllabes, trois syllabes épelées, détachées, puis en phrases ânonnées, celles-ci transcrites sur le cahier du jour à la plume Sergent-Major trempée prudemment dans l'encrier de porcelaine, en pleins et en déliés violets, les jambages tremblants et arqués. De la prestidigitation ! Je m'appliquais, la langue pendante, les phalanges peintes à l'encre. J'empilais mes bons points dans une boîte de plumes Gilbert & Blanzy-Poure illustrée, au dixième la maîtresse me les échangeait contre une image que je brandissais fièrement. Je dénombrais et dénombrais inlassablement. Dix !

J'affectionnais le trajet de la « petite » école. Mes sœurs allaient à la « grande ». Elles traversaient la route nationale, la RN 27 qui mène d'un côté à Dieppe, de l'autre à Tourville-sur-Arques. Monsieur Thuillier, un directeur qui ne badinait pas avec le règlement, hautement respecté, interdisait de courir dans la cour gravillonnée. Il sévissait séance tenante contre les irréductibles. L'itinéraire de l'après-midi m'ébaudissait. Les dames vaquaient à leurs occupations, rinçaient la vaisselle, fenêtre ouverte. Un coucou par-ci, une sucrerie par-là, un sourire, renforçaient ma jovialité.

— Bonjour, madame Coucou.

— Bonjour, ma poulette. Tiens ! un bonbon à sucer pour te requinquer.

Progressivement mes cases d'apprentissage se sont verrouillées comme l'opercule corné du bigorneau qui se recoquille. Mon attention s'est fixée au-delà du présent, dans la chaleur ouatée d'hier ou vers un demain moins hostile. Je dérivai, occultant la concentration nécessaire pour m'instruire.

Je récolte des punitions, exposée à l'humiliation des tours de cour pour une leçon envolée, le cahier maintenu dans le dos par des pinces à linge lors des récréations, la honte, le piquet entre la bibliothèque et l'armoire à fournitures. Mes camarades se montrent compatissantes. Il est extraordinaire de constater que la solidarité censée s'exprimer envers l'enseignant penche en faveur de l'élève incriminé. Les gamins ne me tabassent pas, rassurant : on raconte qu'ils ne s'acharnent que sur les faibles.

Mon cerveau se cabosse sous l'emprise des difficultés à endosser mon costume de vivante dans ce monde inamical. Je pallie ma médiocrité par des conduites révélatrices du malaise qui croît en moi. N'importe quel adulte clairvoyant s'en inquiéterait, pas ma mère qui ne sait pas lire sur les visages, d'ailleurs je n'ai pas de visage, je n'ai pas d'identité propre. Toutefois je n'escaladerai pas la barrière qui sépare la friponnerie de la délinquance.

Si un piéton m'inspire de la répugnance, en sûreté derrière la clôture, je lui débite, en exécutant les grimaces et contorsions les plus grotesques de mon répertoire peaufinées dans le noir, une avalanche de vilains mots à succès dans la cour de récréation. À entendre chez nous traiter une voisine de vieille peau, et Mémé nous spécifier les étapes de la tournée du marchand de peaux de lapins aux alentours du Nouvel An, en imitant celui-ci, je lui déclame à tue-tête : « Peaux… peaux d'lapin, peau-aux, aux… », analogue à un chien qui aboie férocement sur les passants à travers le grillage. Il me qualifie d'effrontée, de cinglée en tapant son index sur sa tempe et poursuit son chemin.

Et ma sœur aînée qui résiste si farouchement au trajet de l'école, est-elle confrontée à des problèmes identiques ?

Notre mère invite les cousins de Saint-Valery-en-Caux et de Quiberville-sur-Mer, son frère également. Elle vit en marge : elle ne potine pas, ne tisse pas de liens, ne côtoie que ses cousins. Des cousins qui n'ont aucun trait commun : les uns s'intéressent à nous et les autres pas. Moi, j'aime ou j'aime pas, sans nuances. Entière. Pas de demi-mesure. J'aime Roger et Germaine de Saint-Valery, j'exècre ceux de Quiberville, Jules et ses yeux de veau, son cou de taureau, Jacqueline et sa voix de crécelle qui nous vrille les tympans, leur insensibilité me rebute.

Elle s'emploie à surprendre agréablement ses convives et ne focalise plus son attention sur nous. Elle dresse la table dans les règles de l'art, fignole son maquillage et choisit pour nous la tenue vestimentaire qui valorisera ses dons de couturière. La veille, elle investit tôt la cuisine pour attiser leurs papilles, ils soutiendront mordicus ne s'être jamais autant régalés d'un tel gâteau.

Son baba au rhum ! Le dessert rituel. Sans se lasser, à pleines cuillerées à soupe, elle l'imbibe du liquide sucré et odorant amassé au centre de la couronne. Elle sourit en songeant combien ses convives relèchent leur assiette, son baba dégusté. Tandis qu'il s'empiffre abondamment de sauce attiédie, elle se grise de l'émanation d'alcool autour du plat qu'elle agite en un mouvement circulaire pour une répartition optimale du liquide. L'ultime arrosage la tranquillise, elle le décore de fruits confits en figures géométriques : bigarreaux, angélique, écorce d'orange et de citron, pastèque, puis le pose sur la pile d'assiettes dans le placard. Oui ! on la complimentera pour la fameuse gourmandise inégalée. Un demi-siècle après, son frère certifiera n'en avoir retrouvé le goût nulle part ailleurs.

La nostalgie le ramène quelquefois dans sa Normandie natale pour s'imprégner de la fragrance des vergers et du large, deviser sur une connaissance. La perspective du menu plantureux élaboré par sa sœur lui creuse l'appétit. Un freinage brusque pour que les pneus crissent, l'index sur le klaxon annoncent le visiteur, l'as de l'épate, flambant. Costume, cravate foncés, tiré à quatre épingles, la pupille éclatante, une tige coincée entre les dents, les souliers ailés, il s'élance aussi vite qu'il raisonne. Parisien survolté, monté sur un ressort, il avale les heures à longues lampées, consulte le calendrier, feuillette l'agenda. Boulimique de rendez-vous, il décèle les opportunités, traque le destin et dialogue avec lui. Homme de défis, parti de rien, puissant, il fréquente les sphères dirigeantes, accepte de lourdes responsabilités professionnelles.

Pareille voiture, ni dans les albums ni dans mes rêves, je n'en ai découvert. Normal, l'oncle est un géant, un bienfait dans notre univers maussade.

Le cordon-bleu hospitalier se démène pour lui concocter une réception raffinée. Plat rond, plat creux, plat ovale entament la danse, plus une casserole disponible, la cuisine sens dessus dessous. Un mélange d'effluves y flotte. La toque normande, au garde-à-vous devant celui qui surgira incessamment, lui mitonne un festin somptueux. L'événement est d'importance, il ne se manifestera pas d'ici un an ou deux. En se polarisant sur ses recettes, elle desserre son oppression et ne jappe plus sur nos savates.

Le café reçoit le soin d'une spécialiste, elle n'en escamote pas les étapes, toutes essentielles pour une saveur exquise. Elle humidifie les grains au robinet de l'évier, les broie, répand la mouture dans le filtre, tapote le tiroir du moulin tapissé de particules agglomérées et répartit religieusement sur la poudre une eau frémissante qui gouttera dans la cafetière. Ces préliminaires achevés, elle soumet le jus à un nombre incalculable de passages sur la mouture pour qu'il se charge des plus subtils arômes importés du Brésil. Elle le boira en fumant une cigarette Craven “A”. Entre-temps, elle soulève le couvercle du faitout pour vérifier l'excellence de son mets.

Elle s'endormira sereine, ses hôtes ne regretteront pas de s’attabler dans son restaurant gastronomique. Ils ne seront pas déçus.

Au préalable ils doivent endurer ses jérémiades égrenées aussitôt qu'elle leur souhaite la bienvenue. À l'en croire, nous sommes les mioches les plus récalcitrantes, coléreuses, sournoises, infernales, qu'elle sermonne et menace constamment pour leur bien, pour ne soutirer que le minimum, des cabochardes irrécupérables. « Y’en a pas une pour racheter l’autre, plus butées qu'une mule ! » Elle détaille minutieusement mes bêtises, sa constance pour me dresser et améliorer mon caractère. Elle se lamente sur son infortune, crache sur le dos de son ex, prend son frère à témoin. Il s'abstient d'entrer en contradiction avec elle, il a sacrifié un copain. Pendant qu'ils trinquent à leur santé, je me plaque contre le buffet ou dans l'embrasure de la porte à deux vantaux, figée, raide comme un I majuscule, à essuyer son avanie et son cortège de remontrances, dévisagée par ses invités et je me sens honteuse, sale dans mes entrailles d'une saleté de suie qui ne se nettoie pas, blessée d'une blessure qui ne se soigne pas. Plus immonde que moi, cela ne se trouve, même sous les ruines des cimetières. Je suis vraiment moche, indigne de respirer, l'opprobre de ma famille. La mer ne serait pas assez vaste pour me purger de mes souillures. Au cours de son éternel monologue, je quête une expression sur les visages, je n’éveille pas d'écho : ni démonstration ni attitude de bienveillance qui amoindrirait mon angoisse. Ses convives n’opposent pas de démenti à sa tirade désobligeante, ils ne nous disculpent pas, complices de ses agissements par leur silence. Je n'ose plus bouger : de mon comportement dépendra l'état psychologique de ceux qui me sont chers. Je serais perverse ! C'est abominable. Aux interdits qu'elle m'impose j'ajoute les miens. Plus je redresse la barre, plus mes imperfections et erreurs se multiplient, insoutenables. Ma confiance en moi chancelle. En se servant copieusement, ils finissent par m'ignorer. Je baisse le menton sur la nappe et une précaire paix m'effleure.

Tais-toi, tais-toi, tais-toi...

C'est l'école du savoir encaisser, l'école du non-dire.

Tandis qu'elle les raccompagne à leur voiture, je bois les fonds de vin dans les verres. Le bienfait du breuvage engourdit ma conscience et me déleste du malaise que son réquisitoire provoque.

***

L'été, Marcelle Baray consacre à ses parents un minimum de présence. Parfois elle s'en retourne sans nous. Durant la semaine qui précède, elle nous chapitre sans discontinuer, péremptoire : *on* ne lorgne pas chez Barbapoux ; s'*ils* vous interpellent, *on* ne répond pas ; *on* ne dit pas bonjour à leur clique, des charognards ; *on* ne parle pas aux Marocains. La femme de mon oncle Jacques, Christiane, est née au Maroc. Expert en géologie pétrolière dans la société Schlumberger, il travaille à l'étranger. En dehors de ses missions, ils logent sur le terrain des Simon, dans une bicoque meublée et décorée d'exotisme. Les malles ne sont pas décadenassées que la tribu Simon débarque.

Si nous enfreignons les consignes, elle nous bouclera au grenier. Et elle y va de son sermon redondant dès l'aurore.

Les Simon ne font pas tant de manières lorsque nous sommes chez eux : bien qu'ils s'approvisionnent en lait chez les Tesnière, nous traversons l'impasse pour embrasser Mémé si cela nous chante.

Je me moque des lorgnements, des interpellations, des bonjours et des pas bonjours. « Cause toujours ! » Ses admonestations m'indiffèrent : je me réjouis de cette évasion, j'envisage le séjour avec une excitation fébrile. Quelle expédition pour la quarantaine de kilomètres qui sépare Saint-Aubin-sur-Scie et Offranville, où nous habiterons ultérieurement, d'Auberville-la-Manuel ! Une journée de voyage ! Il nous faut marcher jusqu'à Hautot-sur-Mer au point d'arrêt d'autocars en rase campagne, pour être transportées à Dieppe. Une correspondance nous véhicule de Dieppe à Veulettes, et nous poursuivons à pied jusqu'à Auberville, par un raccourci, d'accord, mais une côte escarpée terrible pour nos courtes jambes, en plus, la valise que nous portons à tour de rôle nous encombre et nous scie les phalanges. Une valise en toile bleue cordée au cas où les fermetures lâcheraient. Qu'importe ! Nous avançons sur l'accotement en file indienne, d'un pas allègre, parées de nos plus beaux habits, quasiment neufs, Annie et moi dans le sillage de Chantal, notre mère ferme la marche, l'élégance hautaine. Nous nous arrêtons fréquemment pour apercevoir en contrebas les bovins paître et écouter tintinnabuler leurs clarines, contempler la mer étale et limpide, la ligne d'horizon entre azur et émeraude, le cordon de galets. Surtout pour souffler. Plumage sombre, plumage clair, cri rauque, cri aigu, les mouettes, sternes, goélands s'activent à tire-d'aile. Ils s'abaissent et s'élèvent tour à tour, s'entrecroisent, se baignent. Les gens, malgré les murailles de fossés surmontés d'arbres et de fougères qui bordent les rues encaissées (en Normandie un talus est un fossé) nous identifient et nous observent. Les hommes, en manches de chemise, expulsent un jet de salive dans leurs paumes qu'ils écrasent sur la bêche pour l'enfoncer dans l'humus en suivant le cordeau. Les rentiers ont approché leur chaise des bas-côtés herbus de la chaussée, ils croquent les heures et réchauffent leurs articulations, les doigts tremblants croisés sur la poignée de leur canne.

— É ti pouin Marchelle et les p'tiotes qui viennent boujouter la mé ?

— On dirait qu'chi.

— Eh ben ! Cha grandit ryin !

Nous sommes lundi, les lessives sèchent dans l'allée centrale du potager, les pantalons pendus se donnent la patte, une ribambelle de chemises, épaule contre épaule, bombent le torse sous la brise, les draps jouent à la balançoire.

Je conserve des épisodes enchantés de mes vacances à la ferme. Ma grand-mère nous associe à ses occupations, elle dépense son temps pour nous. Elle se déplace vite dans le bruissement de ses blouses, très vite, trop vite pour nos jambes de coq. Elle coupe à travers les herbages, à longues foulées, légèrement voûtée, les hanches opulentes, sans appréhension du bétail groupé à l'ombre des pommiers ébranchés à sa hauteur. Elle ralentit l'allure pour franchir les enclos délimités par des fils de fer barbelés fixés sur des pieux écorcés. Là, elle appuie un pied de tout son poids sur le fil inférieur, soulève les fils central et supérieur pour que nous enjambions la clôture sans dommage.

— Va pas déshailler tes loques, i manqu'rait pus qu'cha ! Ta mé t'tricot'rait l'côtes, ma pauv'.

(Ne va pas accrocher tes vêtements, il ne manquerait plus que cela ! Ta mère te tricoterait les côtes, ma pauvre.)

Elle se rend chez sa cousine de Paluel ou à l'*Hermitine*, chez sa sœur Alice. L'*Hermitine* est une usine à Vittefleur qui fabrique un désinfectant. Alice y est ouvrière et y demeure. Mariée à Ferdinand Capron cinq ans après qu'elle a eu sa fille Lucienne, elle offre à celle-ci un papa gâteau de cœur. Les cousines, Marcelle et Lucienne, liées par leur juvénilité, ont baguenaudé dans les environs où les jeunes filles, poudrées, toilettées, confluaient vers les places pour quelque conversation frivole ; elles ont courtisé les mêmes conquêtes. Lucienne résidera à Vittefleur au 36 de la Grande-Rue, une bâtisse en brique et silex et toit d'ardoise, construite en 1745, à deux pas de l'*Hermitine*. Elle épousera Casimir Dec, originaire de Pologne, ouvrier maraîcher, coiffeur d'occasion par complaisance, sans contrepartie, qu'on se le dise ! Ses ciseaux et son coupe-choux tondront ras la majorité des crânes à cent lieues à la ronde. Marcelle établie au Havre, les cousines ne se fréquenteront plus. Elle et Jean hériteront de Lucienne à l'issue de l'investigation menée par un généalogiste successoral.

Aussi rieuse et allante que Charlotte, la langue aussi musclée, Alice nous salue avec force embrassades et retentissantes exclamations. « Vi-t'en bouère eun' pissée d'cauchette, ma Lolotte », café que les deux frangines sirotent en aspirant une goulée de rire sonore. Elles entrechoquent sans cesse leurs tasses, comme si elles portaient un toast. Et Mémé rebrousse vers la « tréflerie » (tréflière) de son pas hâtif qui ne s'ajuste pas sur le nôtre, pour rapporter une brassée d'herbes aux lapins. Elle nous autorise à sucer les fleurs mauves sucrées. Je cueille des tiges de pissenlits pour souffler les parachutes duveteux dans le portrait de Chantal qui n'ose pas larmoyer. Les champs et les herbes folles de Paluel disparaîtront anéantis par l'émergence d'un centre de production nucléaire. Décédée en 1975, elle sera exempte des désagréments du gigantesque chantier d'élévation de la centrale en 1976.

La moisson engrangée, on ne galope plus dans les champs hérissés de picots secs et drus d'une vingtaine de centimètres. Nous risquerions de trébucher et de nous en planter un dans les orifices de la figure ou dans la gorge. Au moindre écart, elle n'hésitera pas à nous calotter.

— Gare à vos pleumes dans les éteules, j'vas vô les s'couer, mé.

Elle nous précède, une botte d'orties au poing, résolue à nous fouetter d'importance les jambes si nous transgressons l'ordre. Nous redoutons ses corrections à l'ortie : quand nous pourchassons les coccinelles ou les libellules pour leur arracher les ailes, les orties nous attaquent par surprise et nous appliquons des litres de salive sur notre épiderme irrité pour nous soulager. Globalement, son martinet aux lanières urticantes ne fouette que ses blouses, excepté, rarement, Chantal, plus rétive que ma cousine Christine, Annie et moi. Nous deux, souples comme un gant, aguerries par l'autoritarisme maternel, ne dramatisons pas sa fermeté.

— É pouin les mouflets qui commandent. J'avons enco jamais vu cha. Non mais, des fouais !

Il nous faut filer doux, en été elle héberge ses quatre petites-filles : Christine, la fille de notre oncle Jean et de notre tante Ghislaine, du lendemain des vacances à la veille de la rentrée, et nous trois sporadiquement. Les criailleries et gesticulations de ma cousine pendant qu'elle lui lave les cheveux ne l'émeuvent pas. La séance a lieu le lundi midi, quand, la lessive étendue sur la corde, la planche, le savon de Marseille fendillé et la brosse en chiendent sèchent au soleil qui se porte à la verticale et l'eau de rinçage tiédit dans le baquet.

Après avoir réussi à l'agripper, non sans mal, lui avoir promis eun' retournai (une raclée), elle lui trempe les cheveux dans le baquet, lui renverse un bouchon de shampoing Dop sur le crâne et frotte et frotte et frotte le cuir chevelu en la bloquant contre elle pour lui ôter la tentation de s'échapper.

— Ça pique, Mémé !

— Té tei, la gamène, arrête de chignaer, faut en avé por son ergent.

(Tais-toi, la gamine, arrête de geindre, il faut en avoir pour son argent.)

La championne du frottage lui brique les cheveux. Les estimant convenablement décrassés, elle les rince en les aspergeant d'eau vinaigrée dans le broc. Munie de son démêloir édenté au centre, elle lisse les mèches et supprime les nœuds.

— Ma poulotte, t'es propre comme un sou neuf, cré mé, fais pouin la lippe ! Enlève la roupie d'ton nez. Où qu'é ton tire-jus ? De qué qu'tu t'plains, attifée aveuc tes biaux cotillons et tes frisures, les gâs vont t'fé du bras.

Christine pleurniche qu'elle se plaindra à son père. Celui-ci ne la brusque pas.

— Ta, ta, ta ! tu fé brin l'poids.

— Ça reste à voir.

— É tout vu, ma poulotte. Méfie-té, j'en ai mouché plus d'un. Cheu mé é comme cha et pouin autrement.

Mémé n'est pas regardante sur l'horaire pour nous. Son ouvrage terminé, les tricots d'Émile raccommodés, les bas remaillés, les torchons ourlés, l'œuf à repriser les chaussettes et le dé rangés, elle dénoue les cordons de son « devantiau » (tablier), le pose en boule sur le banc, attrape la boîte de dominos qui trône sur la cheminée près de la série de pots en faïence de farine, sucre, café, thé, épices, et nous adressant une œillade :

— Vô allez ramasser eun' culottée, mé, j'vô l'dis. No va catouiller les dominos et les sous. J'vô f'rai eun' doai à la collation.

(Vous allez ramasser une culotte, moi, je vous le dis. Nous allons chatouiller les dominos et les sous. Je vous ferai une tartine de pain-beurre à la collation.)

Elle nous alloue cinq pièces de un franc pour la timbale. Un franc par partie. Qui perd sa mise sera éliminée. La première qui juxtapose tous ses dominos ou, si aucune n'est en mesure de poser, celle qui a le moins de points empoche le contenu de la timbale.

Dynamique, enthousiaste, elle renverse les pions de bois plaque noire sur plaque ivoire, les points creusés en noir contre la toile cirée aux ramages estompés, aux angles en lambeaux. Elle s'applaudit :

— É mé qui touille. Et pas d'pions dans vos pouquettes, j'vô ai à l'œil, vô allez pas m'pleumer.

Pas question d'inventer une règle, la sienne prévaut. Le double le plus fort sélectionne le joueur qui démarrera le jeu.

— Qui ch'est qu'à l'doub'sis ? (le double-six)

— …

— L'doub' chinq ? (le double-cinq)

— …

— L'catouilleux ? (le quatre)

Les dominos du tirage au sort rejoignent le tas et elle les mêle en caressant l'ébène. Ils cliquettent les uns contre les autres.

Elle feint de se fâcher, sa patience a des limites !

— Alors, tu roupilles ? Bouche donc le blanc, ma Chylvie.

— …

— Ben mon vieux, qui qu'tu bricoles, t'as que l'couche tout nu ? (double-blanc) No v'là ben ! É d'la gnognotte.

— C'est mieux que rien.

— Aveuc cha on n'est pas fauchées.

— Peut-être, mais je ne pioche pas.

— Treis partout ! (trois) Ben hasard que tu n'as pin. Tu n'as pyiche ? (aucun) T'as pin d'jû ? (jeu) Tu peux rin fé ? J'vas t'batt à plate couture, te dépouiller d'tes sous, ma poulotte.

Lorsque nous n'avons pas de domino à juxtaposer et qu'il n'y en a plus à piocher, elle déclare que nous boudons. Piocher est une opération cruciale susceptible de nous pénaliser au moment de totaliser les points dont nous annonçons le nombre exact. Elle se méfie de nous et les recompte immanquablement.

D'emblée, je dévie la trajectoire des dominos en posant. Mes rectangles s'accolent au précédent, sans adopter de tactique sinon me débarrasser des doubles qui divisent par deux ma chance de poser et me garantir une variété de points. Sous la mine ahurie de mes adversaires, la cagnotte disparaît dans mes poches, je convertirai ce butin en souris en pâte de guimauve, la queue entourée d'une bague. Mémé rit aux éclats, son ventre tressaute. Sa bonhomie coutumière adoucit nos maux.

Si *ses* produits ordinaires font défaut dans les camionnettes du « Ministère » (Familistère), du charcutier ou du boulanger ambulants, qui cornent énergiquement pour avertir de leur passage, elle nous emmène « à commissions » dans l'épicerie-mercerie-droguerie-tabac-café-taxi-cabine téléphonique d'Auberville, une boutique située au quatre-chemins, bien achalandée, elle accepte le crédit. Nous gravissons les trois marches de pierre usées et polies par le frottement des chaussures, le timbre métallique de la sonnette nous crève les tympans et les narines nous picotent des odeurs indéfinissables qui saisissent dès le seuil. Sur des rayonnages du sol au plafond accessibles au moyen d'une échelle, s'entasse une incroyable quantité d'objets et de denrées, dont les boîtes de biscuits que Mémé réserve à ses convives et des « gaousses » (yaourts) aromatisés. Elle en raffole et prétexte, pour s'en régaler, qu'ils sont bourrés de calcium vital pour nos os. Madame Défresne mère détaille la marchandise, une vieille dame desséchée, bougonne, aux orbites cerclées de fer, un crayon sur l'oreille, invisible dans le bric-à-brac entreposé dans le magasin lugubre. Elle lance les paquets à peser sur la Testut, bredouille le minimum requis, laisse à sa cliente une fraction de minute pour se déterminer, note les articles et le montant sur un registre. Le chiffre total claque sans fioritures. Elle encaisse, jette l'excédent sur le ramasse-monnaie publicitaire, marmonne un merci et un au revoir du bout des lèvres. Un sourire artificiel l'épuiserait et l'indisposerait.

Mémé échange des banalités avec les passants, sans pour autant s'arrêter :

— Boujou Mélie, cha va ti ?

— Couci-couça, é mes douoleu.

— Mach, c'te brousse qui vous perce la piâo...

(Remarque, ce brouillard qui vous perce la peau…)

— Boujou Nénette.

— D'où you qu'vô allai, la mé ?

— À la boutique tracher des gaousses por les éfans. Les gaousses les conservent en chantai, et la chantai al'a pouin d'prix.

(À la boutique chercher des yaourts pour les enfants. Les yaourts les conservent en santé, et la santé n'a pas de prix.)

— À qui l'dites-vô ! Va pas tarder à tumber de l'iau, gare à la siaulée, ch'ti-là qu'a négligé le parapie, tant pis por li, i s'ra mouillé, et pis fé frisquet à matin, on endure le lainage.

(À qui le dites-vous ! Il ne va pas tarder à pleuvoir, gare à la saucée, celui qui a négligé le parapluie, tant pis pour lui, il sera mouillé, et puis il fait frisquet ce matin, on endure le gilet.)

— É eun vrai temps d'cheu nô, à pas met' un quin dror. Crai ti qu'cha va séquer tou'd'même ?

(C'est un vrai temps de chez nous, à ne pas mettre un chien dehors. Crois-tu que le linge va sécher quand même ?)

— P'têt bin qu'oui. J'é pas trempé ma lessive dans le doute.

— J'sieu pressai à c't'heu, l'Ernestine, j'me sauve, j'ai pas mis mon fricot sus l'fu.

— Bonne jornèye. Boujou cheu vô, boujou bin.

— À tei parèlment.

Elle sanctifie le dimanche par la messe dans son église dédiée à saint André, saint Côme et saint Damien, qui date du XIIIe siècle. Elle s'élance dans un sentier qui raccourcit le trajet, bordé de marronniers « fouillus » (feuillus) et de taillis, celui d'où surgit Denise Cadinot qui, sous prétexte de boire un jus avec elle, commente les nouvelles, Denise crânement campée sur son solex qui tracte une charrette chargée de luzerne, ou qui charrie les cannes (bidons de lait). Elle a remisé sa « bérouette » (brouette) depuis belle lurette !

— No va couper par la ruette qui débouque tout drai sur l'chimtiai, on va yet' avant l'z'autes.

(Nous allons couper par le chemin qui débouche tout droit sur le cimetière, on va y être avant les autres.)

Elle a revêtu sa robe hirondelle et voilé d'une mantille de jais son chignon galette maintenu par des épingles-neige, cultivatrice affairée endimanchée, son missel sous le bras. La plupart des paroissiens le laissent dans la niche du banc, elle s'y refuse, non pas qu'elle craigne qu'on le lui dérobe, mais, plus précisément, que des galopins du pays malintentionnés fassent tourbillonner ses images pieuses du haut de la chaire, ils ne s'en privent pas avec des avions en papier. On respecte les affaires du bon Dieu.

Elle plonge les doigts dans le bénitier sec, bâcle un signe de croix, esquisse une génuflexion dans la nef centrale en direction de l'autel où brûle la lampe perpétuelle vacillante près du Saint-Sacrement, s'efface pour que nous entrions dans son banc à cinq rangées du porche, à gauche de la nef. Elle n'est pas élevée dans la hiérarchie de la société.

— Plachez-vous, mé, je reste au bord pour vouére l'cué.

Je ne la soupçonne pas tant de se concentrer sur les gestes de l'ecclésiastique, puisqu'il officie dos à l'assistance et ne nous montre que sa chasuble brodée, que d'épier qui des paroissiennes s'avancera à pas de loup après qu'il se sera prosterné devant l'autel et qu'il aura baisé la pierre et quels atours la couvrent, pour pimenter son commerce de lait.

Elle me colle contre son flanc pour juguler d'une bourrade mon agitation. J'ai la messe en horreur, assis... debout... à genoux... Je calque mes mouvements sur les siens. Attention ! ne pas basculer l'agenouilloir de bois clair, j'en rougirais de honte. À genoux... assis... debout... inclination du buste... assis... La pointe nouée en mentonnière me gêne et active le réflexe de déglutition. Comment desserrer le nœud du fichu sans qu'il bouge ? oh ! sacrilège, la gent féminine ne prie pas sans coiffure dans une église.

La messe se déclame en latin, je ne suis pas initiée à ce jargon : « *Domine Deus, Agnus Dei, Filius Patris. Qui tollis peccata mundi, miserere nobis. Qui tollis peccata mundi suscipe deprecationem nostram... Dominus vobiscum. Et cum spiritu tuo.* » Pour me désennuyer, j'interprète ce langage sibyllin qui m'émoustille au prononcé de *peccata mundi*, dont la sonorité s'apparente à celle du vocabulaire de la cour de récréation. L'organiste conduit les cantiques à l'harmonium. Ma grand-mère récite en dialogue avec le prêtre, chante parmi l'assistance. Elle connaît les répliques laudatives sur le bout des ongles. Quand la musique est discrète et les paroissiens somnolents, on distingue le ronflement des pédales.

Le sermon la guidera spirituellement du lundi au samedi.

Elle nous tend la monnaie pour les quêtes : deux francs à déposer dans une corbeille, un franc dans la suivante. Je combine un stratagème pour feindre de les lâcher bruyamment dedans, ils accroîtraient ma provision de confiserie, miam miam ! je m'en pourlèche les babines. Hélas ! elle ne se laisse pas duper, je rate mon coup, ma mitraille tinte dans la corbeille.

Quel délice ! la distribution de pain bénit – pourvu qu'ils en aient prévu assez –, je happerai le morceau de brioche repéré, le plus renflé, rectangulaire, doré, enrobé d'une croûte brune. Il croustillera sous la dent. Oh ! La sainte hostie. Le pain bénit me met dans d'excellentes dispositions pour longtemps, d'autant plus qu'ensuite Mémé nous régale d'une poule au pot ou d'un lapin moutardé et d'une crème aux œufs succulente accompagnée d'une gaufrette à devise. Royal !

Parfois elle rallie son église dans l'après-midi, en contrepartie des prières qu'elle ne récite pas : l'ouvrage commande. Elle ne s'embarrasse pas de bigoterie, ni neuvaine ni chapelet. « J'sieu pas eun' bigote, mé, prier et donner, cha fé deux. »

— Qui qui vint aveuc mé à Vêpres c't'arlevai ?

(Qui vient avec moi aux Vêpres cet après-midi ?)

— Moi.

— Cha peut pouin t'nuire, ma Chylvie. Hou là là ! é pouin tout cha, va m'cri la gate dans l'raccoin, por allai à ma vaichelle.

(Cela ne peut pas te nuire, ma Sylvie. Hou là là ! ce n'est pas le tout, va me chercher la bassine dans le recoin, pour faire la vaisselle.)

— Coiffe ton fichu, on va pouin à l'église en ch'veux. Et ton pal'tot, fé fré drié les murs. Manqu'rait pus qu'tu t'enchifrènes, j'vai la trombine d'ta mé d'ichi.

(Coiffe ton fichu, on ne va pas à l'église nu-tête. Et ta veste, il fait froid derrière les murs. Il ne manquerait plus que tu t'enchifrènes, je vois la trombine de ta mère d'ici.)

Elle exprime sa foi. Sous les voûtes du lieu saint, au milieu de l'allégresse, elle glorifie le Seigneur pour la semaine achevée et le supplie que celle à venir pourvoie à leur nourriture. Elle le prie de bénir son gain, de remouquer le pé (le ragaillardir) pour qu'il ne se disloque pas au perpétuel labeur. En assistant aux Vêpres, elle se place sous la protection du Créateur, certaine qu'il veillera sur eux.

Le dimanche des Rameaux et de la Passion carillonné, elle part à l'église, un bouquet de buis à la main. Béni au cours de la célébration, elle en affectera une branche à la tombe de ses chers disparus et remportera le reste dans son foyer pour repousser les fléaux : une branche sous la nuque du Christ en croix au-dessus de son lit et une sur la hotte de la cheminée. Hors du buis, point de salut, un Christ sans buis est semblable à un chez-soi sans tic-tac. Inconcevable. Elle attribue une importance prépondérante à cette fête chrétienne qui clôt le carême et son observance, et démarre la semaine sainte : elle acclame le Messie. Elle nous ordonne de rester tranquilles pendant qu'elle s'invitera au repas de Jésus.

Mon grand-père ne s'acquitte de ses obligations religieuses qu'à Noël, Épiphanie, Pâques, Ascension, Pentecôte et Toussaint. Plutôt que de pratiquer ses dévotions, quitte à s'attirer les foudres célestes, il préfère rejoindre les copains en remerciant la Providence de cette circonstance bénéfique où il ne transpire pas. Il s'excuse chemin faisant :

— Veire, sieu un mauvais maqueu d'pain bénit, j'vas ni à messe ni à prêche, é m'n'affai aveuc l'Grand Manitou, directement, sans intermédiaire. La patronne prie por mé à l'office, é du parèle au même.

(Oui, je suis un mauvais catholique, je ne vais ni à messe ni à prêche, c'est mon affaire avec le Grand Manitou, directement, sans intermédiaire. La patronne prie pour moi à l'office, c'est du pareil au même.)

L'angélus le ramène au bercail, passablement éméché.

Il aurait pu inventer les chewing-gums, tant il mâchouille une chique qu'il coince provisoirement dans sa casquette crasseuse pour délasser sa mâchoire.

Je lanterne dans la cour aux poules qui regorge de rejets domestiques. Je les entasse dans un angle du grillage pour transformer ces trouvailles en dînettes de Limoges dépareillées : morceaux de porcelaine et de faïence aux motifs endommagés, flacons de shampoing Dop, coquilles de moules, de vignots. Dans la cour aux poules on s'isole dans d'antiques toilettes au siège en bois peint au goudron, les cabinets, on y accède par une porte percée d'un losange qui brasse les mouches et les odeurs. Pendant la grosse commission on y suit les ébats des poules. Pas de système d'évacuation, le trou, surmonté d'un couvercle de bois à large poignée lourd à manipuler, se remplit au gré des expulsions. Parcourues dans une ultime curiosité si les conditions atmosphériques s'y prêtent – nous n'y lambinons pas en hiver, les fesses n'apprécient pas sa rigueur –, les actualités du Pays de Caux expirent ici, *Le Courrier cauchois* équivaut à du papier hygiénique, un produit de luxe inaccessible à leur bourse.

— Laiche pas s'écaper les poules et prends garde au nicheu. Ez'on l'cul cousu achteu, t'ea pouin un coco ann'huy. Guett' bin oyou tu mets les pés, t'affale pas dans la bouillasse.

(Ne laisse pas s'échapper les poules et prends garde à l'œuf (en plâtre, pour doper la ponte). Elles ne pondent plus en ce moment, tu n'auras pas un œuf aujourd'hui. Regarde bien où tu mets les pieds, ne t'affale pas dans la boue.)

Mémé n'a pas sa pareille pour rassembler les volailles gloutonnes autour d'elle au son de : « Ptit… ptit… ptit..., v'là du grain et des pluques, ptit… ptit… ptit... » Aussitôt qu'elle apparaît, du blé et du maïs dans son faitout émaillé sans anses sur la hanche, des pelures de légumes dans son tablier aux coins ramassés, les plus paresseuses déjuchent avec une singulière célérité et toutes se ruent vers la marmite, en caquetant et en se chamaillant, le plumage soulevé. Elle secoue son tablier, leur lance à la volée les poignées de grains qu'elles picorent prestement. Rassasiées, elles s'éparpillent et grattent la gadoue, couronnent ce festin en becquetant des vers qui se tortillent avant qu'elles ne les engloutissent et elles se désaltèrent de gouttes de pluie dans des casseroles sans manche. Elles ont de ces abreuvoirs en abondance. Des oiseaux à peine farouches s'ébrouent dedans. Mémé constate à son gloussement qu'une poule a pondu et se hâte vers le poulailler pour s'emparer de l'œuf tiède qu'elle décrotte sur son tablier et troue à l'aide d'une épingle ôtée de son chignon pour que je le gobe. Un délice ! Il a la saveur de sa bonté.

Accotée au fourneau, ma génitrice dépeint en long, en large et en travers mon comportement désastreux, s'apitoie sur son sort, crie haro sur le scélérat, monologue aigrement. Non seulement je ne l'entends pas me déprécier, hors de sa portée dans mon royaume, mais je me ranime. Durant cette embellie transitoire je siffle de légèreté et saute en pourchassant les volatiles, la fiente s'écrase sous mes semelles, je shoote dans les pommes, elles explosent, je déloge le chat alangui sur la paille du cabanon et les poules sur leur juchoir. Dans l'isolement de la basse-cour et des cabinets à mouches, j'entretiens mes chimères, je me dédouble. Sur une litière confortable les poules abritent leurs poussins sous leurs ailes, pas ma mère. Mémé n'a pas rogné leurs ailes.

Mon grand-père, constamment sur le qui-vive entre ses deux patrons, le sol et le ciel, ne participe pas à nos agréables journées décontractées. Il ne gaspille pas une seconde dans les champs. Comme tout Normand, il est méfiant, guère loquace « moins qu'on en dit, mieux qu'cha vaut », il n'étale pas ses sentiments. Rituellement il tire de la poche de son pantalon son couteau, affûte la lame sur la margelle, tâte le tranchant sur son pouce, s'attable face à l'entrée. Charlotte plonge la cuyai à pot (la louche) dans la soupière et lui trempe la soupe. Il souffle sur la vapeur, l'aspire goulûment et la termine à même l'assiette. Le bouillon avalé, il mâche posément la potée et boit du vin coupé pour la digérer aisément. Ses soupirs d'aise, sa langue qui clappe indiquent la succulence du plat cuisiné par sa moitié. Si un dessert complète le repas, il retourne son assiette pour le déguster. Restauré, il s'essuie la bouche du revers de son poignet, plie son couteau, rince sa tasse à café au calva, et, à califourchon sur sa chaise, les bras hâlés et musclés aplatis sur le dossier, il pique un roupillon. Nous nous déplaçons sur la pointe des chaussons, nous essuyons la vaisselle sans l'entrechoquer. Je compte les mouches engluées sur le ruban anti-mouches qui oscille sous la suspension en porcelaine fixée à une poutre. Le nombre diffère à chaque comptage. Fréquemment, en mastiquant, je louche dans sa direction, j'admire que pas une, en équilibre sur une aile frêle piégée dans l'appât, n'atterrisse sur mon assiette. La torsade infaillible la capture dans son entier, thorax, abdomen, antennes, pattes et ailes.

Les membres engourdis, il boitille jusqu'au Quéneau pour remuer les vaches : pour délimiter leur espace de pitance il les attache à une chaîne de deux ou trois mètres de longueur reliée au sol par un « tiers » (piquet) fiché en terre, chaque jour il les décale d'un mètre approximativement. Sont-elles encore vivantes ? À l'insu de nos grands-parents, Christine et moi urinons dans les abreuvoirs. Dans mon sommeil, les mouches flottent sur le mélange dans la cuve, les vaches s'écroulent, empoisonnées par le liquide dénaturé. Pépé et Mémé sanglotent.

Il ne réintégrera son logis qu'au déclin du soleil, les bêtes traites, les champs nettoyés, moulu.

Le summum du plaisir : Mémé nous concocte une foutinette lorsqu'elle remarque notre mine chiffonnée par une migraine ou un rhume, eun' besson qui ravigote, composée de biaucoup d'iau et d'eun' goutte de calva, à bér' bin ko. (une boisson qui ravigote, composée de beaucoup d'eau et d'une goutte de calvados, à boire bien chaude.) De réaliser qu'elle se préoccupe de notre mine nous guérit de nos maux, bien avant d'ingérer son étrange boisson salutaire.

***

Quand il consomme son droit de visite, notre père nous dépose à Veulettes, au jardin d'enfants, il en profite pour effectuer à Dieppe ses multiples démarches de divorce. Veulettes-sur-Mer, dans le canton de Cany-Barville, était autrefois un village de pêcheurs. Au XIXe siècle, la commune était réputée pour ses bains de mer, son casino, ses chalets et ses courses de chevaux. Quelque trois cent cinquante Veulettais y sont recensés.

Émile Baray y possède un lopin qu'il ensemence en trèfle et luzerne, où des vaches laitières y broutent. Deux fois par jour, pour les traire, il s'y transporte, arc-bouté sur le pédalier de son vélo réchappé des guerres, une antiquité qui exporte son ferraillement dans la campagne, attelé à une carriole chargée de la boisson prestigieuse et de provende. En général, à mi-côte, il sue d'ahan, ses jambes refusent de pédaler tant les efforts déployés l'ont épuisé ; il profère un juron et poursuit le raidillon scabreux à pied, penché lourdement sur le guidon et enfourche à nouveau son vélo, ragaillardi. Il porte, serrée à la taille, une ceinture de flanelle qui attiédit ses reins, éponge la transpiration, soulage sa colonne lombaire, et des bretelles sur sa chemise de toile aux manches retroussées au niveau du coude. Pour qu'il ne s'entortille pas dans les rayons et ne se salisse pas sur la chaîne graissée, il enserre dans des pinces le bas des jambes de sa culotte de velours côtelé. Parfois il a pitié de son vélo qui aurait besoin d'un sérieux décapage et graissage, les freins grippés, les garde-boue tordus, les chambres à air réparées avec des rustines, il part à pied, son jouquet sur les épaules et le cliquetis des chaînes à l'extrémité desquelles, par un crochet, se balancent les seaux à lait, l'escorte encore en décroissant après que sa silhouette s'est évanouie au-delà du tournant.

Nos noms de famille s'inscrivent dans le patrimoine humain de Veulettes-sur-Mer. La nièce de mon grand-père maternel, Cécile, la fille de son frère Henri tombé dans les combats de la Grande Guerre, épouse Charles Corruble. Celui-ci est veuf de Georgette Piednoël, la belle-sœur cadette de Léopold Baray. Georgette enfante à six reprises et succombe à la tuberculose en 1938 à trente-huit ans. L'aîné de Charles Corruble, Jean, périt le 10 mars 1941 à bord du Chasseur de sous-marin 43. Il est inhumé au Royal naval cemetery à Portsmouth. Pour que l'on se souvienne de cette personnalité de Veulettes-sur-Mer, la municipalité a apposé le long de la plage une plaque commémorative : « Digue-promenade Jean Corruble, marin des Forces nationales de la France libre mort pour la France le 10 mars 1941 à 17 ans à bord du Chasseur de sous-marin 43. » Régulièrement Veulettes-sur-Mer lui rend hommage, en remémorant l'événement tragique : Charles Corruble, marin-pêcheur, décida d'appareiller avec quatre de ses six enfants le 10 juin 1940, en direction de la Bretagne pour y séjourner en attendant que les troupes allemandes soient refoulées hors de France. Il cherche en vain sa barque, elle a disparu, probablement empruntée par des soldats pour s'enfuir par la mer. Nos cinq Veulettais rampent sous la falaise. Deux contre-torpilleurs anglais, le Boadicea et le D49 les aperçoivent et les embarquent. Ils naviguaient vers Cherbourg pour collaborer aux opérations d'évacuation des troupes anglaises. Ils accostent à Portsmouth, au sud de l'Angleterre, sans justificatif d'identité, sans liquidités, sinon dix francs dans un porte-monnaie, prix d'un homard vendu la veille au minotier de Cany.

Sitôt l'appel du général de Gaulle le 18 juin, Charles et Jean s'engagent. Jean, du sommet de ses dix-sept ans, certifie qu'il en a vingt. Le 10 mars 1941, il est tué.

La guerre terminée, Charles rallie Veulettes qui a terriblement souffert des bombardements. Déminer, reconstruire. La richesse a fondu, peu de combattants ont survécu à l'enfer. Lors de son épouvantable exil, Charles a coudoyé Miss Marion Smith, responsable du Foyer du marin français à Greenock et professeur de français au lycée de Gourock, auprès de qui les exilés puisent du réconfort. Il s'en réfère à elle : n'a-t-elle pas une idée pour que la cité se relève de ses ruines ? Un comité se forme, Greenock adopte Veulettes-sur-Mer, le parrainage est né. Depuis 1946, les deux villages et les communes environnantes pratiquent leur jumelage. L'exploit de Jean Corruble le désigne à l'admiration de tous à titre posthume.

Dans le square je m'en donne à cœur joie sur les balançoires, emportée par un rythme d'élancement que nul ne critique, ou, en cochon pendu sur le trapèze, j'explore le paysage à l'envers. Dans cette position je décoche à la déesse geignarde d'inoffensives grimaces. Quel malin plaisir de me la figurer difforme, le menton pointu au-dessus du front, les narines à l'envers, plus grimacière qu'à l'accoutumée, une revanche passagère dans une posture incommode qu'elle ne se risquerait pas à emprunter.

— Talatal la jaune, eh ! Talatal la jaune, t'es rien moche. T'es pas crâneuse la trogne à l'envers. Ta perruque crêpée et tes feuilles de chou t'enlaidissent drôlement !

— Lâche-moi.

En cochon pendu j'élargis mon champ visuel. À la jauger par en dessous, je la traite en égale, je lui rabats le caquet.

— Tu saurais pas te pendre à la barre, t'es trop grosse la godiche, nananère ! Tu te casserais la margoulette dans la poussière, chochotte.

— Je m'en contrefiche, je vois ta lune.

Si les balançoires ne sont pas disponibles, Annie et moi désertons l'aire de jeux pour flâner dans les boutiques à touristes surchargées de poteries dont les assiettes tapissent les surfaces verticales, de gadgets et bibelots, où un bazar disparate descend du plafond, où des trésors de plage : seaux, pelles, râteaux, épuisettes, tamis, arrosoirs, moules à sable, moulins à vent, bouées, cerfs-volants, s'étalent sur les trottoirs, où les tourniquets à cartes postales, coincés de toute part, ne pivotent plus.

En traînaillant au milieu de ces splendeurs, je lorgne sur un éventaire les flacons à bulles. On gonfle les joues, on fronce les sourcils, on vise le faîte des toitures ou des arbres, on souffle vigoureusement et hop ! dans l'atmosphère. Le soleil se reflète à travers la bulle mince et transparente en un dégradé de teintes arc-en-ciel. Il paraît qu'il suffit de remplacer le liquide par un dégraissant à vaisselle pour éterniser ce jouet. J'en louche d'envie ! Comment en détenir un impérativement, à plus forte raison que la cagnotte des dominos ne contient pas assez pour me le payer ? En le chipant tout bonnement, en allongeant le bras, accroupie derrière le fouillis des parasols et des transats, ni vu ni connu, Annie médusée par un tel méfait, et en soutenant que je l'ai ramassé.

Cette manœuvre réussie, éhontée, excitée par mon audace, je m'approprie par la suite, sans excès de précaution et en enregistrant des progrès fulgurants, les objets que j'estime, en les convoitant, essentiels à mes loisirs. Je chaparde les jouets de mes sœurs pour les proposer à mes copines que je vole par ailleurs, je dérobe les craies sur le tableau noir pour tracer les marelles, je vole la littérature des enseignants. Une avidité irrépressible, un besoin, une nécessité, un défi, le seul exercice authentique et gratifiant qui me console de mes journées sans saveur, un trouble mental : la kleptomanie. Chiper sans se faire choper, faire main basse, le plus naturellement du monde, sur un butin que je reléguerai au fond de mon placard, futile. Mue par quel mobile ? Mystère ! Je ne me résous pas à y renoncer. En dépit de la prison qui me pend au nez indéniablement. Douée de constance et de fermeté, je me suis libérée de ce défaut à l'adolescence.

***

Le divorce s'amorce dans la bassesse, la pilule est dure à avaler. Chacun aiguise ses couteaux dans la pénombre. Chacun amène la couverture à soi et s'ingénie à récupérer pouce à pouce, par le canal de son avoué, ce qu'il a cédé contre son gré. Chacun s'expose à empocher plus de soufflets qu'il n'en administre, attaque plus violemment, entame la controverse, s'enfonce dans des arguties pitoyables, des tours de passe-passe, néglige ses devoirs. Si aucun ne jette du lest, ils ne luttent pas à armes égales : l'un nous possède, l'autre pas. Mon père ne se résigne pas à l'échec, il renâcle à verser la pension alimentaire, usant de mille prétextes, parfois il s'autorise à déduire les jours de garde de sa contribution forfaitaire. Il énumère ses débours à son avoué :

Compte tenu que, lorsque j'ai quitté mon domicile, j'ai dû me revêtir presque complètement ; que, vu le montant de la pension que je suis contraint de verser et les frais incompressibles par le fait que je rentre tous les soirs chez mes parents, il ne m'est pas possible d'économiser ; que, vu l'état misérable dans lequel mes enfants me parviennent le week-end et pendant les vacances, j'ai été obligé, pour leur éviter la honte d'être en guenilles et de subir des sarcasmes, de les rhabiller de fond en comble pendant cette période hivernale, je ne puis m'engager à verser cette somme dans un délai moindre de six mois, par mensualités de 37 822 francs, à dater du 1er octobre.

En outre, j'ai acquitté, au titre de la communauté les notes suivantes :

le 26 juin 1956, perception du Havre : 10 939 francs ;
le 5 juillet 1956, assurance incendie : 1 090 francs ;
le 1er septembre 1956, assurance auto : 27 968 francs.

De plus, j'ai payé le 22 août 1956, une somme de 10 710 francs représentant la prime pour l'assurance-vie contractée à la Compagnie X. Je pensais, à ce moment-là, pouvoir faire bénéficier mes enfants de cette assurance. Du fait que je ne suis pas rentré en possession de ma police d'assurance, bien que ma femme ait promis en votre présence et en celle de Maître Malandain de me la restituer, il n'y a aucune raison pour que ce soit la communauté qui supporte cette dépense. En conséquence, j'ai avancé une somme de 61 417 francs. Je n'aurai donc à verser pour novembre que la somme de..., somme à laquelle il convient de retrancher le montant des impositions suivantes :

contribution foncière d'un terrain sis à Auberville : 1 560 francs ;
impôt sur le revenu : 27 940 francs ;
contribution mobilière pour le logement de Saint-Aubin-sur-Scie : 22 170 francs ;
versement à Maître Lemarchand pour plainte : 8 000 francs ;
vignette-auto : 9 000 francs.

Cesse-t-il son répertoire de doléances à la valeur zéro ? Il regratte sur tout. Sa foi, sa mauvaise foi omet de préciser que plusieurs de ces charges lui incombaient antérieurement à leur rupture conjugale, qu'il dispose d'un salaire d'ingénieur et qu'il utilise la voiture acquise à l'époque de la communauté, sa femme n'ayant pas de permis. Il a mal à son portefeuille dès qu'il se dégonfle pour elle et pour notre entretien. Hélas ! nous ne mangeons pas que de l'air absorbé gracieusement, sans qu'il lui en coûte. Par ricochet nous faisons les frais de son entêtement :

— Le Bouc a décrété qu'il nous couperait les vivres. Voilà dix mille fois qu'il nous la fait sa rengaine. Samedi, il ne vous aura pas.

— ...

— La ferme ! Je vous ai suffisamment entendues. À partir de ce soir, au lit à la nuit pour ne pas gaspiller l'électricité.

— On ne pourra pas dormir si tôt.

— Vous réfléchirez à l'attitude du Bouc.

— Et nos devoirs ?

— Débrouillez-vous ! Vous le taxerez d'une liasse de billets, il n'est pas à cela près. Et tenez-vous à carreau !

Stupéfiant ! Un avantageux coup triple pour elle, un tiercé formidable : rogner sur la facture d'électricité, répliquer aux agissements répréhensibles de son ex-mari et venger la sanction sur nous.

Il ne fournit pas spontanément l'attestation mensuelle d'activité qui permet à notre mère de bénéficier des allocations familiales. L'attribution de celles-ci est subordonnée à la condition d'exercer une activité professionnelle de dix-huit jours au minimum ou cent vingt heures par mois et déclarer un salaire net mensuel au moins égal au salaire servant de base au calcul des allocations familiales. Cette attestation doit arriver à la caisse d'allocations au plus tard le 5. Les prestations familiales sont réglées selon le système « de droit supposé », c'est-à-dire que les mandats et virements postaux sont expédiés chaque mois avant que l'allocataire fournisse l'attestation. En cas de manquement à l'envoi de l'attestation, le paiement des prestations est suspendu et le montant viré sans justification remboursé. De telle sorte qu'elle est entièrement tributaire de lui.

La gêne financière, conjuguée à la volonté paternelle de nuire, implique un scénario immuable en début de mois : elle saute dans le car qui mène à Dieppe, fonce chez Maître Malandain pour réclamer l'attestation. Celui-ci s'empresse auprès de Maître Lemarchand qui diligente son client :

Mon confrère adverse me réclame avec insistance les attestations de travail nécessaires pour obtenir paiement des allocations familiales et des prestations de sécurité sociale. Je vous demanderai de bien vouloir me les faire parvenir immédiatement.

Il en a assez de s'énerver sur le sujet, il abrège :

Je reçois de l'avoué de madame Simon, la lettre dont vous trouverez sous ce pli, copie. Je vous demanderai de faire le nécessaire sans retard.

Comme il ne comprend toujours pas, Maître Lemarchand lui précise que le document est rose.

Son client s'entête. Alors il s'exaspère sérieusement, on ne discute plus, on s'exécute dans les meilleurs délais sous peine d'encourir une amende :

Je vous serais obligé de faire le nécessaire pour que les attestations soient expédiées régulièrement à madame Simon, ceci afin de nous épargner une correspondance inutile.

Elle, experte à déjouer ses ripostes, lui cherche querelle, autant pour attenter à ses droits, que pour le harceler ou pour prouver la qualité des soins qu'elle nous prodigue. Elle n'hésite pas à sonner à l'étude de son avoué pour se lamenter en se livrant à une habile pantomime.

— Maître, je proteste contre la façon dont sont couchées mes filles chez leur père : dans la chambre de leurs grands-parents et d'un oncle. Celui-ci, d'une quarantaine d'années, en proie à des crises d'épilepsie, se glisse en sourdine dans l'un de leur lit. Dans un souci d'hygiène, je ne tolère pas cela. J'estime qu'elles sont en danger chez lui.

— Assurément, chère madame, cette promiscuité peut avoir des répercussions sur leur avenir. J'en référerai à Maître Lemarchand.

L'avoué dans sa poche, sans ambages elle déclenche l'offensive :

— Maître, je vous demande de notifier à votre confrère que, lorsqu'il vient chercher mes enfants, je dis bien *mes enfants*, je refuse formellement qu'il pénètre dans mon domicile, conformément d'ailleurs à l'ordonnance qui a été rendue par monsieur le Président.

Toutefois, l'emplacement du rendez-vous la contrarie : sous le toit du portail, sa progéniture soudain incontrôlable et exposée, un détail à supprimer impérieusement pour qu'il se heurte à un obstacle de plus, dans un ajustement sans équivoque :

Je vous informe que monsieur Simon devra envisager d'autres dispositions l'hiver pour ses enfants. Il voudra bien désormais actionner le klaxon de sa voiture à la barrière et manifester sa présence pour qu'ils s'y transportent, car, en cette période hivernale, ils ne peuvent attendre dehors son arrivée.

Bien joué ! Dorénavant elle feindra de n'avoir ni vu ni entendu :

— Maître, nous ne nous sommes pas éloignées des fenêtres, je vous le certifie.

Madame Baray m'indique qu'elle est restée chez elle la journée entière du samedi 1er avril et que, même, dès quatre heures moins dix, l'arrivée de monsieur Simon à sa place habituelle était surveillée par elles quatre à l'effet de savoir s'il se présentait ou non.

Elle est championne, les magistrats cautionnent ses cruautés. Une maman dévouée, probe jusqu'à la moelle, les méthodes arbitraires, ignobles et redoutables qu'elle emploie pour nous modeler à sa façon et effectuer son travail de sape insoupçonnables. Ah ! si, propriétaire de notre carcasse, elle avait la faculté de régenter notre respiration…

Est-il à ce point dangereux qu'elle lui barre le passage ? Son subtil stratagème réussi, la visite ne se réalisera qu'au prix du franchissement d'embûches considérables.

Les « jours du Bouc », surtout lorsqu'elle ne perçoit pas la maudite pension alimentaire, les volets peints en jaune restent clos, la serrure fermée, les lampes éteintes. Nous sommes retranchées dans la citadelle, à digérer ses sempiternels propos diffamatoires, tandis qu'elle guette par l'entrebâillement des volets dans la crémaillère. Nous reconnaissons sa Panhard Dyna, il klaxonne, le tribunal l'en a sommé, il patiente, la police tambourine contre la porte :

— Madame Simon, au nom de la loi, ouvrez. Police !

Je me claquemure sous la table carrée en chêne massif de la cuisine, terrifiée par les gendarmes qui nous emprisonneraient. Madame Simon n'ouvre pas. Justes représailles. La police n'enfonce pas la porte. Il redémarre sans nous. Madame Simon règne en potentat sur sa maisonnée. Féroce.

Circulez ! Le spectacle est interrompu. Rideau.

La vue brouillée, hagarde, grelottant sous mes loques je m'enfuis dans le jardin choyer ma poupée dans un sauvage corps à corps sans restriction, lui raconter l'odieuse scène. Ma poupée, amour chiffon froissé de confiance et d'indicible chagrin. Durant ces week-ends épouvantables qui se répètent aussi fréquemment qu'émergent ses ressentiments, j'erre comme une âme en peine, sombre, désespérée, hébétée de détresse.

Je me réfugie sous le « tourbillon », un kiosque dont ne subsistent que des tubes octogonaux et un banc de fer, le métal corrodé par les frimas. Les arbres aux ramures noueuses l'enveloppent, nous avons l'impression de nous abriter sous un immense parasol. Nous l'avons nommé ainsi parce que nous nous suspendons aux tubes et dansons des rondes dessous. Le tourbillon recueille mes confidences, mon amertume s'y assoupit dans le froufrou du branchage. J'y cajole ma poupée, je la berce, la câline, j'explique, je félicite, j'encourage. Je simule une éducation inverse. Je rêve d'une maman idéale.

Au tourbillon, je parie sur les visites de mon père. J'effeuille la marguerite : viendra samedi… viendra pas…, viendra samedi… viendra pas… Si le dernier pétale annonce « viendra pas », je piétine rageusement l'ingrate déplumée. Quelle déception à la promesse « viendra », non suivie du résultat escompté !

Je parie sur les guêpes : si une me pique, en compensation, il apparaîtra. Les paupières et les mâchoires scellées, je ne bouge plus, notre mère nous a prévenues de nous en méfier, leur dard contient un méchant poison, leur piqûre est douloureuse, voire mortelle. Elles bourdonnent, mais ne butinent pas mon épiderme, me frustrant d'une douleur physique et d'un atome d'espoir. Je me cramponne à l'idée de le revoir. Si, par extraordinaire, mon vœu s'accomplit, je me plierai aux volontés arbitraires et stupides instaurées par Maman.

Dépité de ces allers et retours infructueux, accablé par trop de médisances, il contre-attaque férocement, ne s'acquitte plus de la pension, ne fournit plus les justificatifs pour qu'elle bénéficie des prestations familiales et du remboursement des soins par la Sécurité sociale. La justice le rappelle constamment à l'ordre, lui enjoint de comparaître en vue de la tentative de conciliation sur les différends qui l'opposent à son épouse, la plupart concernant ces justificatifs. Un magistrat se formalise, il le somme de comparaître au tribunal et de produire les attestations de salaire, les feuilles de maladie signées pour le remboursement des frais médicaux et pharmaceutiques, la procuration pour qu'elle encaisse ce remboursement. Et ce, sous une astreinte de deux cents francs par jour de retard. Le timbre fiscal de cet avertissement de conciliation coûte deux cent quarante francs. Ces pénalités ne le freinent pas, il réitère, chicanier, inexorable, les feuilles de soins circulent encore entre les deux études neuf mois après la consultation médicale ou les soins dentaires.

Elle, en vieille chipie fossoyeur du rôle paternel, ne lui fait pas de quartier, elle conçoit des surenchères ficelées au cours de ses nuits blanches, remâche ses griefs contre lui et lui refuse ses effets, documents, objets personnels. Excepté si cela l'arrange, elle ne tolère pas la moindre dérogation au droit de visite fixé toutes les quinzaines, de même que la moitié des vacances de Noël et de Pâques et la première quinzaine d'août, conformément aux termes de l'ordonnance de non-conciliation datée du samedi 19 octobre 1957 qui le condamnait à verser mensuellement une pension alimentaire de vingt-cinq mille francs à son ex-femme et une de dix mille francs pour chacune de ses filles. À cette époque il perçoit un salaire brut mensuel de cent soixante mille francs, logé par son usine.

Si, pour un motif quelconque, la date prescrite dérange son projet, bon prince, il transige avec elle. Elle ne lui rend pas la politesse, s'il se trompe par la suite, il est remis au pas séance tenante :

Maître Malandain à Maître Lemarchand :

Mon cher confrère,

J'ai reçu la visite de madame Simon qui proteste à l'encontre des agissements de son mari qui s'est présenté avec Maître Tardy, huissier à Offranville, samedi 8 février pour venir chercher les enfants. Or, ainsi que je vous l'avais téléphoné l'après-midi, ce n'était pas le jour de visite convenu et madame Simon ne les a donc pas donnés.

Elle les tient à la disposition de monsieur Simon pour samedi 15 février à dix-huit heures.

En effet, monsieur Simon voudra se souvenir qu'il devait les prendre le 22 décembre, or, du fait de l'arbre de Noël des écoles, il avait été convenu qu'il ne viendrait pas les chercher, son jour normal de visite devenait donc le 4 janvier. Ce 4 janvier, monsieur Simon est venu les prévenir qu'il ne pouvait pas les prendre. Le jour normal de visite était donc le 19 janvier, puis le 2 février et le prochain le 16 février.

Ma cliente désirerait que tout malentendu soit dissipé, cette situation est extrêmement désagréable. Il est impératif de savoir à quoi s'en tenir. Dans ce cas, il y a lieu purement et simplement que monsieur Simon dresse un calendrier de ses permissions de visite, d'avance, pour toute l'année, ce qui éviterait des correspondances foncièrement inutiles qui n'ont d'autre but que de faire perdre du temps à chacun.

Existe-t-il un mot pour qualifier la position odieuse de notre mère, soutenue par son avoué, dans ses caprices de prêter à son ancien partenaire leur progéniture commune, comparable à des instruments absolument indispensables à restituer au plus vite. Tout est matière à se déchirer, elle dérape, nous on trinque.

Elle dort d'un sommeil saccadé. Pour vaincre ce trouble son médecin lui prescrit des somnifères, des antidépresseurs, des anxiolytiques, des neuroleptiques et tout le tremblement. Est-ce dire que sa voix intérieure lui remontre ses torts, mais qu'elle ne coopère pas, qu'elle la bâillonne, qu'elle bataille âprement contre elle ?

Vaillamment il enlève les bâtons dans les roues pour nous prodiguer son amour fugitif.

Cher Maître,

Je vous informe que je n'ai pas vu mes filles depuis trois mois. Or, j'ai su par des tiers qu'elles étaient malades.

Le 29 décembre, je n'ai pas pu venir les chercher en raison de la santé de ma mère, entrée en clinique. Je les avais prévenues qu'en contrepartie, je les prendrai le dimanche 5 janvier. N'ayant personne pour les garder ce jour-là, j'ai effectué le déplacement à Saint-Aubin le samedi midi, uniquement pour les avertir. Le samedi suivant je suis allé les chercher. Après plus d'une demi-heure d'attente à la barrière, je m'en suis retourné sans elles. Samedi 25, je suis allé les chercher et de nouveau, mon attente s'est révélée infructueuse.

En conséquence, je vous demanderais de déposer une plainte auprès du Procureur de la République.

Pour les voir, je fais aller et retour, quatre cent quatre-vingts kilomètres. Pour la troisième fois en l'espace de deux mois je me présente en vain.

Je me verrai contraint de défalquer sur les pensions prochaines mes frais de déplacements qui, calculés sur la base de vingt-cinq francs du kilomètre, se chiffrent à la somme de trente-six mille francs. Je laisse le soin au tribunal d'estimer le préjudice moral qui m'est causé. Vous voudrez en instruire Maître Malandain.

À partir du samedi en huit, je n'attendrai plus que dix minutes au maximum.

Ma mère est décédée le 19 janvier et mon père le 1er mars. Il ne me sera plus possible d'assurer leur coucher lorsqu'on daignera me les donner. Elles ne peuvent pas dormir pendant la saison hivernale dans une maison qui reste continuellement sans chauffage. Je demande que, par modification aux dispositions de l'ordonnance de non-conciliation, il soit décidé que, pour l'exercice de mon droit de visite qui a lieu à quinzaine, elles me soient remises le dimanche à huit heures trente, à charge pour moi de les reconduire le même jour à vingt heures.

Cette modification, qui réduira l'exercice du droit de visite, peut-elle être acceptée ?

Successivement, ma grand-mère, mon grand-père et Maurice, unis par une dépendance réciproque décèdent à trois mois d'intervalle. « Ça déblaie ! », ironisera la mégère.

***

Papa est réapparu ! Une explosion d'enthousiasme l'accueille, nous nous pendons à son pantalon, à son veston, à son cou pour l'embrasser de tous les embrassements manqués, les joues en feu nous nous précipitons contre lui en nous exclamant : « Papa, voilà Papa », omettant la consigne de ne plus prononcer ce mot.

Elle ne nous l'enlève pas de la bouche.

— Attention, mes chéries, vous allez me renverser.

Il s'assoit dans la salle à manger obscure et glaciale, chauffée exclusivement pour les réceptions. Chantal grimpe sur ses genoux. Il fredonne « bateau, ciseau, la rivière, la rivière... » Elle suce son pouce en dodelinant du buste dans les bras réconfortants. Il nous conte la légende de la Mélangue et je frémis d'épouvante à la perspective de me trouver nez à nez avec elle.

— Ne t'inquiète pas, Fina, si elle t'accoste, ne la dévisage pas. Si tu plonges dans les cendres de ses yeux, elle te jettera un sort. Ignore-la, vise un point imaginaire au-delà d'elle. Toutefois, elle n'a pas que des pouvoirs maléfiques.

— Des pouvoirs maléfiques ?

La Mélangue frôle les cent ans. Quoique cassée, elle agite sa calipette crasseuse de son pas vif. (La calipette est le bonnet blanc des Polletaises ; Le Pollet est un faubourg de Dieppe).

On ne sait pas exactement où elle gîte, on mentionne, sans véritable certitude, la venelle des Trois-Marmots, et d'après les on-dit, son gourbi de bric et de broc foisonne en bocaux de plantes et racines, en fioles mystérieuses et fume de décoctions sirupeuses. Elle guérit les cas les plus désespérés à grandes bolées de remèdes miraculeux, de poudre et de pommades, gratuitement, bienvenue dans les ménages de pêcheurs besogneux. On ne la désigne pas par son nom. Comme elle s'y entend pour dresser les uns contre les autres, le surnom de Mélangue la personnifie à souhait. En herborisant elle commerce avec un vilain de son acabit, Ugène Brisevent, berger de son état, un sadique qui attire les polissons grâce à des friandises dans sa gibecière et une éloquence artificieuse. Il hante les chemins, dissimulé sous sa houppelande et brandit un bâton avant de commettre ses méfaits. À l'occasion, il parque sa cabane roulante sur la falaise où ses moutons pâturent et précipite à la mer l'imprudent qui s'aventure au bord.

À mesure qu'il déroule son récit improvisé ma frayeur s'accroît, pourtant je devine instinctivement qu'il déridera notre mère, elle arrangera les pivoines des massifs dans des vases, ils joueront à s'attraper. Il nous emmènera à la valleuse du Curé dans sa ravissante voiture. À ses côtés, éblouissante, elle humera la rose qu'il aura stabilisée dans la grille de ventilation sur le tableau de bord. Nous trois à l'arrière, la robe immaculée étalée sur la banquette pour qu'elle ne se froisse pas, nous serons très sages, ils ne se disputeront pas à cause de nous. Nous nous serrerons sur la couverture du pique-nique, il effleurera notre joue, il nous ébouriffera les cheveux, et quand il nous demandera si nous avons aperçu le coucou dans l'appareil-photo Gallus Cady bloqué contre son nez, dans un même élan nous entonnerons : « ou-i-i-i-i ». Je guetterai un sourire, un plaisir, une joie, elle n'aura plus son masque de haine, alors je lui dirai combien je l'aime.

— Papa, tu ne partiras plus jamais ?

— Je ne sais pas, Fina, ça dépend d'elle.

Imperturbable, elle s'active dans la cuisine, racle des casseroles, claque les assiettes, choque les verres. Lorsqu'elle nous appelle pour dîner, sa physionomie peu engageante n'augure rien de favorable à la réconciliation : son air courroucé, ses lèvres écrasées, son front plissé, ses gestes brusques, la tablée de quatre couverts. Chantal se hâte d'en ajouter un. Mes pitreries ne les amusent pas. Elles tarissent d'elles-mêmes, dominées par le tic-tac de la pendule et le choc des fourchettes et des couteaux dans les assiettes.

Cette nuit, je me suis cachée sous les draps. Les murs ont tremblé de leurs braillements, la porte s'est rabattue violemment sur lui, avant les lueurs de l'aube.

Il a réintégré le domicile conjugal pour risquer leur dernière chance et pour exercer son droit de puissance paternelle, notamment pourvoir à l'instruction de ses enfants en inscrivant Chantal et Annie dans un internat à Rouen. Il s'est heurté à son refus formel. Elle a rugi : « Dégage, espèce de gougnafier ! » Pas de transaction amiable admissible. Selon lui, le juge peut procéder à l'ordonnance de non-conciliation, ce détail probant indique qu'elle se détache de lui, qu'elle ne dispense pas à son foyer l'affection et les soins, lesquels sont les qualités essentielles d'une épouse et d'une mère, qu'elle s'oppose catégoriquement à la reprise de la vie commune, proférant des menaces et des injures en présence des enfants, que la somme de ces faits démontre d'une manière surabondante qu'une reprise de la vie commune n'est pas envisageable et que ce contexte constitue immanquablement les injures graves et renouvelées prévues par la loi, de nature à justifier la demande de divorce.

— Maman, il reviendra ce soir ?

— Ha ! ha ! non. Il n'a pas dû rouler bien loin hier, j'ai crevé ses quatre pneus. Il ne croyait tout de même pas qu'il lui suffisait de rappliquer, le bec enfariné, pour régner en monarque et nous pourrir l'existence. Bon débarras !

S'ensuivent d'infinies imprécations contre lui et les innommables siens, à s'en user les cordes vocales.

Il signale sa revanche criminelle à Maître Lemarchand et le prévient qu'au cas où un accident mortel lui arriverait en voiture, il conviendra de se livrer à une enquête sérieuse, afin d'établir si des malveillances ont été commises. Plutôt que de stigmatiser la manœuvre ignoble de sa cliente, véritable mante religieuse, Maître Malandain lui recommande vivement de s'abstenir de ces difficultés. Sans aucun doute il lui octroie des circonstances atténuantes. Elle s'en sort adroitement : pour un acte si vil, délibéré, prémédité, une sanction indulgente qui l'assurera de l'inutilité du repentir et de la pénitence, et qui la confortera dans la certitude qu'elle aura désormais la latitude d'opérer à son encontre en toute impunité, dût-elle en découdre avec sa conscience.

***

Miracle ! Le tribunal, agacé par l'acharnement de l'encombrant protestataire qui clame que nous sommes malheureuses, rudoyées, que la situation est dramatique, qui invoque l'urgence d'un dénouement en sa faveur, se penche sur notre sort. Une enquête sociale, confiée au service social spécialisé de protection de l'enfance en danger, est diligentée pour apprécier le climat dans lequel nous évoluons.

— Encore une du Bouc ! C'est une manie chez lui. Ma parole ! il me prend pour une novice. Une enquêtrice inspectera comment on se débrouille, elle fouillera partout. Vous irez dehors, on discutera plus tranquillement. Changez-vous. Mettez la robe écossaise et vos gilets grège. La ceinture aussi, bouclez la ceinture sur la robe. Vous deux, enfilez des bas ; toi, tes chaussettes, les marron en laine.

— L'élastique est cuit, elles descendent et tirebouchonnent.

— Tant pis, tu les remonteras, que je ne les remarque pas en tire-bouchon sur tes chevilles, tu m'entends ? Tu m'entends, oui ou non ? Ah ! vos manteaux, on les alignera sur le dossier des chaises. Sylvie, tu t'es coiffée avec un râteau ? Je t'interdis d'être mal peignée, approche, que je te natte les cheveux, tu ne les auras plus en bataille.

Annie, tu passeras le plumeau sur les meubles, et pas semblant. Chantal, tu surveilleras tes sœurs tantôt, j'irai en courses. Tu enfouiras vos robes marron, les gilets à rayures verticales, les combinaisons trouées et les culottes abîmées dans la lessiveuse, pour qu'elle ne tombe pas sur vos vieilleries. Je vous enfermerai à clé, vous ne serez pas tentées d'ouvrir. Assez parloté, remuez-vous !

Secrètement, j'escompte un miracle de cette entrevue : qu'ils interrompent les hostilités, qu'ils ne se torturent plus mutuellement, qu'elle ne le calomnie plus, qu'il ne languisse plus de la privation de nous, qu'elle ôte son masque de haine, que l'enquêtrice la dénonce, que je ne hausse plus le coude pour esquiver une raclée, que...

La demoiselle s'est présentée pendant les congés de Noël, cartable de cuir, talons aiguilles, jupe fourreau gris acier sous un manteau anthracite. Un parfum délicat émane de sa personne. Ma mère fait la chattemite, sourire permanent aux lèvres, l'intonation pateline :

— Eh bien ! mes jolies, allez dans le parc. Nous avons à parler, madame et moi. Je vous appellerai si j'ai besoin de vous. Annie, boutonne ton col, tu es sujette aux angines ; Sylvie, tes moufles !

— Elles ne sont pas dans le placard.

— Elles étaient sur la chaise, posées sur ton manteau.

Elle revient à la demoiselle, s'excuse de ce contretemps ; l'enquête peut commencer. Elle ouvre le placard de la cuisine, les vivres y surabondent. La notification du rendez-vous n'est pas étrangère à ce luxe récent de nourriture. Des plats mijotent souvent actuellement, la vapeur s'échappe en spirale des couvercles et embue les vitres. Justement, elle mitonne une fricassée de poulet aux carottes aromatisée d'un oignon piqué de clous de girofle, la peinture autour de la cuisinière en suinte de gourmandise. Elle exhibe les bocaux de conserves, les confitures de mûres dont elle cueille les baies en bordure des talus pour économiser, souligne que les ronces lui égratignent les bras et les jambes, des griffures superficielles dans l'ensemble, quelques-unes à vif. Elle débranche la machine à coudre, une robe en cours de confection exposée sur le plateau.

— Je couds et tricote moi-même leurs vêtements. Leur armoire en déborde. Ce n'est pas avec ce que me verse leur père, quand ça le chante, que je peux leur en acheter. Dans ce cabinet de débarras nous regroupons les jouets. Voyez les piles de livres en bas du placard. Elles lisent énormément, en particulier ma troisième.

Puis elle l'entraîne vers l'étage. Elle ouvre la malle aux tissus.

— Je conserve les chutes pour les parements, les biais, la doublure. Je dispose d'un bel assortiment. Cette robe par exemple, elle n'est plus au goût du jour, dedans je taillerai un corsage pour l'aînée dès que j'aurai un moment.

Elle l'arrête devant les tableautins qui tapissent un mur de notre chambre :

— Mes filles collectionnent le chèque Tintin qui figure sur l'emballage de certaines denrées de marque. Elles obtiennent ces gravures en échange, illustrées de modèles d'automobiles des origines à 1900. Oh ! évidemment, nous ne collecterons pas les séries complètes, si ces produits s'avèrent plus onéreux qu'une gamme inférieure, j'opte pour celle-ci. Je les encadre ensuite. Elles rendent bien, n'est-ce pas ?

Elle déclare que ses enfants incarnent ce qu'elle a de plus cher au monde, qu'elle les situe au premier rang de ses préoccupations, ses insomnies s'expliquent, alors que pour nombre de familles ils passent après que leurs désirs ont été satisfaits ; en ne travaillant pas, les siens ne traînent pas comme beaucoup de jeunes dévoyés, la morve au nez, incapables de se servir de leurs dix doigts. Elles s'accordent, s'approuvent l'une l'autre, deux alliées. Ma mère la précède, imprime le pas, lent, pour qu'elle évalue l'environnement dans lequel se développent ses filles, le nid douillet qui les abrite. Cheminer de pièce en pièce en évoquant les tâches quotidiennes, lui vaudra un surcroît de considération. Elle l'immobilise en lui pressant l'avant-bras, un rictus de mépris crispe sa mâchoire :

— Vous comprenez, s'il les aimait, il est incontestable qu'il contribuerait aux charges sans y être acculé. Sa désinvolture me consterne. Il ne se soucie pas d'elles. D'ailleurs, elles ne veulent pas y aller, elles en pleurent d'aversion en s'agrippant à mes jupes. Au retour de chez lui, elles se comportent bizarrement, je les sens fortement tourmentées, je suis contrainte de les redresser. Il leur faut un laps d'une paire de jours pour se réadapter ensuite.

La demoiselle comprend, subjuguée par cette maman si dynamique, qui exploite de la meilleure façon ses faibles ressources, qui se démène pour ses fillettes, les doigts d'or sur le tissu ou le fil à tricoter, cette maman éminemment estimable, exemplaire, qui a sacrifié sa carrière. Elle est émerveillée.

Ma mère, parfaite jusqu'au terme de l'investigation, la guide vers le couloir :

— J'appelle mes filles pour qu'elles vous disent au revoir.

— Je libère votre maman. Avouez qu'elle est très courageuse, soyez sages et gentilles. À propos, si l'on vous faisait choisir, vous voudriez aller avec qui ? Avec votre papa ou avec votre maman ?

Nos regards fixent Chantal pour qu'elle se prononce selon l'ordre institué par la hiérarchie de naissance. Une main sur la poignée de la porte, le cartable calé sur le talon gauche, les orteils pointés en danseuse, la demoiselle attend l'alternative qui confortera la conclusion de son enquête. Les scènes se bousculent dans mon cerveau, cinq minutes pour peser le pour et le contre de l'abominable dilemme : « avec Maman » je renonce à mon père, je courbe l'échine, j'encaisse sans ciller les brimades, les humiliations, je croupis dans ma prison ténébreuse, les jeudis et dimanches insignifiants, sans consistance ; « avec Papa » je devine l'effondrement de ma mère, accablée de peine, elle fondra en sanglots ; dans les deux cas, je pâtirai du manque de l'un, orpheline. Pas besoin d'une demoiselle pour percevoir cela. Elle me tuera peut-être ? Et si elle se tuait ? J'ai le vertige.

— Avec Maman, articule-t-elle sans tergiverser.

Plus que quatre minutes. Annie excelle à la confrontation ; elle résiste à sa mère par jeu ; elle ne baisse pas les yeux comme celle-ci nous l'ordonne ; elle pouffe sous les gifles, le creux du coude sous le menton. Sa hardiesse à répliquer me fait entrevoir le pire, un insolent défi. Le tyran risque de colérer et de l'envoyer jeûner à la cave, furieux d'une telle ingratitude. Qui sait, la demoiselle l'emmènera peut-être. Je déplore qu'elle s'éloigne, notre cohésion se consolide graduellement. Papa a décrété, un an et demi auparavant, qu'il la mettrait, ainsi que Chantal, en pension à Rouen, à l'Institution Rey. Je végéterais sans elle pour me stimuler à réagir ou m'accommoder de l'ambiance exécrable, suivant les circonstances. Nos activités muettes se débobinent en battements de paupières, sourcils froncés ou haussés, grimaces, chuchotements de bouche en oreille, complicité. Tant d'horribles crises partagées en réclusion nous unissent. Le fardeau s'allège si on le porte à deux. Plus que deux minutes. À la vitesse de l'éclair, les prunelles se croisent, se sondent, obliquent, sans que le crâne bouge. À se toucher presque.

— Avec Maman.

Double six ! Ainsi se régit une destinée.

— Allons, ma jolie, ne rêvasse pas. Madame a posé une question. Tu as avalé ta langue ?

— Avec Maman.

Le buste prosterné sur le carrelage, une boule dans la gorge, deux mots balbutiés d'une voix ténue : un pour démolir mon père, un pour mon devenir. J'ai paré une magistrale rouste, soit, mais d'avoir penché pour une éphémère quiétude m'abasourdit. Le sol se dérobe, je dévisse, assommée. Mon enfance inachevée s'évanouit sous un brouillard opaque. Sur un sourire de commisération à l'intention de madame Simon tout sucre tout miel, la demoiselle, hypnotisée, franchit furtivement le seuil, emportant notre avenir dans son cartable. Je me déteste soudainement et me méprise. Trimballer tant de lâcheté… Je ne mérite pas que l'on me témoigne des égards, je suis si abjecte. Tant pis pour moi, servilité oblige ! Je m'embourbe dans une détresse qui paralyse mes facultés. Le trente et un janvier on ne me souhaitera pas mes neuf ans. Des bougies d'amertume.

Je détale au tourbillon.

— Oh ma poupée, j'étais forcée de répondre cela. Quand je serai grande, mes enfants auront un vrai papa et une vraie maman !

Torturée par mon inconséquence, je ne décolère pas de moi. Les journées s'étirent, lentes, glacées, semblables à un automne sous les brumes. Déprimantes ! Les attaques hargneuses se multiplient. Il pleut des sévices si nous ne marchons pas droit. Entre deux beuglements qui glissent dans l'indifférence de la routine, notre mère, sûre d'elle, chante Édith Piaf et Yves Montand :

Ici, j'ai rendez-vous avec la liberté et pour elle, on est prêt à mourir debout.

Le ver s'ancre davantage dans le fruit. En silence.

Je me livre à un impitoyable examen de conscience, pour m'accuser sans essayer de me disculper. Comment réparer l'offense et me réconcilier avec moi-même. Viendra, viendra pas…, viendra, viendra pas… Viendra pas, je paie la rançon de mon égoïsme.

— Chantal, à ton avis, Papa reviendra ?

— T'es bouchée à l'émeri ou quoi ! On t'a répété cent fois qu'il ne nous aimait pas. Quelle cruche !

— Holà ! eh ! mets-la en sourdine. Cruche toi-même, espèce de malapprise !

— Maman ! la Sylvie fait son intéressante et me traite de cruche…

Au bout de mon regard, le mur.

L'intervention de la demoiselle s'incruste en moi. Je ne l'enjolive pas, ne la dénature pas, elle me talonnera, obsédante. Par degrés j'affinerai l'attitude de ma mère, astucieuse, expérimentée en brouillage de cartes, qui a leurré la demoiselle par son boniment saupoudré d'expressions valorisantes ; celle de mes sœurs et la mienne pour qui il était insensé de choisir un parent et de rejeter l'autre à un âge où la rébellion ne nous avait pas atteintes ; celle de la demoiselle à qui il manquait un brin de perspicacité et une finesse d'observation, certes, mais que pressentir en une entrevue si brève pour constater et se déterminer ? Je jurai sur l'imposant tronc de l'if d'Offranville que je ne me laisserai pas piéger par l'apparence d'un individu qui illusionne. Je la différencierai de la réalité intime presque invisible. Je percerai et décoderai une agressivité, une inhibition, un état mélancolique. Je m'adonnerai au même métier que la demoiselle, assistante sociale, en exigeant de moi plus de professionnalisme.

Le rapport d'enquête, à l'en-tête du service social spécialisé de protection de l'enfance en danger, nous est parvenu. Ma mère n'en pouvait plus de pister le facteur au ronronnement de sa 2 CV fourgonnette, sans résultat, il jouait avec ses nerfs : elle rabattait sa fatuité, devenait maussade et colérique, les flèches fusaient. Elle est maintenant décrispée, elle vocalise un hymne à la déesse Sekhmet. Pour nous, éclaircie de courte durée.

Rapport d'enquête sociale relatif au divorce
Simon-Baray
Le 28 décembre 1958

Composition de la famille :

Père : Simon Jean, né le 14 juin 1923 à Grenoble ;
Mère : Baray Marcelle, née le 11 novembre 1919 à Vittefleur.
Mariés le 14 août 1945

Enfants : Simon Chantal, née le 6 mai 1947 au Havre ;
Simon Annie, née le 5 avril 1948 au Havre ;
Simon Sylvie, née le 31 janvier 1950 au Havre.

Adresses : Mari : Auberville-la-Manuel ;
Femme : Saint-Aubin-sur-Scie.

Le 14 août 1945, le sieur Simon Jean, alors âgé de 22 ans, épousait la demoiselle Baray Marcelle, âgée de 26 ans et de cette union sont nées trois filles respectivement âgées actuellement de 11 ans, 10 ans et presque 9 ans.

Les époux Baray ont successivement demeuré au Havre (du début de leur mariage à septembre 1955), à Dieppe (environ six mois), puis à Saint-Aubin-sur-Scie où demeurent toujours madame Simon et ses enfants (ceux-ci ayant été provisoirement confiés à leur mère, par ordonnance de non-conciliation).

Observations sur le père : Les parents de monsieur Simon, tous deux décédés au cours de l'année 1958 (la mère le 19 janvier, le père le 1er mars) étaient originaires du Pays de Caux, le père de Cany, la mère de Motteville, et lorsque monsieur Simon père, directeur de l'École d'arts et métiers de Châlons, prit sa retraite en 1942, les époux se retirèrent dans une propriété qu'ils possédaient à Auberville, canton de Cany. Tous deux, nous ont assuré les autorités municipales, étaient d'une parfaite honorabilité et leurs enfants ont reçu une très bonne éducation et des soins dévoués. Le frère aîné de monsieur Simon qui, infirme, était resté au domicile paternel, est décédé peu après ses parents (1er mai 1958). Un autre de ses frères est ingénieur en Birmanie.

Monsieur Simon est lui-même ingénieur des arts et métiers. Il a fait ses études à l'école d'Angers. Après avoir été employé en cette qualité de 1946 à fin 1953 aux Forges et Chantiers de la Méditerranée au Havre, il entrait en janvier 1954 à la Maison Vendeuvre à Dieppe et depuis le 25 février 1957, il exerce ses fonctions à la Société générale de fonderie de Soissons. Ses changements d'employeurs ont été motivés par des avantages financiers. Les renseignements qui nous ont été adressés sur son compte par la direction de la Société générale de fonderie confirment ceux recueillis à Dieppe et au Havre : « Monsieur Simon nous donne toute satisfaction sur le plan professionnel. Il nous semble être un homme sobre, intègre et ayant le sens de ses responsabilités. Il a l'estime de ses collègues et notre confiance. »

Le salaire de monsieur Simon est de l'ordre de 160 000 francs par mois (chiffre fourni par la Direction de l'usine et correspondant vraisemblablement au salaire brut). Il est en outre logé par l'usine, confortable pavillon jumelé, comportant quatre pièces, une cuisine et une salle de bains.

Monsieur Simon paraît être très attaché à ses enfants. Même, depuis la séparation des époux, il conserve des contacts avec leurs instituteurs et leur avenir professionnel le préoccupe. Mais il rejette à tort sur sa femme, le retard scolaire accusé par sa fille aînée, imputable en réalité, à son manque de possibilités intellectuelles.

Monsieur Simon a laissé à Saint-Aubin-sur-Scie, le souvenir d'un homme sérieux, travailleur et sobre. Mais il est dans l'ensemble peu connu et nous n'avons recueilli aucun renseignement permettant de porter une appréciation sur son comportement avec ses enfants.

Monsieur Simon désirerait avoir la garde de ses trois filles. Dans le cas où satisfaction lui serait donnée, ses ressources et son logement lui permettraient d'engager à demeure chez lui, une dame d'un certain âge pour s'occuper d'elles sur le plan matériel, tandis qu'il surveillerait lui-même leurs études. Si leur éducation ou leur instruction l'exigeait, il les mettrait en pension à proximité de son domicile, pour maintenir des contacts fréquents avec elles. Il serait d'accord pour qu'un large droit de vacances soit accordé à la mère.

Observations sur la mère : Les parents de madame Simon sont, comme l'étaient ceux de son mari, originaires du Pays de Caux, mais d'un milieu social différent. Ouvriers agricoles lorsqu'ils se marièrent, les époux Baray, très travailleurs, sérieux et économes, réussirent à s'établir sur une petite ferme à Auberville, commune où nous l'avons vu, vinrent habiter en 1942, les parents de monsieur Simon. Actuellement retirés des affaires, ils ont néanmoins conservé deux vaches pour augmenter leurs revenus. Ils ont deux enfants, madame Simon et un fils marié, établi cultivateur.

Madame Simon, dès sa scolarité primaire terminée, dut prendre sa place dans l'exécution des travaux de la ferme de ses parents et l'entretien de la maison, bien que, dit-elle (ce qu'ils nous ont confirmé), elle n'aimât pas la culture et eût préféré poursuivre ses études. Mariée, elle resta à son foyer et actuellement encore, elle n'exerce pas d'activité salariée.

Bien qu'il s'agisse d'un logement appartenant à l'ex-employeur de son mari et en principe dépendant de l'emploi, madame Simon occupe toujours l'ex-domicile conjugal, un pavillon entouré d'un grand jardin d'agrément et situé un peu en dehors du centre du pays. Ce pavillon comporte une dizaine de pièces, seules sont meublées et habitées, au rez-de-chaussée, une cuisine, un débarras, une salle à manger et une sorte de salon, au premier étage, deux chambres. L'une est occupée par madame Simon, l'autre par les enfants qui disposent d'un grand lit pour les aînées, d'un petit pour la troisième. Les literies sont confortables et propres, comme d'ailleurs l'ensemble de l'ameublement. L'intérieur est très bien tenu. Il y a l'eau courante, l'électricité, le gaz butane, W.-C. L'hiver, le chauffage est assuré par un poêle central.

D'après le témoignage de voisins et de l'instituteur, lesquels témoignages ne font que corroborer nos constatations personnelles, les jeunes Simon sont toujours convenablement habillées. Leur lingerie abondante est rangée et soigneusement raccommodée, elles possèdent tout ce dont elles ont besoin et même au-delà, au point de vue robes, vêtements, etc. Leur mère, douée manuellement, confectionne la majeure partie de leurs effets et les entretient soigneusement. Les trois fillettes sont mises avec coquetterie.

Madame Simon est considérée par les autorités municipales comme une « femme honnête et sobre, dont le comportement à l'égard de ses enfants est celui d'une mère dévouée et affectueuse ». Elle suit de près leur scolarité.

Les ressources de madame Simon sont de l'ordre de 81 000 francs par mois : pension versée par le père, 60 000 francs (30 000 pour la mère plus 10 000 par enfant) et allocations familiales (13 000 plus 8 000 de salaire unique), 21 000 francs. Elles paraissent être utilisées au mieux de l'intérêt des enfants.

Observations sur les enfants : Les enfants Simon sont normalement développées pour leur âge. Elles jouissent d'une bonne santé et sont épanouies. L'aînée, Chantal, âgée de 11 ans ½, a peu de possibilités intellectuelles. Bien qu'elle fasse preuve d'une application évidente et qu'elle se montre attentive et disciplinée, elle suit avec difficulté le cours moyen deuxième année (retard d'une année). Chantal voudrait apprendre la coiffure et sa mère envisage de lui faire préparer un C.A.P. dans cette branche, si elle persiste dans son désir. Acceptant les faits tels qu'ils se présentent, elle ne paraît pas souffrir de la séparation de ses parents.

La seconde, Annie, âgée de dix ans, est beaucoup mieux douée que Chantal et se trouve dans une classe supérieure à celle de sa sœur. Plus fine aussi, plus réfléchie, elle juge davantage de la situation, sans pour autant en être perturbée.

La troisième, Sylvie, âgée de 9 ans, est dans le cours élémentaire. Elle a besoin d'être stimulée car elle n'aime pas l'effort.

Elles sont considérées par leurs instituteurs comme des enfants polies, serviables et bien élevées. Dans le quartier, une seule personne ne semble pas partager cette opinion. Elles sont manifestement très attachées à leur mère.

Résumé psycho-social de la situation : Des interrogations et observations auxquelles il a été procédé par nos services, et des renseignements parvenus à notre connaissance, il ressort principalement que :

Monsieur et madame Simon se sont toujours comportés en bon père et bonne mère de famille vis-à-vis de leurs enfants et ils paraissent tous deux posséder les qualités requises pour diriger leur éducation. Chantal, Annie et Sylvie Simon, actuellement âgées de onze ans et demi, dix ans et neuf ans, se trouvent au foyer de leur mère, dans de bonnes conditions matérielles, morales et affectives. Il règne entre la mère et les filles, un climat de confiance propice à éviter à celles-ci les troubles psychiques de l'adolescence. Les trois fillettes sont très attachées les unes aux autres. Elles paraissent toutes trois être plus attachées à leur mère qu'à leur père.

Conclusion : Il nous paraît être de l'intérêt actuel des fillettes d'être confiées à leur mère, avec octroi d'un large droit de visites et de vacances au père. Il pourrait être imposé à ce dernier de verser une pension mensuelle de 60 000 francs (20 000 francs par enfant), à titre de part contributive à leur entretien.

Un lot de consolation pour lui : nous emporter dans son bagage quelquefois. Réjouissons-nous.

***

Madame Simon reçoit un courrier de son avoué l'avisant que son ex ayant démissionné, elle a un mois pour libérer le logement de Saint-Aubin, celui-ci a été consenti à monsieur Simon comme accessoire à son contrat de travail résilié à son initiative. Elle s'en étrangle de surprise.

— Il empochait sans en foutre une ramée, il a été viré. On va quand même pas coucher sous les ponts. « Ils » peuvent se fouiller pour ravoir leur logement. On ne flanque pas une mère et ses trois gosses à la rue. Le Bouc, quel propre-à-rien et sa vieille ganache ne vaut guère mieux !

De tempérament belliqueux, retors, elle se frotte les mains et boit du petit-lait. Oh la fameuse plaisanterie ! Le coup de théâtre ! Elle occupe légalement le logement, en vertu de l'ordonnance de non-conciliation qui fixe sa résidence à Saint-Aubin-sur-Scie, au Val fleuri, assortie de la défense à son mari de venir l'y troubler. Maître Malandain adhère à son raisonnement : il lui appartenait d'anticiper le relogement de sa famille. Elle n'évacuera pas les lieux. Elle durcira la bataille : il sera condamné aux dépens, il paiera les procès, il paiera les pénalités.

— Il paiera, martèle-t-elle, je vous certifie qu'il paiera ; on lui montrera de quel bois on se chauffe ! On le rongera jusqu'au trognon.

À l'issue de trois années d'occupation sans droit ni qualité, pendant lesquelles ils se sont évertués à invoquer des arguments dilatoires, et le tribunal a prorogé maintes fois la date d'application de l'expulsion, l'entreprise ordonne celle-ci, revendique des indemnités d'occupation et des dommages et intérêts, eu égard à la non jouissance des locaux pour un des collaborateurs de la société.

Elle damera le pion au salaud, preuve indubitable au dossier. Il casquera. Triomphante, elle pousse la chansonnette en battant des entrechats et en exécutant des quarts de tour sur elle-même. Il réglera les sommes légitimement réclamées par l'entreprise. Elle exulte. N'avait-elle pas juré de le persécuter avant son plongeon en enfer ?

Éphémère triomphe ! Elle ne rit plus, au bord de la pâmoison, lorsque le magistrat, en dépit de ses dénégations, la déboute de ses prétentions : puisqu'elle occupe effectivement le logement durant l'instance en séparation de corps, il lui incombe de dédommager le propriétaire dans les plus brefs délais.

Match nul, ils crachent au bassinet, l'addition est salée, la pilule amère : Jean Simon est condamné à allouer à la société trois ans d'indemnités d'occupation conséquentes – par mensualités de onze mille francs – et Marcelle Baray est redevable envers son ex-conjoint de deux ans desdites indemnités et la moitié des dépens. Son avocat la calme en lui faisant valoir qu'elle empoche le bénéfice de douze mois de location. La société n'en reste pas là, elle s'érige en vengeur. Elle lui facture : des réparations locatives pour défaillance d'entretien sur la tuyauterie sous l'évier et le lavabo et sur les sanitaires ; la fourniture et la pose de crémones, chambranles de portes, clenches, interrupteurs ; le remplacement d'un vitrail du kiosque ; et à l'extérieur de la propriété, la remise en état notamment de la végétation en désordre, des pelouses dégradées, de la tondeuse à gazon détériorée, du potager envahi d'orties et de chardons ; la taille des haies et des arbustes... soit une somme équivalente à neuf mois d'indemnités d'occupation. Désappointée, adoptant la mine des croque-morts, elle resserre son étau de violence sur nous.

Je quitte mes quatre étages de frousse, les bois craquants, le vent engouffré dans la cheminée et les charpentes, les gouttières ballottées dans les colliers, les escaliers grinçants et sombres, les berges de la Scie. Nous déménageons à Offranville. Le landau en osier sans roues et sans capote de ma poupée, ma patinette rouillée encombreront la décharge. Triste, j'enterre Colin-maillard, Loup et Chat perché. Les violettes, les primevères, le muguet, les vertes sauterelles ne perceront pas la couche d'humus, il n'y en aura pas là où je vais. *Les petites filles modèles* ne me ressemblent pas, j'étais Petit Jean dans *Jean qui grogne et Jean qui rit*, je ne résoudrai pas l'énigme de *La sœur de Gribouille*, cette bibliothèque de la Comtesse de Ségur qui m'émerveille, elle s'en débarrassera probablement faute d'espace à Offranville. Mon lit en bois peint étroit, dans lequel je n'étends plus les jambes, recroquevillée en chien de fusil, sera transformé en bûchettes pour approvisionner la cuisinière en combustible. Désormais, Annie et moi dormirons ensemble, nous papoterons sous les couvertures, Chantal et notre mère partageront la chambre la plus spacieuse, quelle horreur !

Je me souviendrai du Val fleuri comme d'un château, sa rivière à ragondins, sa minuscule chapelle aux vitraux bariolés employée pour remiser les outils du jardinier, son tourbillon. Les ans révolus, la propriété grossira, magnifiée.

Je me demande où je pourrai me tapir et pleurer en berçant mes chiffons laineux, le pavillon que nous loue la société des HLM, bâti à l'angle de deux rues, la baie de la cuisine donnant sur l'une, celles de la salle à manger sur l'autre, ne dispose pas d'un tourbillon où se replier aux heures grimaçantes. Dans le jardin engazonné et grillagé, exigu, inanimé, en aucun endroit je ne m'écarterai de ma mère extrêmement suspicieuse. À guetter mes ébats pour me prendre en défaut, elle musellera mon évasion. À la fraîche, les aubépines et les seringas n'embaumeront plus. Une pelouse, même émaillée de pâquerettes, ne sentira pas ces délicieux arbrisseaux.

Pour préserver notre cercle d'intimité, notre père ne stationnera pas devant le portillon, la distance civile ne serait pas conforme, il patientera sur le parking de l'immeuble HLM, au bout de la rue. Le point de ralliement a été déterminé entre lui et nous trois. Que de fenêtres à longer ! La rancune tenace, dernièrement, elle nous a averties qu'il ne nous aurait pas. Les preuves tangibles d'abandon de famille qu'elle accumule contre lui rendent sa décision licite.

Persévérant, il renouvelle une tentative pour chercher la quadrature du cercle. Infructueuse. Je pressens sa déconvenue, sa consternation. Pour embrasser ses petites, il part à l'aurore, sans conviction, crispé, terne, avale des kilomètres de pluie oblique, de bourrasques, de neige, de virages, de dérapages sur les plaques luisantes. Au terme du trajet, l'horrible manège, le vouloir de madame, la bouche vermillon hargneuse. Sans espoir, deux cent quarante kilomètres. Les paysages s'enchaînent sans qu'il les remarque. L'anxiété assombrit graduellement son faciès, persuadé qu'il est qu'elle ne les lui donnera pas par mesure de rétorsion. Il les imagine : depuis le réveil, elles s'enfièvrent sous une sage retenue, une cruelle déception succède à la fébrilité, elles n'oseront pas contrer la mégère, journée infecte pour elles. Le scénario est immuable : il klaxonne, roule au ralenti à la hauteur du terrain, coupe le moteur sur le parking et débute l'insupportable attente, épié par son ex qui savoure sa victoire, la truffe écrasée sur les lattes des volets clos, où ne filtre qu'un rai de lumière par les interstices, elle observe dans la pénombre. Un constat d'huissier prouvera son échec, une collection d'échecs en la matière. Les hommes parlementent, un rapport de police sur le trottoir, des signatures, des poignées de main, les rideaux qui se soulèvent sur le spectacle, un droit de visite classique, il n'ignore pas qu'elles servent d'otage.

Destination atteinte. La PL17 ! Le voilà ! Je le respire tandis qu'il rôde aux alentours. Il roule au pas, klaxonne, stationne. Redémarre. La garce se gausse de lui, se délecte du châtiment. Madame jubile. Sa machine est bien huilée, les rouages ne se gripperont pas d'ici longtemps. Les larmes me suffoquent. Je souffre avec lui.

La clé de contact agrippe. Accélération. Deux cent quarante kilomètres. Des gerbes d'eau giclent sur la carrosserie. La chaussée miroite sous les phares. Des bestioles pulvérisées sur le pare-brise. Les essuie-glace oscillent inlassablement. Il avance sous les rafales, pied au plancher, l'onglée aux orteils, engoncé dans son pardessus qui exhale du froid, tassé sur son siège, dénué d'expression. Et l'univers qui n'arrête pas de trépider, dédaigneux de son abattement. Poignante désespérance.

Il saisit la justice pour délit de non présentation d'enfants.

Il n'ôtera plus les embûches. Il ne déjouera plus la conspiration combinée contre lui. Las de se battre contre des moulins à vent et d'implorer à cor et à cri l'appui de son avoué, il s'est résigné à se priver de nous, pour désamorcer les abus de son ex et ne pas nous casser davantage, tout en redoutant que la rupture temporaire n'émousse la relation et n'engendre une séparation définitive.

Je me morfonds dans mon coin, les yeux atones obstinément rivés sur les lignes embrouillées d'un roman, abandonnée. Je m'évade et me réfugie chez un couple soudé, il me prouve que je ne suis pas si vicieuse que cela, je folâtre, sème et récolte des bisous, je plais.

Ayant perdu sa trace, elle lance un avis de recherche dans l'intérêt des familles et dans la foulée elle dépose une plainte en abandon de famille auprès du procureur de la République. Ses griefs : la pension alimentaire impayée, les allocations familiales suspendues, les remboursements de soins médicaux et dentaires différés. Elle adore la plainte en abandon de famille, passible d'une peine d'emprisonnement, cette idée la fouette.

— Il peut vous faire des mamours, n'empêche qu'il vous plaque comme des malpropres.

Elle admet l'éventualité d'un divorce, à la condition toutefois qu'il soit prononcé à son profit exclusif, qu'une pension alimentaire lui soit allouée à perpétuité – elle se cramponne âprement à ce privilège, telle une lampotte à son granit – et que la nôtre soit augmentée sans qu'il s'y dérobe, sous aucun prétexte, puisqu'elle sera contrainte de débourser pour un loyer et la Caisse d'allocations familiales lui supprimera le salaire unique qu'elle perçoit en qualité de femme séparée sans revenu professionnel. En plus, elle objecte que nous élever l'écarte d'une quelconque activité, ce qui l'accule à recourir à ses subsides.

De toute évidence, lui aussi prétend gagner le divorce. Pour cela il doit lui imputer des fautes, articuler des faits, témoignages à l'appui. Ses relations affirment sous serment, elles invoquent trente-six raisons d'Arlequin. Hier intimes de ma mère, elles déposent contre elle sans vergogne et pour des futilités, des arguments insignifiants, ineptes et invérifiables :

Attendu que les deux premiers témoins de l'enquête ont indiqué que dame Simon était en retard quand elle venait déjeuner chez ses beaux-parents avec lesquels elle n'aurait pas été assez aimable ; qu'elle s'opposait à ce que son mari travaille mensuellement chez ses parents et chez ses beaux-parents ; qu'elle ne s'occupait pas suffisamment de son foyer, le seul fait précis rapportant qu'une fois un enfant en bas âge a été plusieurs heures dans les langes souillés ; attendu que le troisième témoin a déclaré que les époux Simon ne s'étaient pas rendus en 1951 à une invitation à dîner qui leur avait été faite et que Simon lui avait écrit au cours de l'instance en divorce que s'il ne s'était pas rendu à cette invitation, c'était parce que sa femme ne voulait pas que les relations se continuent entre les deux ménages...

Ces faits ne pouvant pas être évalués comme constituant des excès, sévices ou injures entraînant une violation grave ou renouvelée des obligations résultant du mariage, intolérable pour le maintien du lien conjugal, sa requête en divorce est rejetée. Son escapade se termine pour remplir ses devoirs conjugaux. Plus farouche, il combat son adversaire en spécifiant qu'il condescend à négocier le divorce à condition que les parcelles qu'elle a acquises de ses parents, au profit de la communauté, lui soient octroyées en pleine propriété, sinon, il provoquera leur vente. Une paille ! Elle peut y renoncer purement et simplement, il s'agit d'un legs fortuit ! Scandalisé par l'énormité de la requête, un notaire s'indigne d'un tel procédé indélicat :

J'apprends avec stupeur votre intention de faire vendre, à la suite de votre divorce, les deux pièces de terre que monsieur Baray avait acquises des consorts Guérout et dont l'acte d'acquisition a été établi à votre nom et celui de sa fille, sur sa demande, le brave homme ayant eu et ce, malgré mes conseils, la phobie des droits de mutation par décès. Si les raisons de votre divorce ne m'intéressent nullement, je dois cependant vous faire savoir qu'il ne m'est pas possible, et ce en toute conscience, de rester impassible et sans réaction devant un acte que je n'ose qualifier. J'ose espérer qu'il s'agit là d'un simple malentendu qui ne m'obligera pas à entrer dans une procédure assez exceptionnelle en raison de la profession à laquelle j'appartiens.

Ils déraisonnent, processifs, enragés à briser les résistances, prêts à monter sur la brèche pour sauvegarder leurs intérêts et pour blesser leur ennemi au plus profond de lui-même. Ils tranchent leurs différends sur nos têtes, sans scrupule, et tandis qu'ils nous monnayent sous le manteau, que nous en subissons les funestes retombées, leur regard croise le nôtre, il brille la générosité entre deux bassesses, vipère. Ils nous réduisent à de vulgaires ballots consignés ou à des objets – un objet, s'il ne plaît plus, au mieux on le fourre au sous-sol, on le brocante, au pire on l'évacue – d'une valeur notoire, il est vrai, la valeur qu'ils attachent à la terre nourricière, ou bien sa valeur marchande. Et le corps judiciaire ne s'en choque pas, il entre dans ce jeu :

En réponse à votre lettre du 7 courant, et après en avoir conféré avec madame Baray, je vous informe que celle-ci, en ce qui concerne le droit de visite, désire s'en tenir aux termes du jugement rendu le 1er juillet 1959, qui l'a fixé du 1er au 15 août. Confidentiellement, je vous indique que, pour le cas où monsieur Simon accepterait que la pièce de terre sise à Auberville soit attribuée à madame Simon et renoncerait ainsi à la mettre en vente, ma cliente consentirait à lui remettre les enfants du 1er juillet au 10 août prochains. Voulez-vous aviser monsieur Simon et me faire connaître sa réponse dès que possible.

Troquerais quelques arpents contre marmots cibles...

Aucune loi ne nous protège contre les exactions de nos géniteurs, défendables par un versement d'espèces exorbitantes, qu'elle rassemble en se restreignant toujours plus, dont il s'acquitte par une copieuse ponction sur ses salaires. La subsistance des deux avoués est assurée durablement, tant est implacable leur férocité mutuelle incoercible. Nourris à peu de fatigue, ils s'échangent une volumineuse correspondance, due aux finasseries et à la mauvaise foi de leurs clients. Généralement ils se bornent à joindre, en présentant leurs civilités, une copie de la requête du confrère, à réclamer des justificatifs, des chèques pour le règlement desquels ils prescrivent de se diligenter : « Vous seriez aimable en me faisant parvenir sans retard cette somme. » Ou ils les incitent à aboutir à des compromis, ou ils entretiennent leurs attitudes polémiques. La première hypothèse ne relève pas de leur mission, la seconde, paperassière, les enrichit. Ils s'orientent donc vers elle. Quant à apprécier notre façon de percevoir le monde, ils sont moins prolixes, ils n'ambitionnent pas d'en élucider la dimension, nous estiment quantité négligeable dans leur conflit, ils ignorent notre individualité, commettent des erreurs réitérées dans nos prénoms et dates de naissance.

Personne ne brise l'omerta.

Ces adultes, protecteurs de l'enfant…

***

Ma mère m'a inscrite au catéchisme pour me préparer à la communion solennelle. Elle en attend beaucoup. Outre que le prêtre classe ses élèves, pour la cérémonie, il classe les parents en fonction du rang des communiants, ceux des lumières siègent autour du chœur, inaccessible d'ordinaire, et recueillent l'offrande. « Monsieur le doyen d'Offranville convie madame Simon à quêter à la grand-messe de la communion solennelle. » Ah ! palper le bristol du curé. L'apprentissage, qui se résume à un pont aux ânes, ne se travaille pas sur la réflexion, les pratiques, l'altruisme, mais sur des leçons récitées textuellement. Qu'est-ce que Dieu ? Qu'est-ce que l'Église ? La Sainte trinité ?... et les prières déclamées sans accroc. Sous son contrôle sévère je débite le répertoire entier. Le sans-faute interrompt provisoirement le flot machinal de phrases. Qu'importe l'instruction, ses filles doivent se classer parmi les deux ou trois meilleurs à cette cérémonie. Chantal et Annie ont fait leur communion ensemble pour amoindrir les coûts de réception, robe de linon à plis et dentelle, louée pour la circonstance, elle, tailleur noir, strict, col de vison, chapeau en feutrine noire et voilette perlée au point de nœud, gants en maille satinée, talons aiguilles et bas à couture. Elle s'enorgueillit de tenir le haut du pavé. Annie est la première, Chantal la troisième.

La tante Lucienne et l'oncle Georges, parrain de Chantal, nous avaient révélé leur intention d'assister à cette célébration mémorable où la foi s'affirme publiquement et de nous photographier à la sortie de l'église, photographies qu'ils feront reproduire pour les transmettre à la famille. Malgré la foule agglutinée sur le parvis, elle les a identifiés et leur a décoché un regard venimeux derrière la voilette de son bibi. À deux doigts de gifler mes sœurs, elle les a poussées vigoureusement hors de l'objectif, a rabattu leur voile sur leur face, bousculé ses voisins qui ne maintenaient plus leur équilibre, la solennité gâchée.

Les 429 réponses aux questions du chanoine Prigent, auteur de *Mon catéchisme illustré*, s'enfoncent dans mon crâne rétif à coups de taloches. Pour procurer à ma mère l'honneur de la quête, je suis astreinte à les réciter mécaniquement, ainsi que le *Notre Père*, le *Je vous salue Marie*, le *Je crois en Dieu*, le *Je confesse à Dieu*, les dix commandements sur lesquels je me base pour lister mes péchés et les six commandements de l'Église, les actes de foi, d'espérance, de charité, de contrition. Cessera-t-elle de me frapper sans fondement une fois que j'aurai accédé à ce deuxième sacrement ?

Le prêtre nous réunit à l'église le jeudi matin. Il démystifie les questions qui se rapportent aux soixante-cinq leçons qu'il commente une à une, corrige nos exercices réalisés sur un cahier réservé au catéchisme. À l'issue de la séance, il fustige les impies, nous bénit en un ample mouvement qui balaie l'horizon et nous absout de nos péchés. Puisque le Tout-Puissant me condamne, mon examen de conscience est expéditif. Je recours à une astuce en ce qui concerne la confession : mes péchés sont rédigés sur une liste perpétuelle. Je les énumère, agenouillée dans le confessionnal, sans gêne ni remords. Je les ai tous commis, les véniels et les mortels, y compris la luxure. Derrière le treillis il ne s'en offusque pas. Il relativise : le bien et le mal coexistent en nous, le Seigneur nous aidera à développer le bien et à réduire le mal. Il nous engage à adopter, dans le secret de notre cœur, une résolution pour la semaine suivante. Je rêve d'éradiquer la violence. Dix minutes de ferveur perturbée par les gamins qui s'ébattent aux abords du portail et nous interpellent. Fier de renforcer notre foi chrétienne, il nous complimente pour notre assiduité et notre application, entonne un cantique et nous répétons gaillardement le refrain. Une récollection pour méditer sur la présence de Dieu en soi, comment s'accoutumer à lui, lui parler, se déterminer, clôture l'année de catéchèse. Trois jours pendant lesquels je suis dispensée de classe !

L'accueillir en moi ? Encore faut-il qu'il condescende à m'exaucer. Jusqu'à présent il ne s'est pas vraiment apitoyé sur mon infortune, mes suppliques ont été superflues. Concevra-t-il de la bienveillance pour moi maintenant que je sors de l'enfance ? Ni mon parrain ni ma marraine ne m'escortent, normal, ils sont dans le camp adverse, des pestiférés.

Sans pour autant m'enseigner ce qui est juste, ma mère me rabâche que, entachée d'une kyrielle de vices – j'ai le vice dans le sang –, j'irai en enfer pour l'éternité, le petit Jésus réprouve mon indocilité qui l'offense et je suis une créature trop peccable pour qu'il en soit autrement. Dieu me sanctionnera de cette façon, je le mérite, c'est inévitable. La question 152 m'est familière : « Qu'est-ce que l'enfer ? » « L'enfer est un lieu de tourment où les méchants sont pour toujours séparés de Dieu et endurent avec les démons des souffrances qui ne finissent jamais. »

Manifestement je pourrirai dans la fournaise de l'enfer. Impitoyable châtiment terrifiant ! Ma foi chancelle. Le diable ricane entre ses crocs. Mon sommeil fourmille de cauchemars affreux, l'angoisse m'assaille au réveil. Sur le chemin de l'école, mes idées dansent une sarabande vengeresse.

Par chance la 106 cristallise ma croyance en un Jésus indulgent et sauveur : « Pourquoi Jésus Christ est-il monté au Ciel ? » « Jésus Christ est monté au Ciel pour nous y préparer une place et nous envoyer le Saint-Esprit. »

Pourvu qu'à l'examen j'échappe à la réponse abstruse : « Le Saint-Esprit est la troisième personne de la Sainte Trinité, égal en tout au père et au fils » pour « Qu'est-ce que le Saint-Esprit ? »

Dans ce catéchisme, le chanoine Prigent propose des solutions pour que nous rentrions en grâce après une infraction à la loi divine : « Que devrez-vous faire si vous aviez eu le malheur de commettre un péché mortel ? » « Si j'avais eu le malheur de commettre un péché mortel, je devrais faire un acte de contrition parfaite, me confesser le plus tôt possible et prendre les moyens de ne plus recommencer. »

Pince-moi, je plane ! Selon elle, mon âme en perdition me mènera directement en enfer, sans expier mes péchés au purgatoire ?

Je suis la première, ouf ! Mission accomplie : elle parade dans l'allée centrale de l'église Saint-Ouen, dressée sur ses ergots, elle se rengorge en tendant la corbeille en osier, on l'admire, pomponnée d'ornements de toilette ostentatoires, on respire son sillage parfumé. Cet honneur lui confère une supériorité sur le tout-venant. Je voudrais lui murmurer qu'elle est belle, mais un masque de haine recouvre son visage.

Le prêtre nous martèle sa prophétie : « Dieu reconnaîtra et récompensera ses fidèles. » Durant des nuits entières je récite des *Notre Père*, des *Je vous salue Marie* et je leur serine, là-haut, que *je crois en Dieu, le Père tout puissant*, puissant... puissant... Assurément, mes prières exauceront mon vœu d'approcher mon père. Je me lève épuisée, néanmoins confiante, je plaisante, je saute, je vocalise. L'au-delà reste inexorable.

Question numéro 428 : « Comment devez-vous accepter les peines qui vous arrivent ? » « Je dois accepter les peines qui m'arrivent avec soumission à la volonté de Dieu et les lui offrir pour réparer mes péchés et les péchés des autres. »

Rien que ça ! Et puis quoi encore ? Les entourer d'un bolduc ? Compléter par un merci éventuellement ? Cogne, Maman, j'offre, nous offrons ; je répare, nous réparons, mes sœurs et moi, pendant que toi, tu dis pis que pendre de ton ennemi et tu te la coules douce impunément. Moralité, la miséricorde du Très-Haut est infinie pour certains. Je hais les injustices.

***

Les années se succèdent, harassantes de monotonie, uniformes, à entendre hurler pour des vétilles oiseuses, mortifier sans rémission, à récolter plus d'invectives que de paroles aimables, spectatrice indolente. Je me retire à l'intérieur de moi, mon intérieur inaccessible à quiconque, impénétrable, une stratégie compensatoire qui me sauve et me préserve de déviances psychologiques. Papivore, je m'évade dans les alpages de Heidi, je suis tour à tour Scarlett O'Hara, Jean Valjean, Anna Karénine. La dernière ligne parcourue, je conçois la suite, un tome deux que j'assaisonne à ma convenance, dans lequel je détourne le sens de l'œuvre originale. « Lecture, mon doux plaisir », s'est exclamé pour nous André Maurois. Des amitiés constantes accompagnent ma croissance, tel le récit de cette fillette, Mo, *Tombée du ciel* de Henry Winterfeld. Sa frimousse qu'encadrent des cheveux blonds bouclés, m'évoque les poupées de porcelaine. Vêtue d'une veste et d'un bonnet cerise, une robe saphir, elle débarque d'une autre planète, tombée d'un avion sur la Terre. Je lis et relis les textes pour m'imprégner de leur contenu, m'en repaître. Je ne m'en dégoûte pas, je les déchiffre différemment en grandissant, ils ne me procureront pas la même saveur à dix ans qu'à quinze. Plus j'aiguise mon intelligence, moins j'estropie l'œuvre.

Une étagère de notre placard ploie sous les romans. Mon père m'en a achetés, j'en achète aussi grâce à la monnaie de la messe que j'amasse, car nous restons, mes sœurs et moi, debout près du porche de l'église pour ne pas rétribuer la chaisière et nous nous éclipsons pendant l'offertoire. J'en marchande aux récréations, j'en troque contre nos jouets, principalement ceux qui ne m'appartiennent pas. J'en vole aussi, tout volume en plan devient mien. Des ouvrages à foison, au style élégant, qui me cuirassent contre l'oppression maternelle. Inutile de m'écarter d'elle, elle associe n'importe quelle publication à l'instruction et apprécie mon entêtement à me cultiver. Les pages et leur dénouement favorable ou tragique, les émotions substantielles qu'elles suscitent, interposent un écran entre elle et moi. Je suis ailleurs en étant là, elle ne sait pas où je suis.

Comment cette fringale de lecture a-t-elle émergé ? A-t-il suffi, le désarroi installé, que j'effleure le talisman « Mon Arsène » pour en recevoir les vertus ? Je me heurte à un mystère. Les enseignants émoustillent notre curiosité.

— Ecoutez les mots de vos livres, écoutez les mots autour de vous. Qu'ils pénètrent en vous pour vous les approprier. De l'usage que vous en ferez dépendra la richesse de votre communication avec le monde. Il est des mots qui expriment la beauté des choses, vous les découvrirez. Et vous en éprouverez de la joie. Fuyez ceux de l'agressivité, de la vengeance et du désespoir.

Du cours préparatoire au cours moyen deuxième année, nous transportons un manuel de lecture courante dans le cartable pour meubler notre cerveau qui s'avère parfois nonchalant. Au cours moyen *Les yeux clairs* d'Ernest Pérochon, cartonné bleu, couvert d'un papier d'un bleu similaire pour le conserver en bel état, me passionne particulièrement. Les illustrations au crayon, naïves, en courbes, accentuent la véracité des dix-sept contes. Elles me captivent. En prolongement du conte, l'écrivain nous invite à enfiler la peau de ses personnages et à exercer notre talent d'auteur. La grand-mère de Jacques Legris ressemble à la mienne :

Ce que j'aime surtout en elle, c'est son bon sourire accueillant. Avec elle, impossible de rester triste, en colère ou découragé.

Les protagonistes manifestent clairement leurs sentiments, leurs convictions :

C'est un bouquet, plutôt... Oui ! Un bouquet d'edelweiss. Mais il est si énorme qu'on ne voit pas celui qui le porte.

— C'est du vent, l'amour, petite sotte. Ça n'existe pas, c'est une invention des gens.

Faux ! Il existe. Depuis une époque immémoriale. Au fond de nous. Je le discernerai, je le discernerai.

Même si, dans l'abri misérable des Dumont, « la rayonnante gaieté de l'heure n'entrait pas », on restitue les billets à son propriétaire, les emplettes acquises illégalement empesteraient. Quand vous commettez des larcins, l'anecdote moralisatrice du Portefeuille vous remet sur les rails.

Recueil d'espoir, recueil de nourriture, un compagnon, un doudou dans son cartable, de la saison des marrons à celle du seringa.

L'abondance de lectures me guide aisément vers l'écriture, une bouffée d'oxygène dans mon monotone univers. À treize ans, j'écris *Le printemps de la vie*. J'élimine le père de mon héroïne, Nathalie, victime d'un accident de la circulation et sa mère d'un cancer. Une manière de biffer les miens. Nathalie a mon âge, elle grandit au fil des feuilles mobiles d'un classeur, que je dissimule promptement, ma mère menaçant de brûler ces sornettes si je continue à m'abêtir de la sorte dans l'oisiveté. Je dédie mes deux premiers poèmes à Annie et les lui déclame en bondissant sur les ressorts du sommier au passage de la rime et en moulinant des bras : « Belle, tu flânes près de tes amies/Enchantée d'une fugace accalmie,/Moi à quelques pas quand je te vois/Je déborde d'une folle joie./… »

Déverser ma détresse par cette méthode me restaure un tant soit peu, un antidote qui déferle contre mon chagrin.

Indépendamment de lire et noircir des feuillets, je brode. Les travaux d'aiguilles me délassent, je vagabonde dans un eldorado chimérique. Apposer les fils multicolores sur l'ouvrage m'illusionne sur les lugubres week-ends, jeudis muets et congés. À la cuisine, la muraille qui bouche mon horizon m'éblouit. Je suis comparable à un bouleau malingre qui s'étire pour atteindre un lambeau de lumière que des colosses lui dérobent. Je vois du bleu quand la plupart ne voient que du plomb, j'aspire le parfum de l'aubépine et du seringa que je ne vois pas. Je lâche prise. Dans mon refuge la température est clémente. Je ne larmoie pas. Nous expérimentons *des* vies et l'occasion se produira de fermer la parenthèse pour en vivre une à ma dimension.

Notre père, de guerre lasse, présumant qu'une distance affective nous sera moins néfaste que la préservation du lien tel quel, et pour nous épargner des scènes pénibles, s'efface. Dans l'ignorance de sa réflexion, nous en déduisons qu'il s'est désaffectionné de nous à la suite de vaines tentatives pour nous apprivoiser, écœuré de se sacrifier pour des gosses ingrates. Il faut se résigner : qu'il nous étreigne tiendrait du miracle. Nous avons démérité. La rosse jubile, son poison se distille goutte à goutte, une dose infinitésimale suffit à la dérider, ses coups de boutoir ont retenti, ses messages d'animosité se transfèrent par l'intermédiaire de ses filles, selon ses calculs tortueux. Elle se délecte à l'accuser d'abandon affectif, après l'avoir accusé si souvent d'abandon matériel. Je n'effeuille plus la marguerite, je ne l'accrocherai jamais sur un croissant de lune. À quoi bon formuler des vœux que les fées n'exauceront pas ? Je m'accommode de son fantôme et me berce d'une hypothétique réapparition pour me prêter son amour anémié. Quelle tâche l'absorbe à présent ? Pense-t-il à moi ? Me distingue-t-il à travers ses lunettes ? De délicieuses sensations du dernier séjour chez lui affleurent. Chantal se transfigurait. Sur le qui-vive durant deux ou trois jours, elle se détendait pour jouir pleinement de la transition, bien qu'elle avoue à sa mère qu'elle avait hâte de la retrouver, tout en relatant pareillement qu'elle courait les magasins d'Évreux pour dénicher une paire de chaussures à talon et une pochette assortie, son parrain l'ayant gratifiée d'un billet pour son certificat d'études ; que la nourriture était succulente et copieuse.

Chère Maman,

Aujourd'hui, nous camperons à Cabourg. J'ai dormi sur un matelas pneumatique dans un sac de couchage. Qu'est-ce qu'on est bien là-dedans ! Les deux dégonflaient constamment le leur. Le 9, nous visiterons le mont Saint-Michel. Ensuite, nous irons sûrement dans les environs de Perros-Guirec. Sylvie ramassera du granit rose pour sa maîtresse. La troisième semaine, le Bouc aidera notre oncle Marceau, il construit sa maison.

J'espère que tu ne t'ennuies pas. Ne te tourmente pas pour nous.

Ta petite Chantal qui t'embrasse fort.

Elle me déconcerte. Sans entrain à Offranville, en vacances elle suit les passe-temps avec une extraordinaire pétulance, chaussée la première pour se promener, musarder dans les magasins, débusquer les crabes. Elle se régale franchement des produits inhabituels, les glandes salivaires hyperactives dès qu'ils mijotent. Elle se raconte, émet son avis, se mire complaisamment dans la glace de l'entrée en adoptant des poses avantageuses. Elle ne nous importune plus. Un comble, elle engage la conversation !

Nous avons navigué en vedette pour rejoindre Saint-Malo. C'est amusant de se promener en mer par temps clair. Samedi, nous sommes allées à Saint-Cast chez Lucienne. Mon parrain nous a offert une écharpe. La mienne est plus belle que celle des deux. Ils nous ont appris à fabriquer des poupées en coquillages. On les vernit d'abord et on les colle minutieusement.

Nous avons assisté au Pardon de Saint-Lunaire. Lundi, nous avons repris la direction de Ploumanac'h. Mardi, nous avons pêché dans les rochers et nous nous sommes baignées.

Je t'expliquerai notre excursion au mont Saint-Michel envahi par la marée. Quelle aventure !

J'espère que tu ne t'ennuies pas. Bons baisers et à bientôt.

Chantal.

Nous sommes revenues à Cabourg. Tu verrais la plage comme elle est magnifique ! Nous nous baignons dans une crique sans danger. Nous mangeons bien. Le Bouc nous a payé des galettes aux raisins secs et une brioche pour la sainte Annie. Hier, nous avons mangé deux desserts : du riz au lait et une brioche. Le midi il nous donne deux pêches juteuses. Il a acheté des huîtres, elles étaient fameuses. La Drouille ramène des croissants et du pain croustillant pour le petit déjeuner. Elle enfile sa robe de chambre et des mules, elle y va en deux-chevaux. Elle ne s'habille même pas ! Tu te rends compte, en robe de chambre ! Elle ne craint pas le ridicule.

Tout va bien, sois sans inquiétude pour nous.

J'espère que tu ne t'ennuies pas trop de nous. À dimanche. Je suis impatiente de retricoter. Je t'embrasse.

Chantal.

Mes parents ne transigent pas, se harcèlent, essentiellement pour la pension alimentaire que mon père règle de façon fantaisiste, source de perpétuels procès. Au mépris des rappels à l'ordre, il se dédouane de ses obligations, s'obstine à défalquer les jours où il nous héberge ; il assigne son adversaire en justice pour stipuler qu'étant malade, il se décharge du paiement de la pension alimentaire. Incrédule, elle réfute ses arguments, le traite de malade imaginaire et de tire-au-flanc, exige une expertise médicale et un certificat attestant qu'il a été admis dans un hôpital parisien pour des investigations prolongées d'essais thérapeutiques, ce qu'il prétend. Elle se renseigne sur les avantages octroyés par la convention collective à laquelle il appartient de par son emploi et une rage inextinguible la submerge en réalisant qu'il a perçu ses appointements intégralement pendant une période, qu'il en a perçu la moitié ensuite, ainsi qu'une prime de fin d'année substantielle.

— Il roule carrosse, et moi qui me crève la paillasse... il se fout de nous, quel fumier !

Elle revendique une entrevue immédiate avec son avoué pour lui exposer la situation.

— Maître, il nous fait accroire qu'il n'a plus d'argent pour le motif qu'il est en arrêt maladie, à d'autres ! C'est un fieffé menteur, ne vous en laissez pas conter. J'entends percevoir la pension dans son entier.

Haletante d'avoir marché précipitamment, son épais dossier sous l'aisselle, les nerfs à vif, elle met en exergue qu'il a empoché un chèque sur la vente d'un immeuble au Havre, qu'il possède deux voitures, qu'il retravaille depuis un an, qu'elle en conclut qu'il est assez riche pour solder l'arriéré de la pension. Ah ! quand bien même on l'accuserait d'escroquerie, elle saignera son portefeuille.

Il s'ensuit un enchaînement de procès coûteux, au cours desquels ils se démènent pour reconquérir ce qu'ils ont cédé contre leur gré à l'antagoniste : elle tente d'obtenir la saisie-arrêt de ses salaires, une revalorisation de la pension alimentaire qui ne suit pas l'inflation, les enfants ont un solide appétit, elles ne boudent pas leur assiette, le charbon et l'électricité coûtent cher ; il tente de se soustraire à sa dette et la nargue d'acomptes, il conteste le mode de garde de sa fille aînée, ses piètres résultats scolaires démontrent que sa mère est incapable de la guider utilement. Entre les mois où la pension est payée, ceux où elle est diminuée pour baisse de revenus, ceux où on lui accorde un délai de grâce, les mois échus à recouvrement zéro, les acomptes sur l'arriéré, les mois où elle est majorée, les avoués s'échangent d'inlassables courriers d'actualisation du solde, des kilos de pages farcies de vérifications. Sans exagérer, les étages de la tour Eiffel ne suffiraient pas pour y stocker l'encombrant dossier de leur divorce. Maître Malandain parle d'une résistance abusive. Aussitôt qu'un procès est jugé, un autre s'entame, relativement à l'énoncé du précédent. Et va pour la ritournelle et ses chassés-croisés. Je suis rassasiée de leurs chicanes éculées qui, somme toute, ne mènent qu'à nous dévaster à petit feu, pire qu'une mort instantanée. En atteignant tous les paroxysmes, elles me filent la nausée.

Nous subissons les conséquences de la surenchère à laquelle ils se livrent. Elle répercute son incommensurable haine et son agressivité avivée sur nous lorsqu'une sentence a été prononcée et qu'elle en ignore la substance. L'irritabilité en crescendo, dans d'interminables monologues, elle déblatère contre les Simon, leur consanguinité et leurs gènes défectueux, nous ordonne arbitrairement de nous coucher avant que nos devoirs ne soient achevés, dévisse les ampoules électriques, nous secoue plus qu'à l'accoutumée, fautives d'être nées et en plus d'être la copie de celui qu'elle exècre à l'extrême. Son cervelet s'emballe, elle piétine d'exaspération, inefficace, incrimine tout un chacun, virulente, nous cherche des crosses, qualifie son ex-mari de noms d'oiseaux. Elle se maquille en un tournemain, parée en vue d'une course urgente, elle ne coud plus, ne chante plus. Elle nous rudoie, hausse son ton rogue. Ses vociférations irraisonnées s'éternisent dans nos tympans et ses aigreurs coutumières enlaidissent notre existence. Le rempart contre sa fureur : nous caser à distance de ses accès d'emportement, inertes, la boucler, se faufiler à pas feutrés, se comporter en objet. Encaisser les réprimandes, les raclées, les injures, fonctionner en automate programmé sur soumission et détachement. Stoïques. Question d'entraînement !

Elle se tracasse pour financer le loyer, le chauffage et les vivres, son pécule amassé sou à sou les mois fastes s'amenuise. Torturée par une insomnie chronique, dans le silence de la nuit, en s'agitant sans interruption, toute posture inconfortable, elle cherche quelque expédient pour économiser davantage.

— Quelle plaie ! Le Bouc n'a pas payé la pension. Vous vous brosserez le ventre bientôt. La Drouille, au train de vie somptuaire, le suce, elle passe avant vous. Elle nous vole ce qui nous est destiné. Elle lui apportera des oranges en prison, ça le matera et ils se réchaufferont de leurs saletés rebutantes.

Rétorquer serait déplacé, nous sentons la gêne, « il n'y a plus de foin dans le râtelier », déplorerait Mémé. Elle s'est dénuée de tout pour nos aises et peine à joindre les deux bouts. Elle ne dispose plus d'un budget suffisant pour avancer les frais de procédure et envisage qu'ils soient prélevés sur le montant qui lui échoit de la vente de l'immeuble du Havre.

Le tribunal enjoint à Jean Simon d'entretenir ses enfants par priorité, cette obligation étant mise à sa charge, même au prix du sacrifice des agréments résultant de l'usage d'une voiture ; il l'exonère d'une partie de sa dette, le condamne à acquitter l'intégralité des pensions des huit premiers mois d'interruption d'activité et le tiers de celles des neuf mois suivants durant lesquels il n'a perçu que les indemnités journalières de la Sécurité sociale.

Un jeudi de décembre, la tartine de lait concentré sucré du goûter croquée, elle nous intime de rester tranquilles pendant qu'elle ira à la mairie solliciter un subside pour le loyer. Le maire lui a fixé un rendez-vous à 17 heures. Mauvais signe ! Jamais elle ne quémande, par amour-propre. Son dénuement fait pitié.

Après le Nouvel An, il lui prend la lubie de lui assener une correction :

— Vous allez présenter vos vœux au Bouc. Il va pas la flairer celle-là ! Chantal, à toi. Vous deux, vous ne bougez pas d'ici. Vous rédigerez sur cette feuille en réduisant la largeur de la marge pour que l'enveloppe ne pèse pas vingt grammes. Un surplus de tarif pour le Bouc, non ! Vingt centimes c'est déjà trop, il ne les vaut pas. Ah ! on va éclairer sa lanterne sur ce qu'on pense de lui et de la Drouille. Notre opinion les intéressera sûrement. Dépêche-toi. Accélère le mouvement, que diable !

— Une feuille ? Pas garanti ! Elle griffonne aussi gros qu'elle, ironise l'impertinente, les poings sur les hanches.

— Je t'ai sonnée ? Abstiens-toi de tes commentaires.

Cher Papa,

Bonne année et bonne santé.

Nous remercions Janine de sa carte. Tu lui diras qu'elle soigne son écriture, nous avons eu du mal à la déchiffrer. Elle n'aurait pas séché l'école, par hasard ? Qu'elle y retourne pour les fautes de conjugaison : « le médecin ne peux ».

La maîtresse nous a remis notre classement. Annie est toujours deuxième, Sylvie est dix-huitième, elle a gagné deux places. Moi, je suis douzième. J'en ai perdu sept, en revanche j'ai autant de points qu'au carnet d'avant. Nous avons recommencé les compositions. Je n'ai eu que deux fautes en dictée. Je t'embrasse.

Chantal.

Cher Papa,

Tous mes meilleurs vœux les plus sincères !

La fin décembre était triste, tu as sauté un trimestre de pension. Qui en sont les victimes ? Tu t'en fiches ! Tu nous préviendras quand tu seras décidé à revenir nous chercher.

Sylvie.

Cher Papa,

Bonne année !

N'ayant pas touché la pension, nous n'avons pas eu de noël. Heureusement que nous ne sommes pas restées trois mois sans manger, nous serions plus que plates !

Monsieur et madame Lecerf, de la maison accolée à la nôtre, sont très gentils : ils nous ont gâtées de bonbons, ainsi que madame Leclerc.

Alors, la pension, nous la recevrons bientôt, oui ou non ?

Bien le bonjour, bonsoir ! Je ne t'embrasse pas, tu es malade et probablement contagieux.

Annie.

La mort dans l'âme, nous nous sommes exécutées. Sa préméditation me répugne.

***

Mon quotidien se déblaie en jeudis muets. Le dialogue que j'établis avec moi-même m'aide à supporter la discipline maternelle imbécile. Je garde raison, ne croyant pas en la perpétuelle déveine, le sort ne s'acharnera pas indéfiniment sur moi, un jour je l'enjamberai, mieux, je lui tordrai le cou. Les tonnes de romans que j'engloutis, rencognée entre l'évier et la table, mes camarades fougueuses, les adultes attentionnés me permettent d'entrevoir un futur favorable. Retranchée dans un mutisme et une apathie volontaires, passive, transparente, j'attends que cessent les sévices. Si je ne discute pas mes devoirs : obéissance radicale à l'autorité, je ne soupçonne pas que j'ai des droits, encore moins que ceux-ci, parfois, sont bafoués. Plus tard, j'estimerai que le droit fondamental de l'enfant est d'entretenir des relations affectives assidues avec ses deux parents soumis à cet impératif et de se fortifier sereinement pour se comporter en citoyen qui contribue au rayonnement de l'humanité.

Ma mère se montre en public si protectrice, si paisible, qu'on lui donnerait le bon Dieu sans confession. Le vernis ne s'écaille et la cruauté ne se dévoile qu'entre les murs infestés d'hypocrisie. À huis clos. Hors d'eux elle ne transpire pas, nous sommes irréprochables. Elle ne s'arrange pas en vieillissant, hurle et cogne plus que jamais, extériorise des désordres psychiatriques évidents que nous classerons de manière progressive mais impitoyable, crûment, dans la rubrique « dérangé ». Un type qui a une gueule de raie la harcèle de propos et d'actes malveillants : il a empalé un chat crevé sur le grillage. Un abruti et le Bouc sont de mèche : prudence tant que la bagnole du vulgaire complice stationne sur le trottoir ! il signale au Bouc nos déplacements.

Elle est convaincue qu'un entrepreneur florissant d'Offranville, veuf, a jeté son dévolu sur elle pour l'épouser. Elle le saluait à Saint-Aubin, au silo à deux pas de chez nous il encadrait ses employés. La femme de Marcellin Dutourves – un prénom à consonance similaire au sien, hasard de l'inclination ! – est décédée d'un cancer dans d'abominables souffrances.

L'élégante croit qu'il lui adresse des signes plus qu'amicaux en voiture. Elle remue ciel et terre pour lui mettre le grappin dessus, le jeu en vaut la chandelle : le bonhomme est friqué. Elle nous commande de suivre ses allées et venues et de l'avertir s'il se penche dans notre direction. Il nous en cuit de ne pas viser la DS à l'instant où elle surgit sous nos fenêtres, les chromes rutilants.

— Sylvie, tu as vu qu'il m'a souhaité le bonjour ?

— Non, il a éternué.

— Menteuse ! Il a bougé son chapeau. Tu bayais aux corneilles. Ça te défrise de surveiller ?

Elle exige que nous inspections, aussitôt qu'une voiture se pointe, sa marque, sa forme, son numéro d'immatriculation. Et si nous laissons une question en suspens, ça barde : une dérouille, des coups de savate vengeurs aux fesses. Quelle agilité pour les administrer !

Pour me moquer d'elle secrètement ou pour me concilier son indulgence, selon les occurrences, pour qu'elle me félicite de l'application de ses consignes sans qu'elle les réitère, je fabule des navettes de monsieur Dutourves. Elle piétine fréquemment autour de l'arrêt du car pour circuler dans les parages de son pavillon bourgeois et l'apercevoir, même de loin, même de dos. Si elle n'en a pas la possibilité, peu lui importent mes notes, sa priorité : « Alors, la voiture ? »

Persuadée qu'il essaie de la courtiser, flattée, elle lui a expédié trois lettres auxquelles il n'a pas réagi. Bien qu'elle soit froissée par son attitude, elle galope néanmoins derrière lui. Soucieuse de l'espionner plus discrètement, elle nous met à contribution : piquer un cent mètres jusque chez lui pour épier si la DS y est stationnée ou pas. Et si elle n'y est pas, pousser jusqu'au carrefour.

— Il se barricade, tu y fonceras dans une demi-heure, pas de doute, elle sera garée sous l'auvent.

On regalope.

Elle a constaté que la voisine d'en face, Margot – une ribaude outrageusement effrontée –, avec qui elle a eu souvent maille à partir, également divorcée, le colle aux basques. Elle est dangereuse. Elle s'absente de chez elle sous des prétextes divers pour s'afficher. Cela ne l'étonne pas, elle mène une vie de patachon.

— Elle fait la roue devant chez lui, pardi ! Elle forniquerait avec Lucifer... Comment peut-il s'enticher de cette pouffiasse ?

Elle nous poste à la croisée de notre chambre pour « repérer si Margot est là » et vérifier « si sa carriole a bougé » et, à la nuit tombante, nous guettons dans l'obscurité pour que notre silhouette n'encadre pas le vitrage. Au comble de l'exaltation contrariée, blessée par la désillusion, elle délire : le ménage de Margot au complet et ses acolytes qui pactisent avec elle et manigancent pour l'écarter, cavalent sur les traces du gus. Si la somptueuse DS passe au ralenti, c'est un indice ! La voilà excitée, pimpante et frétillante, chevelure lissée, accroche-cœurs coquettement épinglés sur le front, les lèvres rouge bistre atténué, un soupçon de fard à pommettes, robe froufroutante, escarpins à talon, qui trottine dans le pays dans son sillage. À nous quarante minutes de tranquillité pour écouter *Salut les copains* au transistor. Ou bien elle nous ordonne de courir en quatrième vitesse chez lui pour espionner si la clique à Margot s'y trouve. Je relate correctement ; Annie explique qu'ils y sont tous à cancaner et plaisanter dans le parc ou sous la marquise, la Margoton au milieu d'eux. Elle rajoute moult détails improvisés. Pendant qu'elle rit sous cape, ou qu'elle mime la désolation, l'amoureuse se rembrunit et ne décolère pas, éteint la radio pour que nous nous concentrions sur le trafic automobile. Pour les DS, qu'elle distingue des autres voitures à la sonorité de leur moteur et de leur roulement, elle nous astreint à examiner par le trou de la serrure : Est-ce vraiment lui ? Est-il endimanché ? Y a-t-il un passager ? A-t-il du matériel sur le siège ?

— Ah ! s'il ne les avait pas enhardis à lui tourner autour...

« Il », c'est Dutourves ; « les » ce sont Margot et sa bande, de la détestable engeance !

Le leitmotiv : « Regarde si Margot est là », destiné à Annie qui dort proche de la fenêtre, claironne le réveil. Merci les HLM pour les volets à claire-voie !

Je m'invente des pères de substitution : le cordonnier, boiteux, célibataire et si enjoué, qui ressemelle en sifflotant dans une minuscule échoppe près du monument aux morts. En sortant de l'école je presse le pas d'un plaisir anticipé pour vider sur son établi mes poches gonflées de faînes brunes et lustrées dont nous décortiquons la graine pour collationner, en devisant à bâtons rompus ou en fredonnant les chansons à succès qui proviennent de sa radio poussiéreuse et nasillarde. Ma mère, douée d'ubiquité, me surprend en sa compagnie, et, voyant le mal partout – il est trop poli pour être honnête –, elle me gifle et me tord sans ménagement le bras en me labourant la chair de ses ongles. « Que je t'y attrape, chez le bouif, tu auras de mes nouvelles. » *Strangers in the night*, de Franck Sinatra me fut révélé chez lui. Cette chanson, à la musique suave, me plonge dans l'extase. Dans l'ambiance chaleureuse de son échoppe j'endure l'inacceptable, la laideur est moins laide. Nous nous recueillons quand la mélodie flotte sur les ondes. Elle me procurera un ravissement identique dans mon arrière-saison : j'amplifie le son, j'interromps mon occupation pour en savourer les notes. Jadis réapparaît, flou, apaisé, amical. Elle est la chanson fétiche de mon enfance.

Marcellin Dutourves : lui ! bof ! pas enthousiasmant ! Son unique fille, élève brillante dans ma classe, jupe plissée et gilet marine, chemisier blanc col Claudine, sympathise avec celle, modèle d'excellence, d'un industriel prospère, indéniablement le plus riche d'Offranville. Je ne les côtoie pas, moi le cancre en habits de pauvresse sans le sou. Il n'empêche ! je prophétise qu'un beau-père éclaircirait notre horizon. Je l'accueillerais en libérateur.

Marcelle Baray – « courageuse et méritante, qui élève seule ses trois filles » – participe aux festivités organisées par le comité des fêtes. D'avril à juillet nous confectionnons en catimini, des milliers de fleurs en papier crépon, qui décoreront les chars du corso fleuri à la traditionnelle fête de la musique, en septembre. La veille, au cours d'un bal, la reine de la musique est élue parmi les adolescentes volontaires. Le jury ne la plébiscitera pas simplement pour son physique, l'épreuve de culture générale départagera les candidates.

Le dimanche matin une fanfare militaire se produit sur des emplacements symboliques en présence des personnalités politiques et associatives réunies en grande pompe, de la reine et sa dauphine, et le groupe s'achemine en cortège vers le monument aux morts au pied duquel un ancien combattant dépose une gerbe, puis à l'église où les musiciens prêtent leur concours à la chorale qui dynamise la grand-messe à l'issue de laquelle la municipalité convie à un vin d'honneur les organisateurs, les musiciens et un parterre d'officiels en tenue vestimentaire de rigueur et galonnés, les insignes épinglés ou en sautoir.

La cérémonie du couronnement se déroule dès quatorze heures sonnées au clocher. La reine, parée de son écharpe verte, ouvre le défilé sous les vivats, dans une gondole festonnée de roses et de glycines, voguant sur des flots bleu clair et bleu sombre, assise à côté de la dauphine sur un trône orné de la lyre, dans une charrette magnifiquement décorée, tirée par un tracteur poussif qui lâche des vapeurs de carburant. Une vingtaine de chars aux thèmes divers transportant des diablotins joliment costumés, défilent dans les rues suffisamment larges, rassemblent la population en liesse. Les exclamations admiratives fusent. Les fanfares et harmonies des environs paradent au pas cadencé, en rangs, leur formation signalée par le porte-bannière : bannières de velours aux multiples couleurs, aux broderies d'or, d'argent et de soie, pesantes de médailles commémoratives, haut levées. Quel gaillard singulier ce porte-bannière : son ventre rond et proéminent déborde de sa ceinture contrainte à la taille basse, sa veste étriquée, aux boutons superflus, lui comprime la bedaine et le gêne aux entournures. Son embonpoint maintient d'aplomb la hampe. Des majorettes balancent leurs membres et leur bâton. Une kermesse aux attractions variées s'étale sur la place : loteries aux billets roulés, aux roues stridentes parce que les aiguilles heurtent les picots d'arrêt, pêche à la ligne miraculeuse, jeux de tir à la carabine, aux fléchettes, à la balle sur une pyramide de boîtes en fer, courses en sac, à la brouette, autos tamponneuses, friterie et buvette, prestations musicales. Dans un immense hourvari d'acclamations, les volontaires tentent de décrocher la timbale au sommet du mât de cocagne enduit de savon mou. Les lots qui oscillent sur la roue : saucissons, bouteilles de vin, panier de friandises, justifient leur ténacité. Les chanceux, les plus sportifs, brandissent l'article avant de dévaler le poteau sous les hourras. La loterie des volailles clôture ce bel ordonnancement. Les gagnants s'immobilisent devant les stands dégarnis, en bridant le volatile, les pattes ficelées, qui se débat comme un forcené pour se délivrer de ses liens, ou en agitant un sachet en plastique dans lequel étouffe le poisson rouge.

Mes sœurs concourent à l'élection de la miss musique. Notre mère escompte bien qu'une des deux soit élue, Chantal, au pire la dévergondée, les deux éventuellement… Annie, telle une tanagra, svelte, bien proportionnée, le maintien noble, se meut avec grâce et légèreté. Intelligente, cultivée, vivante, l'élocution claire, elle capte l'attention, sa verve hypnotise ses interlocuteurs. Effectivement, elle fut sélectionnée à deux reprises, enchantée de s'acquitter de sa fonction honorifique de village en village, au cours de différentes manifestations, le point de mire d'un public friand de distraction. Des musiciens la véhiculent et son portrait agrémente la première page de la presse locale. Une aubaine pour s'évader du couvent Saint-Simon, elle baptise ainsi notre logis sinistre. Toutefois elle en paiera tribut : semonces incessantes, agression verbale, enfermement…

— Qu'est-ce qu'elles ont les deux pendant que tu te pavanes et t'encanailles à la Musique, que tes mauvaises fréquentations te corrompent ? s'insurge la mégère.

Si elle dépasse la limite de l'horaire prescrit, elle la harcèle de ses commentaires désobligeants et dégradants, l'insulte pareille à la dernière des dernières et la menace de lui supprimer les sorties. La reine en a pour la semaine à essuyer ses rebuffades, néanmoins ses escapades et sa liberté sont primordiales, elle les défend bec et ongle. Anxieuse, les yeux rivés sur la pendule murale, je grimpe sur une chaise, m'étire un maximum et recule les aiguilles à l'aide du tisonnier, pour qu'elle ne se fasse pas vertement réprimander.

Notre mère aurait préféré que cette distinction échoie à Chantal, la dévergondée ne mérite pas de telles ovations, indigne d'être auréolée. Elle se démène pour introduire son aînée dans les festivités communales : parfois celle-ci remet la gerbe au vainqueur des compétitions cyclistes, photographiée, elle aussi, dans la presse.

Dans ces moments-là, bouffie de vanité, elle plastronne sur les pavés du bourg, soigne son allure de dame de la belle société, la démarche ostensible, le port altier, pour contraster avec les harengères qui se baladent, les marmots braillards accrochés à leurs jupes. Ceux qui ne la connaissent pas se retournent sur son passage lorsqu'on leur annonce, en la désignant du menton, que la miss est une de ses filles.

***

Aujourd'hui Maman invite ses parents. Ils profitent de la voiture de Denise et Maurice Cadinot à qui ils ont vendu leur ferme, des braves agriculteurs optimistes, empreints de bonhomie, serviables, dévoués à l'église et à leur entourage. J'étais dans la confidence : Mémé, à l'insu de Pépé, guidée par Denise, m'écrit chez Martine. Quel dommage, je détruis immédiatement ses lettres pour ne pas lui causer des ennuis, la cruelle a la vue perçante. Ils apportent des étrennes, d'autant qu'ils sont parrain et marraine d'Annie. Elle nous a averties :

— Si elle vous refile un billet, vous me le réservez, ça n'est pas la générosité du Pif qui nous permettra de rouler sous la table. Peuh ! pour le gaspiller...

N'y songe pas, ton prêchi-prêcha ne nous convainc pas, tu nous assommes. Tu seras de la revue, eh ! plus maligne que toi, la guêpe sournoise ! Elle te devancera, elle préviendra Grand-Mère en douce et hop ! dans la cachette et toi, la radine, tintin clarinette !

Grand-Mère détient les finances et débourse à sa convenance, à renfort de pfft envers qui la conteste quelquefois. Elle a délié les cordons de la bourse pour nous, une folie ! Elle déplie treize mètres d'étoffes pour confectionner des draps à broder de colombes, d'initiales et de jours échelle ; des torchons à ourler, des serviettes, des gants, deux courtepointes, qu'elle déballe accompagnés de son bel accent normand, de francs éclats de rire juvéniles et d'un entrain communicatifs.

— Mes poulottes, vô pouvez monter vot troucheau por vô mariai. Va fallé qu'vô y pensiez. Qué qu't'en dis, té, ma Chantal ? Y'en a pouin por ché, juste queuqu' zassiettées de choupe, é qu'des chiquettes à quat chous, i valent pas tripette. J'ai pouin besoin d'ch'a por mé. Vô êt pouin des culs sans mains, vô r'troussrez les manches et vô mimitrez les couturiées. Cha, é eun' partie d'vot troucheau.

(Mes poulottes, vous pouvez monter votre trousseau pour vous marier. Il va falloir que vous y pensiez. Qu'en dis-tu, toi, ma Chantal ? Il n'y en a pas pour cher, juste quelques assiettées de soupe, ce ne sont que des morceaux de chiffons à quatre sous, ils ne valent rien. Je n'en ai pas besoin pour moi. Vous avez des mains, vous retrousserez les manches et vous imiterez les couturières. Ça, c'est une partie de votre trousseau.)

— T'as-ti eun' bouète à ouvrage, au moins, ma Chylvie ?

— Oui, Mémé, une travailleuse en bois.

— Ah ! Tu sais coude, é bin.

Grand-Père, ordinairement près de ses sous, ne proteste pas. Je n'affirmerais pas qu'il entérine, mais il s'assouplit au seuil de la vieillesse. Il est content, simplement. Dans un instant d'inattention de la tablée il fouille dans sa poche de pantalon et nous glisse une pièce de cent francs en argent. Cependant on repère son manège : Denise Cadinot rigole dans sa serviette, Maurice dans sa moustache et Charlotte dans son double menton, les œillades fonctionnent à merveille. Nos grands-parents ne donnent pas en retenant, ils donnent dans un élan de sincérité. Notre main en coquille emprisonne le trésor.

Il s'est apprêté pour la circonstance, frais rasé, sa peau sculptée par les saisons, brunie par le hâle luit, il fleure le savon à barbe et l'ambre, il a fait sa reillette (s'est coiffé méticuleusement). Sous son gilet de costume suranné qui contient une montre de gousset et sa chaîne, sa chemise blanche accentue son teint basané. Toiletté, chic comme pour traîner au café d'Auberville le dimanche, une distraction dont il ne se prive pas, elle compense le gagne-pain âpre qui vous use prématurément et raidit au maximum vos articulations. Le vin crée l'endurance, les mâles qui ne boivent pas sont des femmelettes incapables de s'asservir la terre. Le vin coule dans son verre, il l'avale à petites gorgées en clappant de la langue.

On me jauge : grandie et sage. Ils ne se méprennent pas, il y a belle lurette que j'ai cousu ma bouche au fil de nylon en y ajoutant un ruban de sparadrap, quoique notre mère répète à tout-venant que nous lui rendons l'existence impossible.

Annie est sur la sellette : en brandissant le coude pour esquiver une raclée, il a percé le carreau. Tant pis pour ta pomme, scorpionne, tu négocieras une ristourne avec le vitrier, tu es habile en tractations de tout genre ! Nullement décontenancée, elle m'en a fichu une pour être restée « plantée comme un manche à balai, l'air niais et les bras ballants à contempler les débris de verre épars ».

***

— Ton amoureux gâteux a cassé sa pipe !

Elle ridiculise ma vénération pour l'œuvre gigantesque du docteur Schweitzer. En projetant de rejoindre son équipe à Lambaréné je tolère ses extravagances. Il requiert du renfort pour la désinfection du matériel médical, la distribution des médicaments, la préparation des repas pour les malades sans serviteur. Une foule de volontaires fascinés par son prestige lui apportent leur soutien dans les secteurs de la santé, du bâtiment et de l'intendance, afin de soulager les équipes. L'ironie du ton indique combien elle adore nous heurter. L'armure ne se brise pas sous les provocations des sans-cœur, une Simon-Baray ne larmoie pas.

Le Gabon ne m'indiffère pas : Jean-François, mon parrain, m'a offert une géographie sur l'Afrique-Équatoriale française que je ne me lasse pas de feuilleter. Léon Mba gouverne la jeune république. Lambaréné, situé sur une île du fleuve Ogooué, a été fondé par la tribu des Galoa qui vivait paisiblement sur la rive nord. Les Fang descendus du nord du Gabon attaquèrent les Galoa qui s'enfuirent en pirogues sur une île hors d'atteinte des Fang, étant donné l'irascibilité du fleuve, aux eaux tumultueuses qu'ils pratiquaient en pagayeurs chevronnés. Ils baptisèrent l'île Lambaréné qui signifie « essayons ». L'Ogooué est un atout formidable pour le commerce du bois qui s'exporte, le principal trafic de la région. Il charrie la population et les marchandises dans des pirogues creusées dans un tronc d'okoumé. Légères et étroites, elles chavirent sous le roulis et le tangage. La géographie de Jean-François relate l'Afrique-Équatoriale française en texte et photographies.

La résidence du docteur Schweitzer s'érige sur une colline entre le fleuve qui dégage un semblant de fraîcheur et la forêt qui ombrage l'environnement et envahit le terrain aussitôt que l'homme en relâche le débroussaillement.

Le Géant est un philanthrope. Trois passions : la théologie, la philosophie et la musique. Sa foi authentique l'incite à respecter la vie – sacrée – quelle qu'en soit la forme, vivante : humains, plantes, animaux y compris les insectes. Il désapprouve la maltraitance des animaux, à ne tuer que par nécessité. À trente ans, il se désiste de sa carrière universitaire et s'oriente vers la médecine. Son aisance le trouble, il se consacrera à ceux dépourvus de la santé. Hélène Bresslau, son épouse, se destine au métier d'infirmière pour le seconder efficacement. Sensible au paupérisme des indigènes de la forêt vierge, il crée un hôpital en bois à Lambaréné, sans subvention, sur ses propres deniers et au moyen de dons, hormis le terrain, concédé par la Mission protestante.

Les malades affluent de villages reculés, en pirogue, pour que le *Grand docteur* les soigne. Ils débarquent avec leur famille, leurs animaux, le peu qu'ils possèdent pour le préserver d'un pillage. Les accompagnateurs veillent sur leur protégé, cuisinent pour eux, contrôlent la prise des médicaments, participent à la réfection des bâtiments, à l'entretien du potager, du linge dans les diverses étapes en blanchisserie. Le philanthrope, respectueux de la culture, des pratiques, des rythmes de chacun, présume qu'ils guériront plus rapidement s'ils vivent en moindre rupture avec leur milieu, l'hospitalisation consentie en raison des activités qui y sont annexées. Des cases se bâtissent et l'hôpital se convertit en un village-hôpital, malgré les contretemps qui en découlent quant à l'acheminement et la distribution des rations, l'hygiène, la planification des tâches… Le héros au costume blanc, coiffé d'un casque colonial, qui sue sous l'humidité du climat et la chaleur accablante, infatigable, pugnace, accomplit des prouesses, dénoue les différends. Il dirige le chantier d'un nouvel hôpital dans un endroit plus spacieux, défriche, manie la pelle et la truelle, soigne, réconforte les patients. Il administre son hôpital en exerçant une autorité inflexible, rigoureux, sévère, distant, pour régner sur cet espace. Son élégance impose la déférence.

Son rude labeur effectué, il s'isole dans son bureau et la sérénité l'inonde. Une bougie, un bloc-notes, il crayonne des anecdotes de forêt vierge, des ouvrages traitant de l'éthique, de la philosophie, de la religion, il délivre des messages de paix. Il ne dérange pas le chat qui ronronne pelotonné sur ses feuillets ou contre lui, quelquefois gaucher par contrainte.

Alors que la société assimile les lépreux à des pestiférés, des maudits, et s'en écarte, lui les côtoie, les ausculte. Il affecte le bénéfice de son prix Nobel de la paix à la création d'un village pour eux, qu'ils construiront eux-mêmes.

Régulièrement il sillonne l'Europe pour organiser une série de conférences, se produire en concerts d'orgue, récolter des dons, faire éditer ses textes, afin de collecter la somme indispensable au fonctionnement de l'hôpital. À ses retours, le plaisir des indigènes se traduit en un accueil chaleureux et des clameurs de bienvenue : les pirogues l'escortent en nombre, les pagayeurs chantent et battent la mesure ; les tam-tams se déchaînent sur l'embarcadère ; un cordon se déploie pour débarquer les caisses d'alimentation et de matériel médical empilées dans la soute.

Les émissions radiophoniques qui glorifient l'illustre praticien m'impressionnent. La proclamation de sa mort me choque : indignation et révolte, d'autant que ma mère, qui ne résiste pas à son penchant pour la méchanceté, me nargue dès que la radio le louange.

— S'il avait modernisé son hôpital, il aurait sauvé davantage d'Africains. Il se publie qu'il se délabre, qu'il est sordide. La crasse, pour un hôpital...

— Il a placé l'intégralité de sa fortune dans l'hôpital. Tu en connais des gens qui se dessaisissent de leurs richesses ? Et ses bienfaiteurs le financeraient par des dons pour la gloire ? Il a formé un médecin pour lui succéder.

— Son hôpital périclitera après lui. D'ailleurs sa médecine est plus que contestée.

— Faux ! Tu te trompes, Albert Schweitzer est un monument et un monument se lègue de siècle en siècle. Son action colossale perdurera par le biais de génies contemporains.

Que tu te complais à martyriser ! Tu auras son ardeur à quatre-vingt-dix ans ? Philosophe, théologien, musicien, médecin, fondateur scrupuleux, engagé dans d'innombrables luttes. Le docteur Munz rallume le flambeau. Il n'a que trente-deux ans ! Il est indiscutable que son œuvre humanitaire se pérennisera. Son hôpital-village se modernisera indubitablement, dans le respect de son projet initial et de la tradition locale.

Les stations de radio branchent leurs émissions sur lui et sa trajectoire, elles en occultent sa disparition. Les commentateurs se relaient, ils ne tarissent pas en paroles élogieuses. Leur hommage funèbre modifie ma conception de l'altruisme, du don, du prochain.

Elle m'expédie au lit sitôt le dîner terminé, j'en suis ravie, je me recueillerai sur sa tombe, loin de sa médisance, parmi le peuple de Lambaréné qui inhume son conducteur, son maître, son ami. Une multitude de fervents admirateurs s'inclinent sur l'humble croix de bois brun enfouie sous un monceau de fleurs en provenance du monde entier – les fleurs fanées le chagrinaient –, pleurant leur demi-dieu aux prodigieuses mains de chirurgien, aux doigts agiles de pianiste, endormi éternellement dans leur pays par fidélité. La vision de Lambaréné me maintient éveillée jusqu'à la pointe du jour. Comme auparavant, les mômes traceront à la baguette l'alphabet sur la terre rouge, devant les cases. Les animaux mangeront dans la paume de vieillards infirmes ou dans celle des convalescents qui déambulent dans la cité. Non, Lambaréné n'agonisera pas, la munificence des donateurs qui adhèrent à l'institution l'atteste. Son œuvre médicale et humanitaire se poursuivra.

Ce dimanche 4 septembre 1965 j'entreprends d'écrire un journal intime pour colmater la sensation de vide en moi qui découle de sa perte ; pour assainir en les rectifiant ou en les consolidant mes positions faussées par une accumulation de mises à l'épreuve ; pour concevoir et modeler l'avenir. Il me faut rebondir, épierrer mon chemin et me réorienter. Je subodore que ma mère déraille et que je n'aurai pas d'autre alternative que de la quitter. Mais à quinze ans peut-on trancher le lien maternel en étant délaissée par son père et s'assumer financièrement ? Toujours est-il que cette conception cheminera en moi inéluctablement.

***

Notre père s'est remarié et s'est retiré de nous, progressivement, sciemment ou en se résignant. Il aurait déménagé d'Évreux, vers quelle destination ? Mystère. Je ressasse nos vacances en Bretagne, inoubliables tellement elles étaient riches de nouveautés, inoubliables et douloureuses par la privation de lui. Notre mère nous rabâche que nous turbinerons incessamment parce qu'il va clamser et que nous ne percevrons plus de pension alimentaire. En revanche nous serons débarrassées d'un parasite. Son discours s'incruste en moi, terrible. Une rectocolite le ravage, je suis épouvantée à l'idée que la mort s'abatte sur lui.

Une telle vilenie de propos me scandalise, toutefois les adeptes de sa logique ne se bousculent pas pour la renforcer dans ses convictions. Le bijoutier d'Offranville qui exprime librement sa pensée (récemment divorcé pour la troisième fois) en est un exemple. Sans ambages il énonce son opinion :

— Les gosses n'ont pas à pâtir de la rancune des parents. On commet une erreur à les détourner de celui qui ne les héberge pas. Je suis divorcé, mon ex s'acharnait à détourner la gamine de moi par de basses manœuvres. Elle lui brossait un tel tableau de moi que plus d'une s'y serait laissé piéger.

— Soit. Moi j'ai des motifs valables, répliqua sèchement la reine offensée en me désignant du menton.

— Motifs ou pas, ils ne doivent pas écoper pour les disputes qui éclatent entre les conjoints et leur désir de vengeance.

Et toc, avale ! Ça lui cloue le bec. Elle prit un air pincé et pirouetta prestement sur ses talons, plus raide qu'un pieu, en s'agrippant à ma veste pour m'embarquer dans son demi-tour, en maugréant contre lui. Tandis qu'elle tire à boulets rouges sur le Bouc, la Drouille et ceux de leur espèce, je jubile intérieurement. Par politesse je m'abstiens d'une remarque guère flatteuse à son égard.

Annie travaillera bientôt, en discontinu selon un horaire réduit. Elle étudiera parallèlement par correspondance pour alléguer le versement de la pension alimentaire dans son intégralité.

Sa mère est catégorique, elle n'ira pas en pension à Rouen comme Chantal, dans une école préparatoire à un métier choisi : c'est une traîneuse, elle a besoin d'être vissée ! Elle a lu dans des revues des avis sérieux et édifiants sur le Centre National de Télé-Enseignement, né de la guerre en septembre 1939, pour que celle-ci ne pénalise pas les jeunes dispersés dans la France, contraints d'ajourner leurs études. Le centre prévoyait de ne fonctionner que durant la guerre. Non seulement son action se prolongea, mais il prit de l'essor en se diversifiant dans les enseignements élémentaire et complémentaire, classique et moderne, technique et professionnel, supérieur et postscolaire, dans un objectif de promotion sociale. Elle n'exploiterait pas cette aubaine ? Quelle sotte ! Sa fille répond à la clause inscrite dans les statuts, à savoir qu'il « s'adresse aux enfants et aux adultes qui ne peuvent fréquenter un établissement normal pour des raisons de santé, d'éloignement, de travail ou de situation de famille ». Armée du B.E.P.C., de deux C.A.P. : employé de bureau et sténodactylographie, elle préparera par correspondance le Brevet d'Enseignement Commercial option secrétariat.

Le Centre de télé-enseignement ne coûte pas une fortune, exclusivement les manuels à financer et les frais postaux des enveloppes de travaux à expédier à la fin de la semaine. Notre oncle Jean a fourni la machine à écrire, une Underwood antédiluvienne. Annie a été gratifiée d'une belle correction pour s'être, soi-disant, plainte à lui. L'élève doit être considéré d'une manière générale comme ceux d'un établissement public de plein exercice, cet alinéa la rassure : le salopard ne lui coupera pas les vivres, il casquera des dix mille francs mensuels pour la dévergondée qui lui rapportera de l'argent. Elle l'acculera à les entretenir jusqu'à leurs vingt ans.

Le Coop de Dieppe rédige un contrat, à part que les horaires de cars ne correspondent pas à ceux mentionnés par l'employeur. Son humeur massacrante et querelleuse s'amplifie.

Quant à Annie, son oppresseur ne lui lâchant pas la bride, elle dégustera cette bouffée d'oxygène. Elle aspire à travailler pour se dégager du tyran qui la cloître sous sa coupe à longueur de journée, excepté les moments où elle conduit Chantal à la gare de Saint-Aubin et lorsqu'elle l'envoie dans le bourg pister monsieur Dutourves ou à Dieppe relancer son avoué. Au préalable il importe d'amadouer l'employeur idéal !

— Quand je peux saisir un prétexte pour une virée à Dieppe, je te certifie que je me tiens coite. À la seconde fatale je file en flèche. La source de divertissement tarie, on rebranche la machine dans ce sale trou d'Offranville. On se croirait au théâtre, on joue la comédie à l'égal des artistes professionnels.

Les intuitions fielleuses de ma mère sur la fragilité corporelle de mon père m'affolent, me culpabilisent, mais je croise des gens heureux et je veux les imiter. Le collège contribue à m'équilibrer. J'y rencontre des amies, et certains professeurs soupçonnent que nous évoluons dans un climat conflictuel. Ils redoublent de prévenance et je constate des différences, des préférences pour moi. Elles me réchauffent. Quelques-uns objectent que j'ai un drôle de caractère et un air désabusé.

Je potasse intensément pour compenser mes vastes carences intellectuelles. Je me démarque en français, la meilleure, dans des compositions personnelles, aux sentiments analysés, favorisée par mes lectures productives de méditation. Alors que mes camarades transpirent pour que le thème germe, trébuchent sur la moindre tournure, consultent le plafond, je structure mon plan dans mon cerveau et, sans brouillon, sans rature, je démarre, ma plume fonce, d'un seul jet. Les pages s'encrent à une vitesse incroyable. Je visse le capuchon de mon stylo-plume avant que l'enseignant suggère de recopier. Si nous réalisons des compositions françaises à la maison en tant qu'entraînement, j'en rédige deux ou trois que je troque contre des romans, des timbres de collection, des photos de mes copines. Madame Guidicelli, mon professeur de français, m'apprend que j'ai du Balzac dans mes rédactions.

Mon journal est dissimulé sous des cahiers dans mon casier. J'y griffonne des détails caractéristiques à la sauvette en salle d'étude. Il me faut ruser pour me défendre de la curiosité de mes camarades. Je mûris, j'ai foi en l'avenir. Le collège Fénelon me désennuie. Il est situé à Dieppe à proximité du casino, sur le front de mer. Son immense grille et son horloge vis-à-vis aux chiffres énormes nous dissuadent d'arriver après la prise du rang. Dieppe, le saphir de la mer à perte de vue, le roulement continu des vagues qui mordent les galets, la prairie, l'évasion. À droite de la grille, sur une plaque scellée dans la pierre, on lit cette épigraphe « Pavillon de Berry ». En effet, la duchesse de Berry a séjourné à Dieppe de 1824 à 1829, période pendant laquelle le commerce et les arts ont prospéré, les bains se sont démocratisés, la ville, investie par de nombreux étrangers, a embelli. Je me montre moins souffrante que je ne le suis en réalité pour ne pas rater une occasion de respirer à distance de la marâtre. Au collège je me déconditionne.

Un jeudi matin, aussi morne que les jeudis précédents, muet, maussade, nauséeux, où la cloison à la peinture bleu dragée qui s'écaille par endroits limite mon champ visuel, un coude appuyé sur la toile cirée, le poing sur le menton, les ongles écrasés sur la joue, potiche en guenilles, je dévore *La mère* de Pearl Buck, un chef-d'œuvre. Dans un bienheureux engourdissement j'oublie qu'octobre s'éternise dans le gris, j'oublie sa physionomie rébarbative, les volées qui atterrissent à chaque contrariété, et autrement plus pernicieux, son ricanement sardonique en expliquant par le menu le tour pendable qu'elle a joué récemment au scélérat, j'oublie qu'elle a supprimé notre lampe de chevet pour économiser, la perversité n'a pas besoin de lumière. Nous avons de la veine de nous accoutumer à l'obscurité, nous nous déshabillons sous la clarté de la lune, elle s'infiltre entre les lattes disjointes des volets, et nous nous coiffons à la lueur du coffret phosphorescent d'Annie ramené de notre excursion au mont Saint-Michel, au cours de laquelle il nous a fallu renoncer à franchir la passerelle submergée par la marée, impraticable. Moi, je détiens la preuve de la fabuleuse aventure dans une boule à neige, le mont immergé, saupoudré de paillettes de mica et de quartz. Je secoue le globe à la dérobée dans le renfoncement du placard.

Je n'ai pas entendu le facteur, je ne m'implique pas dans mon environnement quotidien. Il me reste quatre chapitres à découvrir. Je suis impatiente du dénouement, Li le Premier regagnera-t-il son foyer qu'il a quitté plus de douze ans auparavant à la suite d'une altercation avec sa conjointe ? Sa mère et sa fille aveugle sont défuntes, son aîné est établi, son cadet est une énigme. L'héroïne, paysanne besogneuse, accumule les malheurs. Bizarrement les personnages, lui excepté, sont identifiés sous les appellations : l'aïeule, l'aîné, l'aveugle, la bru, le bambin, la commère, l'agent... comme si l'auteur nous signifiait qu'il ne leur attribue pas un rôle primordial.

Pearl Buck me tient en haleine. La missive, à l'en-tête du tribunal, est posée négligemment sur la pile de prospectus. Une injonction de payer la pension, une de plus ! Soudain distraite, mon esprit s'enfuit, je ne suis plus complètement dans le livre. Mes yeux voltigent de celui-ci au pli, s'attardent sur le timbre fiscal en marge et se figent sur un paragraphe : « A comparu monsieur Jean Fernand Simon ingénieur domicilié précédemment à Saint-Aubin-sur-Scie demeurant actuellement à Châteaubriand [avec un D] Loire-Atlantique route des Briotais. » Brusquement mon palpitant bat la chamade, mon sang bout, je suis à un cheveu de m'écrouler, de m'évanouir… Son adresse ! Oh là là ! Ne pas réagir… feindre de bouquiner… me fondre dans l'ambiance... adopter une apparence impavide. Route des Briotais, Châteaubriant ; Châteaubriant… route des Briotais... Merveilleux, demain je trempe la plume dans l'encrier pour lui. Oh ! sainte frousse, je flaire les complications dans lesquelles je me noierai d'ici peu. Je ne le révélerai à Annie qu'au moment où il se manifestera : elle a un handicap, elle rougit, et plus elle craint de rougir, plus elle rougit. La mère, dotée d'un sixième sens, se méfierait de ses rougeurs subites et suspecterait quelque machination, elle a des antennes sur le crâne qui émettent des alertes à l'instant où nous bougeons. Annie a un sujet de préoccupation majeure : elle flirte avec le fils du charcutier de Saint-Aubin, ça jase dans le patelin. Elle redoute que la rumeur lui parvienne, elle la séquestrerait inévitablement, par ricochet son visage s'empourpre aussitôt que le nom est cité. Le samedi nous consommons du pâté-frites-salade, elle rougit en plantant un carré de pâté sur sa fourchette. On n'a pas idée !

— Voilà qui est louche : on cause de Billaux et tu piques un fard !

Plaisante et charmeuse, un bagout à déconcerter le plus impassible, les jeunes des alentours s'arrachent sa compagnie. Un brin volage, un talent d'orateur, sans s'embarrasser du qu'en-dira-t-on, elle déambule dans Offranville bras dessus, bras dessous, une provocation aux mémères bien-pensantes et aux fouines qui coulissent un pan de leur rideau, qui moucharderont à la frimeuse, pour lui démontrer que nous ne sommes pas si convenables que cela, que sa seconde fille se dévergonde au milieu des garçons, des fréquentations peu recommandables. Parmi ces attachements passagers, Jacques est une conquête sérieuse, ils s'isolent. Quand elle est coincée au couvent Saint-Simon, je glisse ses billets doux enjolivés de cœurs entrelacés dans le tronc du vieil if millénaire sur le parvis de l'église et j'emporte ceux de Jacques pour elle. Jacques, l'intime, la berce de tendres déclarations. Elle rentre, les joues rosies. Il plane dans ses rêveries.

Châteaubriant… route des Briotais…, route des Briotais… Châteaubriant…

Dans ma routine immuable, les contingences ne me dérangent pas, seul le trépas intercepte notre destination. Je ressemble à la comtoise de mes grands-parents maternels. Le tic-tac me fascine. Tic-tac... tic-tac..., agaçant pour certains, apaisant pour d'autres. Placide dans l'allégresse et l'affliction, la sécurité et la guerre, il entame janvier et engloutit décembre, imperturbable. Il n'accélère ni ne ralentit. J'admire ce meuble en chêne, émail et cuivre, qu'ils ont acquis postérieurement à leur mariage, symbole de l'écoulement du temps et de sa brièveté, spectateur de leurs activités. La comtoise grignote le capital vie, l'efface sous un feu de paille, inflige le décompte. Je scande les gongs cependant qu'elle carillonne les heures au rythme lent de son balancement, ils résonnent, l'écho se répercute du cellier aux étables. Indulgente à l'égard des distraits, elle déclenche une sonnerie de répétition. Ils l'avaient transportée allongée dans la charrette de Cany à Auberville un lundi de marché, déchargée solennellement dans la cuisine, contre le mur, face à l'entrée, meuble majestueux ô combien révéré ! inestimable : sans fortune dans leur balluchon, ils s'étaient restreints pour l'obtenir. Ils ne se lassent pas de dénombrer les heures à l'unisson. Ils ont épinglé à côté d'elle son complice l'almanach des Postes, pour qu'ils avalent les jours en chœur. Il revient à Émile d'en remonter le mécanisme.

Son décès a rompu l'habitude patriarcale, Charlotte, pieusement, a accompli le sacro-saint geste. Mon oncle Jean en a hérité. Il l'a dépouillée de son bois, à son goût insignifiant, a bloqué le dispositif pour qu'elle n'égrène pas ses notes. Désossée de la sorte, les entrailles béantes et bâillonnée de surcroît, dépersonnalisée, en dépit des trésors liés à son usage qu'elle recèle, la traîtresse m'est étrangère, nous ne communiquons plus.

Là, cet imprévu n'est pas anodin ! Extraordinaire, surnaturel.

Châteaubriant… route des Briotais…, route des Briotais… Châteaubriant…

Mon cher Papa,

Nous avons reçu de Maître Malandain une lettre nous annonçant que tu as procédé à l'émancipation de Chantal. Maman était furibonde. Elle l'a balancée au coin de la table, là où l'on empile les magazines. Elle arpentait le rez-de-chaussée de long en large en grommelant, chamboulée. Une tornade ! Pendant qu'elle se maquillait, la séance absorbe entièrement son attention, je l'ai survolée. Enfin, ton adresse ! Je me suis pincée pour être sûre de ne pas rêver, car je rêve couramment debout. J'aurais voulu te ménager la surprise pour Noël, mais Noël est tellement loin...

Tu sais, c'est triste à la maison. À cause d'un tas d'interdits il faut se cacher pour grandir. Ils ne se justifient pas, la preuve, je m'entretiens avec toi. Nous temporisons, restons aux aguets, furetons et profitons de la moindre opportunité.

Nous dormons ensemble, Annie et moi. Sous les couvertures, la parlote va à un train d'enfer. Nous babillons et gloussons, nous débitons comme un moulin et usons des litres de salive, magiquement elle se régénère ! Elle est plus secrète à présent qu'elle a un copain, logique : elle a dix-sept ans. Nous avons reconstitué le puzzle et depuis, nous complotions de t'atteindre. Ton déménagement a anéanti notre projet. Je compare souvent notre histoire à un puzzle : neuf, il était découpé, en vrac dans sa boîte. Nous avons trié les pièces, de la plus simple à positionner à la plus difficile, nous avons restauré l'image. Le dernier élément emboîté, nous étions prêtes à t'accueillir. Il en avait un sacré nombre !

Je me sens bien au collège. Malgré ma ribambelle de complexes. Je suis moi, naturelle, vivante, je change de peau. Les matières sont ardues et mes lacunes irrémédiables, sauf en français où le prix d'excellence m'a été décerné. Je suis en quatrième au collège

Fénelon, je bûche dur. À la rentrée prochaine j'irai en troisième pour passer le brevet et un C.A.P., sténodactylographie de préférence à la comptabilité. Je m'investis à fond dans le programme, la quatrième est la plus astreignante : davantage de devoirs, des leçons à ingurgiter. J'ai horreur des leçons, ma mémoire ne les enregistre pas. Une fois la date des compositions déterminée, je révise indéfiniment. Les métiers d'assistante sociale, institutrice ou professeur de français m'attirent, mais je n'aurai jamais le niveau !

Quand je serai dégagée de la scolarité j'écrirai de la poésie ou des romans, les textes s'élaborent d'instinct. Je conserve dans ma poche, sous mon mouchoir, un morceau de papier et un crayon pas plus long que mon auriculaire. L'inspiration naît spontanément, elle me dicte les mots et je m'incline.

Aux dires de mon professeur d'anglais je suis renommée pour avoir un drôle de caractère. Je déteste l'anglais ! Je râle si quelque chose ou quelqu'un me contrarie, qui ne râle pas ? Évidemment, râler et gracieux sont incompatibles. On me reproche de ne pas me révéler plus gracieuse. Méditer sur l'avenir me rend morose quelquefois, angoissée, irritée, sans énergie, où bouger et parler me coûtent, où, la journée, je m'enfoncerais volontiers sous les draps, quoique pour broyer du noir à Offranville alors que je peux être ailleurs, non merci !

Tu te souviens, il y a cinq ans, lorsque nous sommes allées en Bretagne, Janine m'apprenait à nager. Le lundi, en sport, nous nous baignons dans la piscine, piscine chauffée et maître nageur, s'il vous plaît ! Je barbote là où j'ai pied. Décidément, Fénelon se conforme à l'époque.

Si tu viens un samedi, de dix à onze j'ai cours de français avec madame Guidicelli et ne prends le car qu'à midi. Elle m'autorisera à ne pas y assister. Sa méthode est différente de celle de madame Boulard qui nous encadrait l'année dernière, elle nécessite plus d'implication au niveau de la recherche et de la production : nous sommes autonomes, pourvu que nous progressions. Madame Boulard était plus sévère.

À Dieppe le soleil resplendit. Il avait disparu cet été sous une ambiance pluvieuse glaciale. Je ne regrette pas son absence lors des vacances puisque nous restons cloîtrées.

J'ai plaisir à t'envoyer ces mots. Je voudrais tant lire les tiens maintenant, adresse-les-moi vite. Voici les coordonnées d'une camarade à Tourville-sur-Arques. Nous nous accordons bien,

Martine et moi, j'ai confiance en elle. Grand-Mère Baray m'expédie du courrier chez elle. Ne note pas mon nom sur l'enveloppe pour Martine, le facteur qui dessert Tourville-sur-Arques dessert Offranville et y habite. Si Maman en avait un infime écho elle me transformerait le museau en pâte à gruyère !

Je t'embrasse sincèrement,

Sylvie.

Advienne que pourra ! Ma prose est terminée, cachetée, timbrée. Châteaubriant, route des Briotais… Je ne pèse pas les conséquences de ma démarche, la Providence me gouvernera. Un calme relatif m'envahit. J'endosse l'initiative qui marque mon ascension vers l'indépendance où quiconque n'édictera ma conduite. Mon libre arbitre prévaudra en toute circonstance. Malheur à qui empiétera sur mon pré carré ! Je ne céderai pas un pouce de mon autonomie, rebelle, insoumise définitivement. La vulnérabilité du despote affleure, ses tentatives pour nous dompter échouent ; ses calculs déjoués, sa puissance souveraine sur nous s'effritera. La fragrance fugace du seringa me grise subitement. Ça risque de barder !

Chaque soir elle est là, campée sur le trottoir, au cas où un drôle me tripoterait de mon consentement tacite, au cas où je chahuterais avec une bande de fripouilles, au moins, en sa présence, je ne copie pas leurs sottises. La facette qu'elle affiche à l'extérieur me rebute par son hypocrisie : elle fait l'aimable, masque sa langue râpeuse sous un ton doucereux, avenante, elle me déleste de mon cartable. Ses paroles emmiellées, la fausseté de son abord, ses singeries, ne m'émeuvent pas, elle ne nous porte pas dans son cœur aride. Chez nous, le verbe aimer ne se conjugue qu'au passé. J'ai beau me creuser la cervelle, sûr qu'elle ne nous a jamais câlinées. Elle ne s'use pas la bouche en baisers : nos bonjours bonsoirs s'évaporent au-delà d'elle. Elle rectifie en vitesse, la mine rébarbative : « Allez, oust ! boujou » ou si elle est enjouée, elle nous crachote à la figure « pout, pout ». Les « je t'interdis », les « la barbe ! » les gifles remplacent les bisous. Les taloches, les coups de savate au cul représentent l'unique contact physique de mère à filles. Elle n'exprime sa satisfaction ou son dépit qu'en grognement, sans différence entre l'une et l'autre. J'envie les chiens, ils sont plus chéris que nous. Dès qu'ils mendient une gratouille en heurtant de la truffe, de la patte ou de la queue, les maîtres se précipitent pour les exaucer. Ils en redemandent, frétillent de la queue. Et le maître de parler chienchien. Heureux les chiens que leur maître caresse ! Nous, on se contenterait de plus modestes démonstrations, on ne grogne pas pour extérioriser nos sentiments positifs.

Version de Maman sur l'amour : le contexte est favorable, elle se lime inlassablement les ongles en pointe, la paume calée sur le bord de la table. C'est le moment ! Extirpe-lui d'un bloc la confidence.

— C'est quoi l'amour ?

— C'est du vent, petite sotte. Ça n'existe pas, c'est une invention des gens.

— Du vent ? Dans mes livres de bibliothèque, on célèbre l'amour, les héros se plaisent, se fiancent, se marient. Il y en a qui sont dévorés de chagrin par contrecoup d'une rupture ; des amoureux fous commettent des meurtres ou se suicident pour une passion. Ils s'en foutent de la mort, la passion les guide. Dans *Climats* d'André Maurois, Odile se suicide, elle n'a plus supporté d'avoir été trahie par ses deux maris. Isabelle qui lui succède auprès de Philippe Marcenat n'abdique pas, elle s'active pour qu'il renonce à chercher la femme idéale, pour préserver leur union. Tu as lu *Climats* ?

— Occupe-toi de tes devoirs et repasse tes leçons, plutôt que de paresser et débiter des bêtises.

— Toi aussi tu lis des jolis textes dans les romans-photos. C'est peut-être ça l'amour, ce qui est joli.

Et vlan, une baffe, respire…

— Je te défends de fouiller dans mes affaires.

Et elle lime... lime... lime..., polit... polit... polit ses ongles.

Ne te démonte pas, insiste, sans détour, arrache-lui…

— Peut-être que l'amour est trop mystérieux, compliqué à définir parce qu'il recouvre plusieurs significations. On se débrouille pour l'interpréter. En tout cas, Édith Piaf, elle, elle le chante et tu chantes avec elle.

— Elle comble le vide ici.

Sur la route, la grand'route,
Quand ils se sont aperçus,
Sur la route, la grand'route,
L'un vers l'autre ils ont couru.
Dans ses bras, il l'a tenue,
Il a dit : "Que tu me plais."
Dans ses bras il l'a tenue,
Elle a dit : "Je t'espérais."

— Mam, tu l'as aimé, mon père ?

— Le Bouc !

— Tu l'aimais si tu t'es mariée avec lui.

— La barbe ! Tu commences à m'échauffer les oreilles. De quoi tu te mêles, ça ne te regarde pas.

— Je suis persuadée que tu n'as pas eu le temps de l'aimer. Il est parti vite.

Il a défait son corsage
Puis a dit : "Je suis heureux."
Il a défait son corsage,
Elle a dit : "Toujours... Nous deux."

— Il t'a aimée, lui ?

— Tu me soûles, tes refrains n'ont pas de sens. Tais-toi, ou je t'en recolle une ! Tu parles à tort et à travers.

Son geste se fige en l'air.

Mam, il n'existe vraiment pas ? Pourtant, moi, je crois en lui : il se manifeste en d'infinies possibilités, il se répand dans toutes les directions, il circule partout. Il m'inspire confiance. Il chassera mon accablement, il me procurera la sérénité. L'amour, un leurre, une vilaine farce...

Sur la route, la grand'route,

Impensable. Je ne suis pas dupe d'un mirage. Ceux qui le louent l'enchaînent à délicatesse, optimisme, enthousiasme, don de soi, pureté. Serai-je en mesure de transmettre ce que je ne reçois que de mes lectures. Un précipice ténébreux, hostile, me barre le passage. De la manière dont je le franchirai en résultera ma faillite ou ma réussite. Y a-t-il quelque chose derrière cette vacuité ? Si oui, je dois le repérer. Vivre ne signifie pas strictement palpiter, vivre exige une nourriture. Quelle nourriture ? Une incertitude lancinante me tourmente et m'oppresse, je doute d'aboutir au succès.

J'aurais souhaité qu'elle m'assure qu'il existe pour autant qu'il lui permette de façonner son horizon ambitieux. Autrement dit, que l'amour, c'était elle près de lui, mais sans lui ; que lui aspirait à former un couple harmonieux et durable, sans cette piètre contrepartie. J'aurais minimisé leur échec.

Un samedi, Annie a eu l'imprudence de ramener des *Salut les copains* dans son cartable. La maniaque de la trique a fouiné dedans. Elle lui a rudement soufflé dans les bronches ! Annie a soustrait les revues aux flammes en protestant qu'elles appartenaient à la bibliothèque du bahut, en revanche son portrait a écopé de deux dérouilles administrées lestement. Si elle savait que mes copines me donnent des photos d'identité, elle craquerait une allumette sur le paquet.

Pourquoi est-elle si implacable ?

Ce soir, à la descente du car, je rafle l'avantage : elle m'apparaît chancelante, moins arrogante, moins sensationnelle, et lorsque mon regard a plongé dans le sien, elle a baissé les paupières. Pas si invincible que cela, la marâtre ! J'en traduis qu'elle me bridera plus mollement désormais. Victoire sur mon enfance malmenée, mon insubordination ne me semblera pas, dorénavant, aussi répréhensible. Plus jamais je n'effeuillerai la marguerite, viendra... viendra pas..., il viendra. Sous mon écorce j'atteins l'adolescence entre influence d'autrui et affirmation de ma personnalité.

Je me suis réveillée d'une nuit cauchemardeuse, effroyable, en sueur, exténuée, anéantie par une affreuse migraine, une boule sur l'estomac, et l'envie de me clouer sur mon matelas, de me désagréger. Si j'émerge, un monstre grimaçant me soulèvera de ses tentacules pour me plaquer au sol. J'ai eu l'audace de braver sa volonté, elle qui se décarcasse et se dévoue pour nous. Dans mon sommeil j'ai assimilé le tri postal au tourniquet à bagages dans l'aéroport : des milliers de dépêches ont défilé sur le tapis, l'agent de tri s'est énervé, il m'a propulsée dehors par le col de mon manteau. Mauvaise pioche dans le tas, je ne suis pas parvenue à extirper la mienne.

Les professeurs pressentent nos carences familiales, certains nous épauleraient volontiers si nous les sollicitions. Ils bavardent innocemment, attentifs à nos démonstrations, prévenants, et me réconcilient avec la parole, leur carrure est un espace libératoire. Madame Guidicelli réside rue du Haut-Pas. Je m'élance au-devant d'elle pour qu'elle me rassure.

— Sylvie, réfléchissez. À l'évidence il vous répondra chez Martine. Il sait ce que vous encourez s'il procède différemment. Demain ou après-demain, votre père sera radieux. Et bientôt vous l'imiterez.

Sa déduction persuasive me laisse dubitative, cependant elle me réconforte, elle recule les limites du découragement. S'amorce pour moi une journée dont je saisirai les meilleures illustrations : les vagues lactescentes qui butent doucement sur les galets, les mouettes qui s'époumonent en planant à fleur d'eau, ou se querellent en se coursant dans un bruissement d'ailes. Quand je vais bien je perçois cela.

Je grille les jours suivants entre déprime et exubérance, hésitation et espoir. À la lenteur de l'escargot.

Pour améliorer ses performances de couturière, ma mère envisage de s'inscrire à des cours organisés à partir de janvier par l'Institut national de coupe et de couture. La méthode consiste en l'étude exhaustive de l'habillement dame, enfant, lingerie, pantalon et chemise d'homme. Il est rigoureusement interdit de la diffuser ou de l'exploiter à des fins d'enseignement. L'élève se confectionne au minimum deux vêtements, grâce au concours de la monitrice. Une exposition des travaux exécutés, accessible au public, clôturera la session en juin. Mue par un intérêt considérable, je l'écoute détailler le projet. Quand bien même elle bouclerait la porte pour que nous ne traînions pas dans le bourg, nous inhalerons un bol d'oxygène durant ses absences du jeudi, surtout Annie sous ses griffes journellement.

Il n'écrit pas. Le froid s'intensifie, novembre pointe sa méchante humeur, elle déteint sur moi. Elle me contraindra prochainement à enfiler ces chaussettes miteuses à l'élastique archi-cuit, au talon sous la voûte plantaire, aux patates quadrillées d'un raccommodage disproportionné, roide et désuet, plus grises que le gris des brouillasses d'automne qui ouatent l'atmosphère. Je les ôterai aussitôt qu'elle rebroussera chemin, elle me flanquera une volée si mes pronostics de sa filature sont erronés. Elle m'obligera à m'affubler d'un horrible manteau prune à rallonges, une serpillière râpée jusqu'à la corde – elle coud sur l'ourlet des bandes de fourrure de plus en plus larges pour l'adapter à ma taille –, assorti d'un bonnet grenat surmonté de deux espèces de cornes, qui ressemble davantage à un bonnet d'âne qu'à un accessoire chaud pour l'hiver âpre. La froidure s'étend, je sacrifie l'élégance. Mes camarades, hormis quelques-unes plus défavorisées que nous, boutonneuses, les cheveux poisseux en bataille, les ongles malpropres ou rongés, qui exhalent la transpiration, se vêtent de robes colorées courtes et de bas nylon. Elles virevoltent en remuant leurs pendants d'oreilles. Elles ne visent pas à me narguer, non ! chacune admet ses semblables et leurs disparités sociales. La façon de s'habiller ne sert pas de critère pour tisser ou non des liens, nous plaisantons de concert.

Les jours s'effacent pesamment. Mon tempérament, d'ordinaire rompu à la lutte, fléchit à mesure qu'ils s'écoulent, sombres, je ne les embellis plus : les boutons de roses sont analogues aux roses fanées que les tempêtes éparpillent, le bleu et le gris du ciel se confondent à l'unisson de ma morosité. Je m'en contrefiche si mes chaussettes tirebouchonnent à ras des chaussures et si mon manteau se surcharge d'une bande de plus de fourrure, l'essentiel est ailleurs : mon père, son contact vital. Hélas ! la demoiselle nous ayant fait choisir celui avec qui nous désirions demeurer, force est de constater qu'il conserve une rancune tenace contre nous pour l'avoir évincé. Comment le conquérir ?

— Sylvie, Sylvie, grouille-toi, nom d'un chien !

Martine me délivre de ma neurasthénie, elle accourt en brandissant une lettre. Mémé s'inviterait-elle ? Chouette, tant que le cordon-bleu officiera aux fourneaux, la pogne ne lui démangera pas de nous tabasser.

— D'où provient-elle ?

— De Châteaubriant.

Une lettre de Papa, alors que je me figurais qu'il se revanchait de nos actions venimeuses de mômes inconscientes prescrites par son persécuteur. Oh Annie, le miracle ! Motus ! La taire, en différer l'annonce. Lorsqu'elle se hérisse contre Maman, sa réflexion explose, elle lui dévoilerait notre tactique. Je palpe l'enveloppe dans ma poche, je la caresse, il l'a touchée, je la touche à mon tour. Je me réfugierai dans les W.-C. pour la humer goulûment, la déplier sans précipitation, en savourer le texte et durera l'ineffable fièvre. Je la décachetterai à la récré de ce soir, la délicieuse attente s'apparentera à une fête, un Noël.

Châteaubriant, dimanche

Ma chère petite Sylvie,

Ta lettre m'a beaucoup surpris, quoique je savais que tu reprendrais contact avec moi. Je ne pensais pas que ce serait aujourd'hui. Bien que tu sois une grande, quand on n'a pas encore seize ans, on n'appréhende pas tout. Je suis content si tu en es là.

J'ai été plus d'une semaine à te répondre. Je n'étais pas en forme, au point que lundi dernier, Janine m'a emmené à Paris consulter le spécialiste qui, voilà quatre ans, m'a tiré du pétrin dans lequel j'étais fourré. Maintenant, cela se tasse, je suis à l'œuvre. Une alerte sans conséquence.

Je suis déçu que tu n'aies pas persisté dans l'intention de devenir institutrice. C'est dommage puisque le métier te plaisait. Dis-toi bien qu'il est rare de mener sa scolarité en droite ligne, dérapage n'est pas obligatoirement synonyme de catastrophe. N'y aurait-il pas une corrélation entre ton empêchement à mémoriser les leçons et un état de surmenage passager ? Le malaise que tu ressens devrait être temporaire.

J'irai probablement à Houdetot pour la Toussaint et à Dieppe le samedi. Renseigne-moi : pourrions-nous nous rencontrer ? à quelle heure et en quel endroit, j'ai hâte de te rejoindre. Tu as jusqu'au vendredi pour nous prévenir.

Je t'embrasse bien fort et à bientôt. Je laisse de la place à Janine et à Valérie.

Ton papa.

Chère Sylvie,

Remercie ton amie Martine pour nous. Nous serions ravis de renouer avec vous. Tu as certainement bien changé. Valérie a grandi, elle va en classe et trace ses lettres au porte-plume. Elle a deux longues nattes blondes. Elle s'étonne d'avoir des sœurs.

Sois studieuse et persévérante. Par la ténacité, tu vaincras, il en découlera une récompense. Tendrement.

Janine.

Quelle impression bizarre de lire en bas du feuillet « Ton papa » ! Un qualificatif divin proscrit entre nos murs, que j'ai moi-même condamné pour ne pas pâtir de le prononcer.

Je scrute les pattes de mouche qui, sous prétexte de correspondre au graphisme des myopes, n'en est pas moins celui des utopistes, des indépendants, des méfiants, des ruminants.

Au maximum de mon état de déréliction, le Tout-Puissant daigne se pencher sur mon sort. Je ne me suis pas fait faute de m'abîmer en prières, de le séduire, de lui jurer de m'amender, de le supplier de me ramener mon papa, il fainéantait sur son nuage. Enfin ! il arrive escorté de Janine et Valérie, ma sœurette aux nattes blondes. Le scénario imaginé, remodelé, ficelé, se réalise. Et si le déroulement du scénario et une de mes chimères se confondaient, ne suis-je pas en proie à un coup de bambou ? Palper l'enveloppe dans ma poche, affranchie au moyen du coq d'Albert Decaris à 0,30 F avec la flamme postale de Châteaubriant accolée à l'oblitération, relire intégralement la lettre pour dissiper le doute et l'angoisse. Quelle lenteur de son acheminement ! Il est trop tard pour lui répondre. Il suspectera une de nos blagues malsaines pour l'astreindre à parcourir des centaines de kilomètres en pure perte… Assez gambergé, du calme ! Une exceptionnelle euphorie ne se dédaigne pas et se partage, en distiller les minutes la multiplie agréablement. Je ne résiste pas à la tentation de faire escompter à ma sœur une existence meilleure, imminente, tant son apparence asthénique accuse une immense lassitude. Sous les draps je lui résume la lettre, pour diminuer son accablement.

Elle regrette que je ne l'aie pas avertie de cet événement si important, toutefois son plaisir est perceptible dans l'obscurité. Nous nous relevons subrepticement pour examiner le trésor, en lieu sûr dans mon manuel de maths, entre la couverture plastifiée et la reliure. Malgré ses yeux dans le dos, la devineresse ne supposerait pas une dissimulation à cet endroit.

— Nunuche ! Lundi on est le 25 octobre, pas le 1er novembre.

Je ne parviens pas à m'endormir : je la récite mentalement, j'escamote des phrases, flâne sur les plus évocatrices que j'interprète à ma sauce, j'anticipe la scène. Comment les aborderai-je, intimidée par leur absence interminable ? « Bonjour monsieur-dame » ? Un simple « bonjour » à tous les deux, bref, embarrassé ? « Bonjour Papa, bonjour madame » ? Est-ce que je tutoierai Janine ? Je rêvasse : ils traversent la cour du collège, hésitent, déroutés par les trois ailes de la bâtisse pour localiser le bureau directorial, appuyés l'un sur l'autre…

Grand-Mère Baray m'annonce le décès de mon oncle Jacques Simon qui a contracté une maladie tropicale en Birmanie. Il n'a pas laissé d'empreinte sur moi, notre mère nous ayant dépossédées de la branche paternelle. Les retrouvailles prochaines gomment le tragique de la circonstance.

Durant cette semaine influencée par mon humeur capricieuse, entre incertitudes, scepticisme et conviction, abattement et exaltation, je me traîne, nerveuse, inattentive aux cours. Mes résultats s'en ressentent. Une catastrophe en compositions par l'incapacité à me concentrer, excepté en rédaction : « Vous allez chez le photographe pour vous ou pour accompagner une amie. Décrivez les différentes attitudes. » Je ne suis jamais allée chez le photographe, j'ai inventé.

Le cahier de conseil, que j'ai feuilleté par indiscrétion, note à mon sujet : « Élève appliquée, motivée ; devrait s'imposer des efforts notables pour sortir de sa réserve ; lunatique. »

De mes camarades que je dépanne en français je n'obtiens pas de compensation. Odile, ma voisine, excelle en mathématiques et jubile en résolvant les exercices. J'ai cette discipline en aversion. Je copierais volontiers sur elle pour améliorer ma composition de géométrie si elle n'encerclait pas sa page de son bras, couvant jalousement ses connaissances si laborieusement acquises.

Marie-France, qui s'est aperçue que je sèche, la sollicite prudemment :

— Montre à Sylvie, elle sèche.

Sourde, à moitié couchée sur sa copie, l'avant-bras en paravent, la toison dans la plume, elle rédige…, elle rédige sans se départir de son individualisme : chacun pour soi.

Ne sachant pas dessiner la figure, je n'achève pas l'exercice. Une bulle et une annotation vexante dans la marge en perspective !

L'après-midi, Odile pleurniche pour que je lui résume trois lectures personnelles. Par un juste retour des choses : pas question !

— S'il te plaît.

— Non, non et non. Mille fois non !

Fichu caractère, moi ? Non, revancharde.

— Je rigolerais que ton père ne vienne pas.

Je lui exprimai mon mépris par un haussement d'épaules.

Et si le pronostic de la bougresse de galeuse se concrétisait ? Tant de kilomètres séparent Châteaubriant de Dieppe ! Je n'ai pas l'habitude que l'on se dérange exprès pour moi. Néanmoins je coche les jours, hypersensible aux marques de sympathie, je tente de comprendre ce qui nous pousse à agir de telle ou telle façon.

Nous frémissons d'émoi au contact de la gent masculine, un rien nous secoue de crises de fous rires incoercibles contagieux et nos têtes disparaissent dans les casiers, réapparaissent dans un élan soudain, s'entrechoquent.

Notre professeur de géographie, monsieur Radou, un fantaisiste énigmatique, en égare plus d'une. Il nous toise une par une avant de suspendre son pardessus au portemanteau et de s'asseoir.

— En général, les jeunes filles n'ont pas d'attirance pour la géographie. Elles n'ont pas d'inclination pour le tourisme à l'instar des hommes. Je vous garantis que vous aimerez la géographie. Par roulement vous pointerez la baguette sur la mappemonde, au hasard, et vous me détaillerez la physionomie du pays ou de la ville sous la pointe, la classe complétera.

Et patati et patata ! Il a du charme avec ses cheveux bruns mêlés de fils d'argent et ses chandails à col roulé sous son veston, la cinquantaine sportive ! Et pas d'alliance. Un sourire enjôleur. Des sacrés tics. En terminant ses phrases, hop ! la broussaille de ses sourcils s'envole, il nous dévisage, sonde nos pensées. Pas de ça,

Lisette ! Les échines se voûtent, émoustillées, se dissimulent derrière des échines arquées, les cheveux s'ébouriffent en masse sur le front, à l'exemple de notre complaisante Brigitte. Il remarqua en la désignant de sa baguette :

— Ce n'est pas très poli de cacher son minois dans sa chevelure. Arrangez vos mèches, s'il vous plaît.

Pauvre Brigitte, rouge, pareille à une écrevisse cuite au court-bouillon !

Nous plongeons dans la géographie. Il nous captive. La plume gratte les cahiers, elle grince, elle court, les feuillets s'empilent sous le coude gauche…

— Pas si vite, monsieur !

La diction ample, l'intonation crescendo, puis lentement decrescendo, crâne, bras et jambes en action perpétuelle, il nous transporte de pays en pays, abolissant les frontières. La velléité d'explorer les cinq continents nous démange.

Nous lui sommes reconnaissantes de s'abandonner à des aveux – minimes – annonciateurs de notre maturité naissante.

— Je suis né à Dieppe, une agglomération de transit à l'époque pour mes parents, j'ai vu la mer pour la première fois il y a trois ans. Il m'est impossible de vous décrire le choc que j'ai eu devant cette étendue bleutée et verdâtre par endroits, si transparente, ces senteurs du large, le chahut des vagues qui s'échouent sur les galets. Je n'oublierai pas la fascination qu'elle a exercée sur moi.

— Celui qui n'avait jamais contemplé la montagne a sans doute éprouvé des sensations similaires, le paysage est aussi grandiose.

— Vous êtes allée à la montagne ?

— Oui, dans le Massif Central, dans le Jura et les Alpes. Mon père est originaire de Grenoble, il avait des amis à Villard-de-Lans.

— Qu'avez-vous ressenti en contemplant la montagne pour la…

— Oh, j'étais petite quand ils m'emmenaient.

— Oui, assurément, vous n'y prêtiez pas attention.

Songeur, il se dirige nonchalamment vers le palier. Quel contraste entre son épanchement instantané et le maintien qu'il se compose en cours, où il nous lance de ces plaisanteries ! Nous en déduisons que ce type jovial renferme un parcours insolite. Quel parcours ? Nous lui en inventons un, fruit de notre sensibilité neuve d'adolescentes, de notre rapport à l'univers. L'intrigue s'éclaircit. À la majorité, nous sommes persuadées qu'il vit à Dieppe, plutôt par nécessité que de son plein gré, pour se consacrer à un ascendant en situation de dépendance, ou pour se rapprocher d'une bien-aimée, par exemple. Il déplore, quelquefois, que la télévision élève aux nues la France au détriment de nations qui la valent largement.

Son humanité nous exalte. De concevoir que des adultes, libres de se déterminer, se heurtent à des obstacles pour démêler leurs problèmes, me stimule. Un frère dans l'adversité en quelque sorte, qui ne se démoralise pas. Sincère. Il engendre d'agréables perspectives. Je ne larmoie plus sur mon sort. Ma résignation fataliste se transforme en résignation active.

Il remplace madame Herbille en congé maternité. Nous la reléguons aux oubliettes, dans notre collection de profs, tatillonne à l'extrême : « Tracez une ligne à la règle... soulignez au stylo rouge… encadrez en vert… Chut ! Chut ! » Pour lui extirper un quinze et ses compliments, nous décorons nos cahiers d'une abondante documentation extraite de manuels périmés, ou recopiée en librairie, qui enrichit la leçon qu'elle débite d'une voix monocorde, à périr d'ennui. La nostalgie du départ de monsieur Radou nous envahira longtemps.

Madame Guidicelli veille sur moi, elle me témoigne une sollicitude discrète. Mon humeur plombée se dissipe, je me régénère.

Je ne renonce pas à m'exiler au Gabon. La besogne abonde à l'hôpital de brousse d'Albert Schweitzer dans les domaines de l'intendance, l'agriculture, l'enseignement... Une priorité absolue immédiatement réalisable : correspondre avec l'Afrique pour m'accoutumer au peuple et sa culture. Je me résous à l'interpeller :

— Pourriez-vous me procurer une correspondante du continent africain ?

— Peut-être, de quelle région ?

— De l'Afrique-Équatoriale. En République gabonaise.

— Je consulterai madame Boulard. Si nous interrogions l'O.N.U... Pourquoi ce besoin de correspondre ? Pour découvrir la civilisation africaine ?

Question bigrement embarrassante. « Moins qu'on en dit… », me chuchote Pépé pour corroborer ma réticence à étaler mon projet. N'entre pas dans les détails, ne le dévoile pas.

— Ah ! je devine, le Gabon vous attire pour y demeurer ?

Je rougis, Annie m'a contaminée.

— Oui, j'ambitionne de me dévouer à l'Afrique.

— En qualité de sage-femme ? ou d'infirmière ?

— Infirmière.

— Le métier d'infirmière requiert une formation spéciale. Votre maman est informée de vos intentions ?

— Certainement pas ! Je contacterais bien le successeur du docteur Schweitzer à Lambaréné.

— Notez, vous n'êtes pas assurée d'une réponse. Ne vous inquiétez pas, Sylvie, on va s'y employer. Généralement, les adolescents qui échafaudent un plan d'évasion ont des motifs graves : soit une brouille à la maison, le dénuement moral qui accule à s'investir excessivement pour autrui ou une cruelle déception. Pour vous, Sylvie, il n'y en aurait pas un de ceux-là ? Pas le troisième, à mon sens. Le deuxième ?

Elle n'insiste pas.

— Comptez sur nous, Sylvie.

Elle murmure en soupirant :

— Ha ! Vous êtes bien jeune !

***

Le jour mémorable est arrivé, où le présent se débobine à une vitesse vertigineuse, où le cerveau ne commande plus les membres que par automatisme, où l'on ne discerne pas la clarté de l'obscurité, où son aboutissement si subit donne la certitude de succomber incessamment.

Ils sont venus. En chair et en os. Avant que je bouille d'une impatience légitime. Avant que je répète l'événement dans mon imaginaire, le réel a supplanté la fiction. Ils sont venus la veille, sans que je les identifie. Je ne me le représentais pas si imposant de stature.

Ce vendredi mémorable, en fin d'après-midi, durant deux heures consécutives, monsieur Madeleine s'est époumoné à nous enseigner où ranger les pièces comptables. Conscient de nous barber en comptabilité, pour que notre cervelle de moineau l'assimile, il séduit son auditoire par des anecdotes. Tandis que nous la digérons lors de la brève récréation, un couple s'achemine, indécis, vers la cour ouverte sur le boulevard de la mer, le boulevard Maréchal-Foch. Intriguées, nous suivons la progression des deux inconnus. Moi, prompte à badiner, j'annonce, flegmatique :

— Voilà mon père.

Mes camarades sceptiques vu ma nonchalance à les aborder, guettent mes mouvements. Je me hâte de rectifier :

— Non, je blague, je lui aurais sauté au cou !

Le couple atteint le bureau. La cloche sonne. Dernière étape : la sténodactylographie. La méthode de monsieur Émile Duployé ne m'est pas énigmatique, je l'adopte pour camoufler des paragraphes sous un gribouillis indéchiffrable. Halte à la curiosité à la faveur des sténogrammes !

La suite me concerne particulièrement, bien plus que les sténogrammes de monsieur Duployé : la secrétaire frappe, je suis convoquée au bureau. Le cœur battant à tout rompre, je dévale les marches de l'escalier deux par deux et qui vois-je en bas ? les deux visiteurs. Diantre ! Mon père et Janine ! Mes cinq sens se sont grippés, la première séquence s'est tellement accélérée que le lendemain je ne me remémorerai plus la scène dans les détails. Ai-je balbutié « bonjour, monsieur dame » ? Les ai-je étreints ? Effleurés d'un baiser furtif, franc ? Je n'ai pas saisi l'instant, un instant suspendu, j'étais ailleurs, repliée sur sa projection avant qu'il ne se déroule.

— Je vais de ce pas signer la décharge. Continuez à papoter.

Et Janine, durant ce tête-à-tête :

— Il est très fatigué. Il s'est levé spécialement pour toi, contre l'avis de son médecin. Il est plein d'amour pour vous et désire plus que tout que vous soyez heureuses.

— Qu'est-ce qu'il a eu ?

— Ses intestins le chiffonnent irrémédiablement et la mort prématurée de ton oncle Jacques l'a profondément secoué.

Il se précipite vers nous, une expression radieuse illumine son visage :

— J'ai accompli la formalité d'usage, le registre est impeccable, on t'enlève. Denise, la sœur de Janine, nous emmène dans un salon de thé.

Oh ! si je galopais ce vendredi, escalier… couloir… Je rallie ma classe en flèche, haletante, écarlate, je bredouille une excuse à madame Cuque, notre professeur de sténographie, en luttant pour dominer mon émoi, bourre mon cartable de tout l'inutile. Mes amies se réjouissent pour moi. Hors d'haleine je les rejoins, couloir… escalier… boulevard. Valérie s'est assoupie dans la voiture, les cheveux blonds ramassés en chignon.

Denise et ses deux filles, Catherine et Anne-Marie, se sont installées récemment à Dieppe, à l'entrée de la Grande-Rue, à deux pas du collège. En 1960, fraîchement séparée de Gilles Lefébure, elle a campé à Cabourg avec nous. Elle n'a pas exercé d'influence sur moi, elle destinait ses effusions et confidences aux experts en la matière.

Au salon de thé Janine m'offre un livre, *Le journal d'Anne-Marie* et Valérie un stylo-plume ravissant que j'emplirai d'encre verte. Je ne l'utiliserai que pour consigner mes difficultés dans mon cahier à secrets et recopier mes poèmes. Le stylo fétiche, ces babioles auxquelles se cramponnent ceux qui ont un vide affectif, des babioles déclencheuses de bienfaits. Nous poursuivons nos discussions en foulant la pelouse où les Canadiens se sont fait massivement massacrer le 19 août 1942 au cours de l'Opération Jubilee.

Hélas ! L'horaire immuable du car achève cette rencontre sublime. Il marque la transition entre un excès de considération pour moi et un suprême dédain. Mon père m'embrassera avant de repartir demain.

Le voilà ! Il se gare sur le boulevard de la plage, fonce au bureau pour signer ma sortie avant le cours de français. Malédiction ! La directrice est là, débutent les complications, elle s'y oppose.

— Je suis le père de Sylvie Simon. Est-ce que je peux l'emmener maintenant ? Je viens de Châteaubriant, exprès.

— La maman est-elle au courant ?

— Non, plutôt y renoncer sur-le-champ que de l'en aviser.

— Vous m'excuserez, je connais la maman, je ne connais pas le papa.

— Oui, évidemment. Enfin, c'est vous qui décidez.

— Je propose que Sylvie rattrape son cours et qu'elle quitte l'établissement à l'issue de celui-ci. Le règlement est strict sur le temps scolaire. En l'espèce, la maman est exclusivement habilitée… nous n'avons pas enregistré de modification.

Incompréhension des adultes ! À quoi ressemble-t-il ce cours ? L'esprit dispersé, la concentration troublée, je fais acte de présence. Vivement que la cloche retentisse.

Pour lire tranquillement *Le journal d'Anne-Marie*, je recours à une astuce, une de plus : je l'ai obtenu de la directrice en récompense de mon application (hum !). Ma mère m'a crue. Je m'initie au métier de renard : la ruse.

Du sous-sol aux combles, les murs suintent le mensonge, la tromperie, la tricherie, la duplicité, les fausses justifications, l'hypocrisie. Chantal, bien qu'elle prenne fait et cause pour elle, lui ment. Mon père m'explique qu'ils correspondent et se fréquentent depuis un an et qu'il lui a offert un dictionnaire médical pour renforcer ses acquis dans l'apprentissage du métier d'infirmière qu'elle a choisi. Dire que nous croyions qu'il illustrait la générosité de madame Maillard, sa logeuse de Rouen ! Pour en disposer ouvertement, elle a tricoté un pull-over au mari, en contrepartie il était chargé de nous affirmer qu'il la gratifiait d'un dictionnaire. Quelle largesse !

— Eh ! la roublarde, le dictionnaire médical qui provient de Jean-Marie, il ne proviendrait pas de Papa par hasard ? Ah… t'as la pétoche, hein ! Tu trembles dans ta culotte ! T'as le trouillomètre à zéro !

Ahurie, la chouchoute. Ses hublots s'affolent. Elle ne moufte pas.

— Talatal ! T'as une arête de carrelet coincée dans la gorge ?

Désolée, je me revanche et jouis du malaise que provoque ma réflexion. Vieille punaise, le cas échéant ! Sans malice.

Et si la directrice convoquait Maman ? Comment la convaincre de se taire, sa réputation de droiture n'est plus à démontrer. Elle me l'accorde néanmoins en m'objectant qu'elle finira par l'apprendre. Elle fraie avec si peu de monde que je ne crains pas de remous dans cette direction-là.

De supposer que son indicatrice lui échappe malgré son instinct moutonnier me fortifie. J'omettrai volontairement son anniversaire. Dans le meilleur des cas, je lui marmonnerai négligemment : « J'ai failli louper le coche, bon anniversaire ! », comme si je me le rappelais subitement et j'ajouterai tout bas pour moi : « peau de vache ». Elle souhaite le mien, parce que son prénom se fête à cette date, rarement celui d'Annie. Apparemment nos anniversaires reflètent ce qu'elle s'évertue à anéantir en nous, l'hérédité du traître.

À l'instigation de Janine et de Denise, très croyantes, le concept de Dieu me déconcerte. Gamine, crédule, j'ai gaspillé des nuits entières à le prier et à supplier les saints du paradis pour que mon papa réapparaisse, les yeux exorbités, migraineuse, écœurée. À présent, l'opacité de son nom s'atténue, le négativisme régresse, je conteste plus calmement l'injustice. Je suis mûre pour aller au-devant de lui. Je n'écarterais pas un mentor sur lequel je m'appuierais pour approfondir ma foi.

J'ai eu l'impression en t'observant à Dieppe que tu étais révoltée contre tout, contre Dieu lui-même. Que tu étais triste, ma petite Sylvie ! Je voudrais t'apporter beaucoup et t'éclairer sur notre Sauveur à l'aide d'un exemple. Quand ton père fut si gravement malade, j'ai récité des neuvaines pour sa guérison et j'avais imploré le secours de Notre-Dame de Lourdes en lui promettant d'allumer un cierge à la Grotte. De cela, il y a cinq ans. Et Dieu s'est manifesté par le biais d'un médicament révolutionnaire qui lui réussit, il est le premier cas guéri. Complètement guéri ? Il rechute parfois. Les médecins à l'hôpital Bichat ont enquêté sur son cas. Tes prières n'ont pas été vaines, tu lui as envoyé une gentille lettre, ce qui lui a mis le moral au beau fixe pour surmonter sa récente épreuve. Il a été si joyeux de déserter la chambre pour aller à Dieppe, en dépit de la fièvre qui ne baissait pas ! Il m'interrompait dans mes phrases interrogatives « non, non, on m'attend ». À peine rétabli il était requinqué.

Prie sans te décourager. Sois persévérante, charitable envers ton prochain, même si tu es humiliée. Offre tes sacrifices, sois gaie, dynamique pour diffuser du rayonnement autour de toi...

Je t'incite à recevoir le Christ dans l'Eucharistie souvent, pour ces raisons et pour moi qui n'ai pas accès aux sacrements. J'en souffre terriblement, c'est pourquoi nous devons prier davantage et nous occuper des plus démunis pour nous faire absoudre d'un processus que nous n'avons pas souhaité, visiblement envoyé par Dieu, par conséquent accepté.

Ton papa est fatigué, il t'écrira samedi.

Nous t'embrassons.

Janine.

Sur fond de culpabilité – on nous impute sa mauvaise santé à cause des innombrables procès, de notre comportement grossier, de nos messages cinglants, dictés par la marâtre –, ma tante Lulu se réjouit du dénouement de notre situation familiale complexe :

Nanterre, le 17 décembre 1965

Ma chère petite Sylvie,

Nous avons pris connaissance de ta longue lettre avec un étonnement heureux. Que de nombreux courriers de toi nous parviennent ! Puisque tu as renoué avec ton papa, peut-être aurons-nous, ton oncle et moi, la joie de te revoir.

Nous nous réjouissons de ces retrouvailles que nous ne soupçonnions pas. Quelle exultation pour lui ! Il a tant souffert de l'apparent abandon de ses filles qu'il n'a pas cessé d'aimer malgré tout ! C'est long d'attendre que les enfants soient grands pour qu'ils se forgent leur propre opinion. Nous espérons que votre attitude indigne ne sera plus d'actualité et que bientôt votre affection la lui fera oublier.

Si Chantal, qui ne s'est pas manifestée auprès de nous, et Annie suivent ton exemple, nous serons comblés, car nous vous aimons, nous aussi, et nous serions désireux de vous suivre dans vos projets.

Je te félicite, tes notes sont correctes. Ton grand-père Simon n'aurait pas été satisfait du résultat de tes mathématiques, mais cette discipline est si abstraite qu'on est excusable de patauger. Quand on fournit le maximum d'efforts, c'est méritoire et je constate que tu t'appliques.

En effet, dans l'immédiat, ne mets pas Grand-Mère Baray dans les confidences, quoique je sois presque certaine qu'elle en serait enchantée. Elle aussi a souffert de l'éloignement de ton papa qu'elle adorait. Si elle ou ta maman apprenaient ces rapprochements, sois franche, et si on te gronde, proteste que tu veux ignorer les fâcheries des grandes personnes. Surtout, n'abandonne plus jamais ton papa, même à distance on peut communiquer.

Janine est très douce et ne demande qu'à vous aimer. Sa sœur Denise est aussi complaisante qu'elle, elle te traite en invitée sans y être obligée.

Ma petite Sylvie, tes lettres seront les bienvenues.

Je te joins ces deux billets, une somme modeste, vous êtes si nombreux !

Salue madame Leféburе pour moi en lui rapportant que je conserve un excellent souvenir des trop courts instants écoulés en sa compagnie et celle des siens. Petite Sylvie, sois mon porte-parole. Pour toi, les affectueux baisers de ta tante

Lucienne.

J'ai été agréablement surpris de te lire et je t'engage à persévérer. En t'appliquant tu auras des résultats convenables. Je te souhaite de réussir aux examens.

Je me joins à ta tante pour t'embrasser.

Oncle Georges.

Les accusations dirigées contre nous me tarabustent. S'il mourait, comment m'en accommoderais-je, horribles responsabilité et privation ! Des visions morbides m'assaillent et me talonnent dans le sommeil où de drôles de personnages laids se tordent dans les flammes en ricanant. Je me réveille en sursaut, oppressée, vannée, affaissée, et consacre mes dernières forces à en effacer les tableaux. Bouleversant.

D'aucuns glissent des allusions en termes équivoques ; Denise nous incrimine carrément. Elle enfonce le clou en déclarant que deux patients dans son cas sont décédés récemment à l'hôpital Bichat. Lui a survécu à la faveur des prières de Janine. Des paroles éloquentes, violentes associées à des descriptions imagées traumatisantes pour l'adolescente de quinze ans que je suis. Pratique de se décharger sur un mineur qui portera le chapeau ! Et Janine s'escrime à réparer les dégâts en l'irriguant de sa charité. Démoniaque, criminelle, je tue mon père. Qui m'a dotée de tant de pouvoir, sinon le démon. Si Janine prie assidûment, l'individu se prédisposera à la clémence. Parfois elle perd le terrain qu'elle a conquis sur sa douleur et combat sans discontinuer, la croix est pesante. Mes épaules sont lourdes, j'ai honte de respirer, indécente respiration. Les jeudis et les dimanches se taisent de plus en plus, m'abrutissent. Janine, magicienne des âmes torturées, l'extirpe de son calvaire. Je crois en elle, je la révère et la hausse sur un piédestal.

Mourir par ma faute. Et Elle qui menace de se foutre la corde au cou. Quel gâchis ! Entre abominables cauchemars, perceptions macabres omniprésentes et affres de la culpabilité qui tournent à l'obsession, une obsession diabolique croissante, chaque jour chaotique consommé allège le fardeau. Pajarillo, un moineau minuscule guère farouche, pépie sur mon itinéraire pour me convaincre de temporiser, il me regonfle. Il remplace Estrella égarée dans la voie lactée, enrobée de nuages. Je désigne sous le nom d'Estrella une étoile, une perle brillante dans le firmament, Jupiter ? qui m'escorte dans l'obscurité.

Mes chères petites filles,

J'espère que vous êtes rentrées samedi dernier sans anicroche et que vous n'avez pas eu d'altercation à cause de moi. Il vous faut prendre votre mal en patience, le plus dur est derrière vous. Acharnez-vous à vous instruire, afin d'être ensuite totalement indépendantes.

Je suis ravi d'avoir renoué avec vous deux. Je pensais qu'à terme la chance me favoriserait, car, s'il est facile d'exciter des enfants contre quelqu'un en leur racontant des mensonges, cela ne dure qu'un temps et lorsqu'ils s'aperçoivent qu'on les a trompés, il s'opère un revirement complet, ils n'admettent pas qu'on leur mente.

Vous n'avez peut-être pas compris pourquoi j'ai volontairement cessé de vous revoir après vos vacances de Noël à Évreux. Vous aviez dû être tellement remontées au préalable contre nous qu'il nous aurait fallu plusieurs jours avant que vous vous inseriez dans l'ambiance de notre foyer. Vous grandissiez et compreniez le problème suivant le son de cloche, inexact, que l'on vous relatait et naturellement, vous preniez parti et vous nous jugiez. Je ne vous le reproche pas.

Nous en avons longuement discuté, Janine et moi, et j'en suis arrivé à penser que de vous héberger un week-end sur deux, quand vous ne m'étiez pas confisquées, vous ferait davantage de mal que de bien en provoquant, avant et après, des séances de recommandations et de questions qui devaient vous déboussoler. J'ai préféré couper les ponts momentanément, même au risque de me faire oublier. J'ai essayé de vous récupérer par les moyens légaux, je me suis démené sans jamais abdiquer. Hélas ! je me suis cassé le nez en me heurtant à une profonde inertie de la justice et je compte bien que nous irons prochainement tous les quatre, remercier l'assistante sociale de Rouen qui a si stupidement conseillé le tribunal. Je vous suivais de loin et gardais confiance.

En mai Chantal a eu ses dix-huit ans. Minutieusement j'ai envisagé le pour et le contre de l'émancipation, un rude souci aux répercussions inquiétantes puisque, étant majeure, elle ne dépend plus de qui que ce soit, et dans le cas de jeune fille qui n'a pas eu de liberté ni de responsabilité, le risque était énorme qu'elle abuse de cette liberté et commette des bêtises. Dans l'incertitude des effets, j'ai différé ma démarche jusqu'en mai. Je lui en avais parlé et je ne suis pas persuadé que cela lui ait fait plaisir. Elle ne l'a jamais évoqué. Bien que j'aie considérablement réfléchi avant de déposer ma requête, j'avoue que je n'avais pas prévu que vous deux en profiteriez, et que le sujet nous permettrait de renouer. Ce qui prouve que nous ne sommes pas seuls et qu'il convient de s'armer de confiance.

Maintenant, abordons des considérations moins sérieuses. En quittant Houdetot, je suis allé surprendre la cousine Berthe. Elle se rétablit et flânait dans sa cuisine. Dans un débordement d'effusion, elle m'a lu, en pleurant avec Jules, la gentille lettre de Sylvie. Je reconnais là son caractère taquin, comme dans celle en anglais que j'ai eu probablement plus de difficulté à traduire qu'elle à la rédiger. Mon dernier exercice, une laborieuse prouesse, date d'un voyage éclair en Angleterre l'an passé, qui d'ailleurs avait failli mal se terminer : j'avais effectué un dérapage dans une méchante courbe à Chartres, assorti d'un tête-à-queue. Je la félicite pour l'acrostiche si joliment tourné, à l'adresse de Valérie. Et je suis curieux de découvrir ce roman que tu m'as révélé samedi, ainsi que le journal en chantier, si toutefois cela ne te paraît pas indiscret. C'est dur de tout ignorer des talents de ses enfants. J'ai du retard et j'ai la ferme intention de le rattraper.

Je voudrais que Sylvie chasse cet air triste que je lui ai trouvé chaque fois que je l'ai aperçue avant qu'elle ne remarque ma présence. La vie n'est pas toujours drôle, il arrive des coups durs, mais aussi des moments extraordinaires et il faut beaucoup de confiance et d'amour.

Quant à Annie, j'espère qu'elle prépare consciencieusement son examen. Je ne comprends vraiment pas ce qui l'a poussée à étudier par correspondance, plutôt que d'aller à Rouen. Il me semble qu'elle a opté pour la voie la plus hermétique. Je m'en expliquerai avec elle un de ces prochains samedis.

Soyez gentilles avec Chantal. Elle n'a pas le même caractère que vous et n'a pas la possibilité de vous rejoindre au lit pour échanger vos points de vue. Essayez de la ramener à vous, j'aimerais tant que vous soyez solidaires toutes les trois. Je ne lui ai pas encore répondu. Elle doit être fâchée contre moi.

J'irai à Dieppe, chez Denise, samedi matin, puis à Houdetot.

Les conditions atmosphériques étaient tellement moches que j'ai démonté le moteur du tacot sous l'appentis. Et le moulin ronfle pour nous transporter en Seine-Maritime ! On ne tombera pas en carafe dans la campagne.

De gros baisers de votre papa qui vous aime.

***

Je l'embrasse souvent, Annie quelquefois, pour qui il est compliqué de s'esquiver. Je le fournis en photographies de nous chipées à ma mère, pour qu'il se représente notre évolution en son absence. Il en réclame davantage. Pourvu qu'elle n'y voie que du feu, elle a l'œil, la madrée ! Nous postons les courriers à Dieppe à cause du facteur, ils bavardent ensemble. Il les montre à la famille, fier de s'acquitter de son nouveau et véritable rôle vis-à-vis de nous. S'il est en déplacement professionnel, Janine le relaie de son vocabulaire aux accents plus subjectifs et spontanés, un jargon emprunté aux sentiments, étranger à Offranville : « Je souhaite que l'avenir soit meilleur pour vous, le bonheur se construit au quotidien en acceptant le bon et le mauvais, ne vous rebellez pas contre le destin. » « Ton père est heureux d'offrir ses fatigues pour vous. » « As-tu soigné ton rhume ? Couvre-toi par cette humidité. Préserve ta santé, pour être robuste physiquement et moralement. » « Nous vous rapporterions bien un cadeau pour Noël, mais si c'est pour troubler votre paix et ajouter des ennuis, il vaut mieux s'en abstenir. Qu'en penses-tu ? Et Annie ? »

On me demande mon avis, à présent ! Le procédé est original.

Mon désert affectif trouve un exutoire en Denise. J'y décharge mon trop-plein de douleur. Je réchauffe mon cœur vacant au sien, elle panse mes plaies. Elle est un réverbère qui dissipe les ténèbres. Un esprit de large envergure. Je m'engouffre chez elle à la moindre occasion et, dans le vestibule, elle m'enseigne la pondération, l'indulgence, elle analyse mes réactions irrationnelles, professe la tolérance, elle me guide. Auprès d'elle je suis en terrain neutre, elle ne blâme pas ma mère. Nous philosophons, dans les méandres des réalités elle assouplit ma conception du monde. Et mon âme se gonfle d'espoir, elle s'attendrit au gazouillis des moineaux, des roitelets, des mésanges, des merles, à la tendre frondaison, l'air m'ensoleille la peau. Mes débats intérieurs s'apaisent, la sérénité m'effleure.

Son appartement se transforme en hôtel, sa boîte aux lettres en « poste restante ». Mon cercle de parenté s'élargit, j'inscris des coordonnées dans mon répertoire pour entretenir des relations épistolaires. Je rate fréquemment le car, mon père me reconduit soit à la gare de Saint-Aubin-sur-Scie, soit à Offranville. La mégère en sentinelle bride nos mouvements, elle épie nos irrégularités à l'extrême.

— Tu es revenue en voiture, tu n'es pas mouillée !

Sans rougir, avec un incroyable aplomb et une fausse candeur je rétorque :

— Il ne pleut plus.

Si elle contrôle mes dires, je ne coupe pas à une raclée, il continue à pleuvoir. Elle ne contrôle pas.

Samedi dernier, fâcheuse coïncidence, je l'ai rencontrée à l'improviste dans la côte de Saint-Aubin à Offranville, au niveau du pont :

— Pour quel motif as-tu pris le train ?

— Les cars ne circulent plus, ils patinent sur le verglas.

— Tu te fiches de moi ! Ils m'ont doublée dans la côte.

— Le chauffeur nous a informés ce matin qu'il n'effectuerait pas la tournée à midi, l'avenue Gambetta est une véritable patinoire.

Ouf ! l'orage s'éloigne sur un mensonge de plus. Il me faut sans arrêt étayer mes propos mensongers pour qu'ils paraissent vraisemblables et fertiliser mon inspiration si mes arguments la laissent sceptique et renfrognée. Pas de panique, la machine à détecter les mensonges ne les démasquera pas !

Annie agit pareil, experte dans l'art de camoufler la vérité : Janine lui a offert un joli miroir de sac à main. Pour se mirer librement dedans elle affirmera que la Musique l'a dédommagée ainsi de ses dimanches employés à suivre les musiciens dans leurs représentations. Je le lui adresserai par la Poste, une copine emballera le paquet, elle y inclura une missive d'accompagnement, l'écriture ne nous trahira pas.

Mentir en permanence. Prix d'excellence *ex-æquo* en mensonge. Le mensonge qui sauve.

Je ne la supporte plus, ses soufflets, deux cent vingt-cinq durant les grandes vacances, notés sur un graphique, ses bas mousse de centenaire prétendus plus solides que ceux en voile de nylon, ses multiples griefs, ses clabauderies, le lessivage grotesque qu'elle tente pour extraire la tache du géniteur en nous, sa tyrannie de toquée. Je me cabre tant est monumental le fossé entre chez elle et chez lui.

Je retarde le moment où je croiserai son air revêche qui suscite chez moi une muette angoisse. Aussitôt que la porte se rabat sur elle le matin, son comportement imprévisible me hante : comment m'accueillera-t-elle ce soir ? De mauvais poil, du poil hérissé d'un sale cabot, un roquet ? Elle me reniflera pour détecter un faux pas ? Jappera à mes chevilles ? Bondira sur moi pour assouvir sa colère longtemps contenue ? Elle m'allongera une torgnole sans fondement, que je parerai avec mon cartable ? Elle coudra, la radio en sourdine ? Quoi qu'il en soit, dans l'air irrespirable elle me fusillera de son regard de bouledogue, en un long reproche de m'épanouir à l'extérieur. Je me viderai de toute expression pour la recevoir passivement. Le rituel du paravent : composer cette affectation au quotidien.

— Holà ! ho ! toi, la vioque, tu rempliras le seau de charbon, et que ça saute !

— La vioque ? Quel raffinement de populace !

— Nettoie-moi les poissons, et proprement, au lieu de gober les mouches, m'intima-t-elle d'un ton tranchant en jetant les merlans puants ensachés dans du journal humide sur mon manuel d'algèbre ouvert. Feignasse, bouge ton postérieur de la chaise. Quel plat de nouilles !

— Qui ?

— Toi, pardi ! Pas le pape.

— Moi, je suis Sylvie.

— Ah ! Fi ! Dépêchez-vous de foutre le camp, que je sois débarrassée. J'en ai par-dessus la tête de vous.

— Alouette !

Merci, foutre le camp, je t'adore, tu es un chou ! Au même titre que je transcris en graphique le nombre de gifles qu'elle m'assène, j'archive un échantillon de son aimable langage. Morceaux choisis dans mon cahier d'insultes :

Dégage-toi, lardon.

Bonjour l'ours, l'ours mal léché, l'ours polaire (en référence à mon teint blafard piqueté de taches de rousseur).

Tu y es, Julie ?

La brute, tu geins ? Tu te plains d'aise ?

Imbécile !

Frise à plat, tu t'es coiffée avec un râteau ?

En pliant trois robes semblables qu'elle venait de confectionner, elle marmonna entre ses dents : « Trop claire, trop salissante pour la souillon, comme si on donnait de la confiture à un cochon. »

…

Ses appellations sarcastiques ne rimant à rien – me comparer à un cochon équivaut à visualiser la souille de celui-ci et les eaux grasses dans lesquelles il se complaît à se vautrer, pouah ! la dégoûtation –, la dose dépassée, je ne les note plus.

Défense de plaisanter : j'écope d'un verre d'eau pour me calmer, mes cahiers aspergés.

— Je rigole, on me balance des verres de flotte ; je rigole pas, on me traite d'ours.

Comment ! Pas de sursaut pour cette précision décochée à brûle-pourpoint.

Je l'excuse, la rancune n'est pas mon plat de prédilection. Parfois on me console de formules stéréotypées : « Dieu examine et comptabilise tout, il la condamnera », j'objecte qu'elle a assez souffert, que la malédiction a passablement pesé sur elle et que je n'admettrais pas qu'il lui inflige un châtiment. Il lui accordera sa clémence si je lui pardonne moi-même, je le tiens de mon catéchisme et de ma communion solennelle. Il est magnanime.

Denise m'exaspère : elle ne se représente pas sa personnalité. En définitive qui se représente une maman despotique et tyrannique ? Qui ?

— Reste à dîner, je t'invite. Tu raconteras que tu es allée chez une camarade.

— Des camarades ? ! Si l'une me témoigne de la sympathie, qu'est-ce que je dérouille !

— Vraiment ?

Elle suppose que je fabule. Je suis excédée de protester. Une preuve récente de sa malveillance : samedi midi j'ai oublié mon carnet de sténographie dans mon casier et n'allant pas en cours le lundi suivant, je ne pouvais pas produire les vingt textes ordonnés par madame Cuque pour le mardi, ni réviser les abréviations à mémoriser parfaitement pour accélérer la vitesse. J'ai pensé que Claire me dépannerait. Il suffisait de sonner chez elle. La chameau a refusé catégoriquement, elle a hurlé :

— Non, et non, hors de question ! Tu n'avais qu'à réfléchir, écervelée ! Que ça te serve de leçon.

Et elle n'a pas cédé, intraitable. J'ai copié les exercices mardi pendant la cantine, et tintin pour le repas. Punir et nous interdire les fréquentations – un ennemi se dissimule toujours sous un camarade. Punir lui est salutaire. Jouir de punir.

Ses procédés insensés, ses agressions verbales et physiques me stupéfient. Il faut être insensée pour agir de la sorte. Je questionne Micheline :

— Est-ce que tes parents s'aiment encore ?

— Oui, j'en suis persuadée. Dès qu'ils se disputent, Viviane et moi, nous sommes là pour les dérider. Le malaise s'estompe, ils se réconcilient.

Ah ! Si j'avais retenu Papa !

— Et toi, Martine ?

— Les miens ? Houlala ! C'est pas croyable ce qu'ils rouspètent ! Ils se gueulent des jurons. Moi, je déguerpis. Ils se boudent le reste de la soirée, le silence règne, et le lendemain ils se raccommodent, ils complotent des trucs et des machins. Malheureusement, ils ne persévèrent pas dans leur intention, l'un d'entre eux provoque la zizanie et ils recommencent.

— Et si ton mari galopait une nénette ?

— Je divorcerais.

— Et si vous aviez des gamins ?

— Alors là, soyons juste, point d'interrogation, l'initiative est délicate. Je déprimerais si on m'écartait d'eux et pourtant demeurer ensemble, cohabiter sans harmonie paraît inconcevable. En résumé je supporterais probablement mon conjoint pour les préserver d'un conflit. Ce serait raisonner en égoïste que de me préoccuper de mon confort en les trimballant d'un toit à l'autre. Nous formerions un couple soudé en apparence. En apparence seulement.

— Moi non, reprit Micheline. Si on s'enlise dans les tensions et les empoignades, la rupture est fatale. Je me barre en emmenant les gosses, tant pis. Jongler avec les horaires, assumer les tâches, les mômes et qu'un mec triple zéro me prenne pour son domestique en râlant constamment, traîner un boulet, non, très peu pour moi. Une alliance à bon marché me navre. Et toi, Sylvie ?

— Moyennant de mutuelles concessions, le couple a des chances de durer. On se dispute inévitablement, néanmoins l'amour doit dominer, indestructible. Des tas d'astuces simples et sans se forcer solidifient l'union, insignifiantes, elles n'en prouvent pas moins la qualité. D'abord, on s'explique, on modère ses emportements ensuite. Finalement, l'exemple des miens dément ma théorie, je doute de la sincérité de ma réflexion. Je pencherais pour cette solution : me terrer en ermite, le mari et les gosses ne sont pas pour moi. Le mensonge non plus. M'enchaîner à un anneau nuptial ? Non merci. Je ne me marierai pas.

On devise à proximité : garçons, attractions physiques, ruptures, vedettes de cinéma et de chansons, lingerie, argent de poche. On s'esclaffe. Moi, je n'ai pas de douceurs à partager. Exclusivement Estrella. Je me raccroche à elle.

Noël s'apprête tout en splendeur, en féérie, en luxe, en affairement. Je hais ces périodes de réjouissances et d'opulence qui exacerbent mon indicible accablement. Au fond, quel don ai-je reçu de ma mère, sinon celui de ma naissance ? La messe sera célébrée par notre nouveau curé-doyen, l'abbé Prouin, récemment intronisé à Offranville, suite au décès de notre prêtre. Les chrétiens du clocher d'Offranville se sont associés aux communautés paroissiales du canton et bien au-delà pour orchestrer un rassemblement solennel à l'occasion de son installation. La foule est accourue, elle s'est placée dans l'église avant que le sacristain ébranle la cloche pour qu'elle carillonne à la volée. Nous y sommes allées, Annie et moi. Quelle complication pour y accéder ! En nous faufilant parmi l'affluence, entre les autocars et les voitures qui encombraient les trottoirs et la chaussée. Le clergé innombrable, en habit d'apparat, est allé en procession le chercher au presbytère pour l'introduire officiellement dans son église close envahie de fidèles, les prunelles braquées sur le portail central, en effervescence.

Te Deum laudamus. (Dieu, nous te louons.) On a ouvert le portail grinçant à deux battants, les dignitaires ecclésiastiques et laïques sont entrés en procession, au son d'un programme musical et choral : le vicaire général, l'archevêque de Rouen, les archidiacres, les archiprêtres, les chanoines, les curés, les personnalités tant extérieures que locales. Nous nous sommes agenouillés. Le maire a remis les clés de l'église au curé en considérant, dans une allocution emphatique, la vocation de ces apôtres de l'Église, de ces appelés dévoués.

La cérémonie s'est poursuivie par le *Veni Creator* puissant sous la voûte, puis sa présentation au tabernacle et à la chaire. Un hommage fut rendu au regretté chanoine-abbé-curé.

Notre nouveau curé se rapproche de sa ville natale, Janval, les siens reposent aux cimetières d'Hautot-sur-Mer et de Varengeville. Il a essuyé des larmes en prononçant son discours devant l'assemblée recueillie et émue. Serviteur du Christ, il a évoqué son projet pastoral, sa volonté de faire fructifier la Parole, de se dévouer au doyenné et à la paroisse. En lui adressant des vœux de bienvenue, une sommité religieuse l'a assuré de l'attachement des paroissiens à leur église. Ceux de la paroisse orpheline d'Elbeuf l'ont écouté, submergés par l'émotion.

Je ne soupçonnais pas qu'une telle cérémonie puisse se dérouler pour l'intronisation d'un prêtre. Au retour nous jouons des coudes pour nous frayer un passage dans la cohue compacte distraite, loquace sur la célébration. Des propos enthousiastes s'imprègnent cependant d'amertume :

— Les paroissiens d'Offranville héritent d'une personnalité émérite. Pourvu qu'ils en conviennent et l'épaulent dans sa tâche !

Sur le plan politique le général de Gaulle brigue la présidence de la République, disputée à François Mitterrand. Il part favori, les deux candidats s'imposent la prudence. Moi, je voterais pour ce dernier, il propose un programme pour le Tiers-Monde et il cite volontiers l'Afrique.

Annie et moi écornons notre pécule, la tirelire pâtit de l'élargissement du réseau familial. Fauchées, égayées de ce prétexte à divertissement et contentes d'offrir une babiole.

Quant à Marcelle Baray, elle rêve que Noël déposera un nouveau mari dans son soulier mignon. Lassée de l'indifférence de Marcellin Dutourves à son égard, elle se met en quête de la perle rare dans une agence matrimoniale. Bigre ! elle a croqué vingt-trois mille francs anciens pour que l'âme sœur lui passe la bague à l'annulaire. Depuis la réapparition de mon père, un de substitution ne me touche plus. Je ne le renierai pas une seconde fois.

Les compositions sont terminées : j'obtiens la troisième place sur vingt-cinq et 11,34 de moyenne sur 20 ; première en français et en correspondance ; deuxième en commerce ; vingt-deuxième en arithmétique-algèbre ; vingtième en anglais... À tous les étages on enguirlande les classes. Un air de vacances, un climat de sympathie baignent le collège. Nous nous décontractons. Le couloir, lieu idéal d'échanges, s'anime, une poignée de professeurs a quitté l'attitude stricte, ils expriment leurs idées personnelles sur les thèmes d'actualité, à charge de réciprocité. Mes camarades collectionnent les porte-clés, troquent leurs doubles et en prime, se promettent une amitié durable. Cette collection est en vogue, assurément éphémère, je préfère celle des timbres et des flammes postales. Je me sauve de la cantine pour rejoindre Denise, sa bonté me transfigure, je m'apaise et répare l'injustice subie par notre père si cruellement vilipendé par nous quatre.

Il garde dans son portefeuille une de nos lettres ironiques rédigées sous la dictée, la plus ignoble, celle pour laquelle Annie, clairvoyante sur les répercussions violentes pour lui et pour elle, a empoché une paire de mornifles sous une avalanche d'invectives, une menace d'être privée de repas et un isolement dans la cuisine jusqu'à ce qu'elle s'exécute. Désemparée, je l'encourageais, la voix altérée par la rage :

— Écris-la. Même à contrecœur. Ne te bute pas. Il en ramasse constamment, il s'est endurci. Bâcle-la, tu seras peinarde après.

Sans désemparer la forcenée la secouait, la rossait et s'égosillait, les narines pincées, un afflux de sang lui empourprait le visage :

— Je vais te mater !

La haine postée, jubilant d'avoir distillé une goutte de son poison, elle sautillait sur ses talons aiguilles et claquait des doigts, tandis qu'Annie, statufiée, digérait l'abominable corvée.

« Je ne t'embrasse pas, tu es malade et probablement contagieux. »

Elle s'est rapidement justifiée de la façon ignominieuse dont notre mère nous contraignait à nous comporter envers lui :

— Quand on a huit ans et qu'on nous bourre la caisse, on n'y voit pas plus loin que le bout de son nez. J'espère que tu ne me tiendras pas rigueur de ces méchancetés qu'elle nous a obligées à effectuer. En grandissant on accède à la lucidité, on acquiert l'esprit critique et je me suis forgé une opinion, une vision claire des choses, j'ai distingué le vrai du faux. Ce n'était pas normal qu'elle nous détourne de toi. Je me suis alors juré de rétablir les liens. Je trouve inadmissible que vos démêlés entrent en ligne de compte pour nous. Elle aurait dû te vanter pour que nous t'estimions. Un père est unique. Malheureusement, au contraire, elle médisait de toi et te dévalorisait. Malgré l'éloignement et ton absence prolongée, je ne t'ai pas oublié pour autant.

Humblement, je le supplie de la déchiqueter, une rédaction consentie sous la contrainte, pour conquérir la bienveillance maternelle.

— Non. Dans les circonstances actuelles je ne détruirai pas les preuves de la manipulation exercée sur vous. Si Annie est quasiment sortie d'embarras, toi, Sylvie, tu en as au minimum pour trois ans. Si toutes les deux se dispersent, il ne sera pas gai pour toi de rester cloîtrée sous la dépendance de ta mère et nous en serons peut-être réduits à renouveler la bagarre pour améliorer les pratiques. Dans ce cas, ces lettres nous favoriseraient. Elles constituent un argument solide de chantage et de persécution. Je ne les utiliserai pas contre vous, vous n'êtes pas fautives.

— Déchire-les, elles t'ont blessé, elles choquent par leur grossièreté.

— Non, plus maintenant grâce à notre rapprochement. Je n'entreprendrai pas de démarche sans votre permission, vous êtes les principales intéressées.

La reine criarde installe la terreur et, sous un déluge de calomnies machinales, elle nous rebat les oreilles de son sacrifice pour nous. Si nous désobéissons nous nous exposons à ses foudres, elle use de représailles. Il en résulte que nous aspirons à une paix relative – si tant est qu'elle gîte quelque part – et au calme dans une bouffée de gaieté. Nous obtempérons par lâcheté, à plus forte raison que les principes ne nous échappent pas et que nous risquons gros de les enfreindre. Sur le qui-vive, nous apprenons à ne pas lui déplaire pour nous garantir une tranquillité partielle et nous réhabiliter à ses yeux. Elle désarme une heure ou deux. Instinct de survie.

Denise a lu la plus épouvantable de nos lettres. Elle a suggéré à notre père de la brûler, il n'a pas réagi. Je conclus un pacte avec lui, quoiqu'il m'en coûte, mais quelle recette miracle atténuerait sa peine ?

— Si tu les déchires, en contrepartie tu liras mon journal.

Il a proféré un « d'accord » éloquent, a exploité mon journal pour que les modalités de garde soit révisées. Elles ont toujours figuré dans son dossier de divorce ainsi que deux photographies de notre mère, sur l'une elle porte Chantal dans les bras, sur l'autre elle pose debout derrière nous trois, après que Chantal eut cueilli une brassée de fleurs champêtres.

Pas de trêve pour la furie. Plus elle sent que nous nous détachons d'elle, plus elle nous malmène, plus elle le piétine par de basses manœuvres. Nous nous rebiffons et elle dépense une énergie considérable pour nous discipliner et remporter l'exclusivité de notre dévotion. Impuissante à nous dompter, elle ne maîtrise pas ses nerfs, une vraie névropathe. Bien que nous la respections, nous l'affrontons pour qu'elle suffoque de colère, pour nous régaler de son manque de sang-froid. S'ensuivent pour nous un feu d'artifice de taloches qui s'abattent sous des « même pas mal », « vas-y si ça te soulage », « ne mollis pas », un enfermement à double tour dans notre chambre où nous hélons madame Lecerf et Margot pour leur claironner que nous jeûnons au pain sec, des stages de redressement à la cave pour Annie, la plus récalcitrante des deux. Comique.

Elle s'est faite une alliée de Chantal trop conditionnée pour guerroyer près de nous. Elle nous a certifié que nous devions faire comme si le Bouc était mort, eh bien ! il est mort, inutile de le fréquenter. Il nous a plaquées. Pour la remercier de sa déduction logique elle lui communique ses secrets, ses réflexions intimes, ses projets, elle la soustrait à nos attaques, la charge de nous surveiller, c'est-à-dire de la seconder pour nous délivrer du fantôme du traître. Chantal, une teigne ! Elle ne converse avec nous que pour nous vendre à la marâtre et s'autorise à nous flanquer des peignées. Elle ricane pour l'approuver. Je lui demande si son ricanement est nerveux, un revers maternel sonore me fournit la réponse instantanément. Je le noterai sur mon graphique. Lorsqu'elle ne nous embête pas, elle se dandine sur sa chaise en suçant son pouce. Je la déteste. Ma mère et elle… toutes deux atrabilaires, à fourrer dans le même sac. Leur complicité me répugne. Il me faut user de subterfuges pour les contrer. Dans des instants de scrupule, je me hasarde à parlementer pour que nous nous serrions les coudes toutes les trois. Invariablement elle lâche :

— Ferme ta goule. Nous emmerde pas ici, débarrasse le plancher. Pfft ! des sœurs pareilles !

Je lui renvoie l'ascenseur en la qualifiant de cruche, de siphonnée, d'idiote sans plus de discernement qu'un âne, en dépit de ses dix-huit ans. Mue par l'impérieuse nécessité de contre-attaquer, je lui débagoule des tonnes de gros mots et la défie en lui décochant des doubles pieds de nez sitôt que la marâtre s'éloigne.

Le 1er janvier a pointé, j'ai poussé un ouf de soulagement.

— Ça y est ! On est peinardes, Pâques est dans une éternité.

À la reprise des cours, je cesserai mon mutisme.

Samedi 1er janvier 1966. La nuit a éteint le jour, puis celui-ci a effacé la nuit. Dans une affreuse tristesse. Ambiance plombée. Avenir affligeant. Il n'y a pas de gui suspendu au lustre, pourtant nos pommiers en regorgent. Tant pis pour l'amour, de toute façon il n'y a pas de baiser. Tant pis pour la joie, de toute façon il n'y a rien à partager. Tant pis pour le bonheur, de toute façon il n'y a rien à construire. Il faudrait changer de mère. Ou lui greffer un cœur. Entre Noël et Nouvel An, notre père est venu à Houdetot chez la maman de Janine, il a tiré au fusil sur ses terres giboyeuses, et à Dieppe chez Denise, si proche de nous sans que nous puissions l'approcher, cloîtrées à Offranville. Que nous réservera cette année neuve, celle de mes seize ans ? En avant, marche !

« Mes chères petites filles, soyez patientes et courageuses cette année encore. Nous penserons à vous. »

— Bonne année, Maman.

— Merci. Toi aussi, et tâche d'être plus sage. Je me suis sacrifiée pour vous, présumant que vous seriez plus heureuses ici que chez une belle-mère, ou chez les *Petits Flots* (en référence à l'orphelinat Notre-Dame-des-Flots de Dieppe, les orphelins y sont étiquetés du terme *Petits Flots*) et voilà le remerciement. Je ne mérite pas une telle ingratitude. Évidemment, je ne suis pas en mesure de vous accorder ce que l'esbroufeur vous fait miroiter.

Sa déconvenue m'affecte. Elle se débrouille pour nous élever correctement malgré ses moyens financiers médiocres, le peu d'argent qu'il lui verse, racle les tiroirs, tricote et coud, rallonge, raccourcit, cherche des articles extra à bon marché, déploie des trésors d'imagination pour épargner, et je n'éprouve pas de la reconnaissance envers elle.

Résolution numéro un : exiger de moi l'impossible pour l'attendrir ; lui parler aimablement, en m'abandonnant aux effusions. Barrage : son austérité, ses rebuffades, sa langue pointue qui nous rabroue. Elle recule pour éviter nos baisers qui claquent dans l'air. Elle brise nos élans. Elle n'a de tendresse que pour ses économies. Bof ! Une plus judicieuse : ne pas chicaner, ce qui l'incommoderait singulièrement. L'intention n'est pas insurmontable. Déjà, lors de ces congés, je me suis barricadée, environnée d'écrivains. Nous avons fraternisé, mes alter ego providentiels et moi, la lecture désamorce les conflits. Cela signifie-t-il que je serai sourde-muette et pas essentiellement le jeudi ? Stop ! Basta ! elle me rase. Tant d'efforts pour ne récolter que vexations, insultes et torgnoles ! Son acrimonie, les accusations injustifiées de la rapporteuse me démoralisent. Mes résolutions s'envolent. On ne dévie pas le cours du réel. Les dominos de Mémé le démontrent, qui, alignés en équilibre l'un derrière l'autre, à égale distance, s'abattent en cascade, enchaînés, entraînés. Pas un ne bifurque. Quels torts ai-je causés aux divinités protectrices pour encourir une telle hostilité ?

— Bonjour Mam !

— Oui... oui... assez... Circule !

Et vlan, sa savate dans les fesses pour que j'accélère l'allure. Je me campe en face d'elle par réaction, elle m'empoigne au collet et vlan, son poing dans la colonne vertébrale pour me dégeler, arrosé de ses formules classiques « tais-toi, tu radotes », « tu m'agaces », « dégage-toi ou je t'en colle une ».

La semaine prochaine j'aurai seize ans. Surtout, ne vous dérangez pas pour moi.

Elle nous expédie au lit pour discuter librement avec sa pareille du bonhomme célibataire qui a succombé à son offre d'épousailles. Pour un peu il lui roucoulerait sa romance. Le baromètre reprend de l'altitude, elle ne nous sert plus sa soupe à la grimace.

— Nous nous promenons souvent dans la campagne, mes filles et moi.

— J'adore encadrer les enfants dans leurs études, superviser leurs devoirs ; les randonnées en montagne m'attirent plus que n'importe quel loisir.

Et patati ! et patata !

Détrompez-vous, monsieur : pour ce qui concerne les études, je vous donnerai du fil à retordre. Et pour le reste, un brin de caprice, de dérobade, de grâce frileuse, vous n'avez pas fini de vous arracher les cheveux. Vous avez intérêt à nager dans l'opulence parce que nous, honnêtement, on nage dans la dèche. Vous partagerez. Je vous présenterai la fauvette babillarde entêtée, elle vous dissuadera de réitérer vos avances : Annie Monique Martine, bélier deuxième décan, exquise. Elle c'est « la pute », moi « le diable », selon les expressions de notre génitrice. Réfléchissez avant de vous lancer dans l'aventure, chez nous les plaisirs avortent, ils sont tous répréhensibles.

En outre, un vieux gars n'a pas l'expérience des marmots et des marmottes.

Au courant de rien, nous fouinons partout, nous examinons les courriers à son insu, y compris ceux anodins, pour déceler des indices et devancer les événements. Celle qui fait bonne pioche prévient la frangine bigleuse. Pourvu qu'elle ne repère pas nos indiscrétions !

— Quand on bâille on se couche. Allez, oust ! Là-haut ! Je vous ai assez vues. Et pas de rouspétance !

Dégoûtée de l'existence, déçue des adultes, ces charlatans de l'éducation, écœurée de mes copines qui chuchotent que j'ai repris contact avec mon père pour profiter de lui, j'enfouis mes sanglots dans l'oreiller : pleurer contre l'hypocrisie, contre l'injustice, contre la malédiction, contre le Tout-Puissant insensible, pleurer jusqu'à tarir les larmes. Laisser la pluie me submerger, m'enfoncer dans les ténèbres, au sein de l'océan, là où il se confond avec le ciel. Debout sur un rocher tapissé de goémon et de patelles, sans bouée de sauvetage, ceinturée par les flots oscillant entre bleu sombre et noir, douchée, attendre qu'un paquet de mer me charrie au-delà du rideau d'horizon, vers un futur sans cris, sans brutalités, sans pleurs. Demain, modeste ambition, je voudrais me réveiller morte. Pour me délasser, je mémorise un poème de ma composition, je le transcrirai sur un bristol à l'encre verte du stylo de Valérie.

Epuisée, je plonge dans les bras de Morphée, m'abandonne au repos. La confiance en mon étoile émerge, elle est conforme à mon tempérament.

Notre oppresseur ne parvenant plus à nous manipuler pour que nous détestions celui qui l'a si injustement trahie, qu'elle cogne de plus en plus les indomptables pour s'en faire obéir – elle s'est méprise sur notre résistance –, en récriminant sur l'adversité elle nous répète qu'elle va se foutre la corde au cou, puisqu'elle n'est récompensée en aucune manière, que nous affichons le plus complet dédain pour elle et qu'elle en bave de toutes les couleurs. Pour ne pas la hérisser je n'ouvre plus la bouche, sinon pour les piafs que l'atmosphère lugubre ne perturbe pas, ils gazouillent. Je m'évade en compagnie des romans et des révisions. Il s'ensuit que je ne rétrograde pas dans le classement en composition française. Aux aguets sous les draps, je m'alarme au moindre bruit suspect. Si elle exécutait son acte combien je m'en culpabiliserais !

Janvier arbore son tablier nival et ses souliers éblouissants, nous gratifie d'un panorama grandiose, cristallisé, comparable aux cartes de vœux ornées de grains argentés. La neige stagne sur le branchage, dans les jardins, sur le fer forgé des portails, sur les toits. Les boules grossièrement façonnées fusent et des cris et gesticulations préviennent que l'une d'entre elles atterrit dans un cou. Une joyeuse mêlée s'ensuit, l'un des deux opposants croque de la neige et l'entente se scelle en bourrades et accolades, ponctuées d’un concert d'acclamations jaillies des bouches ouvertes en O, qui exhalent la fumée. Les piétons patinent craintivement et plouf ! par terre. Ils se relèvent prestement, s’ébrouent, dépités, les gamins effrontés, aux joues écarlates, tordus de moquerie, pointent leur index sur eux. Le car gravit péniblement la côte Gambetta à Dieppe. Quant à celle de Saint-Aubin où les flocons se sont amassés en congères, il ne l'emprunte pas. Les pires risques de chute par glissade n'empêchent pas ma mère de chausser ses bottines et trotter à l'arrêt voyageurs, elle gâche immédiatement l'excitation que me causent ces journées. Estrella me revigore, elle adoucit la transition.

Mon père et Janine m'ont offert un transistor que je planque chez Denise pour le préserver des caprices maternels incohérents. Il concentre mes copines autour de moi dans la cour et se balade de cartable en cartable. Un incident survint qui n'altérera pas cependant son pouvoir magique.

Marie-France fouille dans son cartable pour en extraire une bouteille d'encre. Soudain, dans la salle studieuse, où l'on n'entend que les mouches voler, Salvatore Adamo nous distrait des nobles sciences mathématiques auxquelles nous initie madame Duforestel. « J'aime quand le vent nous taquine… » Madame Duforestel se fige, les cous se tendent, « j'aime quand tu reviens ravie… ». Marie-France, visiblement désorientée, rougit, pâlit, s'évertue à s'emparer du transistor. Plus elle fourrage dans son cartable plus Adamo se déclare : « Mon front se pose sur ton cœur… » Fin de la chanson, le volume augmente pour une publicité.

— Qu'est-ce qu'on entend ? se scandalise madame Duforestel.

Les troncs convergent vers Marie-France, un rire communicatif gagne les rangs ; hilarité générale, à une exception près : Marie-France, livide. Dans cette heure solennelle au cours de laquelle elle nous commente la composition de géométrie qu'elle a corrigée, madame Duforestel ne contrôle plus sa classe, quel chahut !

— Ils exagèrent, ils pourraient baisser le son.

Marie-France, confuse, s'explique en bafouillant : le transistor a fonctionné par inadvertance. Madame Duforestel, furieuse, le confisque et somme la coupable de se disculper au bureau de la directrice, ce qui équivaut à un renvoi. Marie-France ne me dénoncera pas, elle est digne de crédit.

Brigitte essaie de raisonner le professeur courroucé. Responsable du cahier de textes de la classe et de la feuille d'appel, elle est une valeur sûre pour les enseignants. Sous sa protection, son langage pertinent, pondéré, sa voix bien timbrée, sa prestance, on s'en sort honorablement.

— Marie-France, vous n'irez pas au bureau de madame la directrice. En revanche, que le transistor disparaisse. Je mentionne cet incident sur le cahier de conseil.

Ce cadeau précieux nous procurera un intense divertissement par la suite : assises en rond dans la cour pendant la pause méridienne, le transistor au centre, nous ne nous lasserons pas d'écouter le jeu des Mille francs, Salvatore Adamo, Claude François, Sheila, Marie Laforêt, Hugues Aufray et Johnny Hallyday. Les professeurs l'apprécieront pour débattre d'une information déroutante. Mon père l'installera sur sa table de chevet à l'hôpital. Il désennuiera Annie dans sa mansarde des jobs d'intérim. Qui l'empruntera veillera jalousement sur lui, il en contractera des sueurs froides dès qu'il restera hors de vue ou détraqué. Malgré de multiples précautions et recommandations un emprunteur le disséquera et mettra ses entrailles sens dessus dessous. Annie le confiera à l'électricien en chef des *Nouvelles Galeries* de Rouen.

Je relève journellement mon courrier chez Denise. J'affranchis une pléthore de lettres et j'en récolte en contrepartie, que je m'empresse de décacheter. Les semaines où elles se raréfient je suis maussade. Denise minimise l'impact de ma plainte :

— Vous êtes des privilégiées, il vous est facile de correspondre avec votre père…

— Oui, facile un père à distance, facile de traîner en soi une douleur incurable. Facile de refouler sa joie, ses tourments, de n'épancher ni ses peurs, ni ses interrogations, ni ses faiblesses, ni ses erreurs, ni ses aspirations.

***

Lundi 31 janvier 1966. Nous sommes pelotonnées sous les draps. Je parie qu'il gèle, mon nez est frigorifié. Je m'enfonce dans la chaleur des couvertures, la laine tiède m'écarte des agressions. Je m'y réfugie quand je pressens un danger, il provoque ce réflexe de sécurité. Les carreaux s'opacifient d'une dentelle de givre. Le chauffage hésite à grimper à l'étage. Le soir nous déglaçons les draps au moyen d'une brique chauffée dans le four ou une bouillotte emmaillotée dans une chaussette tricotée par une aïeule. En Bretagne, les mimosas explosent de boules d'or et les camélias au feuillage vernissé éparpillent leurs fleurs trop lourdes pour les tiges grêles. Précocement.

Depuis six heures, j'ai seize ans. Je ne serai pas émancipée : la loi requiert désormais l'adhésion des deux parents – impérativement celle à qui incombe la garde – pour procéder à l'émancipation. Chantal a bénéficié de l'ancien système la veille de l'entrée en vigueur du nouveau, son père a accompli *in extremis* les formalités, bloqué à Dieppe le lundi, quitte à perdre son emploi pour absence non autorisée à son poste, bien qu'il ait expédié un télégramme au directeur. Ma mère n'a aucun avantage à souscrire à mon émancipation, la source pécuniaire tarirait séance tenante.

Une journée quelconque, uniformément insipide, sans gâteau à bougies soufflées sous les applaudissements, sans particularité ou presque. Décolorée. Analogue à celle de mes quinze ans. Analogue à celle de mes dix-sept ans, probablement. À l'âge de dix ans j'ai décrété que je ne consommerai plus de pâtisseries, frustrant mon despote dans sa faculté de me punir et de me narguer en savourant une tranche de l'odorant gâteau. Le goût des desserts s'est émoussé par le renoncement. Achever le repas sur un mets salé ne me choque pas. Pour elle, pâtisserie équivaut à gourmandise, gâterie, mérite, elle ne m'oblige pas à en manger contre mon gré. Cette abstinence délibérée chez nous ne me prive pas réellement, d'autant plus que la boulangerie d'Offranville est sur mon trajet et que, le lundi, nous sommes une bande de becs à viennoiserie qui poussons la porte et du seuil : « S'il vous plaît, il vous reste des gâteaux durs ? » Les croissants, pains au chocolat, pains aux raisins, chaussons aux pommes invendus, sont conservés pour nous.

Lundi 31 janvier 1966, donc. Ce que je n'extériorise pas de la monstrueuse épreuve s'évacue en écho dans un cahier à secrets, en caractères alphabétiques et en sténographie pour rebuter les curieux, parmi les portraits de mes camarades, des compositions françaises, des trèfles à quatre feuilles glanés dans les champs de mes grands-parents, une branche de gui. Je le noircis, libérée, il me sert de confident. Sur la couverture j'ai inscrit : « Le vrai bonheur : la solitude. »

— Bon anniversaire, la vieille.

Quel réveil-matin, d'une banalité affligeante ! Ma mère ne me bisera pas au sortir du lit. De celui-ci elle actionne le signal, j'ai seize ans, seize bougies, seize printemps. Blottie sous mon paravent, je simule le mardi de ma naissance : elle, radieuse, détendue ; lui, troublé, malhabile, reçoit dans le creux de son coude, le fruit de leur chair. « Encore une minette ! » « Ne dramatisons pas, nous la poupoulerons comme les deux aînées. » Son lait me rassasiera et je me développerai avec une souveraine vigueur. Lui et elle poursuivant un objectif commun, épris l'un de l'autre, eu égard au dynamisme qu'ils m'ont inoculé pour résister aux conséquences de leur désengagement. Je me console en me persuadant qu'ils m'ont chérie du germe à leur brisure, à un degré tel qu'ils m'ont légué l'esprit de lutte dans ses diverses acceptions. Je ne m'abîme pas dans le désespoir, je temporise, parmi les hurlements se propagent les sons agréables. Je chemine, un pas en arrière, deux pas en avant.

En ce lundi de mes seize printemps sans bougies, le collège a planifié une sortie pédagogique : la représentation du *Cid* au casino, mis en scène par René Barré et Janine Borelli, sur une musique espagnole ancienne, enregistrée à la guitare par Michel Barré. Je m'éprends d'admiration pour l'extraordinaire grandeur d'âme de Rodrigue interprété par André Delmas. Au retour, les élèves discourent sur le dramaturge, son théâtre et ses héros, madame Guidicelli amplement récompensée.

À l'issue des congés du Mardi-gras, mon père m'avertit qu'il prévoit de convenir d'un rendez-vous avec la directrice pour l'entretenir au sujet de notre orientation. Il ne se sent pas de taille à nous conseiller efficacement. Janine me souhaite du courage, chaque offrande au Seigneur en période de carême est une grâce pour plus tard. Elle priera pour nous trois. La nature se ranime à Châteaubriant, la feuillaison se hâte, les ajoncs et les forsythias agrémentent ses tournées. Elle organise les collectes dans les communes du canton, dans le cadre de la Journée nationale des paralysés de France.

Pour son anniversaire, en mars, je lui enverrai des violettes parfumées dénichées dans l'humus d'un sous-bois, perchées sur leur tige, élégantes.

Effectivement, la directrice le conseille. Ils débattent de notre avenir à huis clos, il n'est pas ordinaire de recueillir l'avis des élèves qui se rangent d'emblée à celui des adultes.

— Pour toi, Annie, la solution idéale serait que tu travailles sitôt tes dix-huit ans, ce qui n'est pas loin à présent, tout en suivant tes cours par correspondance. Un nombre conséquent de jeunes qui ont ton bagage pratiquent de cette manière. Pose des jalons afin de jauger la réaction de ta mère. Tu pourras prospecter à Dieppe et Rouen, Chantal ne demanderait pas mieux que de t'héberger à Rouen. Si je te le suggère, ce n'est pas pour moi une question d'argent, mais uniquement à dessein de te restituer un peu de liberté, en te recommandant de l'employer à bon escient. Si mes renseignements sont exacts, elle ne peut pas contrecarrer tes projets. Je préférerais ne pas avoir à déclencher la bagarre. Si j'y étais contraint, indéniablement j'obtiendrais gain de cause, surtout en arguant de vos lettres que je n'utiliserai que si vous m'accordez votre assentiment.

Il ne vise que cela : engager un bras de fer avec elle.

« Si vous n'y voyez pas d'inconvénient, je viendrai le dimanche des Rameaux et vous reconduirai le dimanche de Pâques. Déterminez-vous rapidement, je dois soumettre ma requête au tribunal. Et le transistor ! Se repose-t-il sagement chez Denise tant il a été allumé, je suppose ? T'es-tu munie de piles ? »

Youpi, incroyable, inouï, formidable. Juste une huitaine franche, conformément à la règle. Pas de dérogation au principe, elle n'admet pas les arrangements. Maigre sursis. Pour accélérer la rotation des aiguilles de la pendule, j'ébauche mon planning, fébrile : debout aux aurores, concentration sur un texte biblique pour approfondir ma foi, petit déjeuner, toilette de chat, révisions, deux ou trois tâches ménagères et l'après-midi, nous rencontrerons, Janine et moi, des familles qui sollicitent son concours dans le domaine du handicap ou à qui elle dispense des conseils. Elle œuvre à mi-temps pour l'Association des paralysés de France. Ensuite, balade en compagnie de Valérie qui vogue sur mon ombre. Vivement l'échappée, que la santé chancelante de mon père, hélas ! assombrira.

***

Autant en emporte le vent, de Margaret Mitchell, dont le récit se déroule durant la guerre de Sécession me captive. Je savoure les chapitres où Scarlett et Rhett occupent le devant de la scène. Je m'endors auprès d'eux. Dorénavant je ne courberai plus l'échine. Les émotions complexes de ma mère glissent sur ma carapace imperméable, ainsi que son incompréhensible rapport avec ses semblables, brutal, ses motivations stupides. Mes jeux de rôle me réconfortent, je ne les interromps qu'en cours et les réactive aussitôt que la cloche sonne.

Je me distingue en composition française par le dévoilement de faits intimes, imbattable. « Vous avez connu des instants de solitude. Racontez en quelles circonstances. Aimez-vous la solitude ou au contraire, vous paraît-elle pénible ? Pensez-vous qu'on en puisse tirer profit et dans quelles conditions ? » Mon aisance en la matière me gratifie d'un quinze sur vingt, bien que je n'aie pas été inspirée par la deuxième partie.

— Vous avez construit un plan cohérent, Sylvie, votre devoir est ordonné, analysé, des arguments pertinents l'illustrent. Des sentiments réels. De la sensibilité sans sensiblerie. Continuez. Vous avez fléchi pour rédiger la deuxième partie, votre point de vue original contrebalance ce relâchement. C'est la première note si élevée que j'attribue depuis que j'enseigne ici. Quinze. Je vous félicite.

Il est de tradition que la copie ayant obtenu le meilleur score soit lue, à titre d'exemple.

— Madame, madame, vous la lisez ?

— Non, exceptionnellement.

— Ohhhh !

Je me souviendrai toujours de mon premier instant de solitude. J'habitais à Saint-Aubin-sur-Scie. Une violente querelle avait éclaté et Papa était parti en claquant la porte. Pour discuter sérieusement avec mes sœurs, Maman m'avait envoyée m'aérer dans le jardin. Il était pourtant très tôt : l'église n'avait pas carillonné les huit heures. Je m'étais assise sur le banc en fer, sous le saule pleureur, je berçais ma poupée. Auparavant je me serais adossée contre la rampe du perron par peur de l'inconnu ou dans la perspective d'un danger, mais pas ce matin-là.

Alentour, le calme absolu : les branches tortueuses du saule pleureur ondoyaient sous la brise, les rameaux s'inclinaient en guirlandes sur le banc ; les moineaux pépiaient. Un rouge-gorge pourchassait un moustique – déjà – en sautillant. Une température douce baignait l'atmosphère ; la rosée qui s'était répandue à l'aube formait, dans l'extrême luminosité, des milliers de perles taillées à facettes. Parfois, le murmure éternel de la rivière et le ronflement assourdi d'une voiture dans le lointain se confondaient étrangement. L'odeur suave des violettes, des narcisses, flottait dans l'air. Des ragondins à l'épaisse fourrure brun foncé, déjeunaient le long de la berge, à proximité de leurs terriers. Quelques-uns fendaient le courant. Je n'avais pas peur.

Seule dans le parc. Je ne m'amusais pas, simplement, je serrais ma poupée contre moi et malgré la chaleur printanière naissante, je l'enveloppais dans mon chandail. Relativement lucide, je pressentais que Papa ne reviendrait pas et que peut-être je ne le reverrai jamais plus, qu'un bouleversement se produirait bientôt, une famille de cinq ne se réduit pas à quatre dans l'indifférence. Quatre, un chiffre bancal qui faisait basculer ma vision du monde.

J'aurais bien tenté de le rejoindre, où ? comment ? Et Elle ? Dans ce retranchement involontaire, les contours flous d'une réorganisation m'apparaissaient.

Après cet épisode j'ai aimé la solitude. Je la recherchais. Je m'asseyais sur le banc sous le saule pleureur, mon emplacement privilégié. Richesse ou fardeau, pour moi, elle revêt deux aspects opposés : la solitude salutaire où j'entre en moi-même pour m'écouter, m'observer, me connaître et la mortelle qui m'isole des autres dont j'ai besoin pour m'épanouir. La solitude salutaire, propice à la réflexion, m'aide à supporter la mortelle que m'impose Maman.

Sincèrement, la solitude ne me gêne pas dans la mesure où elle concourt à me stimuler. Par la méditation elle pousse à envisager un problème sous différents angles pour le résoudre. Elle contribue à s'évader pour ne pas pâtir d'être constamment dépréciée par les siens. Être solitaire, c'est être seul ; être seul avec la solitude n'est pas vraiment être seul pour ces raisons.

— Écris plus grand, braille la mégère d'humeur belliqueuse.

Quelle mouche l'a piquée ? Une nouvelle marotte, foucade de cinglée ! J'écrirai petit si j'en ai envie. Résultat : dérouille sur dérouille, chapelet d'injures. Je ne céderai pas.

— Je suis mal installée ici, mon bouquin sur les genoux à cause du bazar sur la table. Mes amies ont un bureau dans leur chambre.

— Si ça ne te convient pas, fous le camp chez ton Bouc, il te proposera du confort, lui et ses congénères de bas aloi, ils amassent des mille et des cents.

— Tu serais plus embarrassée que moi.

Boum ! une volée pour mon insolence. À vrai dire je l'ai méritée. J'ai les cinq doigts marqués sur la joue, un maquillage.

Le lendemain en fourbissant la cuisinière :

— J'ai rêvé que le Pif vous prenait à Pâques. Qu'est-ce qu'il se disputait avec la Drouille !

Décidément, elle ne manque pas de flair, son sixième sens ne la trahit pas. Une objection cependant : mon sixième sens m'informe que le Pif et la Drouille communiquent divinement, en parfaite harmonie. Annie plonge le museau dans son bol, sinon elle rougirait. Plus les vacances se précisent, plus nous appréhendons ses foudres. Ah ! le sale quart d'heure que nous passerons à essuyer sa malveillance, une fois qu'elle en sera avisée ! Nous nous en moquons, l'excitation du départ prédomine.

— Tu te remonteras le moral ici, plaisante Denise.

— Ah ! non, je suis musclée.

— Ne sois pas présomptueuse.

J'encaisse, je gère ma destinée au fond de mes entrailles. J'attends le bonheur dans la pénombre, le but. Or, dans mon remue-ménage intérieur, il germe et confère une dimension fondamentale à ma rébellion. Mes lectures me prouvent combien l'existence est généreuse pour qui le perçoit. Je suis convaincue que ce mot, brodé de deux syllabes aux teintes des saisons, m'inondera de légèreté, de luminance. Je foulerai un tapis moelleux, je diluerai les nuages de mon ombrelle volantée, j'ôterai les épines des roses et il illuminera les heures douillettes. Je le capturerai, je l'étreindrai, je l'apprivoiserai pour le garder éternellement. É-ter-nel-le-ment !

Je suis née coiffée de l'eudémonisme. Dès mes premières représentations mentales j'ai décidé d'être heureuse. Je suis prédestinée au bonheur, il ne s'est plus éloigné de mon berceau, quoiqu'il se montre plus discret au cours de mes tribulations. Je l'identifierai, je le choierai comme un rosier, pour qu'il fleurisse de mai en mai. Il importera de ne pas rater les rendez-vous. Je le discerne spontanément quand certains ne le découvrent qu'après qu'il s'est envolé. Dans une situation pénible, je repère le détail infime qui la basculera en un tourment supportable. Je profite du délice des instants, sans stress, sans précipitation. Je ne subis pas les événements, j'en suis le spectateur qui applaudit aux séances, émerveillé. Pour moi, les séquences de la vie comportent un assortiment de cartes à choisir sur lesquelles figurent une part de chance et une part de fatalité. Elles sont munies d'un recto et d'un verso significatifs. Au recto, la description de la séquence, au verso les consignes et les aptitudes primordiales pour la maîtriser. J'examine spécialement le verso pour y déceler le bonheur et le séduire. Mes parents ont ajouté un élixir à mes biberons, m'ont instillé le tempérament énergique qui m'anime, une opiniâtreté à ne pas gâcher le temps qui nous est imparti, et je peins l'avenir en une splendide fresque, et je brode l'ivresse du combat en points entrelacés, insatiable. Mes paumes contiennent un bouquet de lignes aux innombrables itinéraires.

Un jour, j'aurai une maison, une maison hospitalière, où l'on sera deux d'abord et plus ensuite. Une hutte de lutins qui se révélera château. Elle aura des murs crépis de neige, sur un pignon un fer à cheval de mon pépé, accroché en U, le U de unisson, un toit de tuiles, des volets bleu Majorelle barrés de Z – non pas des volets percés de trèfles identiques à ceux de Saint-Aubin, ni les volets à fentes d'Offranville, des volets pleins qui aveuglent les pièces –, équipés d'arrêts à tête de bergère, des rideaux de dentelle frissonneront aux fenêtres entrebâillées. Elle sera entourée d'un jardin, oh ! pas bien spacieux, un jardinet pour l'aubépine et le seringa, pour les hirondelles, pour la ciboulette, le cerfeuil et le thym. J'y planterai un arbousier qui nous abritera contre les catastrophes et recueillera nos confidences. Il croîtra plus vite que nos petits, arrosé de leurs rires, de leurs larmes, et quand ils quitteront le nid il atténuera le contrecoup de leur absence. Le zéphyr séchera le linge sur un fil tendu du grillage au cerisier, je le rassemblerai dans des corbeilles en osier houssées de vichy bleu et blanc et l'alignerai dans l'armoire en superbes piles sur des pochons de lavande. Dans le feu le chêne pétillera longuement, il donnera du lustre à nos figures, dessinera des silhouettes sur le carrelage et projettera des flammèches à nos pieds. Tandis que les flammes lécheront les lions du contrecœur, que la résine gouttera sur les braises, nous deviserons joyeusement, quiets, et le printemps nous surprendra, étourdis de le respirer si tôt. Les veillées au coin de l'âtre seront similaires à celles d'Écambosc, chez mon oncle Jean Baray, où, agglutinés autour de la cheminée monumentale, nous nous enivrons, dans le crépitement des bûches incandescentes, de la symphonie classique qui retentit jusque dans les champs environnants par les lucarnes sous les chaumes. Dans notre nid nous apprêterons un berceau à bascule enjolivé d'un ciel de lit en tulle. Le portail ne fermera pas à clé, le bonheur pourra s'inviter.

Ce soir, complicité fraternelle et séance de rigolade sous les couvertures, bouche contre oreille, n'en déplaise à la pisse-vinaigre.

— Sylvie, tu sais quoi ?

— Euh ! non.

— Devine !

— …

— Tu donnes ta langue au chat ?

— Oui.

— Cramponne-toi ! Elle s'est renseignée auprès du curé sur un gugusse sans nana. Un veuf ? un divorcé ? un vieux garçon ? Mystère et boule de gomme.

— Non ! Sérieusement ? Alors ?

— T'aurais vu comme il l'a envoyée bouler ! Sa réponse est dans la pile de romans-photos. Il lui a répliqué vertement que la confidentialité est de rigueur dans l'exercice de sa fonction, qu'il ne divulgue pas d'informations relatives aux paroissiens et qu'il ne lui assurait pas connaître celui-ci. Elle devait être hors d'elle, son brouillon d'engueulade est sur l'enveloppe, tiens-toi bien…

Et Annie de la singer : « Je vous remercie des renseignements intelligents que vous m'avez fournis. Si vous n'êtes pas capable de reconnaître vos ouailles, comment voulez-vous que Dieu reconnaisse ses fidèles parmi tant de croyants. » Et pour terminer : « Que Dieu vous bénisse, Monseigneur. » Textuel, véridique !

— Ouf, il y en a un qui l'a échappé belle !

— Tu parles, et nous donc !

En chœur : « Que Dieu vous bénisse, Monseigneur, et vous fasse le pif aussi gros que j'ai la cuisse », tordues à la parodier, la bouche enfouie au creux du coude pour étouffer notre hilarité.

— Qu'est-ce qu'on entend ? questionne-t-elle.

— Des bruits bizarres, articulons-nous de concert sur un ton tragique, tu crois que quelqu'un rode dans les parages ?

Complices et goguenardes, nous esquissons une grimace et nos gloussements puérils redoublent dans le traversin. Quelle paire de folles !

— Trêve de plaisanterie, elle a failli nous amocher.

Parfois, je me demande si elle est normale tant ses crises se renouvellent.

***

Plusieurs de mes camarades traversent, elles aussi, des phases ingrates. Madame Guidicelli soutient Élisabeth qui, invariablement, arrive en pleurs. Elle marche à ses côtés, gravement. À la récréation, elle s'assoit sur le bureau de l'enseignant, Élisabeth sur un pupitre, soucieuse de la réconforter. Madame Guidicelli, un nom révéré, tant de bonté émane de sa personne. Sémillante, chaleureuse, attentive à nos tracas, à la révolte qui déborde, perspicace, elle nous revigore. Elle lit sur nos visages, clarifie notre raisonnement sans circonlocution, ne nous berce pas d'illusions, elle entretient en nous la foi. En l'occurrence, sa vigilance se concentre sur Élisabeth, j'en éprouve de la jalousie.

Jalousie ? Le terme me hérisse. Moi aussi j'endure de multiples scélératesses. Madame Guidicelli s'implique dans la réalité de ses élèves, disponible, même en dehors de l'enceinte du collège, notamment si elle détecte un malaise. Les épanchements de chacune réduit la durée qu'elle nous consacre. Élisabeth ne constitue pas un obstacle à l'aide qu'elle nous apporte.

Élisabeth est née en Indochine. Sa mère a disparu en avoisinant la frontière française et son père est décédé par la suite. Elle réside à Berneval-le-Grand chez ses grands-parents paternels. Les médisantes prétendent qu'elle se livre à des simagrées.

Elle m'a montré un document qui résumait son histoire : ses grands-parents combinaient de marier son père à une célibataire de Dieppe. Pour couper court à leur conspiration il s'est exilé en Indochine. Il s'est marié là-bas et Élisabeth est née. Avant son accident ses proches ignoraient les faits. Il s'est tué à la chasse en extirpant son fusil de la jeep. Accident ? Suicide ? Meurtre ? L'interprétation du drame est pour Élisabeth énigmatique, invraisemblable. Le document spécifie « involontaire ». L'adjectif *involontaire* est l'arbre qui cache la forêt. Pourquoi demeure-t-elle chez ses grands-parents ? Qu'est devenue sa mère ? Je n'ose pas lui poser ces questions.

Que je sois jalouse de celles qui sont coquettement habillées par rapport à moi fagotée comme l'as de pique, qui assimilent aisément le programme, admettons, mais qu'un adulte ressente de l'empathie envers des adolescentes vulnérables dont moi, non, la jalousie ne se situe pas là.

***

Jean Simon sollicite en justice l'autorisation d'emmener ses enfants en vacances. Choquant ! un père qui mendie le privilège de chérir sa progéniture, une démarche contradictoire à celle où l'enfant a le droit de jouir de ses deux parents. Maître Malandain chipote pour le principe : « Le jugement a fixé le droit de visite tous les quinze jours du samedi à dix-huit heures au dimanche à dix-huit heures et du 1er au 15 août. Il est vrai qu'habituellement le tribunal accorde la première moitié de toutes les vacances scolaires. » Traitement de faveur ; trop aimable !

Je tremble pour Annie cloîtrée, assujettie à des devoirs par correspondance. Il pourrait y avoir du grabuge dans l'air. Elle rougira immanquablement en affrontant le courroux maternel. Elle l'excitera pour tester sa résistance, impertinente, ou elle se défendra en incriminant son père.

Denise m'agace, elle me taquine sans cesse. Je suis comme un crin.

— Tu revêtiras ton manteau du dimanche pour aller à Châteaubriant ?

Elle sait pourtant que nous serons accoutrées des pires défroques. Ma mine contrariée l'amène à nuancer son ironie :

— Bah ! Souris, c'est secondaire. Ne boude pas ton plaisir. Le principal est que tu t'amuses sans modération. L'essentiel n'est pas dans la parure, l'essentiel est dans la spiritualité.

Je n'ai pas envie de rire, intolérable le contexte : l'outrance du langage de ma génitrice, ses gifles sous le moindre prétexte – son mode d'expression favori –, ses insinuations perfides selon lesquelles nous semons le désordre dans son existence. Il prendra racine sur le parking de l'immeuble, pas certain de s'en retourner avec nous. Elle garnira la valise en lui vomissant des insultes dans le dos, une demi-heure de jouissance, de vengeance odieuse contre lui. Elle exhumera du placard des guenilles de rebut ayant subi des accrocs, usées jusqu'à la trame, quelques-unes raccommodées, d'autres pas. Jettera en tas les culottes déformées, sans élastique ni dentelle, exagérément bouillies dans la lessiveuse par mesure d'hygiène, qu'elle réserve au dépannage, puisqu'une culotte ne se définit que par son usage : un tissu honteux composé de deux orifices pour introduire les jambes et d'un triangle pour envelopper les fesses et ce dont on ne discute pas chez nous, tabou ; un cache-trou voilé par le linge qui nous déguise, un tue-l'amour. Un repoussoir. Une dépense inutile. Les culottes à courant d'air de Mémé sont affriolantes en comparaison ! Elle ajoutera les combinaisons défraîchies, soi-disant indémaillables, qui nous couvrent à peine le pubis, qui n'ont de combinaison que l'appellation, aux mille effilochures, aux mille bouclettes, que nos ongles négligés ont griffées, roussies par le fer à repasser, accordéonnées à la base. Elle ne se fatiguera pas à les plier, qu'il s'estime heureux d'embarquer la valise et les gosses. Quant aux robes, elle entassera pêle-mêle celles reléguées depuis des lustres sous la pile, pas totalement immettables. Parlons-en de la valise ! La plus endommagée, en carton bouilli, entourée d'une ficelle de chanvre, les charnières désolidarisées, les fermoirs abîmés, le couvercle de guingois, la liste de nos hardes sordides scotchée dessus, pointée au retour pour vérifier que l'énumération et le trousseau concordent.

Le parcours entre chez nous et la voiture nous semblera immense, tant nous aurons honte de longer les fenêtres du voisinage, fagotées de loques semblables à celles de la valise que Chantal portera. Détaler traduirait notre contentement, ce qui nous vaudrait une sanction ; lambiner nous attirerait les railleries grossières des commères du quartier. Nous forcerons l'allure à l'endroit précis localisé minutieusement au préalable où nous nous dérobons à sa vue des baies. Chantal glissera en tête, Annie lui emboîtera le pas, je collerai ses talons, les épaules dans mes chaussures, dissimulée dans son ombre, ridicule. Avance ! Le ridicule ne tue pas.

Il feindra de ne pas s'en apercevoir. Il sautera de la voiture pour nous embrasser, vainqueur pudique, et comme s'il s'agissait d'un paquet fragile, il saisira la valise à deux mains, avec d'infinies précautions, cérémonieusement, pour la caser dans le coffre. Nous ne décoincerons pas un traître mot jusqu'à la frontière entre Offranville et Châteaubriant, la borne scellée à un emplacement différent suivant que l'on se prénomme Chantal, Annie ou Sylvie, sujet possédant un vécu singulier. Le trajet nous purifiera, ressuscitera le père assassiné. Chantal se renfrognera sur le siège passager, persuadée que sa présence à ses côtés lui enlèvera l'affection de sa mère. En apparence, ou réellement, elle satisfait à la corvée de visite pour qu'elle n'encoure pas de sanction et pour qu'il s'acquitte de la pension alimentaire de manière plus rigoureuse. Elle nous surveillera, entravera nos élans, mandatée implicitement par sa mère, un moyen pour celle-ci de se décharger de sa propension à le poignarder et d'assoupir sa conscience.

Au bout d'une cinquantaine de kilomètres à étouffer dans l'habitacle, à haleter dans son dos, recroquevillée, les poings et les mâchoires serrés à bloc, serrée dans ma honte et mes hardes en face du rétroviseur empli de ses yeux couleur de pluie, adolescente inhibée, le silence m'oppressera, attentive à recouvrer son amour sans excès de démonstration et à venir à résipiscence pour lui avoir infligé autrefois les vacheries inventées par sa persécutrice. Pour qu'il me susurre le prénom de Fina.

Dans ce passage éprouvant, Annie naviguera entre les obstacles. Elle abordera les problèmes un à un en se fiant à son intuition, elle les résoudra en proportion de ses besoins de cicatriser ses blessures psychologiques.

Châteaubriant indiquera l'aboutissement du passage, des porte-à-faux. Nous tremperons dans un bain inaccoutumé, javélisées de nos souillures, décapées des cheveux aux orteils, nos friperies empilées en vrac dans la valise ficelée à triple ficelle, à triple nœud pour isoler ces nippes pestiférées. Hier est enterré, vive demain. Notre père et notre belle-mère rétabliront la vérité par les actes et non par le verbe. Nos protecteurs ne perçoivent pas chez nous des individus en souffrance – la souffrance interne est muette –, mais de la pâte à modeler à malaxer pour sculpter la forme désirée.

Ainsi se déroulera le scénario. Gravé photographie et son dans mon garde-mémoire.

— Oh toi, tu as le bourdon !

Denise pousse la porte du vestibule pour que Catherine et Anne-Marie ne suivent pas la conversation et elle dissipe mon anxiété.

À la descente du car, ma mère bondit sur le marchepied, l'air pincé, de l'indignation dans l'attitude, de la sécheresse dans la voix.

— Le Bouc vient dimanche.

J'affecte un air faussement ébahi et maussade, cependant qu'une griserie momentanée dément la gravité du ton :

— Ah !

— C'est surprenant, il ne s'est pas manifesté pendant cinq ans, et subitement... Il vise à vous bourrer le crâne et sortira le grand jeu pour vous appâter ! Chez lui, tout n'est que mascarade. Que la peste l'emporte ! À moins que nous soyons victimes d'un canular, un poisson d'avril.

La nature se métamorphose et bruisse au redoux. L'hiver embrumé cède enfin. Le soleil dévore les nuages. Les derniers perce-neige s'effacent, les pervenches et les muscaris s'épanouissent, les lilas bourgeonnent. Partout le feuillage verdoie. Les draps, les couvertures et les traversins respirent aux croisées, l'asphalte se pare de marelles. « Chez nous des touffes odorantes de giroflées brun-roux panachées de jaune tapissent les talus et les murailles », s'est exclamée Janine dans un courrier récent. Dimanche, Papa klaxonnera sous nos fenêtres, nous serons en avril. Annie soufflera les bougies de son gâteau d'anniversaire à Châteaubriant. Chantal émancipée nous accompagnera-t-elle ? Je présume que sa mère larmoiera pour la retenir. Excellent pour nous. Pour elle, quelle désolation !

Brigitte nous photographie en groupe, nous nous souhaitons mutuellement de joyeuses Pâques, des vacances divertissantes. Euphorique, j'entrepose mon carnet intime cadenassé chez Denise. Demain, jeudi, les angles de la cuisine s'arrondiront sous un roman. Ronger son frein, simuler l'abattement, attention ! que la tête ne pivote pas, ni en direction de la pendule ni en direction de la tigresse. Je couve l'ataraxie au fond de moi. Encore vendredi, plus que samedi. Mes prunelles se figent, je roule vers la Loire-Atlantique en bouillant d'une impatience fébrile secrète.

Le voilà ! Il contourne notre enclos au ralenti, stationne sur le parking de l'immeuble. Maman est sidérée. À deux doigts de nous cogner, elle hurle d'un geste péremptoire :

— Vous restez là.

Déterminée, j'empoigne mon imperméable bleu pisseux qui pue le caoutchouc, je tranche net dans une volte-face éclair :

— On s'en va.

Chantal fait partie de l'expédition. Pour se distraire ? Pour moucharder ? Ça m'est indifférent, Chantal égale fantoche à la botte de la souveraine, sainte nitouche, mouton.

Nous avalerons promptement un repas frugal chez la maman de Janine, puis nous nous élancerons vers Cany chez les cousins Lambert. Mon père est lié de tendresse avec ses petits-cousins issus de la descendance d'Émile Simon, parallèlement cousins paternels et maternels, nos aïeux ayant contracté des unions consanguines avec ou sans dispense requise. Émile s'est démarqué de ses origines quelconques en optant pour la carrière d'instituteur communal. Son père et sa sœur étaient tisserands, sa mère journalière, son frère Élisée, le grand-père du Poulot, était fileur de coton. Émile a vécu une véritable révolution de l'enseignement à la suite de la proclamation de la République : l'abolition de son asservissement au curé de la paroisse qui l'avait recruté, l'instauration de l'obligation d'instruction et une rémunération décente allouée par l'État. Marié à Esther Éloïse Leroux ils eurent quatre enfants. L'aînée était ma bisaïeule paternelle, la seconde, la mère des cousins Lambert : Camille, Léon, Berthe et Jules.

Léon, Berthe et Jules s'assistent mutuellement, charitables l'un envers l'autre. Berthe et Jules, célibataires, se répartissent les tâches et les factures. Ils habitent ensemble dans un logement sombre, inconfortable, plus ténébreux maintenant qu'une résidence s'est collée en limite de propriété. Côté détente, des ardoises taillées en écaille de poisson qui descendent à cinquante centimètres du sol, des ouvertures étroites, une montée d'escalier scabreux qui vibre sous le pas, le bois rongé par endroits. Mon père se baisse pour franchir le seuil.

Malgré une jambe de bois, Jules cultive des légumes. Il bichonne une haie de pois de senteur agrippés à un grillage invisible. Ils prospèrent en une palette de coloris fuchsia, violine, incarnat, saumon, vermillon, mauve, soufre et safran, crème, pourpre. Ces fleurs raffinées évoquent pour moi mille papillons délicatement parfumés. Je m'amuse à entortiller les vrilles autour de mes phalanges. Jules les arrose d'eau pluviale qu'il récupère dans un récipient en plastique aux dimensions extraordinaires.

Il pêche la truite dans la Durdent poissonneuse et fabrique les mouches qu'il range dans des coffrets à compartiments. Dans des boîtes hétéroclites, il classe les matériaux avec lesquels il façonnera des mouches à l'aspect naturel, la mouche miracle qui trompera les truites dodues. Ses amis pêcheurs prétextent une incroyable récolte dans leur besace à lui apporter pour bavarder de pêche et de truite, évidemment. Ils se ravitaillent en plumage dans le parc zoologique de Clères qui abrite les races d'oiseaux les plus singulières, que l'ornithologue Jean Delacour a collectés lors de ses missions dans les pays tropicaux. Jules ne mélange ni les plumes ni les poils : plumes de coqs, de perdrix, de pigeons, de paons, de flamants roses, tectrices, rémiges, rectrices, duvet, poils de chevreuils, de cerfs, de lièvres et lapins, de castors, d'écureuils. Pointilleux, il plonge sa pince à épiler dans une boîte, le sourcil froncé, pour en extraire un élément défectueux :

— C'est pas avec ça que la truite va mordre !

Avec la persévérance d'une fourmi, il confectionne le corps sur l'hameçon, la queue dans le prolongement de celui-ci au niveau de la courbure et positionne les ailes. Pour imiter une authentique mouche, perfectionniste, entre les branches de sa pince, pas de hasard. Il teste la souplesse des matériaux, leur rigidité, leur volume, leurs reflets, imagine leur allure sur le leurre. Il m'aide à différencier les plumes de pigeon de celles de canard qui imiteront les ailes. Il distingue les plumes prélevées sur les ailes des canards de celles provenant du ventre, en forme de coquille. Il élabore des mouches uniques qu'il sélectionnera en fonction du lieu de pêche, de la transparence de la rivière, de la température extérieure, de la direction du vent, de ses accompagnateurs... Il consulte souvent le ciel.

— Tu vois, petite, ces plumes berneront le poisson le plus méfiant. Celle-ci est une plume de cul de canard. Elle est imperméable, c'est une flotteuse hors pair.

Il stocke du fil de soie, de coton et de nylon, du fil métallique, du raphia. Je ne m'éloigne pas de lui pendant qu'il assemble les pièces, si méticuleux et habile dans l'exécution de ces leurres. Il me donne une plume de paon dont les nuances chatoyantes varient selon l'incidence de la luminosité. Elle miroite entre mes doigts. Son ocelle et les cercles concentriques or, brun, turquoise et bleu royal, me fascinent. Je la place soigneusement dans un recueil de poésies pour faire office de marque-page.

Il se réjouit à la perspective que sa précieuse mouche piégera une volumineuse truite. Son portrait, sourire fendu jusqu'aux oreilles, l'objectif braqué sur une prise considérable, s'immortalisera dans la presse locale, au sommaire et en page intérieure précédé d'un papier flatteur sur plusieurs colonnes du champion de la pêche à la truite.

Pour leur rendre visite autrefois, nous passions en voiture derrière la chapelle de Barville construite en 1527 sur une île de la Durdent et nous traversions le gué. La Dyna chassait l'eau bruyante qui giclait sur les vitres, les roues immergées patinaient, une trempette terriblement angoissante pour moi. À présent, un pont-passerelle enjambe le ruisseau guéable.

Berthe, en fieffé éteignoir, enflamme ses journées d'une interminable lamentation chevrotante et monocorde. Plus sa plainte suscite un écho – son petit-cousin Jeannot représente son public de prédilection –, plus elle gémit bruyamment sur un ton identique. Jadis elle réparait les parapluies, l'abondance de commandes la tenait en alerte dès l'aube, personne ne se déplaçant sans son parapluie. Le climat normand, ses giboulées et la brouillasse de novembre, la survoltait. Réputée pour l'excellence de son ouvrage, elle ne chômait pas le jour du marché de Cany, ses contrats les plus lucratifs s'y concluaient. La sonnette stridente retentissait en continu. Empaqueté comme une momie sous une blouse de deuil, son squelette rachitique, douloureux et pesant, cependant plus léger que celui d'un moineau, n'est plus que charpente qui la maintient verticale, frêle ; de rares cheveux rebelles s'éparpillent sur le front et les tempes, son crâne est enveloppé du premier janvier au trente et un décembre dans un lainage grège clair tricoté au point mousse en guise de bonnet, noué d'un large ruban de velours plus foncé sous le menton ; des mouvements lents pour que ses articulations ne se disloquent pas, des mains diaphanes et une voix de cristal dépeignent indéfiniment ses déboires. Sa boîte à trésors recèle un nombre incalculable de plaintes qu'elle exhale en fonction de son interlocuteur. À son contact je fais une provision de déprime. Mon père, en la branchant sur sa complainte, a conscience d'adoucir sa vieillesse. Il nous explique qu'en la prévenant longtemps avant notre arrivée, elle ressuscitera immédiatement et, de se remémorer le délicieux intermède en notre compagnie, elle s'égaiera encore la semaine suivante, avant de dépérir dans son état de langueur. Berthe confinera ses ultimes lamentations dans la salle commune d'un hospice, aux grabats alignés sur deux rangs qu'une allée centrale sépare, aux vasistas si hauts qu'ils ne se basculent qu'au moyen d'une perche, condamnée à n'y contempler que les cieux dans la vallée de larmes, et mêlera ses gémissements à ceux de ses compagnes de réclusion à la parole usée.

Pour quelles raisons affectionne-t-il tant ces petits-cousins ? Son territoire familial, des émotions partagées, des effusions, des attentions... Je ne m'intéresse pas aux liens qui unissent les membres de notre famille, et notre mère, en rayant la lignée paternelle de notre parentèle, a bloqué la transmission orale de l'histoire de nos ascendants. Nous avons perdu la moitié de nos origines. Je ne possède pas la mémoire de nos cousins Lambert, pas d'anecdotes, pas de trait particulier, pas d'événements agréables ou fâcheux qui ont parsemé leur itinéraire, et aujourd'hui qu'ils sommeillent éternellement et aussi ceux de leur génération, j'affirme que l'on devrait rompre les barrages de notre mésintelligence, afin que nos histoires familiales se propagent, pour que nos défunts ne sombrent pas radicalement dans le néant, pour que nous nous inscrivions dans leur continuité.

Notre père part tôt à l'usine, il déjeune avec nous. Nous guettons son retour. En quelques enjambées, il pénètre dans l'enceinte de l'usine Alca située en face des fenêtres de la salle à manger à l'étage. Nous agitons les bras aussitôt que sa silhouette se profile sur les bâtiments aux formes géométriques. Avec quel empressement j'ai acquiescé lorsqu'il nous a proposé de percer son mystère ! Des machines et des moules impressionnants par leur vacarme assourdissant, leurs manettes et leurs cadrans énigmatiques, à la pointe de la technologie, fabriquent des bouchons en plastique pour les bouteilles, des pots à yaourts et des couvercles de pots de crème en plastique. Il nous emmène dans son bureau où il s'adonne, penché sur une planche à dessin, à l'amélioration des performances des machines, à la conception de prototypes. Nous bourrons nos poches de capsules que nous broderons à l'aiguille à canevas de fils en coton perlé pour les assembler en collier.

Ma chambre s'ouvre sur un bois. Le gazouillis d'étranges oiseaux qui nichent dans les ajoncs et les genêts me réveille vers les cinq heures trente, un hymne à la louange du dieu Pan qui surpasse toutes les symphonies. Avant cette heure, les couplets sont espacés. À la minute où un siffleur annonciateur de la lumière donne le la, invisible dans le branchage, impossible à identifier, les becs s'enhardissent, entament la conversation, répliquent, et l'univers brusque le mouvement et célèbre la splendeur de la création en totale harmonie. La nature en liesse m'embarque dans l'aventure. Tant de majesté me déride inévitablement. Chaque matin est un matin neuf plus admirable que le précédent. Il est le matin défini. L'aubade dissipe ma torpeur, me détourne de la paresse, je capte le soleil, il vitaminera mon mental en s'attardant derrière le vitrage, en fardant les jardinières d'un éclat vermeil. Au déclin du jour, la mélodie du siffleur et de ses congénères m'escorte encore en esprit.

Il existe un abîme entre nos journées à Offranville et celles, impérissables, à Châteaubriant. Elles s'enrichissent de mille menues attractions : en discutant je confectionne des desserts avec Janine – tarte meringuée au citron, mousse au chocolat, cake – que j'accompagne par ailleurs dans ses visites. Annie s'initie à la conduite sur le foirail, je me cramponne au siège avant sous les hoquets de la dedeuche poussive. Nous avons toute latitude pour musarder.

Dans le tableau comparatif, je liste en colonne A les anomalies comportementales, leur cortège d'autoritarisme, d'agressions, de servitude, de mépris à Offranville, en colonne B les preuves de tolérance, d’amabilité, de considération à Châteaubriant. Je me révolte, ressasse mes griefs, gamberge.

Valérie questionne :

— Pourquoi tu as le même papa que moi ?

— Parce que je suis ta sœur.

— Tu ne t'en irais pas si tu étais ma sœur.

— Je m'en vais parce que je demeure chez ma maman. Notre papa n'est plus marié avec elle, il l’est avec la tienne.

Le dîner terminé, la vaisselle essuyée, tandis que la télévision diffuse des spectacles de variétés, nous feuilletons les albums de photographies. Salvatore Adamo a eu un accident de voiture, deux carcasses informes, la mâchoire d'Adamo défoncée. Néanmoins, il mène son show. Nous arrosons les dix-sept ans d'Annie jusqu'à minuit passé : muscadet et champagne. Janine a fait nos lits en portefeuille, nous tentons de nous glisser dans les draps en vains trémoussements, ils s'esclaffent dans l'encadrement de la porte.

Notre semaine s’achève sur une escapade à La Turballe pour pêcher les crabes, tourteaux, crevettes et vignots. Chantal s'excite à chaque capture, elle pousse des exclamations et sautille dans les flaques prisonnières de la roche. À la marée montante, nous nous serrons les uns contre les autres, transis, pour affronter la bise qui cingle, plaque les imperméables sur les jambes, décuple le froid, la pluie qui tambourine sur nos capuches et fouette nos visages, la houle qui déferle et gronde dans les rochers blanchis du guano des cormorans et des goélands. Les korrigans qui peuplent les grottes divaguent, chuchotent, poursuivent de longs conciliabules.

Les vagues océanes gorgées de sel, coléreuses quoique salvatrices, surgissent, enflent et se fracassent sur le granit en écumant et nous éclaboussent par intermittence. Elles propulsent les chagrins dans l’infini. Le froid intense glace la pierre et nous transperce, or tant de bien-être nous envahit que nous supportons la tempête. Nous goûtons la félicité, un état qui nous a désertées durant une éternité, si tant est qu'elle nous ait déjà habitées.

Il crachine, il vente si violemment que nous nous réfugions dans la voiture, hormis notre père et Chantal qui s'acharnent à remplir les seaux de coquillages, faisant fi de ce climat breton exécrable, qui s'insinue sur notre épiderme.

— Janine, raconte-nous comment tu as rencontré Papa.

— Votre père travaillait chez Vendeuvre à l'époque, à Dieppe. Moi aussi en tant qu'infirmière pour le personnel. Je trouvais toujours une bricole à ranger avant de partir et c'était la course ensuite. Souvent, en franchissant la grille de l'usine, j'apercevais un salarié adossé contre une fenêtre, qui pointait sa montre du doigt pour me signifier, mi-figue, mi-raisin, mon retard. Un matin, je le croise dans un couloir, il se campe devant moi, les poings sur les hanches :

— La ponctualité n'est pas votre fort, qu'il me sort.

Je m'énervai, vous connaissez mon tempérament vif, et lui rétorquai sèchement :

— Vous n'avez plus de dossier en instance, pour vous mettre en faction à la fenêtre du bureau ; on vous charge de me surveiller ?

— Mais non, voyons. Ne vous vexez pas.

— Je n'ai pas que l'usine en tête, je me consacre à de nombreuses occupations.

Un midi, il insista pour me reconduire chez moi. « Soit, précisai-je, à condition que vous m'arrêtiez à l'entrée du village », ce qu'il ne fit pas, bien entendu. Il stoppa devant un magasin de fleurs, acheta une magnifique gerbe de roses qu'il étendit précautionneusement sur le siège arrière et démarra. Puis il stationna au niveau de notre portail, contourna la voiture et se saisit de la gerbe :

— C'est pour vous.

— En quel honneur ? Vous êtes fou !

Éberluée, je lui bafouille un merci inaudible. Je protestais, immobile sur l'accotement, il s'engouffra dans la voiture, embraya, le moteur ronflait. Maintenant, comment me faufiler chez moi en douce ? Ma mère recevait un couple d'amis, je me figurais leurs commentaires, leur curiosité malicieuse.

— Qui t'a offert ces fleurs ? s'étonne-t-elle.

— Un malade.

— Un malade du côté gauche, oui !

Mon surveillant me ramenait en voiture à l'occasion. J'ai découvert un homme ulcéré, d'une tristesse sans nom, le regard éteint, aucune flamme n'y brillait. Il était misérable, les vestons rapiécés, les cols et poignets de chemises élimés, les chaussures terreuses, il lui manquait des dents. Il me parlait de ses filles qu'il adorait, votre mère lui commandait de vous corriger pour des bêtises anodines et il avait horreur de vous battre. Il décrottait les couches parce qu'elle vernissait ses ongles et les détergents écaillaient son vernis. Il m'a demandé de l'épouser. J'ai refusé net, au nom de la religion. Il m'a suppliée :

— C'est oui ou je me laisse mourir.

— Quel affreux dilemme moral ! J'étais convaincue que le Seigneur me confiait la mission de le sauver et j'ai cédé. Dans la bible, la parabole de la brebis égarée interprète sa volonté.

Une coquette enjolivure au fil des ans.

Merci Janine, grâce à toi, il vit ; tu lui as infusé un fluide de vitalité. Nous t'en serons éternellement reconnaissantes.

Dimanche arrive trop vite, même horaire, mêmes chiffons sur le dos, même valise ficelée, même ordre pour regagner la taule rue du Tour-de-vis, en file indienne, Chantal d'abord et moi attachée aux talons d'Annie, les journées fantastiques à jamais gravées en moi, conformes aux personnages de mes romans ; trois statues impassibles sous l'œil maternel réprobateur et la mine de rabat-joie, littéralement douchées. Outre cette immersion brutale dans la réalité où les tableaux s'entrechoquent, pénibles, les cadeaux d'anniversaire, un appareil-photo et une chevalière, valsent contre le mur et atterrissent au bout de la table dans le fouillis des revues. Ils sont désormais sous clé, confisqués. La désaxée, à cran, écume pour un oui ou pour un non, heurte ses chaussons contre le carrelage, bat des ailes, brasse de l'air, nous abreuve de son fiel, vocifère contre le Bouc, nous botte les fesses. Elle est réduite à réparer les dégâts qu'il a causés sur nous. Elle fulmine contre lui, le dénigre, lui et sa bande pitoyable. Le Bouc et son serment d'ivrogne, qui lui a fait trois gosses qu'il n'a pas les moyens de nourrir. Et la Drouille qui se pavane en se roulant les pouces pendant qu'elle s'use à économiser et à décrasser nos cochonneries – elle assimile la menstruation et l'acte sexuel à de la cochonnerie. La Drouille qui vit à ses crochets.

— Une fois de plus il vous a monté le bourrichon. Ah oui, il peut vous en foutre plein la vue. Faire la ribouldingue avec la somme qu'il nous doit !

Mardi, encolérée au suprême degré contre lui, elle filera chez son avoué pour se plaindre des perturbations que l'exercice du droit de visite entraîne.

— Maître, mes filles se couchent à des heures indues. Elles rentrent fatiguées et infernales. « Ils » ne respectent pas leur minimum de sommeil.

— J'en aviserai mon confrère pour qu'il spécifie à l'adversaire qu'il est impératif de tenir compte de leurs rythmes.

Révoltée, Annie a le faciès des hostilités, elle dissimule à peine son arrogance. Elle se livrera à une grève de la faim, jusqu'à ce que la chevalière lui soit restituée. Réplique de la désaxée :

— Parfait ! Pendant que tu dégraisseras, moi, je me renflouerai.

Je réintègre mon coin, murée dans mon ego, vissée sur ma chaise entre l'évier et la cloison, à bâiller d'ennui, à me consumer, passive, à barbouiller du papier, à lire en filigrane que demain sera meilleur ou à broder. Dans de la toile à drap que ma grand-mère avait marchandée pour nous auprès de son colporteur, je réalise des dessous d'assiettes et de verres généreusement illustrés des *Fables* de La Fontaine, la morale brodée au point de tige : « Aide-toi, le Ciel t'aidera », « Il faut faire aux méchants guerre continuelle », « Le plus âne des trois n'est pas celui qu'on pense », « L'avarice perd tout en voulant tout gagner », « Il est bon de parler, et meilleur de se taire »... Je prévois d'en effectuer une douzaine. En lisant je prolonge mes jeux de rôle, en brodant je les anime.

Chantal suce son pouce en dodelinant du buste et en chantonnant.

Programme de réjouissance pour ce jeudi : écouter la mégère brailler, seriner l'antienne. Mes tympans bourdonnent de ses insanités. Je parcours indéfiniment le même paragraphe, sans en décrypter la signification. Jojo fuguera-t-il du camp de Pierre-Sèche ? Jojo, orphelin de guerre, adolescent réfractaire, frondeur… Elle tricote près de moi une liseuse en mailles ajourées. Brusquement elle ne rôde plus dans mes pensées, les lignes se recroquevillent, s'emmêlent. J'ai de la buée sur mes lunettes. Une pluie d'étoiles clignotent autour de moi. Le sol se dérobe, les murs tanguent, je m'agrippe à un nuage. Mo, les boucles blondes auréolées d'un bonnet cerise, plane au-dessus de moi. C'est son collier de pierres transparentes, étincelantes, semblables à des diamants, que j'ai confondu avec des étoiles. J'ai le souffle court et bruyant. Je suffoque, ne respire plus, à moitié dans le coma je m'apprête à expirer. Mes sœurs murmurent, comme à Saint-Aubin :

— Mam, elle est tombée dans les pommes.

— Pas grave, c'est la méchanceté qui ressort.

J'ai envie de vomir la boue agglutinée en moi au fil des calendriers éliminés, j'étouffe. J'entrevois mon père qui se retourne sur nous tandis que nous nous éloignons, qui tend les bras, navré, rembruni, recru de peine. Insensiblement j'absorbe mes tourments, ma respiration se régularise. En convoquant toutes mes énergies, mon trouble s'apaise. Les aiguilles métalliques cliquettent à nouveau. Je marche en automate au bord du précipice, il m'attire. Ne pas vaciller. Je vais la quitter. Et fissa. Rejeter l'inertie et l'apathie qui me caractérisent. Réagir. Fuir la folie. Il n'est plus l'heure de se résigner. La porte s'entrouvre pour moi. Je m'éclipserai dès que j'aurai fini de régurgiter la boue qui m'étouffe. J'emporterai uniquement mon cartable rempli de cahiers et bouquins, de niaiseries inestimables, une branche de seringa pour la souvenance, pour le bonheur, pour qu'elle me protège et aiguillonne ma volonté. Les pétales favoriseront la chance et embaumeront mes soirées de juin. Je n'ai pas peur. Je vais me désenchaîner de mon despote, trancher les mailles, trancher court. Cette soudaine illumination m'apparaît une évidence, me rassérène. Délivrée et libre pour renaître à l'espoir, entrer dans le nirvâna. Je ne lui en garderai pas rancune.

Elle engage la guerre. Elle ne tarit pas de critiques grossières envers Janine. Un modèle d'éloquence en la matière. Son vocabulaire s'enrichit d'une kyrielle de qualificatifs inattendus. Ne pouvant pas refréner son intempérance de langage je décide de ne plus converser ou exclusivement par monosyllabes. Annie l'agresse, toutes griffes dehors, provocatrice à outrance :

— Tu veux que je te dise, tu es jalouse de Janine.

— Hein ? Répète ! Ça c'est pour la Drouille.

Mazette ! Elle a la main leste. Plus nous nous soulageons verbalement, plus elle frappe sec, les phalanges saillantes. Nous ne nous massons pas la joue pour atténuer les picotements. L'effrontée renchérit de plus belle :

— Tu es jaaaalououse et tu n'as même pas pigé que Sylvie te tire la gueule. Faut vraiment pas être malin, ça crève les yeux !

Elle dépasse les bornes la frangine, elle réunit les ingrédients pour se morfondre à la cave parmi le charbon et les araignées, dans une mortelle veillée.

Mon père est prévenu de ma décision, ainsi que Denise que je consulterai. Elle aplanit les obstacles de ses avis pertinents. Je rapporterai à Annie ses paroles pour l'arracher à son accablement.

— Denise, je rejoindrai bientôt Papa, il est au courant.

— Tu te méprends. Monsieur Davot, le commissaire de police est formel : tu n'en as pas le droit et en présumant que tu passes outre, il t'adressera la semonce adéquate et te reconduira chez toi. Tu préfères une confrontation avec Davot ?

— Sincèrement, non, cela aggraverait la mésentente.

Elle m'encourage par une médaille :

— Accroche cette médaille de saint Benoît sur ton cou pour te concilier sa bienveillance. Elle te soustraira aux maléfices du démon, une bagarre s'ensuivra, tu vaincras les embûches, si tu y crois, cela va de soi.

De la bagarre, il y en a eu. Mais pas chez nous. De par nos logements mitoyens nous participons aux prises de bec des locataires qui cavalcadent partout et dégringolent les escaliers sitôt que monsieur gare sa vespa pistache. Il a écumé les bistrots. Ils nous gênent.

Je ne suis pas partie, Denise m'en a dissuadée. Et le spleen m'anéantit. Je tournaille dans ma sphère comme le poisson rouge dans son sachet à la kermesse de la Saint-Jean. Je promène ma carcasse entre Offranville et Dieppe, sans enthousiasme. Un sursaut de dynamisme me propulse chez Denise pour m'imprégner de sa vaillance.

L'algèbre, la géométrie, les sciences naturelles, au langage abscons, me barbent. Guère motivée par les zéros, je me planque au fond de la salle sur un siège « réservé », réservé aux cancres. Madame Guidicelli anime un cours de correspondance que j'assimile dans une semi-léthargie, indifférente.

Secoue-toi ! Tu as promis à ton père de te surpasser. Tu ne lui feras pas l'injure de te traîner à sa remorque, il a copieusement endossé en amertume et attaques de toutes sortes. Promis, juré, craché.

Effectivement, je réussis dans les disciplines où je maîtrise les bases. Celles où j'ai accumulé des lacunes ne m'épargnent pas. Mes notes sautent d'un extrême à l'autre. Les quatre et les quinze cohabitent. Je lis à m'en dégoûter. Par une curieuse contradiction sans lecture je dérive. Madame Guidicelli veille.

— Sylvie, que vous êtes morose ! Qu'est-ce qui ne va pas ? Qu'est-ce qui vous tracasse ?

Malgré mon mutisme, elle persiste :

— Vous êtes soucieuse, vous avez l'air lointain. Quelque chose vous préoccupe ?

— Je vais bien, merci.

— Non, vous n'allez pas bien, vous êtes repliée sur vous-même, hermétique, ça me désole.

Elle insiste tant que je lui résume la situation, j'abrège, catégorique :

— Elle ne nous aime pas. Je lui démontre que moi, je l'aime et que son amour m'est primordial, elle reste sourde et aveugle.

— Et si vous vous trompiez ?

— Non, il en a toujours été ainsi. Son attitude dédaigneuse empire, elle déplore qu'on lui ait gâché la vie. Elle déteste notre père et le calomnie constamment.

— Elle redoute peut-être que vous vous détachiez d'elle. Elle vous aime à sa façon, vous êtes sa principale ou unique source d'épanouissement. En le critiquant, elle s'imagine que vous le mépriserez et le rayerez d'un trait de plume, pour absolument vous garder. La crainte d'être privée de vous se traduit par une réaction déraisonnable, si déraison il y a. Elle n'admettrait pas une défaite. Sylvie, vous êtes encore jeune pour intégrer cela. Quelquefois d'étranges facteurs concourent à agir de telle ou telle manière… Vous me faites un brin de conduite ? Je fonce, sinon mes anges vont s'agiter... À bientôt ma brave élève studieuse, confiez-vous à moi si vous en éprouvez la nécessité.

En dialoguant avec ma conscience morale je disculpe ma mère, je me repens, je me rachète par des attentions : des tiges de muguet au 1er mai, un poème inventé pour la fête des Mères. Petite, je lui remettais la babiole réalisée à la communale dans le cadre des ateliers d'éveil, une poule, un poussin ou un cœur en feutrine pour piquer les épingles, un collier en pâtes peintes, une rose qui lui ressemble tant, décalquée sur une carte, le mot maman tracé en pétales et un compliment à l'encre violette en pleins et en déliés, sans rature, les deux feuillets assemblés par un ruban de taffetas écru.

Chère Maman, je t'aime.

Pour les contrariétés et les peines que tu as endurées par ma faute, je te demande pardon. En ce dimanche plus particulièrement, je t'obéirai sans émettre de protestation et tu n'auras pas à crier. Si tu n'étais pas ici, toi qui me donnes cet amour unique dont j'ai besoin, je serais horriblement malheureuse.

Ta petite fille qui t'aime,

Sylvie.

Je réprouvais cet exercice collectif où les élèves s'impliquaient dans sa réalisation, où, fiévreusement, père et enfant se concertaient sur le moment opportun de la lui offrir, pendant que je songeais à son interprétation désobligeante. Moi, je lui aurais bien calligraphié en pétales de marguerites qu'elle était la plus belle des mamans, mais un masque de haine recouvrait son visage.

— Tu as des choses à te reprocher pour te fendre de ça ?

— Ça ?

Je courbais l'échine sous l'humiliation.

Janine se manifeste souvent pour que nous conservions un moral d'acier : « Essayez de trouver la paix intérieure, l'effort du présent vous fera affronter l'avenir dans la sérénité. La distance n'exclut pas de penser à vous et nous prions pour que vous résolviez votre problème. Que votre foi en la Providence divine ne chancelle pas. »

Annie maigrit, le faciès émacié, inexpressif, la colonne tassée, sa loquacité décroît, son abattement se répercute dans son organisme. La bouche sarcastique braille en ricanant que la mauvaiseté l'use prématurément. Notre père s'obstine à ce qu'elle recouvre la pension sur un compte en banque pour que sa mère n'y touche pas et il examine la méthode pour la soustraire à son emprise néfaste. Je le vois fréquemment chez Denise, ses affaires et les nôtres bouleversent son planning. Nous délibérons sur la stratégie pour distinguer le bout du tunnel et sur nos projets.

Chantal l'inquiète : il souligne qu'elle est la plus malchanceuse de nous trois, son tempérament renfermé freine sa spontanéité. On ignore si son impassibilité ne dissimule pas une souffrance.

— Elle en subira les conséquences tôt ou tard.

Denise et Janine se scandalisent :

— Une égoïste qui ne se préoccupe pas de vous, qui a failli vous massacrer et vous la soutenez !

Ces discussions me dessillent les yeux sur la contenance de notre aînée. Ses parents lui sont chers et il lui répugne de leur déplaire. Je la défendrais bien, si je n'étais outrée de sa position : Papa lui a recommandé de nous révéler qu'ils avaient restauré la relation, elle ne s'est pas exécutée. Il en a conclu purement que nous n'y consentions pas. Denise certifie qu'elle peut modifier son caractère, l'assouplir. Lui, soupire, ébauche une moue d'incrédulité :

— Pourquoi n'ai-je rompu que dix ans après mon mariage ? Je prétendais la fléchir, modeler son caractère, quelle utopie ! J'allais de déboire en déboire, les conflits se sont multipliés. La rupture était inéluctable.

Avis de violente tempête sous notre toit, la bagarre atteint son paroxysme et signale une issue imminente. Par le truchement de Maître Lemarchand, il tâchera de récupérer les deux cadeaux d'anniversaire. Par conséquent notre mère apprendra incessamment que nous correspondons. Ça va barder, taïaut !

Nous y voilà, sous une bourrasque de répliques venimeuses. Mon cou est bloqué tant elle m'a tanné le cuir. J'ai une bosse sur le crâne pour avoir nié, en ironisant, que j'écrivais au Bouc, puis affirmé que, oui, je correspondais avec mon père et qu'il m'a payé, lui, un transistor. Quant au mensonge du dictionnaire médical, motus, juste une allusion !

— Ta Chantal chérie n'a pas eu de cadeau, elle ?

Elle jure mordicus que non, que l'histoire du transistor lui scie les pattes – il est en sûreté chez Denise –, qu'elle ne se mêle pas de la connivence entre le Bouc et nous.

— Aussitôt que Chantal partira, une de vous deux dormira avec moi.

— C'est le pompon, plutôt coucher sur le paillasson !

Vlan, une dérouille pour moi. Je ne l'ai pas volée. Elle défoule sa rage, s'échauffe les poings. L'insolente éclate de rire, kif-kif bourricot pour elle, elle en ramasse une. Son avoué transmettra à celui de son adversaire qu'elle lui a confisqué l'appareil-photo et la chevalière par mesure de rétorsion, pour la mater, jusqu'à ce qu'elle se ressaisisse. Motif primordial : pas de vacheries du Bouc chez nous. Le purgatoire se transforme en enfer. Elle nous chasserait bien, du reste, elle en débattra avec Maître Malandain. Est-elle assez naïve pour croire que le bonhomme lui préconisera un transfert de garde, lui-même et son confrère jouant les « médiateurs » dans leur bataille, essentiellement au sujet de la pension alimentaire et du droit de visite, clients vaches à lait fidèles à chouchouter. Chacun prêche pour sa paroisse. Les pensions s'envolent en frais de procès et d'honoraires et notre mère, qui se restreint dans les dépenses et nous restreint par contrecoup, ne boucle le budget que grâce à son talent de gestionnaire. Je m'étonne qu'elle ne décortique pas ses intérêts avec plus de lucidité et une once de sens commun. Mais la justice lui permet de communiquer avec son ex-mari dans un rapport de haine-passion frénétique. Plus j'acquiers de la maturité, plus je m'insurge contre ses allégations et me révolte que les magistrats ne mettent pas un frein à leurs relations perverses, aux répercussions prévisibles sur notre développement.

Ensuite elle joindra la directrice par téléphone, persuadée que les « saloperies » du Bouc sont acheminées dans cet établissement. Ni la directrice ni elle ne soupçonnent la proximité de Denise Lefébure, autrement elle me cloîtrerait, moi aussi, et m'inscrirait à des cours par correspondance pour me maintenir sous sa coupe. Je ne vendrai pas la mèche de sitôt ! Et ce n'est pas demain la veille que je dévoilerai le rayonnement que me procure Denise. Une technique efficace pour ne pas me trahir : me retirer dans ma forteresse.

— Je préviendrai votre oncle et vos grands-parents de votre ingratitude et des empoisonnements que vous m'infligez, vous chialerez de honte. Vous ferez moins les malignes.

— Grand-Mère se rangera de notre parti, on correspond avec elle depuis longtemps par l'intermédiaire de mademoiselle Cadinot.

J'ai frappé inconsidérément. Abasourdie, blême, sans voix, elle ne lève pas la main dans son geste réflexe, tant ce qu'elle entend la paralyse. Ah ! si j'avais mis ma langue dans ma poche ! Mémé et mademoiselle Cadinot auront des embêtements à la suite de ma bévue. Émile bougonnera, furieux contre la patronne et mademoiselle Cadinot. Autant je suis fière de ne pas avoir cafardé Chantal concernant le dictionnaire médical, autant je suis lamentable sur ce chapitre-là.

— Annie, toi aussi tu écris au Bouc ?

— Non.

— Tu sais que Sylvie lui écrit ?

— Non.

Après quoi court-elle pour ne plus abonder dans mon sens subitement ? Elle est excédée par sa geôlière qui ne lui jette pas du lest. Le désappointement digéré, je m'accommode de nos mobiles divergents, elle m'incite à exiger plus de moi que d'autrui.

Le choc est rude pour le tyran domestique, néanmoins elle se compose une figure affable à l'égard d'Annie qui se laisse amadouer. Elle m'isole d'elle, obsédée par un hypothétique complot, elle escompte la rallier à sa cause. C'est elle qui partagera sa couche en l'absence de la privilégiée. Quelle chance de s'assoupir dans le monologue hargneux de sa partenaire ! Elle m'a dans le collimateur, me séquestre dans la cuisine, me prive de la kermesse d'Offranville, de la retraite aux flambeaux et de messe. Elle verrouille les armoires, les commodes, les malles, convaincue que je lui vole des choses pour les troquer contre des timbres et des enveloppes. Elle me supprime le dentifrice et le savon, les vêtements convenables, m'empêche de m'exprimer, excepté si elle m'interroge, évidemment. Elle grille de savoir qui réceptionne mon courrier pour éventuellement l'intercepter et décrète que j'écoperai d'une trempe chaque fois qu'elle me le demandera sans résultat. Elle fouille en cachette dans mon cartable, à l'affût d'un indice, d'un porte-monnaie. Ma fortune colossale, vingt centimes, a disparu de ma poche d'imperméable. Je devine quel en est le pickpocket, qui, sinon elle ? Dorénavant je redoublerai de vigilance et d'astuces.

— Tu boudes ? Je ne me fatiguerai pas les méninges à enregistrer tes sottises, ironise-t-elle.

Denise illustre d'exemples l'amour de notre père et de Janine pour nous. Malheureusement ils habitent à quatre cents kilomètres de moi. La distance creuse le fossé entre nous. Elle se répand en propos tellement élogieux sur la vie que je la considérerai sans l'ombre d'un doute de la même façon qu'elle et je ressentirai ce qu'elle éprouve : de l'enthousiasme en abondance. Elle m'assure que, lorsque je serai en accord avec moi-même, j'irai vers les autres tout en me détachant de leur influence, je riposterai calmement aux défis et nous serons complices de joie de vivre, nous gratterons des feuillets exquis en la matière.

Confinée au couvent Saint-Simon, sevrée de contacts, analogue à une plante sans lumière, Annie s'étiole. Elle s'énerve, à cran, bondit d'exaspération, démarre au quart de tour, révoltée contre la chouchoute à l'abri des frictions, douillettement enroulée dans le giron de sa mère.

— Il réclame aussi le dictionnaire médical, lance-t-elle, en se dandinant sur son siège, les paumes au menton.

La rosse ! Chantal ayant trouvé une parade pour l'utiliser ouvertement. L'égratignure est rude pour la marâtre de réaliser que sa préférée l'abuse. Elle est atterrée. Il y a de quoi se ronger les poings ! Elle explose, nous assaille de questions que nous éludons adroitement, nous brutalise ; nous sommes dans un asile d'aliénés. Chantal n'y échappe plus, elle essuie la tempête :

— Fous le camp chez la Drouille si l'herbe y est plus verte qu'ici. Toi qui as un joli coup de fourchette, hein, la goule fine et la panse garnie, tu ne dédaignes pas mes plats ! Tu pourrais bien danser devant le buffet et elle n'aura pas de meilleure prétention que de faire de toi une boniche. Ou de te dégoter une situation aussi peu reluisante.

— Imbécile, ton radotage m'indiffère. Je ne me fourrerai pas dans ses pattes ni ne croupirai ici. Je veux mon indépendance, bosser et qu'on me fiche la paix. On ne me mènera pas par le bout du nez.

— Ça t'écorcherait la langue de me parler poliment ? Tu n'as même pas la reconnaissance du ventre !

Cette nuit-là, je me suis dirigée à tâtons vers la fenêtre, j'ai poussé discrètement les volets et scruté le firmament constellé d'une myriade d'étoiles, Estrella scintillait. Elle scintille pareillement à Châteaubriant, ceux qui me chérissent la chargent pour moi de messages de réconfort. L'astre rassembleur des êtres.

Épisode final du feuilleton : mademoiselle Cadinot ne se fâchera pas de mon étourderie, Grand-Mère ne me disgracie pas, en revanche elle appréhende la réaction de Grand-Père si on la dénonce. Si tel est le cas, elle racontera un pieux mensonge et s'en expliquera à confesse. Deux ou trois *Pater Noster*, *Ave Maria* et *Confiteor Deo* expieront sa faute. Le bon Diou chera cotent. Elle ne voit pas d'inconvénient à recevoir des lettres de ses petites-filles. Toutes deux me boujoutent.

Ma mère écrit sèchement à mademoiselle Cadinot de s'occuper de ses oignons. « Elle comprendra. »

La fête des Mères approche et pour moi l'angoisse de végéter dans ce guêpier.

— Bonne fête, Mam !

— Garde-la pour la Drouille.

***

L'année scolaire s'achève dans ce climat familial peu propice aux révisions, pourtant j'ai remporté le prix d'excellence en histoire. La preuve, le volume en récompense : *Dieppe et la région à travers les âges* d'André Boudier. André Boudier, enseignant, musicien, historien, couronné par l'Académie des sciences morales et politiques, est une figure emblématique de Dieppe. Durant la Seconde Guerre mondiale il préserve des saccages les archives et les collections de la bibliothèque. Il s'attache à ressusciter le passé local pour le perpétuer aux générations futures par le biais de nombreux textes. Les enseignants citent couramment et vénèrent l'érudit, décédé deux ans auparavant.

Mes sœurs s'absentent sans que j'en sois avisée. Je les envie, les veinardes ! Annie pour un boulot aux *Nouvelles Galeries* de Rouen à la caisse du rayon alimentation – elle comble ses petits creux en croquant des fruits et des friandises, plaisante sans cesse, les vendeuses sont sympathiques –, Chantal dans un ménage d'Yvetot, elle se consacre à un bambin de dix-huit mois. Systématiquement elle débine ses patrons. Les reverrai-je bientôt ? Pour le deviner, continuellement aux aguets, j'inspecte : le nombre de pommes de terre dans la casserole, les accroche-cœurs correctement épinglés et le maquillage plus accentué que de coutume, les chaussures à talons aiguilles qu'elle astique, la particularité vestimentaire pour les cueillir à la gare de Saint-Aubin. Toutefois ces éléments ne me renseignent pas sur laquelle des deux rallie le domicile.

L'obstiné reçoit un ultimatum : si sous huitaine il n'a pas payé la totalité de la pension alimentaire, une plainte sera déposée en abandon de famille.

— Je suis bon pour me justifier auprès de mon ami le commissaire. Qu'on ne s'y trompe pas, je n'ai pas l'intention de capituler avant qu'on m'y accule.

Les tête-à-tête avec ma mère acariâtre et inflexible me torturent davantage que ses cris, bien que, côté cris, elle a de la constance. Je l'aide à tapisser la cage d'escalier, juchée sur un escabeau, le papier peint lourd de colle à cheval sur un balai ; je tapisse la salle à manger. Elle n'est pas à prendre avec des pincettes, la pose ne lui convient pas, les lés ne sont pas raccordés, la colle n'est pas adaptée, les motifs ne lui plaisent plus, sa prédisposition irascible à fleur de peau. Madame Lecerf flâne à plusieurs reprises sur sa pelouse, dans l'espoir de m'aborder pour compatir à mes misères en mère qui n'en a pas que le titre, elle. Elle lâche à brûle-pourpoint :

— Tu redérouilles, hein ? C'est une véritable harpie !

Je haussai les épaules, néanmoins sa constatation m'émut grandement. La mienne, pour se délasser, s'est campée sur le seuil et s'est extasiée du ciel radieux. Elle a tourné les talons, mouchée sous la répartie :

— Oh oui ! Mes gamines respirent l'air pur, elles ne pleurent pas, enterrées entre quatre murs, elles.

Et pan, dans les gencives ! Ça lui rive son clou.

Pour nos voisins, pauvres intellectuellement et socialement, sans conteste leurs six garnements sont sacrés, ils les somment d’exceller là où eux-mêmes ont échoué. Ils ne les rudoient pas, la marmaille piaille et chahute librement. Spectateurs de son délire tant la maçonnerie mitoyenne est mince, témoins auditifs de ses emportements aveugles au cours de constantes frictions qu'ils estiment anormales et condamnables, ils s'alarment et livrent leurs préoccupations dans le quartier. Les langues se délient. Madame Lecerf se résout à intervenir prudemment, elle craint des représailles. Une idée lumineuse la traverse : prévenir monsieur Simon. Elle s'affaire en catimini.

En rentrant sans me presser tant j'ai hâte de dialoguer avec les cinq murailles, tant l'air suave de juin avive ma mélancolie, madame Sorel m'accoste au carrefour, et sans préliminaire :

— Maman ne vous escorte pas ?

— Non, elle coud. Elle a entrepris de se tailler une robe et ne s'interrompra pas pour un bref instant de loisir.

— Elle n'a pas confiance en vous qu'elle vous guette constamment ?

— Elle se détend de cette manière et se divertit de la couture.

— Madame Lecerf affirme qu'elle est brutale. De chez elle, elle assiste aux disputes. Elle s'irrite de la façon dont votre mère vous traite, ses procédés manquent de douceur, paraît-il. Elle regrette de ne pas avoir l'adresse de votre père.

Je n'hésite pas, en haletant je crayonne l'adresse, griffonnage tremblé, maladroit. Chaque syllabe inscrite me transporte vers la délivrance. À l'évidence madame Lecerf avertira notre père qui produira la preuve irréfutable de sévices, afin de nous arracher à son emprise ou pour le moins, attirer l'attention des magistrats par un énième argument.

D'ordinaire je ralentis le pas à la hauteur d'une des villas richement entretenues. Les grilles s'enguirlandent de superbes grappes de glycines mauves qui pendent, extrêmement élégantes. Les feuilles vert tendre dépliées s'assombrissent. Elles me rappellent les herbiers que nous confectionnions au cours moyen, en juin. Nos maîtres comparaient la fleur à un être vivant, nous explorions son anatomie et son cycle et la décomposions en pédoncule, pétale, sépale, pistil, étamines, corolle, pollinisation. L'excursion dans son intimité prenait des allures d'éternité. Nous parlions cotylédons et germe en suivant les étapes de la croissance d'une graine de haricot, de sa germination dans du coton humidifié à la plante parvenue à maturité, exposée elle aussi dans notre herbier. Ils nous prodiguaient une leçon de nature et de minutie qui nous attristait malgré tout, parce que notre page artistique se dénaturerait au fil du temps. Généralement, en longeant la grille, je m'enivre du parfum des glycines, me munis d'une provision d'arômes avant d'endurer ma mère. Ce soir, dans ma confusion, je ne distingue plus les fleurs prometteuses d'un bel été, je n'entends plus le ramage des oiseaux, éberluée de me heurter à elle si soudainement, qui me toise, redoutable, si séduisante dans sa robe de nylon aérienne, mais que sa rigidité enlaidit.

Sous prétexte de ne me mêler que de mes oignons, elle et mes sœurs sur son ordre se cantonnent dans la salle à manger pour débattre d'un tas de mystères imaginaires. Dans la souricière, accablée de papillons noirs, j'observe les moineaux chamailleurs, les merles au plumage de nuit ébouriffé, je lutte contre mon état qui m'entraîne dans son labyrinthe obscur, sans oxygène, sans issue. Pas la moindre embellie en perspective. Je deviens neurasthénique. On jacasse derrière la cloison des secrets de Polichinelle, je n'existe pas, vivante par effraction, infiltrée dans le paysage, semblable à la mouche à qui on administrerait volontiers une chiquenaude pour qu'elle dégage. Mutisme farouche. Une conséquence favorable : en ne dépensant pas ma salive, je ne crèverai pas de soif.

Je termine *Le cercle de famille* d'André Maurois. Son héroïne veut mourir, brisée par les pierres d'achoppement. Non pas que je l'égalerai, mais je convoite l'écriture d'André Maurois, son style simple, fluide, dépouillé, limpide. Je recopie des paragraphes entiers isolés de leur contexte :

En marchant, je vois passer ma vie comme les personnages des films. Elle me semble une toute petite chose. Je pense que ma vraie jeunesse, celle où l'on croit encore à la réalité d'un univers féerique est finie.

Maintenant, je ne crois plus qu'à la beauté des sapins couverts de neige.

Au bout de mon dénuement, les vacances. Elle ne se bat plus pour nous soustraire à l'influence nuisible de notre géniteur qui nous emprunte assidûment un week-end sur deux. Pour quel bénéfice s'éreinter, pour quelle gratitude envers elle ? Je suis la brebis galeuse, la voleuse, le fléau, la bornée du cerveau. Elle et sa pareille me qualifient de tous les noms. Denise m'encourage à expulser mes tracas pour les examiner en face et les vaincre. Je n'en guérirai pas en les ruminant.

Le cinquante-troisième Tour de France démarre sous la pluie. Felice Gimondi, mon favori, accidenté, déclare forfait. Il ne rivalisera pas avec Jacques Anquetil, à mon avis moins sympathique. Je suis à la radio la progression des coureurs pugnaces, déçue ou ravie, car je mise sur le succès de Lucien Aimar. Du calme ! Pas d'emballement, elle ne se gênerait pas pour m'écarter du poste.

Sur les feuillets vierges de nos cahiers, nous nous échangeons des serments d'amitié indéfectible. Brigitte, Martine, Françoise, Claire, Annick, Marthe, Marie-France, Élisabeth, Odile, Claudie, Paulette, Michelle, Agnès, Catherine, Denise, Mauricette, Jeannine, Micheline, Nicole..., rendez-vous en septembre. J'ai été déléguée pour rédiger le discours d'adieu à la directrice, madame Navarre, admise à la retraite. Les allocutions auront lieu lors de la remise des prix, la dernière distribution qu'elle présidera de sa carrière. Nous lui offrirons un électrophone. Papa, Janine et Denise y assisteront.

— J'ai l'intention de te demander le dimanche 27 juin, puisque, selon ce que tu m'as indiqué, la remise des prix se déroulera la veille. Qu'en penses-tu ?

Ce que j'en pense ? La considération que l'on me témoigne me ragaillardit.

Effectivement, madame Navarre est applaudie par les trente enseignants, les sept cents élèves et une foule impressionnante d'auditeurs émus, et félicitée pour sa détermination à inculquer aux enfants une valeur d'homme. Dans son apologie, le docteur Jean Tournier, maire, lui dit l'importance qu'il attache à l'instruction et à l'éducation, et le respect que lui inspirent ceux qui s'y vouent. « Dans une certaine mesure, vous ressemblez aux médecins. Vous y mettez toute votre intelligence, votre cœur. Si vous êtes parfois exigeants, je sais que vous ne l'êtes pas pour vous, mais dans l'intérêt des enfants qui vous sont confiés. On peut parler de mission, de dévouement, de conscience professionnelle. Ce ne sont pas, en ce qui vous concerne, de grands mots. Ce sont les mots à employer, très simplement. » Champagne et petits fours ! La presse, en titres accrocheurs, a relaté les cérémonies élaborées par la municipalité et le collège.

Je suis armée pour les vacances, musclée d'André Maurois, des *Confessions* de saint Augustin et des auteurs de littérature sentimentale. D'autant plus que mon père m'emmènera en août.

J'ensevelis mon confident dans le placard de la chambre, là où s'entassent pêle-mêle des antiquités, presque inaccessibles, le refuge des araignées qui y tissent leur toile. Le chiffon ne capte pas la poussière par-là. Je suis disposée à tolérer la mégère, j'ai de quoi m'évader. Juillet se consumera allégrement. Je balancerai mes missives timbrées par-dessus le grillage mitoyen, madame Lecerf les glissera dans la boîte. Épatant !

Mon cœur se gonfla de trois semaines euphoriques en compagnie de mon père, Janine et Valérie, aux antipodes d'Offranville, une trêve à ma claustration : Châteaubriant, Vannes, La Turballe, Belle-Île, Quiberon, le camping sous les pins gigantesques au tronc squelettique et aux branches étendues en bras d'épouvantails, entrelacées, les baignades dans les criques, les balades vespérales pour admirer le soleil léviter au fond de l'horizon, le clair de lune sur les rochers où les vagues ensorcelées par les flots sauvages se précipitent dans les anfractuosités en bouillonnant, et plus que tout, les veillées télévision pour me blottir contre eux.

En déplacement à Marseille, il me ramène une semaine après la permission. Elle m'accueille avec une retentissante algarade, bien que je l'aie prévenue par courrier. Elle me rabat la joie instantanément. Le va-et-vient des paires de gifles m'assomme et me réadapte sans délai au climat familial, me signifie de composer une attitude défensive et protectrice. Je m'arme de patience, l'abattement provoquerait des blessures qui saigneraient longtemps. Hélas ! la classe ne débute que le 19 septembre où mon agenda affiche la saint Janvier et cette maxime : « Qui aura persévéré sera sauvé. » Attendre indéfiniment que le jour s'achève, que le suivant le relaie et s'assoupisse à son tour. Qu'ils s'en aillent, il y en a si peu à retenir !

Annie est enchantée de son emploi et de la liberté qui en découle. Agir à sa guise sans qu'on l'inquiète équivaut à un véritable trésor. Elle invoque mille sollicitations de son patron pour se dispenser des week-ends au couvent : les inventaires, les rayons à approvisionner, les remplacements, trop contente de couper à ses braillements. Non, sa geôlière ne la ligotera pas. « Lorsque vous m'avez laissée à Rouen mercredi, j'ai foncé aux *Nouvelles Galeries* pour la sortie du personnel. J'ai réussi à rencontrer mes collègues dont j'ai du mal à me détacher. Je t'avoue que le cafard me gagne rien que de penser à la rupture définitive et à Offranville à se barber, à se faire ramoner, Dieu merci, nous serons ensemble ! » Elle la menace d'annuler le contrat le 16 août, furieuse qu'elle galvaude à Rouen.

Rouen, mercredi 17 août 1966

Ma chère Sylvie,

Tes cartes postales m'ont vivement plu. Des cartes de choix ! Je constate que tu as sillonné agréablement la région. Tu le mérites bien, tu te récupères de nos années de taule et de déprime.

À Rouen je ne m'ennuie pas. Quelle différence avec le couvent Saint-Simon. Jeudi dernier, j'ai été invitée chez une de mes collègues. Nous nous sommes follement amusées pendant deux heures.

Malheureusement elles ont défilé à toute vitesse et ont été infiniment trop courtes.

Tu vas être étonnée, moi aussi j'ai pique-niqué. Je m'explique : une collègue compte sur moi pour lui transformer une robe large démodée en robe moulante. Sans être experte, je lui ai garanti que j'essaierai. Alors, elle m'a emmenée chez elle pour relever ses mensurations. Nous y avons pique-niqué, installées sur le parquet. Pour créer une atmosphère concrète et nous prémunir d'invisibles rayons, nous avons ouvert un parapluie. Vraiment, j'ai des collègues formidables. Je conviens que, loin de vous, j'ai songé, nostalgique, à ce que La Turballe ou Belle-Île évoquent à la saison estivale et combien elles chassent le cafard. As-tu profité à fond de ton séjour en Loire-Atlantique ? As-tu nagé et bu la tasse ? Avez-vous organisé un concours de bronzage ? À qui le premier prix ? Une certitude catégorique : les cuisses de papa ! Je suis sûre que tu es convaincue, comme moi d'ailleurs, que les délicieux moments filent à un train d'enfer. Sans doute auras-tu matière à discussion dans le plumard. Je meurs de bavarder sur le sujet ! Pourvu que la mère n'oblige pas l'une de nous à roupiller à côté d'elle !

À propos, j'en connais une qui ne flairait pas un pareil coup : toute la journée dimanche, elle maugréait en consultant l'horloge. Les oreilles ne t'ont pas tinté pendant que tu te la coulais douce ? Elle a hurlé que si tu n'étais pas là lundi, elle avertirait les gendarmes. Oh punaise ! tu as dû écoper d'une sacrée raclée ! Aïe ! je ressens les claquements qui atterrissent, les as-tu amortis ? Elle ne t'a pas trop déplumée ?

Je t'envoie mes bises les plus rondes. Vivement samedi ! Enfin, modérément, on se barbe au couvent Saint-Simon.

Annie.

Nous correspondrons fréquemment pendant nos séparations, réalisant que, si nous n'avions plus de maux à écouter l'une de l'autre, nous avions la ferme intention de maintenir la même exigence de coalition.

Le garde champêtre l'a prévenue : quelqu'un a signalé qu'elle nous maltraite. Elle doit s'attendre à un interrogatoire pour vérification des faits.

— Qui m'a dénoncée ? s'indigne-t-elle.

— Je ne suis pas habilité à vous en révéler plus.

— Probablement une lettre anonyme, des ragots, la plupart des gens sont malintentionnés, jaloux et pleutres.

— Non pas, elle est signée. Nous vous conseillons de ne pas malmener vos filles pour vous éviter des complications.

— C'est de la pure calomnie !

Et une fois qu'il eut fermé la porte :

— Je parierais que la catin de Margot nous a cassé du sucre sur le dos, elle est tellement corrompue.

Brusquement elle pirouette, darde sur moi un œil suspicieux :

— Tu n'aurais pas raconté des salades de droite et de gauche, toi, par hasard ?

— Moi ?

— Oui, parfaitement, toi, la péronnelle.

— À qui ? Personne ne nous adresse la parole.

— Oh ! Je me méfie de ton air de sainte nitouche… Tu mens avec un tel aplomb !

Sainte ou démon ?

***

Annie retournera au lycée. Son père obtient gain de cause : il n'est pas contraint de verser la pension alimentaire si elle étudie par correspondance ou si elle travaille. La radine, pourtant rompue à calculer mentalement le plus avantageux pour elle – en secret je la surnomme Harpagon –, n'évalue pas son intérêt, il paiera. Payer : un leitmotiv qui la requinque. Le délester de son portefeuille, lui soutirer le maximum de fric. À nous quinze minutes de complicité de la rue du Tour-de-vis au point d'arrêt du car.

Septembre : les déménagements, les écoliers crânes, les cahiers sans cornes, les cartables neufs, les crayons pas encore taillés, les résolutions et les vœux, les vendanges en Champagne, les tempêtes, la petite laine annonciatrice des gelées matinales qui clouent au sol les dahlias, l'automne qui couve sa palette d'ocres enlacés, de safran et de cuivre et dégarnit les arbres frissonnants qui dégouttent leur humidité sur le tapis enfeuillé. Et reviennent mes professeurs extraordinaires, mes camarades intarissables sur leurs vacances, le stress avant les compositions. La troisième A commerciale présage pour moi davantage de tracas que la quatrième par la préparation au brevet et au C.A.P. Monsieur Madeleine succède à madame Navarre. Je n'avais pas envisagé cette éventualité. Il est incontestable qu'il en impose, il accuse la soixantaine, la toison poivre et sel. Impossible désormais de le parodier tandis qu'il nous surveillera en arpentant les allées, les mains réunies dans le dos, index crochetés, ou trompetant dans son mouchoir, ou reniflant. Nous chuchotions entre nous, la joue sur la copie, le poing sur la bouche : « Le Magdelon remonte son grand-père au grenier. »

Mon professeur d'histoire : madame Boulard. Je l'apprécie autant dans cette matière qu'en français. Elle narre des événements historiques d'une façon si exceptionnelle que somnoler en cours relève de l'exploit. Madame Labucière en sport, disponible en permanence pour démêler les difficultés des adolescentes que nous sommes. Si le froid et l'humidité s'intensifient et qu'à son avis, nous grelotterons sur le terrain de sport – les pelouses de la plage –, nous nous réfugions dans la salle de travaux pratiques, au chaud, et cueillons les fruits de son expérience : « Vous fonderez un foyer… L'essentiel... Des concessions... À notre époque... » Son second mari a l'âge de son fils, on les parierait frères.

Denise déménage de Dieppe. Ma Denise, présente dans les phases les plus critiques ; ma Denise vers qui je me rue, qui me montre la voie de la maturité, qui me transforme, me réconcilie avec moi-même et autrui, ma Denise sous l'influence de qui je me construis une identité, je m'engage pas à pas dans la société. Denise, le lieu de ralliement des Simon. Elle exploitera un pressing à Harfleur. Son initiative me navre.

J'ai appris à avoir de l'étoffe. La voix de ma conscience me tempère et me lie à un monde convenable. Je me suis assagie, moins absolue, moins intransigeante, plus modérée, pas béni-oui-oui pour autant. Je temporise uniquement. Dorénavant, ma mère ne me manipulera plus pour se venger de son ex-mari et assumer sa condition. Je mettrai un terme à leurs querelles. Pressent-elle qu'une rébellion se trame sous son toit, elle cogne pour des broutilles, inonde son ennemi d'insanités et affirme que plus je vieillis, plus je ressemble physiquement au Bouc qui renferme de la graine de crapule, la crapule n'engendre que de la crapule. La riposte jaillit, agressive :

— Tu t'es déjà confrontée aux trempes du démon et aux faveurs divines ? Dieu a éternellement triomphé et triomphera éternellement du démon malfaisant. Il nous habite de sa bienveillance.

Mon verbiage improvisé attise sa colère, elle s'empare de n'importe quoi à sa portée pour me frapper. Elle me flanque une grêle de coups de tisonnier, de lavette nauséabonde, de pince à linge, la longue en bois, celle du bouillot, m'arrache les cheveux. Plus elle tape, plus je délaie :

— Il doit drôlement se lamenter qu'un tel disciple qui se prétend charitable le célèbre ! Tu n'accéderas pas au paradis sans implorer sa miséricorde.

— Je m'en moque éperdument. Je n'ai pas de leçon à recevoir de toi.

— Ne néglige pas le salut éternel, le principal.

— C'est du pipeau, des boniments de curé. Ne te fatigue pas, tu prêches dans le désert.

Je me suis couchée optimiste, je lui ai prouvé que je lui opposerai une résistance vigoureuse. Elle n'endoctrinera pas sa Fina qui se détourne d'elle. Et ses deux aînées, les a-t-elle converties ?

Au réveil, je dénombre mes ecchymoses : cinq pour le sauvetage de son âme et de la mienne, cinq pour la guérison de mon père si affligé, qui se traîne en dépit de son retour en paternité. Comme elle persiste à me battre, j'énonce de sang-froid :

— Je m'en contrefiche de tes torgnoles. On ne pâtira jamais autant que Jésus a pâti pour nous. Il a été crucifié, il a payé pour nos péchés.

Elle reste pantoise, le bras levé, le geste en suspens, les invectives coincées dans le larynx.

Les épreuves m'aguerrissent, je ne m'apitoie pas sur mon sort, je montre les crocs, je sors les griffes, opiniâtre. Son bloc de marbre au cœur ne me glace plus. Je réalise, enfin, que son délire ne s'achèvera que lorsqu'elle descendra au tombeau. Je cours inutilement après son amour, complètement évaporé de son fonctionnement. Plus je cours, plus il m'échappe. Elle nous aime peut-être, d'une façon que je n'identifie pas. Je lui demande pardon de ne pas le concevoir. J'aspire à façonner mon destin. Le bonheur contre vents et marées, jusqu'à la moelle, il ruissellera à flots. Je me soûlerai de bonheur. Le bonheur : mon obsession, ma religion. Je ne garderai de mes printemps qu'un buisson d'aubépines et de seringas pour calligraphier le mot avec une pincée de pétales. Je veux du soleil et de la joie sur mes étés, du sable constellé de poussières grenues et des coquillages opalins sous mes pas en automne et la chaleur de la cheminée quand les hivers piétinent. J'avalerai du bonheur à chaque inspiration. Elle n'a pas le droit de nous utiliser de manière si abusive pour résoudre ses problèmes, je n'expierai pas pour ses bleus à l'âme qui ne cicatrisent pas.

En découvrant que nous nous dérobons à son emprise et qu'elle ne parachèvera pas sa stratégie de destruction, elle rugit de fureur, son animosité se déchaîne contre nous, terriblement cruelle. Elle nous a confisqué notre enfance en conséquence du cataclysme et nous vole notre dignité. Pour quelle faute commise ? Pour le sang de notre géniteur qui circule en nous ? Parce que les étoiles brillaient pour elle par milliers dans le firmament, jusqu'à ce que les nuages, dans leur constante agitation, les enrobent ? Et qu'elles ne sont plus réapparues ? Parce que nous lui rappelons indirectement qu'elle a culbuté à l'instant où les nuages se sont déchiquetés et que, dans sa chute, son individualité s'est fracassée ? Elle n'adhère pas à sa vie étriquée sans gloire, profondément meurtrie ? À défaut d'obtenir réparation pour notre préjudice, je revendique des explications. Mais auparavant, que la répression cesse. Elle n'a pas le droit de nous traiter ainsi, de nous laminer la personnalité. Les animaux traitent mieux leur progéniture, les humains traitent mieux les animaux. Nous scierons les barreaux de la prison, nous casserons les vitres sans nous éclabousser de débris de verre, sans vagues. Je me fie totalement à la justice : quiconque n'est coupable d'être.

Je bûche sans relâche mon brevet et mon C.A.P. en renversant au préalable les obstacles. Elle m'interdit de veiller, d'allumer l'électricité alors que les soirées s'assombrissent de plus en plus. Quand elle ne nous astreint pas à décamper à la fin du repas, que les soucis financiers ne la taraudent pas à l'excès, elle tolère que nous étudiions, mais pour nous empoisonner Chantal débite des âneries, minaude, singe une connaissance. Si, en récitant mes leçons, mon regard croise le sien par inadvertance, elle s'offusque de grimaces que je ne lui fais pas, je lui enjoins de fermer son clapet, je récolte une volée. Je rêvasse sur les chansons de Jacques Dutronc, Christophe, Hugues Aufray, diffusées par la télévision des Lecerf et réprime mes larmes, nostalgique de Châteaubriant où, Valérie et moi, nous les répétions en chœur. « Saint Roch et son chien », nous taquinait Janine qui m'a conté la légende du saint. Ailleurs, des journées fabuleuses se profilent, en tirerai-je avantage bientôt ? Dame justice, j'en doute.

Sitôt que nous grimpons à l'étage, Chantal, exclue de nos messes basses, nous reproche de manigancer et exulte lorsque la furie s'élance dans les escaliers pour nous talocher alternativement. L'exact portrait de sa mère, extérieur intérieur, envers endroit, avant arrière. Elle s'enorgueillit, à juste titre, et son assurance se renforce, de faire partie des trente sélectionnées au concours d'entrée à l'école d'infirmières sur quatre cents candidates. Il est à souhaiter que sa formation, par la proximité des misères en quantité à l'hôpital, la métamorphose.

Dans l'espoir que nous nous solidarisions, notre père l'instruit en confidence des desseins qu'il mûrit pour nous deux. Il tente de lui démontrer, en toute objectivité, en lui soulignant des faits que nous lui avons cités, que notre mère nous manipule, sans que nous puissions nous insurger contre elle, et qu'il est grand temps de réagir. Indifférente à son sentiment, elle ne s'amende pas, s'entête à s'isoler, d'ailleurs une alliance inéluctablement attachée à des traîtrises, ne m'enthousiasme guère, et Annie pas davantage :

— Je ne lui ai pas relaté que j'ai passé mon mercredi en compagnie de Papa. Comment elle a pratiqué, elle, à Rouen ? En somme, c'est le revers de la médaille !

J'accuse rapidement un retard considérable. Par l'intermédiaire du cahier de conseil j'alerte les professeurs sur les circonstances dans lesquelles je révise le programme, et s'ils n'intercèdent pas auprès de Maman, j'irai à la gendarmerie. Je multiplierai mes efforts, réussirai mes examens coûte que coûte, pour ceux qui se coupent en quatre pour moi, pour redorer ma réputation, pour mon amour-propre.

Sans me flatter, je défends la première place en composition française, les sujets sont en or, je les domine : « Vous revivez un jour passé, proche ou lointain, qui vous a paru quelconque et qui vous apparaît maintenant comme une image de bonheur. » Mes camarades accueillent l'énoncé d'une grimace, elles vont sécher. Mon stylo s'envole sans débrider. Marlène, une nouvelle élève, s'informe de qui était la plus forte en français en 4e A. Elles décrètent, unanimes :

— Sylvie.

— Je la devancerai. J'avais les meilleures notes en composition française.

— Tu plaisantes ! Ne t'emballe pas, pas une de nous n'a la faculté d'égaler Sylvie. Toi non plus.

— J'ai déjà eu 11 ½.

— Et Sylvie 15.

Devoir me confronter à un adversaire en expression écrite me stimule, bien que les critères de notation varient d'un établissement à l'autre.

Monsieur Achille, notre concierge, consent que ma famille adresse son courrier chez lui. Je craignais qu'il me suspecte de recourir à lui pour collecter de la littérature galante, mais il n'a pas marqué de défiance.

De son petit boulot – Harpagon lui en a raflé le gain – Annie a soustrait un billet de mille francs, elle me propose de l'employer à l'acquisition des fournitures prescrites par les enseignants. Sa gentillesse me touche : son unique billet. « Avec quel argent ? », questionne notre mère aussitôt que nous sollicitons son portefeuille. Avec quel argent ? Elle nous sert sa devinette à toutes les sauces.

Mes bases ne sont pas solides, aussi je suis autorisée à potasser en salle de documentation pendant midi et les récréations.

En finiront-ils avec leurs conflits, leurs crasses mutuelles ? ! Il nous associe à ses démarches pour la contrer et nous sortir du cauchemar.

Comme convenu, nous avons discuté, Davot et moi, samedi après-midi. Deux solutions s'offrent à nous pour le moment :

1) Ne pas payer la pension pour Annie et chercher un moyen pour la lui verser directement, ce qui a de fortes chances de déclencher la bagarre. Cela résoudra éventuellement son problème, vraisemblablement pas celui de Sylvie.

2) Déclencher illico la bagarre en vous demandant, en particulier Sylvie, en faisant valoir qu'il n'est pas trop tard pour qu'elle entreprenne des études plus normales. Dans ce cas le résultat immédiat n'est pas garanti et il me faudra faire état de vos lettres.

Réfléchissez-y et dites-moi ce que vous voulez que je fasse, vous êtes les principales intéressées.

J'espère que votre dimanche n'a pas été exagérément fâcheux. Il vous faut encore beaucoup de courage et de patience.

Bons baisers à vous, mes chères petites.

Votre papa.

Il exerce ponctuellement son droit de visite et pour un retard minime sur l'horaire prévu, nous sommes saluées par une tabassée et reléguées là-haut pour jeûner, heureusement hors de sa zone de frappe. Pendant que notre estomac se repose des gâteries de notre cousine Berthe, l'impertinente, penchée à la fenêtre, claironne à la ronde :

— Elle nous prive de manger !

Notre mère, au rez-de-chaussée, ne bronche pas. Serait-elle à court de chicane ?

Denise me manque. Au 162 Grande-Rue, l'enseigne qui bringuebale sur la façade me démoralise plus qu'elle n'excite mes papilles : « Pâtisserie, confiserie, glace. » Ma Denise est ailleurs, je ne m'y accoutume pas, je me sens démunie, affaiblie.

Scénario classique d'un démarrage de journée néfaste : l'enragée se distingue par un accès de manie qui aboutit à une rafale de baffes. Annie en écope d'une, je m'interpose, je ramasse la mienne et la nargue :

— Tu rectifies l'équilibre, chouette, pas de jaloux.

— Tiens, insolente !

— L'équilibre est rompu, enchaîne ma jumelle d'épreuve sans sourciller.

Caboche d'aplomb, caboche oblique et ainsi de suite. Monstrueux. Ces procédés rituels grotesques la ridiculisent, une irrésistible envie de la railler s'empare de nous. Ces altercations éclairs attentatoires à l'éclosion du statut d'adulte éteintes et la tranquillité partiellement rétablie, médite-t-elle sur ses impulsions ahurissantes ? S'embourbe-t-elle dans un relent de culpabilité ? Éprouve-t-elle du remords ? Moi, je ne demande qu'à l'aimer, elle me dédaigne. Je n'assumerai pas son caractère odieux.

Vendredi 23 septembre, mon agenda honore saint Lin par cette citation : « J'ai décidé de vous faire du bien. » Un prénom pas commun. J'ai mémorisé le contenu d'une requête destinée au juge des enfants. Je la transcrirai aussitôt que le car m'aura déposée, assise par terre, le cartable sur les genoux. Ma plume, légère, dansera sur ma supplique.

Monsieur le Juge,

Nos parents sont divorcés, le jugement nous a confiées, ma sœur Annie et moi, à notre mère. Nous sommes âgées de dix-huit et seize ans. L'existence est invivable, surtout depuis que nous avons repris contact avec notre père qui n'exerçait plus son droit de visite, source de désagréments réciproques. Quand nous étions petites, celle qui l'agonisait d'injures et lui jouait des mauvais tours était la plus estimée. Elle nous accable de reproches. Nous réagissons par la riposte et nous lui résistons. Elle s'emporte de furie et nous inflige des corrections physiques. Nos voisins mitoyens se sont affolés à cause des vociférations et l'ont signalée à notre père.

Nous avons été mal orientées. Pour elle, nous faire admettre dans n'importe quel établissement pourvu qu'il ne coûte pas et obliger notre père à verser la pension alimentaire jusqu'à notre majorité sont ses deux principes primordiaux. L'année dernière, ma sœur a étudié par correspondance, sous sa domination tyrannique, à l'écart des jeunes. Elle était inscrite au Centre de télé-enseignement de Vanves, gratuit, hormis les manuels. En représailles il n'a plus payé pour elle, et le tribunal ayant abondé dans son sens, elle est entrée au lycée. Elle passera en juin le B.E.C. et moi le B.E.P.C. et un C.A.P. Notre mère nous empêche de réviser sous prétexte que nous gaspillons notre temps à correspondre avec lui et que nous usons de la lumière. Nous échouerons à nos examens si elle entrave ainsi nos études.

Ma sœur a travaillé pendant les grandes vacances. Sa mère s'est approprié l'intégralité de son salaire, bien qu'il faille nous débrouiller pour nous procurer les fournitures scolaires. Nos camarades sont lasses de nous dépanner.

Dès que quelqu'un nous envoie une carte postale ou une lettre, elles sont déchirées sous le nez du facteur qui les apporte et elle nous gronde. Pour que la sanction ne se reproduise pas, mon courrier est acheminé au collège chez monsieur Achille, le concierge.

Nous avons une garde-robe impeccable et abondante, nous ne l'utilisons pas pour qu'elle ne s'abîme pas, elle contribue à justifier des soins qu'elle nous prodigue, auprès des assistantes sociales qui procéderaient à une enquête.

Notre sœur aînée a été émancipée par voie judiciaire, les lois actuelles ne le permettent plus pour nous. Nous désirerions que la garde dévolue à notre mère soit transférée à notre père. Il nous hébergerait volontiers. Nous implorons votre secours pour que cela se concrétise.

Une brève formule de politesse selon l'enseignement de mon professeur de correspondance commerciale et vogue la galère ! Je lance l'enveloppe dans la boîte. Pour briser les chaînes, tarir les tourments.

Incroyable ! Inespéré ! Elle a pioché dans la tirelire. Au cours du petit déjeuner elle a jeté contre mon bol de quoi acheter le manuel d'histoire. J'en tombe des nues !

— Faut que j'en déniche, moi. Vous ne demandez pas s'il y en a. Je me saigne aux quatre veines pour vous.

Il y en a puisqu'elle en lâche. À contrecœur. Elle se ruine par ses prodigalités envers le Pif. Je la soupçonne d'en mettre une poignée à gauche, dans sa malle à chiffons ou dans le meuble de la machine à coudre qu'elle cadenasse. Elle chipote sur les dépenses, nous rabâche journellement la rengaine de son sacrifice et de notre ingratitude.

Conduite à adopter face à son discours stérile : laisser braire et quand sa langue s'asséchera, elle débranchera sa radio préférée : Radio Venin. Si, à l'inverse, nous protestons, elle nous astreindra au régime diète qui dort dîne.

— Annie, je suis convoquée au commissariat de police demain à dix heures et demie.

— Ouah ! Épatant ! Nous serons tranquilles rapidement.

Tout bien considéré je constate qu'elle ne se sent pas concernée par ma délicate démarche. Elle ne se passionne que pour sa liberté, qui que ce soit qui la lui concède. Au demeurant, elle ne se souciera guère du déroulement de l'entrevue. Cependant elle s'en félicitera ultérieurement :

— Un épisode de remporté, ouf ! On se cuirasse pour le prochain.

La femme en elle émerge en dépit des obstacles. Elle séduit les garçons, ils se la disputent. Elle a l'élégance instinctive que ne démentent pas les vieilleries réservées, soit pour nous dompter, soit pour ne pas user les habits neufs rangés avec des boules de naphtaline, elle les porte embellies de sa grâce. Ses cheveux mi-longs ondulent et voltigent sous ses éclats de rire. Les galants chavirent, éblouis par son tempérament pétillant, ses réparties, sa gaieté, son panache. Ses rivales surveillent leur ennemie momentanée, en se disputant passagèrement à cause d'elle, elles les assailliraient séance tenante s'ils se lassaient. Quel dommage ! en aucune circonstance elle n'éconduit ses amoureux, leur entente dure une éternité. Maintenant qu'elle fréquente le bahut, le vieil if ne recueille plus de billets doux dans son tronc creusé par une centaine de décennies.

***

J'ai peu dormi. Mes jambes flageolent, ma poitrine palpite, j'ai l'impression d'étouffer, je recule. Hardi, poltronne ! Ne flanche pas : lui dire qu'elle nous gifle pour des peccadilles, qu'elle nous empêche de réviser, que, couramment, elle nous expédie au lit après dîner pour sévir et économiser l'électricité... Lui dire que l'alternative de la demoiselle... Lui dire que je me cachais sous la table pour échapper aux gendarmes qui tambourinaient contre la porte parce qu'elle ne nous donnait pas au père... Lui dire qu'il pourrait mourir par notre faute... Lui dire...

Madame Séban m'accompagne au commissariat. Elle n'entrera que si mes forces me trahissent. Je m'éclaircis le larynx, j'absorbe une goulée d'air à m'en exploser les poumons, je sonne, me hasarde sans elle, fiévreuse, dans un état de tension extrême.

— Asseyez-vous, fillette. Je vous écoute.

Sous quel angle aborder mes doléances ? Muette. Les mots s'étranglent dans ma gorge. Son uniforme incarne la puissance, la maison de correction, le cachot. Son vaste bureau m'effraie. Mon malaise ne le dérange pas, il pose ses questions, méthodiquement, ponctuées de « fillette », note mes déclarations, je chasse mes préjugés contre lui.

— Pourquoi ne partez-vous pas chez lui ?

— Je ne suis pas majeure. Elle interpellera la justice.

— Eh bien, on l'attend, conclut-il.

Madame Séban fait les cent pas sur le trottoir.

— Vous respirez à présent !

— Oui. Vous êtes tous vraiment très complaisants. Les professeurs d'Annie paraissent distants.

— Je suggérerai à monsieur Madeleine de se rapprocher du proviseur du lycée.

Les gendarmes enquêteront dans le voisinage et interrogeront notre mère. Elle en suffoquera de fureur. Mieux vaudra s'écarter de sa patte frappeuse. Pourvu qu'ils n'interviennent pas jeudi, elle me fournirait l'occasion d'exhiber des marques au commissariat de police !

La compréhension des professeurs à mon égard, principalement madame Guidicelli, madame Boulard, monsieur et madame Madeleine, simultanément enseignants et éducateurs, tonifie mon mental. Les hommes me socialisent, les femmes me maternent. Ils remplissent ces rôles discrètement, doués de tact et d'intuition, sans outrepasser leur mission d'enseignement. Ils remédient à ma lassitude, s'avèrent tuteurs au moment où je m'effondre, me stabilisent. L'hospitalisation récente de madame Guidicelli me chagrine. J'avais remarqué sa pâleur à la rentrée. Mes camarades me rassurent, je m'inquiète inutilement.

Je reçois une deuxième convocation au commissariat de police, par l'entremise de monsieur Madeleine. Interminable vendredi. Le commissaire, plus affable que le précédent, d'emblée, annonce la couleur : je lui expose brièvement la situation, il m'interroge, note mes réponses, se relit à haute voix pour une transcription rigoureuse.

Une seconde d'observation méfiante, assise sur la pointe des fesses, sur la défensive, une profonde inspiration expiration et je vide mon sac. Je lui certifie que j'entends encore les gravillons crisser sous les pneus de la voiture lorsque mon père a quitté la maison. Je lui relate la rosserie de notre mère au sujet des pâtes de fruits papillotées que nous avons, sur son ordre, déballées et remplacées par des boulettes de papier journal à lui offrir à Noël, Chantal était chargée de veiller à l'exécution de cette tâche. À dater de cette crasse humiliante pour lui et pour nous j'ai eu les Noëls et toutes les festivités d'ailleurs en horreur. Je lui précise que nous l'espionnions, calfeutrées derrière les volets à claire-voie, tandis qu'il se désespérait près de l'immeuble les week-ends où il venait nous emprunter dans son droit de visite et qu'elle décrétait qu'elle ne nous prêterait pas, ricanant de sa constance, et moi pleurant sans larmes indéfiniment, parce qu'il s'en retournait sans nous.

Je lui souligne que nous sommes inséparables, Annie et moi – les affinités qui nous lient s'alimentent de nos épreuves –, notamment depuis le jour où, môme stupide, j'ai planté un clou dans une balle que j'ai fait rebondir et qui a heurté son crâne. Le sang s'était coagulé dans les cheveux, la plaie non pansée, purulente, ne cicatrisait pas. Malgré son ampleur elle s'est tue pour que je passe au travers d'un châtiment. Nous nous comprenons à demi-mot, nous nous entraidons, nous faisons bloc contre notre mère, contre l'adversité, nous sommes de toutes les négations, de toutes les objections, de tous les mensonges qui sauvent, mais aussi de tous les éclats de rire. Même si, épisodiquement, elle affiche sa supériorité. Notre règle d'or : l'opposition systématique.

— Vous vous divertissez à l'exaspérer et à la braver.

— Non, elle nous attaque, nous nous rebiffons. Au moment où elle cogne, et elle cogne plus méchamment si nous feignons l'indifférence, nous la défions jusqu'à ce qu'elle ravale son venin. Ça devient la panique dans son cerveau, dans ses membres qui tremblent, dans ses nerfs en pelote. Le système s'échauffe, défaille. Son esprit s'embrouille. Bien que la loi qu'elle nous impose n'ait pas de sens, nous sommes obligées de nous soumettre à son autorité, alors oui, nous nous divertissons à démasquer ses limites. Pour lui prouver notre persévérance à la contrecarrer. Est-ce qu'une maman perd ses moyens ? Elle nous a bétonné les joues, nous ne ressentons plus la douleur, on s'endurcit aux sévices, les gifles ne cuisent pas nos joues, elles cuisent nos entrailles. Les larmes refusent de jaillir, elles fluent dans les tréfonds de notre organisme, elles s'y fossilisent, elles sont analogues aux eaux des fontaines pétrifiantes, ce sont des larmes de pierre, des larmes pétrifiées. Nous avons appris à pleurer en silence. Loin d'elle.

Je lui affirme que ma sœur Chantal est le carbone de ma mère et qu'au lieu de n'en supporter qu'une, vache, le sort m'en attribue deux, aussi détestables l'une que l'autre.

Je lui signale que je n'éprouvais pas de sympathie pour mes grands-parents paternels. Ils ne nous appréciaient pas, nous les gosses de *elle* affectée de tares, pas ceux de leur fils irréprochable. Annie ne pouvait rien ingérer chez eux, leur nourriture insipide lui ôtait l'appétit, lui nouait l'estomac, la honte lui contractait le ventre. Une fois, elle a balancé dans le verger les tartines beurrées du petit déjeuner. Plus prompts que les oiseaux à les repérer, ils lui ont ordonné de les manger enduites de terre et de brins d'herbe. Elles craquaient sous la dent. Par la suite elle plaquait les tartines beurre contre beurre, les dissimulait dans ses manches et je me les ingurgitais en cachette, sinon elle les aurait vomies. On nous impute la maladie de notre père.

— Aimez-vous votre mère ?

— Qu'est-ce que ce verbe signifie ? Il n'a pas d'existence dans notre vocabulaire. À la minute où je m'aventure à lui dire que je l'aime, ma phrase reste en suspens, un masque de haine implacable recouvre son visage.

Je lui détaille ma série de graphiques, un dérivatif à tant de brimades.

— Parlez-moi de ses gestes brutaux.

— Parfois sa colère déborde, elle frappe à l'aveuglette avec le tisonnier, le balai, les anneaux des ciseaux de tailleur ou la pince à linge de la lessiveuse, ce qu'elle a à proximité.

— Vous désobéissez pour qu'elle vous corrige ?

— Elle allègue qu'il faut nous serrer la vis. Que nous nous conformions ou pas à ses volontés, elle tape et hurle, sans ses tapes et ses cris, son univers basculerait. Elle n'étaie pas ses motifs, elle tape pour assouvir des besoins, le conflit qui l'oppose à son ex-mari n'est pas tranché. Que représentons-nous pour elle pour qu'elle exerce sa cruauté inouïe sur nous ? Des objets haïssables ? Une propriété abhorrée ? Une hérédité à pourfendre ? C'est probablement lui qu'elle châtie par notre biais quand elle nous malmène.

Je lui explique que je tue mes journées à lire, coincée à la table, entre celle-ci et l'évier ; que les livres, en m'ouvrant les portes de la connaissance, favorisent mon développement, les chimères dont ils m'abreuvent ne s'éterniseront pas à l'état de chimères, ils me servent de référence, de remède contre mon mal-être, bref, des trésors inestimables, des ancres de salut ; que les adultes en général jouent, trichent, perdent ou gagnent dans un jeu de dupes aux dépens des mineurs, qu'ils ne les écoutent pas, ils sont menteurs, calculateurs, fabulateurs, sournois. Je lui cite en exemple la demoiselle qui a expertisé notre environnement : elle n'a inspecté que notre situation matérielle. En se fiant aux apparences, la réalité lui a échappé. Sa réalité s'est résumée ainsi : dans ce contexte qui atteste l'infaillibilité du modèle, les trois gamines doivent s'ajuster à leur milieu par une soumission absolue.

— Seriez-vous dans mon bureau, fillette, si l'affaire était irrévocable ?

Je lui assure que je n'effacerai pas cette période et que, jusqu'au soir de mon dernier jour, je me souviendrai de ceux qui ont contribué à me détruire ; qu'à travers mes lectures, je les dissèque ligne par ligne, j'ai découvert ce qu'un enfant peut attendre de ses bâtisseurs de fondations, la réussite à tous les niveaux dépendant de la qualité de celles-ci. Jusqu'à la tombe je tournerai en boucle le film. J'entendrai s'abattre les coups comme la résonance lointaine, persistante, de la cognée du bûcheron, et je me protégerai la tête de mon coude, un réflexe qui ne saura disparaître.

— Nous souhaiterions vivre chez notre père. Nous sommes heureuses à Châteaubriant, pas ici.

Tant d'accusations m'exténuent. Je me basais sur quoi pour certifier que ma mère faillait à son devoir ? Est-ce de cette manière que je me réhabiliterai dans son estime ?

Le commissaire rencontrera monsieur Madeleine, ils discuteront de ma scolarité.

***

— Petite Sylvie, bonjour !

Ils sont deux à traverser la cour, plus un tiers pour moi inopiné, mon père. Direction : le bureau de monsieur Madeleine. Notre sort est entre leurs mains, sans nous, à huis clos. « Je n'ai quitté Dieppe que dans l'après-midi. Nous nous sommes longuement concertés et surtout entretenus de ta carrière, ton directeur et moi. Je lui ai fait part de ta détermination à te doter d'un solide bagage. Il examinera l'éventualité d'une réorientation. T'a-t-il branchée sur le sujet ? S'il te consulte, n'omets pas de lui indiquer ce qui te conviendrait parmi ses propositions. Courage, petite Sylvie, et à bientôt. De gros baisers de votre papa. »

Brillante balle de match dans son camp : je change d'orientation. De la quatrième générale et commerciale qui me dirige vers le secrétariat, une option de ma mère pour que j'intègre promptement le marché de l'emploi, je saute à la troisième moderne qui aboutira au baccalauréat et un métier digne des Simon. J'ai le week-end pour entériner ou décliner l'affectation, un week-end humide d'octobre, entre le zist et le zest à en soupeser les enjeux.

J'accepte, éplorée. Il est manifeste que la filière secrétariat – la sténodactylographie, les opérations commerciales, la comptabilité rébarbative – ne m'attire pas. Je n'envisage pas ma carrière dans un bureau. En acceptant je sacrifie des professeurs fantastiques, mes amies qui me jurent qu'elles n'oublieront pas le vendredi où mon père est apparu dans la cour. Micheline tentera de surpasser Marlène en français, ainsi que j'y suis parvenue moi-même. Tant d'acharnement en sténo et dactylo pour des prunes ! Je me plonge dans la physique-chimie. Grâce à madame Guidicelli je prise et la musique et Beethoven. Sans fléchir, il se dresse contre la malédiction qui vise à l'anéantir et il vainc. Jamais il ne capitule. Ses victoires me fortifient.

Ludwig van Beethoven a eu une jeunesse pitoyable. Son père, musicien médiocre, a reporté son ambition de talent sur lui, l'astreignant à se hisser au sommet de la gloire et, coléreux, violent, il le sanctionnait pour la moindre erreur. À dix-sept ans Beethoven se substitue à lui, il se charge de ses deux frères orphelins de mère. À trente ans il s'alarme de la baisse progressive de son audition. Plutôt que d'abdiquer, il s'accommode de son infirmité évolutive et s'entête à composer. Une obstination farouche et une vaillance surhumaine le guident, il contourne en solitaire les étapes destructrices. Il combat ses drames, énergique comme sa musique qui exhume notre insignifiance. Il est l'artisan de son destin. Il a faim de joie. La créativité aiguisée, il laisse éclater son génie et sa sensibilité.

Par le biais de Beethoven, madame Guidicelli décrit l'époque romantique : l'expression des émotions, la sensibilité, l'intimité, l'évasion, la fantaisie, le rayonnement. Attentifs à la nature, à leurs sentiments, les artistes dépeignent leurs sensations. L'individu unique, singulier et original. Le classicisme décline. En écoutant ses explications, j'appréhende mieux les deux époques.

En troisième moderne, je rattrape le programme d'anglais de sixième, cinquième et quatrième. Un désastre endossé, un lamentable échec incontestablement, mais la volonté de plaire à ceux qui se démènent pour moi. Je ne reculerai pas en dépit de mes abattements. Mes professeurs se portent garants de ma bifurcation, de mes progrès et de mon état d'esprit positif. Ils me dispensent des compléments en géométrie, en chimie, en anglais, en espagnol. Je sème mes camarades en français, hélas ! je frise le zéro en mathématiques, j'achoppe sur les exercices. De découragement en conviction, je prépare le brevet, submergée par un planning fou de rattrapage. Ils affirment que le lycée m'admettra sans examen. Chouette !

« Nous sommes ravis de la solution adoptée par ton directeur à ton sujet. Je présume qu'avec tes cours supplémentaires tu suivras, tu réussiras ton entrée au lycée et tu t'y adapteras, puisque tu as choisi cette voie », en déduit Janine.

Personne ne notifie à ma mère que je ne me présenterai pas au C.A.P. L'autorité changerait-elle de camp ? Le tribunal l'en avisera, elle en pâlira de surprise.

Valérie progresse en écriture, ses phrases sont bien formées, tout en rondeur, aérées, harmonieuses. Elle m'envoie des dessins colorés, le soleil règne sur les pages, des allées de verdure mènent aux maisons. Des oiseaux déploient leurs ailes. Dimanche elle aura six ans et bientôt nous fraterniserons entièrement. J'ai hâte.

Je me précipite au-devant de madame Guidicelli pour m'imprégner de ses messages stimulants à l'expiration de son congé de maladie.

— Ah ! Vous êtes plus souriante.

— Je bluffe, ça m'amuse.

Nullement rebutée par mon agressivité :

— Excellente journée, Sylvie, ne vous démoralisez pas.

Ses paroles paisibles, en apparence banales, me rassérènent.

Les gens de robe ont la tête dans le sable. Le doute s'insinue en moi.

Finalement, dans une atmosphère malsaine, j'annonce à Maman mon changement de cap.

— Tu nous coupes la lumière, eh bien ! je ne me suis pas suffisamment entraînée à la sténo, j'ai diminué en vitesse ; je n'ai pas le niveau en matières commerciales pour le C.A.P. À l'issue du brevet j'adresserai ma candidature à la Poste pour le métier de factrice. Elle recrute. Je jouirai de l'autonomie, enfin ! et le facteur ne transporte pas que des nouvelles consternantes dans sa gibecière. On accourt à sa 2 CV.

Elle brûlera sa véhémence en veilleuse et ne tentera pas de contredire monsieur Madeleine.

Annie résiste à la subordination, elle rétorque vivement, insiste, attaque, chicane, et récolte des paires de claques en veux-tu en voilà et des verres d'eau qui dégoulinent sur les murs. Elle a une fameuse dose d'endurance ! Moi, j'ai du coton dans les oreilles pour m'épargner l'affrontement ou j'acquiesce à ses bizarreries, ainsi j'ai une paix royale. La grincheuse a congédié sa comparse de chambre, je lui succède. Elle se plaint qu'elle gigote sans cesse, accapare les couvertures, perturbe son sommeil et qu'elle se lève plus crevée qu'en se couchant. En vérité, ses préoccupations la rendent insomniaque, la kyrielle de médicaments qu'elle ingère depuis des lustres ne la soulagent pas. Dans son lit mes pensées se fossilisent, sinon elle s'y infiltrerait. Elle contrarie la tranquillité qui m'envahit sous mes draps, au creux desquels je m'abandonne à des visions oniriques. Est-ce sa façon de déjouer nos complots ? Une chose est évidente, je lui sers de couette. Qu'elle ne mise pas sur moi pour lui tenir le crachoir.

À la Toussaint, nous avons pris une grave décision : vendredi nous déserterons. Simple, net, radical. J'ai averti madame Guidicelli :

— Cela risque de vous nuire. Les magistrats imputeraient votre geste à un caprice et votre caprice à une immaturité. Laissez-les opérer. À Noël, vraisemblablement, vous serez libérées. Promettez-moi de ne pas obéir à une impulsion.

— Ma résolution est inébranlable. Annie me taxera de lâcheté si je bats en retraite.

Mon père se sent-il subitement invulnérable ? Il survient sans autorisation et sans prévenir. Furibonde et menaçante, la marâtre se rue sur nous en proférant :

— Vous saviez que le Bouc allait rappliquer ? Vous avez essayé de m'embobiner, hein !

Il pleut des paires de baffes en quantité.

— Vous ne bougez pas !

C'en est trop, le vase déborde. En avant ! Foncer dans le brouillard. Il n'adviendra rien de plus atroce que ce que nous encaissons à longueur d'années. Tant pis pour les recommandations de madame Guidicelli. Le cachot nous pend au nez, et alors ? Vive l'aventure !

En définitive, timorées, notre volonté ne s'est pas traduite en acte, nous avons renoncé par frousse : la désapprobation de nos professeurs, de nos camarades, le commissariat de police fermé, les trains tardifs qui ne desservaient plus les destinations adéquates. Autocar et train loupés, nous sommes rentrées à pied. Pour moisir dans notre prison.

— Espèces de traînées. Il y a du Bouc là-dessous. Je vais vous secouer le paletot et lui régler son compte, moi.

Mais l'idée de la quitter gagne du terrain.

Le lendemain madame Guidicelli m'apostrophe :

— N'agissez pas sans évaluer les répercussions, vous le regretteriez. Pas de bêtise, Sylvie.

Je lui avoue notre lâcheté de la veille.

— Tâchez de ne pas récidiver.

La franchise de mon propos l'a fâchée.

Micheline grille Marlène en français.

Mardi 8 novembre : « Bénissez ceux qui vous persécutent ; bénissez, ne maudissez pas », note mon agenda. Le juge des enfants, impassible, tatillonne pour nous confier à notre père. En proie à un infini désespoir, soudainement je conclus un marché, plus exactement une négociation-marchandage, avec le Créateur : d'accord, je me morfonds à Offranville pourvu qu'il guérisse. Boire le calice jusqu'à la lie contre sa guérison.

Élisabeth et moi partons à la rencontre de madame Guidicelli.

— Ah ! voilà mes deux plus à craindre, souligne-t-elle.

Elle prétendait que je serais libérée à Noël. Je lui apprends que mon départ n'est plus possible. Elle stoppe net, me touche le coude, je suis indignée de son objection abrupte :

— Sylvie, êtes-vous sûre que votre père s'investit totalement pour vous récupérer ?

Estomaquée. J'en reste bouche bée. Après un oppressant blanc, elle articule chaque syllabe :

— Êtes-vous sûre qu'il s'investit totalement pour vous ? Sylvie, réfléchissez.

Elle est folle ! Folle à lier. Il ne faut pas que mon dernier pilier s'affaisse. Je fonde ma chance sur lui d'accomplir ma destinée sans séquelles importantes. Il affermit mes motivations. Si elle le connaissait, elle se raviserait, tant Janine et lui se démènent pour nous. Elle n'ajoute pas de commentaire à sa réflexion brutale. Mes châteaux en Espagne s'écroulent. Je m'éloigne pour qu'elle ne s'aperçoive pas de mon chagrin. Elle me rejoint, s'appuie sur mon bras :

— Excusez-moi, je vous ai froissée involontairement.

Le moral d'Élisabeth se dégrade : son grand-père se paralyse et intensifie sa sévérité.

Madame Guidicelli facilite notre accès à une majorité équilibrée. Elle nous insuffle du dynamisme. Nous nous enthousiasmons à la croiser, nous deux, les pommées appauvries de l'essentiel.

Composition de géométrie : je n'ai pas su dessiner la figure ; total : zéro. Si je m'étais concentrée sur l'énoncé, j'aurais tracé une tangente à partir d'un rayon donné. Une étourderie de plus.

Je m'en mords les doigts d'avoir changé d'orientation. La troisième A commerciale me conduisait au C.A.P., en moderne je ne préparerai que le brevet. J'ai informé Maman de mon passage en moderne, elle m'a préconisé d'effectuer une année supplémentaire pour le C.A.P. et de bosser sitôt l'obtention de celui-ci, elle en a marre que j'use mes fonds de culotte sur les bancs de l'école. Et hop ! un gosier de moins à nourrir.

Madame Madeleine me revigore en nous proposant de plancher autour du thème suivant : « Vous avez eu peur, efforcez-vous d'analyser vos impressions. »

— Bravo Sylvie, vous avez un style clair, des idées.

En composition : « Vous avez été arrachée au présent par une odeur (ou une saveur ou une musique) qui a fait revivre en vous un souvenir oublié. Racontez en vous efforçant d'analyser vos impressions. » Mon stylo encre vite la copie. Je décroche la meilleure note.

Denise m'encourage à distance, toutefois son appui s'avère superflu, terriblement lointain il ne me réchauffe pas. Je ressens la nécessité d'une présence physique, dans une communication adolescent-adulte. Les héros des œuvres littéraires ne me rassasient plus, je ne me satisfais plus de leur ombre, il me les faut concrètement. Madame Guidicelli, circonspecte, me comble dans ce sens. Son empressement à me saluer me regonfle. Élisabeth et moi nous nous postons en sentinelle le matin au pied de son immeuble. Si elle arrive après la sonnerie de la cloche, et nous aussi d'ailleurs, nous sommes persuadées qu'elle nous évite. Nous nous résignons à ne plus l'importuner de la sorte.

— On ne devrait pas y aller constamment, concède Élisabeth.

— Moi, je suis résolue à arrêter complètement et si cela lui semble étrange, nous en déduirons que nous ne la dérangeons pas.

Mes chaussures me poussent vers la rue du Haut-Pas. Ne pas céder à la tentation. Je coche les dates qui attestent ma ténacité, ce qui corrobore ma résolution. Ma persévérance fléchit, mes réserves d'énergie s'épuisent. L'univers a un je-ne-sais-quoi d'insolent. Elle m'incite à me décharger de ce qui m'oppresse.

Madame Guidicelli n'a que vingt-huit ans : elle a rempli un questionnaire pour Annie qui mène une enquête sur la condition féminine, dans le cadre de ses études.

Longtemps après mon apaisement, bien que loin d'elle physiquement, je ne m'en détacherai pas, parce qu'elle m'a aidée à grandir. Elle est de ceux qui, altruistes et généreux, déchiffrent dans les profondeurs du moi pour emmener les êtres au-delà de leurs limites, car ils estiment que la vie d'autrui est la leur, à rendre transcendante. En a-t-elle seulement conscience ? Je ne lui exprimerai pas concrètement ma mémorable reconnaissance, pourtant j'aurais pu la lui traduire ainsi :

Madame Guidicelli,

Mon nom n'évoquera pas grand-chose pour vous, le vôtre est gravé à jamais dans ma mémoire. Pour vous remercier de m'avoir aidée à atteindre la maturité, je vous transmets ces modestes lignes.

Vous souvenez-vous de vos « deux plus à craindre » au collège Fénelon, entre 1964 et 1966 ? Élisabeth née en Indochine et moi manipulée par une mère tyrannique divorcée qui persécutait son ex-conjoint pour l'anéantir ? Je trimballais mon désarroi dans ma cervelle détraquée, dans mes guenilles, dans mon cartable, dans mes compositions françaises. Vous m'avez assistée dans cette épreuve. Le transfert de la garde au bénéfice de mon père a mis un terme à la détérioration mentale qui me rongeait. Vous avez poursuivi votre mission d'enseigner, tout en prêtant une oreille attentive à des élèves paumées. Je ne dois pas être la seule à me souvenir de vous : vous possédez par instinct des qualités de cœur que peu d'enseignants s'autorisent à exprimer. Puissent-ils admettre que ces qualités sont compatibles avec celles d'enseigner, dans la mesure où, en réconfortant l'élève désemparé, elles engendrent raison de vivre et ont une incidence positive sur son apprentissage.

J'ai continué de cheminer à pas incertains, en grattant par degrés la pellicule de confusion qui enveloppait mon identité. Aujourd'hui épouse et mère, je goûte la plénitude. Je visais le bonheur sans faille, je l'ai séquestré dans mon foyer. Savoir à l'aurore que j'existerai peut-être encore ce soir me réjouit pour la journée ; savoir au soir que j'existerai peut-être encore demain me réjouit pour la nuit. Hier je chassais mon enfance, demain je me l'approprierai par l'écriture. Pour me réconcilier avec elle et avec ceux qui me l'ont volée. Je restituerai le réel. Je le dois à ma famille afin qu'elle interprète avec indulgence mes comportements issus de cette période trouble et à ceux qui m'ont soutenue pour vaincre l'obstacle.

Comme les compositions françaises m'y invitaient au collège, j'alignerai les faits en les couvrant d'aubépines et de seringas. Ces fleurs me sont familières. Elles parfumaient ma route autant dans l'affliction que dans l'allégresse. Indestructibles, elles s'ancrent fermement dans le sol par leurs racines. En témoignage de mon admiration respectueuse, je vous offre ce message comme une brassée d'aubépines et de seringas.

Je couche toujours avec la mégère qui rouspète sous prétexte que je lui découvre l'épaule. Qu'elle n'hésite pas, je peux permuter avec son ancienne comparse, à supposer qu'il lui faille impérativement une bouillotte.

Pour fuir l'absurde, pour dissiper l'ennui, je liquide et classe l'arriéré de ma correspondance : la tante Lulu qui m'enjoint à la prudence, la cousine Berthe, ma Denise. J'ai écrit à André Maurois à l'Académie française. Sa réponse, des plus banales, insérée dans mon album de timbres, ensoleillera abondamment mon espace : « Merci, jeune inconnue, vous avez été gentille en pensant à m'écrire. Amicalement. André Maurois. » André Maurois : plume sobre, épurée, talentueuse. Moi aussi je manierai le stylo, les mots caracolent dans ma boîte crânienne, prolixes. Des poèmes ? Des poèmes qui refléteront un esprit détendu. Bien qu'ils démêlent l'écheveau au fond de moi, les miens trahissent mes désordres internes. Un roman ? Ceux que je dévore me captivent. Saurais-je moi-même captiver mes lecteurs ?

Les grands-parents et mon oncle Jean annoncent leur visite. Branle-bas de combat au fourneau pour une réception sans faute : paniers de tomates à la macédoine et au jambon, en pièce de résistance langue de bœuf sauce piquante aux cornichons et une purée de pommes de terre en accompagnement, baba arrosé de rhum et décoré de fruits confits, café filtré et refiltré. Le cordon-bleu s'active aussitôt du buffet à l'évier, multiplie les pas, les demi-tours éclairs, râle, administre des taloches, dépoussière les meubles. Pas commode, la peau !

Dehors nous chantons du coin de la rue au point de ralliement des collégiens et lycéens. Chanter sur le trajet allège nos sempiternelles querelles, nous empêche de déprimer. Il nous faut nous armer de patience. La justice ne nous favorise pas. Sensibles à l'inquiétude qui m'agite, monsieur et madame Madeleine m'apportent leur soutien. Ils interrogent leur expérience d'une situation qui s'apparenterait à la nôtre.

— Je me rappelle d'un cas de modification des modalités de garde. L'adolescent avait seize ans, il a pu exposer sa volonté.

Perplexes, ils décortiquent pour moi les textes de loi, nous dissertons les vocables ambigus.

— Au pire, on vous sommera de rebrousser, la sommation sera assortie éventuellement d'une admonestation, une fois, deux fois et à la troisième fugue, vous serez libres.

Monsieur Davot souscrit au raisonnement de monsieur Madeleine et de Papa. En revanche le juge les contredit, il campe sur ses positions : si je pars, elle plaidera sa cause et ses arguments convaincront puisque notre garde lui est attribuée. Qui des hommes de loi baissera pavillon ? Le commissaire me conseille d'insister, de lui spécifier que je suis déterminée à résider chez mon père et qu'il en est de même pour Annie. De son côté il lui téléphonera pour lui soumettre mon intention.

— Si nous partons un samedi midi, serez-vous responsables ?

Monsieur et madame Madeleine l'ignorent, mais *a priori*, non, la sortie des élèves a lieu à l'issue du dernier cours, elle relève ensuite de la responsabilité des parents ou de leur représentant légal.

Nous fixons le départ à samedi 17 décembre, par le train, sans tambour ni trompette, pour leur épargner des complications. J'avertirai Maître Lemarchand.

Je sollicite Papa pour qu'il émette son avis et m'adresse le montant des billets de chemin de fer.

Madame Guidicelli s'émeut de ce dénouement, compatissante envers ma mère :

— Est-elle au courant ?

— Non. Et je m'en fiche !

Quelle que soit la méthode pour tâter de la liberté, Annie la revendique sur-le-champ, sans entrave aucune, pour procéder conformément à ses conceptions, les préalables ne l'intéressent pas. Comme elle tarde, elle s'en arrange, elle se contente de Jacques, Edmond, Frédéric...

— Tu ne me demandes pas comment s'est déroulé l'entretien chez le commissaire ?

— Tu n'y es pas allée.

— Si !

— Sans blague !

***

Les grands-parents n'égaieront pas notre fin de semaine. Un bref frisson glacial a submergé Pépé, il s'est écroulé sans connaissance dans une pâture, un ultime embrassement à son terroir infertile du Pé d'Co (Pays de Caux). Une violente douleur lui étreint la poitrine en regagnant son domicile, elle le terrassera, étendu sur son matelas, s'éternisera dans son agonie. Ma mère-grand a immobilisé le balancier de la comtoise à treize heures trente, juste après qu'elle a sonné la demie. Mademoiselle Cadinot, aux cent coups, est accourue et accomplit les formalités. Sitôt la réception du télégramme, Marcelle a filé à Auberville sans nous :

— J'ai pas besoin de vous dans mes pattes. Ça ne vaut pas le dérangement. S'il a été mauvais dans son existence, il le paie maintenant.

Elle nous expédie à Saint-Valery-en-Caux chez Roger et Germaine. Notre oncle nous reconduira pour que nous assistions aux obsèques. Germaine est la fille de mon grand-oncle Léopold qui habite Le Hanouard, une région riche en colombiers. Elle exploite une épicerie-café-restaurant-taxi. Son humeur tonifiante, épicée, polarise une clientèle considérable fidélisée. Dans son bistrot les ouvriers se ressourcent en sa compagnie et en celle des leurs, récupèrent de l'ardeur pour abattre la besogne. Germaine est sans chichi, spontanée, accommodante. Elle a du vif-argent dans les veines, elle déploie de la dextérité à mener son commerce, fonce plus vite que sa réflexion, ne balance pas, efficace. Les tâches ne la rebutent pas, elle manifeste de l'entrain à les exécuter. On l'apprécie énormément, une virtuose du rire, volubile, à la manière de Charlotte, « pour se décrasser les poumons », selon son expression. Les Baray et les Cavelier, ne se seraient-ils pas alliés pour leur commune gaieté et leur franc-parler ?

Roger, sensible sous une écorce bourrue, exècre assurer le service au restaurant, excepté en cas d'affluence s'il sent sa Germaine sous pression. Maladroit de ses mouvements, les plats, les piles d'assiettes valsent. Guère affable envers les habitués familiers, il préfère s'installer au volant de sa voiture-taxi, l'unique taxi de la contrée, là, il ne se met pas en frais d'amabilité.

Chez eux, j'ai la surprise de rencontrer ma tante Ghislaine, un personnage atypique, l'ex-femme de mon oncle Jean.

— Bonjour, mademoiselle.

— Bonjour, ma tante.

— Saperlipopette ! ma nièce ! Et ma Chipète en plus ! Ça alors, pour une surprise ! Comment trouves-tu ta tante ? Elle n'est pas trop décatie ? Quoi de neuf dans le secteur d'Offranville ? enchaîna-t-elle en me tapotant la joue dans un cliquetis de ses bracelets.

Ma mère la vilipende de la même façon qu'elle vilipende ma tante Vonette, « des mijaurées, des pas-grand-chose, des poules de luxe », et les critique vigoureusement, jalouse de leur réussite sociale, pâle d'envie. Mon oncle Jean et ma tante Ghislaine se concertent sur l'éducation de Christine pour qu'elle ne pâtisse pas de leur divorce. Ils désavouent la conduite de leur sœur et belle-sœur vis-à-vis de nous, qu'ils qualifient de ridicule.

Émile a fait faux bond à ses copains, plus de dominos, plus de plaque, plus de mitraille, il expire un dimanche.

— L'Émile, qué qui fabrique ? J'vô parie eun picotin d'aveine qu'i a oco l'museau dans cha goutte.

(L'Émile, que fabrique-t-il ? Je vous parie un picotin d'avoine qu'il a encore le museau dans son calvados.)

— L'pé Baray, i é passé. L'a maqué cha soupe d'adieu. N'allez pouin l'tracher, vô casserez le nez, l'a avalé son bulletin de naissance.

(Le père Baray, il est passé. Il a mangé sa soupe d'adieu. N'allez pas le chercher, vous vous casserez le nez, il a avalé son bulletin de naissance.)

— Ch'é pin Diou possib' !

— Eh bin ! j'm'attendions pouin à c'te-là. Nom de d'là ! J'avons caôsé aveuc li hié au Quéneau.

(Eh bien ! je ne m'attendais pas à celle-là. Nom de d'la ! J'ai causé avec lui hier au Quéneau.)

— É por cha que l'hibou i bouboulait dans eun marronnier c'te nuit.

(C'est pour cela que le hibou bouboulait dans un marronnier cette nuit.)

Miséricorde ! Miséricorde ! Jésus Marie Joseph ! Une calamité ! Charlotte est foudroyée. Elle étouffe des sanglots dans son mouchoir à carreaux bleu pétrole parfumé à la lavande. Son compagnon de fortune et d'infortune : dans leur nudité matérielle, insouciants des bombardements, ils avaient aspiré à marcher au coude à coude, épaule contre épaule, haleine contre haleine, soudés l'un à l'autre. Les aléas du sort furent le ciment de leur couple. De souche pauvre ils ont trimé aux champs, assumé les deux guerres mondiales, aplani les malentendus, se sont désolés que leurs deux rejetons aient rompu la paille. Elle a eu beau se pencher sur le puits, le fond ne lui en a pas dévoilé les raisons. Elle a pesté contre eux dans son for intérieur, la chair de sa chair. On n'efface pas un demi-siècle d'intelligence du cœur, sur un simple caprice du croque-mort. Qui remontera l'horloge ? Toi, Mémé ! Pour que ses aiguilles en laiton joliment ouvragées tournent autour des chiffres romains, pour que son balancier scintille, pour que son tic-tac apaise mes tourments. Ils ont gouverné le ménage à trois : eux et la comtoise. Elle cadençait l'heure du lever, des vaches, du laitier, de la soupe, de la détente, du *Duraton*. Elle égrenait les quarts d'heure, assidue à marquer la fuite du temps.

Ce matin, avant les obsèques, la furie m'empoigne par le col du manteau et me projette dans la chambre où il repose, livide, entre deux cierges qui se consument, les mains jointes sur le Christ en croix. Sur le marbre du meuble de chevet un rameau de buis trempe dans une soucoupe d'eau bénite. Son attaque pernicieuse me montre la mort à l'état brut. Bien qu'elle se mêle à mon quotidien, c'est mon premier rendez-vous tangible et authentique avec elle. J'ai eu l'occasion de l'expérimenter quand la porte s'est refermée sur le père et notre harmonie, puis à travers ce à quoi je renonçais pour lui plaire, à travers les animaux : j'assommais les lapins d'un coup de bâton sur la nuque, et nous les écorchions, ma grand-mère et moi, alors qu'ils se débattaient sur la toile cirée, les viscères jaillis, secoués de spasmes et d'un extrême soubresaut effrayant. Elle les mijotait ensuite à feu doux en civet assaisonné des carottes et des oignons de son potager.

Le mobile de son geste m'envahira toute, obsédant, absurde. Je me focaliserai dessus, le ruminerai. Signifiait-il que la mort happe de cette façon les minables pétris de mauvaiseté, mes semblables ? Qu'elle punirait mon indignité ? Qu'elle me faucherait aussi et que, trop vicieuse pour expier au purgatoire, je descendrai directement en enfer pour que tout de moi soit brûlé, on ne sauverait pas la moindre parcelle de peau. Je la ramènerai moins à ce moment-là. Signifiait-il qu'elle réduirait mon géniteur monstrueux à ce néant du corps ? Que j'observe bien comment cela se pratiquera. Qu'est-ce qu'elle en pige du royaume des cieux, du purgatoire et de l'enfer ? Elle a des accointances avec le Très-Haut ? Elle passe les écritures dans le Grand livre ? Elle répartit les poids sur le plateau qui pèse les âmes ? Pas que je sache. Interloquée, si je n'ai pas songé que la mort de mon despote me soulagerait, un remède radical, avec le recul je ne gagerais pas que ma petite voix me l'ait suggéré, chargée d'un lot de convictions, de culpabilité et d'angoisse. Etre catapultée si férocement devant mon grand-père trépassé fut pour moi un choc, la révélation brutale de notre mortalité, de l'anéantissement de notre identité. Sa mort préfigurait celle qui n'exempte personne, irréversible. Intégrer notre mortalité est laborieux pour un adulte, *a fortiori* pour un adolescent. La vision de son crâne enrubanné comparable à un œuf de Pâques me hantera sans relâche. Elle entravera longtemps mon sommeil. Quand la mort a rôdé chez nous, mes enfants ne l'ont pas approchée pour qu'ils gardent intacts les portraits de ceux qui les choyaient.

Ma tante Lulu et mon oncle Joé se sont déplacés de Saint-Cast. Ils ont apporté une magnifique couronne, à dominante rouge, agrémentée de feuillage. Ils n'ont pas coupé les ponts avec mes grands-parents maternels qu'ils fréquentent au même titre que leurs proches normands et mon grand-père a assisté aux obsèques de mon oncle Jacques. Réciprocité d'estime et de politesse.

— Jean, tu as vu cette créature là-bas ?

Ma tante et mon oncle s'avancent résolument vers nous pour nous embrasser. Maman pivote sur ses talons, bombe le postérieur en guise d'injure, ajuste sa toilette, et nous tire rudement devant elle. Le port du deuil lui confère de l'arrogance :

— Ce n'est pas le jour du Bouc, je vous interdis de leur parler. Toi, la mé, je te préviens, s'ils soupent ici, on dégage.

Charlotte tressaute sous l'apostrophe, elle se ratatine, ne réplique pas, elle bougonne entre ses chicots. Sa physionomie reflète la soumission. Mais sa fille a beau tempêter contre eux, secrètement, elle leur est reconnaissante d'honorer son vieux de l'hommage funèbre.

Tandis que mon oncle Jean, Marcelle et Chantal reconduisent Ghislaine et Christine au train d'Yvetot, nous pleurons, ma grand-mère, mademoiselle Cadinot – son amie de toujours –, Annie et moi.

— Excuse-nous Mémé, hoquetai-je, tu as du chagrin, tu n'avais pas besoin de cela.

— É rin ma Chylvie, cha pachera. J'suis cotente qu'i sont venus por li. Mach, cha m'fâche raide. La chiterne é pouin louin.

(Ce n'est rien ma Sylvie, ça passera. Je suis contente qu'ils sont venus pour lui. Remarque, ça me fâche raide. La citerne n'est pas loin.)

Nous tentons de la dérider en la détournant de l'épisode pénible précédent :

— Tu voudrais revoir Papa ?

— Si j'veux l'r'vai, j'crai bin. (Si je veux le revoir, je crois bien !) Pas à Auberville, pour les cancans.

— Tu préférerais où ?

— J'vas réfléchir et j'vous renseinrai par Denise Cadinot.

— Notre demi-sœur a des cheveux blonds qui ondulent.

Il a fallu que je la lui dépeigne.

La commune et l'église organisent de belles funérailles au dernier des combattants de la guerre de 14-18 d'Auberville-la-Manuel, ses actes de bravoure couronnés par l'octroi de la Légion d'honneur pour quatre années et demie sur le front de l'est. Une portière de velours noir, frappée de ses initiales, barre l'accès au logis. Tandis que le sonneur se pend à la corde de la cloche, quatre porteurs l'enlèvent de sa chambre et le convoient à l'église, le prêtre en tête, la croix haussée au-dessus de lui, suivis des enfants de chœur et des chantres vêtus de la chape, puis des Aubervillais, cortège recueilli, les femmes en mantille noire, les hommes le couvre-chef entre les doigts, progressant solennellement au rythme de cantiques latins, émouvant de noblesse lorsque le prêtre a entonné le psaume *Miserére* : *Miserére mei, deus, secúndum magnam misericórdiam tuam*... « Pitié pour moi, mon Dieu, dans ton amour, selon ta grande miséricorde, efface mon péché. »

Les bancs sont assiégés immédiatement, le pratiquant y coudoie l'incroyant : les dévots saluent l'autel en une brève génuflexion, y entrent à l'aise ; les mécréants, indécis, engoncés dans leurs habits de cérémonie, gênés par leur chemise empesée, souliers cirés à lacets, bras collés au ventre, mains assemblées pinçant qui leur chapeau, qui leur casquette, qui leur béret, s'inclinent longuement dans l'allée centrale. Ils ont en commun une posture hiératique. Onze compositions funéraires : coupes, gerbes, coussins, corbeilles, recouvrent le cercueil sous les volutes d'encens, pour adoucir son ascension vers le paradis et la tristesse de Charlotte. Des mouchoirs se défroissent discrètement pour tamponner les joues cependant que le président des Anciens combattants, arborant des médailles épinglées au revers de son veston, prosterné, prononce son oraison sur un ton oratoire et proclame en se redressant cette formule pathétique doublée par l'écho : « Mon cher Émile, adieu ! » Et chacun défile pour asperger le cercueil d'eau bénite et déposer une offrande, tandis que l'organiste exécute une marche funèbre à l'harmonium.

À l'issue de l'office, sur le parvis, passées deux ou trois minutes muettes sous l'intense émotion paralysante, les langues se délient :

— Cré mâtin ! était quiqu'eun, i a toujou merché dret.

(Cré mâtin ! c'était quelqu'un, il a toujours marché droit.)

— J'véyais bin qui ch'traînait, qu'était flapi d'apparanche.

(Je voyais bien qu'il se traînait, qu'il était flapi en apparence.)

— Cha fé rin, é eun' perte réelle !

(Cela ne fait rien, c'est une perte réelle !)

— I avé d'l'âge mine de rin, quate-vingt-un ans, ma fei, ch'é eun bel âge por moui, y'en a bin qui vodraient y'arriver.

(Il avait de l'âge mine de rien, quatre-vingt-un ans, ma foi, c'est un bel âge pour mourir, il y en a bien qui voudraient y arriver.)

— É toujou trop tôt por descend' au trou, auré pu durer eun p'tieu.

(C'est toujours trop tôt pour descendre au trou, il aurait pu durer un peu.)

— La mé, qui qu'é va d'venir sans li ? Les jornèyes ch'é long en hivé. Dans queuques moais, cha ira muus.

(La mère, que va-t-elle devenir sans lui ? Les journées sont longues en hiver. Dans quelques mois, cela ira mieux.)

— Al éa pas bézef por viv, la retraite qu'on touche d'l'agricole é plutôt étriquée ! É puchra néchéchairment dans l'guichoun. Oco héreus qu'a laiché du bin drié li.

(Elle n'aura pas beaucoup pour vivre, la retraite qu'on touche de la caisse agricole est plutôt étriquée ! Elle puisera nécessairement dans la soupière. Encore heureux qu'il ait laissé du bien derrière lui.)

— Je m'sieu laissé di itou qu'i a arrangé s'affaires. L'Jean et la Marchelle se disputeront pouin l'héritage.

(Je me suis laissé dire aussi qu'il a arrangé ses affaires. Le Jean et la Marcelle ne se disputeront pas l'héritage.)

— L'cuai a bin prêchi.

(Le curé a bien prêché.)

— I a fé l'grand viage, no on a fé not devouère.

(Il a fait le grand virage, nous on a fait notre devoir.)

Mon père a présenté ses condoléances, il se joindra à nous, à Auberville, par la pensée. Il se tracasse pour son ex-belle-mère et nous recommande de lui écrire souvent pour la distraire de la solitude.

Ma grand-mère est restée longtemps abattue, elle se surprenait à soupirer, notamment en débarrassant l'assiette et les couverts propres dans l'angle des siens et lorsqu'elle réalisait au crépuscule, que la place froide dans la couche conjugale soudain large le demeurerait irrémédiablement. Elle lui narrait sa journée en omettant ce qui l'aurait hérissé, lui racontait les potins du voisinage. Puis elle s'est résignée, elle a empaqueté l'oreiller superflu et les habits pour le chiqueti (chiffonnier), a disposé les siens sur l'emplacement, elle a remonté l'horloge qui a recommencé à battre les heures, les demies, les quarts et les trois quarts, elle s'est assise à la table de loisir qui contient l'appareil de T.S.F. et le ravaudage, sous la croisée aux rideaux à embrasse, et les saisons se sont à nouveau enfuies pendant qu'elle feuilletait à reculons le journal de sa vie, ses mains tavelées, déformées et flétries entrelacées sur sa blouse. De cet endroit elle conjure le malfait (mauvais sort) qui rôde autour du puits. Nos visites impromptues la découvriront là, le visage tout en rides sondant l'extérieur, les prunelles noyées dans le lointain ou sommeillant, le menton sur la poitrine. L'environnement d'une femme, à proximité de sa couture. Son champ, sa prairie de fermière retraitée. Elle rit, distribue ses prescriptions de sagesse, avance en âge sans s'apitoyer sur ses misères, pétille d'une éternelle juvénilité au centre de ses cinq petits bonheurs : le puits, le fourneau, la comtoise, la clé de son armoire et le buis des Rameaux. Elle a apprivoisé la séparation. Simultanément, elle accueillera, en de bruyantes exclamations de bienvenue, sa petite-fille, Valérie, la ravisée, et deux arrière-petits-fils. Sa continuité, sa survivance. Le tic-tac de la comtoise ne disparaîtra pas de sitôt.

— Regarde-moi ça, ma mère, si c'est pas mignon ! Qu'est-ce que tu en penses ?

— Oh ! T'as bin travaillai mon garchon. I é belle. Oh ! É s'raidit, hein.

— Oui, elle est robuste. Et capricieuse. Elle rouspète dès l'aube.

— Quelle belle pépée ! Oh ! bé oyou qui sont ses petons ? Oh, rgarde-mé cha ! pi ses gambettes ! Mouv'té, m'pé, que j'la zieute de pus près. Guette donc son p'tit toupet. Comment q'vo l'appelez ?

— Valérie.

— Ah oui ! Je m'rappelle à c't'heu. Ses ptits petons ! Ses quinquets !

Cha, par exemple, por eun' surprise, en est eun' ! J'mennuyais bin eun p'tieu. J'disais en dedans d'mei, i z'écrivent pas, i é t'y en vacances et qui l'auraient pas ébrité. É la mode, on n'écrit pus. Comm' dé fait, était cha. J'comptais pouin vô veir ann'huy, mach, j'te maudis. Cré mé ou m'cré pas, j'te maudis, t'é eun ryin-qui-vale !

(Ça, par exemple, pour une surprise, c'en est une ! Je m'ennuyais bien un peu. Je disais au fond de moi, ils n'écrivent pas, sont-ils en vacances et qu'ils ne l'auraient pas ébruité. C'est la mode, on n'écrit plus. En effet, c'était cela. Je ne comptais pas vous voir aujourd'hui, remarque, je te maudis. Crois-moi ou ne me crois pas, je te maudis, tu es un vaurien !

— Tu n'es pas contente de nous voir ?

— J'sieu bin cotente, sû que j'sieu bin cotente. É rin bellotte ! É t'n'image tout récopi, mon gâs.

(Je suis bien contente, sûr que je suis bien contente. Elle est rien belle ! C'est toi tout craché, mon garçon.)

— On t'a bricolé une petite-fille, tu désirais une petite-fille, non ?

— Oh, por mé, écoute, tout est bon, eun' p'tite-file ou un fisset, é tout pour l'él'ver. Veux-tu eun' goutte de pinard mon garchon, qu'on l'arrose ? J'n'é eun' bouteille, j'vas la tracher. Et tei, ma Chylvie, t'en beura bin eun p'tieu, just' eun' lermette.

(Oh, pour moi, écoute, tout est bon, une petite-fille ou un petit-fils, il faut l'élever. Veux-tu un verre de vin, mon garçon, qu'on l'arrose ? J'en ai une bouteille, je vais la chercher. Et toi, ma Sylvie, tu en boiras bien un peu, juste un peu.)

— Goûtez-mé un p'tieu cha. À voute santai, à la vôte.

(Goûtez-moi ça. À votre santé, à la vôtre.)

— À la tienne, ma mère !

— À l'sienne d'la bezotte, plutôt. Ha ! ha ! I s'laiss bouère, hein ?

(À celle de la petite, plutôt. Ha ! ha ! Il se laisse boire, hein ?)

***

Ça y est, notre père consent à nous recevoir. Le dénouement est imminent, l'instant fatal se concrétise. Il enverra au directeur le montant des billets de train : Dieppe/Rouen, Rouen/Le Mans, Le Mans/Châteaubriant. Si nous lui expédions un télégramme suffisamment tôt, il gagnera la gare du Mans pour écourter un voyage barbant. Ils se réjouissent de la soudaine tournure des événements. Mes journées de chagrin, abrutissantes, s'achèvent. Au bout des rails, la félicité, enfin ! Je poursuivrai ma scolarité à Dieppe, hébergée dans un foyer de jeunes filles dirigé par des religieuses, pendant que le tribunal étudiera mon cas. « Courage, n'ayez plus peur, votre Sauveur vient », note mon agenda dans la rubrique des pensées.

La maniaque de la taloche est exécrable. À moins que je ne supporte plus ses manœuvres abjectes. Il est vrai que nous en avons assez de ses débordements d'outrages, nous nous opposons fermement, jetons de l'huile sur le feu dans un déchaînement d'indignation incontrôlable contre elle. Embarquées dans leur conflit, nous sommes complices à notre corps défendant d'injustice envers lui. Je m'enlise dans des « s'il est atteint d'une souffrance incurable, pire, s'il meurt c'est à cause des inepties que je lui ai rédigées sous la dictée, des tourments et des atrocités qu'il a endurées. Mon comportement symptomatique l'a miné. » « J'ai démérité de lui. » Mon raisonnement s'éclaircit par paliers, je m'étonne plus que jamais d'avoir adhéré à l'avidité de vengeance de son ennemie en le dénigrant sans vergogne, en lui infligeant de sales farces telles que bourrer des emballages de bonbons de boulettes de papier, en lui énonçant sans la moindre réticence des affirmations mensongères, pour que celle qui nous gîte, nous nourrit et nous couvre, nous gratifie d'une infime faveur. Je m'étonne de n'avoir éprouvé aucune honte à les commettre.

— Bonjour, Mam !

Vlan… Elle m'allonge une gifle en débitant son boniment habituel.

Ah ! Elle a la tronche des jours néfastes. J'en déduis qu'elle a posé le pied gauche avant le droit au saut du lit et qu'elle s'est piquée à un chardon. Pas de jaloux, Annie se pointe dans la cuisine, elle en écope d'une. Logées à la même enseigne. La gratuité de son geste me vexe tant que je tonne :

— Rira bien qui rira le dernier.

— Ce qui veut dire, si on déchiffre ton énigme ?

— Qu'il arrive à la fortune de changer de sens, figure-toi. Comme le vent. Que les privilèges se renversent.

— On en reparlera !

L'index braqué sur moi, elle assène :

— Où que vous alliez, je vous retrouverai ; où que vous vous trouviez, je vous embêterai. Je vous embêterai jusqu'à ce que vous creviez. Enfonce-toi ça dans le crâne.

Samedi dix-sept décembre... le terme. Sans tumulte.

Non, pas le dix-sept. Ni une ni deux.

Le jour J, celui qui cessera nos rapports avec notre mère, ses rapports avec son ex-mari, leurs rapports avec les magistrats, leurs simagrées, s'est réalisé. Leur querelle est liquidée, notre enfance clandestine consommée, le point final tracé. Nous avons sonné le glas de leur divorce en jouant les filles de l'air le lendemain. Mardi 13. Je suis née un mardi, je renais un mardi. Le mardi, présage de renouveau. Le 13, un chiffre porte-bonheur. Son opiniâtreté à détruire notre relation avec notre procréateur et la branche Simon a été infructueuse, nous avons contré sa suprématie. Seize années d'incompréhension ! Reste le bilan de tant de perturbations et les conséquences irréversibles dans notre rôle de femme, d'épouse et de mère. On ne sort pas indemne d'une telle expérience. Les voici véritablement divorcés, sauf si leur duel diabolique subsiste sous un nouvel alibi.

***

Voilà, voilou, selon l'expression de chez nous. Le train nous achemine vers un avenir séduisant. Plus tôt que prévu. Mon sac ne pèse pas lourd dans le porte-bagages. Il renferme le contenu de mon casier : les manuels, cahiers et copies, ma trousse, des lettres, mon journal, mes timbres de collection stockés dans des enveloppes, mes poèmes et *Le printemps de la vie*. J'abandonne à Offranville, dans le bas du placard, en ressentant une pointe de nostalgie, ce qui contribue à me socialiser : mes romans, les héros de la Comtesse de Ségur. Je les ai lus tant de fois, que le titre, à lui seul, déroule le récit, leur fidélité m'est acquise. Je laisse mes situations fictives, les joueurs aux dialogues curatifs, les subterfuges, mon siège de cuisine. Je me défais, non sans amertume, des objets offerts, troqués, volés, qui possèdent une histoire, un morceau de la mienne. Chaque renoncement est un échelon vers l'épanouissement personnel. Je confie ma journée à sainte Lucie, elle a fermé la parenthèse.

Je pardonne à ma mère. N'a-t-elle pas été traitée d'une façon qu'elle a estimée si injuste qu'elle l'a traduite en conduites inadaptées ? Son père, aussi dur que les cailloux qu'il cassait pour pourvoir à sa subsistance, considérait sa progéniture comme un outil fixé à l'extrémité d'un manche, principalement une bêche, une fourche, une serfouette, pour ameublir les arpents, sarcler, une machine à récolter. Au surplus, sans reconnaissance.

— Cha toujou étai comm' cha, la terre réclame des bras.

Élevée à la dure, mariée à la sauvette par un faux calcul : elle ambitionnait de trouver la pierre philosophale du luxe dans l'hyménée pour échapper à son destin. Mal mariée. Des filles au caractère trempé. Pourquoi ne travaille-t-elle pas ? Elle s'ouvrirait aux autres, elle s'enrichirait. Je lui pardonne, mais je n'oublierai pas.

Je pardonne à la demoiselle son défaut de perspicacité, sa présomption téméraire et partiale, à l'emporte-pièce nous concernant et guère flatteuse à mon égard. Je lui pardonne, mais je n'oublierai pas.

Je pardonne aux représentants de la loi d'avoir chipoté sur des problèmes de pension alimentaire, sans discerner l'accablement sous-jacent des gosses fragiles, qui pleuraient interminablement, qui ne bénéficiaient que de piécettes en ferraille cependant que les billets disparaissaient dans un bas de laine dodu pour le cas où la vache tarirait ses pis. Je leur pardonne, mais je n'oublierai pas.

Plus tard je pardonnerai à mon père d'avoir tapissé son cœur de chiffres, laissé couver la braise pour que le feu ne se consume jamais. J'aurais voulu qu'il me dise combien de Saint-Valentin ils ont célébrées à l'unisson, fous l'un de l'autre, avant qu'il la roule dans le matelas pour la désarmer, avant que nous réprimions nos sanglots dans les manches de notre pyjama et que nous déplorions son absence, avant qu'il marchande les parcelles d'Émile Baray contre les exigences de son adversaire, pourquoi subitement tant de répulsion, pourquoi les pivoines rustiques n'ont plus agrémenté notre jardin, pourquoi n'est-il pas parti en croisade aux côtés des innombrables victimes de la cruauté de leur conjointe, qui se démènent pour assumer leur statut de père. Les rivières ne s'avèrent pas toutes infranchissables. Je lui pardonnerai, mais je n'oublierai pas. Explique-moi, Papa, c'est quoi une enfance heureuse ?

Je pardonne à Chantal, condamnée à enjôler sa mère par une stratégie déloyale envers nous pour lui soutirer l'amour, sans lequel un enfant ne se construit pas.

Dans le compartiment, des anonymes repliés. Chacun transporte son existence, incolore sondée de l'extérieur. Je ne parviens pas à chasser la scène fatidique, elle flotte en boucle, lancinante, s'efface sous un embrouillement de mes pensées contradictoires et gesticule à rebours. La revoilà, endiablée, ignoble, semblable à un orage qui gronde sur l'océan gorge-de-pigeon. Je scelle les paupières, j'aplatis les épaules contre le cou, me bouche les oreilles, claque des dents. Les anonymes émergent de leur intimité pour m'examiner à la dérobée. Annie, assise en vis-à-vis, s'inquiète :

— Ça va ?

— Oui, ça va. Ça va bien, c'est merveilleux !

— Nous sommes libérées de toute servitude, enfin, on va s'éclater comme des bêtes.

— On en a des distractions à récupérer !

Janine nous emmènera en courses, nous débarquons sans valise. Adieu les guenilles rapiécées.

Ce matin, Annie, amorphe, blasée des serments de protection des marchands de chimères, exténuée par la fermeté qu'elle employait pour contrer sa mère, m'attendait au portillon. Sa tenue ne prêtait pas à remontrance, une anomalie ! Un jour faste pour elle, toutefois il sentait la poudre tant la marâtre lançait des éclairs dans notre direction pour en étriper une pendant le petit déjeuner. Le sort m'a désignée pour encourir dans l'entrée exiguë la censure du bourreau expert et désaxé. Une paille me suffirait pour déclencher les hostilités.

— Mets ton manteau.

— Non ! Il est moche.

Vlan ! une tarte.

— Si ça ne te plaît pas, demande de l'argent au Pif ou à la dépensière, il lui affecte ses revenus.

— Pour que tu l'empoches et conserves nos lavettes miteuses, le bouc émissaire, pardi !

Une seconde tarte.

— Je ne lui demanderais pas de l'argent, il m'achèterait un manteau trois-quarts, laineux, chaud, ravissant, que je choisirais moi-même, un manteau de jeune fille, chic, garni d'une ceinture qui soulignerait ma taille.

La colère, à l'état latent aussitôt le réveil, décuple ses forces, l'orgueil froissé, les nerfs à vif, elle perd la tramontane, se déchaîne, explose, ivre de fureur, les joues cramoisies, la lèvre supérieure contractée faisant saillir des rides verticales, les pupilles dilatées de rage incoercible, elle s'acquitte de son message. Déstabilisée par mon insolence, à bout d'argument, les traits convulsés, elle abat sa dernière carte, attrape le balai des waters plus qu'usagé, un résidu répugnant coincé dans les poils, qu'elle immerge dans le jus de chique de la cuvette pour m'en asperger à la cadence de son courroux, incontrôlable. Je présume que si elle avait eu une arme à proximité, elle m'aurait abattue.

Stupéfaite et consternée, meurtrie, les yeux embrumés, les tympans déchirés par ses hurlements, abasourdie par la bourrasque, aux abois, j'enfilai sa pelure pour dissiper le relent de W.-C. Je percevais que sa haine, perpétuellement attisée, atteignait un haut niveau de frénésie, qu'elle régissait infailliblement son être. Mon seuil de tolérance est dépassé. La solution : m'esbigner sur-le-champ.

— Annie, on se barre. Monsieur et madame Madeleine m'ont promis leur appui. Si tu es d'accord, rejoins-moi à midi. Il y a un train vers treize heures.

— Et s'ils se ravisaient ?

— Non, nous discutons fréquemment des conséquences.

— Pourtant, dans l'ensemble, on ne nous approuve guère. Tu es sérieuse ?

— Oui. Ils savent que nous sommes malheureuses, le commissaire et le juge des enfants aussi. Depuis le temps que nous mûrissons notre plan, exécutons-le.

— Ils ne nous ont pas autorisées à ficher le camp.

— Tant pis, ils se débrouilleront entre eux.

Voici l'autocar d'Annie. Elle se rue vers la banquette arrière pour l'ultime décision par gestes. Sans tergiverser, je braque l'index sur l'autocar : « Non, non, non, pas dedans ce soir. » Il démarre sous un panache de fumée ardoise qui se dissout dans l'atmosphère. Viendra-t-elle au rendez-vous à midi ? Probablement : il ne convient plus de juger de l'opportunité ou pas de quitter notre tyran.

Justement, madame Madeleine surveille la cour. Je m'élance vers elle.

— Nous partons aujourd'hui.

Mon attitude farouche reflète ma résolution, elle n'insiste pas.

— Je vais chercher vos billets de train et prévenir votre père. Allez en classe, Sylvie, et concentrez-vous sur le cours.

Le cours, quel cours ? Mille réflexions m'accaparent, dans lesquelles je m'éparpille : la réaction de ma mère : « Je vais leur allonger une de ces trempes à ces deux traînées ! », son énervement vengeur dans la soirée : « Encore une du Bouc, le salopard, il les a enlevées », son tête-à-tête sinistre avec les aiguilles de l'horloge, à en user la nuit, sa passion destructrice avivée, la sanction qu'elle élaborera pour nous dissuader de renouveler notre fugue quand les gendarmes nous agenouilleront devant elle. Convaincue d'agir dans notre intérêt, elle s'ingénie à exorciser le laid qui nous habite : notre ressemblance avec le Bouc. Elle se doit de la pulvériser, de nous purifier de ses tares. Nous ne sommes pas nous, nous sommes elle. Exercer le contrôle total sur nous pour nous plier à sa norme est une question vitale qui l'engage formellement. Elle en mélange la vérité et le mensonge. Se lamentera-t-elle sur sa cinglante défaite ? S'en consolera-t-elle ? Ignorante de s'être fourvoyée, confondue par sa hargne, quelle extrême limite s'était-elle fixée pour nous purger de l'hérédité que nous a transmise celui qui l'a répudiée, qui œuvre infatigablement contre elle, et envers qui elle cultive un ressentiment tenace ? J'ai pris conscience que les obstacles n'endigueraient pas sa férocité, qu'à travers nous elle le persécuterait à l'infini, qu'elle triompherait de lui. Je tourne la page, Offranville restera sur la précédente, elle aussi dont l'aspect physique se figera en moi si elle nous rejette définitivement. Je tourne la page en jurant que personne ne me frappera plus. Le coup serait fatal à mon agresseur.

À midi, monsieur et madame Madeleine... et Annie me guettent dans la cour.

— Voici vos billets. Le train part à 12 heures 36. Vous avez deux correspondances : en gare de Rouen, vous disposez de dix minutes pour changer de quai, ne la ratez pas, et au Mans. Votre père est prévenu, il vous cueillera à la gare de Châteaubriant. On vous a prévu des casse-croûte, votre estomac se creusera inévitablement. Sauvez-vous tout de suite. Et fouette, cocher ! Envoyez-nous vite de vos nouvelles pour nous rassurer.

Passeport pour la plénitude.

Que le train roule lentement, un express néanmoins ! Jusqu'à présent je n'ai emprunté que la micheline qui court au ralenti de Dieppe à Saint-Aubin, les wagons presque vides. Le front plaqué sur la vitre, assommée, je n'aperçois pas le territoire qui défile, des villages épars et leur clocher, des fermes blotties dans les bosquets, des vaches qui tondent l'herbe, des gares où il n'arrête pas, des champs labourés, du débroussaillement par le feu, de nouveau des champs, des bouquets d'arbres, la plaine... Pas une silhouette. Où sommes-nous ? J'entends mon professeur de géographie, monsieur Radou, scander en tapant du bout de sa baguette sur le bureau son incontournable maxime : « Un voyage se prépare, vous devez le suivre sur la carte, en tracer l'itinéraire. » Rouen, quai C voie 2 au pas de course..., Le Mans, arrivée à 19 heures 42, correspondance à 20 heures 27, arrivée à Château à 22 heures 47. Plus d'une heure de retard !

« Châteaubriant... Châteaubriant... Le train express 6024 en provenance de Le Mans entre en gare. Messieurs, mesdames, pour votre sécurité, éloignez-vous de la bordure du quai, s'il vous plaît. » Réflexe inverse : l'attroupement se masse au ras des voitures, qui pour grimper dans le wagon, qui pour identifier un voyageur. Les freins s'écrasent, stridents, la machine chuinte, elle s'immobilise. Des bras s'agitent, des mouchoirs flottent. Nous dévisageons la marée humaine compacte qui se hâte vers la sortie, étourdies, happées par le courant... Instant magique, miraculeux, il dépasse d'une tête l'essaim. Sourires, baisers. Nous pénétrons dans une oasis de régénération.

— Vous avez bien voyagé ? Janine a fleuri la maison pour vous.

Dieppe, le 19 décembre

Chères Sylvie et Annie,

Merci de votre dépêche. Si je ne m'abuse, elle reflète un apaisement que nous vous souhaitions depuis longtemps. Je n'oserais avouer qu'elle m'ait rassurée : si j'étais rassérénée de vous savoir en sécurité, à bon port, il n'empêche que j'ai frémi rétrospectivement à l'annonce, pourtant discrète, des péripéties qui ont retardé votre arrivée jusqu'à cette heure avancée de la nuit. Et si votre papa eût été en déplacement !... Mieux vaut ne pas imaginer.

Ma pensée inquiète ne vous a guère laissées au cours de ce long après-midi : je m'appliquais à deviner les étapes de votre voyage et les difficultés susceptibles de survenir... Enfin, tout est bien qui finit bien.

Il est vrai que, hélas ! le dénouement n'est pas proche. Où en sont les procédures ? Nous ne savons rien, sinon que le commissaire (dont la sympathie semble vous être acquise) n'avait pas l'intention de précipiter l'enquête et pensait transmettre le dossier au procureur. Cela vous garantira une fin d'année détendue. Toutefois, je redoute que cette lenteur administrative ne soulève des problèmes pour le deuxième trimestre, une absence prolongée ne risque-t-elle pas d'être autant préjudiciable à vos études et vos examens que le serait un changement d'établissement ?

Je ne puis que vous encourager à travailler vos mathématiques et sciences, vos points faibles se situent dans ces matières. Avez-vous adopté une méthode rationnelle de révisions ? Je suis persuadée qu'un épanouissement affectif aura le plus heureux effet sur vos dispositions en français, parfois limitées par une habitude de contrainte et d'hermétisme.

Je serai toujours curieuse de ce qui vous concerne.

Mon affectueux souvenir et mes vœux de paisible fin d'année vous accompagnent toutes les deux.

C. Madeleine.

Dans ma minuscule chambre, mes gestes se débrident et je m'étonne de n'essuyer ni gifle ni apostrophe offensante. J'ose consulter la glace, m'admirer dedans de face, de profil, de trois-quarts. Je discute avec mon double, j'essaie des coiffures, je cambre les reins, teste des poses, simule la consternation, l'amabilité, l'extase, la volupté, la méfiance, l'indignation, le dégoût. Je réalise que mon corps fait partie de moi, je le détache de ma mère. Je le voile ou le dévoile au gré de ma fantaisie. Ce corps que je méprisais tant j'étais méprisable à ses yeux. Je m'habille en fonction de mon humeur et de la température extérieure. Je m'amuse à faire des moulinets avec mon slip sur l'index : je le propulse en l'air, il atterrit dans des endroits insolites ; je l'enfile sur le crâne, le voilà bonnet ou ombrelle ; je le suspends à mon poignet, le voilà aumônière ou foulard de soie chatoyante. Pas terrible, la culotte ! Une culotte de fauchée, une culotte d'affranchie de fraîche date. Je m'allonge en diagonale sur le lit, m'offre une séance de pédalage dans le vide, je monologue, je vocalise et on ne m'enjoint pas de me taire, on ne me contredit pas, on ne surgit pas à l'improviste, on ne m'épie pas, un espace personnel où je me toilette sans pudeur, sans redouter l'ouverture intempestive de la porte pour chicaner sur l'usage abusif de l'eau et du savon. Maître de mes actes. J'ai secoué le joug.

J'aime l'ambiance monacale, feutrée de ce foyer géré par les religieuses de la Congrégation des filles de la charité, fondée par Vincent de Paul et Louise de Marillac, engagées à vivre en communauté fraternelle au service des pauvres et totalement consacrées au Créateur. Elles circulent si légèrement qu'on ne les remarque que lorsqu'elles nous frôlent et que leurs lèvres murmurent des psaumes. Elles se réunissent à la chapelle à l'aurore pour célébrer la messe et ponctuellement pour psalmodier les prières et méditer les lectures spirituelles. Leurs litanies percent les parois et incitent au recueillement. Elles sont vêtues d'une robe bleu-gris, froncée à la taille, aux manches évasées pour joindre les mains, paume contre paume, qu'elles placent symboliquement dans celles du Christ, en parfaite communion avec lui. Un rosaire d'ébène ceinture et valorise leur silhouette, les grains pendent à gauche. La cornette blanche amidonnée se déploie sur les épaules et ondoie sous le pas, elle ennoblit leur déplacement, majestueux, aérien. Pas un cheveu ne dépasse du toquois qui descend sur leur front. Le plastron blanc immaculé rehausse la pâleur de leur visage. Le contraste des tons provoque, de prime abord, une austérité qu'un chaleureux sourire estompe. Quelques-unes visitent des pauvres ou des malades les après-midi.

Mère Supérieure, de complexion robuste, chargée des clés, impose un couvre-feu aux pensionnaires, elle clôt les portes à dix-neuf heures pile. Elle frise la soixantaine et ne plaisante pas sur la discipline. La tourière, mademoiselle Germaine, avenante, exécute rigoureusement les consignes au guichet. Chacune s'acquitte d'une mission dans la communauté. Sœur Marie-Madeleine, la doyenne d'âge, affaissée sous le poids des ans, percluse de rhumatismes, dresse la table des trois repas. En arpentant les couloirs, elle égrène son chapelet entre le pouce et l'index, un *Pater* pour dix *Ave*, et sur sa physionomie ascétique, ses lèvres remuent imperceptiblement pour que la prière se diffuse en nous ; elle nous fait profiter de sa rencontre d'adoration avec le Seigneur et transmet sa béatitude. En croisant une jeune fille, par une espèce de spontanéité juvénile, elle lève les paumes vers les cieux en signe d'embrassement et assure, en termes dithyrambiques, que la grâce divine rayonnera en elle. Ses mâchoires tremblent lorsqu'elle tend la main que je crains, en la pressant, de briser. Ses conversations intarissables racontent par le menu l'incommensurable bonté de Dieu pour nous. Sœur Marthe, la bible sous l'aisselle, répand la Parole autour d'elle, elle concrétise sa vocation auprès des plus démunis et de la jeunesse. Sœur Assistante, à l'apparence angélique, sans qui aucune activité ne débute – entonner les psaumes, méditer la bible, prier, bénir le repas – tant qu'elle n'est pas dans l'équipe, est le moteur de cette institution. Elle glisse à pas lents et légers, savoure les Saintes Écritures, entre en méditation et glorifie Dieu.

L'été, certaines religieuses se recueillent au centre hélio-marin de Pen-Bron, à la pointe de la presqu'île guérandaise, elles prêtent main-forte à leurs consœurs épuisées par les besognes hospitalières. Le centre, hôpital marin fondé en 1887 par un serviteur des enfants tuberculeux, Hippolyte Pallu, avec la coopération des Filles de la charité, s'est reconverti de sanatorium en établissement sanitaire spécialisé en rééducation et réadaptation fonctionnelles. Les handicapés contemplent à loisir Le Croisic. Un site enchanteur entre océan, dune et pins, paisible, iodé, vivifiant, au charme envoûtant.

« Nous sommes ravis que vous vous adaptiez à vos nouvelles conditions. N'abusez pas de votre liberté, potassez efficacement, afin que nous n'ayons pas à regretter cette décision que nous avons prise conjointement et qu'en cas d'échec, on ne manquerait pas de me reprocher », tempère notre père.

Ma liberté, les balbutiements de ma liberté : elle ne se matérialise que par l'achèvement du pouvoir souverain de ma mère sur moi. Elle ne consiste qu'à me mouvoir, bosser dur ou composer des poèmes, scruter la nuit baignée de lune, lécher les vitrines en me toisant dedans, m'occuper à des frivolités, une agréable faiblesse réprouvée auparavant. Je ne lui accorde que ce sens capital. Qu'ils ne s'en effraient pas, les soucis leur seront épargnés.

J'ai décoré mon royaume : Papa et Janine me sourient sur une étagère. Cousin Jules et Cousine Berthe se tiennent en haut de leur escalier. Tante Lulu et Oncle Joé, exemples de droiture, me sermonnent à distance, ils ne ménagent personne. Tous me stimulent. Annie a le suivant. Nous papotons à travers les minces cloisons.

Sur ses économies amassées sou à sou – sagace petite-fille de Mémé, elle dissimule sa tirelire dans ses poches –, elle m'a acheté un électrophone que je lui rembourserai ultérieurement, Papa et Janine un magnétophone. J'enregistre mes poèmes, je les déclame sur fond musical. Un délassement bienfaisant pour recouvrer le langage.

Le foyer se vide en fin de semaine, excepté de Madeleine (que je prénommerai ici Madée), Alice et nous deux. Nous l'envahissons en libre circulation dans les couloirs, nous nous hélons de seuil à seuil, décontractées. Les religieuses nous autorisent à nous attabler dans leur salle à manger. En attendant le repas, elles chantent des noëls en s'accompagnant au piano. Au *Amen* du bénédicité coutumier, la religieuse cuisinière pose la marmite fumante sur le dessous-de-plat. Mère Supérieure déplie sa serviette, les fourchettes entrent en action.

Malgré mes coudées franches je ne m'octroie presque pas de loisirs. Je m'attelle à la tâche, les examens sont au sommet de l'échelle et il me reste un nombre conséquent de barreaux à gravir. Je ne mémorise les leçons que durant deux à trois mois. Ce délai expiré, mon cerveau transformé en passoire les déloge. Je les emmagasine de force, en les répétant sans cesse. Ceci m'astreint à bûcher indéfiniment. Je somnole par à-coups sur mes fiches, hébétée de fatigue. Le courant est coupé de vingt-trois heures à six heures. À l'extinction des feux, je continue à la lampe de poche. Parfois mon énergie me trompe, je pique un somme jusqu'à ce que la lumière m'éblouisse, l'interrupteur en fonction marche m'écarte des bras de Morphée. Je bondis sur mes fiches. Le tic-tac de ma montre s'affole et me plonge dans l'angoisse de l'insuccès.

Est-ce l'effet de la grandeur du lieu, du surmenage, je suis souvent morose. Chez ma mère je pleurais mon père ; chez lui je la pleure. Que d'attaches contrariées, que d'arrachements ! En réalité, ici, je n'ai plus ni l'un ni l'autre.

À quoi consacre-t-elle ses journées ? Elle coud ? Elle détricote nos gilets, réutilise la laine pour elle ? Et si elle se suicidait, elle nous en a menacées quelquefois. Brigitte se désole pour elle :

— Écris-lui. Je parie qu'elle est désemparée, vous étiez sa priorité. De l'agitation elle s'enfonce soudainement dans le silence absolu. Dans son retranchement je doute qu'elle surmonte l'épreuve, elle est si brutale !

— Moi, non. Elle nous hurlait sans arrêt : "Dépêchez-vous de foutre le camp". Elle nous attribuait ses malheurs et nous punissait des fautes que son ex-mari aurait commises. Elle nous accaparait pour l'humilier.

Déçue de nous, écœurée, elle ne décachettera pas les enveloppes. J'en ai la quasi-certitude. Inéluctable répercussion de mon départ, un énorme poids subsistera en moi d'avoir aggravé sa détresse. Et puis, flûte ! ne verse pas dans le repentir, concentre-toi sur tes cours, résous les problèmes de mathématiques, étourdis-toi sur les matières ardues.

Je me secoue pourtant, mais ne domine pas mon humeur pessimiste. Je n'allume plus le transistor, ne termine pas ma correspondance, ma volonté se retire de moi, les performances se négligent. Pour qui ? Pour quel aboutissement ? Les cloches de la cathédrale proche troublent l'ambiance dépouillée et solennelle. Elles accroissent ma mélancolie.

Monsieur Madeleine m'a demandé si je m'acclimatais dans mon atmosphère religieuse. Incontestablement je n'éprouve pas de difficulté à m'y conformer. Je l'ai de nouveau remercié, il m'a précisé que de figurer sur la liste des « reçus » les rétribuera amplement.

J'ai rencontré madame Guidicelli quai Duquesne. Elle se préoccupe de mon isolement.

— Vous ne vous ennuyez pas ?

— Oh non ! Je m'assigne des objectifs de révisions.

— Êtes-vous correctement nourrie, correctement chauffée ?

— Oui, j'ai tout à profusion.

— Vous avez une mine resplendissante.

— Merci.

— Au revoir, Sylvie, bon dimanche, tâchez de vous reposer.

— Merci, à vous également.

Les querelles de garde et d'autorité s'éternisent en dehors de nous. Impitoyable, la justice amalgame notre départ à une fugue, elle ne nous favorise pas, réfrène notre impatience à stabiliser notre personnalité. Quel non-sens ! Il y a un océan entre la velléité de protéger les enfants et leur protection réellement. Régulièrement notre père se déplace au palais de justice de Rouen pour rendre compte de ce qu'il arrête pour nous, notamment la continuité de l'enseignement et notre hébergement à Dieppe. Il répond aux convocations du commissariat de police de Châteaubriant pour confirmer qu'il n'est pas parvenu à nous persuader de réintégrer Offranville, qu'en revanche nous avons accepté d'étudier à Dieppe en étant pensionnaires.

Je m'alarme du rejaillissement de notre brusque départ sur lui. Échappera-t-il à la prison ? Monsieur Madeleine me rassure :

— Il n'allait pas vous laisser sur le pavé !

Mon moral ressuscite. À la prochaine alerte je lui livre l'objet de mon inquiétude.

Les Madeleine s'improvisent tuteurs. Madame Madeleine se risquera à récupérer nos affaires d'Offranville. Les démarches auprès des experts perdurent, ils n'accordent pas leurs violons.

— Monsieur Davot, pouvez-vous me délivrer un certificat attestant que je suis à la charge de mon père ?

— Non, demoiselle : le juge vous a confiée à votre mère. Néanmoins, je joindrai Maître Malandain pour nous procurer vos effets.

Annie sait par ses copines d'Offranville que Maman prétend que nous avons préféré le luxe, les virées en carriole et la java à la simplicité qu'elle nous offrait. À la Ruche, elle s'insurge contre notre ingratitude et jure qu'elle ne bougera pas un orteil pour nous ravoir ; à la quincaillerie, qu'elle tentera l'impossible pour nous reconquérir.

Madame Madeleine m'avise qu'elle a retiré l'imprimé pour solliciter les bourses.

— La secrétaire a essayé de la retenir pour que monsieur Madeleine la détrompe à votre sujet, mais elle s'est esquivée. Elle n'a pas cherché à savoir où vous étiez.

Je me répète le raccourci de ce jeu de cache-cache, il parasite mon mental. Je l'imagine qui piétine entre la cuisine et la salle de séjour en remâchant ses rancunes, désœuvrée. Son insomnie la tourmentera en la ballottant de colère en vengeance et elle avalera médicament sur médicament. Elle se désintéressera littéralement de nous.

Madame Madeleine se défend de sa maladresse, elle pousse un soupir étouffé.

— Je te retarde, le cours de sciences a débuté.

Les ouvriers de l'usine Vendeuvre où mon père a développé ses talents d'ingénieur – elle venait de se spécialiser dans la fabrication des moteurs Diesel et des engins agricoles – manifestent contre la suppression de postes annoncée : sur les six cents ouvriers, cent trente-trois seront licenciés. Dans un immense élan de solidarité, les travailleurs dieppois, y compris les marins et les dockers, les commerçants, défilent sur le pavé en clamant des slogans : « Du travail pour tous », « Dieppe, désert industriel », « Des sous, Charlot, des sous, Charlot », « Du crédit pour nous ». La population, qui n'a pas souvenir qu'un tel dispositif ait été actionné ailleurs, signe une pétition qu'elle adressera à la sous-préfecture sous leur escorte : « Aujourd'hui chez Vendeuvre, chez qui demain ? » Je les accompagne à la Chambre du commerce où ils ont organisé un meeting pour revendiquer le droit à l'emploi, la retraite à cinquante et cinquante-cinq ans et pour affirmer qu'ils « refusent que leur ville devienne une terre à touristes pour les richards ».

Ma tante Vonette et Christiane m'ont envoyé un mandat pour mon Noël. Je rembourse ma dette d'électrophone et j'achète un appareil-photo.

Notre père ne nous éclaire pas, il n'est pas bavard, le lien est précaire entre lui et nous. Le délaissement m'accable.

Mère Supérieure m'a avertie que le commissaire enregistrera notre version à tour de rôle. Mon anxiété prémonitoire croît en raison de l'absence d'information. Monsieur et madame Madeleine, disponibles, me réconfortent :

— Madame, je voudrais vous parler.

— Oui. Qu'est-ce qui te tracasse ?

— Nous avons rendez-vous au commissariat, Annie et moi. Le commissaire nous entendra séparément. J'ai peur que nous nous contredisions.

— Ne t'inquiète absolument pas ! Vous déclarerez l'identique vérité, cela ne s'invente pas, il n'en vérifiera pas l'authenticité.

— Ils sont malins, ils procèdent par recoupements. Je n'ai pas de nouvelles de mon père.

— Sylvie, les grèves ralentissent l'acheminement du courrier. Le nôtre ne nous parvient pas rapidement non plus. Ne sois pas négative.

Commissariat de Police Nationale : j'aspire une bolée d'air... expire... sonne... Je me figurais qu'en présence de ma mère, je me justifierais de mon départ, sa parole contre la mienne et ma parole de mineure et de fuyarde ne pèserait pas lourd. J'appréhendais cette confrontation. Elle n'y assiste pas. Je ne tremble plus.

Le commissaire essaie de ruser. Je ne me démonte pas, vissée sur mon siège, droite dans mes bottes, mon cerveau bien affûté, la repartie ricoche, pas de confusion, pas de contradiction dans ma déclaration. Il consigne mes justifications. Je suis fière de moi : je n'ai pas accusé l'auteur de mes jours. Il me demande de lui décrire l'algarade du mardi, les mots bloquent. Inexprimable. Non, je ne la lui décrirai pas.

Scandalisée par la méthode utilisée, Annie lui a relaté l'épisode du balai à waters.

Vraisemblablement j'ai affecté la sensibilité du commissaire.

— Je te supplie d'écrire à ta maman. Tu lui as assené un coup de massue. Elle est probablement effondrée, elle a subi le choc en pleine face. As-tu réfléchi au déchirement imprévisible qui la tenaille ? Elle nous a signalé votre fugue. Je lui ai démontré qu'un père et une mère sont indivisibles pour l'épanouissement d'un enfant, que celui-ci n'est pas un bien dont on jouit, mais un être qui se structure au contact de l'un et de l'autre, et qu'elle a commis une erreur monumentale en vous dressant contre votre père et en détériorant la relation avec les siens. Je crois qu'elle a compris. Elle est en complet désarroi. Songes-y : tu as deux adolescentes, seize et dix-huit ans, vous êtes en désaccord, vous vous querellez, elles disparaissent. Suppose une telle disgrâce pour toi. Comment l'endures-tu ? Une explication s'impose, non ? Il est impératif que tu lui expliques tes raisons. T'ai-je convaincue, tu lui écriras, ma Bichette ?

J'esquisse une moue boudeuse qui signifie « non ».

Il recule son fauteuil, s'approche de moi, me pose une main sur l'épaule.

— Allons ! je ne veux pas t'attrister. J'insiste vivement pour que tu lui envoies une gentille bafouille.

— Oui.

— Et si on t'intimait l'ordre de retourner à Offranville…

— Je m'évaderais autant de fois que je retournerais.

— Eh bien, c'est gai ! Sauve-toi, mon petit. Je téléphone à ton directeur et je rencontrerai la Mère Supérieure.

Exécution : je lui ai souligné que son contrôle sur nous culpabilisant, que ses contraintes, ses agressions physiques injustes, dégénéraient en tyrannie intolérable, et qu'en nous démolissant, elles nous transformaient en chiffe molle incompatible avec notre bagage héréditaire ; que je n'en pouvais plus d'être constamment tenue pour responsable de leurs différends ; que je m'excusais de ne pas m'être comportée conformément à ses convictions. Et j'ai conclu qu'elle demeurera mon modèle.

Monsieur Davot s'est présenté au parloir pour s'informer si l'interrogatoire au commissariat s'était bien déroulé.

— À mon avis, le papa ne tardera pas à pointer le nez.

Exact. Ils nous ont surprises alors que nous goûtions dans le réfectoire, Annie coiffée de bigoudis. Nous bondissons vers eux. La Mère Supérieure, par complaisance, leur permet de monter dans nos chambres, une incroyable entorse aux principes : les pensionnaires n'introduisent leur famille qu'au parloir. Un week-end inattendu sensationnel ! À la revoyure, le pensionnat !

Les deux Jean, complices de jeunesse, renoueront à la chaumière de notre oncle à Écambosc. Innocemment nous nuisions à leur fraternité, à présent nous les lions. Notre oncle nous a envoyé un colis à Châteaubriant : du tissu pour nous confectionner une robe, blanc pour Annie et pied-de-poule marine et blanc pour moi.

Curieux, excessivement curieux : notre aînée a rédigé un message charmant : « Mangez-vous à votre faim ? » « Êtes-vous chaudement vêtues ? Ne vous enrhumez pas… » « Maman a reçu votre lettre lundi, elle était furieuse… »

***

Dans cette atmosphère sacrée, j'ai atteint dix-sept ans. Un anniversaire à l'instar des précédents, mais pas tout à fait, puisque je suis moi maintenant, mais pas tout à fait moi, moi froissée. Mes dix-sept ans marquent la date de ma naissance. À cinquante ans, j'en aurai dix-sept de moins, frustrée de dix-sept printemps au compteur de mon existence. Dix-sept printemps dérobés qui ne me seront jamais restitués. Mardi 31 janvier : la lumière jaillit du plafonnier, Annie cogne sur la cloison.

— Bon anniversaire, la frangine !

Elle ranime en écho la formule de ma mère de son lit : « Bon anniversaire, la vieille ! » et la fête immédiatement enterrée. Elle me manque cependant, au même degré qu'un soleil pâle qui nous effleure sans nous réchauffer, une rose en bouton que l'été a séchée sur sa tige. Je remanie le film, écourte des séquences éprouvantes, modifie l'ordonnancement, enchaîne l'assemblage en une version qui me convient : elle illumine notre palais d'une brassée de seringa et d'aubépine ; les cerfs-volants se haussent vigoureusement, tournoient, piquent du nez et se fracassent sur le galet, la voilure enchevêtrée dans les fils ; à la valleuse du Curé, nous descendons à la plage par l'escalier creusé dans la falaise abrupte à la queue leu leu, lui devant, elle derrière nous ; ils valsent au son de la Paimpolaise sur leur électrophone ; ils me prénomment Fina.

Au terme de nos années de souffrance, de dysfonctionnement, de croyance forcenée en un avenir meilleur, longtemps brimées, nous sortons de notre torpeur par étapes, le bonheur se profile dans mille détails, délicat, parfumé comme un noyau parfume une eau-de-vie. Nous le humons, nous l'acclamons. Il nous envahit de l'aube au crépuscule. Nous calligraphions le mot sur le sable mouillé, l'océan impassible le lèche et le gomme, entre deux marées nous le recopions en caractères granités. Fi des obstacles, nous les contournons. Les heures s'envolent, légères, à bâtir nos fondations et le socle sur lequel nous nous appuierons fermement. Des fondations semblables à nos falaises dieppoises qui, parsemées de silex, ne s'érodent que lentement sous le choc des vagues acérées à leur flanc. Nos éducateurs ne nous ont pas appris à marcher, nous faisons nos premiers pas. Avec quinze ans de retard nous nous élançons farouchement à la construction de notre identité, nous nous émancipons. Quand bien même nos voies divergeraient, nous serons deux, témoins mutuels de notre enfance sans enfance, deux pour attester que nous n'extravaguons pas, deux pour nous remémorer nos abuseurs d'autorité, deux pour énoncer que respecter l'enfant est un impératif formel universel. Lorsque nos parents s'éteindront, qu'ils enseveliront sous un éternel silence les mystérieux motifs de leur persécution réciproque, lorsque plus personne n'évoquera nos misères et nos blessures psychologiques, nous serons deux, unies en conséquence d'une phase pénible traversée de compagnie.

Ma scolarité achevée, je me promets de noircir un cahier. Mon grand-père moissonnait son champ, je moissonne les mots pour forger des fragments d'histoire individuelle fabuleux, créer des photographies chamarrées, atténuer l'absurdité. Des arcs-en-ciel de mots bouillonnent dans mon stylo. L'écriture rétablira la cordialité entre ma mère et moi par le jeu du remake, cimentera l'entente. Quelle pitié ! Tu délires, ma pauvre. Laisse-toi flotter au gré du courant, la mer s'échoue invariablement sur le rivage, inlassable dans sa détermination à aborder la digue. La mer est la création qui sied le mieux aux fluctuations de nos états d'âme.

Mon père, Janine et Valérie s'avancent sur le boulevard, la mine réjouie.

— Bon anniversaire, ma grande. Tu ne résisteras pas à un muffin à la pomme, au salon de thé. Garni de bougies.

L'extraordinaire jaillit, qui paraît invraisemblable, presque inconvenant, je ne suis pas habituée aux effusions. Je n'explose pas d'une joie passagère, déconcertée qu'ils aient dépensé tant d'énergie pour moi. Au salon de thé, je déballe mes présents : une combinaison champagne en mousseline de satin ornée de dentelle sur le bustier et à la base ; six mouchoirs aux coloris pastel brodés d'un S ; *Guerre et paix* de Léon Tolstoï. Valérie me prête son éléphant vert parce que je n'ai pas de maman à qui résumer mes journées d'école.

J'ai dix-sept ans, je commence ma vie, elle flamboiera. Je ne me courberai pas vers le sol, je viserai la cime des arbres. Toujours.

Entre mes révisions fastidieuses, je m'accorde des pauses : fréquentations amicales, lèche-vitrines. Je me déplace en autocar, en train ou en stop. Nous allons chez notre grand-mère.

Elle s'accoutume à son double veuvage : son compagnon et les *Duraton* lui ont adressé leurs adieux simultanément. Elle plaisante en patois du terroir, expansive, sa bouche édentée grimpe à nouveau à ses oreilles, ses rides patte d'oie se plissent au coin des yeux.

— L'bon Diou a voulu d'li, mais pas d'mé.

— Impeccable ! Tu n'as pas été assez sage, Mémé.

— T'as raison, m'n'heu a pouin sonné. Cha tumb' bin, j'é d'qué m'occuper.

Et elle trottine jusqu'à sa chambre dans un bruissement d'étoffe, menue, voûtée, hilare, en fouinant sous sa blouse pour défaire son trousseau de clés de sa pouquette (poche). De son armoire, elle extrait la boîte à biscuits en fer-blanc pour assouvir notre gourmandise, sans le bordeaux : « J'débouque pouin la besson, la trempette au pinard é pas por les éfans, é por les houmes qu'ont biaucoup d'anneilles drié eux. » L'aigle Calvet déploie ses ailes entre les piles de draps. Charlotte si minuscule en face de l'armoire gigantesque.

— À souper à sei, vô aurez eun' assiettée de bouillie d'miche, eun' salade de pissenlit au lard, j'ajouterai un coco du. Et eun' poume. Cha vô va ti ?

(Pour souper ce soir, vous aurez une assiettée de soupe de pain, une salade de pissenlit au lard, j'ajouterai un œuf dur. Et une pomme. Cela vous va-t-il ?

— Chic ! Miam-miam ! J'ai une faim de loup.

Elle s'amuse de notre appétit insatiable :

— Régale-té, ma poulotte. É cha qu'les Boches auront pouin. Un gobiton de rin é trop por euzaötes. Maque, tu sé pouin qui qui t'maquera. R'prinds eun' lichette de pain et du couleux, les bouchées avalées ez'ont pus d'goût.

(Régale-toi, ma poulotte. C'est ça que les Boches n'auront pas. Un reste de rien est trop pour eux. Mange, tu ne sais pas qui te mangera. Reprends une petite tranche de pain et du camembert, les bouchées avalées n'ont plus de goût.)

C'est fou ce qu'elle bavarde. Seuls, l'interrompent les bruits suspects, nerveuse aussitôt qu'un véhicule s'aventure dans l'impasse.

— On a ti pas toqué ? Faudrait pouin qu'vot mé arrive, é ch'rait pouin cotente après mé et vô catouillerait les côtes.

(N'a-t-on pas toqué ? Il ne faudrait pas que votre mère arrive, elle ne serait pas contente après moi et vous chatouillerait les côtes.)

Elle nous révèle qu'elle travaille à Saint-Valery-en-Caux, chez un grison qui a deux jambes de bois.

Quelle pipelette ! Il est illusoire de fermer l'œil. Sitôt qu'une pensée lui traverse l'esprit, elle nous la livre.

— Les filles, vô dormez pouin, hein ? La mé Blanche, é veut qu'j'y cède le bâtiment qu'est sus l'chiment por s'en fé un garage. Qui qu'é fra d'un garage pis qu'al'a pouin d'véture. Ça m'fé pas rin, mais é culottai, l'pé, Dieu ait son âme, é mannyirement pas refroidi. J'comprends ast'eu porqué qu'é m'faisait des mamours et des croupettes depis queuqu' temps. É avait s'n'idaye pa drié la tête. J'me sieu dit en dedans d'mei : « Tu cré p'têt' que j'vas te l'donner, j'vas pas te l'donner. » J'l'ai avisée que j'voulais pouin l'vendre, j'i trachi brin des rabêcos, mais j'deviens rosse su mes vieux jours, m'laisse pin marcher sus les pés.

(Les filles, vous ne dormez pas, hein ? La mère Blanche, elle veut que je lui cède le bâtiment qui est sur le ciment pour s'en faire un garage. Que fera-t-elle d'un garage puisqu'elle n'a pas de voiture. Ça m'est égal, mais elle est culottée, le père, Dieu ait son âme, est pour ainsi dire pas refroidi. Je comprends maintenant pourquoi elle me faisait des mamours et des courbettes depuis quelque temps. Elle avait son idée derrière la tête. Je me suis dit au fond de moi : « Tu crois peut-être que je vais te le donner, je ne vais pas te le donner. » Je l'ai avisée que je ne voulais pas le vendre, je ne lui cherche pas querelle, mais je deviens rosse sur mes vieux jours, je ne me laisse pas marcher sur les pieds.)

Eh ! non, Mémé, nous ne dormons plus. Tu nous as pourtant pressées de souffler la lumière quelquefois que les revenants rôdent et te jettent un maléfice. Avant de sombrer, l'image de mon grand-père surgit : il emprisonne les chatons nouveau-nés dans une pouque (sac en toile de jute) et les lâche de la lucarne à l'étage de ce bâtiment qui ne stocke que des denrées alimentaires, des souricières et la bascule à grain munie d'un contrepoids et équipée de poids hexagonaux en fonte de fer surmontés d'un anneau de préhension. Se débarrasser… S'embarrasser… En rêve je recense les souris piégées dans les tapettes en bois au puissant ressort en fer. Pas une. Friandes de croûtes de pain beurrées elles ont décroché le morceau sans se faire garrotter. J'applaudis. Je suis une souris.

Nous nous lèverons après elle, le coq jaloux aura lancé son énième cocorico, les vaches beugleront et se répondront d'herbage en herbage, les moutons bêleront, les étourneaux, les merles siffleront et les chiens, notamment Azor, celui des Goubert, la Diane des Durand, aboieront sur les passants. Le treuil du puits aura déjà grincé, Mémé aura fendu le bois pour son feu, coltiné du charbon entre le cellier et le fourneau, enfourné le bourregoule, et l'horloge, qui égrène ses gongs argentins, l'imposante horloge, sa gaine filiforme, son mécanisme, son balancier de cuivre, tic, tac, tic, tac… ne mentira pas sur la journée largement entamée. Nous nous ébrouerons cependant qu'elle tournicotera, étourdies par le branle-bas et son babil.

— Cha lambeine, cha lambeine, les marmottes. Va fallé vô déhoter d'la pleume et vô manier le popotin, i s'fé tard. Débarbouillez-vous, mé j'm'en vas ramasser du maquer à lapins.

J'pluquerai des patates, vô y jettrez eun u qu'elles s'dépichent pas à cuisson.

(Ça lambine, ça lambine, les marmottes. Il va falloir vous sortir de la plume et vous manier le popotin, il se fait tard. Débarbouillez-vous, moi je m'en vais ramasser de l'herbe pour les lapins. J'éplucherai des pommes de terre, vous y jetterez un œil qu'elles ne se démontent pas à la cuisson.)

Je la photographie puisant de l'eau à la citerne et à sa table de loisir, absorbée par un ouvrage de couture ou l'attention accaparée par une émission de radio, les prunelles égarées au-delà du poulailler, pour immortaliser son naturel. Mémé, si j'ai une fille, je la prénommerai comme toi : Charlotte. Un prénom talisman qui la protégera contre les cruautés du sort.

Notre oncle Jean est venu la surprendre.

— Nom de d'là ! É mon gâs. Cha, alors !

Mon oncle représente pour moi le nœud entre mon père et ma mère, il préserve leur relation d'amour, l'unique témoin de leur union et de leur désunion, un des piliers sur lesquels repose ma fondation. Gardien du florilège de mes jours remplis, si artificiellement remplis, il est irremplaçable.

En début d'après-midi, il nous dépose à Cany pour que nous souhaitions le bonjour à nos cousins Lambert et Lebourg. Roger et Paulette Lebourg s'affairent dans un bistrot bondé d'habitués, où la machine à chansons s'embrase tandis que les consommateurs introduisent dans sa fente les piécettes qu'ils accumulaient dans leurs poches. Fiers de leur juke-box luisant de ses chromes et néons multicolores, astiqué dès l'enroulement de la grille métallique, ils n'hésiteraient pas à chanter pouilles à qui tenterait de le secouer en entonnant la ritournelle. Des boit-sans-soif impénitents, oisifs, aux répliques triviales, la face rubiconde, le ventre gonflé pareil à une outre, accotés au zinc, se complaisent à tremper dans les discussions oiseuses, colporter les scandales, les coucheries, faire des gorges chaudes des prises de bec entre riverains, en sifflant cul sec le ballon de rouge. À s'égosiller dans le brouhaha on crève de soif.

Paulette est l'aînée de Léopold, un frère de mon grand-père, successivement journalier et ouvrier linier. Il abandonne cette activité, s'implante au Hanouard où sont nées deux de ses filles, Yvette et Thérèse. Il y exploite le *Café des glaces*. Paulette, Germaine, Christianne, Yvette et Thérèse ont toujours évolué dans un décor cabaret, familières des atmosphères enfumées, des haleines avinées, des gosiers desséchés, des verres qui s'entrechoquent, du vocabulaire poissard.

Chacun y va de ses quolibets pendant que Paulette, tout en rinçant les verres, nous annonce que notre mère a démissionné.

— D'après les z'on-dit, le coquin avait de drôles de manières.

— É des clapots (potins), ça m'étonnerait qu'i cavale, le cul-de-jatte.

— Hé ! y'a pas qu'les gambes, y'a les paluches et le reste. Y'en a qu'ont la paluche baladeuse.

— Elle ! frotter la crasse des bouseux... Elle a pas turbiné bésef !

— I paraît qu'elle enfile des gants de vaisselle.

— Non !

— Chi !

— Le lascar, il l'a fichue dehors, la bête est racornie. Aurait fallu qu'i lui dégage les toiles d'araignées sur la touffe à coups de plumeau, depis une éternité qu'l'endroit est vierge.

— Cha é bin vrai, si elle est avantagée en portrait et en frou-frous, elle est plutôt réfrigérante et malcommode, le dragon !

— I s'est fait pigeonner, ton cavaleu dégoûtant, l'aurait eu un tantinet de jugeote, à son allure, i l'aurait pas engagée.

— P'têt' bin qu'i iétait eun mauvais coucheu.

(Peut-être qu'il était un mauvais coucheur.)

— P'têt' qu'al'a flanqué eun' pèque dans la goule.

(Peut-être qu'elle lui a flanqué une volée.)

Les plaisanteries salaces fusent et couvrent le juke-box, le sifflement du percolateur et le cliquetis des verres. Les joueurs de dominos serrés sur la banquette de moleskine s'arrêtent de poser pour se gausser bruyamment d'elle. Ici, on se connaît à des kilomètres à la ronde, le rendez-vous des potins dans ce troquet qui ne désemplit pas, la raillerie gratuite aux dépens d'un mal loti, naïf ou niais. Celui qui ridiculise son prochain en étanchant sa soif jouit de la considération générale. Est-ce ma mère que l'on insulte en public ? J'ai envie de me tapir sous le comptoir, honteuse de l'offense qui l'accable, son sang circule dans mes veines, c'est un legs à choyer. Désormais je ne la nommerai plus pour que l'on ne s'excite pas à la salir, j'épurerai les séquences pour moi. Mes luttes triées, poncées, lavées. La sélection que j'effectuerai m'équilibrera.

Je les ai laissés à leurs commentaires de charretier, indifférente à leur gouaillerie. Qu'ils s'en jettent deux ou trois derrière la cravate en se gargarisant d'obscénités, en s'estimant spirituels ! Oui, je suis le rejeton de celle que vous exposez aux sarcasmes. Je la respecte plus que vous. Chez nous on n'arbore pas nos dessous.

***

Forte du bien-être que je ressens, de la musique qui me grise, de la littérature qui m'ouvre sur le monde, de mes poèmes qui traduisent mes états intérieurs, il n'en reste pas moins vrai que j'ai un gouffre d'ébène à l'âme. La clarté n'y pénètre pas, je n'en distingue pas l'extrémité. Pousser une porte où l'aube s'infiltrerait... Où se muche la clé ? l'issue ? Mon entêtement ne suffit pas, j'ai besoin d'un appui pour ne pas chuter en me risquant à tâtons dans sa noirceur insondable. Madée m'a prise par la main et nous sommes descendues dans le tréfonds. Elle fréquentait mon chemin inopinément. Bien avant les premiers mots, nous nous sommes positionnées : elle comme soutien sans pontifier pour autant, moi comme besoin. Elle et moi coalisées pour s'opposer à ma désespérance, aux répercussions de mon individualité estropiée.

— Je vais t'aider à te fortifier, en tirant le maximum de profit de ce qui t'est arrivé. S'il est inévitable qu'en certaines circonstances on souffre, il est primordial de savoir exactement de quoi et pourquoi pour ne pas régresser, ce qui mettrait la conscience en pagaille et disperserait les idées et les sentiments. Je t'aiderai à progresser par la réflexion sensée qui vise l'idéal. Ne méprise pas les sentiments que tu éprouves ; ne les déguise pas. Ils sont intégrés à la nature humaine et sont indissociables de notre moi. Ne te méprise pas non plus. Quand tes forces devanceront tes faiblesses, tu triompheras. Le combat perpétuel est merveilleux, il récompense en découvertes plus merveilleuses encore. Ta paix rayonnera alors autour de toi, tu seras joyeuse pour les autres. Il est impératif que tu sois joyeuse pour toi et les autres.

Pour Madée, il est impérieux de tendre constamment vers ce qui est noble, juste, pur, authentique, d'ambitionner l'excellence, en dépit des déconvenues, de viser l'idéal, s'élever plus haut que soi, atteindre l'inatteignable. Elle l'exige de ceux à qui elle témoigne de l'affection.

— L'échec n'existe pas véritablement. Seulement, ce qui ne nous semble guère satisfaisant, ce qui nous déçoit se produit pour que nous rectifiions la façon de voir, d'agir. Le schisme doit s'établir entre ce que nous sommes et ce que nous aspirons à être. Tu t'enrichis à analyser tes erreurs, tu te perfectionnes grâce à elles.

Madée est originaire de Pont-l'Abbé, étudiante infirmière à l'hôpital de Dieppe. Le Seigneur Jésus et la Vierge Marie, la musique, la voûte céleste, les paysages, la fascinent. Elle médite à la campagne pour approfondir sa foi et remédier à ses défaillances. Au moment opportun elle se consacrera totalement à Dieu.

Son amie Alice, facétieuse, la taquine. Cette discipline, ces renoncements, l'oblation de soi, sont-ils légitimés pour un paradis hypothétique, illusoire ? Alice, elle aussi future infirmière, exubérante, fantaisiste, fantasque, se baigne dans la matérialité. Ses prunelles, rondes comme des soucoupes au moindre motif, pétillent de malice. Une dent en or sur un sourire permanent éclaire sa bille espiègle. Optimiste, elle désaltère quiconque se rafraîchit à sa source.

Les cours ou le stage terminés, elles se recentrent sur l'essentiel de leur projet dans le patio qui abrite une statue en pierre de la Vierge à l'Enfant à taille réelle, si la température y frôle les quinze degrés ou chez l'une d'elles lorsque le froid mord les neurones, et elles dissèquent, en buvant un thé et en fumant une cigarette à l'eucalyptus, les instants significatifs de leur quotidien ; deux Bretonnes liées par leur origine, deux étrangères dans la sphère des pensionnaires. Alice ne s'embarrasse pas des contingences. Madée s'engagera au service du Christ, fidèlement, exclusivement. Il l'a d'abord intriguée puis séduite. Elle obéira à sa volonté. Parfois, le dépassement de soi que cela implique est au-dessus de ses facultés. Elle s'évertue à être sincère avec elle-même, à ne pas tricher, à explorer loyalement le sens de la Création pour consolider son jugement. Ses actes s'enveloppent d'interrogations : en vertu de quoi me convertir à Lui…, quels seront ses commandements à mon égard…, et ensuite…, et si… Sa physionomie tourmentée reflète son agitation. Elle lui balbutiera : « Me voilà ! » au prix d'immenses sacrifices et du franchissement de mille turbulences. Elle s'y emploie d'arrache-pied en grillant des cigarettes et en se rongeant les ongles.

Privée des siens, le déracinement la plonge dans la morosité. Des crises de pessimisme et de larmes l'isolent dans sa chambre aux murs azurés et elle peste contre son tempérament indocile, contre l'enseignement ardu dont elle n'est pas sûre de récolter les fruits. La préparation de son diplôme irrite ses nerfs.

— Il est des jours qui m'oppressent ici, dans une effroyable solitude, où je brûle d'envie d'être chez moi, auprès de mes parents, mes amis, mon pays : ces composantes sont indivisibles. Si tu viens chez nous, tu comprendras la morosité qui m'étreint à chaque retour à

Dieppe. Ma maman a le sens de l'hospitalité, elle est tonique et altruiste. Nous habitons une maison, oh ! ni spacieuse ni luxueuse, sans prétention, entourée d'un jardin, de jolies roses aux pétales de velours s'y épanouissent. Tu n'auras pas les commodités auxquelles tu es habituée, toutefois, tu ne seras pas déçue, tu te prélasseras dans un havre de quiétude.

Elle se juge terriblement imparfaite et lucide sur ses déficiences et limites. Son serment chancelle.

— C'est un péché de ne pas aimer, pourtant rien ne me coûte davantage que d'aimer et me livrer à ceux pour qui je n'ai aucune sympathie. Ça me déchire de partout, ça craque ! Je me dégoûte de moi-même.

Elle me sourit pour s'en excuser :

— L'harmonie n'est pas parfaite entre mes semblables, les choses et moi. Je suis faible, moi aussi. Ne nous décourageons pas, en persévérant nous accéderons à la plénitude, même si les événements ne s'y prêtent pas, même si cela requiert une haute mesure de surnaturel.

Elle s'assoit dans le salon de mon cœur, envahit l'espace vacant, panse mes plaies et m'extrait du gouffre. Je calque ma conduite sur la sienne. Je deviens son carbone. Je puise de l'énergie dans son regard lénitif. Nous grillons ensemble des cigarettes à l'eucalyptus, en musique. Le Tout-Puissant nous rallie. Je révise sur un coin de son bureau ou, accoudée à l'appui de sa fenêtre, j'examine les étoiles, elles fourmillent, parmi elles Estrella clignote. Elle trouve la clé, l'issue et le cap. À son contact je conçois un futur plus radieux. Je crois en elle et la magnifie. Elle détient la sagesse et je colle mon ouïe à sa voix. Pour l'en remercier, je griffonne des poèmes que je lui adresserai éventuellement sous un horizon plus serein. Je ne me répands pas en louanges, économe de dialogue. Elle me devine et glisse sous ma porte des billets couleur bouton-d'or sur lesquels sont notées des phrases succinctes stimulantes : « Je penserai à toi pendant ta compo d'anglais, petite Sylvie. » « Viens ce soir à huit heures, place du Puits-Salé, nous boirons un chocolat mousseux à la terrasse du *Café des tribunaux*. Cela nous détendra. » « Ne te trouble pas, tu es capable de réussir. » Elle est le messie, mon ange gardien. Elle s'interpose dans mes cours, me libère de mon affliction, elle me guide en songe. Qu'adviendra-t-il de moi quand elle aura fini de me fortifier ou que la distance émoussera les liens ? Je m'en désole, cela gâche nos conversations graves en les épuisant. Je sais qu'elle disparaîtra comme elle est apparue et que sa présence sera éphémère tel un brin de muguet. Mes poèmes matérialiseront notre amitié extraordinaire.

***

Déraisonnable dans mes ambitions, je rabâche des leçons magistrales qui m'ennuient et s'envolent immédiatement. Exténuée par des veilles studieuses, je ratai mon galop d'essai. De Pornichet, mon père me console :

Nous avons été déçus que tu n'aies pas réussi, j'imagine que tu l'as été plus que nous, tu avais tellement révisé. L'espoir n'est pas perdu pour autant. Ressaisis-toi au plus vite. Ne t'acharne pas trop, décontracte-toi. Il est très probable que de te dégourdir les jambes après dîner soulage les tensions nerveuses, surtout que le printemps a l'air de s'installer.

Interromps radicalement tes révisions quatre à cinq jours avant le brevet, afin d'être détendue.

Vonette aimerait t'inviter à Abbeville. Si tu n'as pas de moyen de locomotion, elle ira te chercher, je ne tiens pas à ce que tu passes seule la Pentecôte.

Le moral en bas des chaussettes, je décidai de ne plus ouvrir mon cartable le week-end, et le samedi suivant, j'allai à Offranville souhaiter le bonjour à mademoiselle Feyssaguet, mon institutrice du Plateau de Millevaches. Elle évoquait souvent son pays, nostalgique, la chaîne des volcans d'Auvergne qu'elle entrevoyait. Elle flânait dans ce paradis forestier, constatait qu'il pleut autant ici que là-bas, en abondance. Aussitôt que l'inspecteur d'académie lui signera sa mutation, elle retrempera dans ses origines pour se remémorer les effluves des saisons.

Le car me descend au pied de l'if patriarcal, sentinelle du portail de l'église. Il enlace le sol de ses racines, il aurait plus de mille ans, sept mètres de circonférence, une quinzaine de mètres de stature. Il a subi sa guerre, lui aussi, celle des garnements qui, en 1914, ont craqué des allumettes à l'intérieur de son tronc, par curiosité. La clarté y filtre. Il inhume les villageois et veille sur leur repos. Nous les mortels ne soupçonnons pas que nous nous masserons sur son périmètre pour une cérémonie d'adieu. Il ajoutera tranquillement des siècles aux siens et transmettra l'histoire de nos ancêtres et la nôtre à la postérité. Il me rassure, mon départ n'a pas bouleversé la planète ! Visiblement, les amoureux ne s'en servent pas de boîte aux lettres. Pas de message galant dans la cavité de son tronc obèse. Sous la course des nuages, mon clocher vrillé penche de plus en plus vers l'if pour tailler un brin de causette au creux de ses branches. Quel délice de se rafraîchir les yeux dans son port d'attache. Déjà six mois d'exil délibéré !

Inconsciemment, Offranville nous attire. Notre mère, qui nous cloîtrait sous sa coupe, pour nous écarter de la malignité des gens, se justifiait-elle, nous a liées à notre village émouvant. Nos brèves escapades accaparaient nos sens, dont l'éveil se prolongeait au couvent Saint-Simon : les fenêtres bienveillantes qui s'ouvraient pour nous, les jardins embaumés, symboles d'une bonbonnière où règne l'harmonie, les mômes euphoriques qui s'ébattaient sur les trottoirs, des amies qui nous projetaient dans leur futur, nous insufflaient du ressort. Nous consacrions au parcours de santé psychique plus de temps qu'il n'en fallait, il s'ancrait en nous et nous le revivions pendant qu'elle exerçait à outrance son pouvoir coercitif. Moi, bientôt..., demain..., je serai aux commandes de la locomotive…, esquisse d'avenir sublimé qui nous réconfortait dans le présent. L'univers d'autrui ressassé, approprié, devenu notre aventure, notre programme.

Annie, naguère domptée et soumise par la force des choses, s'affranchit en un éclair de la créature en elle qui ne s'accepte pas. Elle se dépouille de sa couche de contraintes, purifie son être, se découvre une formidable appétence pour accomplir sa destinée. Personne ne sabotera le plan qu'elle a élaboré durant sa réclusion pour en réchapper, libre de ses mouvements, de ses relations, libre de se conformer ou pas aux règles. Elle ne compte que sur elle. Notre père qui profite de séjours dans la région pour nous ragaillardir déplore qu'elle néglige de discuter de ce qui la concerne. Il s'inquiète de sa subite soif d'indépendance. Pour rattraper les années gâchées, elle fonce – née sous le signe astrologique du Bélier – en proie à l'angoisse que sa liberté ne se volatilise ou se réduise à une peau de chagrin. Irrité par son attitude, il se gendarme :

J'avoue avoir été mécontent jeudi de ne pas la voir. Je pensais qu'elle aurait compris qu'il était inconvenant de s'afficher à Offranville, que cela pouvait être considéré comme une provocation. Je m'en veux de ma confiance.

Le quartier des écoles, où la hêtraie séculaire, dense et ombreuse borne la commune, est à l'opposé du lotissement pavillonnaire des HLM. Mademoiselle Feyssaguet apprécie que ses anciennes élèves se souviennent d'elle.

Soudain, je tombe nez à nez avec ma mère. Elle par ici ? Fichtre ! quelle coïncidence ! Habituellement elle ne se promène pas dans cette direction. Faut-il discerner dans cette rencontre fortuite une ébauche de pourparlers ? J'en suffoque de saisissement, sens dessus dessous, mes jambes ne me soutiennent plus, je flotte entre deux alternatives : avancer, m'éclipser. Je me hasarde à l'embrasser. Je vais lui expliquer les raisons pour lesquelles je suis partie, lui dire que je l'aime, que j'applique les principes éducatifs qu'elle m'a inculqués, que je n'oublierai pas son sacrifice pour nous. Elle a revêtu sa robe en crépon de nylon, blanche à pois bleus, froncée à la taille, fluide, aérienne. Ne l'enfilait-elle pas plus tard, après que les saints de glace ont été honorés et les glycines fanées ? Ni étonnement, ni plaisir, ni inimitié sur ses traits marmoréens. Une muraille semble s'être dressée devant ses yeux fixes qui me transpercent en aveugle dans le clair-obscur de la ramure. Maman, on peut recommencer ? Elle me convie à sa table : les accessoires en argenterie et porcelaine, la serviette plissée en éventail dans le verre, la vaisselle manipulée précautionneusement pour ne pas l'ébrécher, l'exhalaison des aromates. Comment vas-tu ? Raconte-moi : madame Lecerf, madame Leclerc. As-tu revu le berger et son troupeau ? Les chiens sont méchants avec les agneaux. Et la Boulestin qui traînait derrière ? Tu me manques, je parle souvent avec toi.

À la seconde où je parvins à sa hauteur sous l'arche, elle pivota sur ses talons dans un froissement d'étoffe et une envolée de sa robe éthérée et reprit l'allée en sens inverse, vaporeuse. Elle se presse, la démarche souple, sa robe ondule sur ses jambes. Figée, je la regardai se diluer dans la verdure, bêtement. Elle ne se retourna pas. Je m'emplis de sa silhouette évanescente, jusqu'à ce qu'elle se fonde dans le lointain, jusqu'à ne plus distinguer qu'un point minuscule, jusqu'à ne plus distinguer le point. Je ne l'approcherai plus jamais, hormis dans mon sommeil, où je tendrai les bras pour l'atteindre, où je ne l'atteindrai pas. Je ne rentre pas en grâce. Défunte, plus que défunte d'ailleurs, un défunt ne rompt pas l'attachement inaltérable qui ressurgit à travers une senteur, une personne, une phrase, un son, un détail... Son cœur grillagé et verrouillé, elle ne le déverrouillera pas pour moi. Je ne l'en blâme pas.

Profondément ulcérée, je m'engouffrai dans le car pour Dieppe sans saluer mademoiselle Feyssaguet. Je lui écrirai pendant que mon amertume coulera en ruisseaux dans le foyer austère, silencieux, excepté à la chapelle où des religieuses psalmodient les versets et d'autres les répons.

Chère Sylvie,

Ta gentille carte m'a infiniment touchée. Cela m'est très agréable de penser qu'une élève se souvient de moi avec affection.

Je suis très contente pour toi de l'orientation de tes études et je te souhaite, en récompense à ton investissement, un parcours couronné de succès.

Aurai-je le plaisir de te rencontrer à Offranville avant fin juin ? Je quitte la Normandie début juillet.

Reçois mes plus chaleureuses pensées.

C. Feyssaguet.

J'assiste à la messe basse dans la chapelle du foyer. À l'issue de la célébration, le prêtre m'incite à me confier à lui. Il critique l'usage de l'adverbe « jamais ».

— Cet adverbe de négation, extrême, est abusif, désespérant, il qualifie le verbe de manière trop restrictive et irrémédiable. Dieu exclusivement qui nous gouverne, s'interpose entre nous et « jamais ». Proscris-le de ton vocabulaire. N'affirme pas que tu ne la reverras jamais. Persiste à lui exprimer ce que tu ressens. Ainsi, le moment propice, si Dieu t'exauce, vous serez prêtes à vous accueillir mutuellement. Attends patiemment ce moment. Je prierai pour qu'il se réalise.

***

L'année scolaire tire à sa fin. Je visse le capuchon de mon stylo-plume en composition française sur le thème suivant : « Au cours d'une de vos lectures, vous avez fait connaissance d'un personnage que vous aimeriez avoir pour amie. Efforcez-vous d'analyser pourquoi et de préciser ce que vous attendez de l'amitié. »

Je quitterai Dieppe sous peu, les pluies drues fréquentes qui ruissellent partout ou stagnent en flaques dans les ornières, les courants d'air dans les rues délavées et luisantes, les bouffées de vent glacé sous le majestueux hôtel *Aguado* à une extrémité de la rue Duquesne, les brumes épaisses, pour des lendemains exquis à

Pornichet. J'entrerai en septembre au lycée climatique de La Baule, Annie à celui de Saint-Nazaire. J'ai raté mon brevet. Madée est diplômée infirmière, son cher Finistère natal lui sourira incessamment. Elle enfourchera sa bicyclette pour sillonner la campagne sauvage, les grèves de sable, le port animé lors de l'accostage des bateaux de pêche. Elle fera une halte dans un manoir pour se désaltérer d'un thé à la menthe et égarera ses pas dans le parc en communion avec le Seigneur.

J'ai séjourné durant six mois divins au 47 de la rue d'Écosse, ainsi dénommée parce que des négociants écossais y résidèrent dès le XIIIe siècle : Mère Supérieure qui bride sa compassion sous une physionomie sévère pour tenir son rang, Sœur Marthe si comique, Sœur Assistante dont la beauté m'a frappée, Sœur Catherine discrète et sensible, Sœur Madeleine que je n'ai croisée qu'une paire de fois étant donné son affection chronique, mademoiselle Germaine qui couve les pensionnaires, les étouffe d'une indiscrétion inconvenante innée gênante et exaspérante, mademoiselle Germaine gentiment moqueuse de la fraternité entre Madée et moi.

Demain, la séparation. La dernière soirée affermit notre amitié. Résistera-t-elle à la distance ? Ne s'attiédira-t-elle pas ? Nous longeons la plage à la brune, puis nous nous asseyons sur les rochers fleuris de coquillages et d'algues odoriférantes, à attendre que les villages drapés de pénombre s'illuminent un à un pour la veillée. Le flux et le reflux des vagues qui clapotent sur les galets polis par les flots m'apaise, leur va-et-vient constant me relaxe, elles escaladent et franchissent allégrement le barrage des rochers. À l'horizon, un bateau de pêche encerclé d'un tourbillon d'oiseaux paraît immobile. Ohé ! marin, es-tu heureux ? En marge des humains, la mer étale te sert de paradis. Ta coquille de noix berce tes rêves féeriques, accoster interromprait le charme. Attention ! Ne t'échoue pas sur un récif. S'il pleut sur l'onde, pêcheur, si le panorama est blafard, que t'importe son opacité, tu es joyeux, tu es pinson, tu es joyeux, tu es poisson. Marin, tu n'imaginais pas que des intrus t'importuneraient sur ton embarcation, qu'ils fredonneraient ta brève chanson. Petit marin, petit pêcheur, tu as navigué dans l'immensité, suspendu à la voûte céleste, tu as fui ces étrangères. Nous contemplons les étoiles, elles réactiveront notre vœu de loyauté les nuits où nous scruterons le firmament. Nous arpentons le boulevard maritime, du casino à la jetée, à nous repaître de la falaise crayeuse heurtée par les assauts cadencés de la mer. Nous nous promettons de chercher sans désemparer : elle l'Éternel dans la sérénité, et moi la lumière, je rallumerai la flamme sitôt qu'elle s'éteindra. Nous nous ouvrons à l'espérance, une espérance optimiste sans laquelle les facultés se sclérosent et rouillent. Nous nous abandonnerons à elle, Madée pour s'épanouir dans la religion, moi pour me frayer un chemin.

— Observe les mouettes qui battent des ailes et décrivent des arabesques là-bas, au-dessus de la falaise. Tu t'envoleras comme elles, tu te détacheras de celle que tu encenses aujourd'hui et tu vivras en pleine lumière. Tu existeras par toi-même, pas par moi. Commence à te détacher, la coupure sera plus facile.

Les heures s'emballent vertigineusement.

Je lance aux étoiles l'adieu à ma mère. À Dieppe, l'espoir de la revoir subsistait ; en Bretagne, aucun espoir. Maman, pardonne-moi ma trahison. Dorénavant elle se présentera à moi immarcescible, florissante dans sa robe en crépon blanche à pois bleus, légère. Dans mon esprit le temps destructeur ne l'attaquera pas.

Je range dans un tiroir de ma mémoire Saint-Aubin, Offranville, Dieppe, monsieur et madame Madeleine, madame Guidicelli, Madée, mes amies. La Loire-Atlantique m'arrache à la Normandie et à ma grand-mère. Dans ma valise, trois photos : Mémé aussi pure que l'eau de son puits, madame Guidicelli, Madée. J'enrubanne les effusions modérées des miens, les bisous et les dessins de Valérie, j'emporte mes poèmes, mon harmonica, mes disques. Je sens en moi, à côté d'un accès de mélancolie, une étincelle qui s'apprête à jaillir et m'embraser. Des adultes à imiter, une sœur à dorloter. Monsieur et madame Madeleine m'offrent *Les Confessions* de Jean-Jacques Rousseau, Alice *Jocelyn* de Lamartine et *Les chansons des rues et des bois* de Victor Hugo, Sœur Assistante *Les Chansons et les Heures* de Marie Noël. « Cette dame remarquable, qui révèle sa foi et son scepticisme à travers la poésie, vous captivera », souligne-t-elle. « Ces feuillets éblouissent par leur beauté, ils élèvent l'âme. Vous apprécierez particulièrement le poème *Cherche ta place*. Il faut une raison d'être, poursuivre un but, aspirer à un idéal. »

Va plus loin, va-t'en ! Qui te connaît ? Passe !
Tu n'es pas d'ici, cherche ailleurs ta place.

« À notre chère Sylvie qui a été un "rayon de soleil" pour le foyer et la Communauté. Kenavo ! Sœur Assistante, fille de la Charité, vendredi 30 juin 1967. » Elle confectionne de jolies cartes aux tons pastel, aux bouquets champêtres incrustés de timbres d'usage courant émiettés, découpés en forme de fleurs, de pétales et de feuilles, sur lesquelles elle calligraphie à l'encre de Chine des citations suggestives. À examiner de près, on distingue des fleurs de lys, des morceaux de Cérès, de Semeuse en pied écarlate, de Marianne dont celle à la Nef, on devine les mots République, Postes, RF. Elle utilise en quantité le timbre qui a reproduit les armoiries de la ville d'Amiens pour son lierre argenté sur fond rouge, et le blason d'Agen pour son rouge et son jaune. Je détiens deux de ses précieuses cartes, sur l'une Madée y a apposé un message de l'Évangile.

Sœur Assistante ira à Pen-Bron cet été. Je lui rendrai visite à bicyclette en côtoyant la route sinueuse des marais salants embaumés de sel. La silhouette du paludier se profilera sur l'œillet, en point d'exclamation. Équipé d'un las de cinq mètres, il récoltera le sel et l'égouttera sur le trémet. Le marais est son potager, son gagne-misère ; la mer, le soleil et le vent ses outils de performance. Esclave de ces éléments, usé pour un cristal gris ou d'une blancheur éclatante, les gestes perpétuellement répétés, vifs, précis, nobles – son savoir ancestral ne provient pas des ouvrages, il l'a hérité de ses aïeux –, il ahane sur son œillet entre mer et ciel, chemise ondoyant sous la brise. Son œuvre parachevée scintillera dans nos salières en Baccarat transparent, fleur de sel sur nos nappes pimpantes.

Madée me certifie qu'elle maintiendra le contact. « Je te garde au fond de mon cœur une large et tendre place. »

Mon père apparaît dans le hall. Kenavo, Madée !

J'ai l'impression d'embarquer pour l'ultime traversée, quand on est bois sec, dépossédé de ses richesses.

Nous dépassons la plage. La ville s'éloigne. Marée haute. Les rochers affleurent, mamelons d'ébène. La Côte d'Albâtre miroite. Nous ne trébucherons plus sous la rondeur des galets. Celle que je longerai bientôt est composée de sable clair. Le médecin a recommandé l'air marin à mon père pour guérir. Janine a rompu avec son employeur, à l'Association des paralysés de France. Ils se reconvertissent : lundi ils exploiteront le pressing *Santa Maria* à Pornichet, au numéro 88 de l'avenue du Général-de-Gaulle. Le « changement de propriétaire » est peint sur la vitrine misérable. Leur déménagement de Châteaubriant à Pornichet n'étant prévu que dans deux ou trois semaines, il installe la tente sous les pins, au terrain de camping de Pornichet. En campeur avisé, que l'attrait de la nouveauté excite, il lui revient de ficher les sardines tordues dans le sol sablonneux d'un lancer de maillet franc sur la boucle : étirer la toile au maximum. Là, pas question de mollir dans les fauteuils sous l'auvent.

Pornichet, le port niché. Jadis, ce hameau de paludiers vivait essentiellement de la pêche et de l'extraction et du commerce du sel. Les bateaux y troquaient leur cargaison contre du sel. Dans un paysage de marais et de dunes, paissaient les vaches et les moutons. Au fil des ans, les bains de mer séduisent la population. Le Croisic accroissant la sienne, on construit une voie ferrée qui prolonge la ligne Nantes Saint-Nazaire jusqu'à la pointe de la presqu'île ; on colmate et assèche les marais insalubres, faute de maintenance ils provoquent des fièvres ; on stabilise les dunes en plantant des pins et des chênes verts ; on trace de vastes avenues pour suggérer la promenade et le farniente, et Pornichet acquiert la notoriété de station balnéaire en vogue, reposante, fréquentée par les personnalités du monde des arts en renom, qui mettent de l'ostentation dans leur mode de vie. On s'y baigne, on déniche des crabes et des crevettes dans les mares des rochers ou sous les algues, on flirte avec les vagues qui déferlent sur le sable brillant, courir derrière elles lorsqu'elles reculent et reculer plus vite qu'elles n'avancent, on admire le soleil décliner et s'endormir sur les coquillages de nacre dans le friselis de l'onde limpide, on écoute le zéphyr débiter des sornettes ou chuchoter dans les pins.

Denise leur a transmis son savoir-faire, la teinturerie n'a plus de mystère pour elle, spécialiste dans l'entretien des machines, les caractéristiques des textiles, la suppression des taches selon leur nature, le sourire factice à la clientèle grincheuse. Au terme d'un apprentissage de courte durée auprès d'elle, les voici maîtres dans l'art du nettoyage à sec.

Mon père m'a inscrite au lycée Grand Air à La Baule. Il m'a prévenue : l'édifice est bâti dans un cadre magnifique, dans les dunes boisées, le hic, il est mixte et se situe avenue du Bois-d'Amour. Tout un programme ! Je le découvre, sa façade crépie de jaune et de bleu, aux couleurs du soleil et de la mer, parmi le sable amoncelé en buttes, blotti sous d'immenses pins. Les élèves se mitraillent d'aiguilles et de pommes en s'interpellant. Les branches et le ciel jouent à cache-cache. Une multitude d'oiseaux ne s’effarouche pas, elle siffle les jouvenceaux. À vocation thérapeutique grâce aux vertus de l'air marin, il recrute en priorité des lycéens qui souffrent d’asthme, de bronchite ou d’allergie. Les notes sélectionnent les bien portants : la moyenne requise fluctue en fonction des places disponibles. Ni nom ni photo sur la pièce d'identité, mais un chiffre, la moyenne, on suit ou on est éliminé. Le taux de réussite sert de critère à cet établissement renommé. Le proviseur feint d'ignorer mes carences, se félicite de mes aptitudes variées, et ramons vers le baccalauréat !

Nous nous classons en trois catégories : les pensionnaires, les demi-pensionnaires et les externes. Pas de mixité des dortoirs, réfectoire engageant. Demi-pensionnaire, je m'y restaure. Le règlement préconise de bien s'y comporter, de ne pas gaspiller la nourriture, ni se bombarder de boulettes de pain, de trognons de pommes ou de noyaux de cerises, de ne pas crier ni se déplacer sans y être autorisé. Converser à voix basse est toléré. Les surveillants n'interviennent pas souvent. Yvonnick, d'humeur facétieuse, pour nous dégoûter du festin de la cantine et se gaver du reste des plats, extirpe un escargot de sa poche, le pose sur le formica et chronomètre sa course : il bave et dessine une traînée luisante sur trente centimètres en deux minutes et quinze secondes. Au milieu des dunes et des pins ou dans la salle des élèves qui permet l'expression créative, nous commentons les actualités, nous restructurons la société. La guitare fédère. Je participe à l'élaboration du Journal des potaches, intraitable sur le style et l'orthographe. Les sujets fusent, les feuillets se personnalisent, le corps enseignant complimente.

La saison touristique achevée, les chevaux, confinés à l'écurie, inactifs, démontrent leur insuffisance d'entraînement : ils hochent la tête, tiquent à l'ours, piétinent dans leur box, mordent le battant, grattent le seuil. Pour qu'ils supportent leur claustration hivernale, le directeur du *Manège des Platanes* et le proviseur du lycée ont conclu un accord et l'équitation se substitue au sport traditionnel. La stature du cheval m'épouvante : comment tenir en selle dans cette posture perchée et périlleuse ? Et ses globes oculaires étincelants sur les côtés de la tête, saillants, hyper-mobiles qui se défient de moi ! Sur un ton sentencieux, d'emblée, le moniteur nous a martelé brièvement des consignes : l'aborder par la gauche pour ne pas le surprendre, s’abstenir de mouvements brusques, se placer au niveau de l'encolure, dans le manège le cravacher s'il n'obéit pas aux jambes. Pour mon baptême je me hisse sur Naïka, j'effectue des tours de piste au pas.

Les leçons sont expédiées par un vétéran antipathique qui maugrée à tout propos et nous oblige à le qualifier « Mon général », qui cravache ses rangers ou fouette le cheval pour s'esclaffer ensuite de notre chute, la bouche déguisée à la sciure de bois. A-t-il été acculé à exercer cette activité ? Les novices que nous sommes l'empoisonnent, il a les plus inexpérimentées dans le collimateur. Mon général est un caractériel. Naïka est calme, les membres grêles, facile à monter, docile. En lui caressant l'encolure et les flancs, en lui susurrant que Mon général ordonne que nous pratiquions des tours de piste au pas, qu'on ne sait pas comment manier les rênes, on obtient son adhésion pour chevaucher correctement en file indienne. Elle remue la queue en signe de compréhension, attentive à son prénom. Elle est trop complaisante pour me désarçonner. Malgré la peur qu'elle m'inspire, je me baladerais volontiers en selle sur la plage, au pas, en sécurité. Le centre embauche rarement des palefreniers et le directeur nous a proposé un marché : de l'équitation gratuite contre une offre de services.

Hélas ! c'est Mon général qui commande. Il a le libre choix de sa méthode pédagogique, la désignation du cheval qui cavalera pour l'élève relève d'une analyse empirique. À la deuxième séance, le nom résonne : Simon, Maroussia. Maroussia à la robe bai-brun, une pouliche nerveuse sur le qui-vive, m'occasionne une suée en lui ajustant le licol. L'agacement flagrant de Mon général me décontenance, pour lui la complicité entre le cavalier et sa monture, l'osmose sont de la foutaise, le dressage des deux n'admet pas de contestation. Monseigneur, collé à elle, mal aimable, les oreilles aplaties et la mandibule proéminente, lui mord la queue. Maroussia s'élance au galop, Monseigneur se précipite dans son sillage. Les deux cavalières volent dans les airs et Mon général beugle sa technique pour diriger le cheval : utiliser les rênes et le botter. Aïe ! si je monte Monseigneur... je lui démolis la crinière.

Avec Sami je déteste l'équitation, irrévocablement. Boiteux et fourbu, il est aussi gros qu'un cheval de trait. À mon palmarès : six chutes, une estafilade et un hématome à la main coincée sous son sabot. Je ne cavalerai jamais le long de la plage. Salut, Mon général, et merci pour la répugnance de l'équitation que vous déclenchez ! La monte de loisir, passe encore ; l'équithérapie dispensée par Mon général, macache !

Chaque matin, sur ma bicyclette je déambule allégrement dans les avenues ombragées de cèdres, cyprès, bouleaux, saules pleureurs, qui proviennent des propriétés avoisinantes où se nichent les villas au prodigieux décor, assoupies de septembre à juin. Le vent ébouriffe la ramure, les oiseaux y ramagent en chœur. Je lâche le guidon, je sifflote, les narines dilatées, à inhaler l'air, mon Peugeot maîtrise le circuit du lycée, mes mollets ne redoutent pas l'effort.

Les gens, amoureux de cette contrée, conquis par la clémence de la température, l'indigo et la turquoise de la mer, l'extraordinaire luminosité, ont acquis à un prix dérisoire de superbes terrains à l'époque où La Bôle, née de sables et de mer, n'était qu'un lieudit quasiment désert et marécageux du hameau de Pornichet au port du Pouliguen spécialisé dans le commerce du sel. Ils y édifient des résidences secondaires qui reflètent leur génie créatif et fantaisiste, l'étendue de leur fortune. L'architecture, sans contrainte, mêle les provinces : Normandie, Bretagne, Alsace, méditerranéennes… dans un mélange de pierres, de bois et colombages. Elles sont extravagantes, pavoisées de frises, de mosaïques à thèmes, les façades, vérandas et tourelles ombragées d'arbustes aux feuillages persistants panachés. Ces somptueuses demeures bordent aussi le remblai, face à l'océan qui s'enfonce vers l'horizon dans une myriade de bleus. Assimilées à de vulgaires châteaux de sable, elles s'écroulent en cascade. Les promoteurs, la cinquantaine bedonnante, businessmen en loden, cravatés, gominés, l'attaché-case bourré de plans et d'utopies, de la même race que ceux qui prétendent aménager une rocade dans les marais salants, érigent des barres d'immeubles sur la baie pour optimiser la rentabilité de la surface, détruisant le passé, animés d'un enthousiasme frénétique. Les griffes métalliques en éventrent de magnifiques. Ces villas de la Belle Époque n'impressionnent plus, le profit n'a ni mémoire ni émotion.

J'ai nommé la place des Dryades « esplanade de l'Amitié », en hommage à Madée nimbée d'altruisme. Je traverse le Bois d'amour, grisée des feuilles mortes qui craquent sous les roues pendant que je résume mes leçons ou que mes pensées vagabondent. Le nez me pique de l'odeur des pins et de la fraîcheur ouatée ; mes vêtements s'imprègnent d'humidité.

Je rentre du lycée avec les copains en longeant la plage et le serpent de grands ensembles en béton. Ils se dispersent en divers endroits, Jean-Luc poursuit en solitaire jusqu'à Sainte-Marguerite, dans le prolongement de Pornichet où la Pointe de la Lande domine la baie dans son intégralité. Charles Mercier, avocat parisien et maire de Pornichet, a créé ce quartier en 1880, il l'a baptisé du prénom de sa fille, Marguerite. Nous jouons au jeu du cormoran : le premier qui détecte un cormoran perché sur un rocher, les ailes déployées pour sécher son plumage, mènera la file demain. Mes mollets s'amolliront par la pression sur le pédalier si Andréa roule en tête du peloton ; en ce qui concerne Jean-Luc, pas d'affolement : il pédale au niveau des retardataires. Les plus sportifs râlent d'impatience.

Parfois je dévie de cet itinéraire pour flâner dans les allées du parc des Dryades, parfumées de plantes qui embellissent l'humeur, autour desquelles dansent les papillons versicolores. Je rêve de me métamorphoser en papillon, légère et insouciante, à butiner les fleurs qui oscillent sous la brise. Elles les magnétisent. Ils s'ébattent, s'immobilisent, se frôlent, s'accolent, s'envolent, cabriolent de massif en massif. Le papillon, symbole de la liberté. Dans ce parc à la végétation luxuriante j'enfouis mes misères, je m'y ressource, j'y bâtis mes projets et je me fortifie. Je deviens un trouble-grisaille, un songe-creux obstiné qui sale, poivre et sucre son territoire.

Semblable au papillon, ma bicyclette incarne l'indépendance : elle me pilote à ma convenance à roues de géant, ne rechigne pas, file en roue libre dans les descentes, me scie les jambes dans les côtes. Offerte pour mon anniversaire, elle ne coûte plus cher, son carburant a la valeur de mes muscles. L'autonomie gratuite. Mes sœurs ne savent pas circuler à bicyclette, notre mère ne le permettait pas : elle aurait fait une mémorable chute, par un après-midi glacial, son manteau d'hiver s'est enchevêtré dans les rayons ; or, la raison plausible qui surgira dans mon esprit quand les photographies me la révéleront se baladant dans la campagne avec son fiancé dont elle entourait la taille, sur le porte-bagages, ne serait-elle pas qu'elle assortissait la bicyclette à la liberté et à l'amour et qu'elle ne détenait plus ni l'une ni l'autre. Je transgressais et bravais les ordres, j'enfourchais les bicyclettes de mes camarades sur le trajet de la communale, à la minute où elle rebroussait chemin.

La dernière missive de Madée date du 19 août. Elle me décrivait, fascinée par l'envergure du rassemblement, la commémoration de l'Opération Jubilee lancée par les Canadiens sur les plages de Dieppe et des environs, ayant pour objectif de saboter des positions d'artillerie ennemie, détériorer un radar et l'aérodrome Dieppe-Saint-Aubin, attaquer les bâtiments militaires allemands dans le port, les entrepôts de pétrole. « Dieppe est en liesse pour le 25e anniversaire du débarquement des Canadiens : remake du débarquement en feu d'artifice et en son (canon, défilé militaire) sur la plage. La Mère Supérieure a accordé la permission de minuit ! Beaucoup d'excitation dans toutes les directions, y compris dans les rues adjacentes au foyer, une atmosphère britannique, vu le nombre ahurissant d'Anglais, Canadiens, Écossais, mobilisés pour la circonstance… » Le 19 août, Dieppe rend hommage aux soldats massacrés sur ses plages le 19 août 1942. Les pertes y ont été terribles, notamment canadiennes. Elle fleurit la tombe des soldats alliés inhumés au cimetière canadien des Vertus situé sur les hauteurs de Saint-Aubin-sur-Scie.

Madée veut s'effacer de ma mémoire. « Ne me surestime pas, je ne suis pas dotée d'une quelconque supériorité, ni spirituelle ni morale ni intellectuelle. Tu m'oublieras vite », prétendait-elle. L'amitié ne se solidifiant pas durant la séparation, elle se retirait sciemment sans me blesser, comme la mer se retire en laissant sur le sable d'infimes bulles et trous au goût des larmes. Par son absence, la foi qu'elle m'a transmise s'émousse. La quiétude qu'elle suscitait en moi à Dieppe s'est anéantie.

***

La lune de miel est consommée entre ceux qui nous sont chers et nous. Ils affichent leur personnalité, les efforts s'engourdissent, ils sèment leur meurtrissure. Le mythe du père est terni. Faut-il que nous soyons « incasables » ! Nous n'avons pas de réelle place ici, nous sommes un incident dans le parcours de nos procréateurs, comparables à une écharde sous un ongle. C'est où chez qui ?

Va plus loin, va-t'en ! Qui te connaît ? Passe !
Tu n'es pas d'ici, cherche ailleurs ta place.

Grâce au transfert de la garde, il a récupéré sa dignité, capitale pour lui. La routine s'installe. Il est extrêmement sévère avec Valérie qui « ne subira jamais le quart de ce que nous avons subi », donc, « qu'elle file doux ! » Janine déborde de charité envers lui, envers nous. Elle s'ingénie à modeler notre pratique sur la sienne, mais qui la gratifie ? Quant à nous, nous avons le gîte et le couvert, nous rachetons les maux de chacun et nous restituons de manière imparfaite ce qu'ils attendent de nous. En me détournant de ma mère nocive, je m'étais juré de redresser mon arbre de vie malingre, chétif. Un nouveau tracas étouffe ses racines, tout va de guingois, la déveine persiste. Amère désillusion.

Ils ignoraient ce que signifiait une saison pour un commerçant. Attenant à l'habitat, le pressing les absorbe du lever au coucher. Les machines décrassent à plein régime, lâchent, obsolètes. Tandis qu'il bricole des réparations provisoires, elle se pourvoit de baquets en acier galvanisé pour lessiver, soi-disant à sec », à l'arrière du pressing, planche à laver et savon de Marseille. À court de cintres, nous étalons sur le plancher de la salle à manger, sur des draps, les articles repassés. Dès qu'il ouvre le hublot de la machine les émanations âcres du « perchlo » se répandent dans le magasin et dans la cuisine contiguë. L'inhalation de ce solvant toxique utilisé pour dissoudre à sec les taches, de son vrai nom perchloréthylène, prisonnier des locaux, me provoque des vertiges et des nausées. Le port d'un masque est expressément recommandé : le perchlo est volatil. Mon père, dont l'organisme ne réagit pas à son absorption, dédaigne les consignes de sécurité et le relègue sur l'étagère des détachants, dans une boîte à outils, malgré les supplications de Janine. Nous repassons les robes de mariées, les vestes, les pantalons, les jupes plissées au fer ou à la presse qui fonctionne à la vapeur – les textiles sont écrasés entre deux plateaux dont le supérieur s'articule à la main –, jamais assez vite, jamais bien, jamais assez, selon Janine. Et sans l'once d'une rémunération. Annie sert les clients en se grattant. Nos prédécesseurs, outre les machines pourries, ont disséminé leurs puces dans les lattes du parquet. Il est infesté de ces bestioles. Elles pullulent sur sa peau sucrée et sucent son sang. Les confettis irritants lui agacent les nerfs. Des puces dans un pressing, inimaginable ! Nous faisons les courses, le ménage, la popote. Si les pêches sont fades, nous les avons triées sans précaution ; si les haricots sont filandreux, nous avons confondu les maraîchers, évidemment, nous nous sommes adressées à celui qui vous estampe ; si Valérie fonce à la boulangerie au moment où la vendeuse baisse le rideau de fer, son initiative navre sa mère, on peut griller le pain de la veille, évitons le gaspillage de marchandise.

— Valérie, va m'acheter un morceau de poisson, du poisson sans arêtes et pas dans la queue.

— Valérie, va m'acheter du pain, celui d'hier est rassis.

Janine perpétuellement insatisfaite, instable, versatile, aux répliques véhémentes, aux volte-face déconcertantes.

À cause de son appétit de moineau et du dégoût pour des aliments courants, un des principes maternels consistant à vider son assiette « il y en a tant qui ne mangent pas à leur faim ! », Valérie se morfond à la rendre nette. Je termine discrètement ses repas, non que je sois gourmande ou affamée, mais enfourner ses restes me gêne moins que l'écho de son supplice. Un bonsoir lancé à la cantonade et elle s'agenouille au pied du lit à côté de sa mère pour la prière et le pardon des offenses énumérées. Une fois que l'électricité est éteinte, elle sanglote contre son âme pécheresse. En soulignant ses progrès, en berçant sa peine, je lui garantis que ces reproches, fondés ou pas, n'ébranleront pas ma confiance absolue en elle et elle s'endort apaisée.

Mon père, avare de dialogue et d'affection, au milieu de ses femmes qu'il pilote avec l'assurance d'un patriarche, aspire à la paix, la paix chez soi. Il fronce les sourcils à nos chamailleries, durcit les mâchoires, sa figure se crispe, il soupire. Sa devise : la paix ! Que la rébellion se taise ! Il désamorce nos disputes et bâillonne nos règlements de compte : pas de conflits, pas d'éclats de voix, pas de justifications, pas de geignements. Plutôt que de les contredire, je feuillette les pages sucrées salées de mon registre intérieur. Elles me consolent de mes châteaux en Espagne effondrés.

Sur mon bureau, mon univers du foyer : boîte d'allumettes, cendrier, bougeoir, carte postale de Dieppe, photographie de Madée, transistor, réveil… Pour tuer le désenchantement, je griffonne une annonce à insérer dans une publication périodique fictive : « Jeune romantique désemparée, ayant perdu son allant, échangerait dix ans de son bel âge contre un instant de douceur. » Rubrique : rencontres, villégiature ou bonnes affaires ? Les trois, si gratuit.

Lundi 9 octobre 1967 : La radio divulgue la mort d'André Maurois. J'associe communément son nom, quelle prétention ! à ma soif de manier la plume, à commencer par le récit du divorce de mes parents et le vilain rôle qu'ils nous ont assigné dans leur discorde. J'hésite entre impliquer nos protecteurs ou la fatalité. Je l'intitulerai *Au pays du sourire*. Sourire dans l'adversité.

Le patriarche est d'un tempérament bilieux, ses épaules sont lourdes du poids de son passé et d'irréversibles dégradations. Le combat se livre en lui, à nous imperceptible, comme si un réservoir de magma bouillonnait dans les profondeurs de ses entrailles. D'affreuses secousses s'y produisent, l'éruption n'émerge pas. Il ne s'épanche pas, sinon qu'autrefois il déplorait : « Je me suis sauvé, mais je n'ai pas sauvé mes filles. » Janine contribuerait pourtant, de par son humanité, à soigner sa mélancolie chronique.

Pendant la durée de sa paternité bafouée par nous quatre, il n'a sollicité le secours de personne pour le prémunir contre sa destruction, il s'est reconstruit en recourant à ses propres ressources. La tendresse que lui manifeste Janine le stabilise. Elle songe fréquemment à l'époque où cet étrange personnage affligé, souffreteux, au visage figé que les promesses de vitalité avaient déserté, traînait son boulet dans la même entreprise qu'elle, brisé, solitaire, miné par des problèmes de santé. En cédant à sa supplication de l'épouser, elle s'en est énamourée. Elle a infusé une sève neuve à ce naufragé désabusé que le Seigneur lui a confié. Dans le dévouement et l'abnégation, elle œuvre pour qu'il surmonte son calvaire, pour qu'il crève l'abcès. Elle évolue et abonde dans son sens, lui épargne la fatigue, place des garde-fous sur son itinéraire, lui ménage une existence sans contrariété. Elle le couve. Il décide sans arbitrage, tient le gouvernail, gère les finances privées et celles de l'entreprise, impose des restrictions, l'exhorte à la patience sitôt qu'elle suggère d'améliorer leur quotidien. Or, elle ne se ruine pas en fantaisie, ne savoure pas le plaisir qu'elle procure, quand, dans l'euphorie de son acquisition, on l'examine sur toutes les coutures, on la palpe, on la hume goulûment, la modeste rétribution du labeur. Pas de plantes dans les parterres, pas de colifichet, pas de futilité. Elle n'éprouve pas l'envie de posséder pour l'agrément, elle se conforme aux observances et ne s'attache pas aux richesses matérielles. Janine, complaisante pour lui, résignée. Ils entrelacent leurs mains, se sourient. Ils s'aiment sans que l'exprimer par le langage soit vital. Elle le déifie et lui voue un culte ; il lui sait gré de lui prouver qu'il n'est pas le seul responsable du désastre. Auprès d'elle à l'abri de ses doutes. Il vit néanmoins sur sa défaite, entretient ses ressentiments, se cantonne dans son bastion interne inscrutable, impénétrable, taciturne, fragile. Pour se reposer, il se cale dans un fauteuil, fixe l'écran du téléviseur, se gratte les membres. D'atroces démangeaisons qu'il soulage ainsi endommagent son épiderme couvert de plaies infectées. Il s'est réfugié dans ses pensées, ou il nous écoute sans se joindre à la conversation. Souscrit-il à ce qu'il entend ? Désapprouve-t-il ? Indéchiffrable énigme ! Son aspect commande la retenue. À proximité de ce malade taiseux, anxieux, on baisse le ton. Ni débat, ni concertation, ni influence, la communication bloque, les différends avortent, les impressions se retranchent dans leur bulle. Il se déride rarement alors que naguère il blaguait, jovial, taquin.

Il mûrit ses plans secrètement, son cerveau en fourmille, il les exécute en catimini, parfois inexécutables à l'exemple des cerfs-volants qu'il nous fabriquait les dimanches d'antan en réutilisant le papier à dessin crayonné de ses infructueuses cogitations, résolument rivés au sol. Il énonce que l'homme, tel qu'il a été créé, qui dispose d'une intelligence et d'un squelette, doit les exploiter à bloc. Du reste, il esquisse sa future maison qu'il bâtira lui-même après que les fondations seront creusées. Il localise les pannes des machines qu'il rafistole. En authentique Normand – un sou est un sou – il entasse, rabote, consolide, recycle, transforme, entreprend, n'achève pas. Le temps fuit trop sournoisement pour que ses projets d'inspiration onirique aboutissent. L'original, le têtu obstiné guidé par des principes de résultat fortement ancrés, en aucune circonstance n'abdique. À part la confection des cerfs-volants, je n'ai pas souvenir de son jaillissement créatif et d'un quelconque surpassement de soi lorsqu'il côtoyait ma mère. Toujours est-il qu'au lendemain de la traversée de ses épreuves, il a décrété que si le mental veut, le corps peut. Son corps n'a pas à diriger, il lui incombe de se plier à son intellect. Il fait de « pouvoir » un devoir, du « vouloir » et « pouvoir » son cheval de bataille. Pendant qu'il s'inflige ces notions, il s'affronte à ses aptitudes physiques, le volcan en lui sommeille, il s'accomplit. La vigueur qu'il exige de son corps le réhabilite dans sa dignité, dans son statut d'humain, puissant. Ce raisonnement m'explique pourquoi il se mobilise au-delà de ses capacités. Il ne désarme que dans la mesure où le médecin ordonne son hospitalisation.

Il rêve d'immensité sauvage, de navigation. Il passe son permis de conduire maritime, déniche un zodiac d'occasion, bricole des goupilles dans des morceaux de ferraille, ajoute une pince universelle rouillée, néglige la trousse de secours qu'il estime superflue, ne teste pas le moteur et vogue la galère, convaincu de la stabilité d'un zodiac – il ne sait pas nager. Pour son baptême de mer et celui d'Annie, enceinte de son fils, il ne doublera pas le récif des Évens, à quatre kilomètres de Pornichet et n'accostera le rivage qu'au crépuscule, à la rame.

Entre deux coups de gueule, entre deux querelles larvées, on se réconcilie, on s'entraide. Les mots, somme toute, paraissent du toc, de l'insignifiance, anodins. Janine puise une énergie invincible dans sa pratique chrétienne.

Ils appliquent les tarifs de la teinturerie. À l'idée de débourser la somme rondelette réclamée, les estivants grincent des dents. Certains villégiaturent sur la Côte d'Amour, la plus belle plage d'Europe grouillante de corps dénudés et caramélisés, enduits de crème solaire, agglutinés sur le sable, véritables sardines huilées sur les nattes, le rendez-vous mondain, pour épater la galerie. Ils grignotent des clopinettes tant les billets leur filent entre les doigts et se changent derrière les machines, leur garde-robe ridicule. À l'instant où l'article est déposé en chiffon sur le comptoir, Janine use de la chasse aux taches, le client est prévenu : une tache entraîne un supplément de tarif. Le technicien de pressing détache l'encre, la graisse, les sauces, le jus, le goudron, à l'huile de coude, en employant du coton hydrophile et des flacons miraculeux. Il s'acharne sur les salissures, non pas pour qu'elles s'atténuent, mais pour qu'elles disparaissent, quel qu'en soit le procédé. Parfois les mémères larmoient sur leur maillot de bain aux ampliformes avachis, qui ne valoriseront plus leur poitrine.

Quand un incident survient, une jupe rétrécie de la cheville au genou, un tissu déteint, une auréole sur la tache d'origine, en cas de protestation, il entre en scène, sa stature imposante et son apparence pondérée lui confèrent une supériorité, et sans préambule ni détour :

— Madame, vous avez à redire ?

— Je vous ai amené une jupe longue, pas une mini-jupe !

— Elle est plus séduisante courte.

— Je vous prie de ne pas en juger.

— Désolé, l'étiquette de conseils d'entretien a été enlevée, soit par le vendeur – par voie de conséquence vous ne l'avez pas payée cher – soit par vous.

— Vous plaisantez ! Vous avez une assurance, faites-la marcher.

— Par défaut d'étiquetage, elle n'indemniserait pas pour ce litige. Ou vous me payez et vous l'embarquez telle quelle ou je m'en débarrasserai dans une poubelle dans un an.

— Je vous intenterai un procès ! Je vous intenterai un procès !

— À bientôt, madame, rétorque-t-il d'un ton uniforme en guise de conclusion.

Tandis que le signal sonore retentit :

— Eh bien ! elle est partie.

Imperturbable, il s'assied et engloutit son repas refroidi.

Pour augmenter les recettes dans son tiroir, commerçant obligeant, il laisse le magasin ouvert à la pause déjeuner. Il actionne alternativement la fourchette et les manettes.

Des célébrités fréquentent le pressing. Jacques Martin, l'animateur populaire, nous confie son smoking à rafraîchir avant de se produire au casino. Dès que je l'ai identifié, je me suis emparée du roman entamé, *Le rouge et le noir*, il m'a signé un autographe sur la préface. Un ami de plus pour monsieur Stendhal. Sa dulcinée rieuse, pétillante, survoltée, stationnée en double file devant le magasin, le remporte de justesse.

Le tiroir-caisse s'ouvre et se ferme par à-coups en fonction de l'affluence, à un rythme effréné en juillet et août et ralenti les autres mois pendant lesquels ils se serrent la ceinture, assimilés à des gagne-petit. Car Pornichet révèle deux facettes, multicolore, jeune et bruyante pendant la période des bains, emmitouflée, lente et paresseuse aussitôt que se fanent les sternbergias. Cette folie estivale est intenable pour nous : trimer sans repos à la chaleur suffocante des presses dans un magasin surchauffé, dont la touffeur nous oppresse en dépit des courants d'air, trempés de sueur, les vêtements légers collés à la peau, endurer le vacarme nocturne, déceler les pannes des machines parfaites pour la casse. La nuée de vacanciers évanouie, les recettes s'effondrent, ils subissent le contrecoup de la raréfaction des clients aux prémices de l'automne. Une maigre compensation pour eux : souvent le soleil horizontal pâle et tiède perce à l'heure méridienne, fugace, et boit la rosée. Ils savourent cet instant de trêve qu'ils s'octroient.

En route pour la Seine-Maritime, eux pour embrasser leurs connaissances, moi pour me frotter à Madée. Dieppe…, Madée… évoquent tant de journées exceptionnelles que le trop-plein d'émotion se fond dans mes pensées. Je recouvrerais volontiers l'ancienne habitude de me désaltérer au *Café des tribunaux* ou de me détendre sur le port en sa compagnie. Mais je me sens propulsée vers une destination à ne pas contrecarrer.

Mes artères s'emballent, mes jambes flageolent en pénétrant dans le foyer. J'envisage de lui démontrer, et combien je suis navrée de le constater de par mon expérience récente, que l'homme est une machine à calculer, il compte, pèse, marchande et tire son bénéfice. Il calcule son amour et ne le concède à ses proches que s'il le concilie avec son intérêt. Si l'amour se calcule, à quoi bon tomber dans le piège d'un acte prémédité que l'on qualifie d'amour. En récupérant sa puissance paternelle dont son ex l'a frustré, mon père se félicite d'avoir lavé l'offense, vainqueur dans leur jeu de qui perd gagne sa progéniture, Janine ralliée à sa cause par passion pour lui, pour ne pas l'effaroucher. La tactique opérée, rapplique le naturel. Je réalise, effarée : ils ont donné par calcul. Cependant je ne crache pas sur les agréments et le mieux-être qui découlent de la manœuvre.

Donner et recevoir, un couple sublime. Je donne, je reçois ; je donne ce que je suis, je reçois ce qui me manque. Pas plus que cela.

Gracieusement. Je suis persuadée que cet échange réciproque inconditionnel m'agréera. Hop ! retrousse tes manches, empoigne ton bâton de pèlerin pour donner d'abord.

Dans sa chambre azurée meublée de nos confidences, nous débattons ardemment les thèmes de société tels que la religion, la justice, la violence, nous confrontons nos points de vue. Nous conversons sans pudeur. Nulle part ailleurs je ne m'exprime de la sorte, ni au contact de mon père et Janine préoccupés du lendemain ni à celui d'Annie plus mature que moi ni au lycée qui ne délibère que sur le présent.

— Où en es-tu en matière de religion ?

— Je ne vais plus à la messe, je ne suis pas une punaise de sacristie, moi ! Ça ne modifiera pas ma manière d'être de perroqueter des prières commodes parmi les cagots. Prier sans me soucier de mes semblables ne m'intéresse pas ; prier et soupeser ce qu'un acte de charité me rapportera me choque. Je te déçois ?

— Non, absolument pas. Ce qui nous a unies au départ est inaltérable maintenant. On ne se sauve pas sur un prie-Dieu, on se sauve en assistant ses frères démunis. Le lien formé est suffisamment robuste pour perdurer. Nous avons partagé notre entrain et nos maux pendant six mois. Puisse notre amitié avoir valeur d'éternité. Non, Sylvie, tu ne me déçois pas. Ce serait bas et mesquin de ma part de nous fâcher parce que tu t'es forgé des convictions différentes des miennes. Je les respecte. L'amitié est le plus pur, le plus rare et le plus précieux des sentiments.

Elle désapprouve aussi résolument qu'elle acquiesce, fronce le sourcil, ses objections, brèves, dures, me réveillent et chassent mon laisser-aller. Je ne me rebelle pas, elle me secoue à juste titre. Irremplaçable. Pas une amitié, aussi extraordinaire soit-elle, ne lui ressemblerait.

Aux aurores je la conduis à l'hôpital. Le ciel promène ses moutons. La brise répand une odeur de fraîchin. L'automne s'égoutte sur les toits, déjà. Des panaches de fumée s'élèvent au-dessus des cheminées. Dernier accompagnement. Je pars simultanément soulagée qu'elle sache que je ne dissous pas notre pacte et malheureuse qu'elle ne me guide plus.

Mercredi 13 décembre 1967 : anniversaire de notre libération liée à l'épisode du balai des W.-C. Un vent de fronde soufflait. Nous nous apprêtions à partir à l'école. Notre palmarès s'allongeait d'une énième altercation qui affaiblissait davantage notre volonté. « Du nerf, que diable ! » nous sermonnait notre juge intime. Indélébile la sauvagerie de la séance. Des rugissements de hargne d'une part, l'assurance et un mutisme éloquent d'autre part. Le face-à-face terrifiant entre deux chambranles de portes. Pas de larmes. Pas un reniflement. Un gagnant…, un perdant. L'acier croisé, les pots de fer intacts. Égalité, match nul. Comment fléchir l'ingrate, l'insoumise, l'effrontée qui l'exaspère ? Plus d'arme à sa disposition. Quelle ingéniosité déploiera-t-elle pour arracher la victoire ? Jouer son va-tout dans le carré exigu qui dessert les pièces pour extirper le gène défectueux. Je me la remémore affrontant son adversaire, dans une rixe insupportable pour nous trois, agrippées à la rampe de l'escalier dans l'obscurité, abasourdies. Ses paupières clignotent, ses yeux font la toupie, déforment la rebelle. Prête à défaillir tant l'espace est réduit, la respiration haletante, les ailes des narines frémissantes, elle bénit sa création de l'eau sale des W.-C. qui jouxtent l'entrée, elle l'éjecte symboliquement dans ses organes d'excrétion. Actionner la chasse pour éliminer les déchets toxiques. L'infamie du Bouc vengée, sa respiration ralentit, ses muscles se relâchent, son ossature s'amollit. Ses débordements assouvis, elle se retire de l'endroit, victorieuse. Dans un silence de cimetière, transies, nous partons à l'école. Il bruine sur l'amour blessé. C'est l'hiver en moi, il y fait glacial et noir. Un hiver sinistre. Peut-être que la lumière s'y diffusera au début du rallongement des jours. Les professeurs me calment, me réconfortent, ils me témoignent tant de gentillesse en l'occurrence. Un coup de sifflet retentit, le chef de gare agite son drapeau rouge, saute du marchepied sur le quai, le train s'ébranle. Il paraît qu'il conduit au bonheur. Que le trajet s'étire ! Terminus ! Les candidates au bonheur descendent. *Il* est là ! Sa taille de géant dépasse celle des voyageurs. Sourire… nirvâna… Déception, le train s'est arrêté à la lune de miel. Il ne conduisait pas au bonheur. Il nous faudra continuer par nos propres moyens pour en conquérir un lambeau. C'est un courant d'air insaisissable, il a fui ailleurs. Où ? Mon père possède l'objet de sa convoitise. La suite, baste ! chacun oublie, ou s'efforce, ou feint d'oublier.

Une à une les illusions disparaissent, les jours s'éternisent, insignifiants. Je voudrais un calendrier sans mois, une aube sans clarté, un sommeil sans réveil.

Nous bossons sans courage et sans initiative, déplore Janine, forcément « elle » ne nous a pas montré. Excusez-nous de traîner notre héritage comme l'escargot sa coquille.

Nous ne pensons qu'à nous, évidemment les sacrifices que notre père a consentis pour nous ne nous émeuvent pas. Excusez-nous de la copier, « elle ».

Vous transpirez excessivement pour nous. Excusez notre appétit dispendieux. Nous regrettons de déranger vos habitudes. Le Créateur appréciera votre grandeur d'âme et vous récompensera, au centuple, de nous avoir accordé l'asile.

Nous participons aux travaux ménagers, conciliantes. J'enseigne le catéchisme à de futurs communiants dont Valérie et vole à la rescousse des distraits qui tapissent le fond de la classe. Entre-temps je rends ma présence inaperçue, supportable : allure souple, froissements imperceptibles, discrétion... Je vis, éperdue de gratitude.

Je découvre l'intensité des mots, qui charment ou mortifient, qui prédisposent à un tempérament guilleret ou morne, qui engendrent le rire ou les larmes. Celui qui les prononce ne le remarque pas.

Les mots balancés à toute volée pour égratigner et salir attaquent leur proie tel un chacal, pour foudroyer et gueuletonner ensuite. Celui qui est visé se voûte et se tait. La phrase assassine musèle l'expression. Des mots aiguisés stériles. Les carboniser et piétiner leur cendre en ôte l'aigreur.

Les mots de la colère, les plus appropriés, s'imbibent de la turbulence orageuse, mordants sous l'offense et la rage, dévastateurs, aussi fous que la bourrasque qui bat les volets et ploie les arbres. Ils déversent dans les tympans leurs quatre vérités. Celui qui les a articulés n'a plus la possibilité de les ravaler.

D'autres, généreux, s'envolent en farandole, s'élancent comme des cerfs-volants sur le front de mer, chantent pareils à une cascade, simples, limpides, sans artifice. Il est des événements où ils se formulent en soupirs sous la misère et l'infortune.

Rarement ils se prélassent en pleins et déliés sur la page ; rarement ils enlacent, épris de pureté ; rarement ils réconcilient.

Qu'ils soient de fer, de feu ou de sang, qu'ils soient hurlés ou chuchotés, nous sommes responsables de nos mots.

Janine, d'instinct, manie le commandement et la contradiction : un ordre et son contraire l'instant d'après. Elle ordonne, omet sa commande, s'étonne de son exécution, la contredit en un abondant commentaire, s'offusque sur arrière-plan de morale. Tantôt blanc, tantôt noir. Déroutante, épuisante. Ses auditeurs, de prime abord décontenancés, lui prêtent une oreille indulgente, excusable de par ses nombreuses qualités.

— En vitrine j'ai repéré un tailleur beige ravissant, je me laisserais bien tenter…, s'extasie une de ses connaissances.

— Ha non ! pas du beige, il ternit le teint ; en revanche, le rouge l'enlumine.

Et plus tard :

— J'ai horreur du rouge, criard, vulgaire. Il excite le libertinage.

Elle interroge, mais ne capte pas le son, toute à son idée, désarçonnée si l'on agit autrement qu'elle. Elle réfute son interlocuteur et se rallie soudain à son opinion.

Son partenaire échappe à la chicane.

Janine succombe sous le fardeau des siens : « Valérie est très pâle et grognon, je consulterai le médecin mardi. Ton père est nerveux, nous avons trop à rembourser. Je suis seule et infiniment triste. Prie pour nos peines. » Elle fait son purgatoire et sa foi la vivifie. Elle souffre de son exclusion par l'Église du sacrement de la communion, au nom du Christ, pas si rédempteur que cela : l'Église catholique considère qu'un couple marié religieusement a la latitude de divorcer à la rigueur, sans toutefois déroger à la permanence du lien que l'un a garanti à l'autre dans le mariage religieux. Par conséquent elle ne remariera pas un membre du couple divorcé et les divorcés remariés ne sont pas autorisés à communier puisque leur existence, en rupture d'alliance, n'est pas en cohérence avec le don eucharistique. Si, apparemment, la position de l'Église ne perturbe pas mon père, Janine n'admet pas que, n'étant pas divorcée, le sacrement lui ait été interdit, ainsi que l'Eucharistie. Fautive d'avoir favorisé la rupture du mariage indissoluble ; fautive d'avoir épousé un chrétien déjà marié. L'Église, qui prêche la miséricorde, ne l'absout pas et la sanctionne sans rémission en l'évinçant du partage du pain de l'Alliance. Elle lui jette la pierre. Qu'en pense l'Être suprême ? Issue d'une famille qui vit sa foi au quotidien, très pratiquante elle-même, elle se conforme à l'Évangile selon saint Marc : « Ce que Dieu a uni, que l'homme ne le sépare pas. » Elle se plie à la directive dans le déchirement qu'elle lui offre en le suppliant de protéger son mariage d'amour, d'autant qu'elle ne mérite pas une telle avanie, n'a-t-elle pas accompli son devoir ? N'a-t-elle pas repêché un mouton égaré ?

— L'absolution n'a pas été inventée pour les chiens !

Ah ! Je maudis ma naissance. Je ne me résigne pas à récolter les pouilles que mes parents ont semées. Révolte. J'archive dans mon cerveau, pêle-mêle dans le compartiment « Éphémère » les soirées pendant lesquelles, confiante et naïve, je me suis imprégnée de volupté.

— Tu ne t'ennuies pas d'*elle* ?

— Non.

Absurde. Un non sec, glacial, agacé. N'insistez pas. Une façade. Peut-on rayer de ses tablettes l'auteur du cadeau de vie, en fuyant, délibérément, en toute lucidité sur les répercussions, la destinée lamentable qu'il nous préparait ? Laissez-moi élaborer la parade qui me maintiendra d'aplomb. Il est probable que je mettrai longtemps. Qui facilite mon cheminement pour que je leur pardonne leur débordement de haine et que je devienne un moi harmonieux ? Qui m'empêche de me fourvoyer ? Je navigue sans boussole, en solitaire, ne suis informée que par mes lectures. J'en dégage ma vérité : l'homme refoule sa bonté sous l'influence de son entourage, il ne cède pas aux battements de son cœur, comédien ou tragédien selon les cas. Il ressemble à une balle en caoutchouc. On la lance au chat, il la saisit, se l'assujettit. Il l'écarte, bondit dessus en dérapant sur le carrelage, la happe au sommet du rebond, la capture entre ses pattes, s'y agriffe… L'homme, une boule apathique.

Oui, Maman, les romans m'initient à l'analyse des comportements, mon innocence recule. Tu es la fougueuse Anna Karénine, l'ambitieuse Scarlett. *Amour* s'écrit de multiples façons, le sens que tu lui as attribué ne correspondait pas au sien, tes priorités n'étaient pas les siennes et tu n'es pas une femme de concessions, tu ne plies pas l'échine. Voilà ce qui arrive quand on exige trop de son conjoint ou qu'on lui impose sa volonté dans un rapport de dominant à soumis au lieu de l'inciter à développer ses envies propres, ou si aucune place ne lui est accordée dans les prises de décision. Évaporés l'amour et l'exaltation, anéantie l'ambition, l'étoile ne scintille plus. À moins que le ver se soit insinué dans le fruit au moment de la fécondation et qu'il poursuive son œuvre de destruction sans en altérer l'aspect extérieur. Tu le hais. Malgré les attaches dénouées, tu vibres encore pour lui sous un déguisement. Je m'abîme dans ma méditation en errant le long de l'océan, lequel brise son écume sur les rochers, mer cotonneuse, houleuse. Je me revois les soirs où, lorsqu'elle se disait trop affairée pour venir à ma rencontre, je marchais à reculons dans les rues d'Offranville jusqu'à la nôtre, jusqu'au pavillon, indifférente aux oiseaux qui s'époumonaient à me siffler : « Et nous, tu nous boudes ? » Notre environnement, dans ses beautés, est une insulte à la tristesse.

Je me représenterai à l'examen du B.E.P.C. Madame Madeleine abonde dans mon sens.

Dieppe, le 18 janvier 1968

Ma chère Sylvie,

Je vous remercie de vos vœux. Que cette année vous apporte, à vous également, d'innombrables satisfactions.

Je constate avec plaisir que vos études vous passionnent. Faire ce qu'on aime permet d'intensifier l'effort et porte en soi sa récompense. Quant aux résultats, qu'ils ne vous découragent pas ! Je ne suis pas inquiète de leur médiocrité, compréhensible à l'entrée en seconde des élèves de collège d'enseignement général. Et si cela peut vous consoler, Yvette n'a que 9,5 et plusieurs moins qu'elle. Je suis sûre qu'une fois la période d'adaptation écoulée, ils s'amélioreront. La méthode de travail à partir de la seconde est déjà celle des « étudiants » : une part prépondérante est laissée à l'initiative personnelle. J'imagine aisément ce que vous avez « souffert » à votre exposé. Bien que le premier pas coûte, elle n'en demeure pas moins une excellente discipline, à laquelle vous prendrez goût et pour laquelle il importe que vous soyez volontaire sans faiblir.

Nos compliments pour votre décision de vous présenter à nouveau au B.E.P.C. : la malchance dont vous fûtes victime ne se renouvellera pas. De surcroît, quelle que soit, en effet, la valeur de cet examen, un diplôme n'est jamais nuisible. Monsieur Madeleine vous poste les manuels d'histoire, de géographie et de sciences naturelles dans lesquels vous avez étudié l'an passé. Ils ont été changés et ne nous sont, dès lors, plus d'aucun usage.

Nos vœux de succès vous accompagnent, Sylvie, ainsi que notre pensée affectueuse. Nous la transmettons à Annie par votre intermédiaire.

C. Madeleine.

Peu à peu, ma famille paternelle oublie que le mal dont leur Jeannot ne guérit pas provient de nous et m'accueille chaleureusement. Ma cousine et marraine, Christiane Jouan, convole avec Bernard Ziegler. La cérémonie se déroulera à Abbeville. Nous convenons que je représenterai les Pornichétins, que je voyagerai en train jusqu'à Saint-Cast chez mon grand-oncle Joé et ma grand-tante Lulu, puis je profiterai de leur voiture, direction : Abbeville. Une véritable expédition ! Alors que Georges est de constitution placide, ma tante s'illustre par sa vivacité, la rudesse de son style, son tempérament remuant et impétueux. Elle déjeune debout à la hâte, constamment en ébullition et véhémente, fatigante. Elle a deux divertissements : les chats siamois et la philatélie. Or, ce jour-là, on emmène les chats, leur literie, leurs gamelles…, les valises, un bibelot pour chacun, et, étendue sur les bagages pour qu'elle ne se froisse pas, sa robe d'apparat neuve, repassée minutieusement à la pattemouille. Pas un grain de poussière n'adhère à l'Aronde briquée à la peau de chamois, les chromes reluisent, l'habitacle rénové resplendit. Dommage, il pleut. L'humeur est enjouée tandis que nous roulons vers Abbeville, de la joie du regroupement festif. Subitement, l'oncle aperçoit dans le rétroviseur de son Aronde la robe qui s'envole dans les champs. Il stoppa brusquement :

— La robe !

— Quoi, la robe ?

Et la tante, de sauter prestement de la voiture et de piquer un sprint à travers champs pour ramasser la robe. Le coffre avait été rabattu mais pas bloqué ! Les épaules de l'oncle s'affaissent sur le volant, c'est immanquablement lui qui l'a claqué mollement. Indiscutable !

Les questions existentielles me chatouillent les méninges. La création, le néant, invraisemblables, les valeurs, mes valeurs, s'amalgament dans ma personnalité qui se fabrique par tâtonnement. De concevoir que nous sommes condamnés à disparaître et à renoncer à ceux que nous affectionnons me déprime et freine mon dynamisme. Je ne me satisfais plus de contempler les calendriers qui se succèdent, les arbres renouveler leur feuillaison, Estrella scintiller. Au bout de mes réflexions, l'invariable raccourci : « Pour quelle finalité la vie, sinon pour la non vie ensuite ? Cette perspective n'est pas réjouissante. » Sur mon parcours, l'inconnu à chaque virage. Je me débats dans ces refrains lancinants entre désespérance et certitude. Les déceptions ébrèchent ma foi. Il m'en faudra beaucoup pour restaurer ma foi en l'homme. Je me défie de son interprétation des textes sacrés. Il m'en faudra beaucoup pour que je démorde de mon opinion. Je fais graver à l'intérieur de la chevalière de mes dix-huit ans : « Aimer c'est servir. » Pour que le duo magique que forment les verbes donner et recevoir ne s'estompe pas. Ma chevalière contient la mission que je m'assignerai : du S enchâssé fuse une multitude de rayons comme autant de buts à viser pour l'accomplir. Ces rayons ne mènent-ils pas à des buts hermétiques ?

Néanmoins je les décoderai pour les inscrire à mon itinéraire, afin de m'approcher de la tombe dans la sérénité. Les miens ne philosophent pas sur cet essentiel : assumer notre fin physique et spirituelle, comparaître devant la Mort paisible. Pas plus que sur l'amour. Qu'en traduisent-ils ? Nous avançons à l'aveuglette les uns vers les autres. Il recouvre tant de significations, il se définit de tant de manières qu'il existe inévitablement une disproportion entre ce qu'ils attendent de moi et ce que je leur propose, entre mes carences affectives à combler et ce qu'ils comblent. Ils ne donnent pas ce que j'espérais ou je l'interprète différemment. Ou je ne le vaux pas. Ou la séparation, durant laquelle il s'est calculé et monnayé, a fini par le corrompre. Incommunicable sentiment, gaspillé par ignorance.

***

« Du passé faisons table rase… » Dans cette atmosphère psychologique j'aborde Mai 68. Les étudiants se rebellent contre la société traditionnelle et la famille patriarcale. Des millions de grévistes sur la place publique, la France paralysée, les membres du gouvernement et les syndicats contestés et affaiblis. Angoissés pour leur carrière – le secteur universitaire est encombré par rapport au nombre d'emplois prévisibles –, les étudiants grondent. Ils aspirent à réinventer le monde, à transformer la société, à communiquer. « Dix ans, ça suffit, bon anniversaire mon Général », informe un slogan. L'autorité parentale surannée, la soumission absolue ont du plomb dans l'aile. Les événements de 68, en libérant la parole, pourraient bien réduire l'abîme entre les deux générations et instaurer des modes de pensée novateurs.

À mesure que les émeutes et saccages s'amplifient, les établissements scolaires ferment. Jusqu'à présent, au lycée de La Baule, les cours étaient ajournés, mais nous pouvions nous réunir dans la salle des élèves, discuter avec les professeurs, suivre l'évolution du soulèvement, nous adonner au ping-pong, à des activités artistiques. Ce matin, par contrecoup des échauffourées de la nuit, les grilles sont cadenassées. Les potaches de Saint-Nazaire, déterminés à casser la gueule aux profs qui dispenseraient les cours, ont beuglé qu'ils « réduiront en miettes le lycée des bourgeois » et l'assiègent.

En milieu de matinée, je rentre. Le patriarche, stupéfait, courroucé contre moi et contre la planète entière – la police, sur les dents, lui a confisqué son permis de conduire pendant trois semaines pour avoir mordu une ligne continue dans un virage – en bégaie de colère :

— Pourquoi n'es-tu pas au lycée ?

— Il fait grève.

— Sache ma fille, qu'un Simon ne fait pas grève. Dans ma carrière je n'additionne pas une heure de grève. Tu saisis ? Pas une heure. Les fainéants n'ont pas droit de cité ici.

Il est vain de rétorquer qu'il est défendu aux élèves de pénétrer dans le lycée, qu'ils ne sont pas suffisamment pourris pour démolir les grilles, que son emportement procède d'un malentendu, il ne favorise pas le dialogue et se barricade dans ses préjugés à l'égard de la jeunesse qu'il rejette, aux actes automatiquement délétères. Ignore-t-il que ce sont les individus de sa génération qui nous civilisent ? Interloquée, je file dans ma chambre. Pas de larme, ce temps est révolu, les yeux sont créés pour rire, pas pour pleurer. Lorsque l'horizon s'obscurcira, j'épancherai ma détresse dans la mer, je lui quémanderai du tonus.

L'agitation estudiantine gagne l'univers professionnel. Pour qu'ils se rangent de leur côté et qu'ils luttent eux-mêmes, les insurgés débattent avec les ouvriers de la nonchalance du gouvernement. Ils fraternisent, solidaires, scandent leurs revendications à l'unisson en martelant la chaussée de leurs souliers ferrés. Les actifs revendiquent l'augmentation des bas salaires et de meilleures conditions de travail. Le mouvement touche des entreprises telles que la Régie Renault dont l'ensemble des usines décrète une grève illimitée. Le trafic SNCF et aérien s'interrompt. Les jauges d'essence affichent zéro, hormis chez des prévoyants qui auraient entreposé du carburant dans leur baignoire. Les automobilistes forment de longues files vers les pompes, suspendus à un miracle. Les ménagères, échaudées par la guerre, se sont constitué des stocks de denrées alimentaires et aggravent la pénurie. Les banques ne fonctionnent plus. Tout va à vau-l'eau.

Ce soir, le général de Gaulle s'exprimera. Daniel Cohn-Bendit discourt dans toutes les contrées du globe, anime les meetings, provoque les mutineries. Chez nous il a l'intention de teindre en rouge le drapeau tricolore et joue au chat et à la souris avec le préfet de police : en dépit de son expulsion, il s'infiltre de nouveau à Paris, une poignée d'instigateurs l'escortent. Le préfet ne se démonte pas, il le refoule à la frontière. Par suite de sa réapparition, il le verrouille à la Sorbonne. S'évader de là relèverait d'une audacieuse stratégie. Au communiqué de son interdiction de séjour, une multitude d'étudiants protestent bruyamment et l'assurent de leur sympathie. Les étudiants italiens, belges, hollandais, allemands et espagnols grossissent les rangs des Français, en renfort, ils s'associent à leurs revendications. Dans ces pays prospères, ils embrassent une cause similaire. Ils s'échauffent, installent des barricades par un amoncellement de plusieurs mètres de voitures incendiées, de pavés entassés, vitrines, arbres. Les ordures ménagères empestent les rues obstruées.

Des éléments fanatiques, ni étudiants ni ouvriers, s'immiscent dans la tourmente et vitupèrent contre le système. Le préfet de police intime aux organisateurs l'ordre de reporter les rassemblements qui doivent se dérouler en divers endroits de la capitale. La police ne parvient plus à faire refluer les émeutiers, ne maîtrise plus les événements. Elle mobilise les retraités du service d'ordre. Georges Pompidou, Premier ministre, proclame que, face au désordre, le gouvernement accomplira son devoir. L'allocution du général de Gaulle, de sept minutes exactement, entraîne des objections sur-le-champ. Le ton monte en flèche, la polémique enfle, les adversaires du régime se déchaînent, les manifestants accueillent ses propos en une clameur d'exaspération. De l'Arc de Triomphe à la place de la Concorde, noire de monde, ils scandent « les Français avec nous ». Ils exigent des « négociations immédiates », « la sécurité de l'emploi », « l'augmentation des salaires », « de Gaulle, démission » et braillent l'Internationale. Le drapeau des communistes frôle le drapeau des anarchistes. Les slogans fusent : « La France doit avoir le visage de son siècle. » Robert Poujade signale que « les Français vont avoir la parole » et André Bergeron précise qu'il « n'était pas nécessaire d'attendre une semaine pour faire une telle déclaration ». Les partisans gaullistes se solidarisent avec le Général, aux Champs-Élysées ils entonnent l'hymne national et brandissent le drapeau tricolore orné de la croix de Lorraine.

Bilan des affrontements : 456 blessés, un CRS et un étudiant tués, des voitures incendiées, les vitrines saccagées. L'Ordre des médecins alerte les autorités administratives : ils ont un besoin urgent de chauffeurs pour le transport des blessés vers les hôpitaux de la ville. À Marseille, les colleurs d'affiches se battent. François Mitterrand se récrie contre le gouvernement : « Il appartient au Premier ministre de montrer l'exemple, il faut qu'il démissionne. »

Jeudi 30 mai, le Général prononce la dissolution de l'Assemblée nationale. Dans un discours énergique, il signifie sa résolution de gouverner jusqu'à l'expiration de son mandat. La crise sociale, difficile à neutraliser, dégénère en une immense crise politique. Le gouvernement est remanié, Georges Pompidou se maintient au poste de Premier ministre. Il en appelle au civisme des Français.

Entre deux bilans des manifestations, la radio annonce l'assassinat de Robert Kennedy, moins de cinq ans après celui de son frère John et un mois et demi après celui du pasteur Martin Luther King. Sirhan-Sirhan, d'origine palestinienne, est son assassin présumé. Robert avait récemment remporté les élections de Californie et portait sa candidature à la présidence. Les États-Unis s'alarment pour la sécurité d'Édouard, l'unique survivant des quatre garçons.

Le remaniement du gouvernement, les négociations amorcées dans les différents secteurs pacifièrent la France excédée par la pagaille. Les bulldozers déblaient les rues, les camions-citernes ravitaillent les stations d'essence, les dirigeants relancent l'activité. Des questions litigieuses n'étant pas résolues à la veille des vacances, la rentrée d'octobre ne risque-t-elle pas de démarrer chaudement chez les étudiants frustrés ? Le chef de l'État pressent que son Premier ministre lui fausse compagnie, car il désapprouve son action et brigue son poste. Ne lui accordant plus de crédit, il le remplace par Maurice Couve de Murville.

Mon père et Janine ne commentent pas Mai 68, sinon par intermittence pour mentionner les désagréments que l'insurrection occasionne, l'irresponsabilité d'une jeunesse privilégiée qui, hier encore, tétait le sein, qui a plus de poils dans la main qu'au menton, qui engloutit des paquets de billets de banque qui lui tombent tout rôtis dans le bec, et les tentatives de subversion d'un quarteron de quidams désœuvrés et nihilistes cependant instigateurs des émeutes. Que le gouvernement remette de l'ordre dans la boutique ! Le slogan « les murs ont des oreilles, vos oreilles ont des murs » que je placarderais volontiers dans ma chambre, revêt chez nous sa véritable signification. Pour ne pas les irriter davantage je préfère rester sur mon quant-à-soi ou bégayer des formules évasives.

Je suis les communiqués, collée contre le transistor, convaincue que Mai 68 dépoussiérera les relations parents-enfants. Il serait opportun que les ascendants ensevelissent leurs préceptes éculés, respectent leur nichée en lui ménageant un espace de liberté, en instituant le dialogue, en recueillant son point de vue, en fortifiant son raisonnement, bref, en l'accompagnant…

***

Madée se désaffectionne de moi. Qu'il est cruel de renoncer à ceux que l'on aime ! Notre amitié s'apparentait à la bougie qu'elle allumait sur son bureau. Gonflée de cire fondue, elle projetait des ombres sur les cloisons et le plafond. Sa flamme se haussait tandis qu'elle se consumait progressivement. La bougie se rétrécissait, s'affaissait, la flamme s'élançait, vacillante, puis s'asphyxiait. La tache au plafond diminuait, la source d'ignition disparaissait. La lueur qu'elle répandait décroissait insensiblement, la cire coulait sur la bobèche. La bougie inanimée nous plongeait dans les ténèbres instantanément. Est-on habile à s'orienter dans les ténèbres, dans la brume sans entrevoir une lueur ? Je ne puis m'exempter de conseils pour me hisser dans la cour des grands. Je ne sais pas qui je suis, pourquoi je suis, mais je sais pertinemment que je suis triste.

En bouclant mes carnets à secrets, je me persuade que je la reverrai, elle me l'avait prédit :

— Je te promets que nous nous retrouverons, pas par hasard… À Dieppe ? À quelle date ? En quelle circonstance ? Mystère. Le miracle se produira, et nous en aurons des choses à nous dire au cours de ces moments merveilleux !

Dans un soir d'isolement, je décide que je raconterai mon rendez-vous raté avec mes géniteurs que j'ai prétendu éperdument aimer, pour que les couples qui se désunissent ne se bagarrent pas à l'instar des miens. Et cela ne me gênera pas de relater une partie de moi subie où je me sens anonyme, où mon attitude blâmable a été guidée par la nécessité de me préserver des agressions. Ma vérité, aussi imparfaite soit-elle, quoique sans exagération ni passion, dans un style châtié. Je le titrerai : « Vous qui divorcez, chaussez vos lunettes » ou simplement : « Dans le miroir ». Dans un miroir on se distingue fragmentairement. Le mien, à multiples facettes mobiles, augmentera leur champ visuel et réfléchira leurs manières de se comporter. Mes idées foisonnent. Je le composerais immédiatement si les cours ne m'accaparaient pas.

Nous ne nous échinerons pas un deuxième été au pressing *Santa Maria* pour le roi de Prusse. Nous besognons de plus en plus pour la constante insatisfaction de Janine et, sans surestimer la qualité de nos prestations, nous contestons leur gratuité. Des pièces glanées dans les poches ou dans la cuve des machines nous indemnisent maigrement. Pour ne pas narguer nos saints patrons survoltés par l’ouvrage nous louons un garni à La Baule sous les combles de la villa *Léa Marcelline*. Grâce à nos compétences en matière de pressing et de clientèle saisonnière, nous décrochons, sitôt l'entrevue, un contrat du 1er juillet au 15 septembre. Annie souscrit un contrat avec un pressing avenue du Général-de-Gaulle, puis chez le confiseur *Manuel*, et moi dans un magasin de bibelots bretons *Les Évens*. Presque en vis-à-vis, nous communiquons par signes sur les trottoirs encombrés d'une foule mouvante.

Nous appréhendons de les avertir de notre option. Ils nous complimentent sur notre obligeance, sondent les capacités et le zèle des postulants à œuvrer dans le domaine du pressing, des professionnels qu'il leur faudra légalement rémunérer. Ouf ! le malaise se dissipe.

Nos économies s'évaporent dans la location payée par anticipation, en contrepartie notre paille vaut de l'or et la gaieté qui nous submerge tempère la ténacité de l'infortune. Nos employeurs soulignent nos performances, ils nous récompensent en nous confiant des responsabilités, nous délirons de gratitude envers eux, ébahies, ravies de constater, ce dont nous doutions, que nous ne présentons pas les troubles décrits dans les manuels de psychiatrie.

Notre porte-monnaie se raplatit en dépit de nos achats parcimonieux d'épicerie et de la frugalité de nos repas. Inutile de racler le fond de nos sacs et de nos poches, pas de trou dans les coutures, pas un centime ne s'y est glissé. Nous percevrons notre salaire dans une semaine. Annie calcule : sept jours, sept baguettes de pain, on résiste. Hélas ! les restrictions alimentaires nous prouvent combien sustenter son corps et ses neurones est vital. Les baguettes de pain fondent plus tôt que prévu, nos centimes aussi. Pour calmer la faim en urgence sans nous rassasier, méthodiquement, nous entrons chaque midi dans une boulangerie différente de La Baule, répétons la phrase rituelle, le contenu du sac éparpillé sur le comptoir :

— Mince ! mon porte-monnaie est dans mon sac beige. Tu as le tien ?

— Non, c'est ballot, je comptais sur toi.

— Pas grave, mesdemoiselles, vous rembourserez demain.

Demain, une boulangerie repérée trois avenues plus loin sera visée. « Donnez-nous notre pain quotidien. » Une croûte nous agréera.

La rémunération en poche, en palpant l'enveloppe, pince-moi, je rêve ! nous nous hâtons vers la boulangerie de notre quartier pour solder notre dette et la dévaliser non pas du pain qui nous dégoûte, mais des gâteaux les plus appétissants de la vitrine.

Magnanimes, le père et Janine ne nous en tiennent pas rigueur. Ils conviennent qu'à notre époque, les services rendus se rétribuent et nous admettent au nombre de leurs amis. Absorbés par leurs soucis, ils ne sont pas en situation d'assimiler ceux de leur entourage. Entre les disputes anodines récurrentes nous nous entraidons. Notre enjouement est communicatif, ils plaisantent, décontractés. Nous apprenons la tolérance, l'art du compromis, de la concession, nous découvrons qu'il n'y a ni parents ni enfants idéals, nous acceptons des uns des autres la personnalité et les humeurs et rétablissons l'harmonie dans une relation authentique. Janine et moi débutons notre journée par un bain de mer. Octobre imprimant de vilaines traces sur notre épiderme mouillé, nous fonçons sous la douche.

Les épreuves me grandissent par petites touches, telle une suite de sauts en trampoline où le gymnaste, après qu'il a heurté le tapis, rebondit plus haut. L'existence n'est qu'une succession de perturbations inhibantes et de répits qui sont autant d'infimes bonheurs précaires à déguster, pendant lesquels on vole au secours des affligés. Dans les instants où mes sentiments tumultueux et contradictoires s'accordent une trêve, parce que mille bouquets d'or capiteux frémissent en moi, les paysages surnaturels m'éblouissent, le bavardage des oiseaux m'envahit, les fleurs chatouillent mes narines, et je chante en alexandrins mon incorrigible enthousiasme pour l'aventure qui me réservera, à l'évidence, des traîtrises, je m'enliserai à nouveau dans des grains de sable et je m’en dégagerai.

Les souffrances endossées précocement m'enseignent à transiger, à ne m'opposer qu'en cas de gêne excessive, à m'inciter à la mansuétude, à explorer en chacun de nous l'humanité, les forces vives, à ne pas m'appesantir sur les aspects rebutants. Ressasser mon enfance n’apporte que du désagrément, je dois appréhender l'avenir, le saisir à bras-le-corps. Les hommes, à travers leurs faiblesses et leur générosité enrichiront mon horizon.

Je termine les vacances scolaires par un séjour à Abbeville chez ma tante Vonette, la fille du Poulot, surnommé ainsi à l'École technique de Vaucanson à Grenoble, il y était professeur de mathématiques. À l'École des arts et métiers de Châlons-sur-Marne, où il occupe le poste de directeur, elle rencontre son futur époux, Roger Jouan. Franchement, on se figurerait que celui-ci se livre tout entier à la préparation du diplôme d'ingénieur, sous le contrôle sévère du directeur, que nenni ! il convoite la sylphide qu'il aperçoit de la croisée du dortoir, silhouette fugitive, élastique. Il brûle de la conquérir.

Vonette me traite en princesse, disponible. Nous planifions les menus en fonction des goûts de Patrice, son fils, qui demeure à leur domicile, nous combinons les plats en tenant compte des ingrédients de saison, des calories, elle les confectionne en un tournemain « pour ne pas être esclave de la cuisine », affirme-t-elle. Sa Fiat 500 nous brouette en courses aux quatre coins d'Abbeville. Je dors dans la chambre de ma cousine Christiane. Férue d'égyptologie, elle a peint un mur de hiéroglyphes que je ne déchiffre pas par ignorance et qui me fascinent. Elle travaille au musée du Louvre, Roger précise, son propos imprégné d'une pointe de regret et d'ironie du fait de la consistance de son bagage intellectuel, que son agrégation lui sert à épousseter les pierres et les statues. Mémé Jeanne, la maman de Roger, loge dans un studio aménagé pour elle à l'étage. Elle s'approvisionne en contacts au rez-de-chaussée, devise à sa guise de banalités, y déjeune le dimanche. Pour se délasser de son activité d'enseignant, Patrice flâne fréquemment sur la plage de Saint-Valery-sur-Somme. Je découvre « sa plage » et la baie. Il est la réplique de son oncle Jean : faciès et crinière de lion identiques, ermite taciturne et nonchalant. Son humour pince-sans-rire me déstabilise.

Entreprenante, active, ici une intervention, là un avis, ma tante s'adonne au bénévolat. Elle mène une action sociale à la Croix-Rouge, à l'Union féminine civique et sociale, à la Fédération française d'éducation physique et de gymnastique volontaire où elle forme les moniteurs, elle accueille les nouveaux arrivants au sein de l'Accueil des villes françaises, elle anime la partie éducation physique des stages de préparation ou d'adaptation à la retraite organisés par les caisses de cadres. Elle milite pour une meilleure information des consommateurs, pour que les pratiques ancrées depuis des générations se modifient, pour le mieux-être personnel, attentive à dispenser son expérience, plus influente qu'elle ne subit l'influence d'autrui, à l'aise si son opinion diverge du sens commun. Son concours s'avère précieux. Beaucoup recherchent sa compagnie pour sa gentillesse, sa disponibilité, ses critiques rigoureusement argumentées, sa position sur un sujet qu'elle éclaire d'une réflexion originale. Elle ne s'apitoie pas sur elle-même, ne se dorlote pas et en cela elle ressemble à son frère Jean. En comblant ses hôtes d'attentions, elle leur garantit un séjour extrêmement confortable.

Elle me confie à un maître nageur pour vaincre mon appréhension du milieu aquatique, coordonner les mouvements et maîtriser mon souffle. Elle me taille un vêtement. Je choisis l'étoffe, la forme, ses doigts de magicienne me créent une robe vieil or adorable comparable à ma robe à pompons. D'ailleurs, ma robe à pompons, sûr qu'elle provenait d'elle !

À maintes reprises, j'imiterai ma tante Vonette, une référence, un modèle en tous domaines. Pour m'acquitter de mes missions d'assistante sociale je roulerai en Fiat 500 dès ma prise de fonction. Si son pot à yaourt décapotable circule aisément sur les pavés d'Abbeville et stationne là où aucune voiture n'est susceptible de se garer, le mien fera crisser ses pneus dans le rond-point de la place du Boulingrin à Reims.

***

Il brume ce soir, un amas de nuages survole les flots et endeuille l'océan qui arrondit le dos. Cosmos de suie sans étoiles, épais, mer sombre et furieuse, bourdonnante. Poséidon courroucé se déchaîne. Une pluie torrentielle s'abat sur les rochers contre lesquels les vagues écumantes se brisent ; l'écume voltige, blanchit le sable, traverse la chaussée au galop et coiffe les végétaux. Paysage noir et gris semblable à mon âme exacerbée, majestueux et incongru. La mer ondule comme une chevelure dénouée et semée de fils d'acier. Les bateaux de pêche dansent sur les vagues. Je reste là, cernée par l'atmosphère détrempée et salée, frigorifiée sous les nuages amoncelés, les lames m'éclaboussent en butant avec une vigueur inouïe contre les aspérités du roc. Des mouettes se chamaillent pour une palourde échouée sous les algues visqueuses. La toile s'enténèbre, on entre en automne, dans la saison humide, morne, qui grisaille les mines et les cœurs, paralyse les gestes. Les signes avant-coureurs sont là : les voiliers sont amarrés aux anneaux, les goélands colonisent le territoire. Les ailes déployées, ils tournoient dans les airs, battements, frôlements, ils planent, piquent dans l'eau pour fondre sur une proie. Les hirondelles se rassemblent en masse sur les câbles à haute tension avant leur migration. Les propriétaires ont posé des bâcles en travers des ouvertures et clos les contrevents. Les toiles d'araignées s'y suspendront, peuplées d'insectes piégés dans la soie et les nuages perleront goutte à goutte. Les géraniums cerise et les hortensias framboise, à l'apogée de leur floraison, se courberont aux premières gelées. Les bambins ont délaissé sur le sable leurs seaux et pelles. La Côte Sauvage n'entendra plus les chuchotements des amoureux à la tombée du crépuscule, quand les korrigans hantent les grottes. Les cordes enchevêtrées dans les mâts grincent, sinistres, les amarres fixées au quai grimacent, se tordent et se relâchent, les grincements et gémissements enclenchent d'inhabituels grincements et gémissements, les pontons sentent la rouille. L'automne se pointe tout en nuances, fidèle, mouillé de rosée. Les jours déclinent avec une surprenante impudence. Les branches des arbres s'ébrouent, il commence à pleuvoir des feuilles de feu, elles volettent, puis descendent en vrille, jonchent les chemins et craquent sous les pas. Malgré une impression de dormance, l'activité se poursuivra sous un tapis mordoré, elle affleurera si on le gratte de l'index.

La plupart des commerces ont baissé le rideau de fer ou badigeonné la devanture et des papiers s'accumulent et tourbillonnent à leur base. Quelques-uns informent de la « liquidation totale du stock avant fermeture définitive » par un écriteau scellé sur la façade. Les estivants ont plié bagage aux aurores, cuivrés, reposés. Dans le coffre des véhicules les produits du terroir prolongeront leur été. Leurs poubelles se mêleront aux laisses de mer : bois flotté, bouteilles, boîtes de conserve éventrées et coupantes, flacons de crème à bronzer, sandales de plage, sachets en plastique, mégots, considérant que la mer était là pour les débarrasser de leurs ordures. Ces détritus – ennemis mortels des poissons – ne se désintégreront que dans cent ans, voire mille pour les plus coriaces. La population a vieilli d'un demi-siècle brusquement. Les vieux ont repris leur bâton remisé dans le porte-parapluies le trente juin, pour paresser sur le remblai sans être dérangés, comme à leur accoutumée. Les voitures s'élancent dans les avenues en première vitesse. Les carrés de laine moelleuse tricotés de tiédeur désertent les boîtes, exhalent une odeur d'assouplissant et de naphtaline, se déplient, s’entortilleront autour des crochets en S du perroquet. La station balnéaire renaît d'un autre âge, l'âge d'or et du cheveu d’argent.

Annie aussi a effectué sa migration. À Beauvais, à l'institution du Saint-Esprit, rue de Pontoise. Elle est affectée au secrétariat et à la surveillance des élèves. En complément, elle donne des cours particuliers à des sixièmes et cinquièmes et s'investit dans ses études par correspondance. Ses nombreuses lettres consolident les liens entre nous.

Janine est sous tension, elle craque, ses reproches jaillissent. Au comble de l'exaspération, je me cabre et capitule en décampant.

Ce soir, je suis vaincue, naufragée, ils sont plus forts que moi. Les pins séculaires s'amusent de mon ennui. Je vague dans une lugubre errance, d'un pas mécanique, entraînée par des vents contraires. En quête de quoi ? Une avenue, une semelle devant l'autre, une seconde avenue. Sans but. Hagarde. Mon palpitant déguenillé cherche en vain quelque nourriture à se fourrer dans les ventricules. Rien. Rien dans les poubelles de la vie. À mon insu je me dirige en frissonnant vers la gare. Le panneau mural géant indique qu'un train quitte la gare pour Paris dans dix minutes. J'achète un billet. Il me restera suffisamment de monnaie pour celui de Dieppe. Pas plus.

Monsieur et madame Muffat m'ont dédommagée en espèces d'avoir arrosé leurs massifs pendant qu'ils excursionnaient en Vendée – ils résident à Arcueil en hiver et à Pornichet en été. Pour eux, vieillissement, qu'ils bannissent de leur vocabulaire, n'est pas synonyme de paralysie. Ils s'adaptent à leurs périlleux et lents déplacements, leur fragilisation physique, avides de nouveauté. Constamment curieux du monde, ils voyagent, compulsent la presse, écoutent la musique en râlant contre leurs pertes auditives, identifient les artistes, enrichissent les débats. Loin de se borner à ne fréquenter que les offices religieux, ils conservent et entretiennent un réseau relationnel fécond. Si leur entourage leur rend des services, ils maintiennent la norme de réciprocité en rapportant « une bricole », s'excusent-ils, de leurs évasions culturelles.

En 1970, tant ils apprécieront *Il était une fois dans l'Ouest*, le film de Sergio Leone dans lequel jouent Claudia Cardinale, Henry Fonda, Jason Robards et Charles Bronson, qu'ils m'offriront le disque d'Ennio Morricone, assorti de leurs chaleureux remerciements pour avoir stoïquement enduré à leur place les sempiternelles files d'acheteurs dans les commerces de Pornichet en juillet et août. Par précaution je sauvegarderai ce disque sur l'ordinateur et m'en régalerai indéfiniment, autant pour ce chef-d'œuvre de puissante musique, pour le film qu'elle a immortalisé, qu'en mémoire de ces vieilles gens qui s'accommodaient de leur déclin, qui reposent en paix en terre parisienne.

Désemparée, je monte dans le train pour me ressourcer auprès de Madée. Elle m'empêche de glisser vers des jours ténébreux.

Les voyageurs dans le compartiment délibèrent en eux-mêmes, ils ne communiquent pas. La proximité de leur visage hermétique m'oppresse. Je n'ai pas de magazine, pas de bagage. Dans cet espace confiné où poser le regard pour me soustraire au leur ? À ma façon machinale de lever le menton, je vise l'encoignure du porte-bagages en direction du couloir. Je chasse les pensées qui me culpabilisent et me nuisent pour accéder à un semblant de sérénité.

Paris. À la gare Montparnasse, un poète accompagne ses strophes lyriques à la guitare. Il convoie les trains d'une mélancolie délicate. Sa complainte interprète les adieux de la salle des pas perdus. La cohue bruyante qui converge vers la sortie le bouscule de ses paquets, indifférente. Le dernier train pour Dieppe a sifflé depuis longtemps. Trop démunie pour réserver une chambre dans un hôtel, j'élis domicile dans la gare parmi une faune de voyageurs fauchés affalés sur leur valise, les maraudeurs, les clochards accroupis sur leur barda et les hippies, notre hôtel de fortune. Je repère un endroit, à l'écart des courants d'air, entre un endormi sans bagage, inoffensif, et un hippie blond qui transporte son adolescence dans un énorme sac à dos, la tignasse hirsute, encrassée, un foulard indien au poignet, son chien enroulé sur ses sandales, qui pactise avec Jésus pour la non-violence. Son regard psychédélique m'invite à le rejoindre dans son univers coloré en aspirant une bouffée d'infini. À le deviner si bienheureux sous l'empire de son remède salutaire, pour un peu je le suivrais afin qu'il m'entrouvre les portes de l'amour.

Nous sommes des pèlerins anonymes, sans feu ni lieu, en transfert. La gare hospitalière. Seulement, je ne soupçonnais pas qu'elle interromprait son hébergement. À une heure, le chef de gare nous expulse. Pas d'exception, « réouverture à six heures ».

À l'extérieur, nous nous adossons contre la façade du bâtiment, cramponnés à nos pauvres chimères. Je bivouaque au nombre des noctambules, anxieuse de l'absence de sécurité. Se plantent face à nous des marcheurs titubants qui maugréent après la galère, des sacs à vin, des chercheurs d'âme sœur pour partager la détresse, des renifleurs de monnaie à barboter, des détraqués du ciboulot. Tenaillé par la faim, un clochard haillonneux, efflanqué, inspecte la poubelle sitôt qu'un nocturne y a introduit un sachet.

Je saute dans le premier train qui m'achemine à Dieppe pour me réfugier chez Madée. Elle se précipite au-devant de moi :

— Ton père a téléphoné. Il se tourmente. Il est très inquiet. Sylvie, que se passe-t-il ?

Je lui explique que j'ai cru désespérément à une aube réinventée, ma foi en l'avenir en me rapprochant de lui et de Janine, la désillusion et le malaise qui résulte des déboires. Je me traîne, solitaire comme le rocher de l'Ours au Croisic ceinturé par la mer de millénaire en millénaire.

Émue par mon désappointement, elle soupire, mon tumulte interne la peine. Sa bonté me révèle sa nature altruiste. Dotée de compassion, elle m'apaise et me revitalise.

— Essaie de te plier à leur caractère, ils possèdent la sagesse et te la transmettent. Ton intégrité doublée de l'expérience triompheront de vos petits heurts. Dans deux ou trois ans, tu verras les choses et les êtres autrement. Tu seras, toi aussi, adulte ! Si l'amour est sincère, profond, si les êtres s'acceptent en connaissance et si, justement, ils dépassent les défauts des uns des autres dans l'unique but d'un épanouissement mutuel, si chacun agit ainsi, l'aventure s'avère sensationnelle et jamais terminée. L'amour est primordial pour poétiser l'existence et l'adoucir. En lui exclusivement on trouve le tonus pour lutter. Il est précieux. Aimer, orienter son intelligence émotionnelle, se garder d'un pessimisme stérile s'apprennent. Je t'en supplie, efforce-toi d'assimiler cela.

Elle me signale que nous nous sommes promis de nous disposer à l'espérance.

— Si le doute et la lassitude s'emparent de toi, souviens-toi de l'espérance et de la joie qu'elle suscite. Elle est dans notre aujourd'hui. Cherche-la. Donne-lui rendez-vous sans te hâter, elle poindra, telle une aurore. En harmonie avec toi-même, tu l'accueilleras, tu déborderas d'enthousiasme. Ambitionne cette harmonie. Chacun alors puisera en toi ce dont il a besoin. L'harmonie te placera sur le chemin de l'espérance. L'espérance est le moteur de notre vie.

Demi-tour !

Mon père me salue froidement, hostile, le front plissé, le sourcil désapprobateur, les mâchoires frémissantes. Je pressens l'imminence de sa mercuriale.

— Je te demande de t'excuser auprès de Janine. Elle se décarcasse énormément pour vous. Elle s'est démenée pour améliorer votre bien-être. Ta réaction brutale et ton départ, aux conséquences fâcheuses, m'ont profondément déçu. Et Janine aussi. Ton attitude n'est pas logique. Elle se ressent encore du décès de sa maman et la saison l'a extrêmement éreintée. Ton pèlerinage à Lourdes a été dur pour elle. Aussi, par moments, elle est impulsive, comme toi, n'y attribue pas d'importance, montre-toi indulgente. Elle est si généreuse que cela efface ses torts.

J'exécute. Ils closent l'incident en arguant de mon adolescence inachevée, des traces du sadisme de la désaxée qui subsistent en moi. Sans la moindre parcelle de rancune.

— Je suis content que tout soit arrangé et le nuage dissipé. Comme dans ce ciel balayé, impitoyablement limpide sous lequel nous transpirons, on se croirait au plus fort de l'été, ça cogne ! Encore dix jours de boulot dans l'étuve et ensuite on soufflera, conclut-il de son flegme coutumier.

Mes plaies s'engourdissent, la routine, quoi.

Marée basse. Les sphinx de granit sommeillent au soleil, étalés sur la plage.

Dans un épisode de déprime, Madée m'avait déclaré :

— Tu vois à quel point nous sommes condamnés à être seuls, affreusement seuls, y compris en amour, je le crains. Parfois, le destin est une imposture contre laquelle il est capital de batailler lorsqu'il exige trop de nous, pour le dresser à notre image et le dominer. Il convient de se passionner pour survivre.

***

1968 embellit ses villes pour Noël. Néanmoins l'allégresse ne rayonne pas partout. La communauté des Filles de la charité de Dieppe a reçu l'ordre d'expulsion du foyer qui se convertira en établissement gériatrique. Plus d'interminables litanies psalmodiées, plus de déplacements à pas feutrés, plus de cornettes bruissantes. La séparation se révèle douloureuse, leur dispersion les frappe, telle une bourrasque : Sœur Marthe, si humaine, dépérit à l'excès, l'appétit irrémédiablement paresseux ; Mère Supérieure, presque aveugle, subit de vaines interventions chirurgicales ; Sœur Catherine, guère plus âgée que nous, émigre dans les environs d'Angers ; Sœur Assistante, inaccessible, guidée par un instinct de réserve, artiste graphique prodigieusement douée qui reflète l'idéal, succombe à une intervention chirurgicale ; mademoiselle Germaine s'est arrachée de son guichet en pleurs, tant d'années d'appartenance à la communauté, tant d'investissement l'ont à la fois dévorée et exaltée. Elle travaille à Paris.

Ma chère Sylvie,

Tu ne peux pas t'imaginer combien je songe à Noël et aux sports d'hiver. J'ai vraiment hâte que nous chaussions les skis, surtout si tu as le moral en berne.

J'aurais volontiers accompli un petit boulot pour amortir la dépense. Sinon, nous n'avons pas les moyens de nous payer de telles vacances. J'avais écrit à Paris et t'avais recommandé de le faire aussi pour ce motif. Au cas où tu es sélectionnée, tous tes frais sont pris en charge. Pour ma part, ils m'ont répondu négativement. J'étais passablement découragée, d'autant plus que le professeur de sport du Saint-Es' qui planifie le voyage tous les ans – ils ne sont pas nombreux à aller à Valloire – m'avait laissé un espoir. Tant pis, nous aviserons sur place. En septembre j'ai déboursé considérablement pour des bouquins et des fournitures réclamés par Vanves. Je n'ai eu qu'un imprévu depuis : ma montre m'a échappé des mains et m'étant indispensable, j'ai été contrainte de passer chez l'horloger. Je m'en suis tirée pour une belle sonnette, une partie de mes gains fichue en l'air ! Pas de panique ! Je resserrerai ma ceinture d'un cran. Ne te tracasse pas. J'ai signalé notre impécuniosité au professeur, il m'accordera des conditions de paiement pour nos deux parts. Je t'avance la tienne, tu me rembourseras lorsque tu auras gagné le gros lot ! Ne te retourne pas les sangs, je suis ravie de t'épauler matériellement, tu en aurais fait autant pour moi.

Je te transmettrai les informations que j'aurai obtenues du professeur de sport ainsi que celles du comptable pour me procurer un billet de réduction SNCF de trente pour cent qui est délivré pour les congés payés. Le trajet Pornichet Beauvais coûtant cher, je proposerai qu'il soit établi pour toi. Le plus économique pour toi serait le train de Pornichet à Valloire. Pour le retour, nous nous arrangerons éventuellement avec les parents. Si je ne me trompe pas, la rentrée est fixée au lundi 6 janvier. S'ils viennent en Normandie, nous pourrions les rejoindre et tu repartirais à Pornichet avec eux. Avertis-moi au plus tôt de ce que tu décides, afin que j'achète ton billet aller ou aller-retour et te l'envoie. J'y annexerai un bulletin de paie. En cas de contrôle, tu adoptes mon identité et tu es en sécurité. Moi, j'essaierai de trouver quelqu'un qui m'emmènera en voiture, quoique la route ensemble aurait été plus plaisante.

Ton équipement ne te coûte pas cher, chapeau ! les copines qui dépannent d'un anorak, le mien ne me coûte pas cher non plus : la secrétaire m'a prêté deux pantalons, un collant, une paire de bottes, épatant, non ? Et j'emprunterai à Nicole divers accessoires de confort. Formidable !

Je griffonne condensé, ce n'est pas pour le prix du papier, mais pour celui du timbre, je n'en collerai pas un supplémentaire.

Bravo pour les prouesses de Valérie, qu'elle continue sur sa lancée. Félicite-la de ma part.

Je dépouille peu de courrier en ce moment. Ce que les gens sont fainéants !

Sur ce, je vais au plumard, je suis exténuée : hier, je me suis fait une mise en plis. Je n'osais pas me coucher, j'ai un mal de chien à endurer les rouleaux. On devrait les tester avant de les payer. Ils m'ont éclaté le crâne, je n'ai pas fermé l'œil. Que veux-tu, il faut souffrir et tricher pour être belle. Ma collègue pionce. Il va pleuvoir : elle ne ronfle pas. Quel boucan infernal dans les tympans les nuits précédentes !

Ta frangine qui te bisoute.

Valloire. La maison familiale *La Valloirette* – du nom de la vallée et du torrent affluent de l'Arc situés dans son périmètre – consent à nous héberger gratuitement contre le monitorat d'initiation au ski pour les bambins en garderie. « Économie, économie », répéterait Annie, un leitmotiv qui la stimule. Notre programme : papoter, nous distraire, nous gorger d'optimisme, nous divertir pour que le cafard s'éloigne. Me moquer de mes bulletins catastrophiques qui dédaignent mon acharnement, me moquer de ne pas appréhender ma vérité.

Dans ce chalet, que des personnes chaleureuses. Nous côtoyons des couples soudés et attentifs au bien-être de leurs chérubins. Rémi joue de la guitare et de l'harmonica. Hypnotisées par la magnificence de la montagne, les sublimes couchers de soleil, les nuages qui fument ou s'étirent de sommet en sommet, nous pensons aux pionniers de l'alpinisme qui, en la conquérant, ont planté une croix ou bâti une chapelle à la cime. Le triomphe pour l'éternité. Maurice Herzog et Louis Lachenal atteignant l'Annapurna en juin 1950. La première semaine, nous skions, la deuxième nous nous promenons sur d'étroites pistes tracées par les randonneurs. Entre-temps nous nous acquittons de la fonction de monitrice. Annie contracte la varicelle.

Nous nous offrons de menus bibelots : elle choisit pour moi un Savoyard sculpté dans un morceau de bois, en chapeau melon et sabots, la moustache recourbée, les deux paumes appuyées sur un bâton pour se reposer. Ses fonds ne lui permettent pas d'y adjoindre sa compagne savoyarde.

— Ne te désole pas, il est veuf, il s'appelle Marcellin Dutourves.

— Impossible, Marcellin Dutourves est normand !

— Marcellin... Marcelle..., Marcelle... Marcellin... Olé !
— Saperlipopette ! Mam, la carriole de Margot a bougé !
— Mam ! La Margoton cancane sous la marquise...
Nous pouffons, pliées en deux sur le trottoir de la boutique.

Je l'emporterai dans mes déménagements successifs, emballé soigneusement dans des chiffons, en souvenir de cet autrefois de plus en plus lointain. J'opte pour une lampe de chevet, elle ne se relèvera plus pour éteindre la lumière. Je craque pour un superbe edelweiss lanugineux, doux comme du coton, aux capitules jaune tendre.

Lilas à notre arrivée, les sommets sont cassis à notre départ. Quel crève-cœur de boucler la valise ! Pour dérider ma mine renfrognée, Rémi énonce son opinion : « Vivons intensément chaque minute, concentrons-nous dessus pour conserver l'équilibre. » Il me tend une carte postale de la Savoie pittoresque d'après une peinture de Canova, illustrée d'une citation : « J'ai dit : “La vie est méchante !” et l'écho m'a répondu : “Chante !” » Aussitôt grillées, les vacances salutaires bien qu'éphémères s'archivent dans l'album de la mémoire. Aux prochaines nous nous consacrerons aux enfants inscrits à la garderie, selon des modalités identiques.

Le retour en train ménage la transition. Tête aérienne, lundi cartable écrasant, tableau vert et poussière de craie. J'effectuerai des sauts de puce vers le succès et des bonds droit dans le mur. J'ai la sensation que ma sœur me manquera : tant de batailles livrées ensemble !

Repartir, toujours repartir. Progresser avec des hauts et des bas. Je consigne mes résolutions scolaires et comportementales dans un cahier. C'est peut-être cela grandir et mûrir.

Voici deux années que j'ai renoncé à ma mère. Elles ont eu la vélocité de la tempête dans les pins et sur l'océan, d'une étoile elles ont eu la brillance malgré tout. L'étoile a filé filé. À mesure qu'elles s'effilochent, ses multiples excès s'estompent en moi. Les rancunes s’assoupissent dans l’effacement des jours. Si je tournais à rebours les feuillets de mes journaux intimes, incontestablement, elle s'agiterait à nouveau dans mon espace visuel. Toutefois elle me paraît plus humaine, analogue aux autres, et je doute d'avoir enduré ses méthodes abusives destructrices. La folie dessine un point d'interrogation dans mon esprit, je me critique sans pitié, m'assaille de questions, me déprécie et me rabaisse. Pourtant, non, je ne suis pas folle ; non, je n'ai pas fabulé dans mes pages de fractures, de larmes et d'espoir, pas plus qu'Annie présente à mes côtés qui affirme sa personnalité dans une impérieuse nécessité de rattraper la période viciée sous la tyrannie maternelle sans frein. Par une superstition irraisonnée, nous évoquons peu Offranville, se pencher constamment en arrière entraverait notre ascension vers la maturité.

En feuilletant mes carnets à spirales je me raccroche à elle. Vivante dans l'absence. Elle s'est escrimée à détruire notre similitude avec celui qu'elle hait, elle en flairait le danger, loyale dans sa stratégie pour nous en préserver, stupide dans son acharnement. Plus nous lui échappions, plus elle resserrait son étau sur nous. Ni son médecin qui lui prescrivait de copieuses ordonnances rassurantes ni le cercle restreint de ses familiers ni ceux qui la pilotaient dans son quotidien complexe et le nôtre n'ont creusé ses motivations.

Je ne m'afflige pas de l'avoir quittée, mais il subsistera en moi le regret d'en être privée, bien que la moitié de mon sang soit infecté par le ver qui ravageait son intérieur. La moitié du sang défectueux... Parviendrai-je à l'épurer ? Ce vide sentimental éternellement...

***

Pour honorer ses échéances, amortir le matériel, mon père entreprend de mener de front deux activités : l'actuelle et installateur de pressing. Son frère Marceau est au chômage, ils s'associent, aménagent une estafette en camping-car et traversent la France : Concarneau, Lyon, Brest, Auray, Châteauroux, Saint-Malo, Pont-l'Abbé, Marseille... Janine se débrouillera entre le matériel vétuste, la mécanique, le repassage, les clients, les démarches, Valérie... Je contribue à nous faciliter la tâche et déborde de prévenances. Après plusieurs mois euphoriques d'entraide, les deux frères se heurteront jusqu'à l'insupportable.

Janine profite de mon congé de février pour s'octroyer un répit en Normandie auprès des siens à Houdetot et pour se relaxer chez son amie Thérèse. Elle voyagera sereine, je choierai son mari et Valérie. Elle a prévu de s'arrêter chez Chantal à Rouen. J'envahis la cuisine, compose les menus en combinant variété, diététique et attrait gustatif. Je la remplace au magasin, sans manœuvrer la presse. L'oreille en alerte en actionnant les machines, en cas de contestation, mon père s'imposera pour temporiser. Il n'est pas du genre expansif, nous n'épiloguons pas sur les sujets, lui et moi, conformément à notre ordinaire, l'essentiel se réduit à quelques phrases concises. Je me sens timide, les élans ne sont pas innés dans notre culture normande et, autrefois réfrénés par ma mère et son festival de mots acrimonieux, son autoritarisme dévastateur, je les estime dangereux, j'en conçois de l'effarouchement. Timide et pudique avec son père, est-ce normal ? Je l'observe à la dérobée pour déceler une particularité qui me renseignerait sur la valeur du plat que j'ai mijoté pour lui : la célérité à s'attabler, l'index trempé dans la sauce et léché, la fourchette bombée de la bouchée à déguster, ses clappements de délice, le rituel phrasé : « On attaque ? Mange, ça refroidit », l'assiette tellement nettoyée avec la mie du pain qu'elle en est propre. Voler son instant d'aise fugitif, le voler pour me lover dans le giron paternel. Il pénètre en moi à la manière d'un trou normand, il me sert de paroles échangées. M'emparer de sa satisfaction par un questionnement briserait l'enchantement s'il m'objectait qu'il ne m'a pas attendue pour guérir de nos cruautés.

« T'approche pouin du fu, é ko, faudrait pouin te rôtir et cramer tes loques non plus » (« Ne t'approche pas du feu, il est chaud, il ne faudrait pas te rôtir ni cramer tes vêtements »), recommandait Mémé en nous tenant à distance du fourneau où le charbon ronflait sous les ronds de fonte. Et si je me brûlais le cœur à son contact ? « I cauffe bin achteu, éloigne-té. Et nous, qui qu'on va avai chi t'accapares l'fu por té cheule ? » (« Il chauffe bien en ce moment, éloigne-toi. Et nous, qu'allons-nous avoir si tu accapares le feu ? ») Il n'incite pas aux effusions. Peu loquace, il recourt à des mimiques faciales : sa physionomie immobile et ses muscles détendus reflètent son aise ; pendant que ses traits se crispent sous l'anxiété et les commissures de ses lèvres s'abaissent, il gratte ses éruptions cutanées. « T'approche pouin du fu. » Sa chaleur à distance me réchauffe.

Tandis qu'il établit ses devis dans la salle à manger, j'étudie près de lui. Le professeur d'anglais nous a demandé de traduire un texte. Il reste un fragment énigmatique que nous nous sommes obstinées à transcrire dans la cour de récréation. En pure perte. Cependant que je sèche dessus, il examine le texte, me traduit le passage délicat.

Quand il part au point du jour avec mon oncle Marceau pour installer un pressing à perpète, je leur prépare le petit déjeuner, les sandwichs, le thermos de café et leur souhaite une semaine agréable.

Fatigué, égrotant – il porte encore le deuil de nous, une partie de lui s'est éteinte –, il dissout l'entreprise. Le prestigieux hôtel *L'Hermitage* de La Baule l'embauche, il assumera les fonctions d'économe et de gestionnaire. Économe et gestionnaire de la cave au grenier, employé à toutes mains pour une clientèle sourcilleuse. L'hôtel *L'Hermitage* arbore quatre étoiles, une magnifique bâtisse à colombages, aux balcons ornés de géraniums, en front de mer. Des voitures majestueuses stationnent à l'arrière sur un parking ombragé. Dans ce palace, il marne plus que de raison pour trois queues de cerises, se substitue au personnel défaillant de la blanchisserie. Ses problèmes de santé empirent. Le verdict nous terrasse : aggravation de la rectocolite, empoisonnement du foie au perchloréthylène et diabète.

Il ne persiste pas dans l'intendance, une idée géniale l'électrise soudain : créer son entreprise de blanchisserie. Aussitôt dit aussitôt fait, il prospecte tambour battant un terrain dans une zone artisanale. Entre deux hospitalisations, deux essais thérapeutiques, deux examens, sans collaboration, il fabrique les bâtiments, les équipe des machines indispensables à l'exercice de l'activité. Le voici chef d'entreprise à la laverie *Blanc Brière* à Herbignac. Il blanchit pour les hôtels, les restaurants, les hôpitaux, les résidences de retraite. Plus de substances nocives à inhaler, plus de fer à repasser ni de presse. Le linge mouillé est introduit et se plaque entre le rouleau et un cylindre chauffant puis descend, sec, lisse, dans un bac de réception. Il ne reste plus qu'à les plier draps et nappes à deux. Des cadences allégées. Cinq années de labeur s'écouleront cahin-caha, entrecoupées d'hospitalisations et de repos absolu dans sa chambre, anémié, lymphatique. Janine vigilante le protège, discrète et efficace, simultanément chef d'entreprise et infirmière particulière. Elle s'ajuste au rythme de ce malade incurable qui présume trop de ses capacités physiques, qui dépérit, qui trace sans se préoccuper de qui ne le suit pas, qui n'entend pas décrocher, ne s'attendrit pas sur ses déficiences organiques. Elle le relaie à l'ouvrage, lui prodigue les soins infirmiers journaliers, ne dispose pas de loisirs.

Sur le plan de la politique, le général de Gaulle propose un référendum. La confiance de son peuple lui est-elle toujours acquise ? S'il a la majorité il se maintient au fauteuil ; s'il ne l'a pas il démissionne de la scène politique. La bataille du oui et du non est engagée, il ne se forge plus d'illusions, plaire à chaque citoyen relève de l'utopie. Les votes sont publiés : 47,59 % de oui et 52,41 % de non. Le lendemain il s'éclipse à midi. Alain Poher, président du Sénat, le supplée jusqu'à l'élection du prochain président. Il se pourrait que Georges Pompidou lui succède. Saint-Nazaire, pourtant traditionnellement ancré à gauche, le plébiscite. En cause : la division des communistes.

***

Moi aussi je décolle du nid pour voler de mes propres ailes à Beauvais. Le proviseur a convoqué mon père. Déjà, en mars, il lui a adressé un avertissement dactylographié, au style lapidaire, indiquant que le conseil de classe a enregistré l'insuffisance de mes acquisitions dans les matières principales, qu'il escomptait des progrès sensibles et des résultats probants. Il se devait de l'aviser qu'un changement d'orientation s'avérera immanquable et il le priait de l'envisager assez tôt. Indéniablement, la décision dépendra de mon niveau. À présent sa résolution est irrévocable.

— À part en français, le niveau général de votre fille est lacunaire. Je ne l'admets pas en terminale, et le redoublement ne se pratique pas dans mon établissement.

— Les professeurs notent, sur ses bulletins, son sérieux et sa persévérance.

— Insuffisant ! Décemment, je ne me risquerai pas à la présenter au baccalauréat.

Inflexible, il lui tend le document qui certifie que ma conduite a été exemplaire et mon travail sérieux, mais mes résultats insuffisants et qui atteste que je suis en règle avec la caisse de l'intendance. Mon père incline le front, humble. Il tente d'infléchir la sentence du maître qui souligne mon inaptitude à suivre le programme, il allègue mon parcours chaotique, ma ténacité qui ne flanche pas.

— Elle n'est pas un élément perturbateur, elle a un potentiel intellectuel, laissez-lui une chance.

— Non, insérez-la sur le marché de l'emploi. Elle est malléable, incontestablement elle saura comment procéder selon les occurrences et ses compétences conviendront aux employeurs.

Mon père esquisse une moue de dépit, se lève, sourit poliment au proviseur inexorable, avance les deux bouteilles de champagne qu'il a apportées pour le remercier de la qualité de l'instruction délivrée dans son établissement. Déçu, il fulmine contre celui-ci qui n'encourra pas la baisse de son taux de réussite au baccalauréat pour nous, révolté contre le service public, plus fier de sa tentative que de sa lycéenne.

Je fais mes adieux au lycée de La Baule, fourmi laborieuse à l'opiniâtreté vaine. Adieu les sympathiques relations sans distinction de sexe. Yvonnick, enclin à caricaturer ses semblables, assure qu'il me racontera des anecdotes régulièrement. J'allumerais volontiers un feu de Saint-Jean de mes cours pour accéder directement à l'étape du gagne-pain. Ah ! quand je bosserai, libre de mes soirées ! À propos, quels arguments développerai-je pour vendre mes compétences à un employeur ? Annie me stimule :

J'approuve ton initiative d'entreprendre des démarches auprès de différents organismes. Continue à persévérer, et, le cap du bac dépassé, tu n'échoueras plus sur les écueils, il n'y aura plus ni maths ni physique-chimie. Surtout, que tes notes ne te découragent pas. Nous nous représentons parfaitement les efforts que tu fournis. Te rappelles-tu mes notes catastrophiques lorsque je potassais le C.A.P. employé de bureau ? Sous les bulles en sténo, dactylo et comptabilité, monsieur Madeleine annotait : « Qu'espérer après de tels résultats ? » Tu as vu la victoire ! Et l'année suivante, alors que mademoiselle Déhais refusait carrément de m'inscrire au C.A.P. de sténodactylographie, il a fallu mon entière détermination pour y parvenir. Pourtant, ce que j'étais nulle !

Garde ton sang-froid et un moral d'enfer. Bichonne ton système nerveux. Si tu bûches normalement, sans t'énerver, tu escaladeras allégrement la montagne. Hardi, ma frangine ! Accroche-toi.

Chantal passe son permis de conduire, s'achète une deux-chevaux et la poussera incessamment jusqu'à Pornichet. Notre père sera content, ses soucis de santé s'atténueront. Anéanti par une hospitalisation à Nantes, au cours de laquelle Janine a dormi dans le fauteuil de relaxation de sa chambre d'hôpital, il peut à peine se hisser sur les marches du perron tant il est faible. L'effort lui contracte les muscles faciaux. Angoissée par la convalescence qui traîne, l'anémie et la fièvre récurrentes, les médications sédatives inopérantes, les rechutes possibles, Janine téléphone fréquemment à un professeur de l'hôpital Bichat à Paris pour que son avis la rassure.

J'entre à l'institution Notre-Dame, 32 rue de Buzanval, en terminale A. Géographiquement je me rapproche de Madée, mais elle poursuit sa route et moi la mienne, escarpée. « Il faut que je morde à pleines dents à mon idéal, d'une façon plus lucide, plus réaliste qu'à l'époque où nous nous sommes côtoyées », m'a-t-elle écrit.

Désignée jadis sous le nom de *pensionnat Boisléon*, l'institution Notre-Dame accueille des fillettes et des adolescentes à qui les parents désirent garantir une solide formation chrétienne et intellectuelle et une éducation consistante, des élèves que les parents passablement inquiets essaient d'abriter de la violence montante et des élèves en échec scolaire qu'elle ambitionne de repêcher. Qu'importe leur niveau, la route du savoir se gravit par paliers. Les enseignants ont le feu sacré, ils attisent en elles la flamme de la curiosité. Le règlement n'est pas pire qu'ailleurs, exempt d'ambiguïté : si elles ont récolté une note correcte en discipline, politesse et application, elles sont autorisées à retourner chez elles à huitaine ou quinzaine, en fonction de l'engagement souscrit. Elles peuvent s'entretenir avec leur famille au parloir pendant la pause méridienne et celle du goûter.

Quelques garçons fréquentent l'établissement en externat. Ils sont internes à l'institution du Saint-Esprit voisine.

Je ne coûte rien au paternel, je surveille le dortoir des lycéennes et la cour de récréation à l'issue du petit déjeuner. Promue pionne, munie d'un sifflet à roulette en métal que j'utilise si les élèves se battent, je perçois une maigre rémunération à débourser à ma guise.

Le réduit de la pionne remplit un angle du dortoir, les parois s'arrêtent à un mètre du plafond. Le job n'est pas une sinécure, ingrat, je me range et du parti des élèves de ma classe et de celui des enseignants. Le clash est instantané : un indescriptible chahut lors d'un interclasse et la directrice m'enjoint de dénoncer le ou la coupable. Je proteste, vêtue de l'habit de lycéenne et non de pionne, ce qui nous vaut une retenue collective et le changement de mon affectation. Je déménage dans le dortoir des onzièmes. Là, je console de l'absence des mamans, je vérifie que les bobos guérissent, ramasse les nounours tombés du lit. Durant une brève période je supplée l'institutrice indisponible.

À Beauvais, mon père et Janine ne veillent plus sur moi. Ils s'enquièrent de moi de loin en loin, je les renseigne par intermittence. On ne descend pas du train en marche, même s'il roule à vitesse modérée. Des amitiés se nouent. Françoise poursuit l'action de Madée. En sirotant des cafés glacés frappés dans un shaker, les babines barbouillées de l'épaisse mousse, nous confrontons nos avis à renfort de pourquoi, de éventuellement, de certes oui. Elle m'aide à atteindre et mon équilibre et ma vérité : « Tu sais que tu ne franchis pas les obstacles seule, je te suis très unie. »

Je découvre les *Œuvres poétiques* d'Arthur Rimbaud, cadeau d'Annie pour la sainte Sylvie. Aimantées l'une à l'autre par les événements, nous nous voyons souvent pour relater nos anicroches et divers sujets de contrariété, qui n'entament cependant pas notre moral. De l'humour, de l'entrain, de l'énergie, toujours partantes.

Nous nous rencontrons occasionnellement, l'une allant chez l'autre sans nous être consultées. Nous griffonnons des billets anodins aussi, que Jean-Luc, plus rapide, plus économique que la Poste, achemine :

Ma chère Sylvie,

Je pense à toi en bossant dans mon lit. Toi aussi, tu bachotes ? N'éteins pas tard, on ne récupère son ressort que grâce à un sommeil normal. Et un sommeil régénérateur permet de concentrer son attention.

Reçois les bises de ta frangine.

Un billet similaire :

... Le menu de ce soir ? Mystère et boule de gomme, ça sent bigrement bon. Le réfectoire diffuse ses arômes, j'en perds le fil de mes idées, je crève de faim, de chiader ça creuse ! Je bouche mon stylo, j'achèverai ma bafouille après le repas. Plains-toi la miss, je la déposerai à la gare SNCF pour qu'elle soit relevée sans délai.

Elle festoie chez Chantal, y couche quelquefois. Celle-ci se déplace à Beauvais le week-end, Annie, à son tour, régale. Nous campons toutes les trois dans le vaste dortoir désert et bavardons interminablement. Le passé demeure derrière nous, il ne nous rattrapera pas.

Pour que je révise efficacement le programme du baccalauréat, l'échéance est proche, la directrice aménage mon poste. Plus de dortoir ! Elle m'installe en ville dans un appartement destiné à dépanner les enseignants. Là, quel luxe d'autonomie !

Jean-Luc fait partie d'une troupe de musiciens, les *Holy Ghost's Singers*. Ils s'apprêtent à enregistrer un disque. Ils sont cinq, dont Edmond, un copain d'Annie. Les enseignants les encouragent à persévérer dans leur entreprise, c'est-à-dire que leur projet aboutisse à la vente d'un disque. Jean-Luc et moi nous nous saisissons du beau qui ennoblit l'âme et purifie l'agir. Il est poète et j'aime la poésie et mon poète favori m'émerveille. Sur le temps nous posons, lui des mélodies et moi des mots pastel, et notre amitié se développe à l'unisson, pure, transparente et puissante, semblable à une cascade qui dévale la paroi rocheuse. L'amitié n'a pas de sexe. D'ailleurs, il est fiancé à Danièle. La certitude d'un bonheur idyllique lui donne des ailes dans les doigts qui grattent les cordes de sa guitare en imitant Georges Brassens ou en empruntant des hymnes à l'univers du *Gospel* ou du *Negro spiritual*. Il se repaît de sonorités gracieuses, il inspire mes attitudes.

Pour notre dernier jour avant les congés d'été, les *Holy Ghost's Singers* se produisent sur scène. Les élèves ont été informés au moyen du tableau vert mural dans les classes, date, horaire et emplacement spécifiés à la craie. Des modèles de ponctualité et de fougue au Saint-Esprit et à Notre-Dame ! Le spectacle affiche complet. Plus une chaise vacante, une pléiade de gazelles excitées, jupe courte et chaussettes sous le genou, le verbe haut, martèle le plancher des premiers rangs.

Nous ignorons tout de leur répertoire, ils répètent au dehors.

— C'est qui ton idole ?

— Freddo. Il accomplira bientôt le service militaire, je serai cafardeuse sans lui. Et toi ?

— Moi, Jean-Luc, il a une voix en dentelle. Ça vous arrache les tripes.

— Moi, Bernard. La sienne est mélodieuse à chavirer les gonzesses les plus indifférentes !

L'effervescence se propage dans les travées, la jeunesse trépigne, électrisée. Ambiance juvénile torride. Les *Holy Ghost's Singers* chauffent la salle de leur inexactitude. En coulisse ils s'échangent des recommandations, dominent leur trac, leurs professeurs, les plus stimulants, sont là, simplement.

Chut ! les voici ! sous les projecteurs, les notes voltigent… et ils galvanisent leur auditoire.

Sous une salve d'applaudissements, les *Holy Ghost's Singers* atteignent la consécration. Ils sourient, distribuent des baisers à la foule. Un triomphe. Les fans s'égosillent en rappels.

Nous brûlions d'assister à cette représentation, maintenant nous l'archivons dans les tiroirs de la mémoire. Jean-Luc et moi, nous nous promettons de perpétuer notre amitié, de nous enrichir mutuellement. Promesse futile : je sais, pour l'avoir expérimenté au contact de Madée, qu'elle sombrera dans le bric-à-brac de nos souvenirs, parce que l'affairement nous submerge, nous n'ouvrons pas le tiroir pour y puiser du déjà vécu. Alors que je devrais me réjouir de ce dénouement qui marque une étape dans ma croissance, je suis triste de m'éloigner de lui, un signe de la main dans sa direction et je tire sur moi le guichet de la porte cochère de Notre-Dame. Voilà ! c'est fini. Je me vide de son amitié. Inconstante amitié ! Dans le train pour Pornichet, le présent m'absorbera.

Je conserve précieusement leur 33 tours, au recto de la pochette les cinq portraits adossés contre le tronc d'un arbre en fleur, dans les herbes des champs. Jean-Luc se distingue du groupe par la pureté de son timbre, par l'intonation multiple lorsque les *Holy Ghost's Singers* chantent *Rock my soul, Keep an inch'in along* et *Kumbaya.* Leur 33 tours dédicacé.

Yvonnick s'acquitte de sa mission : les copains défilent sous sa plume narquoise :

Mérand, Andréa pour les intimes, a convaincu ses vieux de le doter d'une moto « Honda 125 cm^3 ». Condition sine qua non : obtenir le bac. Cet été, tu le remarqueras paradant sur sa monture dans Pornichet, l'animal !

À propos, ta copine de jadis, Françoise Morice du chemin des Mules, « maigrichonne » et pusillanime au collège, devient joliment « grassouillette ». Son mariage la métamorphose. Il a été célébré au début d'octobre, la presse locale en a rendu compte et s'est crue obligée de mentionner « mademoiselle Françoise Morice, une ancienne et brillante élève du bahut de La Baule ». Sans médisance, tout ce qui brille n'est pas or.

En février un dénommé monsieur Gaëtan a effectué un stage parmi nous. Cet Angevin coureur de guilledous décrétant La Baule « moche », a rallié les douceurs angevines aux environs de Pâques. Un dragueur sans scrupule qui a laissé quelques cœurs chagrins.

Olivier Darton, « le mal aimé », nous a faussé compagnie. On parle de cure de repos. Un fait certain : nous sommes d'accord pour conjecturer qu'il sera radié des effectifs. Pourtant, au premier trimestre, il a déployé une vigilance surhumaine pour ruminer dans son coin et ne plus nous bassiner avec ses états dépressifs, pour être convenable en prenant, il est vrai, la liberté de n'aller qu'aux cours qui l'intéressaient.

Quant à Noël Bréhard, il n'a vraiment pas de pot : en septembre il a été victime d'un accident de voiture (en tant que passager) à Nantes. Bilan : plus de trois mois d'hôpital et de bercail, et d'horribles balafres définitives. Il devait recourir à la chirurgie esthétique pour lui façonner un visage digne de ce nom, mais comble de disgrâce, mardi, en gymnastique, il s'est disloqué le bras en s'entraînant au football. De plus, il s'obstine à ajouter des zéros aux zéros en assiduité.

Entre les profs injustes, les laxistes, les puritains, les sectaires, les toqués, les normaux, et une meute de fayots, de cancres, de cracks, il y a moi... imperturbable, « intelligent mais paresseux », selon le Conseil, qui te salue cordialement.

Je savoure son style avec le même plaisir qu'une fraise Tagada. Au lycée de La Baule, je m'asseyais auprès de lui pour profiter de son tempérament bohème et de son extraordinaire culture historique. Les professeurs l'invitaient à faire preuve de moins de fantaisie et de désinvolture. La langue bien pendue, ironique, il ripostait, impassible, qu'effectivement, d'aucuns préfèrent, et leur option est légitime, la médiocrité à l'originalité. L'enseignant visé ne pipait mot. Il osait livrer le fond de sa pensée. Je l'admirais.

***

Sur mon dossier pour le baccalauréat, monsieur Madeleine a inscrit mes phases de progression dans mon itinéraire incohérent : « Élève ayant commencé ses études après le certificat d'études primaires, par suite de difficultés d'ordre familial. A donc intégré un collège d'enseignement général à section commerciale préparant à la fois au B.E.P.C. et à un C.A.P. A repris en 1966/1967 une orientation plus conforme à ses possibilités : quatrième moderne, avec toutefois un retard sensible en mathématiques. » Hélas ! ni l'oral ni les annotations de monsieur Madeleine ne me repêchent au baccalauréat. En revanche, fantastique ! sur ces entrefaites je réussis le concours d'entrée à l'École régionale de service social d'Amiens.

Le surlendemain je participe au pèlerinage des étudiants à Chartres pour tenter de clarifier, au terme des trente-six heures de cheminement, ma raison de vivre. Monseigneur Marty, archevêque de Paris, nous rassemble dans la cathédrale Notre-Dame pour clôturer, sur le thème de l'Évangile, l'acte de foi de six mille pèlerins.

La bonne nouvelle, la bonne nouvelle est pareille à un trésor caché dans un champ. Un homme le trouve. Plein de joie, il va vendre tout ce qu'il possède et achète ce champ [...] Il nous faut sans cesse choisir. C'est l'expérience de notre vie et de la foi. Un chrétien c'est quelqu'un qui choisit le Dieu de Jésus Christ non par dégoût du reste ou de soi-même, mais pour donner au monde et aux hommes leur vraie saveur. Cardinal Marty.

Je n'ai pas renoncé à solliciter l'espérance, elle reparaît comme le flux et le jusant. Inlassablement, marée haute, marée basse. Les marées régissent les mers, l'espérance transfigure la terre. L'avenir ne m'effraie plus. J'ai emballé mes secrets dans du papier de soie pour qu'ils ne se ternissent pas. Je les dépaquetterai des replis de mon cœur au soir de l'âge, ils m'éblouiront de leur charme. Je rentre éreintée, mais gonflée à bloc, Madée m'avait prévenue : « La fatigue devient joie pendant la marche harassante, où chaque pas nous conduit à l'espérance. »

Mes dépenses sont énormes malgré la gratuité de la formation : les fournitures, la location d'une mansarde, glacière en hiver, fournaise en été, et me nourrir. Manger à la Cité universitaire me coûte cher. Un luxe que je m'octroie quelquefois. J'ai faim. En empruntant le couloir de mes logeurs pour grimper dans mon galetas, j'inhale les odeurs de cuisine, la marmite bouillonne et fume. Les carreaux en suintent d'aise. J'accélère, le fumet en ébullition aiguise mon appétit, la faim me tenaille, cruelle en crampes d'estomac, cette faim qui m'affaiblit, paralyse mes neurones et blanchit mes nuits frileuses. Brrr ! quel froid polaire dans ma turne sous le toit, sans chauffage ! J'en claque des dents. Les gouttes de mon nez se diluent dans mon cerveau gourd. Pendant que ma gamelle ne mijote pas, je compose un poème qui illustre ma chienne d'existence et je trompe la faim sous le carré du ciel qui filtre à travers la lucarne.

— Nous sommes seules chacune de notre côté, et indépendantes, il faut que nous nous épaulions. N'hésite pas à me confier tes ennuis, alerte-moi si tu croules sous des factures imprévisibles. Je tâcherai d'y remédier.

Annie se met martel en tête à mon sujet et me suggère d'apporter sa quote-part mensuelle.

Elle a répondu à une offre d'emploi de secrétaire de direction à la *Sabla* à Pîtres, spécialisée dans la fabrication d'éléments en béton. Sa candidature a été retenue. Elle hébergera une institutrice dans son appartement pour en tirer un bénéfice.

Elle ne dispose pas de latitude dans son budget, elle ne me versera pas davantage, elle épargne pour une voiture. L'heure trente de trajet quotidien, exposée aux intempéries, l'irrite. Elle usera bien de la semelle avant d'en palper la clé. Le ventre creux, une hygiène alimentaire déplorable, je m'enquiers d'un organisme susceptible de financer ma maigre pitance et ma mansarde. *Le Retour à Reims* m'attribue une bourse moyennant un engagement de cinq ans d'activité au sein de l'association.

L'histoire du *Retour à Reims* s'inscrit dans celle de la ville. Né pour favoriser le retour des Rémois dans leur cité en ruines au lendemain de la Première Guerre mondiale, *Le Retour à Reims* œuvrera discrètement durant quatre-vingts ans contre la pauvreté, s'adaptant à la conjoncture.

Les soldats ont déposé les armes, la Première Guerre mondiale est enfin terminée. Sur les cent seize mille Rémois d'avant-guerre, seulement cinq mille ont survécu, une cinquantaine d'immeubles sont habitables. Reims ville martyre, meurtrie, en ruines, à la population décimée. Le bilan est terrifiant. Les miraculés, évacués, ébranlés, aspirent à rentrer chez eux. Faméliques, guenillards, ils ne sont riches que d'ardeur, nantis d'une soif de contribuer au renouveau industriel. Des programmes sont élaborés, le plan de reconstruction entrepris. Bienvenue aux initiatives. On improvise des baraquements en bois, on joue la débrouille pour un matelas, une table, des chaises, un buffet, du ravitaillement.

Le Retour à Reims naît de la volonté de quatre bienfaitrices impressionnées par le chaos qui succède à la guerre, altruistes : la comtesse de Mun, madame Jeanne Krug, mademoiselle Marie-Clémence Fouriaux et mademoiselle Blanche Cavarrot. Elles organisent les secours et les actions de solidarité. Elles aménagent bénévolement une cantine civile dans les sous-sols de l'école professionnelle de la rue Libergier, les Rémois s'y pressent. Le climat rude aux sans-logis impose la gestion d'un dortoir. Des bénévoles se joignent à elles, s'épuisent faute de munitions. Les nécessiteux sont nombreux. « Aidez-nous ! », clament-elles. Les dons sont recueillis au numéro 9 du boulevard de la Paix.

En novembre 1918, *Le Retour à Reims*, association loi 1901, est officiellement fondé pour « permettre, faciliter et adoucir aux habitants de notre pauvre ville, la rentrée, la réinstallation bien précaire dans cette grande cité détruite ». Le plus ruiné des Français, solidaire, allège généreusement son porte-monnaie ; la France économique se mobilise ; les nations alliées s'émeuvent. Deux Américaines, Miss Porter et Miss Benett, font don à l'Œuvre de la cantine située avenue de Laon, dans les salles de classe, sous l'intendance des demoiselles Fouriaux et Cavarrot. À l'exemple de celle-ci des cantines fonctionneront par la suite à la périphérie de la ville où se sont réinstallés les Rémois. Les renforts affluent. Sur le parvis de la cathédrale détruite par les bombes et visitée par des flots de Français et d'étrangers pour constater les dégâts, on construit en hâte la *Maison de thé*. Autour d'une collation, sous le monument blessé, ils compatissent, sensibilisent leurs amis en expédiant des cartes postales significatives du désastre et tendent leur obole si précieuse et leurs modestes offrandes. La marchandise qui encombre les trottoirs – mobilier, literie, vaisselle, linge, comestibles – est entreposée en urgence boulevard de la Paix dans un local qualifié de magasin. « Aider promptement, aider tout le monde sans distinction de classe, aider moralement autant que matériellement, aider sans donner complètement » sont les fondements du magasin de secours.

Parallèlement au magasin, se crée un *Ouvroir* où des femmes exercent gracieusement leurs compétences dans la confection. Tout en cousant on suggère, on informe, on réconforte, on accompagne et, petit à petit, les sollicitations en matériel s'atténuant, celles pour un conseil, une démarche, l'obtention d'un emploi s'accentuant, le magasin se convertit en bureau de placement, et par un enchaînement logique *Le Retour à Reims* s'oriente vers le service social.

Face à la pénurie de denrées, les bienfaitrices s'attellent à l'alimentation des bébés. Des consultations de nourrissons, la *Goutte de lait* – la première a été fondée boulevard Carteret en 1907 –, apparaissent, des bénévoles luttent contre la mortalité infantile.

Le principe de la *Goutte de lait* est d'approvisionner les mères en rations de lait et de les inciter à fréquenter les consultations de nourrissons hebdomadaires sous la houlette d'un médecin et d'une infirmière, au cours desquelles sont dispensées les règles élémentaires d'hygiène et de puériculture. Des primes sont allouées pour le troisième nourrisson inscrit et pour le sixième nouveau-né vivant. En contrepartie de leur assiduité elles remportent de la layette, un colis alimentaire et des produits de toilette.

Les biberons sont stérilisés et préparés par le personnel à partir de lait sec fourni par l'œuvre américaine *Free milk for France* pour enrayer la crise du lait de vache dans l'après-guerre. Les Dames du *Retour à Reims* les distribuent dans la ville, elles sont repérées grâce à leur bicyclette garnie de paniers, une couleur par quartier.

Très vite les consultations engloutissent les finances. Si les médecins sont bénévoles, les infirmières spécialisées en puériculture sont rémunérées. Des périodes dramatiques s'ensuivent, durant lesquelles on recourt aux libéralités, on organise des manifestations de bienfaisance pour renflouer les caisses.

Dès que la Seconde Guerre mondiale éclate, *Le Retour à Reims* est de toutes les batailles : administration de centres d'accueil, distribution de linge, de victuailles, de charbon, de médicaments, création de pouponnières.

Conditionné par le contexte *Le Retour à Reims* évolue, soulève les montagnes : il implante des consultations prénatales, planifie des séances de vaccinations, attribue des secours, effectue des entretiens à domicile, et toujours l'*Ouvroir*. En 1934 il recrute des assistantes sociales. À la longue, les subventions, aléatoires, augmentent d'un côté…, baissent par ailleurs…, les déficits s'accroissent, le personnel se sacrifie, les salaires sont gelés.

L'État, par arrêtés préfectoraux, reconnaît l'action de l'Œuvre et lui délègue la protection maternelle et infantile qui concourt à juguler la mortalité infantile. La loi prévoit la division des départements en circonscriptions comprenant une consultation de nourrissons pour huit mille habitants et un service social familial. Pour mener à bien la politique de prévention *Le Retour à Reims* reçoit des subventions, cependant insuffisantes pour couvrir les charges écrasantes et les rémunérations. Le Conseil d'administration, présidé par Lucile Ardon, énergique et efficace, se battra opiniâtrement pour défendre les intérêts de l'Œuvre et améliorer les salaires des assistants sociaux, inférieurs à ceux de la profession. Il fidélisera le personnel par l'octroi de bourses.

Mon diplôme en poche, l'association, qui gère les consultations de nourrissons, une halte-garderie et le service social, m'embauche. La directrice, une demoiselle dont l'âge canonique est loin derrière elle, jupe souris à pli creux, gilet marine sur un corsage blanc au col sagement boutonné, chaussures plates à talons compensés, sombre, raide, austère, exemplaire, encadre son personnel et supervise les tâches de chacune et le remplissage de l'agenda avec une rigueur implacable. Les écarts ne sont pas tolérés, le port du pantalon strictement interdit, il excite les pulsions sexuelles. Une assistante sociale n'aguiche pas ses clients, la sobriété de la mise est une vertu. Pour démontrer l'absurdité de sa théorie – nous sommes deux boursières employées dans des conditions identiques – nous troquons notre jupe style gitane contre une mini, ras des fesses. Outrée par notre indécence vestimentaire, la directrice adhère au port du pantalon en nuançant son autorisation d'un impératif : qu'il soit foncé et non moulant.

Pîtres, le 7 juillet 1970

Comment va la frangine ?

Je profite de l'absence de mon patron réclamé à l'extérieur et du creux pour te poster du bureau ces lignes.

Me voici pratiquement emménagée dans mon nouvel appartement et tu n'imagines pas combien je suis heureuse. Quel dommage que tu n'y aies pas séjourné quelque temps ! Ruisselles-tu dans les vapeurs de la presse et la vague déferlante des estivants exigeants ? Je suppose que la plage est très attrayante par cette chaleur intense et le bronzage rapide et efficace. Disposes-tu de cinq minutes pour te baigner en vitesse ? Accorde-toi du répit pour recharger les batteries avant de t'embarquer dans l'aventure en septembre. Revendique-le.

Ici, il n'y a pas un souffle de vent dans l'air.

Je ne viendrai pas pour le 14 juillet, je suis complètement fauchée. En effet, j'ai acheté divers matériels tels qu'une table, des tabourets et un élément dans lequel, provisoirement, je range et la vaisselle et mon linge, une armoire rustique en bois blanc pour la teinter et la cirer. L'appartement est dépourvu de placards, sur lesquels je comptais. Il me faudra envisager l'achat d'un réfrigérateur, mon lait n'a pas supporté la canicule actuelle, il était tourné ce matin.

Annonce aux parents que je les convie à festoyer à Pîtres et qu'ils ne mourront pas de faim. Un de mes collègues s'est débarrassé d'une bassine à friture et d'un moulin à légumes de format « familles nombreuses ». Tu verrais ces antiquités, elles sont d'un pittoresque !

Comme tu peux le relever, j'adopte le langage des ménagères. Dire qu'auparavant je n'avais d'yeux et d'oreilles que pour les bouquins ! Que les mois défilent !

Le facteur emporte mon courrier et mes bises pour toi.

Annie.

Ultime sursaut de rébellion : ma robe nuptiale. Suis-je si impure que je dédaigne la couleur qui caractérise mon prénom pour concrétiser mes vœux ? Le blanc symbole de la fidélité, de la lumière et de la sérénité. Pourtant je ne doute ni de ma fidélité ni de mon aptitude à conjurer le sort. Je me suis parée d'une robe longue satinée, à reflets de soie, à carreaux aux coloris pastel, dans des dégradés de rose à parme, d'ocre à vert, et de marron, dénichée dans la réserve par mes collègues du Monoprix de Montreuil-sous-Bois, j'y suis vendeuse au rayon habillement, un boulot d'été à proximité de mon fiancé. Ses couleurs soyeuses me porteront chance. À l'instar de la colombe que nous destine le restaurateur.

***

Le petit de Chantal naîtra incessamment. Bien qu'il nous ait manqué une saison, le printemps, notre enfance est définitivement consommée.

C'est l'été au calendrier de mes ans.

Mes journaux sont sanglés dans une caisse étiquetée « Scolarité ». Je ne soupçonne pas que je les compulserai, passé la cinquantaine, afin de traduire en mots la première partie de mon existence, inacceptable pour acquérir la maturité, et me délester du fardeau longtemps coltiné. Consigner ma détresse, mes aspirations, mon incertitude dans un journal m'a permis de minimiser les répercussions de l'amour fantôme de mes géniteurs sur ma prime jeunesse. Impuissante à contrer les adultes sûrs de leurs méthodes, acier contre papier, j'anesthésiais la tempête qui rugissait en moi, ma complainte et ma révolte par l'écriture. Passé la cinquantaine, ma blessure tapie au fond de moi pour ne pas me déranger, mémoire sélective, vivace et profuse, je m'approprierai mon enfance pour intégrer et ordonner ce qui m'est arrivé. Images et sons se bousculeront pour renaître. Elle sera ma fragilité et ma force, je l'abriterai ensuite paisiblement dans mon album des quatre-saisons. Elle y vieillira bien.

Mon accident est consolidé. Car il s'agit bel et bien d'un accident dont nous avons été victimes, qui nous a provoqué des blessures psychiques. Déterminer la juste distance entre mes interlocuteurs et moi dans des témoignages réciproques d'amitié ou de tendresse sans risquer d'en sortir déçue m'entraîne dans des conflits où mes sentiments se pelotonnent sous une triple protection, la médaille comporte un revers : le péril. Piégée une fois, pas deux ! Mes amitiés ne totalisent que de rares cœurs, mais elles constituent des joyaux : un confident pour l'éternité, que l'on appelle en cas d'affreuse migraine ou d'euphorie, auprès de qui on se régénère à se lover dans sa lumière, un ami providence qui empreint les jours d'allégresse, dompte les adversités tel un magicien, respecte les opinions, omniprésent, une guérison miraculeuse, un complice ; réconfortant, délicieux comme une eau-de-vie. Un ami comparable à l'océan : on n'en atteint pas la limite. Et s'il flanche à son tour, on le dégage de l'impasse. Lui et moi unis en toute circonstance. La solitude m'a dévoilé qui je suis véritablement ; en m'identifiant aux héros des romans dévorés, ils ont entretenu secrètement en moi la vibration et ont établi, malgré notre censeur, une communication avec l'extérieur. Denise, Madée et Françoise seraient fières de moi.

« Le bonheur est un instant simple, sans particularité, un temps banal à notre usage, selon l'état d'esprit », affirmait Madée. Désormais je dois me prouver que je suis en mesure de décrocher le bonheur en dépit de mon handicap, pour ensuite le semer, contaminer mes proches et qu'ils contaminent les leurs. Mutilée de la sorte, laminée par leurs dissensions, engluée dans mes séquelles, de quoi serai-je capable en accédant aux statuts d'épouse et de mère. Trouverai-je les ressources qui cicatriseront les plaies et me prédisposeront à agir sainement, sans ricochet de rancœur, pour réussir mon intégration. Une conséquence positive : je suis aguerrie contre les caprices de la destinée, je n'ai pas un tempérament de vaincue.

Aucune de nous trois n'avons eu de rééducation. Nos conjoints, nos intimes nous ont aidées à restaurer notre estime de soi. Je leur dédie *Les jeudis muets*.

Graduellement ma féminité se structure loin de celle qui m'a dotée de la naissance. Des années durant je lui écris pour lui souhaiter son anniversaire, lui exprimer ma reconnaissance de son dévouement pour nous, louer ses qualités, lui prouver que j'avais conscience qu'elle s'épuisait à gérer un budget limité, pour lui dire tout uniment que je suis en bonne santé. Patience ! Sous des horizons plus hospitaliers, nous rétablirons l'harmonie et nous révélerons nos valeurs mutuelles...

Mes petits sont nés, deux perles de rosée, deux pétales de seringa que la brise m'a envoyés à la période de floraison des crocus et des jonquilles, puis à la rentrée des classes quand les gamins jouent aux billes avec les marrons d'Inde lisses et luisants. Je les ai serrés contre moi à les étouffer, j'ai juré de ne pas reproduire le schéma que j'ai vécu, de leur donner une beurrée d'enfance, et pas que les miettes, de celles que nous avons picorées, mes sœurs et moi, quand les merles chamailleurs ne nous les disputaient pas. Je n'ai pas voulu qu'ils croient au père Noël. Je craignais leur désenchantement doublé d'un arrière-goût de tromperie. Je craignais mon impuissance à dissiper leur chagrin.

Je les câline, les berce blottis contre moi, les apaise, les console, sans démonstrations exagérées, sans me départir du silence auquel notre mère nous astreignait dans sa technique de dressage : silence de notre voix, silence de notre corps, silence de nos émotions. Leurs chagrins me navrent, leurs larmes m'oppressent. Ils me renvoient à l'époque où je me repliais au tourbillon, ma poupée sur les genoux, où je pariais qu'au dernier pétale de marguerite effeuillé, mon père apparaîtrait, où je humais le livre fétiche « Mon Arsène », où je maniais le trèfle à quatre feuilles et le chiffre fabuleux treize, où je troquais des efforts de sagesse et des prières pour les faveurs du Père Éternel. Je les regarde dormir tandis que les fées les visitent en songe, reborde les draps et couvertures, leur effleure le front d'un baiser, je leur murmure : « Dors bien, mon poussin », « Bonne nuit, ma puce », comblée par ces cadeaux somptueux. Ils argumentent, nous négocions, je ne les frappe pas. Nous avançons dans notre univers, leur main dans la mienne, leurs pas dans les miens, insouciants, radieux. Les vagues s'étirent sur l'immense plage puis elles emportent la symphonie de nos rires au fond de l'océan, tantôt les rayons du soleil caressent nos heures, tantôt l'air salé du large fouette nos visages. Deux adultes et deux enfants à se couler sur le chemin sinueux de la vie, dans une unique direction.

Ma chère Maman,

Notre fils est né le 25 mars. Il est ravissant à croquer. Semblable à un poussin sous la lampe infrarouge. Nous ne nous lassons pas de le contempler à notre aise durant son sommeil. La famille de Michel y décèle les traits de l'arrière-grand-père ; la nôtre certifie qu'il est mon portrait craché. Le sang de ses ancêtres circule dans ses veines.

Seras-tu chez toi le dimanche 27 juin après le déjeuner pour te le présenter ? Si la date ne te convient pas, nous t'en proposerons une autre.

Nous nous réjouissons de t'embrasser bientôt.

Dimanche 27 juin 1976. Destination Offranville. Espoir modéré. Et s'enchaînent les paysages familiers. Vraiment familiers ? Les villas me paraissent plus cossues. À chaque tour de roues, les photographies enfouies ressurgissent comme les plantes vivaces accrochées à leurs racines grêles dans l'humus en hiver, plus vigoureuses de sarclage en binage. Les effluves d'hier m'enveloppent, âcres, toutefois ils ne m'incommodent pas. Ils me plongent dans mes commencements pour les dominer. Depuis l'école primaire de Saint-Aubin-sur-Scie, le long de la route nationale 27, mon enfance me saute à la figure : le Val fleuri, ses quatre niveaux de terreur et de toiles d'araignées de la cave au grenier, ses allées bordées de buis, les ragondins embusqués sur la berge ; la propriété de madame Leclerc dans la côte ; le pont-tunnel sous lequel l'écho répercutait nos interjections ; l'if d'Offranville ; la boulangerie et ses gâteaux durs gratuits du lundi, les invendus du week-end ; les rosiers sauvages débordant des murs, la glycine enroulée sur la grille aux barreaux appointés en fer forgé, là où Martine qui réceptionnait mon courrier passait ses vacances ; la villa de monsieur Dutourves, symbole pour moi de l'opulence inaccessible ; le HLM n° 24 du quartier de Genneville, à une extrémité de la commune, au sein duquel, frustrée de son élévation et son émancipation demeurées à l'état de mythe, Marcelle Baray manœuvrait ses filles par contrecoup. Le pavillon se dessine à l'intersection des rues, les deux qui contournent le quartier et celle qui démarre le sentier du berger dont le troupeau divaguait sur les talus pour y brouter l'herbe, les chiens s'affairaient à canaliser la horde bêlante, secondés par les béliers, la corne et la clochette menaçantes. Les deux folles édentées, pouilleuses, s'y promenaient, elles soliloquaient en prenant leurs bras pour les ailes d'un moulin à vent, la Boulestin, replète, les chairs molles, qui s'accroupissait dans la verdure de l'accotement et tombait à la renverse, sans culotte ; et la maigre, si maigre sous sa souquenille que les os lui perçaient la peau, qui charriait son fourbi dans un landau et se signait en longeant le calvaire. Parce que je me moquais d'elles sans vergogne, elles lançaient alentour de mystérieuses incantations de malheur en proférant des insanités.

Notre fils dort dans son berceau à l'arrière de la voiture. Rencontre primordiale. L'alliance, le sang réconcilié.

Les persiennes jaunes à la peinture écaillée sont rabattues.

Il faut se rendre à l'évidence : elle n'a pas de tendresse à gaspiller pour nous, nous ne nous inscrivons pas dans son agenda de cœur. Nous épie-t-elle à l'étage entre les lattes de bois des persiennes, comme elle épiait naguère son ex pour se gausser de sa constance ? N'essaie-t-elle pas de distinguer le nourrisson dans la voiture ? Sa continuité, l'ordre naturel des choses, le prétexte pour renouer. Derrière son moucharabieh à l'exemple des femmes dans les pays arabes, il se peut qu'elle nous observe. Mes prunelles écarquillées oscillent entre les interstices pour l'entrapercevoir, elle ne pousse pas les persiennes.

Tiens, des hortensias bleus ici et là dans le jardin en friche, éblouissants. J'ignorais qu'elle les aimait pour en planter partout. Sa passion jardinière, stimulée par les superbes massifs de pivoines à Saint-Aubin, s'est éteinte au lendemain du départ définitif de son partenaire. Elle a relégué le *Guide Clause* dans une armoire et son jardin est devenu le reflet d'elle-même. Il semble qu'elle renaissait pour des bouquets à cueillir.

Elle n'absout pas. Elle a enterré sa progéniture et je constate qu'il y a en soi un cimetière à souvenirs mauvais, analogue aux cimetières à épaves de véhicules, aux décharges d'ordures ménagères, où un tournesol esseulé éclôt accidentellement sur un monticule de détritus aride, sous l'osmose du vent et des oiseaux, gracieux, méprisé. Égalité de traitement entre lui à la dérive et nous. Elle ne fleurit pas les tombes du cimetière de l'oubli.

Devant les hortensias et les volets ajourés clos, j'achevai de me torturer les méninges. Hier, la porte s'ouvrait sur la liberté, entre-temps quelqu'un a jeté la clé, aujourd'hui elle se ferme sur l'affection. Autant chercher une aiguille dans une botte de foin. Je jurai en mon for intérieur que je ne tenterai plus de la revoir. Le pardon sera réciproque, inconditionnel, net, sans équivoque ou ne sera pas. Alors, salut ! Je tire le rideau sur cette partie de moi, je romps le lien. Pour capter son amour il faudrait construire un pont entre elle et moi. Encore devrait-il être suffisamment long pour nous rejoindre. Le feu finit par se consumer faute d'attiser la braise. Née d'elle, j'accepte qu'elle vive en moi, une présence perpétuelle assoupie. Mais je remise mon enfance dans une niche de mon cerveau pour monter tous les trois à l'assaut de l'avenir. Nous ne raterons pas les rendez-vous avec notre fils.

Annie cesse de lui écrire après qu'elle l'a conviée à la célébration de son mariage et qu'elle ne lui a pas arraché un signe d'acquiescement, sinon son mutisme invétéré.

Chantal, absorbée par ses études, a pris son indépendance sans vagues, pour ne pas l'offenser, en se fixant à Rouen à proximité de l'hôpital à qui elle vouera sa carrière. Elle rompra plus tard. Pour protéger son fils.

Nous nous sommes fréquentées, Chantal et moi, au terme de la traversée de la folie. Elle a osé la coupe de cheveux. Un matin d'avril, son chignon banane crêpé, la bourre et les épingles-neige ont jonché le carrelage d'un salon de coiffure. J'ai souri en songeant que je ne pourrai plus la narguer de mes « je vais te crêper le chignon, Talatal la jaune », formule répétée sans discontinuer en sautillant autour d'elle et en esquivant ses bourrades.

Imperceptiblement j'ai évalué ses qualités, je me suis dégagée de mes préjugés à son égard. Victime elle aussi, dans un rôle différent de par son rang dans la fratrie ; le baromètre de notre tyran qui le consultait implicitement pour ajuster le processus de destruction du procréateur en nous. Gentille, peu expansive, elle extériorise un moi linéaire, elle ne s'épanouit qu'au contact de ceux qu'elle affectionne sans contrepartie. Elle les gâte et sa vie se meuble de ce qu'elle y introduit pour agrémenter la leur. Elle compose des mets originaux et goûteux, ses fiches de cuisine sélectionnées sitôt l'invitation confirmée. La gaieté de ses convives la rassasie. Ses proches – aux degrés de considération à nous inexplicables – comblant ses besoins, elle déplacerait des montagnes pour ne pas risquer de les lasser.

Animée d'une infatigable ardeur pour son métier d'infirmière, quoiqu'elle envisageait celui de coiffeuse, elle rassure, motive, dispense les soins palliatifs, optimise le confort des patients en toute humilité, réceptive à leur douleur. Elle s'adonne encore à l'art du tricot. Croiser les aiguilles ou crocheter pour ses relations la détend. Elle alterne les mailles, les rangs, rabat, tresse, torsade, cependant attentive à la musique sur son électrophone, disque classique ou Nana Mouskouri.

Elle n'évoque pas notre accident d'enfance.

Comme « l'avenir appartient à ceux qui se lèvent tôt », Charlotte Baray s'est présentée au portier du ciel, à six heures, le jeudi vingt mars mil neuf cent soixante-quinze, ses quatre-vingt-sept bougies soufflées le lundi, le cou vaporisé de lavande, ses merlettes, mésanges et pinsons nourris, sa couchure (son lit) retapée, sa cuisine et sa chambre balayées, son fourniment rangé. Elle s'est toujours refusée au désordre, chaque objet à son endroit habituel pour gagner trois minutes ou tout au moins ne pas les perdre. « Les grains du sablier ne s'écoulent plus dans l'ampoule de verre, sonnez le glas. Oh ! mon Jésus, j'implore ta miséricorde. » Mémé si jeune de caractère, si pondérée, si accommodante, et l'œil bleu-vert-gris étincelant jusqu'à son ultime expiration malgré sa vision floue qui la trompait et son angoisse d'être affligée de cécité. Et pour qui la connaissait ne s'apitoyant pas sur elle-même, il était probable que sa plainte transcrivait précisément son inquiétude croissante et méritait qu'on la traite avec sérieux :

— Boujou ma mère, ça va-ti ?

— É pas cha, mon garchon, é mes yeux... É pourtant pas à m'n'âge que j'vas aller à l'zieutiste. Queu misé to d'meim !

Mademoiselle Cadinot l'a assistée dans sa vieillesse. Lorsqu'elle s'est fait opérer des pieds – les ans galopaient pour elle comme pour nous – Édith l'a relayée.

— É m'abandonnent pas, hein, cha oh non !, sa seu toque au carreau, oh ! quasiment toujou à la même heu : vers huit heu é arrive, allume mon fu, fourbit la cuisinière et prépare mon manger, ah oui ! Pi é r'vint m'coucher, mouver la cendre et barrer mes volets. É sont dévouai, é méritent queuqu' chose, i en a bin qui l'f'raient pas. L'Julien, i bêche ma plate-bande et sème men maquer d'été et l'sen itou, i r'pique les porettes.

(Elles ne m'abandonnent pas, hein, ça oh non !, sa sœur toque au carreau, oh ! quasiment toujours à la même heure : vers huit heures elle arrive, allume mon feu, fourbit la cuisinière et prépare mon repas, ah oui ! Puis elle revient me coucher, remuer la cendre et barrer mes volets. Elles sont dévouées, elles méritent quelque chose, il y en a bien qui ne le feraient pas. Le Julien, il bêche ma plate-bande et sème mon manger d'été et le sien aussi, il repique les poireaux.)

Les premiers pas de Denise Cadinot convalescente l'ont dirigée spontanément vers son amie en clopinant.

— Ah ! Vous laissez pouin clouer par les pés, hein, c'est mouscaillant, j'sieu bonne à rin aveuc cha. Pauv' de mé, les deux pés, rin qu'cha, pas de jaloux ! Aïe ! aïe ! mes aïeux ! J'ai récupéré men pyid gâoche mais l'drét é pas cha.

Montée vers Lui le jour du printemps indécis, avant que l'aurore ne renaisse, pendant que le givre poudroyait les pommiers de sa cour et que les toits miroitaient sous la lune. Il a beaucoup neigé auparavant. « Cha remeuille » (le sol commence à dégeler), aurait-elle énoncé dans son bulletin météorologique de midi. La comtoise a immobilisé les aiguilles à l'émail de son cadran et le grillon, dans le tiroir de la *Godin*, s'est élancé en stridulant pour frotter ses antennes contre celles d'une autre jouvencelle. Monsieur Francis Lhommet, maire d'Auberville-la-Manuel, enregistre son premier décès de l'année.

À l'issue de l'inhumation, mon oncle Jean invite l'assemblée à boire un café chez elle. Mon mari fait la connaissance de sa belle-mère, l'œil noir pareil à un boulet de charbon, un aigle qui n'hésiterait pas à fondre sur les violeurs du domicile de ses ascendants.

— Jean, vire-moi ces deux indésirables.

— Je regrette, s'il y a une indésirable ici, c'est toi, ramasse tes cliques et tes claques et déguerpis illico, eux ils restent.

Elle a évacué les lieux sur-le-champ, l'affrontement s'est éteint sur cette réplique.

Elle guérit de son adoration platonique pour Marcellin Dutourves. Il ne sillonne plus la commune en DS exprès pour elle, il ne lui adresse plus des signes. En réalité, il n'a pas adouci son délire. Un prétendant, Maurice, s'intéresse à elle. Croisera-t-elle enfin l'amour ? Ils se plaisent, elle se pare pour lui, il est subjugué par son attrait irrésistible.

— Ma chérie, je te promets l'eldorado dans des contrées aux saisons inversées, nous nous baignerons dans une mer turquoise, tandis qu'il gèlera chez nous.

Sa soif de culture se rallume, elle s'apprête à parcourir le globe. Il attelle la caravane à l'arrière de la voiture. Elle a obtenu récemment le permis de conduire, elle le relaie dans l'aventure. Il lui plante des hortensias bleus. Elle lui mitonne ses spécialités. Il lui installe un salon de jardin pour s'y prélasser. Repus de félicité. À cinquante-sept ans, elle signe, la chaussure est adaptée à son pied, un anneau brille à son annulaire. Hélas ! La mort le saisit à l'improviste, des cellules tumorales se multiplient en abondance et il développe, sans symptômes prémonitoires, un cancer généralisé. Le diagnostic formulé, la maladie le confinera dans sa chambre. Trois mois après le serment solennel, elle est veuve. Adieu les mirifiques projets ! Sa boule de cristal l'a trahie. La fatalité s'est acharnée contre elle.

Les héritiers de son Maurice pâtiront de l'obstination du sort. Elle réduit son alliance à un vulgaire produit de consommation. Monnayable. Elle s'impatronise dans la propriété qu'il avait acquise au cours de son précédent mariage, en vise la possession et la valeur, réclame la caravane et le prix de la caravane, la totalité de ses biens propres. La justice s'en mêle ; ses beaux-enfants l'empoignent par le col du manteau et la flanquent dehors *manu militari* pour l'immoralité posthume de sa conduite.

Jean Simon abdiqua la veille de ses soixante-quatre ans, miné par son incommensurable peine qu'il trimballait depuis qu'on lui a volé sa paternité, les soins attentifs que lui prodiguait Janine, les périodes fastes, impuissants à l'apaiser. Janine, docile à ses directives, sa personnalité repliée, son double, son ombre, habituée à penser par lui, se désentrave de son influence, elle s'investit dans le bénévolat, ausculte leur courrier, l'état des finances, améliore et embellit leur maison.

Les privations, les coups endurés au propre comme au figuré, se sont traduits pour moi par une hypersensibilité. Les sévices, l'âpreté du ton, les lésions physiques, le sang qui gicle d'une plaie, me décontenancent et je fuis les séances chocs néfastes qui contiennent des scènes insoutenables grossies et une accumulation de détails que la télévision a filmées sciemment au ralenti, mes émotions compliquées à gérer, encombrantes. Je pâlis à m'évanouir de désinfecter les bobos des bambins. Lorsque l'on rudoie un gosse insubordonné, je me détourne pour que celui-ci ne remarque pas que j'assiste à l'algarade. Je hais les frappeurs et leur crache mon mépris, ils m'inspirent de la répulsion jusqu'à la nausée. Quel que soit mon interlocuteur, je m'interroge : « Est-ce utile de dire ? », « Ne vais-je pas le froisser involontairement ? » Plutôt me taire que blesser par des réflexions maladroites. Ma jeunesse à fleur de peau.

« Méfions-nous d'une sensibilité excessive. Une sensibilité tempérée s'avérera merveilleuse si on l'oriente bien », certifiait Madée.

Ma boulimie de lecture s'est assouvie doucettement. À présent, si j'ouvre le livre du même élan spontané que j'ouvre la porte à un proche, je m'en délecte lentement pour m'imprégner du récit et des personnages. Le moment que je passe en sa compagnie est si intense, je m'enfonce si profondément dans l'intimité de la pensée de l'écrivain que je m'en empare avec un infini plaisir. Je n'aime pas qu'il me quitte sur le monosyllabe « fin ».

Je n'épelle plus le mot maman, il m'est presque étranger, dénué de signification. L'auteur de mon existence ne flotte plus en portrait sur mon itinéraire, ou qu'à force de concentration, nébuleux.

L'année 2000 a éclos, pleine de bonté, les prédictions catastrophiques ne se sont pas abattues sur nous.

Mes petits sont devenus des adultes qui prennent une part insigne à la construction de l'humanité. Ils reproduisent les gestes de leurs aînés, transmettent leurs certitudes, les opinions qu'ils se sont forgées et mobilisent une énergie farouche pour aller de l'avant et donner le meilleur d'eux-mêmes. Une autre grand-mère les a choyés, qui détecte chez François, Fabien et Marvin – son propre petit-fils – les traits de caractère de celui qu'elle a aimé passionnément : des garçons modérément démonstratifs, à l'âme noble. Et se fanent les saisons, s'effacent les générations. Et l'œuvre du Créateur se perpétue.

Une chaîne de solidarité est organisée contre moi. Quand je vais dans un magasin, des plantons espionnent de quel côté je me dirige et je suis escortée jusque chez moi. Est-ce normal ? Ne peut-on pas réprimer ces agresseurs ? Je suis seule et non motorisée, je n'ose plus me promener ni me procurer mes courses dans le bourg, cela grouille de partout, une véritable fourmilière. Je suis comme une bête nuisible dans ce pays.

Je ne trouve pas de meilleure issue que vous, je vous contacte pour que vous interveniez utilement, messieurs les gendarmes...

Le grand âge venu, au bord du néant – elle se sent menacée –, Marcelle Baray implore l'assistance de ses visiteurs, pour les sacs lourds de courses qu'elle n'est plus capable de soulever, sous lesquels elle ploie, pour la banque, pour les médicaments qui soulageront ses troubles organiques. Elle évoque ses genoux qui s'ankylosent, sa peur de l'extérieur, ses filles qui l'ont abandonnée, qu'elle pénalisera en les déshéritant.

— Je reçois des papiers que je ne comprends pas toujours.

Elle se repose sur eux puisque ses affaires se gèrent à sa convenance. Elle se couche sans souci, cinq à six numéros de téléphone lui assurent la sérénité. Elle dormira sur ses deux oreilles dans ses pièces verrouillées de multiples systèmes.

Quelle aubaine ! Un veau d'or à adorer. Les rats assoiffés commencent à l'encercler ostensiblement et se frottent les pattes du patrimoine qu'elle leur léguera bientôt malgré elle, pas un instant ils n'en doutent. Les rats à l'anatomie humaine. Satanées bestioles voraces ! Ils savent dénicher les logis décrépits pour s'y établir durablement et accomplir leur machination. Les rats la cernent, assidus, cajoleurs, flagorneurs, prévenants, zélés, aiguillonnés par l'appât du gain. Ils lui frôlent les jambes, la soutiennent dans sa locomotion, guident sa main de vieille, se culbutent – le plus matois empochera le magot –, chacun briguant son amabilité exclusive pour lui soutirer la faveur. Elle n'a plus la vigueur de les refouler. Ses mouvements sont lents, maladroits, les choses s'opacifient d'un brouillard qui les altère. Les rats obséquieux veillent, fourrent leur museau dans ses armoires, dans ses classeurs, couvent son portefeuille qu'ils grignoteront ultérieurement. L'argent n'a pas d'odeur, les effluves de son oseille ne les incommoderont pas, ils s'éventeront en la transvasant de son portefeuille au leur.

— J'ai des difficultés à utiliser la nouvelle monnaie, il était plus facile de convertir l'ancien franc en nouveau. Pour l'euro le taux de conversion est compliqué, tous ces chiffres, c'est un vrai casse-tête. Dieu merci, quelqu'un m'épaule.

En novembre 1959, Émile et Charlotte Baray lui cèdent une terre située à Auberville-la-Manuel. En outre, elle recueille des herbages et des bois au décès de Charlotte. Ces terres, elle les fera essarter et les vendra en lots à bâtir qui rallongeront l'impasse où mes grands-parents paternels et maternels habitaient, baptisée maintenant rue des Marronniers. Tandis qu'elle s'enrichissait en pleurant misère et en rognant sur le confort et les loisirs, nous nous figurions qu'elle tirait le diable par la queue. Elle épargnait, bourrait son bas en prévision du pire et pour se constituer une cagnotte qu'elle arrondissait. À partir de cette ébauche de fortune, elle brasse les millions, navigue rondement d'opération financière en opération financière, jongle avec ses capitaux simplement en apposant sa signature au bas du document. Elle place, elle place à tous crins, insatiable, et vit son quotidien en dessous du seuil de pauvreté, économise encore sur ce quotidien. Elle se lamente à qui veut l'entendre de ses ressources modiques composées de maigres retraites, puisqu'elle a travaillé tardivement dans des emplois subalternes, demande à cor et à cri l'aumône aux organismes sociaux, pleurniche comme pas une qu'elle n'a pas les moyens de louer le téléviseur à l'hôpital. « É rin grippe-sou », aurait tranché Mémé. D'une avarice sordide, elle crevait de rage de casquer pour nous sans la contribution paternelle, des oursins dans les poches, elle mérite sacrément le prénom d'Harpagon dont je l'affublais naguère dans son dos, parce que je soupçonnais que l'argent ne manquait pas tant que cela. Au lendemain de notre départ – nous n'avions en 1966 ni téléviseur ni électrophone ni téléphone ni réfrigérateur, un bouillot dans la buanderie en guise de lave-linge –, elle s'est acharnée à thésauriser, motivée par une obsession : assener un suprême coup aux ingrates en amassant un trésor qu'elle ne leur transmettra pas.

Les rats spéculent sur sa sénescence, attendent que le souffle la trahisse, son souffle est leur ennemi le plus terrible. Ils guettent le délire, la démence, les symptômes qui entameront ses facultés pour la dépouiller. Ils s'occuperont de son voyage pour l'éternité, ils la déposeront sur son lit au royaume des taupes, un palais en noyer blond capitonné de satin parme. Top là ! D'accord ! Journellement ils évaluent ses progrès vers la culbute. Ils se meuvent à pattes feutrées. Les rats sont patients, leur patience incessamment récompensée. Ils furètent de-ci de-là pour voler des articles usuels, les usurper avant le passage de la Faucheuse et de ses héritières, spoliées pour la seconde fois si l'on englobe le désamour parental.

Au fur et à mesure que sa robustesse décroît, que sa mobilité se restreint, que ses activités se raréfient, elle s'isole en elle, ouvre son armoire de vie, en inventorie le contenu et classifie d'un côté ses réussites, source de son ataraxie, de l'autre les épisodes pénibles et leur cortège de rancœurs. Elle en extrait les conflits qui l'ont minée, les avait-elle volontairement éliminés, les devinant redoutables ? Elle est prête à se délivrer de leur amertume, réceptive aux malentendus, aux malaises, à révéler ce qui n'a pas pu s'exprimer sous le désordre des passions, à réconcilier les désunions, panser les blessures. Et si le démantèlement avait débuté à l'époque où son père, buté, lui a interdit de poursuivre des études après l'obtention avec brio du certificat d'études ?

Elle chemine tranquillement jusqu'au bout de ses jours. Elle entrevoit là-bas la ligne qu'elle dépassera pour s'enfoncer dans l'inconnu. Au préalable elle veut revoir ses filles.

J'ai beaucoup vieilli depuis que tu as laissé la maison, je dévale la pente : quatre-vingt-deux ans ! Je ne me déplace pas sans une canne et j'entre en clinique à Dieppe lundi prochain pour me faire opérer des yeux, je subirai deux interventions à trois semaines d'intervalle.

Je me réjouis de vous recevoir. Malheureusement je ne suis pas en état de vous servir un repas. Nous déjeunerons au restaurant. Il y en a de fameux à Dieppe, à Offranville aussi, qui proposent des saveurs originales et appétissantes. Le Colombier n'existait pas lorsque tu étais ici. Offranville s'est complètement transformée, elle est équipée d'une bibliothèque, d'un club pour nous, un cabinet médical de quatre médecins, un kinésithérapeute, une assistante sociale, un centre équestre...

Il fait gris, le quartier est lugubre. Il se pourrait qu'il pleuve, dommage ! la pluie est consternante.

Bien qu'il soit trop tard pour redistribuer les cartes – le spectacle ne se programme qu'en séance unique –, trop tard pour corriger les failles, j'accours. J'accours à vol de colombe. Voilà trente-cinq ans que j'attends l'appel. Plus de trois décennies durant lesquelles j'ai essayé ardemment d'attraper son amour. En vain. Insaisissable. Je n'ai jamais couru assez vite. Elle se dérobait à toute approche. Calcul ou sincérité, guet-apens, je fonce. Je vais porter un intérêt rétrospectif sur hier et l'individu ayant une propension à ne se remémorer que les moments heureux, je raviverai ma mémoire des miettes de tendresse grappillées à l'âge de bercer ma poupée. Souffre-t-elle de la rupture de nos relations, d'une sensation d'incomplétude, d'un manquement à replâtrer ? Pacifiste et respectueuse de la Création qui ne nous appartient pas, nous sommes un granule dans le macrocosme et un granule vaut de l'or, je ne bouleverserai pas son cheminement. Je ne lui refuserai pas mon affection filiale. Si elle éprouve une souffrance, je l'allégerai, si peu que ce soit. Réciprocité de don, j'ai besoin de comprendre. Fi de son mobile, donnant, donnant.

« Quand chacun se rachète, la vie, la joie redeviennent possibles. » Madée prononçait en toute circonstance des paroles réconfortantes. Aujourd'hui je m'approprie celle-ci.

Je lui suis redevable de m'avoir enfantée, et elle m'a légué, parmi les caractères génétiques, une aptitude à assumer les traverses, à discerner un rayonnement sous la couverture nuageuse. En consentant à renouer, je l'identifie, elle me proclame détentrice de son histoire, sa survie en quelque sorte. Elle rejouera proprement son rôle de mère : porter le fruit de l'hymen, tisser le nid, donner naissance, accompagner.

Elle souhaite franchement la rencontre : « Le samedi, une personne m'emmène en commissions, j'en bourre mon caddie pour la semaine. Les commerçants sont groupés dans le centre à environ un kilomètre de chez moi, je ne m'y rends plus seule, je m'essouffle considérablement. Je ne suis plus capable de rien. Surtout, si je ne suis pas rentrée, ne bouge pas. »

L'événement marquant, oh combien répété en esprit ! s'est produit. Mes cheveux grisonnent sous les artifices, mon miroir en témoigne. Pour son retour en maternité, j'ai soigné ma toilette habituellement sans élégance : pantalon sombre, chemisier et gilet, gabardine. Ni jeans ni anorak. Je n'ai pas assimilé ses leçons de distinction et j'ai vaguement honte de n'être ni maquillée ni juponnée ni permanentée. À la vérité, je m'en moque.

Nous débarquons à Dieppe, aux alentours de dix heures, un samedi de marché. J'établis des similitudes entre elle et les vieilles dames en train de faire leurs courses. Une peur panique s'empare de moi de la croiser à l'improviste et de ne pas la reconnaître. Absurde. Je la reconnaîtrais instinctivement. En voici une notamment, pas plus haute que sa canne tant son squelette semble déminéralisé, desséché, si inclinée vers le sol que son imperméable le balaie, qui balance dans son poing gauche un panier à provisions en paille tressée. Brusquement, mon sang se figea : elle se campa devant moi pour étirer sa colonne vertébrale et s'essuyer la bouche d'un revers de manche. Non, pas elle : sa chevelure courte et frisée n'a pas besoin de barrette. Et celle-ci… qui progresse à petits pas précautionneux glissés arc-boutée sur son parapluie, son filet au coude. Non, pas elle : la mienne ne sortait pas en blouse de ménagère sous son manteau. Et cette passante… les formes arrondies sous sa robe seyante, le pas alerte… Non, les cosmétiques, baumes hydratants, crèmes antirides, masques de beauté... que ma mère étalait sur son épiderme le satinaient et le tonifiaient, cette dame, à la chair flasque, dissimule des fanons sous son col.

En revanche, je redécouvre Offranville, une coquette commune, aux espaces coûteusement entretenus, aux portails luxueux de fer forgé et de dorure. Il est vrai que mon univers, hormis le trajet scolaire, se bornait au secteur des HLM qui rassemblait des ménages modestes, voire miséreux. Du reste, les locataires de notre pavillon mitoyen buvaient, se tapaient, s'invectivaient et distribuaient leur chemise entre deux vins. Je n'enviais pas la richesse ni n'ambitionnais de l'atteindre : fauché tu nais, fauché tu meurs. De la constater par hasard me détourne de mon village soudain étranger. Me sont étrangers aussi les commerces qui ont envahi la place où se déroulaient les kermesses et le bûcher de la Saint-Jean autour duquel nous dansions en farandole. Et le calvaire ? Où crèche « mon » cordonnier ? *Strangers in the night… doubidou bidoudou...* Je m'étonne qu'elle soit si importante, trépidante, des voitures insérées dans les files, bloquées, des klaxons, des humeurs épouvantables au volant, des accélérations par saccades, des gaz d'échappement. Quelle cacophonie étourdissante !

Des scènes se sont superposées sur les lieux anciens et les tuent définitivement. Ma perception du réel s'effrite : le réel ne dure pas, il périt inexorablement et nous sommes intégrés au réel. Dorénavant il me faudra vivre plus vite et plus puissamment, chaque jour qui disparaît m'entraîne dans sa chute et la Parque en talonne plus d'un. Ne pas gaspiller une minute, me quereller constamment avec les horloges. Et ma mère dans tout cela ?

« C'est une petite vieille, elle marche en s'appuyant sur une canne. Elle décline. Elle ne se maquille plus et se coiffe sans soin. Elle a les cheveux gris, une coupe au carré et une barrette ordinaire. Elle n'a pas de conversation », m'a prévenue Chantal.

Je me la représente en vieille dame. Analysons la situation : elle avait quarante-sept ans en 1966, elle en a quatre-vingt-deux..., l'usure physiologique... Je m'efforce de strier sa peau de rides, de la faire boitiller, agiter une canne, je ne l'imagine pas dans cette description, j'en garde la photographie de trente-cinq ans auparavant où elle m'est apparue vêtue d'une robe en crépon de nylon, blanche à pois bleus, et maquillée à la perfection. Pas maquillée, elle ? quelle idée insensée !

Elle a un maquillage d'octogénaire, quoi ! Une octogénaire solitaire qui n'a que ses meubles avec qui converser. Elle vagabonde dans son passé, il n'émet pas plus de bruit que le battement des ailes des anges. Le passé est aphone.

Ces jours-ci, j'ai examiné les dames de quatre-vingts ans aux cheveux gris et à la coupe au carré. Quelques-unes répondaient au profil tracé par ma sœur – vraisemblablement des dames qui assumaient les modifications de leur organisme –, et je remarquais la flamme qui les animait. Elles me rappelaient madame Jeanne qui affiche quatre-vingt-cinq printemps. Nous discutons souvent de son maintien à domicile. Pour quelle durée ? Madame Jeanne compose avec sa déchéance physique. Elle évolue prudemment, courbée sur deux cannes. Pour vaquer à ses occupations, elle les accroche sur les poches de sa blouse à l'aide de crochets qu'elle y a cousus. Une aide ménagère la seconde pour les tâches domestiques et le ravitaillement. Récemment encore elle ouvrait l'église aux aurores. Sa locomotion hasardeuse nuisant à sa mission, les paroissiens lui empruntent la clé. Elle ne s'en plaint pas, ah non ! ils taillent une bavette dans le vestibule et sa vieillesse reverdit. Ses au-revoir sont sans équivoque : « Oh ! là, là ! je n'aimerais pas vieillir ! »

Qu'importe la métamorphose, la vieillesse se caractérise par les rides évidemment, mais aussi par l'ascension vers la plénitude, par l'acceptation du terme inéluctable, en surmontant les obstacles au détachement, en tâtonnant, sans pavoiser pour autant. Les aînés, sincères, sources de paix face à l'éphémère existence, me rassurent. Ils ressemblent à une rose conservée jusqu'à Noël, flétrie, certes, raidie et sombre, une rose en habit de velours que l'on ne cueille pas pour qu'elle célèbre la résurrection de ses consœurs. Sous les traits fripés, sous l'aspect délabré, un être a aimé, ri, pleuré, combattu. Je décèle les années révolues dans sa peau froissée de rides, je puise mes racines dans ce qu'elle me communique. Mon présent et le sien ne sont que continuité, car sa vie passée est la mienne pour l'heure et celle présente, de décrépitude implacable, sera la mienne demain. Je me sens elle, déjà.

Oui, je la reconnaîtrai… Aussi belle dans son déclin qu'à la fleur de l'âge. Le regard ne vieillit pas, j'ai reconnu à l'étincelle de leurs yeux des personnes que je n'ai pas fréquentées pendant un demi-siècle.

Je sonne, tremblante quoique fanfaronne pour déguiser l'émotion. Elle encadre la porte. Ouf ! elle n'est pas armée. J'avoue que je flairais un traquenard.

— Ah ! te voilà… ma belle… depuis si longtemps… ! Quarante et un ans que je suis ici.

— Oui, vraiment, nous nous attendions.

— J'ai mal aux genoux. Il me faut les cannes, sans elles, je ne m'aventure pas dans le pays. C'est pas drôle de vieillir, on est diminué. Petit, on se réjouit de grandir, on en a hâte, ensuite on freine des quatre fers aussitôt que le corps multiplie les avertissements de notre ruine.

— Allons bon ! Tes cannes ne t'empêchent pas de t'extasier sur une musique ou un paysage, ni de planer.

— L'OPAC a posé une rampe pour que je franchisse les deux marches de l'entrée. Mes genoux n'avancent plus, mes rotules se dévissent. Pourtant, le kiné les caresse, et moi je les échauffe et les assouplis par de la gymnastique, cela ne leur suffit pas. J'ai des séances de rééducation, j'en ai un besoin énorme. Néanmoins je trotte par la cité. Je doute qu'il accomplisse un miracle. Je couche dans la salle. Je gravissais l'escalier à quatre pattes, je n'en ai plus la force.

— Tu risquais de le débouler.

— J'ai du linge dans mon armoire là-haut.

— La dame qui te seconde au ménage le descendra en fonction des nécessités.

Des banalités. Nous débitons des banalités par une espèce de pudeur instinctive. Chez nous on est peu diseux, l'étalage de son émoi ne convient pas et mon éducation renforce la répugnance à me livrer. Nos propos superficiels reflètent la pauvreté de nos liens. Le dialogue authentique s'instaurera progressivement.

Nous avons apporté une azalée flamboyante, des magazines, des pots de confiture de notre fabrication.

— Je n'en ai jamais eu tant ! Je raffole des confitures.

— Oui, la confiture d'orange essentiellement.

— Oh ! tu n'as pas oublié !

— Non, ta mine friande ne trompait pas.

— Je la préférais entre toutes.

— Tu n'as pas d'amis ?

— Non, personne.

— Personne ne t'adresse la parole dans le quartier ?

J'inspecte partout, notamment les toilettes entrebâillées. L'épisode du balai ressurgit : dans l'étroite entrée, elle me bousculait pour saisir le goupillon et m'asperger d'eau de la cuvette des W.-C. Je repère mon coin dans la cuisine, rivée à mon siège et mes leurres, rencognée entre l'évier et la table en chêne massif sous laquelle je me cachais de la police qui tambourinait contre la porte tandis qu'elle faisait poireauter mon père en pure perte. J'entends sa dégringolade dans l'escalier le soir où elle m'y pourchassait pour m'administrer une paire de gifles. Cet hier mauvais, soudain très proche, était enfoui dans un recoin de moi : les cicatrices s'estompent et je suis dotée d'une indicible foi en l'avenir. Je réactive le moindre détail de nos trois enfances, sans pour autant ravager mon mental. Il fallait boucler cette étape vaille que vaille pour attaquer les suivantes.

L'insignifiance de sa stature m'a stupéfiée en l'abordant. Il aurait suffi de l'acculer contre un mur et crier plus fort qu'elle, toute gamine que j'étais, pour la dominer, pour que son plan machiavélique soit déjoué d'une chiquenaude. C'est fou ce que les adultes paraissent invulnérables au regard juvénile. Combien nous avons été soumises, Annie et moi, et Chantal aussi qui subissait des traumatismes différents ! Nous évoluions dans une époque où la discipline stricte, le dressage, la subordination s'imposaient, dans la hantise des sept péchés capitaux et de la maison de correction. Je rougis de raisonner ainsi dans un acte volontaire de rapprochement. À parler franc, je m'y autorise, j'étouffe mes scrupules. Cela n'altérera pas la qualité de nos relations.

J'aurais bien fureté dans ma chambre pour examiner ce qui subsiste de nous : nos travailleuses à couture, notre mallette de jeux de société, la collection de la Comtesse de Ségur, Albert Schweitzer, ma poupée auprès de qui je m'épanchais… Elle ne m'a pas invitée à m'en imprégner.

Le décor n'a pas changé : les meubles, les bibelots sur le cosy, le cendrier des Craven "A" au lapin pêcheur, quelle laideur ! d'un orange agressif, un genre d'os suspendu à l'extrémité de la canne, que je prétendais extraordinaire ; les trois tableaux qui suggèrent l'évasion dans les montagnes ; les deux vases écrus lignés de roses dégradés répartis sur le buffet de façon symétrique ; le vase de Gien style Renaissance italienne sur le meuble de machine à coudre, fond bleu, peinture antique. Les pièces ont rétréci, les meubles les encombrent. Le réfrigérateur est sur le palier de l'escalier qui accède aux chambres. Elle n'a pas remplacé le carreau qu'Annie, exaspérée par les exigences abusives et l'irritation maternelles, a cassé.

À revoir ces ornements les souvenirs se réveillent, affluent, pêle-mêle, en cascade, pour la plupart désagréables : mon père qui se morfondait dans sa voiture garée le long de l'immeuble ; le départ de feu dans le tiroir de la cuisinière où elle stockait des journaux, j'avais écopé d'une raclée pour m'être sauvée au lieu d'intervenir ; la pendule dont je reculais les aiguilles en utilisant l'écumoire ou le tisonnier, grimpée sur une chaise, pour que « la dévergondée » ne se fasse pas gronder de s'être attardée en compagnie des membres de la Musique.

Elle ne bavarde pas beaucoup, à l'abri dans sa mémoire. Je lui garantis son intimité dans ce qu'elle souhaite exprimer ou taire. Le silence est une forme de langage sans les phrases. Elle braque ses prunelles sur moi, pénétrantes, j'ai la sensation qu'elle se glisse au-dedans de moi pour en explorer toutes les facettes, déchiffrer ce que fut mon parcours sans elle. À chacune de nos rencontres elle ne s'est pas départie de cette attitude.

— Tu ne portes pas d'alliance ?

— Pas le week-end. Nos anneaux sont très larges, la peau se désagrège dessous. Nous avons choisi des alliances sobres et identiques pour plus de longévité à deux. La tienne est en or ? Elle brille.

— Ce n'est pas celle de Simon. Mes parents n'en portaient pas non plus.

Elle ne l'affuble plus des surnoms insultants de Bouc ou de Pif ! L'aurait-elle dédouané au fil des décennies ? J'ai la berlue ? Elle a sa photo dans un cadre sur le téléviseur, assortie d'un vase sculpté dans l'opaline, leur photo de mariage. Je parie qu'elle l'embaume de boules d'hortensia. Son hiver l'a-t-il enrobée de biscuit et de crème de vanille ?

— Chantal nous a appris que tu t'es remariée.

— Oui.

— Ton mari était atteint d'un cancer.

— Oui, un cancer généralisé. On l'avait sûrement alerté avant qu'il se propage en une multitude d'endroits. Il s'est abstenu de me prévenir, tu penses, il lui fallait une garde-malade. Grand bien m'en a pris, j'avais conservé mon logement. Je serais où aujourd'hui ?

— Il l'ignorait peut-être. On a des preuves de cancers foudroyants.

— Hum ! Quand j'avais mes jambes de quinze ans et que mes genoux fonctionnaient, je voyageais.

— Ah oui ! Dans quels pays ?

— En Martinique, au Canada, en Italie… Je ne me rappelle plus où, j'ai le cerveau qui flanche.

— Tu es allée en Turquie ?

Elle esquisse un haussement d'épaules d'incertitude.

— Nous, nous sommes allés en Turquie, au Maroc, aux îles Canaries, en Algérie en 1982. Notre fils est fiancé. Sa future belle-mère est originaire de La Réunion. La moitié des siens réside là-bas. Nous avons programmé un circuit d'enfer à La Réunion avec eux.

— Je ne connais pas ton fils.

— Non.

Ses deux petits-fils : François et Fabien. Ses deux petites-filles : Céline et Blandine. Ils ont aimé une mamie qui n'est pas la leur et n'en sont pas perturbés. En songeant à ce gâchis, je réalisai que nous sommes les artisans de nos choix de vie, que celle-ci a la valeur de nos choix, que choix et destin agissent de concert. Elle a écarté son entourage, résultat : elle s'est enveloppée de solitude, murée dans son désappointement et ses rancœurs.

— À bientôt.

— Quand tu veux, ma belle.

Ma belle… Elle prononce posément ce qualificatif. *Ma*, adjectif possessif *qui est à moi, qui m'appartient* ; *belle, qui suscite un sentiment d'admiration ou de satisfaction*. Jadis la souillon. Aurait-elle le ciboulot poreux ?

— Soyez prudents. N'attrapez pas froid.

Elle nous regarda nous éloigner à la fenêtre – il lui en coûte de se hasarder sur le seuil –, une main sur l'espagnolette, l'autre levée dans un au revoir, tassée sous ses cotonnades surannées, son sourire mélancolique nous gratifie d'un merci. Nous venions de graver en nous un instant privilégié, tout ensemble néfaste pour la réminiscence et bienfaisant pour le pardon, immortel.

Nous ne nous privons pas mutuellement d'une ample relation. Pour nous elle s'endimanche des reliques qui l'habillaient avant que nous la quittions, conservées dans des billes de naphtaline sous des housses en plastique. Elle troque ses charentaises éculées pour des chaussures, rigides, inconfortables. Sa physionomie rayonne d'un surcroît de vitalité. Si sa beauté d'hiver n'a rien à envier à celle florissante de ses vingt ans, une lumière profuse étrange l'éclaire et détend son visage fané.

— Tu t'es faite belle, Maman.

— Taratata ! Les vieux sont laids et inutiles. La coque est décatie, la mécanique toussote.

— Je me souviens que tu as tricoté ta robe. Tu pestais contre les mailles qui débordaient des aiguilles. Qu'est-ce que tu t'énervais à les rattraper au crochet !

— Elle est moins délabrée que moi. Je la lave dans une bassine au savon de Marseille en paillettes et je l'égoutte dans un torchon pour qu'elle ne se déforme pas.

Je cuisine dans la cocotte-minute un mets moelleux aux gencives édentées. Elle se charge des gâteaux. Initialement elle allait les chercher. Les genoux de plus en plus engourdis, elle prit le pli de téléphoner au pâtissier pour qu'il les lui livre.

Elle nous gave de ces sucreries individuelles qui finissent par nous écœurer. Elle les commande en nombre impair, sept, et se réserve pour le dîner celui qui n'a pas enlevé la préférence. « À toi, ma belle », « non, toi d'abord », « non, toi ». Elle suit mes doigts, elle les convoite alternativement, ses papilles attisées s'agitent, la saveur exquise se répand déjà en elle. Autrefois, à court de punitions à m'infliger, elle me sevrait de ces gourmandises. Pour lui ôter le plaisir de se régaler sous mes narines je n'ai plus consommé de desserts. En les confectionnant dans l'intention de séduire le palais de mes hôtes gastronomes j'ai apprécié la note sucrée des fins de repas.

Au prix de mille efforts, elle dresse la table nappée de lin en début de matinée, son couvert disposé en vis-à-vis des deux nôtres ; un dessous de bouteille en cristal ouvragé pour le bordeaux ; sur l'assiette, la serviette amidonnée brodée de son monogramme, MB. Elle nous aurait accueillies ainsi si le destin ne l'avait pas déroutée. Quelle sorte de maman aurait-elle été si son union avec Jean Simon s'était prolongée ? Se serait-il éteint si précocement ? Qu'aurait été notre avenir sans la déroute ? À quel moment a-t-elle jeté la haine de son ennemi aux orties ? Elle a bâti un pont entre hier et aujourd'hui et m'autorise à le franchir. Elle désencombre le chemin bordé d'épines, reprend sa marche sur celui de la paix. Ses mains ne boxent plus, elles effleurent ; elles ne se crispent plus, de la douceur en émane. Ses paumes aux innombrables entrelacs se constellent d'astres.

Pourquoi me prénommaient-ils Fina ? Je ne la questionne pas, elle a oublié beaucoup du passé ou elle se dérobe en usant d'un faux-fuyant ou elle se précipite sur l'interprétation qui l'arrange, bâclée à voix basse, pour évacuer une réminiscence importune :

— Je ne sais pas, je suis vieille.

Inaudible, l'air contrit, le buste affaissé, le menton calé sur la poitrine.

— Si on allait au marché ? On gare la voiture au plus près, juste pour un tour.

— Ah oui ! Je flânais dans le quartier quand mes genoux me portaient. On s'oxygène agréablement, on s'imbibe d'air pur dans cette saine distraction. Il y a quelques mois encore je m'offrais un périple journalier et je me pressais un jus d'orange au retour. Les hortensias sont joliment fleuris. Les gens en ont des bleus, des blancs et des rouges, ils les taillent pour que les boules soient plus volumineuses. Les rosiers sont rares, assurément plus délicats à entretenir. L'hortensia s'adapte partout, il est résistant. On pourrait nommer le quartier « Les Hortensias ».

— Si la balade te fatigue, on fait demi-tour.

Mon mari traverse lentement la commune. Elle glane des indices de mouvement chez les occupants des habitations. Elle s'enrichit de cette escapade.

Ni les chalands ni les marchands qui nous dévisagent ne l'identifient. Les maraîchers s'indignent que cette octogénaire exhibe sa décrépitude sur leur emplacement, qui patine, courbée, cramponnée à mon bras, qui halète dans une lutte surhumaine, qui se plante devant les étalages pour juger de la qualité des fruits et légumes. À l'expression qu'ils me lancent, le front barré, la commissure des lèvres contractée, je présume qu'ils désapprouvent mon initiative. Les gênerait-elle pour aguicher le client ? Indécent d'exposer la vieillesse qui succombe sous le poids de son squelette. Indécent ? Pas plus que ces trois pelés et un tondu vaguant et bâillant de tréteau en tréteau sans garnir leur cabas des salades avachies dans leur cageot qu'ils soupèsent, ou de ces marchandises qui n'ont de primeurs que l'appellation. Ma mère, elle rassemble ses ressources physiques pour ébranler sa carcasse ankylosée. C'est magnifique.

Ma proposition semble déraisonnable tant elle suffoque. Et si elle lui déclenchait un infarctus du myocarde ?

— J'ai quatre-vingt-trois ans. Si cela ne se remarque pas sur ma figure, mes jambes ne sont pas dupes.

Éreintée, elle s'affale sur le siège de la voiture. Concentrée à gérer son souffle, elle n'extériorise pas ses réactions.

Lorsqu'elle réclame ses filles, sans enthousiasme, mollement, Chantal s'informe de l'objet de la requête, les oreilles de marbre. Elle n'éprouve pas de compassion pour elle. Sa mère ? Quelle mère ? Elle l'a bannie le jour où elles se sont arraché les yeux : d'un coup de baguette magique elle l'a ensevelie dans les lointains de l'inaccessible, abolir la filiation, repartir de zéro. Elles ne se sont plus parlé. Comme elle n'en tirera aucun avantage de la secourir, sinon des inconvénients du fait de sa proximité géographique, elle ne s'apitoiera pas sur sa vieillesse et ne réitérera pas l'entrevue.

— Tu vois Chantal quelquefois ?

— Non, bien qu'elle ne demeure qu'à cinquante kilomètres d'ici. Dommage que vous soyez à deux cent cinquante kilomètres, vous.

— Elle exerce un métier accaparant et s'investit à fond.

— Elle a des horaires irréguliers commodes, ils impliquent des périodes de repos intéressantes.

Annie ne réagit pas. Il lui a fallu des efforts considérables pour expulser ses commencements ou les étouffer dans les tréfonds de sa conscience, un exercice épuisant. Finalement, ils se sont figés sous une couche hermétique qu'elle a intitulée « zone dangereuse ». Elle n'y pénétrera plus. Elle a corrigé le modèle, détruit les fondations bancales qui la soutenaient, un mur ne s'élève pas d'aplomb sur des ruines, elle en a érigé de plus solides, prometteuses, sur lesquelles s'ancre un château ceint de fortifications en épais blocs de granit, et n'admettrait pas de trahir ceux qui, patiemment, l'ont raffermie. Elle est parvenue à une parfaite verticalité aujourd'hui. Elle a souvent craint que les probabilités de reproduire le statut de divorcée se confirment, notre développement incohérent augmentait les risques d'anomalies comportementales. Et si le phénomène de répétition sautait une génération ? Elle a entrepris le maximum pour en prémunir ses enfants.

Ma mère s'attriste de son mutisme.

— Annie persiste dans le silence radio. Je me suis pourtant décarcassée pour l'élection de la reine. Quelle reconnaissance !

Je lui remets une photo d'elle.

— C'est Annie ?

— Oui. Et son mari, au mariage de leur fils.

— Je la croyais blonde. Sur la photo, elle est brune. Elle masque ses cheveux gris sous une coloration, apparemment.

— Ils sont châtains, entre clair et foncé.

— Elle a les traits durs.

— Nous avons été malmenées, les traces ne s'effacent pas.

Elle hoche la tête, attentive, nous sommes en communication.

Les images fugaces s'infiltrent en moi : nous trois en pyjama dans l'escalier, les genoux au menton, qui assistions à leurs querelles, impuissantes à empêcher l'empoignade où le fiel sans bornes foulait aux pieds l'amour. Nous trois agrippées aux barreaux de la rampe, qui interprétions différemment la scène, des regards singuliers sur l'existence… Viendra, viendra pas, viendra, viendra pas… Il se fiche complètement de vous. Il est mort... Tu veux aller avec qui, avec ton papa ou avec ta maman ? Elles se sont rangées d'elles-mêmes dans des cases que j'active ou pas, à mon gré. Je vérifie leur qualité, je les dépoussière. Nous déroulons notre histoire dans l'intimité de soi. Les blancs ne pèsent pas, ils ne sont pas ceux du détachement. Il est des silences qui rapprochent plus que des phrases. Elle ne démêle pas l'écheveau. J'ai rendez-vous avec son cœur, pas avec des justifications.

Habituée à vivre sans compagnie – on ne se régale pas d'une pomme flétrie –, le vocabulaire a déserté sa bouche et son énergie. Je lui ai acheté des magazines. Dans les colonnes publicitaires, des échantillons atténuent les rides et gomment les taches disgracieuses, soi-disant.

— Je ne me maquille plus, mon teint de pêche est plutôt défraîchi.

— Tu te maquillais par réflexe autrefois.

— Je n'ai pas encore récupéré mes yeux et mes lunettes ne sont plus adaptées. Je suis vieille, je tremblote.

— N'exagère pas. La vieillesse n'exempte pas d'embellir son apparence en appliquant du fard à joues ni de s'habiller élégamment.

— Pour qui ? Dire que Chantal habite dans les environs et ne fait pas un crochet pour moi. Il n'y a que vous qui pensez à moi. J'apprécie à plus forte raison. J'ai l'impression de n'avoir eu qu'une fille. Les deux ingrates sont muettes, elles vieilliront comme le commun des mortels.

N'aurait-elle pas occulté ce que fut notre quotidien ? Avec quelle insolence les conduites monstrueuses se camouflent derrière la conformité par la suite ! Pire, dans certains cas, l'amnésie arrange de par trop d'encombrement du cerveau. Qu'entend-elle par son postulat ? Que la fin se franchit dans la solitude ? Qu'en fin de vie on dresse le bilan ?

Annie siégera en photographie sur le téléviseur près de ses parents en mariés, elle radieuse en tailleur écru, lui superbe en uniforme de gadzart. Elles voisineront sans s'être reconnues.

— Regarde, ma mignonne, le gardénia que vous m'avez offert pour mon anniversaire, il a une infinité de boutons. Je le bichonne. Le soir je l'entrepose dans la cuisine pour qu'il ne se refroidisse pas. Je lui verse à boire, autant qu'il en demande. De nombreuses plantes nécessitent peu d'eau, celle-ci est exceptionnelle, elle s'effeuille si on néglige de l'arroser.

— La cuisine est chauffée davantage ?

— Je pense bien, j'allume le poêle. J'ai hâte qu'il refleurisse.

— Tu as la main verte, tu étais douée pour je jardinage autrefois.

Puis, le menton sur la poitrine, elle se retranche en elle-même, dans son monologue intérieur, entraînée par la routine de ses journées sans contacts. Elle ne participe plus, ne relève pas nos propos décousus. Elle ne triche pas avec l'inévitable épreuve finale. Le défaut de stimulation l'achemine insensiblement vers l'au-delà. Par le dialogue je l'invite à nous rejoindre, à réemployer les mots qui exhalent une chaleur réciproque.

— Avant de démarrer la voiture, j'ai aperçu un crocus jaune abrité des intempéries par le garage. Les tiges des jonquilles sont déjà longues aussi.

— Ici, les perce-neige sont fleuris. La croissance des jonquilles ralentit à cause du gel qui glace le sol. Il gèle plus longtemps que chez vous, nous sommes plus au nord.

— Ces bulbes quelconques, dès que les feuilles pointent, sont annonciateurs de renouveau. Et de la naissance de notre fils. Je le promenais pendant mon congé maternité, les jardins abondaient en jonquilles, narcisses et jacinthes. Je lui énumérais les fleurs et les couleurs. Il n'a pas profité de mon enseignement, il confond les hortensias et les géraniums !

— Vous faisiez des herbiers en primaire, on n'éveille plus à la nature.

— Tu aspirais à devenir institutrice.

— Oh, tu le sais !

— Oui, tu l'as regretté bien des fois.

— Mon père s'y est opposé. Combien j'étais tendue pour aboutir à ce résultat : première du canton. À notre époque, le certificat ne rime à rien ; anciennement capital, il était décerné dans le faste. J'ambitionnais de m'instruire.

— Je t'ai apporté un roman, d'après le résumé il te captivera.

— Je n'ai jamais été tant gâtée, que de cadeaux soudain ! Je vais le dévorer. On s'épanouit à lire. Les livres entrouvrent les portes du monde à ceux qui ne voyagent plus.

— Oui, les écrivains nous embarquent dans leur aventure, ils nous dépaysent.

— J'en empruntais à la bibliothèque, plus maintenant, elle est à perpète et mes articulations chipotent, je m'accommode de ceux qui sont dans le placard. Dommage, je diversifiais mes lectures par des parutions récentes.

Évidemment, les rats ne sont pas là pour cela. Ils se planquent si on les sollicite et rétablissent leur imposture aussitôt que le tracas cesse.

— Ton aide ménagère pourrait t'en ramener. Les bibliothèques ne sont pas l'apanage des bien portants.

— Ça ne se pratique pas. Je ne le lui ai pas demandé.

— Je t'en enverrai.

— Tu es gentille.

Une collection de poche, pour que ses mains déformées par l'arthrose ne se tordent pas sous le poids du volume. Je savoure l'instant – périlleux, je l'avoue – de le choisir. D'abord, la photographie de couverture : attirée par les paysages de neige, les scènes du quotidien, je l'extrais délicatement du rayon, le palpe, je décortique le résumé, je le feuillette pour m'assurer qu'il colle à la réalité de ma mère. J'attribue de l'importance au titre : il ne doit ni sous-entendre nos rendez-vous ratés, ni moraliser, ni contenir des termes qui la désobligeraient. Au fond, cette dame ne m'est pas familière. Après quoi court-elle pour renouer au crépuscule de son âge ? Je replace le livre en comprimant légèrement les plus proches pour lui dégager un espace digne de lui, de biais s'il m'a plu, et j'en détaille un autre. Dans chacun, un auteur partage son exaltation, diffuse du rêve, de la nourriture pour assumer notre identité. Mon rapport avec lui et son œuvre est de l'ordre du culte. Ma sélection opérée, je remballe mes freins et me dirige d'un pas allègre vers la caisse.

Je perçois de l'amertume dans son regard insistant et chagrin, une injustice qu'elle a subie et qu'elle me supplie d'excuser de par son attitude humble.

— La vie n'est pas gaie quand on est seul. Heureusement que la télévision enlève les pensées tristes, elle est un excellent dérivatif. Ma mère écoutait la radio, la radio n'est pas aussi animée que la télévision.

— Elle se passionnait pour les *Duraton*.

— Exact ! On n'essayait pas de la distraire.

Entre deux visites je lui relate succinctement les particularités de notre semaine. Elle nous répond sur-le-champ, parfois à deux reprises.

Vos lettres et les miennes nous permettent de discuter ensemble en dépit de la distance. Je suis ravie de vous voir bientôt. Soyez prudents, les routes ne sont pas engageantes à cette saison. Il va tomber quelque chose, le temps est à la neige. À quatre heures je me ferai un thé pour me réchauffer, je grelotte.

Dans un courrier maussade :

Vous êtes les seuls à correspondre avec moi. Vos lettres me comblent. Vous êtes gentils de me donner des nouvelles de la famille. Je ne fréquente que vous. Je passerai Noël dans la solitude, elle me pèsera plus que d'ordinaire, on ne s'y habitue pas au moment des fêtes. Je pousserai la cuisinière.

Je suis hospitalisée au Château Michel à Dieppe. Pardonnez-moi si vous ne me lisez pas correctement, j'ai mal partout, aux genoux, à la hanche. Je me couche et me lève sans arrêt. On m'a prescrit des séances de kiné, les exercices contribuent à diminuer momentanément mes douleurs. Je suis bien soignée et la nourriture est copieuse, mais je préférerais être chez moi, cuisiner à mon goût, vaquer à mes occupations. Les journées sont longues à contempler le plafond. On en perd sa gaieté. Enfin, puisque j'y suis obligée... Il y a plus malheureux que moi.

On dirait qu'il fait rudement froid dehors, les gens sont transis. Ici, nous avons du chauffage.

Je vous remercie pour le livre « La soupe à la fourchette ». Je l'ai emmené, il me délasse de mes soucis, il est poétique, les personnages sont attachants. En lisant je ne pense pas à mes misères. Il ne précise pas comment manger sa soupe en utilisant une fourchette ! Vous m'expliquerez.

***

Un jour de juin nous nous rencontrons chez elle pour la dernière fois. Les hortensias bleus s'appuient contre la rampe installée par la société des HLM, pour qu'elle dépasse le seuil de ciment. Lumineux, aux tons sans cesse renouvelés, au milieu de la jungle où prolifèrent des touffes de ronces et quantité d'herbes sauvages. La dizaine de pas qui sépare son fauteuil de l'entrée l'oppresse davantage. Elle souffre le martyre des genoux. Son médecin l'incite à se mouvoir pour renforcer ses muscles et assouplir ses articulations. Les corvées domestiques la tiennent debout, volontaire. Un marchand de miracles, un escroc, lui a vendu, sans qu'elle lui oppose de résistance, un appareil d'électrothérapie qui supprime les douleurs et restitue les jambes de vingt ans, plus de trois mille euros, payés cash ! Une somme astronomique en comparaison de ses ressources. Une arnaque lors de la conversion du franc en euro. Elle avait perdu ses repères de consommation et la mémoire des prix.

— J'ai un appareil qui me conduit du courant électrique dans les genoux. « Ils » désignent le traitement sous le vocable de téléthérapie. Ce matin je n'ai pas su l'actionner. J'ai téléphoné au vendeur. La valise est lourde, je la laisserais bien sur la table, mais on ne va quand même pas manger dans la cuisine !

— Il est efficace ?

— Je m'en sers tous les matins, n'empêche, je déguste autant.

— Ton kiné, qu'en pense-t-il ?

— Il ne se prononce pas. En stimulant mes genoux je devrais remarcher sans gêne. La marche est un remède pour eux, seulement c'est toute une complication pour atteindre le seuil surélevé. Toujours une âme charitable vient à ma rescousse.

L'appareil, qui ne soulage que son compte en banque, s'amortira dans son emballage, une valise excessivement lourde à bouger.

Préoccupée par son rythme respiratoire saccadé et des vomissements à répétition, elle s'excuse :

— La boulangère a arrêté les tournées. Je suis sortie dans l'intention de vous acheter des gâteaux, j'ai rebroussé chemin, je ne suis pas assez solide.

— En voici. Dans leur boîte en fer, comparables à ceux de ma grand-mère.

— Oh merci, fallait pas. Range-les dans le meuble de la machine à coudre, je m'en régalerai en buvant le café. La boîte est jolie. Celle d'antan n'en imposait pas. Ma mère se préparait à commander sa boîte de gâteaux, elle mettait l'argent de côté, on en entendait parler au fur et à mesure que la précédente se vidait. Mon frère et moi n'en mangions pas, elle les réservait aux invités. Que d'évolutions au cours d'un siècle ! Nous étions pauvres comme beaucoup de paysans, nos membres nous servaient d'outils.

— À la ferme le cheval se faufilait dans la cuisine pour mendier une caresse et des poules picoraient les miettes sous les bancs.

— Oui. Il semait, labourait, il tractait la herse, la charrue, le chariot à foin. Il abattait l'ouvrage d'un cultivateur, son égal au labeur, en plus costaud. Il s'est reconverti, cheval et cavalier s'entraînent en compétition à présent.

— Notre fille fait de l'équitation, elle a débuté à quatre ans. Pas pour concourir, pour les brosser, les curer, les peigner, les papouiller. Elle est très minutieuse pour les toiletter. Elle leur tresse la crinière.

— Je ne la connais pas.

— Eh non ! Tu vas bien aujourd'hui ?

— Comme une vieille. J'ai rêvé que j'étais expulsée d'ici, on m'avait expédiée dans un appartement.

— Tu redoutes l'intervention des HLM dans ce sens ? Sur quelles bases ils te délogeraient ? Sous-occupation ? Le logement est sous-occupé depuis 1967 !

— J'ai rêvé d'un chat noir aussi. Je me demande où cela nous mène, ces rêves qui nous bombardent d'avertissements, ils sont quelquefois le présage d'une catastrophe.

En se rendant à la boulangerie, elle a trébuché contre une poubelle sur le trottoir. Un de ses voisins l'a secourue, car ils veillent sur elle, ils l'aident à franchir ses deux marches. Néanmoins le secteur médico-social accentue une pression menaçante.

— Il serait pertinent de placer votre mère, elle ne peut plus se débrouiller…, décrète l'un.

— Elle me dérange constamment, je n'ai pas qu'elle à me coltiner…, renchérit l'autre.

— Elle commettra une bêtise tôt ou tard, insiste un théoricien de la dépendance, elle dépasse les limites.

Dans les commencements de ma carrière, j'ai constaté qu'un individu entré par nécessité dans ce type de structure, pourtant volontaire, y meurt rapidement. Il « débranche » dès lors que ses sources d'intérêt se tarissent. Je différais son placement, malgré l'intimidation de l'équipe de maintien à domicile.

Ma mère me tend une enveloppe :

— L'assistante sociale m'a remis un courrier pour toi.

Madame,

J'assure auprès de votre mère un suivi très régulier pour le règlement de ses factures et la gestion de ses papiers. Je considère que ce n'est pas de mon ressort et compte tenu de son état de santé, il serait judicieux de faire les démarches pour une entrée en maison de retraite. Je reste à votre disposition.

Elle ne prend pas de gants, celle-là, ou bien elle a enfilé des gants de crin. Pourquoi nous ménagerait-elle ?

Entre le ménagement et la brutalité il existe toute une panoplie d'attitudes analysées dans les écoles de service social pour les concevoir, les développer ou les proscrire, dont l'empathie que les professionnels de l'aide acquièrent pour communiquer efficacement avec leur interlocuteur en accédant à son monde mental, en ressentant son état émotionnel.

Quelle sécheresse de ton !

— Tu l'as lue ?

— Oui.

— Alors ?

— Ben ! S'il en est ainsi...

— Tu serais d'accord pour entrer en maison de retraite ?

— Je m'y résigne, ma belle.

— Pour vieillir convenablement chez toi il te faudrait un appareil de télésécurité et plus d'heures d'aide ménagère, elle préparerait tes repas. Pour quelle raison ne bénéficies-tu pas de ce dispositif de maintien à domicile ?

— Je suis poursuivie par une accumulation de malchances, elles persistent.

Une série de malchances ? L'honorable excuse ! Je me doute du motif. Son caractère cassant rebute les aides ménagères :

— J'en ai une depuis janvier, elle se contente d'à peu près, quelle molasse ! Elle doit avoir un balai dans le dos, elle ne nettoie pas sous les meubles. Quant à la vivacité, pas terrible ! À l'allure d'un escargot. Elle m'a roussi un torchon, elle repasse de la main gauche, évidemment c'est ni fait ni à faire.

Un exemple de critique dans ce style acéré :

— La responsable de ces aides à la mairie ne m'envoie que des mauviettes instables et qui plus est, ne sont pas des flèches. La dernière a refusé de brosser le pavé de la buanderie. Je l'emploie justement pour qu'elle effectue le ménage supplémentaire. Je ne vais pas moisir dans la crasse jusqu'à la fin de mes jours. Mon intérieur n'est pas une écurie. Il y en a des plus jeunes et moins handicapées que moi qui sont aidées. Qu'ai-je fait pour être écrasée de la sorte ? Elle m'accuse de ne pas les garder, c'est commode ! Elle me rabâche qu'elle ne sait pas qui m'envoyer, et moi, donc ! Tu comprends, on cherche à me détruire.

Elle la cantonne dans une fonction de femme de ménage et ne lui reconnaît pas celle d'encourager ses clients à entretenir des relations, ni celle de stimuler leur potentiel. Isolée volontaire, elle éconduit quiconque prétend lui enseigner comment avancer décemment en âge et la recentre sur les tâches ménagères.

— Tu as une idée d'un endroit qui te plairait ?

— Bof ! non.

— N'y en a-t-il pas un que tu préférerais, facile d'accès pour tes amis ?

— Quels amis ?

— Le service de gériatrie au Château Michel t'a hébergée en moyen et long séjour. Si l'on remplissait un dossier ?

— Si tu veux, ma belle.

— Je téléphonerai lundi, d'accord ?

— Oui.

Affaissée sur le fauteuil, silhouette disloquée, elle s'empreint de mélancolie. Son passé remonte-t-il à la surface ? Que ressent-elle ? Ô combien je soupire au fond de moi en ressassant la rengaine : quel gâchis !

Le lendemain, elle me téléphone.

— Je retourne à l'hôpital, une ambulance m'y conduit incessamment.

— Ça ne va pas ?

— Non, je vomis sans cesse.

— Ne te tourmente pas, ils sont expérimentés. Demain, je téléphonerai au Château Michel. À la semaine prochaine.

Elle a été transférée directement de l'hôpital à la maison de retraite.

Il me tarde de savoir si elle s'y adapte. Désire-t-elle des vêtements ou des objets ?

— Ici, je n'ai besoin de rien.

Elle partage son hébergement avec une dame ingambe, mais désorientée, qui vagabonde dans les étages, s'introduit dans les chambres, aussi à l'aise que chez elle. Elles partagent tout : la salle de bains, le placard, le téléviseur, les visites. Pas de téléphone. La pièce, ouverte en permanence, permet au personnel, en passant, de veiller sur la sécurité des pensionnaires. Comme à l'hôpital. Choquant de prime abord. Les établissements qui centralisent les vieux devraient accentuer leurs efforts de modernisation des structures en aménageant des salons de réception des proches, des lieux distincts de la salle commune et du hall où l'on entasse les fauteuils roulants pour pratiquer des activités intellectuelles et physiques, des boudoirs attrayants pour se détendre ailleurs que sur son matelas sous la curiosité, et proposer une large palette de loisirs. Qu'il y ait équivalence de confort entre ces établissements et leur environnement précédent. Cependant, à côtoyer celui-ci, je mesure les tentatives modestes entreprises pour créer une ambiance conviviale. Elle navigue dans une unité d'une vingtaine de résidentes. L'essentiel s'accomplit entre son fauteuil et le bout du corridor qui dessert les niveaux, elles s'y attablent. Elle suit les allées et venues ; le corridor, créateur de lien social à un moment où celui-ci diminue d'intensité, l'exhorte à émerger du lointain. De cette position stratégique elle cueille des bonjours, écoute les papotages, s'informe de qui appelle l'ascenseur, qui est plus mal en point qu'elle, ainsi elle s'attache aux occupants sans se dévoiler. Elle ne s'ennuie pas.

En consentant au placement, elle se résout à glisser vers le repos éternel entourée de soins. Le temps n'est plus pleinement sien, mais pas totalement obscur. Elle décroche peu à peu, et je dénonce de façon récurrente nos débats stériles, notre absence de fréquentation qui leur a succédé par ce leitmotiv qui me résume « quel gâchis ! »

Elle me cède ses clés pour que je libère le pavillon HLM, me donne des consignes de distribution, ce dont je m'acquitte scrupuleusement. La personne à qui elle destine sa chambrée ne daigne ni la remercier ni d'ailleurs l'aviser de ses intentions.

— Et ton manteau de fourrure ?

Son manteau de vison concrétisait son ascension sociale, le symbole de l'élégance et du luxe, emballé dans une housse contenant des pastilles d'antimite. Les langues vipérines ne se privaient pas de murmurer dans son dos que la frimeuse ne participait à la messe que pour exhiber son manteau de fourrure et son galurin. Elle s'emmitouflait dans ce signe extérieur de richesse dans les grandes occasions, élément incontournable de la messe de minuit. Ample, souple, la fourrure chatoyante raccordée en bandes brun foncé, dans un impeccable tombé.

Elle possédait également deux accessoires de fourrure pour ornementer la veste de son tailleur sombre : une étole en vison et un col de renard, l'un ou l'autre appliqué dessus selon la température.

Elle nous interdisait de toucher ces trois parures imprégnées d'une odeur insolite. J'obéissais, persuadée que les extrémités du col, la tête et deux pattes – je me le représentais sous cette forme –, ressusciteraient le renard si j'y touchais et qu'il glapirait pour l'alerter.

— Tu le veux, toi ?

— Non, cette élégance ne m'irait pas. Si tu t'accoutumes à ce nouveau milieu et que tu adoptes définitivement ton séjour ici, avec ton approbation, Chantal et moi viderons ta maison et nous entamerons la procédure de résiliation du bail. Elle stockera tout chez Jean-Pierre à Néville. Nous te rapporterons ce qui te manque. Tu es d'accord ?

— Fais pour le mieux, ma jolie.

Quelle importance ! Pas besoin de valise là où elle se retranchait de son existence, et pour là-haut le Seigneur fournit tout.

En me confiant ses clés, elle me charge de recueillir son histoire. La clé d'or, la clé de la rédemption, la clé qui rompt le mutisme, qui gomme les points d'interrogation, qui accède à la compréhension. À la vérité peut-être, à la fin des conjectures et des faussetés assurément. Je n'ai jamais inséré la clé dans cette serrure. Je ne l'ai jamais suspendue à mon cou comme le pratiquent couramment les enfants. Je la remue dans ma poche, métal glacé sur mes doigts fébriles, tant est vive mon impatience de rafraîchir mes images et m'enfoncer dans son atmosphère qui m'est étrangère. Elle détient le pouvoir de desceller, la clé de la réconciliation, le pont entre son histoire et la mienne.

Je me concentre sur le geste que mes doigts inhabiles exécutent lentement, et referme la porte derrière moi. Mémé surgit dans ma pensée : elle ne se déplaçait pas sans la clé de son armoire dans la poche de sa blouse du dessous, elle muchait ses trésors dans les entrailles de son chêne normand. Du carreau j'assiste au mouvement dans l'intersection des rues. La fermette à colombages domine à l'orée du sentier qui aboutissait à une pâture où parquaient autrefois des moutons, nous entendions le berger donner de la voix pour canaliser ses bêtes dans le long ruban de sonnailles et de bêlements. Il est goudronné aujourd'hui, quantité de véhicules s'y croisent.

Dans la cuisine des prospectus autour desquels se sont agglutinées les vapeurs graisseuses bouchent les arrivées d'air, le moindre interstice. Des mouches bleues ont péri dans l'évier où trempe une serpillière dans de l'eau croupie. Sur l'égouttoir, une horrible lavette essorée, tordue, durcie, une tapette posée là, négligemment. Sur la table, une boîte en carton vide de pâtisseries atteste sa gourmandise : « Je me suis commandé une religieuse et un baba au rhum pour écourter mon dimanche. Tant pis si je grossis, ils sont tellement succulents que je ne saurais me les refuser. Les journées sont moins interminables en dégustant des gâteaux. Je me promènerai cet après-midi pour les éliminer, sauf s'il neige, je ne m'y aventurerai pas. Pour me broyer les os ! »

Le placard contient une batterie de casseroles cabossées, le cul noirci, une cocotte en fonte munie d'un bouchon en liège dans l'anse du couvercle, des couverts en aluminium, des plats à la graisse caramélisée, de ces ustensiles hétéroclites amoncelés dans les brocantes. Pas une cocotte-minute, elle s'extasiait sur la mienne. Pas de micro-ondes.

Près du poêle, des charentaises éculées, poussiéreuses, trouées à l'emplacement du gros orteil, attendent ses pieds. Une serviette de toilette effrangée, qui a consumé son moelleux une vingtaine d'années auparavant, pend à un fil tendu d'une cloison à l'autre. Le gant dépareillé, couture déchirée sur plusieurs centimètres, s'est racorni en boule sur l'évier, sur un morceau de savon bombé et ridé. Que de dénuement pathétique dans ces produits de consommation courante, des ingrédients du cocooning. Son extrême ladrerie éclate sous ces vieilleries en lambeaux. Pas de peignoir à la patère de la buanderie. Des coulures suspectes sont descendues sur les plinthes.

À l'ouverture de sa garde-robe hors d'âge, des effluves de naphtaline se répandent dans la pièce. Sur l'étagère supérieure, des chemises à sangle sur la tranche desquelles s'étalent les titres calligraphiés en traits épais au feutre noir : EDF, banque, loyer, impôts, Maurice, retraite, divorce, le fameux dossier, volumineux. Je le déficelle précieusement, la défense se démasque sous la pile de feuillets. Quelle défense ? Je survole la correspondance de Maître Malandain : « J'ai le plaisir... », « J'ai le regret... », « Je vous adresse sous ce pli, copie d'une dépêche que je reçois de mon confrère... », « J'ai la satisfaction de... », « Je m'empresse de vous faire savoir... », celle de Maître Lemarchand sur du papier pelure, dans un style identique il se confond en politesse. Notre destin suspendu au vouloir des avoués. Un sentiment de révolte gronde en moi à l'instant où je rapproche ces deux phrases :

L'enquêtrice : *Monsieur Simon désirerait avoir la garde de ses trois filles.*

Le jugement de divorce : *Attendu qu'ils avaient été confiés à la mère par l'ordonnance de non-conciliation, que le père, d'autre part, n'en demande pas la garde...*

Je suis stupéfaite de constater que le jugement prononce le divorce « au profit exclusif du mari et aux torts et griefs de la femme ».

Attendu que la dame Simon considérait que vivre ainsi séparée de son mari lui procurait certains avantages, qu'elle se montrait satisfaite de la situation de fait créée et qu'elle préférait vivre seule sans son mari ; attendu qu'il est établi en conséquence que la dame Simon a eu une attitude injurieuse à l'égard de son mari, attitude injurieuse qui a constitué une violation grave et renouvelée des devoirs et obligations résultant du mariage rendant intolérable le maintien du lien conjugal ; attendu que la demande en divorce formée par le sieur Simon est donc fondée ; attendu que l'assistante sociale a exposé dans les conclusions du rapport qu'elle a déposé, qu'il convient de confier à la mère comme elle le demande, les trois enfants nés du mariage ; attendu qu'ils avaient été confiés à la mère par l'ordonnance de non-conciliation, que le père, d'autre part, n'en demande pas la garde... prononce le divorce entre les époux Simon-Baray au profit exclusif du mari et aux torts et griefs de la femme avec toutes suites et conséquences de droit...

La justice n'a pas retenu de faute à l'encontre de notre père et l'a néanmoins contraint à verser une pension alimentaire à son ex au titre du devoir de secours et privé de ses trois enfants, mésestimant son importance pour leur développement harmonieux. L'élevage est dévolu à la mère, les hommes sont novices dans ce domaine, juste indispensables à la procréation ! Gagner le divorce, certes, mais être incapable de nous éduquer, voilà ce qu'un tel jugement lui garantissait, qui prouvait l'incompétence et l'absolu détachement du père. Il lui était commode ensuite de nous détourner de lui aveuglément, déshumanisée, en marge de la loi. Et toute puissante. Pour se venger de l'avoir si injustement et si cruellement reniée. De surcroît, qu'importait ce « papier », la preuve du véritable gagnant était ailleurs, dans notre garde. Être une femme, *honnête et sobre*, deux vertus primordiales dans notre société bien pensante, a plaidé en sa faveur : nous avons été victimes de la tradition qui considère la mère plus apte à élever la progéniture du couple que le père. Cette prérogative tenace à pourfendre impérativement s'est révélée, une fois de plus, une entrave à la désignation du parent le plus sécurisant, en aucune circonstance réexaminée, notre intérêt ne primant pas pour le juge infiniment prudent qui s'en remet à l'enquête sociale. Il ne se risquerait pas à nous confier – aujourd'hui, dans un principe d'autorité parentale conjointe, il ne confie plus l'enfant à la garde de l'un, il fixe sa résidence chez l'un ou chez l'autre ou chez un tiers – à un père dont *nous n'avons recueilli aucun renseignement permettant de porter une appréciation sur son comportement avec ses enfants*. (Une manière scandaleuse de l'évincer d'emblée, l'enquête volontairement déséquilibrée et partiale.) L'assistante sociale n'était-elle pas rémunérée à cette fin d'observer, de percer les murailles et d'évaluer ? De plus elle l'informe, à l'appui de ses observations, et elle a du crédit sur lui, qu'*elles paraissent toutes trois être plus attachées à leur mère qu'à leur père*. Elle confirme, dans son enquête stéréotypée, ce que l'expérience a enseigné au magistrat : que la mère est, généralement, plus apte que le père à éduquer les enfants du couple. Cette théorie prévaut depuis l'instauration de la procédure de divorce. Il s'arc-boutera sur ses préjugés gothiques. « J'appelle mes filles pour qu'elles vous disent au revoir… » Sur nos deux mots : *avec Maman*, les miens inintelligibles, la voici édifiée sur notre attachement, sur notre santé physique, intellectuelle et mentale, elle a observé que l'aînée *a peu de possibilités intellectuelles* et *acceptant les faits tels qu'ils se présentent, elle ne paraît pas souffrir de la séparation de ses parents*, que la seconde *plus fine, plus réfléchie, juge davantage de la situation, sans pour autant en être perturbée* et que moi, *j'ai besoin d'être stimulée car je n'aime pas l'effort*. Elle est savante, elle est savante ! Et myope. Les magistrats, passifs, ne reviendront pas sur cette enquête sociale, significative d'une date dans notre croissance et dans leur inextricable conflit, et non dans la durée de celui-ci.

Toute limitée qu'elle fût, *l'aînée* devint une remarquable infirmière-chef. Non, madame, je n'aimais pas l'effort, pas celui de leur ressembler, leur bouche crachait de la haine qui m'éclaboussait. Je pansais mes plaies dans un bain de crachats et de haine inextinguible. La cloison de la cuisine, qui bornait mon horizon, débouchait par une brèche sur un jardin d'éden dans lequel je me dégageais de leurs griffes, je me soustrayais à l'engrenage de leurs vengeances. Nous sommes, madame, responsables de nos mots.

Notre père, bien qu'outragé dans sa dignité, ne s'est pas targué d'avoir gagné le divorce, je l'ignorais.

Une lettre dactylographiée, sans en-tête, pliée en quatre, m'intrigue. Je la déplie pour en déchiffrer la signature. Elle émane de ma tante Lulu. Je n'avais pas onze ans lorsqu'elle nous est parvenue ! Ma tante Lulu prompte à nous tancer sans délicatesse, sans ménagement, pour notre bien et par sympathie pour son neveu. Les mouvements convulsifs de ma main à sa lecture, mon ventre noué, mes jambes en coton traduisent mon bouleversement, la feuille tremble :

Nanterre, le 15 janvier 1961

Mes chères nièces,

Qui lira cette lettre tout haut pour ses sœurs ? Je la tape à la machine pour vous en faciliter la lecture.

Hier, je suis allée réconforter votre papa qui est très malade. Je l'ai trouvé moins en forme que la veille, et je vous certifie que cela s'est produit après la lecture de vos sottises. Pas une de vous ne s'inquiète de sa santé, mais toutes, vous déplorez qu'il ne vous ait pas donné de Noël et d'étrennes et réclamez votre pension. Je veux croire que, pour votre décharge, vous avez copié machinalement. Ne savez-vous pas que sa santé exige des soins particuliers ininterrompus ? Sa maladie est si grave que l'hôpital d'Évreux l'a orienté vers un hôpital de Paris, et tandis que les docteurs se penchent avec dévouement sur lui pour lui conserver la vie, vous, vous ne pensez qu'à vous amuser. Est-ce de votre part inconscience ou méchanceté ? De l'inconscience, je présume, car vous ne doutez pas qu'il vous aime.

Durant les vacances, ne vous a-t-il pas gâtées, a-t-il été un sans-cœur ? Non, puisque vous nous avez écrit que vous passiez de merveilleuses vacances grâce à lui. Dites-vous, chères petites, que si à Noël, vous n'avez pas été gâtées comme les Noëls précédents, la raison en est qu'il était si anéanti que les docteurs ne savaient pas s'ils pourraient vous le garder. Réfléchissez profondément à cela : s'il mourait, vous n'auriez plus ni cadeaux ni pension, cependant, il faudrait bien que vous viviez comme celles qui n'ont plus de papa. Vous grandissez, vous discernez les répercussions des mots. Toutefois, les vôtres ont peiné ceux que vous aimez. Vous ne devez pas prendre parti pour ou contre papa, ni pour ou contre maman. S'ils sont séparés, c'est leur affaire. Aimez-les chacun autant et que de vilaines questions d'argent ne ternissent pas l'affection que vous leur portez. Ne soyez ni ingrates ni égoïstes. Et sachez que le perdreau ne tombe pas tout cuit dans le bec.

Si vous voulez lui envoyer une gentille lettre lui indiquant que vous l'aimez, que vous désirez vivement qu'il guérisse et que vous regrettez de n'avoir pensé qu'aux cadeaux, alors qu'il est si malade (vous pouvez lui spécifier que votre tante Lucienne vous l'a révélé), immédiatement, laissez parler votre cœur.

Soyez attentives aux leçons de vos maîtresses pour devenir instruites et vous montrer dignes de ceux qui vous aiment. Soyez charitables entre vous et envers votre prochain, refusez-vous à être impertinentes et vicieuses. J'en profite pour vous faire remarquer, sans rancune, que vos vœux n'ont pas dépassé vos lèvres.

J'espère que votre papa sera guéri cet été pour que vous effectuiez ensemble d'instructives promenades. Nous vous reverrions avec un réel plaisir.

Bonne santé, mes chères nièces, votre oncle et moi vous embrassons tendrement.

Tante Lucienne.

Sans commentaire ! Notre famille paternelle nous déclarait coupables de la malédiction qui pesait sur lui, criminelles, nous l'empoisonnions progressivement. Je comprends mieux pourquoi je me glissais en tapinois, je rasais les murs en ployant la colonne vertébrale quand mon corps étriqué craquait de partout, que mes membres s'ankylosaient et mon esprit s'asphyxiait sous les affres de la culpabilité, pas une infime lueur n'émergeait de mes ténèbres. Ça n'a plus d'importance maintenant.

Extrait des registres de l'état civil, ville du Havre ; un second extrait ; un troisième, ville de Sainte-Adresse. Trois extraits datés d'un an avant sa volonté de renouer. Intéressée, semble-t-il, par les mentions marginales de cet acte. Ses filles sont-elles encore vivantes ? Sont-elles divorcées ? Non, ni mortes, ni divorcées, nous avançons toujours d'un pas uniforme en couple. Sa requête me trouble : quelle est la réaction d'une mère en apprenant le décès de sa fille par la mention marginale d'un acte d'état civil ?

Quelle sérénade à côté ! Comment a-t-elle supporté autant d'agressions sonores de la part de ces locataires qui dansent la sarabande, braillent et cavalcadent dans les escaliers, l'isolation phonique défectueuse ? D'ailleurs, elle protestait à la société des HLM contre ces nuisances :

J'ai un voisin sous le toit mitoyen qui fait un tapage infernal. Il a joué du tam-tam jusqu'au milieu de la nuit. Il n'enlève pas ses chaussures ferrées et court continuellement dans les escaliers, surtout en étant piqué de ses furies ; il claque les portes à n'importe quelle heure, à toute volée ; il n'a pas coincé trois ou quatre volets dans les arrêts quand la tempête a soufflé, des riverains impatients sont intervenus, cela ne s'est pas reproduit. Son chien hargneux aboie en permanence. À plusieurs reprises j'ai téléphoné aux gendarmes, il n'y a pas de changement, j'en conclus qu'ils sont submergés. Ils me conseillent d'aller m'expliquer avec lui. Je n'ai pas envie de m'humilier devant lui pour avoir la paix, ni qu'il m'agresse. Il travaille dans la police privée, ce n'est pas une excuse pour qu'il ait tous les droits !

J'en ai parlé à mon docteur qui a des difficultés à me soigner, il est intervenu et le lendemain, m'entendant monter à la fin du programme de télévision, il a gueulé : « Hé là ! la vieille, tu vas te pieuter ? »

Je suis ici depuis la construction de ces logements, soit plus de trente-huit ans, à aucun moment je n'ai eu des problèmes de ce genre. Des ménages remuants s'y sont succédé, cependant pas aussi bruyants ni grossiers, là c'est pire que tout, tant je suis victime d'agressions.

Je grimpe dans ma chambre et ouvre le placard. Un fatras de vieilleries s'y amoncelle. Ma mère jadis si méticuleuse ! Les tomes de la Comtesse de Ségur, les Heidi, la Bibliothèque Rose, la Verte, n'y sont plus. Miraculeux ! mes deux lectures : *À l'orée de la forêt vierge* qui relate le premier séjour d'Albert Schweitzer à Lambaréné de 1913 à 1917 et ses *Histoires de la forêt vierge*. À l'intérieur, une pensée prisonnière de mes quinze ans. Sa fraîcheur subsiste, en revanche son parfum s'est évaporé. Qui me l'avait offerte ? Désolée pour ma cervelle à trou-trous. J'effleurai ses pétales veloutés tandis que des scènes de camaraderie se raniment et la reposai aussi délicatement que je l'ai soulevée. Oh ! Jojo, mon compagnon, orphelin de guerre, adolescent réfractaire qui se libérait graduellement de sa rébellion. *Jojo* de L. Voeltzel inspecteur de l'enseignement primaire de la Seine, madame Laillard et E. Morange directeurs d'école. Ils décrivent les aventures d'écoliers parisiens évacués en Auvergne en 1944. Combien je me pénétrais de ce récit historique ! Une écriture magnifique, tout en finesse d'analyse du comportement de Jojo, le fruit de mon assiduité au cahier de vacances de 1963.

Ma poupée a disparu. Oh ! notre mallette de jeux de société, nos boîtes à couture en bois à compartiments qui se déplient en escalier, pratiques pour stocker les accessoires de broderie. Ah ! le coffret à bijoux phosphorescent d'Annie, incrusté de coquillages, provenant du mont Saint-Michel. Si je le lui réservais ? Approuverait-elle ? N'y discernerait-elle pas une manipulation du passé ?

Parmi des revues à moitié déchiquetées sur le rayonnage le plus élevé tapissé de toiles d'araignées, je repère les prix qui lui ont été décernés pour son succès au certificat d'études, trois énormes volumes à la couverture rouge marbrée. Sur la page de garde l'inscription à l'encre violette, aux caractères adroitement tracés, à la graphie désuète : « Reçu en récompense du Certificat d'Études, le 1er août 1931 à l'école communale laïque des filles de Vittefleur, dirigée par Mademoiselle Blanche Martinet. Première du canton de Cany. Marcelle Baray. » *Don Quichotte de la Manche* aux éditions Boivin et Cie à Paris et *Contes et légendes du pays normand* en double dont un est revêtu de la signature de monsieur Miniguetti, percepteur de Cany, illustrés par Raymond Dendeville, Paul Duval libraire-éditeur à Elbeuf. Relégués là, au rang des antiquailles pour avoir déjoué ses desseins. Je l'imagine en ballerines et socquettes, se hissant sur l'estrade, raide et grave entre les sommités cantonales, pour récolter ces lourds trophées aux épais feuillets cartonnés ornés d'une frise et d'une lettrine sur fond anthracite en tête de chapitre. Puis calligraphier son texte, appliquée, et se reculer pour en examiner le résultat en mordillant son porte-plume.

La Rochelle se rendra demain... de Taylor Caldwell n'est plus dans le meuble de chevet. Il ne renferme qu'un fouillis d'objets au rebut enduits d'une pellicule de poussière, insignifiants, entassés.

— Fina, tu es trop petite pour lire ce livre.

Je ne me figurais pas que la fenêtre portait la vue si loin dans la cour de Margot, Margot dont ma mère se plaisait à railler qu'elle faisait le pied de grue devant la grille des mâles à pognon. Pas étonnant qu'elle nous y postait en sentinelle. De cette fenêtre je plonge dans le jardinet de madame Lecerf, madame Lecerf et son indigence, son inépuisable générosité instinctive envers nous. Que sont devenus ces gens ?

La reviviscence de cette période m'invite à murmurer à nouveau : « Madame ! eh madame ! elle nous prive de manger. » Pour me représenter l'effet que la phrase engendrait hier, je l'articule hardiment, je la hurle à la ronde. Les souvenirs que j'avais pourtant inconsciemment triés se réveillent, inaltérés.

Me voici dans sa chambre dont elle nous interdisait l'accès. Fermés, les doubles-rideaux de cretonne parsemés de bouquets fuchsia et amande, assortis au dessus-de-lit, tamisent la lumière. Le mystérieux bureau de maquillage que mon père lui avait fabriqué n'a pas bougé. En outre, il avait fabriqué l'armoire qui a meublé notre résidence secondaire et probablement nos petits lits en bois. Un imposant bureau, non pas pour se cultiver, mais pour assumer pleinement sa féminité. Je soulève le plateau et le mystère s'envole sous le mélange désagréable des odeurs de flacons et échantillons crevassés, ratatinés, les bouchons éparpillés. Il recèle un bric-à-brac de babioles hétéroclites : morceaux de bijoux précieux, fragments de colliers de pacotille, boîtes à houppe, une bourse en mailles d'argent, un livret A de la Caisse d'Épargne Écureuil – dernier retrait le 21 novembre 2001, soit la totalité du pécule, à l'exception du solde minimum pour qu'il ne soit pas clôturé.

Dans une boîte à chaussures pâlissent des photographies datées : Charlotte et Émile à la ferme ; elle et son frère Jean dans un pantalon à empiècements qu'une paire de bretelles agrémente, confectionné dans des tissus récupérés sur des falzars usagés – guerre et pénurie d'étoffes obligent –, chaîne de montre apparente ; elle et son fiancé dans un pantalon à empiècements assemblés avec harmonie et dextérité, la taille soulignée par un ceinturon, une montre au poignet ; mes grands-parents Simon et Maurice, le béret crânement incliné sur l'oreille ; des ancêtres énigmatiques, photographies muettes.

À qui appartiennent ces mines ravinées, ces pupilles éteintes en photos d'identité ? Marcelle adossée contre la façade en brique de la ferme. Un chemisier que la photo restitue sépia, à col de dentelle rehaussé d'une broche, des boucles d'oreilles, égaient l'apparence.

Toutefois que d'angoisse dans sa figure hâve sans maquillage. Et voici Charlotte, méconnaissable dans son masque de douleur, le front plissé, les joues creusées. Elles ont le faciès exsangue de la guerre, de la disette, de l'obsession du non-retour à une époque où les cantines en bois rentrent sans les héros, ramenées par les porteurs d'éloge funèbre. La guerre de 14 a gravé d'effroyables stigmates dans les esprits, Charlotte en savait quelque chose qui a essuyé d'implacables revers : son beau-frère Eugène, le pé Moute, a paumé un œil dans la boue des tranchées de Verdun ; Léon Baray a longtemps traîné une blessure à la jambe qui, infectée, a abouti à l'amputation de celle-ci ; et le nom d'Henri Baray, tué au combat, est sculpté sur le monument aux morts d'Auberville-la-Manuel. Et tous ces béquillards, ces manchots, ces défigurés, ces intoxiqués aux gaz, ces gens traumatisés par la rage des combats sanglants dans les foyers, ces réfugiés dans l'alcool, ces récits atroces... Elle savait que le destin frappe n'importe où et sans prévenir, que les soldats sont des bêtes de boucherie. L'anxiété perdurera et gâchera son sommeil dans la perspective d'un danger. Son expérience ravivait l'effroi. Elle en tremblait d'évoquer l'invasion en trombe des Allemands dans les communes du canton en juin 1940, la violence des bombardements, les batailles sanglantes relatées. Lorsque les mitrailleuses ont crépité de Cany à Fécamp, ils ont détaché le bétail et baissé les clôtures pour qu'il ne crève pas de faim sur la parcelle. « Advienne que pourra », a lancé Émile en invoquant le Ciel et en attrapant sa topette de calva. Ils se sont repliés au Vicly où ils ont couru à toutes jambes dans les champs, pris en chasse et mitraillés par un avion à croix gammée volant en rase-motte. Les balles sifflaient, traversaient le sol à un millimètre d'eux. « Dans la raie ! », avait-il ordonné, et ils s'étaient aplatis, en nage, dans le sillon d'un labour tout frais qui les a protégés. Mon oncle Jean avait sauvé le casse-croûte : un bœuf bourguignon brûlant dans sa cocotte enveloppée d'un torchon. Ils l'ont dégusté dans la carrière du Vicly, au son des canons allemands qui bombardaient sans discontinuer Saint-Valery-en-Caux. Émile, à la déclaration de guerre, avait affirmé solennellement que s'ils étaient contraints de s'enfuir tous les quatre, ils se cacheraient au Vicly et nulle part ailleurs, une cavité de repli hautement sécurisée, dans le vallon, à mi-chemin entre Veulettes-sur-Mer, Malleville-lès-Grès et Auberville-la-Manuel, une marnière dissimulée sous les ronciers et buissons d'où ils apercevraient la colline d'Auberville. Se faire trouer la peau bêtement, ah, ça non !

Des photographies la montrent habillée de mode, splendide de la coiffe aux souliers, chapeaux huppés, cols de fourrure et gants, dans des poses de mannequin, en conversation avec ses amies aussi coquettes qu'elle. Complices et insouciantes, elles se débitent des plaisanteries. Septembre 1942, Auberville-la-Manuel, l'élégante est photographiée installée sur une murette de pierre envahie d'herbes sauvages, éloignée de la curiosité bienveillante des siens, concentrée sur une missive… un billet galant, déjà ? Je découvre que mes parents se sont épris l'un de l'autre : elle, juchée en amazone sur le cadre de la bicyclette de mon père, radieuse ; elle, étendue sur le foin et lui allongé contre elle dans une pose lascive ; elle, qui le regarde passionnément, serment indéfectible. Nous trois, nées de ces photographies que mes doigts caressent.

La voici, sanglée dans un tailleur sombre, la taille modérément cambrée, devant son miroir de sac, à se repoudrer, un atout de séduction. Et là, photographiée sous les pommiers de la ferme, Chantal serrée contre elle, ou poussant le landau dans le village, ses deux bambines superbement ficelées, bien campées sur leur siège à saluer et dévorer la planète, dans la candeur de leur éclosion. Une maman câline, resplendissante, pimpante.

Elle ne s'est pas débarrassée de certaines de ces photos, accessibles dans son armoire. Pareillement, mon père a conservé dans son dossier de divorce deux photos de ma mère entourée de nous trois chargées d'une brassée champêtre, Annie haute comme trois pommes arborant un sac à main. Il les aurait découpées pour ne garder que nos portraits... Lui et elle, l'amour et la haine mêlés, le nœud. Unis par la haine.

En songeant à la photographie de leur mariage qu'elle a exposée sur son téléviseur, je me demande si l'amour, notamment l'amour juvénile, encadré d'un cortège de sentiments, n'est pas l'expérience émotive la plus puissante, la plus pure, la plus conforme à ce que nous sommes. Aussi éphémère soit-il, il métamorphose l'âme, le physique, la vision du monde, avec tant de fougue, que la remémoration partielle d'émotions salutaires assure la continuité de ce bonheur, même en l'absence de celui-ci. Elle a ressenti l'étreinte et les palpitations. La présence de la photographie signifiait ouvertement qu'elle ne souffrait plus grâce à ces émotions intactes et elle s'autorisait à accueillir ses filles.

Je reste là, clouée au milieu des vestiges. Dans le parcours rétrospectif de mon enfance, ma mémoire fonctionne à toute vitesse, les images se bousculent, les paroles aussi, les voix, intactes. J'exhume ses manœuvres par lesquelles elle prétendait détruire la ressemblance entre notre géniteur et nous. Mon cerveau est analogue à un millefeuille garni de couches successives : sous la pellicule marbrée de sucre glace, au demeurant savoureuse, se superposent les couches de pâte feuilletée et de crème pâtissière. La couche supérieure avalée, apparaît celle de dessous et ainsi de suite jusqu'au socle, jusqu'à mes premières années, sans les fioritures qui les ont enjolivées ultérieurement pour que je les supporte. La renaissance de cette phase m'exténue, me ramollit les membres et intercepte le présent. Demain, le face-à-face me pèsera.

Deux heures dix. Les locataires cavalcadent toujours dans l'escalier. Les adultes ne maîtrisent pas la marmaille :

— C'est pas bientôt fini ce bazar ? Au pieu ! Vous êtes sourds ? Y a quelqu'un à côté.

Et la course s'accélère, s'y ajoutent les criailleries, l'excrétion de l'urine dans la cuvette, l'eau de la chasse qui ruisselle dans les canalisations, agaçants. Combien y a-t-il de gosses dans ce logement ? Était-il si compliqué de déménager ?

Je m'allonge sur son lit. La nuit se traîne, les pièces défilent... Je n'ai pas remarqué d'objets de valeur qu'elle se serait procurés entre notre départ et aujourd'hui, l'indice d'un épisode de sa vie. Elle n'a accumulé que de vulgaires articles futiles, des babioles qui complètent les colis des clients assidus des magasins spécialisés dans la vente par correspondance. Pas de bijoux non plus, hormis la pacotille de ces commerces. Et son camée monté sur une broche ? Le collier en perles de culture blanches ? La parure en or ? Les rats s'en sont-ils appropriés ? Elle n'a pas modifié son environnement. Quel contraste avec Le Havre !

Je n'ai pas dormi d'avoir brassé la cendre, une overdose de cendre.

Abasourdie par mon immersion dans l'enfance, en titubant à moitié je retourne auprès d'elle. Elle m'identifie de loin dans le corridor, assise au fauteuil, les bras sur les accoudoirs, le buste arqué, tassé sous la petite laine. Au moins chez elle, ses initiatives la dynamisaient. Ici, dans sa thébaïde aseptisée, le temps s'écoule en maigres points de repère : la toilette, les repas, le corridor allumé ou éteint. Elle est disposée à capituler, résignée. D'ailleurs, le personnel médical n'obtient pas instantanément son adhésion pour les soins et sollicite ma collaboration.

— Elle a un épanchement pleural. Une ponction améliorerait ses performances respiratoires. Elle n'y consent pas, ainsi que la radiographie. Pouvez-vous l'en convaincre ?

Je l’ai raisonnée au téléphone. Le lendemain, l'infirmière m’a confirmé qu'elle se soignera.

Sa cooccupante s'est esquivée pour immobiliser, en vain, des instants exceptionnels. Elle se promènera, égarée dans les étages, un soignant l'aiguillera vers le réfectoire pour le déjeuner.

Le visage de ma mère s'éclaire en m'apercevant.

— Tu es revenue, ma belle.

— Oui, pour te dire au revoir.

— Tu es gentille.

Je ne fais pas allusion à mes découvertes de la veille.

Elle a enfilé une robe qui ne lui appartient pas, quoique j'aie sélectionné dans son armoire, les tenues qui illumineront son quotidien.

— Pourquoi m'as-tu ramené celle-ci ?

— Elle ne te plaît pas ?

— Si... N'est-elle pas criarde pour ici ? Elles ont toutes des robes en coton ou en acrylique imprimé clair, moins voyantes que la mienne.

— Pourquoi serais-tu habillée de la même façon qu'elles ? Tu n'es pas elles. Je suis persuadée qu'elle t'ira à ravir au teint. Elle sort de l'ordinaire.

— Je l'ai traînée cette robe ! Elle m'amincissait. Elle n'est pas démodée et pas abîmée. Elle ne se chiffonne pas.

Je m’abstiens de critiquer sa robe d'emprunt qui, à mon sens, voile son identité. Une erreur de lingerie ? Le balluchon d'une défunte qui dépanne ?

La robe lui écrase la poitrine, dessine la rondeur de son ventre, son ventre qui nous a couvées pendant neuf mois, ses seins qui nous ont allaitées, flash de chaleur et de tendresse. Elle me dévisage intensément et davantage en supposant que je ne l'observe pas. Anxieuse, sur la défensive, troublée, aussitôt que nos regards se croisent. À quoi pense-t-elle ?

Je la guiderai dans le corridor, le réfectoire improvisé se situe à son extrémité. Les pensionnaires s'y présentent dès que leur estomac gargouille, le pas chancelant, les doigts frêles et décharnés glissant sur la main courante. Si l'une manque, en clopinant, une plus agile se porte au-devant d'elle. Si toutes sont attablées, le service débute. Elle se cramponne fièrement à mon bras et nous le longeons à petits pas, les chaussons qui patinent sur le linoléum ont l'air de balbutier : « Moi aussi j'ai des visites. »

Nous allons fréquemment l'embrasser dans sa résidence des trotte-menu. Elle pour me chérir, moi pour atténuer la privation de sa tendresse. Mon enfance réinventée sommeillera en moi, tranquille. Ses joues rosissent lorsqu'elle nous la surprenons sous le préau, abritée de l'ardeur de l'après-midi, parmi les pensionnaires réunies en cercle, paisibles dans leur déclin. Pour préserver un minimum d'intimité nous nous éloignons de quelques pas, elle crochée à mon bras, épanouie. Ici, la sève se consomme lentement, les dernières fleurs se cueillent.

***

Ma mère s'est résolue à mourir aujourd'hui. Elle a parcouru son cycle de vie. La dernière page lue, elle ferme son livre. Ah ! que n'a-t-elle vécu plus longtemps pour approfondir notre re-connaissance. Nos enfants avaient émis le vœu de se rapprocher d'elle, le temps en a décidé autrement qui se précipite parfois en dehors de nous au triple galop. Mon mari et moi, les seuls présents à son chevet, ne bougeons guère, comme si son souffle dépendait de nos mouvements. Les circonstances exigent du tact. Les soignants ont tiré discrètement la porte, peu lui importe désormais l'activité du couloir.

Elle repose en paix, en partance, le visage de nacre inerte orienté vers la photographie de ses parents dans un cadre et une icône de sainte Thérèse de l'Enfant-Jésus qui trônaient sur son cosy chez elle. Je les lui avais apportées pour personnaliser son espace. Samedi, elle m'a tendu un tract, son extase palpable :

— Lis cela, j'ai assisté à la messe hier. Quel tintouin pour marcher jusqu'à la chapelle ! Ils m'y conduiront en fauteuil roulant vendredi prochain.

— Ça t'a semblé bon cette messe.

— Oh oui ! À Offranville, personne ne se souciait de mes jambes, l'église était loin.

Dérisoire, sa montre à gros cadran entoure son poignet, un défi superflu au néant.

Attend-elle de moi un geste de mansuétude ? Ma contenance implique mon pardon. Ou escompte-t-elle que je convienne de mon tort de ne pas l'avoir suivie dans ses agissements ? L'essentiel, nous

nous sommes enfin rencontrées pour de vrai, pas de faux-semblants. Éphémères retrouvailles.

« En fin de vie, on s'aperçoit trop tard que tout aurait pu être autrement », m'a-t-elle écrit six mois après la concorde rétablie.

— Maman, c'est moi, je suis venue te voir.

Ses paupières restent soudées, sa bouche scellée, prête pour le passage.

Dernier message, dernier regard, dernier corps à corps avec les vivants, dernière expiration, visage d'éternité, le passage…

— Maman, c'est moi, je suis là, près de toi…

Douze coups ont retenti, la rose, dépouillée de sa fraîcheur, s'est affaissée. Déjà, l'automne accueille son âme dans son berceau cuivré. « En fin de vie, on s'aperçoit trop tard que tout aurait pu être autrement. » Ses regrets s'éclipsent, avalés par le silence de la tombe. Notre roman, à nous, ne se rature pas. Elle emporte la clé de l'énigme et mes interrogations. Je m'en moque à présent, j'ai posé sur les reliques de mon enfance une couche qui me correspond mieux, dans laquelle j'hiberne le cas échéant, je sais qui je suis et l'origine de mes déficiences. La rose refleurira dans le grenier de mes ancêtres : elle m'a rendue dépositaire de son histoire. Mais elle devra se contenter d'entendre prononcer son nom. Qui se souviendra d'elle ? Ses petits-enfants ont aimé une autre mamie, d'autant plus irremplaçable qu'elle les considère siens et qu'ils ont oublié qu'elle n'est pas la leur. Notre Blandine a accompagné sa grand-mère étrangère jusqu'à sa dernière demeure.

Il est probable que son portrait n'émaillera pas le nid florissant de ses descendants pour qu'elle protège leur foyer, à l'exemple de sa mère qui ne perd pas une once de son aura au fil des générations : pour nombre d'entre nous Charlotte Cavelier est un lare, on interroge ses yeux bleu-vert-gris – sa petite-fille et filleule, Annie, a les mêmes –, on se confesse à elle, on invoque son appui ; elle se pare d'indulgence pour nous, elle félicite, elle sermonne en y mettant de la circonspection, elle nous absout, elle ponctue ses phrases d'un époustouflant rire juvénile cristallin qui se prolonge dans la galette de son chignon, c'est là sa coquetterie. Nous puisons notre énergie dans l'ovale du médaillon, dans sa physionomie mutine que l'on devine ceinte d'un nimbe et « l'coup deux heu chra forchément bon ». Elle a inoculé une goutte de son élixir de jouvence à son fils qui lui emboîte le pas. Du sommet de ses quatre-vingt-neuf ans fringants, il nous dispense une leçon de sagesse, celle qui précède l'agonie : il se projette résolument vers le futur, à l'affût des nouveautés, les sens en émoi, et son regard émerillonné, qu'il plante dans le vôtre, pétille de vitalité. Pour lui l'existence est synonyme de volupté, bien qu'elle le dépossède de tout. Il se dépêtre de ses atrophies progressives, restaure son squelette sans cesse allégé, vainqueur. Il saisit la joie de ceux qu'il côtoie et l'adopte ; il contemple une rose, la hume goulûment, l'applique délicatement au creux de la paume, envoûté par son charme. Il s'émeut, jugule ses douleurs, voyage, étire ses muscles, se recueille… À ceux qui s'étonnent de sa forme éblouissante : « À ton âge… », soulignent-ils, il rétorque que l'univers est si vaste qu'il faut huiler abondamment les rouages pour en faire le tour. Et ça nous file la chair de poule, ça nous glace le sang, lorsque l'on se quitte, d'entrevoir en une fraction de seconde que nos embrassades ne se renouvelleront plus.

***

« À toutes les deux, notre idéal nous fait rêver grand et haut, nous ne sommes pas encore prêtes à combler utilement nos journées, avait constaté Madée. Il nous faudra réaliser nos rêves. »

Aujourd'hui, je franchis l'automne de mes ans au Pays blanc dans une « Petite Cité de Caractère » à trois fleurs. Le matin somnole plus longuement derrière les volets clos. Normal, la svelte valériane, aux vertus sédatives, croît au faîte des murailles et parapets de pierre et dans leurs interstices délabrés, contre les calvaires et les croix de granit, le long des trottoirs cailloutés, partout. Les voiliers amarrés s'admirent dans le bassin à flot. Mes petits-enfants, des zoreilles, aromatisent mon arrière-saison de coco, de papaye et de vanille, introduisent une variété de saveurs exotiques dans nos albums. Nous racontons La Réunion. En imagination, nous gravissons les sentiers abrupts, la route s'accroche en corniche entre lave et mer, elle se désolidarise de la paroi rocheuse, s'y accole, serpente dans les champs de canne à sucre et dans les plantations d'arbres fruitiers ; le vert et le bleu dominent, intensifiés par le noir des roches et des falaises de basalte ; les îliens paressent sous les filaos et les vacoas, les parapluies bigarrés se substituent aux ombrelles. Nous escaladons le piton de la Fournaise, dans ce paysage lunaire la roche crisse sous nos pas. À l'Entre-Deux, leur arrière-grand-père Maximin, sous la varangue de sa case coquelicot et blanche aux murs de bardeaux de tamarin, festonnée de lambrequin, se repaît des senteurs de l'air en épluchant un pamplemousse, il explore les recoins du Dimitile.

Maximin, autrefois chercheur d'herbes sur les sentes de sa montagne, tisaneur sans passes ni prières associées pour soigner les maux les plus résistants. Maximin, autrefois maraîcher, qui parcourait l'île dans son intégralité, un bœuf attelé à une charrette, pour vendre ses fruits et légumes et échanger ses z'herbages. Il enrobait les durillons du bœuf, en particulier sur son garrot meurtri, d'un cataplasme dans lequel il écrasait des feuilles de bois de reinette et de bois noir mélangées à du sel et du vinaigre. Ils distinguent… là-bas, les montagnes en lames de couteau, les gorges, les ravins, les champs de canne à sucre. Le bœuf aux cornes en lyre surgit, il tire la charrette cahotante. Les bougainvilliers, les ibiscus, les chouchous, les ananas, le pamplemoussier et le cacaoyer et ses cabosses dans l'enclos, les impressionnent. Ils s'ébahissent de l'été en décembre chez Maximin et Camille Técher, leurs arrière-grands-parents. Je cueille leur rire aussi vivifiant que le littoral, j'ai chaud à l'âme.

Je transporte ma chaise pliante sur la dune entre deux haies de ganivelles et dialogue avec l'océan dans ce paradis terrestre. Les nuages se faufilent en reflet sur l'onde. Les oyats frémissent sous la brise tiède. Je vagabonde dans le fouillis de mes pensées, à l'ombre d'un chapeau de paille, les vagues en rouleaux les emportent aux quatre points de la rose des vents. Il est doux de se laisser aller au frisson du sable jusqu'à ce que le disque solaire s'aplatisse sur la ligne d'horizon, jusqu'à souhaiter le bonjour à la lune. Je me déplace moins allégrement, le souffle reprend son souffle, mais le temps ne porte plus de montre, il n'est pas pressé, en dépit des saisons qui tourbillonnent. J'ai vu soixante fois le chêne au tronc noueux bourgeonner, soixante fois j'ai vu l'anémone sylvie éclore dans les sous-bois. J'ai coudoyé trois sortes d'hommes : ceux qui m'ont aidée à franchir les obstacles, ceux qui m'ont instruite et les hypocrites et margoulins. Beaucoup se sont évanouis dans la nature. D'autres ont gravé leur cœur dans mon carnet d'adresses, ils émoustillent ma vieillesse fruitée. Depuis longtemps j'ai capturé le bonheur, je m'en suis abreuvée, j'ai rassasié ma fringale. Même si le temps insère des virgules partout, des lueurs naissantes de janvier au couchant de décembre, les heures brûlent pareilles à un feu, rapidement de la flamme à la cendre. À peine entré en scène dans son manteau de rosée, le jour, sur fond de vagues imperceptibles, de brumes flottant au-dessus de l'océan qu'elles grisaillent, se consume déjà. La terre sent bon des feuilles mortes qui craquent sous les semelles. Un plein panier embaumera mon royaume. Les petits de mes petits, la prunelle éclatante, la frimousse hâlée joufflue comme un potiron, gonflés de flots et de faim, posent leur main potelée sur la mienne, ainsi que le faisaient autrefois mes petits, un autrefois approximatif. Nous longeons l'océan sur la ligne qui délimite l'étendue mouillée de l'étendue sèche, encapuchonnés dans le ciré des pêcheurs pour que la bruine et les embruns salés conjugués ne pénètrent pas nos vêtements et nous avançons, les joues empourprées, sur le chemin de la vie en laissant sur le sable liseré d'algues et d'écume, pailleté de mica, les empreintes de nos pas : des minuscules, étroites, dans tous les sens, néanmoins parallèles à de plus régulières et plus profondes, la belle ordonnance rompue temporairement pour bondir sur une vague qui se retire après avoir roulé sur nos chevilles. Le sable coule en mince filet de leur poing. Nous tressons un collier de coquillages échoués sur la grève, en imaginant offrir un collier d'orchidées à leur maman. Le dernier ramassé, grain de café, nasse réticulée, dentale, pied de pélican, turritelle ou crépidule, plus admirable que le précédent, se blottira dans le coffre à jouets et des milliers de grains de sable scintillants semblables à des étoiles se déposeront sur leurs trésors. Le bulot collé à l'oreille chantera la mer.

Entre jeux de sarbacane et cerf-volant, quand, au soir des étés, dans l'air saturé de goémon et d'iode, le soleil encore ardent picote la plante des pieds saupoudrée de particules minérales, nous le regardons incendier la mer luisante, la main en visière sur le front. Et toujours l'émerveillement ineffable d'un ciel mordoré plongeant sur l'océan violet-aubergine nous empoigne. Parfois un nuage effilé tranche la perle solaire en deux qui progresse, sans en être gênée, vers la surface métallisée qu'elle enlace de ses rayons. L'union du ciel et de la mer, une beauté fascinante qui ne ternit pas lorsque les soirées se drapent de chrysanthèmes, elle revigore.

Dans mon grenier de la mémoire j'ai remisé soixante ans d'alliances, d'harmonies, de divergences ; j'ai rangé les bonshommes dessinés par mes chérubins, bras contre tête et jambes au menton, tout en rondeur et en bâtons tordus ; dans du papier de soie j'ai emmailloté trois brassières, des robes à volants, à smocks et à nœud, les chaussures des premiers pas, cinq à six cahiers d'écolier.

— Mamy, tu me montres les trésors de Papa ?

— Mamy, je dessine presque aussi bien que Maman.

— Raconte comment…

Pour assouvir leur curiosité insatiable, nous réempruntons le chemin de jeunesse.

Mes racines aussi vigoureuses que celles du vacoa ou de l'if d'Offranville…

Je voudrais que mon hiver soit suffisamment long et serein pour finir de broder la toile du monde, honorer l'aube, feuilleter les pages de l'album de ma vie, recoquillée dans une bienheureuse indolence à l'angle de la cheminée, et ouvrir la malle qui contient le passé poussiéreux de nos ancêtres pour me promener dans leur sanctuaire. Je m'envelopperai du châle de ma mère que je ne lui ai pas vu sur les épaules.

Fidèle à sa ligne de conduite, notre mère déshérite ses trois filles, les garde-fous prévus par la loi en faveur des héritiers se sont avérés peu efficaces. Transmettre son capital à n'importe qui, pourvu qu'elles ne le récupèrent pas ; contourner la réserve héréditaire. La sueur qui a perlé sur le front de notre grand-père pour lui léguer le pécule qui la maintiendra en dehors du besoin, les fruits de la gestion drastique de ce patrimoine inespéré qu'elle ne cesse d'accroître, seront convertis en assurances-vie par des guetteurs d'héritages acagnardés grâce à l'argent qui tombe du ciel : courtiser les vieux n'épuise pas les aigrefins, la souscription ne requiert que la signature. Pas de sentiment, sinon du mépris, pour les experts des Codes et leur jargon juridique : par une lamentable incurie, le crayon pointé sur les articles, ils balaient ses quatre-vingt-cinq années, biffent sa volonté de déshériter, dressent dans l'indifférence un jugement sabré en points de suspension et en blancs par trop d'inconnues. Ils ont d'autres chats à fouetter. L'histoire de cette cliente égarée sur les pentes de la vengeance ne les intéresse pas. La défense est un droit théorique, une magnifique littérature, affaire classée à notre acquiescement. Si nous hésitons à définir la justice, en revanche, sa définition contraire nous est familière.

Pour leur faire cette ultime crasse, pour qu'elles touchent du doigt l'ampleur de la pénalité, elle a capitalisé au maximum en s'imposant des restrictions, elle a vécu au-dessous du seuil de pauvreté, a fraudé l'action sociale et les œuvres caritatives, usant des aides financières octroyées aux indigents : sa caisse de retraite et le Conseil général lui défraient ses dépenses de perte d'autonomie, la caisse d'allocations familiales assume la totalité de son loyer, et, nonobstant ces largesses, arguant de sa vieillesse et de ses retraites médiocres, à peine décentes, elle réclame des secours de droite et de gauche.

— Tu n'as pas la télévision dans ta chambre d'hôpital ?

— Avec quel argent ? La location de l'appareil coûte cher, ma retraite est minable.

Mémé, la vérité se cachait bien dans les tréfonds de ton puits, sa cavité abyssale et tes paupières embuées t'empêchaient de l'entrevoir. Par chance tu nous as attribué en héritage ta gaieté irrésistible, ta vaillance. Et puis, tu nous le rappelais si souvent : « L'bon Diou é pouin fô, i rend toujou la monnaie d'cha pièche. »

En citoyennes scrupuleuses nous réglons ses dernières factures et ses frais d'obsèques. La promesse des rats, qui ont abusé de sa vulnérabilité, qui se sont précipités chez elle pour dérober les objets convoités, a fondu comme neige au soleil. De palais, point ! Pas la moindre caisse. La modeste assurance obsèques qu'elle avait contractée pour épargner à ses proches une charge pécuniaire, se transformera, non en chêne et en marbre, mais en espèces et glissera discrètement parmi les autres dans leur escarcelle. Un bégonia en promotion dans une jardinerie à bas prix suffira largement. Les trépassés ne se réveillent pas de ce sommeil de plomb pour protester. Coupables d'être nées, son histoire portée à bout de bras et de cœur, nous venons de solder notre dette à sa vie. Nous sommes relevées de notre faute d'exister. À moins que la colère de Dieu sur nous ne s'éteigne pas…

Bijou, caillou, chou, genou, hibou, joujou, pou… Les noms qui se terminent par *ou* prennent un *S* au pluriel, sauf…

— Maîtresse, tes exceptions sont fausses : et ripou ?

Comme l'être humain. Comme l'intérieur de la pomme.

Lorsque le creux de l'hiver nous retient au coin du feu qu'une poignée de tisons rougeoient et que nos pieds pensionnent dans les pantoufles, enivrées de l'exhalaison d'énormes bouquets secs d'hortensias aux teintes vieillottes, autour d'une tasse de thé, un carré de chocolat dans la soucoupe, d'une verveine longuement remuée dans le sucre ou d'une soupe fumante, ma jumelle d'épreuve et moi, nous racontons sur un ton badin des morceaux d'enfance à nos conjoints absolument écœurés. Complices comme jadis sous les couvertures, prodigieusement récompensées de n'avoir jamais abdiqué.

Malgré notre identité mutilée, nous avons accompagné nos enfants sur la plus haute marche. En essuyant une larme d'attendrissement nous les regardons s'élancer sur la route, solides, équilibrés, communiquer avec le monde, participer à sa construction, et nous les entendons à leur tour murmurer, penchés sur le berceau : « Petit, nous t'emmènerons sur la plus haute marche, tu pourras t'envoler ensuite. » Nous recevons leur déclaration comme un *pretium doloris*.

Je demande pardon à Janine qui a vécu la joie et la peine – mais surtout la peine – de mon père. Pardon d'avoir tracé un second portrait de celui qu'elle a aimé d'un amour aussi profond et vaste que l'océan.

— Eh ! la mouette, vois-tu quelque chose à l'horizon ?

— À l'horizon, j'aperçois un soleil qui étend ses rayons pour me caresser.

— Eh ! la sterne, vois-tu quelque chose à l'horizon ?

— À l'horizon, j'aperçois un goéland qui étend son aile pour me protéger.

Groupe CCEE,
Zi ST Mitre Est, RN 8
Quartier d'entreprises
13400 Aubagne
http://autres-talents.fr

Achevé d'imprimer en mars 2014
par Seven

Dépôt légal : mars 2014
ISBN : 978-2-35682-286-4

Imprimé en France